The Adobe® Illustrator® CS3
WOW! Book

［美］斯得渥/编著　冯 文/译

中国青年出版社
中国青年电子出版社
http://www.21books.com http://www.cgchina.com

中青雄狮

Peachpit
Press

律师声明

北京市邦信阳律师事务所谢青律师代表中国青年出版社郑重声明：本书由著作权人授权中国青年出版社独家出版发行。未经版权所有人和中国青年出版社书面许可，任何组织机构、个人不得以任何形式擅自复制、改编或传播本书全部或部分内容。凡有侵权行为，必须承担法律责任。中国青年出版社将配合版权执法机关大力打击盗印、盗版等任何形式的侵权行为。敬请广大读者协助举报，对经查实的侵权案件给予举报人重奖。

侵权举报电话：

全国"扫黄打非"工作小组办公室
010-65233456 65212870
http://www.shdf.gov.cn

中国青年出版社
010-59521255
E-mail: law@cypmedia.com MSN: chen_wenshi@hotmail.com

版权登记号：2008-07-24

图书在版编目（CIP）数据

The Adobe Illustrator CS3 WOW! BOOK / （美）斯得渥编著；冯文译. —北京：中国青年出版社，2008
ISBN 978-7-5006-8316-2

I.T... II.①斯 ... ②冯 ... III.图形软件，Illustrator CS3 IV. TP391.41

中国版本图书馆CIP数据核字（2008）第 114343 号

The Adobe Illustrator CS3 WOW! BOOK

[美] 斯得渥 编著   冯 文 译

出版发行	中国青年出版社		
地　　址：	北京市东四十二条21号	印　　刷：	北京盛兰兄弟印刷装订有限公司
邮政编码：	100708	开　　本：	787×980 1/16
电　　话：	(010) 59521188 / 59521189	印　　张：	28
传　　真：	(010) 59521111	版　　次：	2009年1月北京第1版
企　　划：	中青雄狮数码传媒科技有限公司	印　　次：	2009年1月第1次印刷
		书　　号：	ISBN 978-7-5006-8316-2
责任编辑：	肖 辉 白 峥 郑 荃	定　　价：	98.00元（附赠1CD）
封面制作：	宋 旭		

本书如有印装质量等问题，请与本社联系 电话：(010) 59521188 / 59521189   读者来信：reader@cypmedia.com
如有其他问题请访问我们的网站：www.21books.com

The Adobe Illustrator CS3

WOW!
Book

The Adobe Illustrator CS3 Wow! Book
编创团队

　　Sharon Steuer是Illustrator Wow!Book系列书籍的创始人，也是《Creative Thinking in Photoshop: A new Approach to Digital Art》一书的作者。从1983年开始，Sharon就在数字艺术领域教学、筹办展览、撰写文章。在创作Wow! Book期间，Sharon还是数字媒体网站的专栏作家（www.ssteuer.com）。Sharon Steuer 和她的两只名叫"美洲狮"和"熊"的小猫生活在一起。她的丈夫Jeff Jacoby（可浏览jeffjacoby. net 网页）是旧金山州立大学的教授，执教电台节目制作。一如既往，她非常感谢帮助本书问世的合著者、编辑、测试人员、Wow! 团队成员（包括过去和现有成员）、Peachpit出版社、Adobe以及Wow! 的艺术家们。

　　Cristen Gillespie曾经为Wow! 系列的其他丛书撰稿。现在她是新Photoshop CS/CS2 Wow! 一书的合著者。她曾经与人合著过很多文章，刊登在Photoshop User杂志上。她的工作并没有因为自己的拨号调制解调器连接而受到阻碍（她住在加利福尼亚南部的一个乡村里，和世界上大多数人一样，并不具备宽带上网的条件）。Cristen是一位出色的作家，同时也是一位绝妙的合作者。我们希望在未来的很多年里她能够继续留在Illustrator Wow!团队里。

　　Randy Livingston从上个世纪九十年代中期就开始为Wow! 系列的其他丛书撰稿了。在这一版本里，他是一位语言艺术家，撰写了很多章节的介绍部分（也包括其他篇章）。Randy是中田纳西州立大学的媒体设计专业的助理教授。他在教学和写作之余，还参加摩托车越野的比赛。很多医院的护士和医生们都认识他，这是因为这些医院位于他参加比赛的跑道附近。

　　Dave Awl是芝加哥的一位作家和编辑。他又回到了Wow! 团队，并帮助修改、编辑了大多数章节的导言。Dave还是芝加哥新未来派画家戏剧公司（Neo-Futurists theater company）的剧作家和演奏家。他的作品被收录在《What the Sea Means: Poems, Stories & Monologues 1987-2002》一书中，在他的个人网站www.ocelotfactory.com上可以找到他的更多作品。

　　Andrew Dashwood（可浏览www.adashwood.com网站）是一位瑞士籍的插画家，同时他也是最初给该版本的Wow! 一书撰稿的作家。自从十年前发行了第一版Illustrator Wow!一书之后，Andrew一直与风靡欧洲的Illustrator和Adobe的其他产品打交道。目前他正在阿姆斯特丹工作，提供技术上的支持，并且负责培训Adobe Illustrator。他很感谢一直给予他帮助和支持的兄长和父亲。

Lisa Jackmore返回团队了。作为一位撰稿者,她不仅负责撰写画廊,而且还负责撰写Illustrator Wow!的课程大纲。她是一位了不起的艺术家,无论是徒手绘画还是操作电脑,从小型图像到壁画她都擅长绘制。通过本书,Lisa作为一位作家和数字艺术家的天赋是显而易见的。她希望感谢使她"分心"的家人和朋友们——因为他们经常是她艺术创作的灵感来源。

Conrad Chavez与钢笔工具保持着持久和有益的关系是从他在Aldus公司(后来的Macromedia公司)担任技术支持部门主管时开始的,而且一直保持到二十世纪九十年代。当时他效力于Adobe系统公司,作为一名技术作家给印刷物、网络和录像产品撰稿。现在他是西雅图的作家、编辑和培训人员。Conrad是一位应用位图侧面拍摄的美术摄影师(可浏览www.conradchavez.com),并且他还与人合著了《Real World Adobe Photoshop CS3》一书。

Steven H.Gordon自从参与编写 Illustrator 9 Wow!一书之后,就一直是我们团队的顶尖成员。他的儿子太多,对于他来说能保持神智清醒实属不易。只要孩子们在布莱斯(Bryce)国家公园玩耍时不失足摔落悬崖,不打扰自己编写软件,让他们做什么都行。Steven经营Cartagram公司(www.cartagram.com),是一家用户定义绘图法的公司,位于亚拉巴马州的麦迪逊市。他感谢一直鼓励自己的妻子Monette和母亲,以及终止与自己敌对的儿子们。

Jean-Claude Tremblay使用Illustrator软件的历史几乎将近二十年了。他作为一位全职的资深出版技术人员以及Illustrator的权威专家,效力于Quadriscan公司(是一家出版公司,位于蒙特利尔市)。当他为了不起的Wow!一书做完测试之后,Jean-Claude返回团队,为Wow!做技术编辑、主要顾问、软件收集人以及"常住魔法师"——充当我们的文档营救者。他现居住在加拿大魁北克省坎迪克市,与妻子Suzanne以及四岁的可爱女儿Judith一起生活。

Mordy Golding在Illustrator Wow! 系列图书初期就做出了重大贡献,是Wow! 图书第二版的第一合著作者。从那之后,Mordy忙于写他自己的书,还曾一度出任Adobe Illustrator的产品经理。现在,Mordy是《Real World Adobe Illustrator CS3》一书的作者。除了一直担任Wow! 的技术顾问之外,他还是广为流传的Real World Illustrator博客的作者(http://rwillustrator.blogspot.com)。

其他作者和编辑: Elizabeth Rogalin曾经负责编辑Illustrator 7 Wow!一书,现在她返回团队,担任本版的编辑。她是一位作者兼自由编辑,她现在和两个儿子一起住在新泽西。Laurie Grace是一位艺术家、插画家、大学教授。她执教Illustrator以及所有与数字相关的软件。Laurie是本书里有特色的独创性强的艺术家之一。她定期返回团队,帮助我们更新屏幕截图。Peg Maskell Korn是一位有多重身份的女人,在第一版里她是Sharon的救星,在本书里作为一位熟练的检验者,她负责检查书里的图画和文字。请参照致谢部分,其中包含了Wow!团队所有撰稿者的详细名单。

目录

1

Illustrator基础

2

Illustrator之禅

画笔与符号

图层与外观

7

文本

8

混合、渐变与网格

13 高级技巧

14 Web与动画

重点提示: 首先阅读

当我在1994年开始写最初版本的Illustrator Wow! Book时，Adobe Illustrator还只是个相当简单的程序，因此尽管第一版只有224页，但它几乎包含了当时同类的、页码更多的"经典"书籍中的所有细节。

首先，我想让读者了解的是本书是Illustrator Wow!的第九版，本书不再是一个单独的策划。为了尽可能为您提供最翔实、最新的信息，从适时的意义上来讲（尽可能精确地传输新版本的程序），本书同时也需要一个由专家组成的庞大团队。我们的技术编辑Jean-Claude Tremblay和我本人自始至终负责审阅本书里每一页的内容。撰稿者根据他们自身的专业知识编写Illustrator的部分章节，接着其余撰稿者（和我们团队中一流的Wow!测试人员一起）对这些章节进行测试和评论。因此本书是分散在世界各地的一群了不起的专家通过电子邮件、网络聊天工具和PDF聚在一起一致努力的结果，我们尽最大可能为您——我们的读者呈现最好的一本书。我非常高兴并且感激参与本书制作的每一个人。

随着彩色印刷价格的飞速猛涨，我们决定不再增加总页码数，是因为考虑到不能再提高本书的价格。而为了使本书能保持现在的总页码数，我们不再逐一论述Illustrator所有的性能。而相反地，运用Adobe Illustrator的艺术家们应该把Adobe Illustrator CS3 Wow! 一书作为自身艺术和设计创作的参考书目。我们将会把程序最具有技术特色的内容留给综合性的书来进行阐述，例如Mordy Golding所编写的《Real World Adobe Illustrator CS3》。Mordy继续担任本书的顾问（他对"活色彩"一章提供了不少的建议！），而且我们两人都强烈地认为这两本书应该作为姊妹篇来读，原因是两本书在涉及的内容上很少重复。

为了在这本全新的、修订的、扩充版本的Illustrator Wow!书籍中向读者展示最新的特性，我们放弃了一些很优秀的作品，过去十多年它们一直出现在本系列图书中。在本书中，世界范围内的Illustrator Wow!美术师慷慨地与读者分享了大量的重要创作技巧、省时提示以及精美的作品。除了杰出的投稿美术师和投稿作者之外，我们优秀的Wow!测试团队让本书与众不同，他们测试了每一个课堂和画廊，以确保都是可行的。为了让您在会见客户的间隙也能看上一节或者两节，同时为了鼓励函授课堂使用本书，我们有意让所有的小节都很简短。

为了保证本书内容适用于每个人，我假定每位读者对基本的Mac和Windows概念都有一定程度的了解，比如打开/保存文件、运行程序、复制对象到剪贴板，以及执行鼠标操作。我还假定每位读者已经了解了大多数工具的基本功能。

遗憾的是，如果只是简单地浏览本书的内容，那么您就不能真正学会应用Adobe Illustrator；事实上，没有什么东西能够代替实践。而好消息是，假如您更多地运用Illustrator，就能把更多的技巧方法融入到您自己的创作过程中。

您可以将本书作为Illustrator的技术参考或指导手册，也可将它作为创作的灵感之源。本书读完之后请再读一遍，您一定会学到前一次阅读时错过的内容。正如我所希望的，您会发现使用Adobe Illustrator越频繁，就越容易消化本书中所有的新知识并领会其中的创作灵感。

愿绘图愉快!

Sharon Steuer

活色彩在哪儿？

在"绘图与着色"一章中有两个关于如何使用活色彩的小节。更多的高级课程请看"活色彩"一章。

补充的Illustrator培训

可以在Wow! CD中的"Ch02-Zen"文件夹下找到补充的课程。在该文件夹下还有补充的"Zen Lessons"文件夹。这些补充课程帮助用户学习使用Pen Tool（钢笔工具）、Bézier Curves（贝塞尔曲线）、Layers（图层）以及叠放次序等基础知识。自本版开始，Sharon Steuer和Pattie Belle Hastings还推出了"Zen of the Pen"的商业版，放在"Ch02-Zen"文件夹里，这些课程包括Quick-Time电影，帮助您学习如何在Illustrator、Photoshop和InDesign中使用Pen Tool（钢笔工具）及Bézier Curves（贝塞尔曲线）。如果您是Illustrator的新用户，您可能会想从上课开始。如果您正在讲授Illustrator，从www.ss-teuer.com/edu（由Sharon Steuer和Lisa Jackmore制作）下载Illustrator CS3 Wow! Course Outline（课程大纲）。最后，请不要错过Adobe网页上的教学录像带：http://www.adobe.com/designcenter/video_work-shop/，滚动选择菜单，并选择一个主题！

如何使用本书……

在开始工作之前，请首先阅读书后的Wow！术语表中提供的本书所使用的所有术语的定义及快捷键（例如：⌘是Mac的命令键）。

欢迎使用Wow！（Windows与Mac）

如果您已经使用过Adobe Photoshop或者InDesign，将会在Illustrator CS3中看到许多相似的界面，这种相似性将会大大缩短学习软件的时间（对刚刚接触这三种软件的用户来说，这一点尤为明显）。而一旦适应了使用新的快捷键和方法，就会显著提高自己的工作效率（请参阅下面的"快捷键与按键"部分与"Illustrator基础"一章）。

Window菜单下应有尽有……

在Window（窗口）菜单下几乎有Illustrator中的所有选项板。如果我们没有告诉您到哪儿去找某个选项板，那就去Window菜单下找找吧。

快捷键与按键

因为现在可以自定义快捷键，所示本书中删除了大多数的按键参考。本书采用的是非常标准的默认的按键，没有其他方法可以获得相同的功能（例如锁定所有未选中的对象）。本书总是先给出Macintosh（Apple公司于1984年推出的一系列微机）的快捷键，接着给出同样功能的Windows快捷键[⌘-Z（Mac）/Ctrl-Z（Win）]。关于自定义快捷键、工具和菜单导航（例如单键选择工具，按Tab键隐藏选项板）等，请参阅"Illustrator基础"一章。

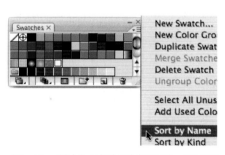

当Swatches（色板）图标处于选中状态时，在选项板扩展菜单中选择"Sort by Name（按名称排序）"命令，接着再选择"List View（列表视图）"命令

设置选项板

为了便于学习本书接下来的内容，您可能需要选择Type Object Selection by Path Only选项（请参考"文本"一章的提示"随机选择文本"）。如果想使自己的选项板与本书中的选项板相同，需要设置Swatches

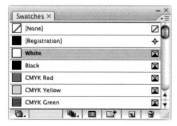

选中"Sort by Name（按名称排序）"命令之后，Swatches（色板）选项板如上图所示

（色板）选项板按名称排序：在Swatches选项板扩展菜单中选择"Sort by Name（按名称排序）"和List View（列表视图）命令。（如果用户想将该视图设置为所有色板的默认方式，按住Option/Alt键即可。）

　　Illustrator CS3设置了应用软件默认值，能够限制Illustrator专家对其进行操作。为了能够使当前选中的对象与自己绘制的下一个对象(包括画笔描边、活效果、透明度等等)的所有样式属性的设置完全相同，您就必须从菜单里打开外观选项板，禁用具有外观的新艺术对象。您可以禁用（和重新激活）这个默认值，这里有两个办法：在外观选项板里单击左下方的图标（黑色说明它被激活了；参照右边的提示），或者从外观选项板快捷菜单里（"√"说明它被激活了）选择具有外观的新艺术对象。即便在这之后您取消了操作，而新设置却会一直被保留着。

本书的编排结构

本书由基础、提示、练习、技巧、画廊和参考资料6部分构成，每一部分都是Illustrator CS3中最新的知识点。

1 基础。 "Illustrator基础"与"Illustrator之禅"两章详细、完整地介绍了Illustrator的基础知识，包括从Adobe Illustrator用户指南及安装光盘中提取或补充的信息。另外，每一章都以对基础内容的简要概括开篇，这部分的编写十分合理和出色，Illustrator的高级用户可以快速浏览，但作者还是建议初学者和中级水平的人士认真阅读该部分。本书并不能替代用户指南，而只是Illustrator用户指南的补充读物。

2 提示。 如果您看到光盘图标 ，便可在Illustrator CS3 Wow! CD（以下简称Wow! CD）中找到相关的艺术作品。在灰色和红色的提示框中寻找相关的提示信息，会使用户的工作更有效率。通常可在相关的正文文本信

禁用默认的外观

如果您想将当前选中的对象的风格属性应用于下一个对象，禁用Appearance（外观）选项板上的New Art Has Basic Appearance（新建图稿具有基本外观）选项（见右边）。

Default　　Disabled

1

CD图标意味着在Illustrator CS3 Wow! CD中有相关的艺术作品

提示框

参阅这些灰色的提示框来了解更多关于Illustrator的提示。

红色提示框

红色提示框包含警告或其他重要的信息。

3

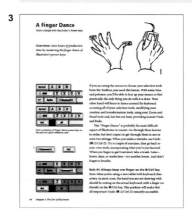

4

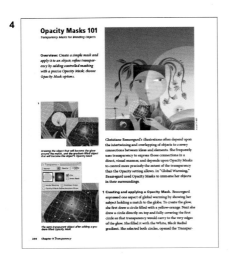

5

6

息旁找到提示，但是如果用户没有耐心，就会跳过这些提示转而去找其他有趣的或相关的提示了。提示中的红色箭头→、红色方框以及红色文本（有时与艺术作品一起）是为了加强或进一步解释相关的概念或技巧。

3 **练习（难度适中）**。本书包含的逐步讲解的练习可以帮助您成为卓越的Illustrator大师。"Illustrator之禅"一章和Wow! CD中的Zen Lessons这些精髓课程可以帮助用户掌握Illustrator的操作方法和精华。一点一滴地、有序地、轻松地学习这些课程，享受其中的乐趣。所有的Finger Dances（指尖舞蹈）都可以用于Mac和Windows。

4 **技巧**。在本部分可以找到逐步解释的技巧，这些技巧来自近100位Illustrator Wow! 美术师。大多数技巧集中讲述如何创作图像，但作者经常会引导读者阅读Wow! 中的不同章节（或者是一个具体的技巧、提示或介绍技巧的画廊），以便读者能更深入地了解简要描述的特征。读者可以自由地学习任何一章，但是由于每一项技巧都是建立在前述技巧的基础之上的，因此最好还是循序渐进地学习每一章的内容。一些章节以高级技巧课程作为结尾，该课程假定您已经完全掌握了该章的所有技巧。"高级技巧"一章介绍了高级提示和技巧。

5 **画廊**。画廊中含有的图像与在它前面介绍的技巧有关，画廊中的每一幅图像均有描述美术师如何创作这幅图像的说明，有的还带有包含了技巧的操作步骤，而关于该技巧的详细讲解出现在本书的其他章节。"Illustrator与其他程序"一章几乎包含了所有的画廊，可以让您真正体会到Illustrator的高度灵活性。

6 **参考资料**。本书末尾附有术语表和快捷键。除此之外，当遇到一些在Adobe Help Center中已有详细说明的特殊信息时，我们还将提醒您使用Illustrator Help（帮助）。

致谢

我衷心感谢一百多位艺术家和Illustrator专家，他们很慷慨地让我在本书中收录他们的作品，并让我把他们的技巧公布于世。

特别感谢《Real World Adobe Illustrator CS3》的作者Mordy Golding先生。他一直是本书的拥护者，并与Wow！团队分享自己的专门技艺。Jean-Claude Tremblay是我们了不起的技术编辑，我们很庆幸拥有JC，是他给本书每个技术细节提出宝贵的建议。同时还要感谢所有Adobe的工作人员，包括Philip Guindi, Lon Lorenz, John Nack, Brenda Sutherland, Ian Giblin和Teri Pettit，他们回答了我们提出的无数问题，并回应了我们的一些特殊要求。

此修订本是我们主要团队努力的结果，如果没有这一群了不起的人们，本书就不能完成。感谢首次加入我们团队的Cristen Gillespie先生，他非常幸运地参与了Photoshop Wow！的编写，他的加入给予了我们团队巨大的帮助。他编写了大量的新课程和画廊，更新了本书的样式向导，还增加了简介章节。Randy Livingston也参与了此版本的编写，承担编写更新很多章节的介绍部分的艰巨任务，包括介绍活色彩的章节。我们最终的作者是Andrew Dashwood，他从阿姆斯特丹发送文件和评论意见，他不仅是我们的Flash专家也是活色彩的"替补"专家。感谢经验丰富的Wow！作者Dave Awl，他返回自己的岗位更新了一大批介绍部分的内容。Lisa Jackmore再次出色地完成了画廊和Illustrator CS3 Wow！《轮廓课程》（from ssteuer.com/edu）的工作。Conrad Chavez这次回来只是编写了一个课程，因为他现在是一位著名的作家（编写了《Real World Photoshop CS3》）。感谢Elizabeth Rogalin，她的辛苦工作加速了Wow！Lingo的编写（Elizabeth是The Illustrator 7 Wow！Book一书的编辑）。我非常感谢Peg Maskell Korn，他从一开始就参与进来，不断地忍受我随时随地的引证原理。同时还要感谢由试验者和顾问构成的一流的团队，特别是Vicki Loader, Federico Platón, Bob Geib, Nini Tjäder和Mike Schwabauer。特别要感谢Adam Z Lein，是他帮助我们建立并支持庞大的在线更新数据库，方便了我们追踪什么人在做什么事。感谢一直作为我们智囊的Sandee Cohen。感谢Rebecca Plunkett制作了灵活的目录，这样也方便了她制作索引。感谢Jay Nelson在Wow！和《Design Tools Monthly》的协力合作。

感谢CDS为我们承担了巨大的印刷工作。还要感谢Peachpit出版社所有的员工，是你们的努力造就了本书的问世。特别感谢Nancy Davis、Connie Jeung-Mills、 Nancy Ruenzel、Rebecca Ross和Mimi Heft（他们使用Christiane Beauregard的可爱插图制作了华丽的封面设计，并且紧急地重新进行了设计）。Eric Geoffroy是我们的媒体制作商，他接收了我们上百万个传真。感谢Linnea Dayton，Wow！系列的编辑。最后衷心感谢我的家人和所有的朋友们。

Wow!
Contents
at a
Glance...

最低系统要求

Macintosh：
- G4 或 G5 处理器或双芯 Intel 处理器
- Mac OS X v.10.4.8

Windows：
- Intel Pentium 4，Intel Centrino，Intel Xeon 或 Intel Core Duo（或兼容）处理器
- Microsoft Windows XP（SP2）或 Windows Vista Home Premium，Business，Ultimate 或 Enterprise（被 32 位版本验证）

Macintosh 和 Windows：
- 512MB 内存（建议使用 1GB 内存）
- 2.5GB 可用硬盘空间（在安装时要求更大的硬盘空间）
- 显示器分辨率为 1024×768，16 位显卡
- DVD-ROM 驱动器
- 要求安装 QuickTime 7 软件来播放多媒体内容
- 激活产品时要求网络或电话线连接
- Adobe Stock Photos 和 kuler 等需要宽带连接

Illustrator 基础

这一章的提示和技巧能帮助用户轻松、有效地使用 Adobe Illustrator。无论是 Illustrator 的老用户还是刚入门的新手，都会在本书中找到相关的信息提高自己的工作效率，并快速熟悉该软件的最新功能。

计算机与系统配置要求

在过去的几年里，计算机软件领域取得了显著的进展，同样 Adobe Illustrator 也不例外。人们对最低系统配置的要求已经猛烈地上升到要求计算机能够容纳更快更有效的应用软件。在陈旧的计算机系统下，Adobe Illustrator CS3 很可能已不能有效地运行（或者根本不能运行）。例如 Adobe Illustrator CS3 要求最低的内存配置是 512MB（是 CS2 所要求内存的两倍）。您还需要比以前更多的硬盘空间，至少是 2.5GB（比以前大了两倍）。另外还需要考虑一点：Adobe Illustrator CS3 DVDs 装有自定义内容（模板、程序库和字体），您可能想把这些存储到您的硬盘里。显示器至少需要容纳 1024×768 像素的分辨率，如此一来您的工作区域才能不受限制。虽然如此，您仍需要进行重要的改善，使选项板最小化而使文档的工作区域最大化。现在您可能按照自己的规格定制了比以前更好的工作空间。

设置您的页面
新建文档配置文件

当您启动 Illustrator 的时候，只要关闭所有的文档窗口，就能看到一个欢迎界面，方便您进一步操作：打开最近使用的项目和 Create New（新建）列表。打开最近使用的项目列表中列出了您在 Illustrator 里最近打开的 9 个文档。

这些文档是按照时间的先后顺序进行排列的，而最近打开的文档则位于最上方。在列表的最下方有一个标记为"Open（打开）"的文件夹图标，它能够转到"打开"对话框，这样您就能浏览并打开任何事先保存到电脑上的文档。

在 Create New（新建）列表中，您能够看到 6 个默认文档配置文件：Print（打印）、Web（网站）、Mobile and Devices（移动设备）、Video and Film（视频和胶片）、Basic CMYK（基本 CMYK）和 Basic RGB（基本 RGB）。这些默认文档配置文件都有预设，而您新建的文档就以此为基础。当然，您可以无视或改变新建文档对话框所提供的这些默认设置，那么您可以单击列表中任意一个文档配置文件。要记住的是您可以创建和保存自己的文档配置文件。

您可以从文件菜单里找到 New（新建）、New from Template（从模板新建）、Open（打开）和 Open Recent Files（最近打开的文件）命令。在新建文档对话框中，您可以给您想要的一个具体的方案命名一个新文件、确认新建文档配置文件的类型、确认文档的大小和色彩模式（CMYK 或 RGB）以及其他参数。

使用模板

在欢迎界面中"Create New（新建）"列表的下面是"从模板"文件夹图标。单击这个图标，弹出"从模板新建"对话框，可以打开 Illustrator 所存储的全部模板。您还可以通过选择"File（文件）>New from Template（从模板新建）"命令来打开模板文件。如果您想把自己的作品作为模板进行保存，那么选择"File（文件）>Save as Template（存储为模板）"命令即可。模板文件能帮助您很容易地在已完成的设计的基础上创建一个新的文档。

欢迎界面提供了多个选项来开始自己的工作，还提供了获取信息和其他资源的方便途径

Adobe 培训

除了 Help（帮助）>Illustrator Help（帮助），在 www.adobe.com/designcenter 可以得到更多有用的信息。

创建文档配置文件

在您的硬盘里找到文件夹新建文档配置文件，复制其中的一个现有配置文件，在 Illustrator 里把它打开，自定义（例如，改变内容、改变色彩模式等等）并且把它保存到相同的位置。这时就会出现欢迎屏幕界面。当您创建自定义配置文件的时候，从现有的 6 个基本的文档配置文件(打印、网站、视频等)开始是非常重要的。在打印时，如果您想拥有自己的自定义配置文件，首先需要复制打印文档配置文件（按⌘-D/Ctrl-D 键，然后对其重新命名）。这样，您将支持元数据编码 Illustrator 用户来识别文档配置文件的类型（比如说打印或网站）。

丰富的模板

Illustrator 的模板文件夹在 Cool Extras 文件夹下，而 Cool Extras 文件夹在 Illustrator 应用文件夹下。在 Cool Extras 文件夹下您能找到 Illustrator 自带的 200 多个免费模板——您还能把自己创建的模板存储到该文件夹中（这是个不错的主意，因为通过 File>New from Template 命令创建新模板时，系统默认从该处调用模板）。

Illustrator CS3 装载的免费模板之一——这是一个 DVD 菜单（文档配置文件：视频和胶片）

跳过对话框

按 Option/Alt 键单击任何文档选项 [在 Welcome screen（欢迎屏幕）的 Create New（新建）列表之下]，能够隐藏 New Document（新建文档）对话框。

交互的 Print Preview 模式

Print（打印）对话框中的 Print Preview（打印预览）具有交互功能，您可以在页面上移动作品。在 Thumbnail Preview（缩略图预览）模式下双击鼠标，即可将作品重新放到页面中心。
——*Mordy Golding*

Illustrator 的模板（扩展名为 .ait）是一种特殊的文件格式。当用户从模板中创建新文档时（可以从"文件"菜单或欢迎界面中选择），Illustrator 会创建一个基于模板的 Illustrator 文档（扩展名为 .ai）。不管用户对新文档如何改动，以 .ait 为扩展名的模板文件不会改变。当用户从模板中创建一个新文档时，Illustrator 会自动装载与模板文件相关的各种设置（包括画板的大小、样本、字符与段落格式、符号和指南等）以及模板包含的相关内容。

用户可以创建尽可能多的初始模板，同时也可以使用 Illustrator 中超过 200 个专业设计的模板——这些模板包罗万象，有商业卡片、网页以及餐馆菜单等。

画板（Artboard）

黑色实线所构成的方框决定了画板的尺寸和文档最终的大小，双击 Hand Tool（抓手工具）将使图像充满当前的窗口（或者按⌘-01/Ctrl-0）。可以选择 View>Show Page Tiling 命令来显示虚线，选择 View>Hide Page Tiling 命令来隐藏虚线；使用 Page Tool（页面工具）单击并拖动画板上的虚线框，可以改变虚线框的大小。

有了 Illustrator 更高级的打印控制（File>Print），用户可以更精确地选择打印对象。在 Print（打印）对话框的 Setup（设置）>Crop Artwork to（将图稿裁剪到）下拉列表框中，您可以选择 Crop Area（裁剪区域）选项，也可以选择 Artboard（画板）或 Artwork Bounding Box（图稿定界框）选项。Artboard 根据 Illustrator 页面大小决定打印的内容，Artwork Bounding Box 采用艺术作品的边缘框，而 Crop Area（裁剪区域）则使用画板上定义的裁剪区域定义裁剪区域。（至于网站和视频文件，您应该把裁剪区域作为打印的尺寸；对于这些文档配置文件来说，画板是非常非常大的。请参照"Web 与动画"章节，了解更多相关的内容。）

打印对话框

由于 Illustrator 中设置了全方位服务的 Print（打印）对话框，用户已经没有必要再使用 Page Setup（页面设置）对话框来改变纸张大小或方位等内容。事实上，用户可以完全依靠 Print（打印）对话框来完成这些甚至更多的设置。

前面已经提到，Print（打印）对话框的预览区域表示页面的可打印区域。预览区域可以帮助用户准确地选取艺术作品中想要打印的对象，并将该艺术作品缩放到合适的大小，因此用户不必为了在不同区域打印对象而刻意改变画板尺寸或移动缩放对象。

Illustrator 可以让您及时地用 Print Preset（打印预设）来保存打印设置，因此如果您正在设计广告板或其他的大幅宣传画，可以设置合适的尺寸并保存为 Print Preset（打印预设），此后可以很方便地调用该预设尺寸。

使移动更简便

仔细阅读本节，您肯定可以学会选择工具与调用功能的多种方法，这些简单的技巧可以避免您总是使用鼠标在工具箱中单击或使用下拉菜单。

键盘快捷键工具与导航器

如果要使用某个工具，按一下快捷键即可。例如按 T 键选择 Type Tool（文字工具），按 P 键选择 Pen Tool（钢笔工具）等。可以通过按相应的键盘快捷键来选取工具箱中的任意工具要想获取工具的快捷键，启动 Show Tools Tips 功能（该功能默认已启动），将光标放置在工具箱的工具上，其快捷键就会出现在工具名称后面的括号中 [在 General Preferences（常规首选项）对话框中勾选显示工具提示复选框]。

Illustrator 的一站式 Print（打印）对话框——注意左下角的预览区域，该区域向用户展示了页面的可打印区域，而且用户可以调整并缩放艺术作品用于打印

Mac 用户：建议在 Illustrator 的 Print（打印）对话框中设置用户选项，而不要在操作系统提供的 Page Setup（页面设置）对话框中设置。如果用户忘记了这一点，Illustrator 将用如上所示的信息对话框提醒用户

自定义键盘快捷键

给菜单项或工具赋予一个新的快捷键，执行 Edit>Keyboard Shortcuts（键盘快捷键）命令。任何改变都会导致键集名称变为"Custom（自定）"。如果选择的快捷键已经被使用，您将会被告知该快捷键当前正在使用，重新赋值会导致该快捷键从当前所在的菜单项或工具中删除。当退出对话框时，系统将会询问您是否保存自定义的设置。您不能覆盖预设的快捷键。

改变大小和描边宽度

双击 Scale Tool（比例缩放工具），在弹出的对话框中可以设置选中对象的大小，还可以选择是否改变线条的宽度，各项设置如下。

- 勾选 Scale Strokes & Effects（比例缩放描边和效果）复选框，可以同时缩放选中对象与线条宽度。
- 取消 Scale Strokes & Effects 复选框的选择，可以缩放选中对象，同时保持线条宽度不变。
- 缩小线宽（50%）而不改变对象大小，首先取消 Scale Strokes & Effects 复选框的选择，放大选中对象（200%），然后选中 Scale Strokes & Effects 复选框，将选中对象缩小（50%）。反过来操作可以加大线宽。

PAPCIAK-ROSE

选中一个（非文本）矢量对象时，Control Panel（属性栏）上显示的各种选项

选中 Type（文本）对象时，Control Panel（属性栏）上显示的各种选项

选中一个 Live Paint 对象时，Control Panel（属性栏）上将显示如上所示的各种选项（Live Paint 将在"进阶绘图与着色"一章中讨论）

注意：键盘快捷键在文本编辑模式下不起作用。按 Esc 键退出文本编辑模式，即可使用键盘快捷键。由于在编辑过程中会自动保存，因此输入的文本不会改变。

改变键盘快捷键

要改变工具或菜单项的快捷键时，打开 Keyboard Shortcuts（键盘快捷键）对话框 [执行 Edit（编辑）> Keyboard Shortcuts（键盘快捷键）命令] 进行操作。改变快捷键会使键集名称变为"Custom（自定）"，当完成更改后退出对话框时，将弹出对话框询问是否将修改后的快捷键保存为一个新的文件。这个文件将被存储在 Preferences>Adobe Illustrator CS3 Settings 文件夹中，并以".kys"为扩展名。如果将 .kys 文件移动到 Presets 文件夹（在 Adobe Illustrator 文件夹下），该电脑上的其他用户也可使用该文件。不仅如此，每次改变某一保存的设置时，系统都会询问是否覆盖原设置。您也可以单击 Save（存储）按钮创建一个新的快捷键文件，单击 Export Text（导出文本）按钮可以将这些快捷键输出到文本文件中作为参照或者用于打印。

注意：用户不能自定义大部分选项板项目的快捷键，但是执行 Edit>Keyboard Shortcuts 命令后，还是可以发现在菜单命令的底部有一些项目的快捷键是可以自定义的。

新增的属性栏

Illustrator 中最便利的特征之一就是新增的 Control Panel（属性栏），在默认情况下它浮动在工作区上方，根据当前选中对象的类型，可以显示不同的工具和控制命令。例如，如果选中文本对象，属性栏显示有关文本设置的选项；另一方面，如果您选中一个艺术对象，则根据对象类型会显示许多选项，比如 Stroke、Brush、Style 或 Expand 选项，这些都取决于对象的类型。如果选中了多类对象，Control Panel（属性栏）将另外显示排列选项来让您选择如何设置所有这些对象。

单击菜单命令可自定义 Control Panel（属性栏），还可以选择将 Control Panel（属性栏）浮在工作区下方而非上方，并选择或取消能显示在选项板中的众多命令。属性栏还能够作为一个不固定的选项板被重新定位，方法是抓住属性栏的手柄，把它拖动到想要的位置。当您把属性栏拖动到工作区域的最上方或者最下方时，将会看到显示出的一个蓝色指示条。当看见这个蓝色条时，要停止拖动并松开属性栏，然后就能"重新停靠"属性栏了。

单击属性栏中带下划线的文字，可以显示相关的选项。例如，单击 Stroke（描边）选项，将显示 Stroke 选项下拉面板；单击 Opacity（不透明度）选项，将弹出 Transparency（透明度）选项下拉面板；单击箭头，将出现弹出式滑块条，如单击 Opacity（不透明度）右边的箭头，将弹出 Opacity（不透明度）滑块条。

快捷菜单

如果用户熟悉了快捷菜单，将会发现使用这些菜单可以节约大量的时间。在 Windows 操作系统下，单击鼠标右键即可；在 Mac 操作系统下，如果鼠标是单键的，按住 Control 键的同时按住鼠标键不放，这两种情况都会弹出快捷菜单，为您提供了另一种选择选项的方法。

分离工具子集

Illustrator 工具箱允许将工具子集分离出来并拖动到其他的位置。在带弹出式菜单的工具按钮上按住鼠标左键不放，将光标拖动到弹出菜单的尾部再释放鼠标即可。

使用对象
锚点、线条和贝塞尔曲线

Illustrator 不是使用像素画图，而是生成由点构成的图像，这些点叫做"锚点"，它们由曲线或直线连接，这些线条叫做"路径"，并且在 Outline 视图模式下可见（执

一个 Control Panel（属性栏）中的可单击的下划线选项。如果单击该选项，将打开下拉式的 Stroke（描边）选项面板

拖动 Control Panel（属性栏）的夹条（在该选项板的左边界上）即可将它"浮动"在任何位置。将它拖回工作区上方或下方即可重新停靠该选项板，它会贴回原来的地方。

当您移动选项板的时候，会显示出一个蓝色条，它指示您可以停靠选项板的位置

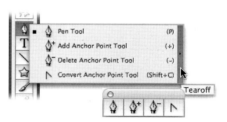

拖出工具栏

改变测量单位

为标尺、选项板、一些对话框或滤镜设置测量单位，或为笔画和文本设置测量单位，使用 Preferences（首选项）中的 Units & Display Performance（单位和显示性能）区域即可。

注意：按住 Control 键的同时单击标尺（Mac）或者用鼠标右键单击标尺（Win 或者 Mac）即可选择测量单位。或者通过按 ⌘ -Option-Shift-U/Ctrl-Alt-Shift-U 键来切换标尺单位。

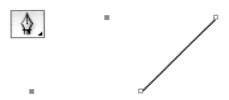

单击 Pen Tool（钢笔工具）以绘制直线的锚点

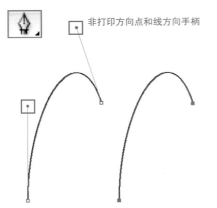

非打印方向点和线方向手柄

用 Pen Tool（钢笔工具）单击并拖动以创建锚点，拖动方向线以绘制曲线

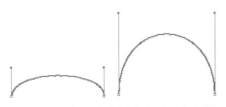

如果方向手柄太短，曲线就比较浅，如果方向手柄长，曲线就比较深

手柄的长度和角度决定着曲线的"姿势"

行 View>Outline 命令进入 Outline 模式，执行 View>Preview 命令返回）。Illustrator 可以描述每条路径的位置、大小以及其他属性，例如路径的填充色、笔画宽度和颜色等。在创建对象时，可以改变对象的叠放次序，还可以将多个对象组合，这样可以将它们当作一个对象选择，在需要的时候还可以取消组合。

在几何学中，我们知道两点之间最短的距离是直线。在 Illustrator 中，这条规则表示为每条直线由两个锚点决定，可以用 Pen Tool（钢笔工具）或者 Line Segment Tool（直线段工具）绘制直线。

对于数学上描述的矩形与椭圆，Illustrator 根据用户指定的总宽度与高度计算几何体的中心、边长或半径。

对于包含自由曲线的、更复杂的形状，Adobe Illustrator 允许用户使用 Pen Tool（钢笔工具）生成 Bézier Curves（贝塞尔曲线）来构造。Bézier Curves（贝塞尔曲线）由非打印锚点（这些锚点固定了曲线）和方向点（决定曲线的角度和凹凸）定义。为了使方向点更容易辨别和操作，每一个方向点与锚点用非打印的方向线相连。当用户使用 Pen Tool 创建路径或者使用 Direct Selection Tool 编辑路径时，可以看见方向点与方向线。尽管这一切听起来似乎有些复杂，但 Bézier Curves（贝塞尔曲线）使用起来很直观。虽然开始时有些难，但这些曲线是使用 Illustrator 的核心与灵魂。同时，轻松自在地运用 Illustrator 的 Pen Tool（钢笔工具）对您的帮助非常大，而您在 Photoshop 和 InDesign 中也会用到钢笔工具。

关于贝塞尔曲线

如果您刚刚接触贝塞尔曲线，可花些时间学习 Adobe 的培训资料。参照 Wow！CD 中的 Ch02-Zen 文件夹，它包含了一些精华的练习课程，可以帮助您深层次地了解贝塞尔曲线。

许多图形程序都包含贝塞尔曲线，因此掌握 Pen Tool（钢笔工具）非常重要，尽管刚开始的时候是个挑战。Corel Painter 中的 Friskets，Photoshop 和 InDesign 中的路径以及许多 3D 软件中的轮廓线等都要用到贝塞尔曲线。

掌握贝塞尔曲线的要诀是：一开始定量地学习，如果感到迷茫就停下来，过一会儿再继续学习。设计师 Kathleen Tinkel 将贝塞尔方向线描述为"跟随曲线的手势"，这个艺术性的观点或许会帮助您创建出流水般光滑的贝塞尔曲线。

关于贝塞尔曲线的一些规则

- 方向线的长度和角度可以"预测"曲线的形状。
- 为了确保曲线光滑，应将锚点放置在弧的一侧，而不是两边。
- 锚点数越少，曲线看上去越光滑，打印的速度也越快。
- 拖动方向锚点可以调整曲线的高度和角度，或者可以通过约束框调整曲线高度。

注意光标！

Illustrator 中的光标变化不仅暗示了选取的工具，还暗示了将要执行的操作。如果用户能注意观察自己的光标，将会在 Illustrator 中避免大多数常规的错误。

如果选择 Pen Tool（钢笔工具）：

- **开始操作之前**，光标显示为带有"×"符号的 Pen Tool（钢笔工具），表示开始绘制一个新对象。
- **已经绘制了对象**，光标显示为正常的钢笔形状，表示将要在已存在的对象上添加锚点。
- **如果光标移近已存在的锚点**，光标将变成钢笔工具并带有"一"符号，表示将要删除已有锚点。如果在这个锚点上单击并拖动，将重新绘制该曲线。如果单击

开始绘制一个对象

添加一个节点

删除一个节点

创建一个拐角（光标在已有的节点上）

从一个锚点继续控制

将两条线段连接起来

闭合对象

Pen Tool（钢笔工具）的基本光标变化

"连接"指的是 Bézier Curve（贝塞尔曲线）在一点上与一条直线或另一条曲线相连。

- **融合一条曲线＃1**：当单击并拖动鼠标绘制一条直线时，按住 Option/Alt 键来连接曲线——拖出新的方向线。
- **融合一条曲线＃2**：使用 Pen Tool（钢笔工具），按住 Option/Alt 键并拖动最后一个节点来连接曲线——拖出新的方向线。
- **连接曲线与直线**：将 Pen Tool（钢笔工具）置于直线的节点上，单击并拖出需要连接的曲线。
- 使用 Convert Anchor Point Tool（转换锚点工具），使融合后的节点和曲线更加平滑。

选定了路径之后，可以看到 Control panel（属性栏）上新的 Bezier（贝塞尔）控制按钮。同样，选择 Preferences＞Selection & Anchor Display 命令进行设置，然后创建出更容易看到和使用的点和线。

并在拖动锚点的同时按住 Option（Mac）/Alt（Win）键，将拖出新的方向线，生成一个拐角（如花朵的花瓣）。如果单击锚点，将破坏外方向的方向线，此时可在曲线上添加直线。

- **如果光标移近对象的终端锚点**，光标将变成带有"O"符号的钢笔工具，表示将要"闭合"路径；如果闭合了路径，光标将变成带有"×"符号的钢笔工具，表示将要绘制一个新的对象。

- **如果使用 Direct Selection Tool（直接选择工具）调整对象**，当准备继续绘制对象时，注意观察光标。如果光标仍显示为正常的钢笔工具形状，可继续在对象上添加节点。如果钢笔工具带有"×"符号（表示将要绘制一个新的对象），此时必须重新绘制上一个节点。当接近上一个节点时，光标将变成带有"/"符号的钢笔工具，单击并拖动最后的节点将重新绘制最后一条曲线。

  单击并拖动角点时按住 Option（Mac）/Alt（Win）键，可绘制新曲线。

贝塞尔曲线编辑工具

用来编辑 Illustrator 中路径的一组工具叫做贝塞尔编辑工具。要选择这些工具，单击并按住 Pen Tool（钢笔工具）、Pencil Tool（铅笔工具）或 Scissors Tool（剪刀工具），在弹出的菜单中可以选择其他工具，还可以分离这些工具的工具子集。要了解把路径和新对象结合的详细信息，请参阅"进阶绘图与着色"一章的 Pathfinder（路径查找器）。

- **Pen Tool（钢笔工具）与自动添加/删除功能。**Pen Tool（钢笔工具）具有许多用途。自动添加/删除功能 [（默认情况下已启用，可通过 General Preferences（常规首选项）取消）] 启动后，当 Pen Tool（钢笔工具）位于一条已选中的路径上时，将会自动变成添加锚点工具；当 Pen Tool（钢笔工具）位于路径的节点上时，将会自动变成删除锚点工具。按住 Shift 键，可暂时取消 Pen Tool（钢笔工具）的自动添加 / 删除功能。如果不想在创建路径时受角度限制，那么应在释放鼠标前释放 Shift 键。

- **Convert Anchor Point Tool（转换锚点工具）。** Convert Anchor Point Tool（转换锚点工具）隐藏在 Pen Tool（钢笔工具）的弹出式菜单中（默认的快捷键是 Shift-C），可通过该工具单击锚点将平滑点转换为拐角点。要将一个拐角点转变成平滑点，单击并逆时针拖动拐角点可生成新的方向线（或者旋转拐角点直到修整了曲线）。要将一个平滑点转变成曲线融合点（两条曲线在这里结合），单击方向点并按住 Option/Alt 键，将其拖动到新的位置，当 Pen Tool（钢笔工具）被选中时，用户可暂时通过按住 Option/Alt 键切换到 Convert Anchor Point Tool（转换锚点工具）。

- **Add Anchor Point Tool（添加锚点工具）。** Add Anchor Point Tool（添加锚点工具）在 Pen Tool（钢笔工具）的弹出式菜单中，可以通过按 +（加号）键切换到该工具，该工具将在单击路径的位置上添加一个锚点。

- **Delete Anchor Point Tool（删除锚点工具）。** Delete Anchor Point Tool（删除锚点工具）在 Pen Tool（钢笔工具）的弹出式菜单中，可以通过按 -（减号）键切换到该工具，该工具在单击路径锚点时删除该锚点。

注意：如果通过按 + 或 - 键获得了增加或删除锚点工具，则必须通过按 P 键回到 Pen Tool（钢笔工具）。

- **Pencil Tool（铅笔工具）。** 双击 Pencil Tool（铅笔工具）按钮，在打开的 Pencil Tool Preferences（铅笔工具首选项）对话框中勾选 Edit Selected Paths（编辑所选路径）复选框，选取一条路径，用 Pencil Tool（铅笔工具）在路径上或靠近路径绘制，即可修改路径的形状。

几何形状的乐趣

Ellipse Tool（椭圆工具）、Polygon Tool（多边形工具）、Star Tool（星形工具）和 Spiral Tool（螺旋线工具）是简单而强大的工具，与下列按键组合使用，将使操作更简单。

- 按住空格键并拖动可重新定位对象。
- 按住 Shift 键将限制对象的属性。
- 按向上键（↑）可增加星形的角点、多边形的边数和螺旋形的圈数。
- 按向下键（↓）将减少星形的角点、多边形的边数和螺旋形的圈数。
- 按 Option（Mac）/Alt（Win）键可增加星形角点的角度。
- 按住⌘/Ctrl 键并拖动可改变星形的内外半径，增加或减少螺旋形的衰减度。
- 按住 ~ 键并拖动鼠标，创建的复合对象取决于拖动的速度与长度。

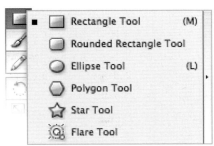

- **Smooth Tool（平滑工具）**。Smooth Tool（平滑工具）通过平滑角点和删除锚点来平滑路径上的点。Smooth Tool（平滑工具）在平滑锚点和路径时，会尽可能保持路径原有的形状。

- **The Path Eraser Tool（路径橡皮擦工具）**。The Path Eraser Tool（路径橡皮擦工具）能够清除部分被选中的路径（使用任意一个选择工具来选择路径）。想要更多了解路径橡皮擦工具，请参照"绘图与着色"章节。

- **The Eraser Tool（橡皮擦工具）**。当您想对矢量对象进行一点小改动的时候，使用 Eraser Tool（橡皮擦工具）会大肆破坏矢量对象。如果您选中了一个矢量对象，那么橡皮擦工具只对被选中的对象起作用。如果您没有选中任何对象，那么被橡皮擦工具触及到的所有矢量对象都会受到影响（通过所有没被锁定的可视图层）。请参照"绘图与着色"章节了解橡皮擦工具的细节内容。

- **Scissors Tool（剪刀工具）**。Scissors Tool（剪刀工具）通过在单击处加上两个不连续的、选中的锚点来剪切路径，锚点位于两段剩余路径的端点。若只选中其中一个锚点，取消选择对象，使用 Direct Selection Tool（直接选择工具）单击剪切处，这样可以选中上一个锚点，将其拖到一边即可更好地看清楚两个锚点。

- **Knife Tool（美工刀工具）**。Knife Tool（美工刀工具）可切割所有未锁定的可视对象和闭合路径。只需拖动 Knife Tool（美工刀工具）穿过要切割的对象，然后选中对象即可将其移动或删除。使用该工具的同时按住 Option（Mac）/Alt（Win）键，可强制用直线来切割对象。

几何对象

由 Ellipse Tool（椭圆工具）、Rounded Rectangle Tool（圆角矩形工具）、Polygon Tool（多边形工具）和 Star Tool（星形工具）制作的对象叫做"几何图形"，这些几何图形是用对称的路径与非打印的锚点组合来描述的，锚点表示几何对象的中心，使用几何对象的中心可排列几何对象与其他对象及捕获辅助线。可以使用数值或手工创作几何对象，这些工具位于工具箱中 Rectangle Tool（矩形工具）的弹出式菜单中（请参阅"Illustrator 之禅"一章创建与操作几何对象的练习以及提示）。

- **手工绘制几何对象**。选择需要的几何工具，单击并拖动对象的一个角点到另一个角点生成对象。按住 Option/Alt 键可从中心向外拖动生成对象（按住 Option/Alt 键直到释放鼠标，以确保对象从中心开始绘制）。一旦绘制好几何对象，便可像其他路径一样对其进行编辑。

- **输入数值绘制几何形状**。选择一个几何工具，在 Artboard（画板）上单击要创建对象的左上角点，在弹出的对话框中输入数值，然后单击 OK 按钮。要从对象的中心创建对象，可按住 Option/Alt 键单击画板。

绘制弧线。选择 Arc Tool（弧形工具），然后单击并拖动鼠标开始绘制弧线。按 F 键可改变弧线的凹凸程度，使用上下箭头键可调整弧线的半径；按 C 键可绘制与轴垂直的线条，并"闭合"弧线；按 X 键可改变弧线，而不移动轴线（按 F 键既改变弧线，又改变轴线），释放鼠标即可完成绘制。

绘制网格。选择 Rectangular Grid Tool（矩形网格工具）或者 Polar Grid Tool（极坐标网格工具），然后单击并拖动鼠标开始绘制网格。在绘制网格时，可以使用各种按键改变网格的形状（详情请参阅 Illustrator 帮助），释放鼠标即可完成绘制。

选取与组合对象
选取
Select（选择）菜单可以让用户非常容易地使用"选择"命令，包括选取多种类型的对象以及特征。可以使用

Selection Tool
（选择工具）

Direct Selection Tool（直接选择工具）

Group Selection Tool（编组选择工具）

Selection Tool（选择工具）选取单个或多个对象，也可以使用 Layers（图层）选项板中的目标指示器选取对象、组合和图层或将它们定为目标。选取组合或图层时，将选中组合或图层中的所有对象，这可以通过 Appearance（外观）选项板和 Graphic Styles（图形样式）选项板来设置（要获取更多的信息请参阅"图层与外观"一章）。

可以使用 Lasso Tool（套索工具）环绕对象选中整个路径或多个路径，按住 Option/Alt 键，使用 Lasso Tool（套索工具）可将路径从当前选区中取消，按住 Shift 键使用 Lasso Tool（套索工具），可将路径加入到当前选区。

使用 Direct Selection Tool（直接选择工具）或 Lasso Tool（套索工具）可选择路径的单个锚点或路径的一部分，按住 Option/Alt 键使用 Direct Selection Tool（直接选择工具）或 Lasso Tool（套索工具）可将锚点从当前选区中取消，按住 Shift 键使用 Lasso Tool（套索工具）可将锚点加入到当前选区。

组合与选取

许多软件提供了组合功能，这样便可以将多个对象作为一个整体操作，在 Illustrator 组合中所有的对象位于同一个图层，并且在 Layers（图层）选项板中有一个组合图层，记住，如果想让对象处于不同的图层，则不需要使用组合（要获得更多的图层信息，请参阅"图层与外观"一章）。那么，什么时候组合对象呢？如果需要重复将多个对象作为整体选取或对多个对象进行同一种操作，则需要组合对象。以一辆自行车的插图为例，使用组合功能组合轮子的轮辐，接着组合两个车轮，再将轮子与框架组合在一起。本书在以后的讲述中还会提及这幅自行车插图。

- **使用 Direct Selection Tool（直接选择工具）。** 使用

Direct Selection Tool（直接选择工具）单击锚点或路径，将选中该点或路径的一部分。如果您单击轮子上的辐条，那么就选中了单击的辐条路径的一部分。

- **使用 Selection Tool（选择工具）。** 使用 Selection Tool（选择工具）单击某一对象，将选中包含该对象的最大编组。在自行车的例子中，便是选中整个自行车。

- **使用 Group Selection Tool（编组选择工具）。** 使用 Group Selection Tool（编组选择工具）可逐步选择组内对象。首次单击将选取单一对象，再次单击将选中整个轮辐路径，第 3 次单击选中整个车轮，第 4 次单击选中两个轮子，第 5 次单击选中整个自行车。（或者，框选对象的一部分来全选它们。）注意：如果要获取或移动用 Group Selection Tool（编组选择工具）选中的对象，必须选择其他的选择工具或者在选择的过程中单击并拖动而不释放鼠标。如果继续使用 Group Selection Tool（编组选择工具）单击，将会选中下一层的组合。

- **请参阅"Illustrator 之禅"一章的"指尖舞蹈"课程。** 该部分包含一系列的使用选择工具的练习。

使用对齐选项板

Align（对齐）选项板 [执行 Window（窗口）>Align（对齐）命令] 包含了一系列非常有用的工具，使您能控制对象的排列或分布方式。如果您使用 Selection Tool（选择工具）或者 Group Selection Tool（编组选择工具）来选中对象，那么这些功能就会排列和分布您选中的对象。然而，如果您的选择对象包含任何运用 Direct Selection Tool（直接选择工具）或 Lasso Tool（套索工具）选中的锚点，那么这些功能就会排列"在选中对象里的所有的点"，和您使用的 Average Function（平均功能）大致相同。（请参照下面小节里所论述的

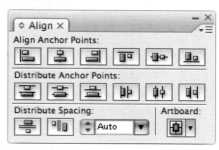

Align（对齐）选项板上的所有选项

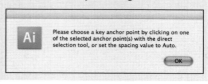

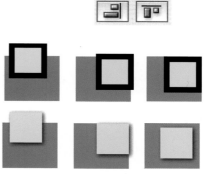

使用 Use Preview Bounds 来帮助对齐有描边的对象，但是如果对象应用过图形效果（如阴影），会产生奇妙的结果：左图的矩形未对齐，中间的是同样的矩形，每对矩形都被对齐到右上角，右边是启用 Use Preview Bounds 之后上对齐 / 右对齐的结果

在选项板中输入测量单位

要使用当前的测量单位，只需要输入数字，按 Tab 键移动插入点到下一个文字框，或是按 Return/Enter 键。要使用另外的测量单位，在数值后加上"in"（"inch"英寸）、"pt"（"point"点）、"p"（"pica"派卡）或是"mm"（"millimeter"毫米），按 Return/Enter 键。要重新在图像文本框中输入数值，按 Shift-Return 键。用户也可以在选项板中输入"calculations（算式）"。例如，如果您知道确切的长方形尺寸大小，您可以输入 72pt + 2mm 高度。Illustrator 接着会计算并应用结果。部分算式也可以运作；如果您输入＋2，Illustrator 会在当前所选择的单位上加上 2。试试看！

连接警告

如果得到不能连接节点的错误提示信息，除了警告中提到的条件外，还可以采取下列措施。

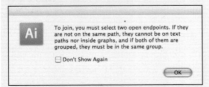

- 确定只选中两个节点（没有误选第 3 个游离点）。
- 确定选中的是端点而不是中间点。

"连接和平均"内容）。尽管大多数的 Align（排列）和 Distribute controls（属性控制）选项会出现在属性栏里，但仍然有一些强大的控制选项仅仅出现在 Align 选项板里。因此，如果您想通过控制选项板来排列或分布对象，可能需要打开 Align 选项板，以应用它的一些先进的功能。

为了确保显示出所有的 Align 选项板选项，单击位于选项板右上方的两个三角形，或者从选项板菜单中选择"Show Options（显示选项）"命令。

您能够使用 Align 选项板对沿着一个特定轴线的对象进行排列，不过这要根据对象的边缘或锚点。首先要选中想要排列或分布的对象。如果您想排列或分布对象至选中的所有对象的边界框，那么就单击位于排列选项板里的任意按钮，这样就能显示出您想要的排列了。

如果您想以一个特定的关系排列或分布对象，首先要单击对象，接着单击位于排列选项板里的相应按钮。

您还可以排列对象至色板或剪切区域，从选项板菜单中选择"Align to Artboard"或者"Align to Crop Area"命令，接着单击选项板上适当的按钮即可。您也可以在属性栏中找到此选项。

注意，在默认情况下，Illustrator 用对象的路径来决定对齐或分布对象的方式，但在选项板菜单中选择 Use Preview Bounds 之后，也可以用描边的边缘来决定排列或分布的方式（当对象描边磅数不一致时，这一点非常有用）。但请记住：Adobe 对 the edge of the stroke（描边边缘）的定义包括了应用到该对象的所有效果，包括那些延伸到远远超过描边可见边缘的东西，如阴影。

Align（对齐）选项板还可以指定待分布对象之间的精确距离。首先选择待分布的对象，然后在 Align（对齐）选项板上的 Distribute Spacing（分布间距）区域键入待分布对象的间距 [记住，要在 Align（对齐）选项板上显示 Distribute Spacing（分布间距）区域，可在选项板菜单中选择 Show Options（显示选项）命令；在 Control panel（属性栏）中没有这些命令]。用 Selection Tool（选择工具）单击想固定位置的对象的路径，其余对象将依据该对象来分布，然后单击 Vertical Distribute Space（垂直分布间距）或 Horizontal Distribute Space（水平分布间距）按钮 [在下拉列表框中选择 Auto（自动）选项可取消该选项]。

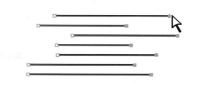

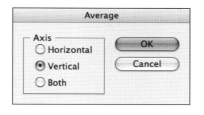

连接与平均

Average（平均）和 Join（连接）是 Illustrator 中最有用的两个功能 [均位于 Object（对象）>Path（路径）菜单或在选项板菜单中]。在属性栏中还有一个"Connect Selectedend Points"按钮。

　　Average（平均）功能还可以排列选中的锚点（要排列对象，可使用 Align 选项板）。使用 Direct Selection Tool（直接选择工具）或 Lasso Tool（套索工具）框选或按住 Shift 键选择对象锚点，然后在弹出式菜单（在 Mac 中按住 Control 键单击，在 Windows 中单击鼠标右键）中选择 Average（平均）命令，将选中的锚点按水平方向、垂直方向或水平垂直方向排列。

　　使用 Average（平均）功能将路径的两个端点置于两者的平均位置；使用 Join（连接）功能连接路径的两个端点，Join（连接）功能对不同对象的操作也不同。

- **如果两个开放锚点互相重合。** 这时，Join（连接）将打开一个对话框，询问连接是产生平滑点还是角点。平滑点是 Bézier Curve（贝塞尔曲线）平滑地连接两条曲线；一个角点则只是让两条路径相连。如果在对话框中单击 OK 按钮，两个锚点将融合成一个锚点。然而，要想得到一个平滑点，必须满足以下条件：用户想要

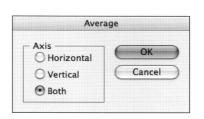

使用 Average（平均）命令垂直对齐选中的末端点，然后选择 "Both" 选项

复制描边和填充

从一个对象复制描边和填充到下一个对象是很容易的。选择一个对象的描边和填充，而这些正是下一个对象需要的。Illustrator 会自动拾取这些元素，因此下一个要绘制的对象会得到相同的描边和填充。

注意：描边和填充的复制对文本不起作用。

选项板的停靠是能够完全自定义的

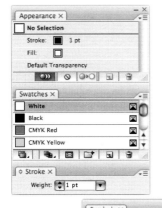

选项板排列的取样以及有定位符的选项板群组，它们处在展开和折叠的不同状态中

连接的两条曲线必须能够连接成平滑曲线。否则，尽管在对话框中选择了 Smooth（平滑）选项，得到的也只能是角点。

- **如果两个开放锚点不重合。** Join（连接）将用线条连接两个端点。如果试图将两个锚点融合成一个锚点，而且程序没有弹出对话框，那么 Illustrator 肯定已经使用线条连接了两个端点。Undo（还原）（按⌘-Z/Ctrl-Z 键）可参阅下面的"一步完成平均与连接"部分。

- **如果选中开放路径。** 这种情况下不必选取端点，Join（连接）将闭合路径。

- **如果两个端点位于不同对象。** Join（连接）将把两条路径连成一条路径。

- **一步完成平均与连接。** 按住⌘-Option-Shift-J（Mac）/Ctrl-Alt-Shift-J（Win）键（这些命令不会出现在菜单上）。如果连接两条直线，将形成角点；如果将一条直线或曲线与另一条曲线连接，将形成曲线角点。

使用选项板

大多数 Illustrator 的选项板都可在 Window（窗口）菜单下获得。在默认情况下，许多选项板图标会出现在您的工作区的右手位置。事实上，在 CS3 里，它们是被停靠在那里的，而且选项板停靠的位置是完全可以设置的。您可以调整停靠栏选项板里图标视图的大小，方法是拖动选项板停靠栏的左边缘至左边或右边。当把它拖动至右边，您就能看到选项栏折叠了，上面只保留有代表性的图标。

选项板停靠栏还能成倍地增加行和列——只需拖动横靠着另一个选项板的选项板即可，接着您就会看到一个蓝色条出现了，这表明选项板能被放置到那里，这时松开鼠标按键就可以了。

单击一个选项板图标就能显示出完整的选项板。此外，当您选择另一个选项板图标的时候，其余的选项板都会自动折叠。单击位于选项板停靠栏右上方的双箭头就能扩展全部的列，显示出所有选项板的群组定位符的实际大小。如果您需要在同一时间内查看一个群组定位符的选项板停靠栏，可以拖动一个选项板定位符，然后把它向上或向下拖动，或向左或向右拖动。还可以把它单独放置，或与另一个选项板停靠在一起，也可拖至一个有定位符的选项板群组。拖动时要找到蓝色条，它指示的是定位符所依附的位置。

当然，您随时可以从停靠栏里拉出一个单独的选项板，那么这些选项板就能够浮动到您想要的位置上。然而，一旦一个选项板正处于浮动状态，那么它就不能自动折叠了，而且关闭它也不能把它缩小至图标状态。为了能够重新停靠它并且有权使用图标，您必须把浮动的选项板拖回至屏幕的右边。

如果您想保存停靠栏设置的一个特殊的排列，那么执行 Window（窗口）> Workspace（工作区）>Save Workspace（存储工作区）命令。请参照下面一节的内容了解更多工作区的知识。

- **重新组合带有标签的选项板以节约桌面空间。**通过将选项板嵌套组合或使用更小的选项板组合可减少选项板占用的空间，从选项板组中拖动一个标签到另外一个选项板组，就可以将这个选项板移动到另一个选项板组中。将一个选项板的标签拖动到另一个选项板的底部，也可以将两个选项板组合在一起。

- **改变选项板大小。**如果选项板右下角有尺寸图标，单击并拖动可缩放选项板。选项板也有弹出式扩展菜单提供额外的选项命令，如果选项板有较多的按钮，在其名称的左侧会有双箭头图标，单击箭头便可在不同选项间切换，单击标题栏上的"最小化"按钮，可将

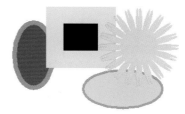

原始的对象

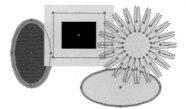

选中的对象工具箱下方的按钮指示的是选择不同的描边和填充

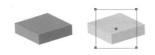

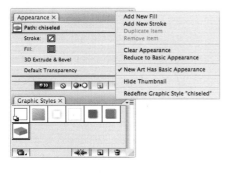

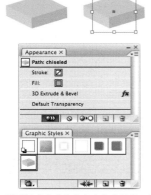

要更新或者替换整个文件中的某一图形样式，选中
一个对象或想修改的样式，然后更新。在该对象仍
处于选中状态时，修改其外观，并在 Appearance 选
项板菜单中选择 Replace Graphic Style 命令，样式
的名称将显示在替换命令的旁边，这样全局地更改
所有使用该名称的图形样式的对象。如果要给样式
重命名，双击其在 Graphic Styles（图形样式）选项
板上的名称，然后重新命名即可

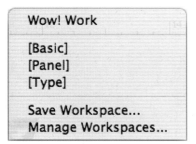

Window > Workspace 菜单显示默认的和自定义的工
作区

所有的选项板缩小成只有标题栏和标签，再单击该按钮，又可重新扩展选项板。双击标题栏可在选项板不同的状态间切换，从最大化模式到折叠模式。

• **恢复选项板默认设置。** 有的选项板 [包括 Character（字符）、Paragraph（段落）和 OpenType 选项板] 包含"重置面板"命令，可以使用户方便地恢复选项板的默认值。

• **改变对象前必须选取对象。** 选取对象后，单击选项板中文本框的标签或里面，便可以输入数值，如果输入的内容不完整，Illustrator 将试图预测输入的词。在文本框中输入数值时，可按 Tab 键切换到另一个文本框。

重要：在选项板的文本框中输入数值后，必须按 Return/Enter 键，表示将在其他地方输入数值或者重新操作对象。

• **设置对象填充与描边的多种方式。** 单击工具箱底部的 Fill（填充）或 Stroke（描边）图标可设置选中对象的填充或描边，按 X 键可在两者之间切换（如果不需要描边或填充，可按 / 键）。设置颜色可以通过如下方式：1）调整滑块或者在 Color（颜色）选项板的颜色色谱上选取颜色；2）选取 Swatches 选项板中的色块；3）从 Color Picker（拾色器）中选择颜色；4）使用吸管工具选择其他对象的颜色。另外，直接拖动 Swatches（色板）选项板中的颜色样品至选中的对象或至工具箱中的 Fill/Stroke 图标，也可改变对象的填充与描边颜色。

• **对象、一组对象或图层都有 Appearance（外观）属性。** 外观属性影响着对象的外观，而不影响对象的内在结构。本书中的外观指的是一个对象的整体外观。所有对象都有一个外观，即使它的外观没有描边和填充。

• **为单个对象、一组对象或图层使用图形样式。** 对对象应用的效果可以在 Graphic Styles（图形样式）选项板中保存为一个样式。Graphic Styles 是填充、描边、混合模式、不透明度和效果的"活"组合（可更新）。关于使用 Graphic Styles（图形样式）选项板的详细信息，请参阅"活效果与图形样式"一章，尤其是该章的导言和"刮刻板作品"一节。

工作空间：管理工作区

一旦您根据喜好设置了工作区中的选项板和其他特征，Illustrator CS3 会将新设置的工作空间保存为自定义工作空间。如果您为不同类型的任务选择不同的选项板设置，那么还可以保存多种多样的工作空间，在工作时就可以很方便地从中找到合适的工作空间了。同一计算机的多个用户可分别使用各自保存的工作空间。

一旦已在屏幕上设置了所有选项，只需单击 Window（窗口）>Workspace（工作区）>Save Workspace（存储工作区）命令，在 Name（名称）文本框中输入自定义工作空间的名称，单击 OK（确定）按钮即可保存自定义的工作空间。创建并保存自定义工作空间后，其名称将出现在 Window>Workspace 级联菜单下，因此单击其名称即可切换到相应的工作空间。

Manage Workspaces（管理工作区）对话框能随时删除、复制、重命名自定义的工作空间。执行 Window> Workspace>Manage Workspaces 命令，在打开的对话框中选择已存在的工作空间的名称，在 Name（名称）文本框中输入文本即可重命名，单击 New Workspace（新建工作区）图标可创建当前工作空间的副本，单击 Delete Workspace 图标可删除该工作空间。

变换

对选中对象实施的 Transform（变换）操作有 Move（移动）、Scale（缩放）、Rotate（旋转）、Reflect（对称）和 Shear（倾斜）等。既然本章主要讲述的是 Illustrator 的基础知识，本小节将重点阐述"工具"和"选项板"，它们能帮助您完成变换的任务。首先要选中想要

交换工作区

在 Mac 中，Workspace（工作区）被储存在 Users（用户）>Library（库）> Preferences（参数）>Adobe Illustrator CS3 Settings（Adobe Illustrator CS3 设定）> Workspace（工作区）中。用户可以通过将工作区的文档放在另一台 Mac 的同样路径上来分享工作区。在 Windows 系统中，工作区的文档在 C：\Documents and Settings\<username>\Application Data\Adobe\Adobe Illustrator CS3 Settings\ Workspaces。将 <username> 改为您注册的名字。根据屏幕的尺寸，可能要将选项板来回移动，然后再设定成您自定义的工作区。在 Wow！CD 中有更多关于自定义工作区的内容！

调整选项板

按 Return/Enter 键时可以编辑变换操作，按住 Option/Alt 键，在变形的同时将制作对象的一份副本，可在 Transform（变换）选项板中单击一点来选择参考点。

缩小复杂的文档

如果您想要缩小一个包含 Live Effect（活效果）、画笔、图案、渐变和渐变网格的文档，最好立即转换到页面构图程序缩小图像的尺寸（例如 InDesign 或 Quark XPress）。

再次变换

Illustrator 可记住上一次的变换操作——从最简单的移动到旋转对象副本，使用快捷菜单中的 Transform（变换）> Transform Again（再次变换）命令可重复这个效果（或者按⌘-D/Ctrl-D 快捷键）。

将对象缩放到精确尺寸

- 使用属性栏或 Transform（变换）选项板：在选项板中输入新的宽度与高度数值后，按⌘-Return/Ctrl-Enter 键（单击选项板中的锁定图标，可按比例缩放）。
- 利用"代理对象"：创建一个与图像大小一致的代理矩形，在按住 Option/Alt 键的同时，从代理矩形的左上角单击拖动鼠标生成与目标尺寸一致的另一个矩形。选中代理矩形，使用 Scale Tool（缩放工具）单击矩形的左上角，然后按住并拖动矩形的左下角直至与目标矩形匹配（按住 Shift 键可等比例缩放）。删除这些矩形，选中对象后单击 Scale Tool（缩放工具）即可应用设置。

注意：当缩放对象时，确定变形对话框中或 Preferences（首选项）>General（常规）对话框中的 Scale Strokes & Effects 选项被启用。

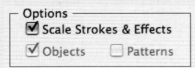

变换的对象。如果您不喜欢自己刚才应用的变换，那么在应用一个新的变换之前，单击 Undo（还原）命令即可，或者是在前面一个对象上结束应用新的变换。在 Illustrator 里，为了使数字更精确，您可以尽可能多地通过对话框手动操作变换。Illustrator 能够记忆您所操作的最后一次变换，把这些数字存储到合适的对话框里，一直保存到您输入一个新的变换值，或者重新启动程序为止。例如，如果您以前缩放过一个图形并且禁用了 Scale Strokes & Effects 复选框，那么下一次您再缩放（手动或者输入数字）时，图形的描边和效果就不会被缩放。（请参照提示"再次变换"，并参阅"Illustrator 之禅"章节中的练习使用变换。）

定界框

不要将 Bounding Box（定界框）与 Free Transform Tool（自由变换工具）混淆（Free Transform Tool 允许用户执行附加的功能，请参阅下面对该工具的讨论）。当使用 Selection Tool（选择工具）选取对象时，定界框就会出现在选中对象的周围，这对快速移动、缩放、旋转或复制对象很有用。使用定界框，可以很容易地一次缩放多个对象。选中对象，将光标置于定界框的拐角处，当光标呈现双箭头形状后拖动。要保持等比例缩放，按住 Shift 键拖动定界框拐角的控制手柄即可。定界框功能默认是打开的，可以通过执行 View（视图）>Hide（隐藏）/Show Bounding Box（显示定界框）命令打开或关闭该功能，或者使用 Direct Selection Tool（直接选择工具）隐藏定界框。对对象实施变形后，可重新设置定界框，使定界框再次变成"正置"的矩形，方法是执行 Object（对象）>Transform（变换）>Reset Bounding Box（重置定界框）命令。

注意：使用定界框变形时，按住 Option/Alt 键不会复制对象，而是从对象的中心变形。

移动

除了手工拖动对象外，还可以通过数值为对象指定一个新的位置，双击工具箱中的 Selection Tool（选择工具）或使用快捷菜单执行 Transform（变换）>Move（移动）命令，打开 Movel（移动）对话框（勾选 Preview 复选框）。单击并拖动 Measure Tool（度量工具）可计算距离，这可帮助用户决定移动距离的大小。打开 Move（移动）对话框可看到测量的距离已自动载入，单击 OK（确定）按钮（或按 Return/Enter 键）将对象移动与测量大小一致的距离。

自由变换工具

使用 Free Transform Tool（自由变换工具）是变形对象的一种简便方法，一旦掌握了众多的组合快捷键，便可充分利用该工具的功能。该工具除了能够实施例如旋转、缩放和倾斜这样的变形功能外，还可以对图像进行透视和扭曲（请参阅提示"自由变换"和"绘图与着色"一章的"扭曲动态"一节）。记住，Free Transform Tool（自由变换工具）的变形基于一个固定的中心点，该点的位置不可以更改，如果需要从一个不同的位置变换，可以使用单独的变换工具、Transform（变换）选项板或者 Transform Each（分别变换）命令。

变换选项板

使用 Transform（变换）选项板可以数值方式决定变换对象的宽度、高度、位于文档中的位置和旋转或倾斜的角度，还可以使用选项板扩展菜单提供的命令水平或垂直翻转对象；对对象、图案或两者都变换；按比例变换轮廓和效果。目前的 Transform（变换）选项板有一点奇怪：用户应用变换后可以重复变换，但文本框中的信息却没有保留。要保留输入的数值，使用变换工具对话框应用变形，请继续往下看。

自由变换

使用 Free Transform Tool（自由变换工具）可对选中的对象应用下列变换。

- **Rotate（旋转）**：单击定界框外部并拖动。
- **Scale（缩放）**：单击定界框的拐角控制手柄并拖动。按住 Option/Alt 键并拖动可从中心缩放对象；按住 Shift 键并拖动可保持缩放比例。
- **Distort（扭曲）**：单击定界框拐角控制手柄，按住⌘/Ctrl 键并拖动。
- **Shear（倾斜）**：单击定界框边控制手柄，按住⌘/Ctrl 键并拖动。
- **Perspective（透视）**：单击定界框拐角控制手柄，按住⌘-Option-Shift/Ctrl-Alt-Shift 键并拖动。

Illustrator 在追踪……

图像窗口左下角的状态栏实际上是个弹出式菜单，可让您选择显示 Current Tool（当前工具）、Data and Time（日期和时间）、Number of Undos（还原次数）或 Document Color Profile（文档颜色配置文件）[如果可用，还有 Version Cue Status（版本状态信息）]。

Version Cue Status
✓ Current Tool
Date and Time
Number of Undos
Document Color Profile

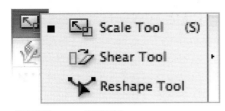

Kevan Atteberry 使用粉笔艺术画笔绘制了花体头发，然后使用 Reshape Tool（改变形状工具）来整形，按住 Option/Alt 键拖动鼠标制作副本，他整形了 3 束线条作为巫婆的头发，然后再次整形形成巫婆令人惊奇的头发和帽子

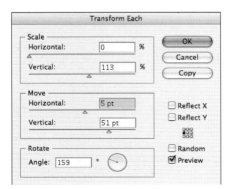

Transform Each（分别变换）对话框
（执行 Object > Transform > Transform Each 命令）

单个变换工具

要对可调整中心点的对象进行缩放、旋转、镜像和倾斜操作，可单击该点并拖动对象进行变换（手动确定变换中心点）。关于手动变换的练习，请参阅"Illustrator 之禅"一章。每个变换工具都有一个对话框，在其中可以设定工具的参数、是否变形对象、是否制作对象的副本以及是否变形填充对象的图案。

下面是对对象应用变换工具的 3 种方法。

• **双击一个变换工具**，打开其对话框，可以在对话框中输入数值，从对象的中心处开始变换对象。

• **选择变换工具后**，按住 Option/Alt 键的同时单击图像，在打开的对话框中输入数值，从单击处开始变换对象。

• **选择变换工具后按住对象**，可从选中的一组对象的中心处变换所选对象。

重新变形与倾斜

Reshape Tool（改变形状工具）与其他的变换工具有较大的差别。首先用直接选择工具选中要重新变形的路径，如果错误地选择了 SelectionTool（选择工具），将会移动整个路径；如果没有选中任何对象，将无法使用 Reshape Tool。接着使用 Reshape Tool 框选或在按住 Shift 键的同时选择需要变形的所有点，拖动这些点改变路径的形状。选中的这些点将作为一个组合移动，但是，这些点并不是移动相同的距离，如果用 Direct Selection Tool（直接选择工具）拖动，靠近光标的点会移动得多一些，远离光标的点会移动得少一些。

Shear Tool（倾斜工具）隐藏在 Scale Tool（比例缩放工具）的弹出式菜单中，它可以用来倾斜对象。

分别变换

一次执行多项变换，打开 Transform Each（分别变换）对话框（执行 Object >Transform>Transform Each 命令），

可以一次对一个或多个对象执行变换操作。该对话框还可将对象按 X 轴、Y 轴对称变换。如果需要应用一种变换，但以后可能又要改变它，可使用 Transformation Effect（请参阅"活效果与图形样式"一章）。

工作智能化

存储策略

每隔几分钟，Illustrator 就会建议用户保存一次，无论何时对图像作了重要更改，记住执行 File（文件）> Save As（存储为）命令，并对图像重新命名。

　　存储图像不断改进的版本比重建图像的早期版本更能节省时间。一天至少备份一次自己的工作，问一问自己："如果这台电脑再也无法启动了，我需要什么？"使用 CD、DVD、DAT（数字刻录磁带）或光学设备构建自己的备份系统，以便能将自己所有的工作存档。使用像 Dantz's Retrospect 这样的程序自动向文档中添加新的或修改了的文件。

　　养成保存每样东西的习惯，制作一个文件命名系统帮助自己跟踪工作进程，如果有可能简化工作版本的恢复。另外，确认将所有的文件都存入一个具有命名与日期的文件夹中，以便与其他项目分开。

多次还原

许多程序只给用户提供一次还原操作的机会，但 Illustrator 则提供了"无限制还原"，也就是说，计算机中有多少次记忆，用户就可以还原多少次。

　　Undo（还原）、Redo（重做）甚至在保存文件后仍然有效（只要用户还没有关闭或重新打开文件），这样在保存当前版本后，选择还原可回到上一阶段再保存，或者从更早的阶段开始工作。可一旦关闭了文件，还原就会从计算机的内存中删除，因此当用户下次再打开这个文件时，就不能再还原了。

中断预览视图

不必等到 Illustrator 完成 Preview（预览）视图的刷新，就可选择另一个菜单或执行另一项任务，通过按⌘-./Ctrl-.（点号）键或者按 Esc 键（Win）中断 Preview（预览）视图的刷新，再切换到 Outline（轮廓）视图模式。

双视图

Illustrator 允许用户在 Pixel Preview（像素预览）模式下精确预览消除锯齿的图像，在 Overprint Preview（叠印预览）模式下预览叠印与陷印。

Save as（存储为）命令允许您使用不同的文档名称存储重复的文档。当您因为某些原因需要反复修改文档时，这个方法很有用

别忘了边界！

一旦在 Illustrator 中隐藏了边界（选择 View>Hide Edges 命令或按⌘-H/Ctrl-H 键），在后续路径和选择时，它们将保持隐藏状态。如果要选取路径或绘制新的对象，而锚点和路径不可见，可以拖动 Show Edges（显示边界）。

执行 File（文件）>Revert（恢复）命令，可以把文件恢复成最近保存的版本，但是不能撤销 Revert（恢复）命令，因此用户一定要小心谨慎。

注意：并不是所有的操作都可以还原，例如 Preferences（首选项）中的设置就不可以还原。

改变视图

从 View（视图）菜单中可显示或隐藏一些选项，例如网格、参考线、透明度网格、画板和页面拼贴。

预览视图和轮廓视图

要控制屏幕的刷新速度，就要学会使用不同的视图模式：Preview（预览）视图和 Outline（轮廓）视图（位于 View 菜单下）。在 Preview 视图模式下，可以看到全色的文档；在 Outline 视图模式下，只能看到对象的线条框架。

Illustrator 提供的 Hand Tool（抓手工具）提供了另一种控制屏幕刷新速度和质量的方法。在 Preferences（首选项）对话框的 Units & Display Performance（单位和显示性能）中，有关于 Hand Tool（抓手工具）的 Display Performance（显示性能）的 Hand Tool（抓手工具）滑块，通过拖动滑块可以调整刷新速度与质量的平衡。

新建视图

说实在的，由于 Illustrator 的图层结构包括子图层和对象，因此这个特性操作起来并不是很可靠。从理论上讲，选择 View（视图）>New View（新建视图）命令，您可以保存自己当前的窗口视点，还可以记忆您的缩放水平以及哪些图层是被隐藏的、哪些图层是被锁定的或者哪些图层处于 Preview mode（预览模式）。自定义视图可以被添加到视图菜单的最下方，这样您可以找到自己保存的视图。您可以对一个视图重新命名，不过这些视图本身是不能被编辑的。（请参阅"图层与外观"章节，了解更多图层和子图层的详细信息。）

新建窗口

Illustrator 可以显示当前图像的不同视图，允许以不同的 Proof Setup（校样设置）和缩放比例查看图像，或者在 Overprint Preview（叠印预览）或 Pixel Preview（像素预览）模式下查看图像。可以重新设置视图大小、隐藏或显示边界，或者在 Preview（预览）或 Outline（轮廓）模式下隐藏或锁定不同的图层。例如，在重叠窗口中应用同一个文件，您可以在 Preview mode（预览模式）中浏览整个图像，而同时在 Outline mode（轮廓模式）里会出现准确的细节。如果您正在使用一个大的显示屏的话，这将对您帮助很大。大多数窗口的设置与文件一起保存。

窗口控制

在工具箱的最底端有 4 个更改屏幕模式的选择，默认的是 Standard Screen mode（标准屏幕模式），在该模式下文件窗口的周围可以看到桌面；在 Full Screen mode with menu bar（带有菜单栏的全屏模式）下文件窗口仍可见，但看不到桌面，可以使用菜单栏；Full Screen mode（全屏模式）与上一个模式一致，但不能使用菜单栏；Maximized Screen mode（最大屏幕模式）隐藏桌面区域，最大化显示文件。用户可通过按 F 键在不同的窗口模式之间切换。

放大与缩小

Illustrator 提供了放大和缩小窗口的多种方式。

- **通过 View（视图）菜单。** 单击 View（视图）>Zoom In/Out（放大 / 缩小）、Actual Size（实际大小）或 Fit in Window（适合窗口大小）命令。

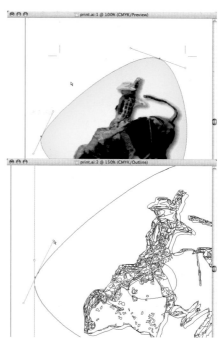

执行 Window（窗口）>New Window（新建窗口）命令，您能看到同一个艺术作品的另外一个视图。在不同的视图模式里（Preview、Outline 等），您能够改变每一个窗口的大小，设置不同的缩放比例、不同的可视图层以及图层锁定与否

打字时缩放的快捷键

按⌘/Ctrl 和空白键来放大，或是按⌘-Option/Ctrl-Alt 和空白键来缩小。即使您在使用 Type Tool（文字工具）打字，只要先按⌘/Ctrl 键就会有效果。[如果接着放开空白键，将会出现 Hand Tool（抓手工具）。]

迅速缩放（zoom）

在文档左下方显示的是当前的放大倍率。开启百分比的列表（3.13% ～ 6400%）进行选择，或选择 Fit on Screen（满画布显示），也可以简单地输入限制范围内的任意数值。

- 使用 Zoom Tool（缩放工具）。使用 Zoom Tool 单击将放大对象；按住 Option/Alt 键并单击将缩小对象，用户还可以单击并拖动出一个区域，Illustrator 会将该区域放大至整个窗口。

- 使用⌘/Ctrl 快捷键缩放。按⌘--/Ctrl--（减号）键可缩小图像；按⌘-+/Ctrl-+（加号）键可放大图像。

- 使用快捷菜单。不要选择任何对象，按 Control 键并单击（Mac）或单击鼠标右键（Win）即可弹出快捷菜单，可以从中选择放大、缩小、改变视图，还原，显示或隐藏参考线、标尺和网格的命令。

- Navigator（导航器）选项板。利用 Navigator（导航器）选项板的缩略图，用户可以快速放缩或改变观察区域（请参阅前面的提示"Navigator 选项板与视图"）。

标尺、参考线、智能参考线和网格

可通过 Show/Hide Rulers（显示／隐藏标尺）命令、使用⌘-R/Ctrl-R 快捷键或使用快捷菜单（只要文档中没有选中任何对象）显示或隐藏标尺。每个文档的标尺单位在 Document Setup（文档设置）中设置。如果想使所有文档都使用某一特殊的测量单位，改变首选项中的单位即可（执行 Edit>Preferences>Units & Display Performance 命令）。

尽管标尺位于页面的左上角，但原点位于页面的左下角。要改变标尺原点，单击并拖动左上角十字线至想要的位置（垂直标尺与水平标尺交汇处）。标尺的零点将被重新设置在释放鼠标处，要重新获得标尺的默认位置，双击标尺的左上角即可。注意，重新设置标尺的原点将会重新排列所有新的图案，并影响文档间 Paste in Front/Back（贴在前面／后面）的排列。（更多关于 Paste in Front/Back 的信息请参考"图层与外观"一章。）

创建简单的垂直或水平标尺参考线，按住并拖动标尺至图像中，在鼠标释放的位置便会出现参考线。可以在 General Preferences（常规首选项）中设置参考线的颜色和样式，参考线在生成之后便自动锁定，要快速释放参考线，可按⌘-Shift/Ctrl-Shift 键并双击参考线，在 Preview（预览）模式下，可通过快捷菜单锁定或释放参考线。注意，锁定或释放参考线将影响每一个打开的文档，如果文档中有过多的参考线，只需执行"View（视图）>Guides（参考线）>Hide Guides（隐藏参考线）"命令即可。如果想要重新显示它们，选择 View（视图）Guides（参考线）>Show Guides（显示参考线）命令即可。如果想要永久删除它们，可执行 View>Guides>Clear Guides 命令，但这只对可视的、未锁定的图层中的参考线起作用。隐藏或锁定的图层将保留创建的所有参考线。要想了解如何从对象或路径生成自定义的参考线，请参阅"图层与外观"一章中的"各种各样的透视"一节。

在工作时，时隐时现的智能参考线可能显得有些多余，然而，随着练习与对每个选项的领会，用户将能很好地把它融合到自己的工作流程中。Illustrator 还可自动设置网格。要查看网格，选择 View>Show Grid 命令，或使用快捷菜单。通过 Edit>Preferences>Guides & Grid 命令，可调整网格线的颜色、样式（点状或线条）以及网格线的间距。至于参考线，可以启动 Snap to Grid（对齐网格）功能，通过选择 View>Snap to Grid 命令打开或关闭此功能（可参阅提示"功能强大的网格"）。

重要：如果执行 Edit>Preferences>General 命令后，使用 Constrain Angle（约束角度）调整 X 轴和 Y 轴，这将影响绘制的对象和网格的变形，因为创建一个新对象时，Illustrator 将遵从调整的角度。如果在绘制一个复杂的图层时按一定角度排列对象，这样做的效果将非常好。

选择 Hide Edges（隐藏边界）和 Show Bounding Box（显示定界框）命令（都在 View 菜单下），定界框将始终显示而对象的节点和路径将被隐藏。

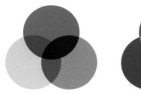 

CMY 颜色模式　　　*RGB 颜色模式*

CYM（青色、品红和黄色），当与其他颜色混合的时候，负色就会变暗，RGB（红、绿、蓝）正色相加为白色

转换颜色模式

Illustrator 可以将 RGB 颜色模式转换为 CMYK 颜色模式，反之亦然，执行 File>Document Color Mode（文档颜色模式）>CMYK/RGB Color（颜色）命令即可。但这种变化可能导致颜色错位，根据工作的具体要求，可以咨询服务中心或印刷人员以获取更详细的帮助。

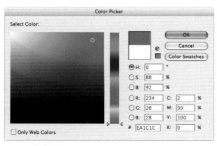

Adobe 拾色器

透明度网格与模拟彩纸

您可以把色板的背景转化为透明度网格（为了帮助您查看透明度），或者把色板的背景转化为某一种颜色。透明度网格和模拟彩纸都不具备可以打印的属性。

要查看透明度网格，执行 View（视图）>Show Trans-parency Grid（显示透明度网格）命令，在 Document Setup（文档设置）对话框的 Transparency（透明度）选项板中可改变网格的颜色。如果将两个网格选项的颜色设置成相同的颜色，便可将白色背景变成另一种颜色（请参阅"透明度"一章）。

隐藏 / 显示边界

如果当前窗口的所有节点与彩色路径使用户不知道该如何选中对象，执行 View>Show Edges 命令显示或隐藏边界（或使用快捷键⌘-H/Ctrl-H）。一旦隐藏边界，后面路径的边界将被隐藏，除非重新显示它们。显示或隐藏边界属性将与文件一起保存。

Illustrator 中的颜色

一般用户使用的显示器使用的是红、绿、蓝（RGB）颜色模式，无法与打印在纸上的四色 CMYK（青色、品红、黄色、黑色）模式相比。因此必须使用某些方法改进当前的技术，例如校正显示器。

在 RGB 或 CMYK 颜色模式下工作

在 Illustrator 中可以灵活地在 RGB 和 CMYK 颜色模式下工作和打印，这非常有用。由于打印环境不能准确地捕捉鲜艳的 RGB 颜色，因此在打印时，RGB 颜色通常模糊不清。如果作品最终要打印的话，一定要在 CMYK 颜色模式下工作。

在屏幕上显示创作的作品时，或者模拟打印机上的专色（例如 day-glo 色）时，可在 RGB 颜色空间下工作。（更多关于在 RGB 颜色模式下工作的信息请参阅 "Web 与动画" 一章。）

单一颜色空间

新建一个文档时，要选择一种颜色模式或颜色空间。Illustrator 不再允许用户同时在多种颜色模式下工作。如果需要打印，在输出前检查文件并确认它们处于合适的颜色模式下，文档的颜色模式显示在标题栏的文件名旁。执行 File>Document Color Mode>CMYK Color（或 RGB Color）命令，可在任何时候改变文档的颜色模式。

　　打开使用 Illustrator 早期版本创作的文档，若包含有使用混合颜色模式的对象，Illustrator 将给出警告，提示用户选择打开文档的颜色模式（RGB 或 CMYK）。目前，链接的图像不会转换到文档的颜色空间。如果打开了 Document Info（文档信息）选项板，选择选项板扩展菜单中的 Linked Images（链接的图像）命令，Type（类型）信息往往令人迷惑。例如，用户的文档是 CMYK 模式，链接了一幅 RGB 模式的图像，链接图像的类型将是 Transparent CMYK（透明 CMYK 模式），链接图像本身的颜色模式没有被转换，但图像的预览被转换为 CMYK 模式。

颜色系统及颜色库

文件可以是 RGB 或 CMYK 颜色模式的，也可以采用混合的 HSB 滑块 [Hue（色相）、Saturation（饱和度）和 Brightness（亮度）]。不仅如此，还可以从其他颜色、系统中选取颜色，例如 216 色的 Web 颜色选项板或拾色器。执行 Window>Swatch Libraries 命令，在出现的级联菜单中选取 Focoltone、DIC Color、Toyo、Trumatch、Pantone 和 Web 等颜色模式 [在 Illustrator 中，用户可以在 Swatches（色板）选项板中找到色板库]。记住颜色库作为单独的不可编辑的选项板打开，一旦使用一种色板，该色板将自动加入到用户 Swatches（色

溢色警告

如果准备以 CMYK 颜色模式打印，仍在 Color 选项板中看到了溢色警告，这意味着当前颜色超出了打印色的颜色范围。从 Color 选项板扩展菜单中选择 CMYK 命令，将颜色模式改为 CMYK，或者单击溢色图标旁的 Closest Approximation（最接近色）方块，获得 RGB 或 HSB 的近似值，切换到 CMYK 模式即可看到颜色的实际值。

预览中的校样

想要获得屏幕上作品的最佳预览效果吗？选择 View（视图）>Overprint Preview（叠印预览）命令是校样屏幕上的颜色、查看作品打印后效果的最佳方法。

改变色板

Save Swatches for Exchange（保存色板用于交换）命令使您能在 CS3 应用中分享色板，因此 Illustrator 中创建的色板能被保存用于 Photoshop 或 InDesign，反之亦然。关于新特性的更多信息请参阅 "绘图与着色" 一章。

Adobe 的 Save Adobe PDF 对话框 （在执行 File> Save 或 File>Save As 命令后弹出对话框中的 "保存 类型" 下拉列表中选择 Adobe PDF 选项）

Acrobat 4 (PDF 1.3)
Acrobat 5 (PDF 1.4)
✓ Acrobat 6 (PDF 1.5)
Acrobat 7 (PDF 1.6)
Acrobat 8 (PDF 1.7)

Save Adobe PDF 对话框中的 Compatibility（兼容性） 下拉列表

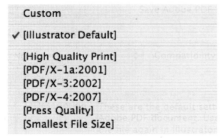

Save Adobe PDF 对话框中的 AdobePDF Preset（预设） 下拉列表

验证 PDF 设置

为打印机或服务提供者准备 PDF 文档时，记住检查最后的输出分辨率和其他设置应该是多少。或许要为一个特殊的提供者进行个性化设置，这时您会发现创建自定义的预设很有用。

板）选项板中，并可以在此编辑。Swatches（色板）选项板默认以色板缩略图显示颜色，而不是以色板名称显示。使用 Swatches（色板）选项板扩展菜单选择视图，例如 List View（列表视图），在选择视图时按住 Option/Alt 键，将把色板的所有类型都设置为该视图。

要获取其他文档的样式、画笔或色板，单击 Window>Graphic Style/Brush/Symbol/Swatch Libraries 菜单中的其他命令，同样可以使用 Graphic Style（图形样式）选项板、Symbols（符号）选项板或 Swatches（色板）选项板中的 Open Library（打开库）命令，然后选择包含所需选项的文件，这将打开另一个文档的新的选项板。要将打开的样式、画笔或色板库的内容应用于当前文档，只需使用其中的样式、画板或色板，或者将这些库的元素拖动到当前文档的相应选项板中。[参阅 "绘图与着色" 一章的导言可获得更多关于 Swatches（色板）的信息。]

保存为 PDF 格式

有人可能认为 PDF 文档和 Illustrator 文件并无相同之处，然而在隐藏的外表下它们有着很多相同点。实际上，只要将 Illustrator 文件（.ai）存储为 Create PDF Compatible File—Illustrator 的目的终归是用于 PDF，这样存储之后就能在 Adobe Acrobat Reader 和其他阅读器上阅读了。

然而，如果要对创建的 PDF 文档实施更多的控制，Illustrator 可以使用户很容易地选择要保存的 PDF 版本，同时还提供了简便的 PDF 预设，这些预设能根据不同的情况让用户快速将文档存储为 PDF 文档。

执行 File>Save 或 File>Save As 命令并在 "保存类型" 下拉列表框中选择 Adobe PDF 选项，即可把文件保存为 PDF 格式。在出现的 Save Adobe PDF（存储 Adobe PDF）对话框中，可以选择包含 Compatibility（兼容性）、压缩、打印标记、页次、安全设置等在内的众多选项和设置。

打开 Compatibility（兼容性）下拉列表，可以选择不同版本的 PDF。在 Illustrator 中默认的是与 Acrobat6 兼容的 PDF 1.5。您同样可以选择保存为与 Illustrator 7 或 8 兼容的 PDF 1.6 和 1.7 格式，该格式提供了一些高级特性，如 PDF 图层。然而，这些文件可能和 Acrobat 的早期版本不兼容，所以如果用户想让文件具有最大的兼容性，最好保存为 PDF 1.4 或 1.3。PDF 1.3 与 Acrobat 4 兼容，并且对大部分的用户来说，具有可视和可打印的特点，但是它不提供透明度功能。（有时这恰好是您想要的——例如，想要展平文档送到商业打印机上打印。）

用户可以在 Save Adobe PDF 对话框的 Adobe PFD Preset（预设）下拉列表中进行 PDF 预设，快速地进行 PDF 设置。从中选择 Custom（自定）选项，可以进行自定义设置，调整设置然后单击对话框底部的 Save Preset（存储预设）按钮。另外，Illustrator 还附带有许多用于实践的提前定义的预设，在 Creative Suite 内 PDF 预设能被不同的应用程序共享。

图像格式

用户可能需要打开由 Illustrator 早期版本创建的文档（FreeHand、CorelDraw 和一些 3D 程序允许将图像存储为 Illustrator 早期的格式）。要打开任何一个早期版本的文件，拖动其至 Illustrator 中，或执行 File>Open 命令打开早期格式化的文件。这个早期版本的文档将被转换成 Illustrator CS3 格式，并且文件名称中会加上 "Converted（已转换的）" 字样。如果仍想把它存成 Illustrator 早期版本的格式，要单击 File>Save As 命令，在打开对话框的 "保存类型" 下拉列表中选择 Adobe Illustrator 文档格式。在您为文件命名之后，单击 Save

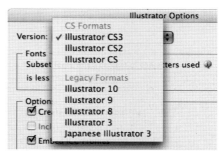

为了获取传统格式文件，用户必须首先从 Save（存储）或 Save As（存储为）对话框中选择标准的 Illustrator 格式（.ai），然后在弹出的对话框的 Version（版本）下拉列表中选择想要的传统格式

用户可以用之前的版本来打开 Illus-trator CS3 文档，只要文档存储时启动了 Create PDF Compatible File（创建 PDF 相容文档）选项。在开启文档的时候您会看到一个警告信息，告知您将会失去所有的图层、色板、符号、样式和一些可编辑的文本，不过文档将保留它的外观。

PostScript 的新级别

Adobe PostScript 3（PS3）提高了打印质量，有更好的平滑渐变，而且打印含有透明度的文件时效果更好。想要更多地了解 PS3 的技术信息，登录 adobe.com 网站，搜索 "PostScript 3"。如果需要，可以另外加上别的术语，比如 "trapping（捕捉）" 或者 "printing（打印）"（无需加引号）。

Raster（光栅）是答案吗？

大部分 Illustrator 的打印问题包括透明度和压平。在压平设定中有 Raster/Vector（光栅/矢量），其最优化设定是矢量图像，如果您在打印的时候出了问题，可以尝试改为光栅，有些时候会有帮助。压平设定可以和 Print（打印）对话框以及 Flattener Preview panel（拼合器预览选项板）一起运作。更多内容请看 "透明度" 章节。

（保存）按钮，您就会看见弹出的 Illustrator 选项对话框，在对话框中有一个 Version（版本）下拉列表框，您可以从其下拉列表的许多早期 AI 版本选项中进行任意选择。

如果要打开包含文字的任何传统文件，在弹出的对话框中会询问用户如何实现转换，这是因为 Illustrator 的文本引擎会采取不同方式处理文本。请参阅 "文本" 一章获得更多关于传统文本的信息。

其他图像格式

Illustrator 支持许多图像格式（例如 SWF、SVG、GIF、JPEG、TIFF、PICT、PCX、Pixar 和 Photoshop 等）。可以在 Illustrator 中打开和编辑 PDF 文档，甚至 "原始的" PostScript 文件。如果在文档中放入图像，可以选择将这些文件保存链接（请参阅本章提示 "管理链接"）或者将它们变成嵌入的图像对象。（关于嵌入的更多具体细节请参阅 "Illustrator 与其他程序" 一章；关于网页格式的更多详细信息请参阅 "Web 与动画" 一章。）用 File>Open 命令可将图像嵌入。（参阅 Illustrator Help 和 Read Me 文件查看本版 Illustrator 支持的格式。）登录 Adobe 网站（www.adobe.com）查找关于支持格式的最新信息，以及其他文件格式插件。（关于文件格式，请参阅 "Illustrator 与其他程序" 一章。）

PostScript 打印机和 EPS

当您准备好打印自己的图像时，您应该使用一个 Post-Script 打印机设备驱动，以便获得最精确的结果。尽管使用普通打印机能经常打印出好的 Illustrator 图像，不过有些时候您可能会碰到一些问题。一般来说，PostScript 打印机设备驱动越新，您打印的速度就越快，碰到的问题就会越少。PostScript 级别 2 和级别 3 的打印机可提供更清晰的打印清晰度，甚至还有一些特殊的效果，例如与 Illustrator 一体化的 PostScript 级别 3 的 "smooth shading（平滑的明暗处理）" 技术（能突出渐变并且减少分带输出的问题）。最后，您若是给打印机安装更大的内存，打印机打印文本和图像的速度就会更快。对于至关重要的打印任务，您需要和服务部门建立良好的关系，而且要养成定期测试打印机的习惯，以便识别可能存在的问题。

如果您计划使用 QuarkXPress 软件来排版页面布局，那么将文件另存为 Illustrator EPS 格式是有必要的。与 Adobe 应用程序不同，XPress 有时候并不能充分解释 Illustrator 的本机文件。然而，有些时候它仍然是惟一的解决方法。不过，保存为 Adobe PDF 格式可能也会起作用，您可以尝试着做一下，或者咨询一下服务部门和客户，问问他们所喜欢的格式。

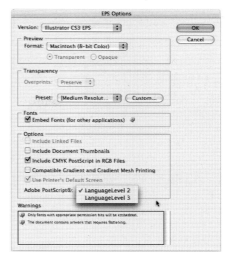

EPS 可能是一个死格式，不过如果早期的应用程序允许的话，您仍然可以用 EPS 格式来保存自己的 Illustrator 作品。

纠正与避免打印问题

如果遇到了打印问题，首先确认放置文档的图像链接要正确、需要打印的字体已经安装。其次，检查文档中的复杂对象，关于打印渐变网格对象的问题请参阅"混合、渐变与网格"一章，使用 Save a Copy（存储副本）命令、删除复杂对象并试着打印。如果不起作用，确认在执行 File>Document Setup 和 File>Print 命令后弹出的对话框中对输出设备作了正确的设置。

注意，Illustrator 新的打印对话框执行了大多数功能，而在以前的 Illustrator 版本中，Page Setup（页面设置）和 Separation Setup（分离设置）对话框执行了这些功能。所不同的是，Illustrator 新的打印对话框对打印过程的每个部分都有了更多的控制。

如果使用了透明度或使用的效果中包含透明度，可以使用 Flattener Preview（拼合器预览）选项板预览一下作品的打印效果。要了解关于 Flattener Preview（拼合器预览）选项板的更多信息和控制 Flattener 设置的其他方式，请参阅"透明度"一章。打印结果将随设置的改动而变化。想要了解更多的打印和透明度方面

清除游离路径和游离点

执行 Object>Path>Clean Up 命令，在打开的对话框中选择需要从文档中删除的内容。选择 Stray Points（游离点）、Unpainted Objects（未上色对象）和 Empty Text Paths（空文本路径），单击 OK（确定）按钮便可将所选项且从文档中清除。

知识来源

知识的来源：在 Window>Adobe Labs 之下，用户可以找到 Knowledge panel（知识选项板）。它提供丰富的信息，包括键盘的快捷键以及您所选择的工具。它同时是 Illustrator Help 内容的搜索引擎，甚至可链接到和您现在主题相关的文章所在的网页。

要保持文件比较小并且存储比较快，可以禁用 Create PDF Compatible File（创建 PDF 相容文档）选项（可是只有当您不会在其他程序中开启这个文档的时候才能这么做）。

最小化文件大小

注意：在试图将文件最小化之前，请确认正在使用的是文件的副本。

要最小化文件，首先删除所有未使用的颜色、图案和画笔，使用一些方便的默认动作（在 Actions 选项板中）可以很容易地实现。执行 Window>Actions 命令，打开 Actions（动作）选项板，在选项板列表中选择 Delete Unused Panel Items（删除未使用的选项板项目），并单击 Play 按钮就能自动地选取并删除所有未使用的图表类型、画笔、色板和符号。为了只删除一个在特定选项板里的项目（例如，仅仅是画笔或者符号），可以展开 Delete Unused Panel Items（删除未使用的选项板项目）视图，选中您想要的动作。一旦删除了所有不需要的项目，即可将文件最小化。

在一个动作中选择对象

当录制一个动作时，选择 Attributes（属性）选项板扩展菜单中的 Show Note（显示注释）命令，给对象添加注释，然后选择 Actions（动作）选项板扩展菜单中的 Select Object（选择对象）命令，输入对象的 Note（注释），选中该对象。

的技术帮助，登录 Adobe 网站（www.adobe.com），搜索"Illustrator CS3 的点色彩和透明度"（无需加引号）。

关于控制文件大小的更多信息

影响文件大小的主要因素有：大图像对象、路径图案、画笔和钢笔工具对象、复杂图案、大量的混合与渐变（尤其是渐变网格对象和渐变至渐变的混合），链接的位图图像和透明度。尽管链接的位图可能很大，但如果变成嵌入的图像对象则会大得多。即便这样，如果您必须把自己的 Illustrator 文件传送到另一处的话，那么要传送的文件就必须包括所有置入的图像（和字体），这样收件人才能看到准确的图像。大多数服务部门都强烈地推荐您用 PDF 的格式来传递文件，能把您的文件、图像和字体压缩成一个单独的、相对较小的 PDF（Portable Document Format）文件，这样传递图像就更容易、更可预见了（要提前与您的应用服务供应商校验）。

动作

动作是一系列的命令或一系列的事件，可以录制它们并存储为 Actions（动作）选项板中的一个动作集合。一旦一个动作集合被录制，Illustrator 便可以按录制的顺序重新播放这个动作，自动重复其中的各项工作。

在 Actions 选项板中单击的 Play Current Selection 图标，或者从扩展菜单中选择 Play 命令，即可播放动作。可以选择播放一个动作集、一个单一动作或者动作中的某一命令，要将动作中的某一命令去除，取消勾选命令左边的复选框即可。

要播放某些类型的动作，首先必须选中一个对象或文本，用选项板菜单加载动作设置。

因为必须录制动作并将其保存在动作集中，所以需要通过单击 Create New Set 图标或从选项板扩展菜单中选择 New Set 命令来新建一个动作集，给动作集命名后，单击 OK 按钮。选择新建的动作集，单击 Create New Action 图标，给动作命名，单击 Record 按钮，Illustrator 将录制一系列命令和步骤直到用户单击 Stop 按钮。若要继续录制，单击最后一步，再单击 Begin Recording 按钮，便可继续加入新的动作。完成录制后，需要存储动作文件：选中动作集，从 Actions 选项板扩展菜单中选择 Save Actions 命令即可。

　　录制时需注意：不是所有的命令和工具都可以录制，例如，钢笔工具本身不可以被录制，但可以加入钢笔工具创作的路径，方法是选中一条路径，从 Actions 选项板菜单中选择 Insert Selected Paths 命令。录制动作需要多加练习，别忘了经常保存备份文件。

　　虽然很多有关 Actions（动作）和 Scripting（脚本处理）实际操作方面的内容从技术层面上讲已经超出了本书的范围，但您仍然可以从 Wow！CD 中找到 Automation_with_ Illustrator.pdf 文件，里面有很多特征方面的帮助信息。以上 6 页内容摘自《Real World Illustrator CS3》一书，由 Mordy Golding 编著，Peachpit 出版社出版。

Adobe Bridge 和 Adobe Stock Photos

Adobe 的 Creative Suite 3 包含了一个文件浏览器程序，称为 Adobe Bridge。Adobe 将它称为"导航控制中心"，使用户能通过中心路径获得工程文件、应用和设置。无论是从命令中心还是从不同地点的链接的意义上来说，它都是一座桥梁。在桥梁内部用户可以浏览、搜索、管理、处理并共享文档。

　　有了 Bridge 和活跃的网络连接，您就可以访问 Adobe Stock Photos（Adobe 库存图片）网站。在 Adobe Bridge 首页，您可以使用 File（文件）> Browse（浏览）命令找到提示、技术、数字广播、采访记录和培训录像等。

使用 Bridge 查看：Adobe Bridge 能让用户最方便、最大限度地在窗口中央浏览并管理图像和文件

2

禅："从悟和直觉中寻求灵感，而不是书本。"*

Illustrator 之禅

如果您已经熟悉了电脑的基本操作，阅读了用户指南或 Illustrator 帮助，并且花了足够多的时间熟悉 Illustrator 中每个工具的功能（理论上），甚至知道制作 Bézier Curves（贝塞尔曲线），那么现在还需要做什么？如何消化所有这些知识并真正掌握这种媒体工具？

就像学习任何一种新的艺术方法（例如雕刻、水彩画或者喷枪）一样，学会如何使用 Illustrator 中的工具才只是起步。使用这种方法思考与观察才能真正将那些工具转变成充满创造力的思想库的一部分。在决定制作一幅图像的最佳方式之前，必须想像出至少几种可能的方案。掌握 Illustrator 的第一把钥匙便是理解 Illustrator 的最强之处不在于其众多的工具和功能，而在于利用它创作图像的巨大灵活性，因此本章的前一部分将介绍创作与变形对象的各种不同方法与技巧。

一旦能够"使用 Illustrator 进行思考"，便可以开始思索如何获得最终的结果，例如，创作一幅图像的最简单、最精彩的方法是什么？将使用哪些工具？一旦开始创作，要运用知识灵活地改变过程，并尝试一些其他的方法，要善于问自己：我还能用什么办法获得想要的结果？

掌握 Illustrator（或任何一种新工具）的第二把钥匙是完善手 / 眼的协调能力，在 Illustrator 中就是精通"强力键"，即通过键盘快速获取工具与功能。双眼看着显示器，一只手用鼠标，另一只手用键盘，这样，一个熟练的 Illustrator 用户通常只需较少的时间即可创作并操纵对象。本章的第二部分将帮助用户学习必要的"指尖舞蹈"，从而使用户变成真正操作熟练的超级用户。

　　充分利用 Illustrator 的基本工具和功能，最终将精通 Adobe Illustrator。本章可视为一种思想方法的探讨，如有必要，请一点一滴地学习；要意识到这些练习的目的在于开阔无限的创意，而不是强迫去记忆。当自己可以构思出创作一幅图像的多种方法时，本书成百上千条线索、提示、窍门和技巧就将成为用户进一步研究的跳板。用心地学习与研究本章，便可开始会体会到"Illustrator 之禅"。在 Illustrator 中，尽管一开始会感觉有些神秘并与直觉相悖，但是可以帮助用户获得极富创造力的结果，而这一点是其他工具做不到的。

*引自 Webster 的《新世界英语字典》

建造房屋

练习构造有序对象

概述：使用 Illustrator 中的基本创作工具，探索使用不同方法构造同一个对象。

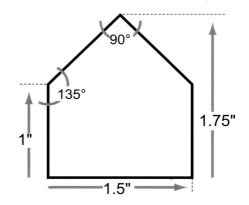

1

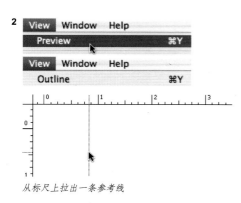

从标尺上拉出一条参考线

3

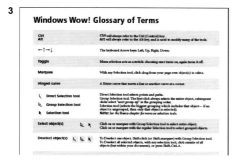

4

按住 Shift 键以控制横向 / 纵向的移动。关于快捷键的更多帮助信息，请参阅本章最后的"指尖舞蹈"一节

本系列练习将探索使用不同方法来构造相同的简单对象，即一个房屋。这些练习的目的是让用户了解使用 Illustrator 构造对象的灵活性，因此不必担心一些练习看上去似乎没有其他方法高效。

执行 Edit>Preferences（首选项）>Units & Display Performance（单位和显示性能）命令，在打开的对话框中设置 General（常规）为 Inches（英寸），这样设置之后，用户即可使用上面提供的数字，阅读下面的建议准备好自己的工作环境。

1 使用 zenhouse.ai 作为指南。 如需要使用 zenhouse.ai（可从 Wow！ CD 中的 ChD2-Zen 文件夹下复制到硬盘）作为指南。

2 在 Outline（轮廓）模式下工作，并显示标尺。 这样可避免填充或线宽的干扰，可以看到几何对象的中心（有"×"标志）。标尺能让您在工作时选择是否显示参考线。

3 浏览 Wow！ 术语表。 请确信已阅读"如何使用本书"和本书后部的术语表。

4 使用"修饰键"。 这些练习使用 Shift 和 Option/Alt 键，必须按住这些键直到释放了鼠标键。如果操作错误，选择 Undo（还原）命令，再试一次。一些功能还能从快捷菜单中获得。尝试各种经常使用的菜单命令的快捷键。

练习 # 1：
使用 Add Anchor
Point Tool（添加锚
点工具）

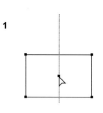

1 **打开 zenhouse.ai 文件并绘制一个矩形和一条垂直参考线。** 打开 zenhouse.ai 文件。绘制一个矩形（1.5"× 1"），拖动一条垂直参考线通过矩形中心。

2 **在矩形顶部添加锚点。** 使用 Add Anchor Point Tool（添加锚点工具）在参考线与矩形顶端的交点处添加锚点。

3 **向上拖动新的节点。** 使用 Direct Selection Tool（直接选择工具）选中新的节点，并对照 zenhouse 文件将它向上拖动到合适的位置。

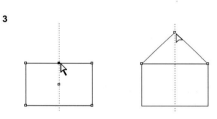

练习 # 2：
添加一个
额外节点

1 **绘制一个矩形，删除其顶端路径，并在其中心添加一个节点。** 绘制一个矩形（1.5"× 1"），使用 Direct Selection Tool（直接选择工具）选中矩形的顶部路径并删除。使用 Pen Tool（钢笔工具）在矩形中心添加一个节点。

2 **将该点向上移动。** 双击工具箱中的 Direct Selection Tool（直接选择工具），打开 Move（移动）对话框，在 Distance（距离）文本框中输入 1.25"，并将该节点向上移动。

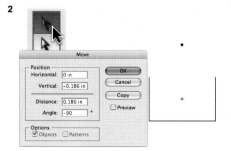

3 **选中节点并连接。** 用 Direct Selection Tool（直接选择工具）选中左边的两个节点，单击 Object>Path>Join 命令（按⌘-J/Ctrl-J 键）。对右边两个节点执行同样的操作。

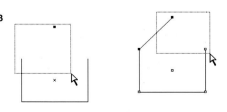

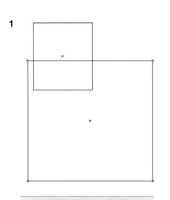

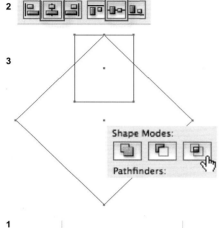

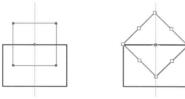

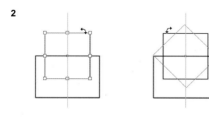

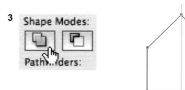

练习♯3：
绘制两个矩形，旋转其中的一个，排列图形，应用相交

1 绘制两个矩形并旋转后一个矩形。 使用 Rectangle Tool（矩形工具）绘制一个 1.5″×1.75″ 的矩形，再单击 Rectangle Tool（矩形工具），在任意位置绘制一个 3.1795″×3.1795″ 的正方形。当它处于选中状态时，双击 Rotate Tool（旋转工具）并指定角度为 45°。

2 排列矩形。 选择两个矩形，在 Align（对齐）选项板上单击 Horizontal Align Center（水平居中对齐）和 Vertical Align Top（垂直顶对齐）图标，设置白色填充，黑色描边。

3 应用 Pathfinder。 在 Pathfinder（路径查找器）选项板（Window 菜单中）中单击 Intersect shape areas 图标，转换到 Preview（预览）模式（View 菜单中）查看效果。

练习♯4：
使用自定义向导 Rotate（旋转）和 Add（合并）

1 绘制两个矩形。 绘制一个 1.5″×1″ 的矩形，拉出垂直参考线，将它贴到中间，在居中参考线与顶端相交的地方按住 Option/Alt 键不放，然后再单击 Rectangle Tool（矩形工具），输入 1.05″×1.05″。

2 旋转正方形。 在选中状态下将光标沿着正方形移动，直到看见 Rotate（旋转）图标。按住 Shift 键不放并拖动，直到正方形旋转到合适位置。

3 Select（选择）和 Add（合并）。 选择 Select>All（按 ⌘-A/Ctrl-A 键），然后在 Pathfinder 选项板下单击 Add to shape area（与形状区域相加）图标，转到 Preview（预览）模式即可查看形状。

练习 # 5：

对三角形使用 Add Anchor Points（添加锚点）命令

1 **绘制一个三角形。** 选中 Polygon Tool（多边形工具），单击并键入 Sides（边数）为 3，Radius（半径）为 1.299"。

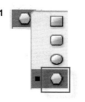
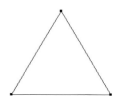

2 **使用"添加锚点"命令。** 选中三角形，执行 Object> Path> Add Anchor Points 命令（可以使用默认的快捷键或用户创建的快捷键）。

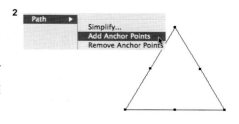

3 **平均左边两个节点，再平均右边两个节点。** 使用 Direct Selection Tool（直接选择工具）选中左边两个节点，沿垂直轴平均（执行快捷菜单中的 Average 命令或选择 Object>Path>Average 命令），对右边两个节点重复同样的操作。

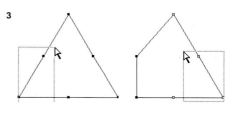

4 **删除底部节点。** 使用 Delete Anchor Point Tool（删除锚点工具）单击底部中间的节点，将其删除。

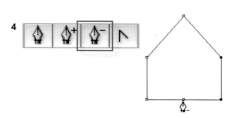

5 **将顶部节点向下移动。** 使用 Direct Selection Tool（直接选择工具）选中顶部节点，双击工具箱中的 Direct Selection Tool（直接选择工具），打开 Move（移动）对话框，在 Distance（距离）文本框中键入 -0.186"，设置 Angle 为 90°。

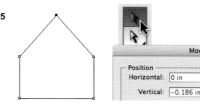

6 **将两边节点向中心移动。** 使用 Direct Selection Tool（直接选择工具）单击房屋的右边线，并向中心拖动直到屋顶轮廓线看上去光滑为止（按住 Shift 键可限制为水平移动）；对房屋的左边线执行同样的操作。另一种方法是，选中右边线并按键盘上的向左方向键（←键），使其向中心靠拢，直到屋顶的轮廓线看上去平滑为止。接着，单击选中左边线，按键盘上的向右方向键（→键），使其向中心靠拢。

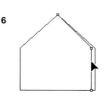

练习＃6：
剪切一条路径
并贴在前面

1 剪切、粘贴，然后移动到三角形底部。 在 zenhouse.ai 文件中，选中 Polygon Tool（多边形工具），单击并输入 Sides（边数）为 3，Radius（半径）为 0.866"。使用 Direct Selection Tool（直接选择工具）选中三角形底部路径并剪切至剪贴板，选择 Edit（编辑）>Paste in Front（贴在前面）命令或按⌘-F/Ctrl-F 键，然后单击底部路径并向下拖动到合适位置。

2 创建边线，将中间节点移到适当位置。 使用 Direct Selection Tool（直接选择工具）选中右边两个节点并连接，对左边两个节点执行同样的操作。最后，选择中间两个节点，单击其中一点并向上拖动到合适位置。

练习＃7：
连接两个对象

1 绘制两个对象。 选中 Polygon Tool（多边形工具），单击并输入 Sides（边数）为 3，Radius（半径）为 0.866"。放大三角形的左下角，使用 Rectangle Tool（矩形工具）在左下角节点处单击，设置矩形大小为 1.5"×1"。

2 删除中间线，连接拐角点。 使用 Direct Selection Tool 框选中间线并删除。选择左上拐角点，先平均再连接节点。对右上拐角点执行同样的操作。

3 将顶点向下拖动。 单击顶点，按住 Shift 键并向下拖动到合适位置。

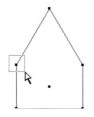

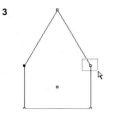

练习#8:

执行 Add Anchor Points（添加锚点）命令添加锚点，然后平均与连接

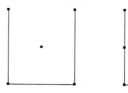

1 使用 zenhouse.ai 文件，绘制一个矩形，删除顶部路径，添加锚点，删除底部中间节点。绘制一个高矩形（1.5"×1.75"），删除顶部路径。选择 Object>Path>Add Anchor Points 命令添加锚点，使用 Delete Anchor Point Tool（删除锚点工具）删除底部中间节点。

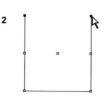

2 选取并平均与连接顶部节点，将中间节点移动到适当的位置。使用 Direct Selection Tool（直接选择工具）选取顶部节点，然后平均一连接（请参阅练习#7中的步骤2）。再直接选取中间节点，单击其中一点，按住 Shift 键向上拖动到合适位置。

练习#9:

镜像房屋侧面

1 绘制一个房屋的侧面。拖动出一条垂直的参考线，将标尺的原点设置在参考线上。使用 Pen Tool(钢笔工具)在参考线上标尺的原 s 点处单击，按住 Shift 键（控制线的角度为 45°）并向左拖动 0.75"、向下拖动 0.75"后单击，再在垂直向下 1" 处单击。

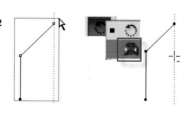

2 镜像侧面的副本。选中侧面的所有节点，按住 Option/Alt 键用 Reflect Tool（镜像工具）单击参考线，在弹出的对话框中设置角度为 90°，单击 Copy（复制）按钮。

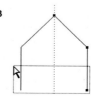

3 连接两个侧面。直接选取并连接底部的两个节点，然后选中顶部节点，进行连接与平均（按⌘-Shift-Option-J/Ctrl-Shift-Alt-J 键，或执行 Object>Path 命令）。

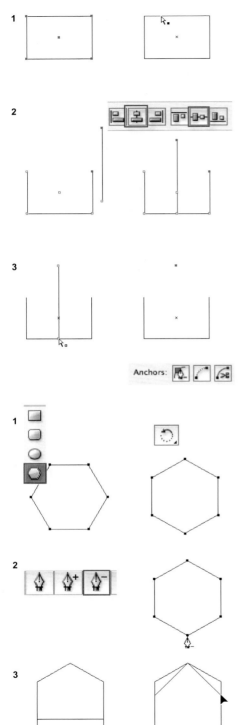

练习♯ 10：
使用 Line Tool（直线段工具）和 Align（对齐）

1 创建矩形。 用 Rectangle Tool 在画板任意位置单击并指定大小为 1.5"×1"。用 Direct Selection Tool 在画板上单击取消选择，然后单击矩形上边界并按 Delete 键删除。

2 创建并连接顶点。 用 Line Tool 单击画板任意处，指定 Length 为 1.75"，Angle 为 90°。选择两个对象，在 Align 选项板上单击 Horizontal Align Center 和 Vertical Align Center 图标，然后取消选取。

3 删除底部节点并制作尖顶。 使用 Direct Selection Tool（直接选择工具）单击底部直线上的节点并按 Delete 键将其删除。然后选中最上方的点和一条边，在属性栏里单击中间的锚点按钮来连接点。重复操作形成尖顶。

练习♯ 11：
绘制六边形

1 使用 zenhouse.ai 文件绘制一个六边形。 打开文件，选中 Polygon Tool，单击并输入 Sides（边数）为 6，Radius（半径）为 0.866"，然后双击 Rotate Tool，设置角度为 30°。

2 删除底部端点。 使用 Delete Anchor Point Tool（删除锚点工具）单击底部节点将其删除。

3 将底部两个端点、中间两个端点向下移动。 使用 Direct Selection Tool 选中底部两个端点，然后按住 Shift 键单击其中一点向下拖动到合适位置。对中间两个端点采取同样操作。

练习 # 12：
用 Smart Guides（智能参考线）和 Rotate（旋转）绘制一个 Live Paint 对象

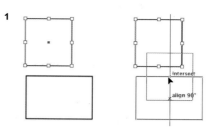

1 绘制两个矩形。 执行 View>Smart Guides 命令启用智能参考线。绘制一个 1.5"×1" 的矩形和一个 1.05"×1.05" 的正方形。用选择工具拖曳正方形的中心点并拉向大矩形的中心点，直到出现 center 字样，然后沿轴线向上移动到上边界直到出现 intersect 和 align 字样。

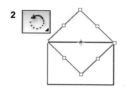

2 旋转正方形。 选中正方形，双击 Rotate Tool（旋转工具）并指定旋转角度为 45°。

3 绘制 Live Paint 对象。 选中两个对象，执行 Object>Live Paint>Make 命令。

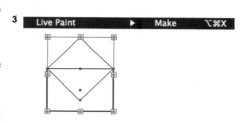

4 用 Live Paint Bucket 工具来涂去内部线条。 切换到 Preview（预览）模式并将 Fill（填充）设置为白色，Stroke（描边）设置为 Nane。双击 Live Paint Bucket 工具并在 Options（选项）区域禁用 Paint Fills，选中 Paint Strokes，单击 OK 按钮。为 Stroke（描边）选择 None，然后"绘制"内部三角线条。

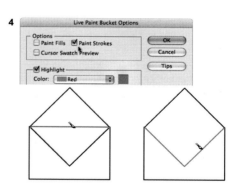

5 如果要将屋子内部简化成一个对象，删除内部线条。 返回 Outline（轮廓）模式（View 菜单），当您绘制 Live Paint 对象时，注意它还保留着绘制原对象时留下的单独形状——即使您将笔触单独着色也是如此。然而，可以混合同类型的对象，比如将用白色填充的房屋对象与另一对象通过去除分隔线来混合。

　　因此房屋的整个内部如同一个填充一般，您需要删除隔开了内部的三角形线条。用 Direct Selection Tool（直接选择工具）框选内部线条并按 Delete 键。切换回 Preview（预览）模式可看到房屋依然完整无缺。

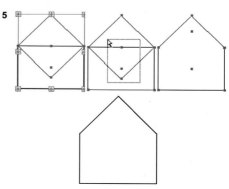

关于网格和线条

绘制正方形网格的 4 种方法

概述：寻找绘制同一简单网格的不同方法。

TOM

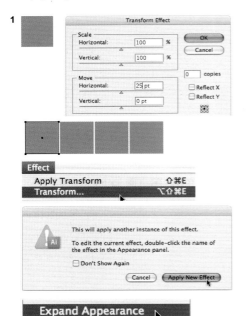

创建一个正方形，执行 *Effect>Distort & Transform> Transform* 命令，并指定以 *Horizontal*（水平）的 *Move* 为 25pt 制作 3 份副本，然后执行 *Effect>Trans-form* 命令指定以 *Vertical*（垂直）的 *Move*（移动）为 25pt 制作 3 份副本，对于可编辑的正方形，执行 *Object>Expand Appearance* 命令

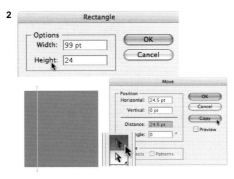

在对话框中单击选择 *Height*（高度）或是 *Width*（宽度）的文本，将会复制其他数值；接着绘制一条垂直的线段，使用 *Move*（移动）操作来复制它

绘制任何东西很少只有一种方法。将同一个问题交给不同的 Illustrator 专家解决，他们会提出不同的方案。Jack Tom 为 Craik Consulting，Inc.（一家人力资源和人才公司）设计的这个简洁的标志给我们提供了一个很好的机会来探求创建用白线分隔的简洁蓝色正方形网格的不同方法。

　　每个人都有不同的想法，对您而言最显而易见的解决方法在别人看来或许非常富于创造性。创作每幅图像时，跟着您的直觉走就行了。如果设计的变化要求您重新思考其他的方法（例如，如果客户要求标志的白色区域有小孔，这样从小孔中可以看到背景图片），那就请尝试另一种方法。

1 绘制分离的小正方形。 用 Rectangle Tool（矩形工具）在页面上单击并指定一个 24pt×24pt 的正方形，在其仍处于选中状态时，从 Swatches（色板）选项板中选取蓝色。要创建水平的一行正方形，执行 Effect>Distort & Transform>Transform 命令，单击 OK 按钮。为了在垂直方向上充满网格，再次从 Effect（效果）菜单中选择 Transform（变换）命令，看到警告信息时单击 Apply New Effect（应用新效果）按钮，此时指定 25pt 的 Move（移动）并制作 3 个副本。如果此后想单独编辑这些矩形，可选择 Object>Expand Appearance 命令扩展这一活效果。

2 绘制大矩形，上方有白线。 该方法的叙述比其他方法长，但设计的灵活度更高。Jack Tom 在创建实际标志时，将白线放在大的蓝色正方形上，因此能更精确地控制每条线放置在标志中的位置。他删除了大的白色椭圆下方的部分线条，并水平或竖直地略微移动其余线条。

要绘制一个大正方形，选择蓝色填充，单击 Rectangle Tool 并指定 Width（宽度）为 99pt，单击 Height（高度）自动将高度指定为与宽度相等。按住 Shift 键绘制一条从矩形上方到矩形下方的竖直线。设定填充为 None、描边为 White（白色）。要画第 2 条线，在工具箱中双击 Selection Tool，在 Move（移动）对话框中输入 Horizontal（水平）为 25pt、Vertical（垂直）为 0，单击 Copy（复制）按钮。按 ⌘ -D/Ctrl-D 键 [对应 Transform Again（再次变换）命令] 获得第 3 条线。选择已有的 3 条线，将其 Group（组合）。双击 Rotate Tool（旋转工具）并键入 90，单击 Copy（复制）按钮，即可得到交叉线条。要依据正方形排列线条，选择全部线条后单击正方形（指定正方形是其他对象排列的依据），在 Align（对齐）选项板上单击 Horizontal Align Center 和 Vertical Align Center 图标。

3 用网格分隔正方形。 最简单的创建这个特殊网格的方法或许是选择蓝色填充，选中 Rectangle Tool（矩形工具）后单击并指定 Width（宽度）和 Height（高度）均为 -99pt，再选择 Object>Path>Split Into Grid 命令并指定 4 行、4 列，忽略高和宽，但将 Gutter 设置为 1pt。

4 使用 Rectangular Grid tool（矩形网格工具）。 在最新的简单版本中，设定描边为白色 1pt，并填充蓝色。选择 Rectangular Grid Tool，单击 Artboard（画板）并设定 Width（宽度）和 Height（高度）为 100pt。在分隔线的选项区中输入 3，确定勾选了 Use Outside Rectangle As Frame 和 Fill Grid 复选框，然后单击 OK（确定）按钮。

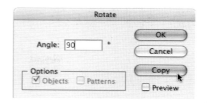

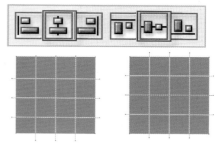

创建 3 条垂直线之后，使用 Rotate Tool（旋转工具）制作横向的副本，并将线条与矩形对齐

选择 Split Into Grid 命令，并在对话框中设置参数

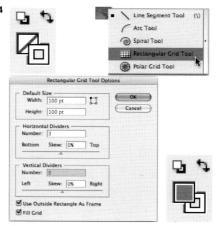

使用矩形网格工具

缩放 （使用比例缩放工具）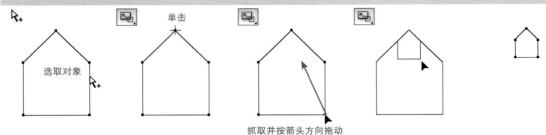

注意： 使用 Shift 键控制属性。Wow！ CD 中也有关于缩放的练习。

1 按比例向顶部缩放　使用 Scale Tool（比例缩放工具）单击顶点，抓取右下角并向上拖动

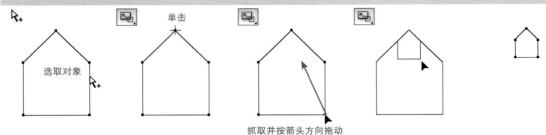

选取对象

单击

抓取并按箭头方向拖动

2 水平地向中心缩放　使用 Scale Tool（比例缩放工具）单击顶点，抓取右下角并向内拖动

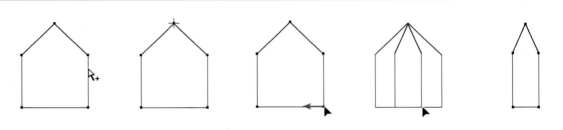

3 垂直地向顶部缩放　使用 Scale Tool（比例缩放工具）单击顶点，抓取右下角并垂直向上拖动

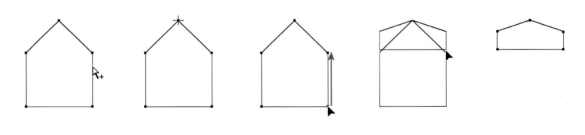

4 垂直缩放并翻转对象　使用 Scale Tool（比例缩放工具）单击顶点，抓取右下角并垂直向上拖动

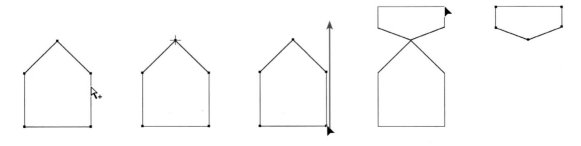

缩放 （使用比例缩放工具续）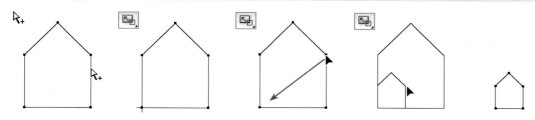

注意：使用 Shift 键控制属性。Wow！CD 中也有关于缩放的练习。

5 按比例向左下角缩放（LL） 使用 Scale Tool（比例缩放工具）单击左下角点，抓取右上角并向左下角拖动

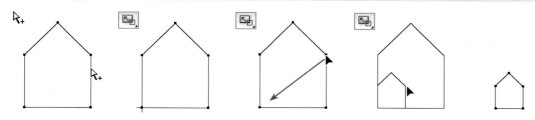

6 水平地向左边缩放 使用 Scale Tool（比例缩放工具）单击左下角点，抓取右下角并向左拖动

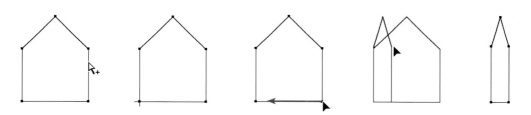

7 垂直地向底部缩放 使用 Scale Tool（比例缩放工具）单击底部中心点，抓取顶点向下拖动

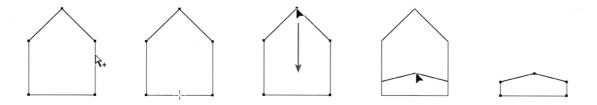

8 按比例向中心缩放 使用 Scale Tool（比例缩放工具）单击中心点，抓取拐角点向中心拖动

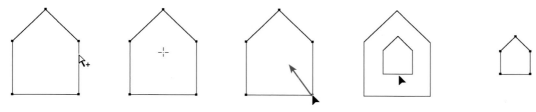

用 Scale Tool（比例缩放工具）在对象外面单击并向中心拖动，也可按比例向中心缩放

旋转（使用旋转工具）

注意：使用 Shift 键控制移动。Wow！ CD 中也有关于旋转的练习。

1 绕中心旋转 使用 Rotate Tool（旋转工具）单击中心，然后抓取右下角并拖动

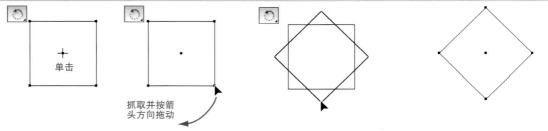

单击

抓取并按箭
头方向拖动

要绕中心旋转，还可以用 Rotate Tool（旋转工具）在对象外面单击并拖动

2 绕拐角旋转 使用 Rotate Tool（旋转工具）单击左上角点，然后抓取右下角点并拖动

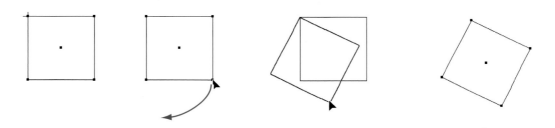

3 绕对象外部某点旋转 使用 Rotate Tool（旋转工具）单击左拐角上部，然后抓取右下角并拖动

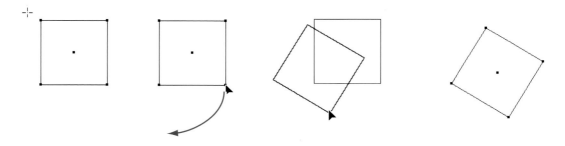

4 旋转路径的一部分 使用 Direct Selection Tool（直接选择工具）框选一些节点，然后再使用旋转工具

用 Direct Selection Tool（直接选择工具）框选前臂　　　使用 Rotate Tool（旋转工具）单击肘部，抓取手部并拖动

使用基本工具创作一幅简单图像

关键： 在红色十字线处单击，抓取灰色箭头所在处，按黑色箭头所示拖动。

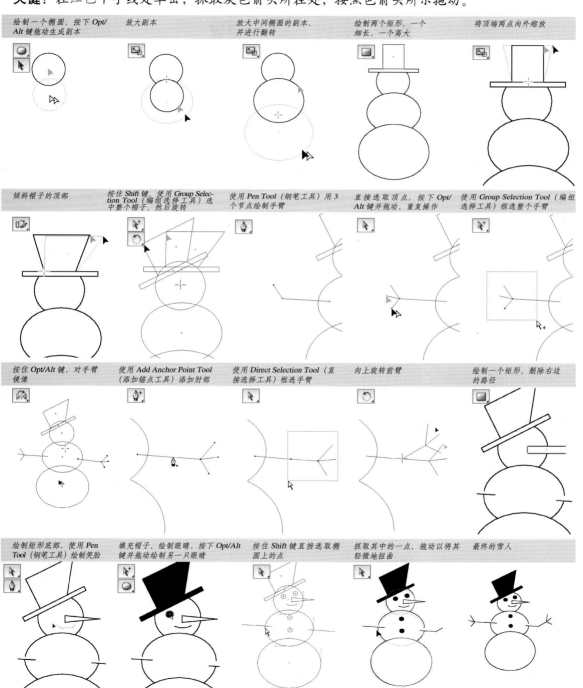

绘制一个椭圆，按下 Opt/Alt 键拖动生成副本	放大副本	放大中间椭圆的副本，并进行翻转	绘制两个矩形，一个细长，一个高大	将顶端两点向外缩放
倾斜帽子的顶部	按住 Shift 键，使用 Group Selection Tool（编组选择工具）选中整个帽子，然后旋转	使用 Pen Tool（钢笔工具）用 3 个节点绘制手臂	直接选取顶点，按下 Opt/Alt 键并拖动，重复操作	使用 Group Selection Tool（编组选择工具）框选整个手臂
按住 Opt/Alt 键，对手臂镜像	使用 Add Anchor Point Tool（添加锚点工具）添加肘部	使用 Direct Selection Tool（直接选择工具）框选手臂	向上旋转前臂	绘制一个矩形，删除右边的路径
绘制矩形底部，使用 Pen Tool（钢笔工具）绘制笑脸	填充帽子，绘制眼睛，按下 Opt/Alt 键并拖动绘制另一只眼睛	按住 Shift 键直接选取椭圆上的点	抓取其中的一点，拖动以将其轻微地扭曲	最终的雪人

指尖舞蹈

使用 Illustrator 中的强力键

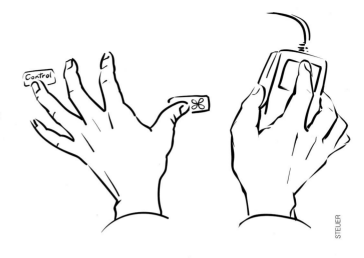

概述：掌握使用 Illustrator 中的快捷键可以节省大量的创作时间。

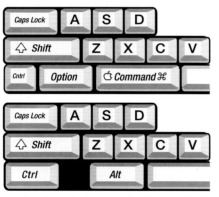

在本书最后可以找到关于功能强大的组合键的总结

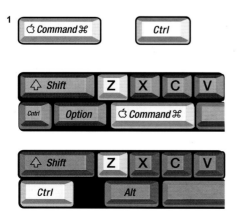

如果您总是用鼠标从工具箱中选择工具，那就需要学习这一课。您只需花些时间，有点耐心，便可解放鼠标，让它只从事绘画；同时，让另一只手在键盘上飞舞，获取所有的选择、修饰与变形工具，使用缩放和抓手工具以及使用还原和重复等命令。

"指尖舞蹈"可能是 Illustrator 最难掌握的一个方面，请按照次序学习这些课程，但不要指望一两次便能学会。犯了错误时，请使用 Undo（按⌘-Z/Ctrl-Z 键）命令取消操作。尝试做一些练习，并将学会的方法运用到自己的创作活动中。如果遇到了挫折，休息一下，几小时、几天或者几周后再继续学习，不要忘记放松。

规则 ♯1：一根手指放在⌘/Ctrl 键上。无论是使用鼠标还是数位板，没有用于绘画的手应放在键盘上，并且一根手指（或拇指）放在⌘键上，这个位置可以立刻获取"还原"（按⌘-Z/Ctrl-Z 键）功能。

规则 # 2：如果误操作了，请执行 Undo（还原）命令。 这是在计算机中工作时非常重要的一点，也是编者为什么一再重复的原因。如果需要记住某个组合键的话，那就是 Undo（⌘-Z/Ctrl-Z）。

规则 # 3：按住⌘/Ctrl 键后光标将变成上一次使用的选择工具。 在 Illustrator 中，通过⌘/Ctrl 键不仅可以快速获取 Undo（还原）功能，还可以将任何工具转变成上次使用的选择工具。在后面的练习中，您便可发觉最灵活的选择工具是 Direct Selection Tool（直接选择工具）。

规则 # 4：注意光标。 如果能够根据光标的形状判断操作，便可以阻止大多数错误的发生。如果没有注意到（例如错误地拖动对象的一个副本），执行 Undo（还原）命令，再重新做一次。

规则 # 5：注意按键的顺序。 大多数的修改键会根据用户按键的顺序不同进行不同的操作。如果遵守"规则 # 4"，注意光标，便可观察到按键的功能。

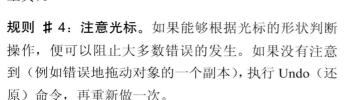

规则 # 6：按住键直到释放鼠标。 为了使修饰键能真正修改动作，必须按住这些键直到释放鼠标键。

规则 # 7：在 Outline 模式下工作。 当构造或操作对象时，养成在 Outline（轮廓）模式下工作的习惯。当然，如果需要为图像设计色彩，则必须在 Preview（预览）模式下工作。但在学习如何使用功能键时，在 Outline（轮廓）模式下会更快速、更容易。

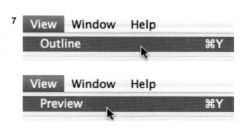

指　　　尖　　　舞　　　蹈

在开始这个系列练习之前，选择 Direct Selection Tool（直接选择工具），
然后选择 Rectangle Tool（矩形工具）并拖动绘制一个矩形。

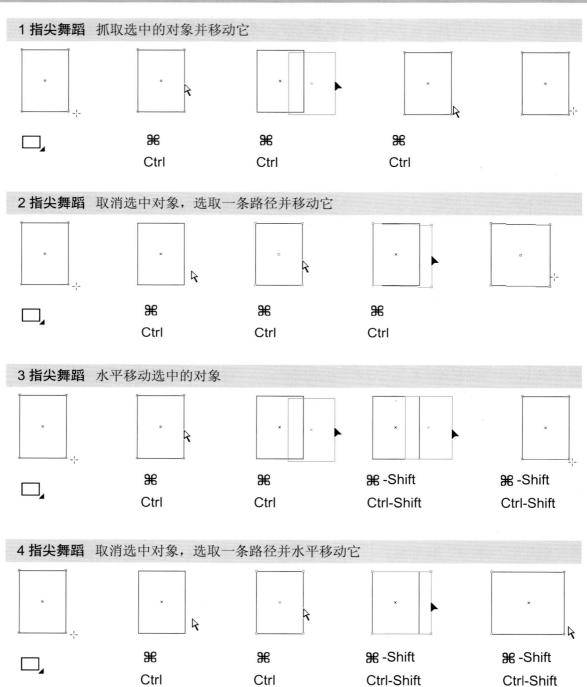

1 指尖舞蹈　抓取选中的对象并移动它

2 指尖舞蹈　取消选中对象，选取一条路径并移动它

3 指尖舞蹈　水平移动选中的对象

4 指尖舞蹈　取消选中对象，选取一条路径并水平移动它

在开始这个系列练习之前,选择 Direct Selection Tool(直接选择工具),
然后选择 Rectangle Tool（矩形工具）并拖动绘制一个矩形。

5 指尖舞蹈　移动选中对象的副本

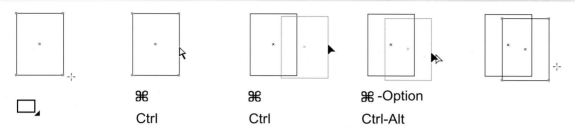

6 指尖舞蹈　取消选中对象，移动路径的副本

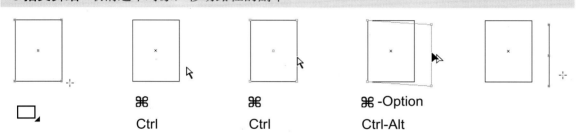

7 指尖舞蹈　水平移动选中对象的副本

8 指尖舞蹈　取消选中对象，水平移动路径的副本

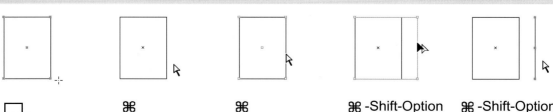

在开始这个系列练习之前，选择 Direct Selection Tool（直接选择工具），
然后选择 Rectangle Tool（矩形工具）并拖动绘制一个矩形。

9 指尖舞蹈　取消选择，组合选择，移动副本

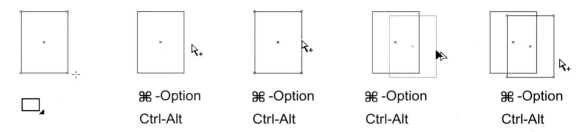

⌘-Option	⌘-Option	⌘-Option	⌘-Option
Ctrl-Alt	Ctrl-Alt	Ctrl-Alt	Ctrl-Alt

10 指尖舞蹈　组合选择，水平移动对象

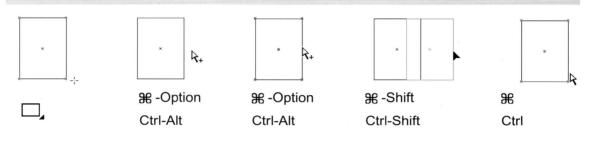

⌘-Option	⌘-Option	⌘-Shift	⌘
Ctrl-Alt	Ctrl-Alt	Ctrl-Shift	Ctrl

11 指尖舞蹈　水平移动对象，添加选中对象

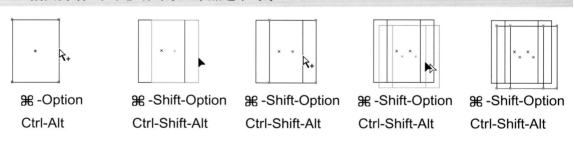

⌘-Option	⌘-Shift-Option	⌘-Shift-Option	⌘-Shift-Option	⌘-Shift-Option
Ctrl-Alt	Ctrl-Shift-Alt	Ctrl-Shift-Alt	Ctrl-Shift-Alt	Ctrl-Shift-Alt

12 指尖舞蹈　移动副本，添加选中对象，移动

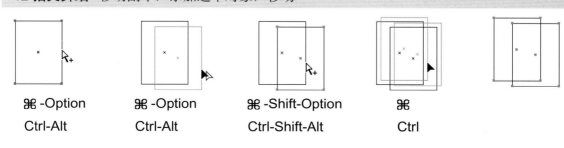

⌘-Option	⌘-Option	⌘-Shift-Option	⌘
Ctrl-Alt	Ctrl-Alt	Ctrl-Shift-Alt	Ctrl

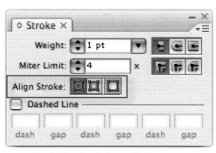

3

对象的填充设置为 None（左图）；应用了填充和描边（中图）；只有填充而无描边（右图）；注意未闭合区域将以两个末端点的连线为基准进行填充

Stroke（描边）选项板，包含了新增的 Align Stroke（对齐描边）按钮

绘图与着色

绘图与着色是使用 Illustrator 的核心与灵魂。本章将继续讨论前两章介绍的基本技巧，主要讲述绘图与着色工具的必要知识。阅读完本章后，您可以轻松地学习后面章节更高级的技巧。

描边与填充

在 Illustrator 中，您绘制的每一个对象都有两个部分可以被样式化——Stroke（描边）和 Fill（填充）。填充是在一个封闭的路径里进行的，是路径内部的实体。用户可以使用颜色、渐变或图案进行填充，甚至可以选择 None（无色）填充，即没有填充。当填充的路径是开放路径时（即路径的两个端点没有相连），填充存在于将两个端点用直线连接的闭合路径中。

   Stroke（描边）是指路径基本的"轮廓"。可以使用描边"装扮"路径，使之呈现不同外观，就像使用填充控制路径的内部空间一样。要做到这一点，可以给描边赋予不同的属性，包括宽度（厚度）、虚实类型、虚实序列、拐角样式和端点类型。如果将路径的描边赋予 None（无色），则对象没有可视的描边。）您还可以控制描边是否与封闭路径的中心、内部或者外部对齐。要做到这一点，选中一个封闭的路径，然后在描边选项板里单击适当的对齐描边按钮，设置描边与路径的中心、内侧或者外侧对齐。

设置对象填充或描边的多种方式

要设置对象的填充或描边，首先选中对象，然后单击工具箱底部的 Fill（填充）或 Stroke（描边）图标（按 X 键可在描边与填充之间切换）。要将对象的描边或填充设置为 None，可按 / 键，或者单击工具箱或颜色选项板上的 None（无）图标。

可以使用下述任何一种方法设置填充或描边的颜色：1）在 Color（颜色）选项板上调整颜色滑块或在颜色色谱上拾取颜色；2）在 Swatches（色板）选项板上单击一个颜色；3）使用 Eyedropper Tool（吸管工具）在其他对象上拾取颜色；4）在 Color Picker（拾色器）中拾取颜色 [双击工具箱或 Color（颜色）选项板上的 Fill（填充）或 Stroke（描边）图标，可打开 Adobe Color Picker 对话框]。5）单击位于 Color Guide（颜色参考）选项板上的色板；6）单击位于控制条上的 Fill（填充）或者 Stroke（描边）图标。（打开 Adobe 拾色器的方法是：双击工具箱或颜色选项板上的填充或描边图标。）另外，可以从选项板中把色板拖动到（选中或没有选中）对象上，或者把色板拖到工具箱里的填充或描边图标上。

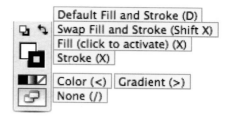

工具箱上的 Fill（填充）和 Stroke（描边）部分

使用颜色选项板

现在有 4 种不同的色彩选项板：Colors（颜色）、Swatches（色板）、Color Guide（颜色参考）和 kuler（发音为 "cooler"，请看右方的说明）。默认设定只会显示一种选项板，想要同时查看多个选项板，需要将每一个拖至工作区或是从 Expanded view（扩展视图）中重新安排选项板。另外也可以从 Window（窗口）菜单中重新取得每一个选项板（请看第一章 "Illustrator 基础"，学习更多选项板的使用方式）。

颜色选项板

Color（颜色）选项板是颜色工具的集合，可以用来选择与混合颜色。除了滑块和文本框可以精确设置颜色外，选项板上的 None（无）按钮还可以将填充和描边设置为没有颜色。这里还有一个渐变颜色条，您可以单击选择黑白和其他颜色。在颜色旁边经常有一个小的 3D 立方体出现，这就是网络颜色警告。Adobe 保留

填充和描边控制条

当单击控制条上填充和描边的符号时，就会看到 Swatch（色板）选项板的内容。如果按住 Shift 键，就会看到颜色选项板的滑块。

kuler 有多么酷?

kuler（小写字母）是 Adobe 实验室为这个实验性的技术所定的名称，建构在包括美国和国际英语的 Illustrator 版本。（请参阅 "活色彩" 章节查看更多 kuler 的资料。）

Color（颜色）选项板。滑块显示了 Fill（填充）颜色或 Stroke（描边）颜色的设置（若当前是 Fill，则显示填充颜色，若当前是 Stroke，则显示描边颜色）。右图所示是 Last Color 代理（红色轮廓），当它出现时，用户可以返回到选取图案或颜色或将样式设置为 None 之前使用的最后一种颜色

Web 颜色和超出色域颜色警告区域(红框内的部分)，以及颜色选项板的弹出菜单

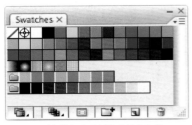

Swatches（色板）选项板显示所有色板

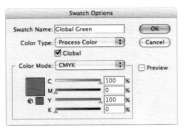

默认全局色的"色板选项"对话框

只显示颜色色板列表的Swatches（色板）选项板，上面的两种颜色是印刷色，中间的两种颜色是全局色，最后两种颜色是专色（左边是CMYK模式下文档的颜色，右边是RGB模式下与文档同样的颜色）

上一图中的同样的颜色，显示于缩略视图下，此时会在大一点的缩略图中显示，左边的两种颜色是印刷色，中间的两种颜色是专色（有一个带黑点的白色三角形），右边的两种颜色是全局色（有一个白色三角形）

了这个特性，即便大多数人认为在这一点上网络安全颜色很大程度上已经不再是一个问题。单击色板的这个区域，您就能很迅速地把一个颜色转换成网络安全颜色的最相近匹配色。如果您想为网络创作一个艺术作品，那么您可能想要从颜色选项板菜单中选择"Web安全RGB"命令。

在颜色选项板菜单中也有"Invert（反相）"和"Compl-ement（补色）"命令。您可以在Illustrator帮助里搜索反相或补色，Adobe对这些术语都有解释。

当您创作要印刷的艺术品时，如果您从CMYK色域中选择一种或混合一种颜色，那么在颜色选项板上就会出现一个惊叹号。Illustrator就会为您推荐它自认为最相近的一个匹配的"In Gamut Color（色域颜色）"。

色板选项板

要保存在Color（颜色）选项板中已经混合好的颜色，可直接将Color（颜色）选项板、Toolbox（工具箱）或Gradient（渐变）选项板中的混合颜色拖动到Swatches（色板）选项板中。单击Swatches（色板）选项板底部的New Swatch（新建色板）按钮，同样可以把当前颜色保存在色板中。如果要给保存的色板或其他选项命名，按住Option/Alt键并单击New Swatch（新建色板）按钮，或从选项板菜单中选择New Swatch（新建色板）命令。

无论何时，将包含有自定义色板或样式的对象从一个文档拷贝粘贴到另一个文档时，Illustrator会自动将色板或样式粘贴到新文档的选项板中。

利用Swatch Options（色板选项）对话框（双击任何一个色板即可打开）可改变色板的各种属性——包括色板的名称、颜色模式、颜色定义，以及是印刷色、全局色还是专色（参见下面）。对于图案和渐变色板来说，它们在Swatch Options（色板选项）对话框中的惟一属性就是名称。

印刷色、全局色和专色

在 Illustrator 中可创建 3 种实填充：Process Colors（印刷色）、Global Colors（全局色）以及 Spot Colors（专色），这 3 种颜色在 Swatches（色板）选项板上看起来各不相同，因此在视觉上很容易分辨。

- Process Colors（印刷色）是采用 CMYK 四色（青色、洋红、黄色和黑色）混合的印刷色（或者，如果用 RGB 制作非印刷作品，印刷色就是 RGB 三色混合：红色、绿色和蓝色）。

- Global Colors（全局色）是增加了一项便利的印刷色。如果您更新了色板作为全局色，Illustrator 将为所有使用该色板的文件更新颜色。您可以在 Swatches（色板）选项板中通过色板右下角的三角形识别全局色（当选项板处于缩略图显示时），或通过 Global Color（全局色）图标也显示全局印刷色 [当选项板处于 List View（列表视图）显示时]。在 New Swatch（新建色板）对话框或 Swatch Options（色板选项）对话框中勾选 Global（全局色）复选框即可创建全局印刷色（默认情况下 Global 复选框被禁用）。

- Spot Colors（专色）是印刷作业中的自定义颜色，这样的打印作用要求预混合的油墨非四原色混合。指定专色后可使用 CMYK 色域之外的颜色或实现比 CMYK 更一致的颜色。在 New Swatch（新建色板）对话框中可指定专色 [从 Color Type（颜色类型）下拉列表框中选择 Spot Color（专色）选项]，或者从 Swatch Library（色板库）中也可以指定专色。所有专色都是全局的，因此可以自动更新。若 Swatches（色板）选项板在缩略图视图下，专色右下角将出现一个小三角形和一个小点；若在列表视图下，则 Spot Color（专色）图标表明了专色。

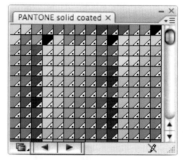

Swatch Librariy 选项板的下方有左 / 右箭头按钮。单击按钮开启下一个色板库（在同一个选项板里）

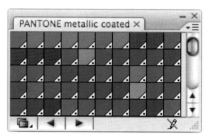

Pantone 库中的色板都有带黑点的白色三角形，表示它们既是全局色，也是专色

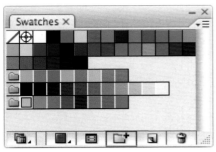

New Color Group（新建颜色组）按钮让您可以通过圈选颜色来整理色板选项板。此外您可以为它取特定的名字

何时删除色板

当单击 Swatches（色板）选项板的 Delete Swatch（删除色板）按钮删除选中的色板时，Illustrator 并不弹出警告信息，即便删除的是文档中使用的颜色。实际上，Illustrator 可把用于填充对象的 Global Colors（全局色）和 Spot Colors（专色）转变成非全局的 Process Colors（印刷色）。为了保险起见，在色板选项板扩展菜单中选择 Select All Unused（选择所有未使用的色板）命令，然后删除这些无用之物。

Swatches 选项板菜单中的 Save Swatch Library（将色板库存储为…）命令简化了保存自定义色板库的操作

创建色彩群组

您现在可以用 New Color Group（新建颜色组）按钮来创建并保存自己的色彩群组，它位于色板选项板的中间下方。创建一个新的色彩群组，只要按住 Shift 键，从色板选项板中复选几个邻近的颜色，或是按住 ⌘/Ctrl 键并单击不邻近的颜色，然后单击 New Color Group 按钮。另一个方法是在艺术对象中选择一个包含色彩的对象，然后单击 New Color Group 按钮。您可以给色彩群组命名，这个色彩群组将会被保存在色板选项板里，以供下次使用。

自定义色板库

您可以通过好几种方法来访问色板库。也许最简单的办法是单击 Swatch Libraries（色板库）菜单按钮，该按钮位于色板选项板的左下角（请参阅本小节前面所讲的"使用色板库"提示）。

一旦您设置好自己满意的色板选项板，就可以把它作为一个自定义色板库进行保存，和其他的文档一起使用。这样就帮您省去了以后重复设置色板的麻烦。保存一个色板库非常简单——单击位于色板选项板左下方的色板库菜单按钮，接着选择"Save Swatches（存储色板）"命令，这样就会通过默认设置把您的色板库保存到 Adobe Illustrator CS3 的色板资料夹里。（要了解有关色板库存储位置的详细内容，请在 Adobe Illustrator 帮助里搜索色板库。）

转换色板

Adobe Creative Suite（Adobe 创意组件）允许您在不同的 Adobe 应用软件中轻松自如地分享色板资源。因此您可以保存您的 Illustrator 色板，在 InDesign 中使用，或者保存您的 Photoshop 色板，在 Illustrator 中使用。

为了在 Illustrator 里保存色板以用于其他应用程序，首先您需要设置好自己想要的色板选项板，并且清除不相干的色板，然后从选项板弹出菜单中选择"Save Swatch Library as ASE（将色板库存储为 ASE）"命令，把色板保存到一个合适的位置。现在您可以把自己已经保存好的色板库（文件名称以 .ase 结尾）加载到 Adobe 其他大部分应用软件里了。同样，您也可以从其他应用软件中保存色板库，然后加载到 Illustrator 里使用（文件为 .ase 格式）。要在 Illustrator 里载入色板库，在色板选项板的色板库菜单里选择"其他库"命令，您将会看到一个弹出的对话框，让您定位在另一个应用软件中保存的色板库。

颜色参考

在 Color Guide panel（颜色参考选项板）中，可以生成 Illustrator "认为"适合目前颜色的色彩群组。它使用科学化的色彩理论"Harmony Rules（协调规则）"来提出建议。Color Guide 选项板是 Illustrator 数个增强功能中的一个，像是活色彩一样。Color Guide 选项板可被视为一个色彩实验室，在那里您可以对来源色彩运用色彩理论规则。

　　网格是 Color Guide 选项板的主要区域，就在 Harmony Rules（协调规则）下拉列表框之下。（请先选择 Color Guide 选项板扩展菜单的 Show Options 命令）。纵向，网格根据用户所选择的 Harmony Rules 来展示所测定的色调。横向，可以看到每一个颜色（或色调）在协调选项的变化。网格可以被更改来展示 3 种不同的变化：Tints/Shades（淡色 / 暗色）、Warm/Cool（暖色 / 冷色）或 Vivid/Muted（亮光 / 暗光）。

　　作为使用颜色参考的一个例子，可以选择 Harmony Rules 下拉列表框中的 Complementary（互补色）2 选项，以此可以在网格中得到相似的颜色（在色轮中的邻近色）。例子显示，在 Harmony Rules 列表区域，我们有红色来源色和 5 个互补的色调——总共 6 个特定的色

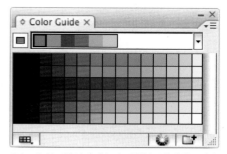

Color Guide（颜色参考）选项板显示的是某一种红色（源色彩）的色调/阴影部分以及它的补色（绿色）

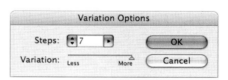

颜色参考选项

Color Guide（颜色参考）选项板的默认值提供 7 个 steps（步骤）——对于来源色彩和每一个被选择的协调色，提供左边 7 个渐暗的样本和右边 7 个渐亮的样本。然而，可以从 Color Guide 选项板弹出菜单中选择 Color Guide Options 命令来改变它，并调整 Steps 的数目。Variation（变量数）的量同样可以通过调整 Less（较少）或 More（较多）滑块来控制。Less 将会提供比较小的 Tints/Shades 的差异（或 Warm/Cool，或 Vivid/Muted）。More 将会在不同的 step 中造成较大的差异。

从左至右：吸管工具，在标准取样模式中的光标，在应用模式中的光标（按 Option/Alt 键），按住 Shift 键的同时按 Option/Alt 键添加（而不是替换）外观，从字体取样

从桌面采样

可以用吸管工具提取电脑桌面上对象的属性，但注意吸管在从以前的 Illustrator 文件外部采样时只会提取 RGB 颜色。要从桌面采样属性，首先选中要改变属性的对象，然后选择 Eyedropper Tool（吸管工具），在文件任意处单击，在向采样的桌面对象上移动光标时，按住鼠标左键不放。一旦光标落在对象上，释放鼠标后就会看到应用到选中对象的采样属性。

用户可以使用 Eyedropper Options（吸管选项）对话框完全地控制想要提取或应用的颜色。用户可以使用 Eyedropper Tool（吸管工具）复制描边、填充、颜色和文本格式的样式和属性（这将在本书后面讨论）

调。请注意如何在网格的垂直方向中心显示这 5 个色调，来源色在顶端，其他协调色则在其之下。左方为每一个色调的渐暗变化（较深的值），右方则是渐亮变化（较浅的值）。

使用 Color Guide（颜色参考）选项板下方的按钮，可以限制色彩到某个色板库，通过 Live Color（活色彩）对话框（更多内容请看"活色彩"章节），并在色板选项板中存储一个色彩群组。在实验之后找到您想要的颜色，将这个颜色从颜色参考选项板拖到艺术对象上（描边或填充），或是选择一个至多个艺术作品中的对象，然后单击选择网格中的颜色。

合二为一的吸管工具

Eyedropper Tool（吸管工具）能将一个对象的外观属性复制到另一个对象上，包括描边、填充、颜色和文本属性。这是事实：Eyedropper（吸管工具）能够拾取并且应用文本格式；它有两种模式——Sampling（取样）吸管工具和 Applying（应用）吸管工具。

用 Eyedropper（吸管）将属性从一个对象复制到另一个对象时，首先从工具箱中选取 Eyedropper Tool（吸管工具），放在某一未选中的对象上。此时，您会发现吸管处于采样模式。单击对象提取其属性，然后将吸管放在您想应用刚才提取属性的对象上，同时按住 Option/Alt 键不放，此时吸管转为应用模式，单击对象应用第一个对象的属性。

另一种替代方法只采用一步即可：选取要改变属性的对象，将吸管移到从中复制属性的未选中对象上，单击即可从未选中对象提取属性并应用于已选中的对象。（用这种方法不会看到吸管从采样模式转变到应用模式，因为一步即完成了整个操作。）

除了从对象中提取颜色外，按住 Shift 键不放并单击还可从光栅、网格图像中提取颜色；按住 Shift 键还能以其他方式调整吸管。默认情况下，Eyedropper ＋单击会提取所有的填充和描边属性（提取对象所有的外观，包括 Live Effects）。

用上面提到的单步方法，加上 Shift 键能只提取颜色（而不提取其他的外观属性），该颜色依据的是工具箱中处于激活状态的描边或填充，而非单击时应用的采样颜色。

最后，如果按住 Shift 键不放，然后按住 Option/Alt 键并单击，会将某一对象的外观属性添加到已选中对象的外观上，而不仅仅只是替换。

用 Eyedropper Options（双击工具箱中的 Eyedropper Tool）对话框可控制吸管提取与应用何种属性，也可用对话框底部的 Raster Sample Size（栅格取样大小）下拉列表框控制吸管在光栅图像中采样区域的大小。选择 Single Point 选项将从单个像素采样；选择 3×3Average 将在单击的点周围选择一个 3 像素网格；选择 5×5Average 将以同样的方式采样一个 5 像素网格。（在大多数情况下这将获得更精确的颜色，因为单击单个的点很难得到从许多像素中"混合"的颜色。）

描边线末端

尽管一些线条在 Outline（轮廓）模式下匹配得非常完美，但在 Preview（预览）模式下却发现它们互相重叠。通过改变描边选项板中的端点类型可以解决这个问题。下面将描述 3 种端点类型，选择其中一种便可决定选中路径在预览模式下的顶点样式。

在 Stroke（描边）选项板中，第一个选项（默认选项）是 Butt cap（平头端点），它使得路径在末端锚点处终止，对精确布置路径非常重要。中间的选项是 Round Cap（圆头端点），它使得路径的末端锚点显得更自然，可柔和单个线段或曲线，使它们显得更平滑。最后一个选项是 Projecting Cap（方头端点），它在实线和虚线的末

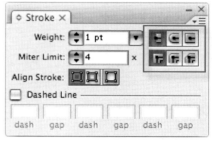

Stroke（描边）选项板上的 Cap/Join（端点 / 连接）部分

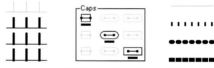

左图中，从上至下依次是带有平端点、圆端点和方端点的 3 条线在轮廓模式、预览模式下的视图，右图从上至下是带有 2pt 虚线和 6pt 间隙的 5pt 虚线的轮廓模式视图，然后是带平端点、圆端点和方端点的预览视图

虚线和平端点（上方），与相同的虚线和圆端点（下方）

在 CS3 中，在选择 Object（对象）>Path（路径）> Outline Stroke（轮廓化描边）命令后，如您所想像，虚线（上方）被转换为轮廓线（下方）

从左至右依次是路径的连接、圆角连接和斜角连接的路径的轮廓视图预览视图

轮廓线稿　4x 的斜　12x 的斜　1x 的斜
　　　　　接结合　接结合　接结合

6pt 描边和各种斜接限制条件下的对象，显示了线条的角度影响了尖角

自由变换工具

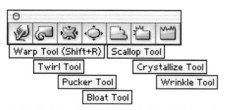

从 Liquify Distortion Tool（溶解扭曲工具）中可以获取分离的 Warp Tool（变形工具）参见 "Illustrator 基础" 一章中 "分离的选项板" 部分

使用 Filter（滤镜）比使用 Effect（效果）更加方便，可以直接编辑路径并让屏幕刷新速度较快。在中间可以看到，Filter（滤镜）>Distort（扭曲）>Pucker & Bloat（收缩和膨胀）被运用到一个圆圈上。在右边的则是 Effect（效果）>Distort& Transform（扭曲和变换）>Pucker & Bloat（收缩和膨胀）所描绘的效果

端锚点处延长笔画宽度的一半距离。

　　除了决定路径末端锚点的外观外，端点的样式还将影响虚线的形状（请参阅左边的插图）。

转角类型

描边线的拐角形状由 Stroke（描边）选项板上的 Join Style（转角类型）决定，3 种转角类型决定了拐角外部的形状，而拐角内部的形状总是尖角。

　　默认选项是 Miter Join（斜接连接）生成尖角，尖角的长度由描边的宽度、转角角度（比较尖的角度生成长的尖角，请参阅左边的插图）以及 Stroke（描边）选项板上的 Miter Limit（斜接限制）决定。Miter Limit 的值从 1x（角度很钝）～ 500x。通常默认的 Miter Join（斜接连接）的斜接限制为 4x，效果较好。

　　Round Join（圆角连接）生成的转角外部呈圆形，其半径为笔画宽度的一半。Bevel Join（斜角连接）生成的转角外端如同方形斜切去一块，它与 Miter Join（斜接连接）且斜接限制设置为 1x 时产生的效果相同。

自由变换、液化工具和扭曲滤镜

使用 Illustrator 中的 Free Transform Tool（自由变换工具）拖动选中对象约束框的拐角点，可扭曲对象的大小和形状。首先您必须拖曳边界框的边角点，接着按住⌘/Ctrl 键继续拖曳。当您开始拖曳边界框的边角点时，对象的形状就会逐渐扭曲变形。

　　运用扭曲工具的 "Liquify（液化组件）"，您可以把鼠标拖至对象上，通过手动操作对对象进行扭曲变形。Twirl（旋转扭曲）、Pucker（皱褶）、Bloat（膨胀）、Scallop（扇贝）、Crystallize（晶格化）等工具不仅适用于矢量对象，而且还适用于嵌入的栅格图像。在拖动对象的时候使用 Option/Alt 键，能改变 Liquify brush（液化画笔）的大小。

类似的扭曲滤镜可以在 Filter（滤镜）菜单（选择 Filter 菜单中的两个 Distort 级联菜单）和 Effect（效果）菜单中（选择 Effect>Distort & Transform 命令）找到，并且每个命令都有它们自己的用途。例如，在 Filter（滤镜）菜单中再次选择该命令，可精确地将效果应用于对象。（如果您在 Effect 菜单中运用这些变换，那么它们就是活的，而且您可以把它们保存为图形样式。万一运用混合不能产生您所期望的结果，您还可以运用它们为动画创作介乎中间的事物。

扭曲滤镜包括 Free Distort（自由扭曲）、Pucker & Bloat（收缩和膨胀）、Roughen（粗糙化）、Tweak（扭转）、Twist（扭拧）和 Zig Zag（波纹效果）。所有这些滤镜都是基于路径的锚点来扭曲路径，它们通过移动（或添加）锚点产生扭曲，在预览模式下可观察和修改使用这些滤镜后的结果。

路径简化命令

当定义一条路径时，锚点的数目多并不是一件好事，锚点的数目越多，路径越复杂，这将使文件变大，在打印时难于处理。Simplify（简化）命令（Object>Path>Simplify）在尽量不改变路径原始形状的基础上，删除选中的一条或多条路径的多余锚点从而简化路径。

Simplify 对话框中两个滑块控制简化的数量和类型，选中 Show Original（显示原路径）和 Preview（预览）复选框，在调整滑块时可看到调整效果，另外还显示原始路径的锚点数目以及简化后剩余的锚点数目。

调整 Curve Precision（曲线精度）滑块可决定简化后的路径与原始路径的接近程度，该值越大，删除的锚点数越少，简化后的路径与原始路径越接近，但开放路径的端点不会改变。Angle Threshold（角度阈值）决定在什么情况下要平滑角点，该值越大，出现尖锐角点的可能性越大。

Object>Path>Simplify 命令能被用来减少锚点数目以及风格化文本

Path Eraser tool（路径橡皮擦工具）

Eraser tool（橡皮擦工具）Shift+E

Marquee erase（选取框擦除）

启用 Eraser Tool（橡皮擦工具），在按住 Option/Alt 键的同时拖动可以创建一个选取框，在这范围之内的东西都会被擦除。如果想要使选取框为正方形，按住 Option-Shift/Alt-Shift 键拖动即可。还可以按住 Shift 键，保持橡皮擦在0°、45°或90°方向上拖动。

Eraser tool Options（橡皮擦工具选项）对话框使您可以在使用之前调整橡皮擦

擦除描边、效果

描边和活效果将会影响对象使用橡皮擦之后的外观。在擦除之前，为了达到想要的效果，用户可能需要延展这个对象（根据描边和活效果，有时候不只扩展一次）。在擦除之前，采用 Expand Appearance（扩展外观）同样可以保持压力-敏感画笔描边。更多内容，请看 WOW!CD 中 Brenda Sutherland 的 "BSutherland-Eraserl-brushes"和"BSutherland-Eraser2-stro-kes-effects"。

擦除矢量

擦除并不一定指纠正您在绘画过程中出现的错误。"擦除"或者"取走"可以说是绘画演变过程中一个重要的部分。和雕塑家的做法一样，为了组成一个对象，您不仅可以"添加"，还可以"取走"。

Illustrator 有两个不同的矢量擦除工具。路径橡皮擦工具是从选中的路径上擦除部分区域；而橡皮擦工具是直接从对象中擦除。

The Path Eraser Tool（路径橡皮擦工具）

路径橡皮擦工具可以擦除一个选中路径的部分区域（首先必须使用选取工具来选中路径）。通过沿着路径拖动，您可以擦除或者清除全部区域。必须要沿着路径拖动——否则的话，当您擦除路径上的对角线或垂直线时，擦除的效果就会没有预想的好。

The Eraser Tool（橡皮擦工具）

用橡皮擦工具擦除矢量对象的一大片区域，正如同您把矢量对象切开一样。如果一个矢量对象被选中，则橡皮擦工具只影响选中的对象。如果没有对象被选中，则只要是橡皮擦所接触的矢量对象都将会受到影响（通过所有的图层）。不过您可以把文本转换为路径，然后再应用橡皮擦工具。此外，在擦除对象的部分区域时，您必须扩展一些对象（符号、封套、图表、混合和网格）。

双击橡皮擦工具打开对话框，您可以调整橡皮擦的 Angel（角度）、Roundness（圆度）以及 Diameter（直径）。您还可以使用 [和] 键缩小或者增大橡皮擦的画笔尺寸。在每个选项右边的下拉列表中，您可以控制工具形状的变量。变量列表中包含有 Fixed（固定）、Random（随机）、Pressure（压力）、Stylus Wheel（光笔轮）、Tilt（倾斜）、Bearing（方位）以及 Rotation（旋转）选项。在 Illustrator Help（帮助）里搜索关键词"橡皮擦"，了解更多相关的知识。

画廊：Tiffany Larsen

Tiffany Larsen 使用自定义的图案给大灰狼穿
上了编织服饰。她先用 Rectangle Tool（矩形
工具）绘制了一张由许多正方形组成的"棋
盘"，从而制作了方格的服饰。在"棋盘"中，
Larsen 绘制了大小不一的小正方形，制造一个
带有斑点的外观。接着把组合的"棋盘"蒙版
成一定的大小，并把它拖动到 Swatches（色
板）选项板制作图案。Larsen 在正方形（填充
白色，没有描边）中绘制了一些圆圈（填充黑
色，没有描边），这样就绘制了大灰狼的饰带

（见上图）。使用 Direct Selection Tool（直接选
择工具）选取正方形和圆圈，组合成复合路径
（执行 Object＞Compound Path＞Make 命令），
形成许多透明的洞（关于蒙版的更多信息，请
参阅"高级技巧"一章）。执行 Edit＞Define
Pattern 命令，把选取的对象转换成图案。然
后在 Stroke（描边）选项板中将 Stitch（间隙）
设置为 1pt，虚线间隙设置为 2pt。

简单的现实效果

从几何与观察中获得的现实效果

概述：使用矩形、圆角矩形和椭圆工具绘制机械物体，使用色调填充所有路径，添加高光和偏移阴影来模拟厚度。

1

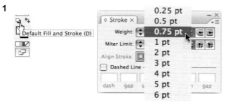

工具箱中默认的 Fill（填充）和 Stroke（描边），为对象设置默认的笔画宽度

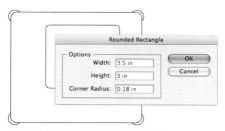

创建圆角矩形和椭圆以构造基本的形状

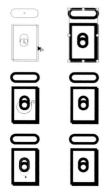

按住 Option-Shift/Alt-Shift 键并拖动选中的对象，复制该对象并将副本与原始对象对齐；使用 Lasso Tool（套索工具）选取特定的点；按住 Shift 键限制并移动选中的点

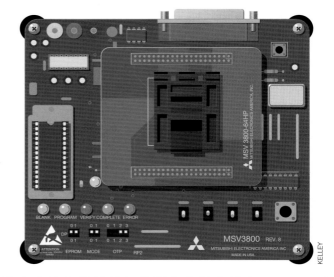

许多人认为使用精细的渐变和混合是在 Illustrator 中获取现实效果的惟一方法，然而 Andrea Kelley 制作的这幅插图证明艺术家的观察才是获得现实效果的真正秘密。通过观察，使用一些简单的 Illustrator 技巧，Kelley 为她的客户 Mitsubishi 的计算机芯片板的手册绘制了这幅技术作品插图。

1 通过改变对象副本重复几何形状重建机械物体图像。

大多数美术师发现，仔细地观察而非复杂地透视，是渲染插图的最关键之处。要增强观测对象的形状和细节的技巧，可对一个简单的机械设备图像使用灰度渲染。首先新建一个 Illustrator 文档，然后使用 Ellipse Tool（椭圆工具）、Rectangle Tool（矩形工具）、Rounded Rectangle Tool（圆角矩形工具）创作设备的基本元素。在绘制完第一个对象后选中该对象，单击工具箱上的 Default Fill and Stroke（预设填充和描边）图标，打开 Stroke（描边）选项板（Window>Stroke），在 Weight（粗细）下拉列表框中选择 0.75pt，这样以后制作的所有对象都将和第一个对象有相同的填充和描边。

因为机械及计算机设备经常有相似的组成部分，

所以通过复制绘制的对象，然后修改副本的形状可节约大量时间。在拖动选中的副本到某一位置时，按住 Option-Shift/Alt-Shift 键可以很容易地将副本与源对象对齐。

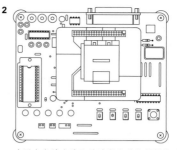

为了绘制一系列的开关，Kelley 拖动一个选中的开关（按住 Option-Shift/Alt-Shift 键复制对象并控制副本的移动方向），通过 Lasso Tool（套索工具）选择开关按钮的一端，并向下拖动（按住 Shift 键垂直移动）来延展开关副本。重复这个过程，创作一排开关，其中开关的宽度一致，但开关按钮的长度不一样。

在用灰色填充选取的路径之前绘制好的对象

2 使用色调填充对象。 到目前为止，所有的对象都是用白色填充，黑色描边。选中某一对象，将其描边设置为 None，并通过 Color（颜色）选项板（Window>Color）使用黑色填充。打开 Swatches（色板）选项板（Window>Swatches），按住 Option/Alt 键单击 New Swatch（新建色板）图标，将色板命名为 Black-global 并勾选 Global 复选框，单击 OK（确定）按钮保存，然后用 Color（颜色）选项板上的 Tint（色调）滑块新建一种色调。使用 Black-global 对其他对象填充（确认对象的描边设置为 None）。可使用 Tint（色调）滑块为每个对象设置不同的色调，Kelley 使用的色调范围为 10% ～ 90%，大多数对象的色调位于 55% ～ 75% 的黑色部分。

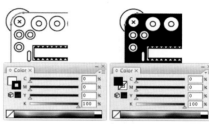

左图中，选中的路径设置为默认的描边，填充了颜色；右图中，选中的对象设置了黑色填充，描边设为 None

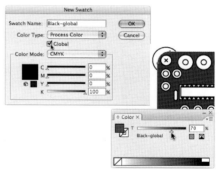

创建新的自定义全局色，它将出现在 Swatches 选项板上，使用 Color 选项板上的滑块将选中的路径用 70% 的黑色填充

3 创作一些精心放置的高光。 仔细观察绘制的图像，确定在哪里放置高光。对于与对象轮廓线走向一致的线条，使用 Direct Selection Tool（直接选择工具）选择路径的部分或全部，复制（Edit>Copy）然后执行 Edit>Paste in Front 命令。使用 Color（颜色）选项板，将路径的填充设置为 None，使用 Tint（色调）滑块将路径的描边改为淡灰色。当高光路径仍然选中时，可以使用 Stroke（描边）选项板中的 Weight（宽度）选

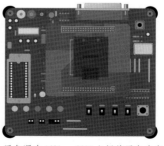

用色调在 10% ～ 90% 之间的黑色专色填充单独的路径

3

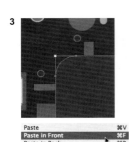

对选中的复制路径应用 *Paste in Front*（贴在前面）命令以将其直接复制到顶层，修改路径副本的 *Stroke*（描边）和 *Fill*（填充）以创建高光的轮廓

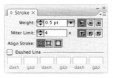

使用 *Stroke*（描边）选项板的 *Weight*（粗细）文本框增加或减少高光路径的宽度

用 0% 的黑色（即白色）填充、插入了较暗的曲线路径的小圆来模仿深度感，按住 *Option-Shift/Alt-Shift* 键并拖动选中的路径以复制该路径并限制其移动

4

复制面盘并执行 *Paste in Back*（贴在后面）命令；使用方向键来偏移副本，将 *Fill*（填充）的"T"色调设为 87% 的黑色以在副本中创建阴影

项增加或减少描边宽度。如果需要改变高光的长度，使用 Scissors Tool（剪刀工具）剪切路径，然后使用 Direct Selection Tool（直接选择工具）选中不需要的片断并删除。

对于芯片上的一些按钮和圆盘，Kelley 使用值为 0% 的黑色（即白色）圆形高光，并在其中嵌入较暗的曲线路径来模拟深度。如果满意某一按钮的高光设置，选中路径（包括高光和按钮）后按住 Option/Alt 键并拖动，复制路径（按住 Option-Shift/Alt-Shift 键的同时拖动，将复制路径并控制副本的移动方向）。

对于高光，Kelley 使用的线条宽度范围为 0.2pt ～ 0.57pt，使用的颜色色调范围为 10% ～ 50%。另外还使用了一些精心放置的白色圆圈作为高光。可以尝试使用 Stroke 选项板中不同的 Cap（端点）和 Join（连接）类型。关于 Cap（端点）和 Join（连接）的更多信息请参阅本章开头的"描边线末端"一节。

4 生成阴影。 采用与第 3 部分相同的过程，但这次将复制的路径贴在后面，并使用较暗的色调以产生阴影。选中需要产生阴影的路径并复制它，执行 Edit>Paste in Back 命令，将副本路径置于原始路径的后面。使用鼠标偏移副本，然后使用 Color（颜色）选项板将 Fill（填充）改为较暗的色调。

可以考虑使用 Effects（效果）创建阴影和高光。关于建造多笔画外观并将它们存储为样式以便在其他作品中使用的详细信息，请参阅"活效果与图形样式"一章。

使用符号快速更新和创建小文本

如果想一次更新某作品的所有实例，将该作品定义为符号即可（将 Illustrator 作为 Flash 输出时用符号会得到较小的文件）。如果需要将插图作为 Shockwave Flash 文件输出，使用 Symbols（符号）替代艺术品的副本（使用符号，文件较小）。要了解创作与修改符号以及使用符号的优点，请参阅"画笔与符号"一章。

ROSTOMIAN

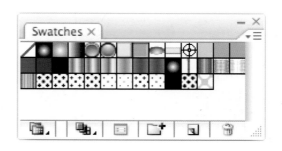

画廊：Zosia Rostomian/ The Shaper Image®

Zosia Rostomian 在色板库里巧妙地混合使用自定义渐变和模式，制作了这个非常复杂的插图。Rostomian 常常不得不在有限的时间内制作许多产品的插图，而运用图案库能加快她制作的过程。首先 Rostomian 把一些图案添加到 Swatches panel（色板选项板）里。她在 Swatches 选项板最下方的左边单击"色板库"菜单按钮，选择 Patterns（图案）>Basic Graphics（基本图形）> Basic Graphics_Dots（基本图形_点）命令。她选择对象，从色板选项板中为对象填充一种点图案（Dotted Pattern），然后对之实验，直到找到与她想要的模式相近的一种图案为止。选择好填充对象之后，她选择 Object（对象）>Transform（变换）>Scale（缩放）命令。Rostomian 检查 Uniform，设置百分率，然后在选项下选择图案。单击预览按钮，对不同的百分率做实验，直到将图案调整出完美的比例为止。想更多了解她的绘图技巧，请参照"混合、渐变与网格"章节里面她的画廊。

扭曲视角
使用自由变换工具增加生产力

概述： 在正视图（front view）中先绘制基本部分，然后用 Free Transform（自由变换工具）来复制详细的图像或框架。使用自由变换工具能塑造透视深度。

把不同的元素分成不同的组，避免重新绘制不同视角下的对象

1

用自由变换工具摆好面具姿势，组合好人物角色

人物角色在整个故事或动画中会采用不同的变化姿势，塑造人物需要专门进行一些事前规划。为了避免不断绘制复杂的元素，Kevan Atteberry 为他的角色塑造了模块化零件，把任何复杂的元素置于中间位置，然后根据每个图像的需要使用自由变换工具决定人物元素的位置。他还绘制了平面元素（如果用透视画法绘制就很费时），然后用自由变换工具进行调整。

1 先绘制虫子正面的面具，接着转换面具的表情位置。
虫子的面具需要表达故事的情感，是最复杂的部分。Atteberry 构造了面具的正面样式，先用 Brush tool（画笔工具）或 Pencil tool（铅笔工具）自由绘制面具，然后配合路径和混合工具给面具塑形，对其着色。（想更多了解混合工具，请参照"混合、渐变与网格"章节）。最后，为了把面具变形成一个独立的单元，他把面具中所有的元素进行了编组（按⌘-G/Ctrl-G 键）。

2 转换面具的表情位置。 Atteberry 保存了面具的艺术对象，开始制作副本。接着他转换面具的表情，确定面具的最终位置。他选择 Free Transform tool（自由变换工具）来改变比例、旋转并扭曲面具，因此无需逐一使用 Transform（变换）命令。使用自由变换工具的关键在于如何配合使用辅助键（modifier key）。刚开始的时候，Atteberry 对边界框外面的光标犹豫不决，直到他看见曲线状的双箭头后，才明白单击并拖动它就能旋转对象。为了扭曲面具，他单击边界框的拐角处，并配合使用 Ctrl 键。（在单击的同时使用辅助键是很重要的，不然就会把自由变换工具变成了临时的选择工具。）如果箭头变成单一箭头，拖动拐角处就能扭曲面具的区域。单击边界框中部的控制手柄，配合使用 Ctrl 键，能把面具偏向一侧。配合使用 Option/Alt 键，能使对象同时偏向两个方向。为了改变面具的比例，他单击边界框的任一控制手柄，获得双箭头光标后拖动即可，无需配合使用辅助键，或者配合使用 Shift 键来改变面具的比例。配合使用 Option/Alt 键，围绕中心点改变对象的比例。通过这种方式，Atteberry 给图像或框架的虫子躯干装置不同的面具位置。他还运用了自由变换工具来表现虫子的躯干和肢体的动作。

运用自由变换工具，配合辅助键或无需配合辅助键，可以旋转、变形、缩放、扭曲对象

3 **使用自由变换工具增加透视效果。**Atteberry 平面绘制了虫子系列的各个角色，开始制作地板。为了达到立体效果，他在底层放置了一个立体的长方形，上面放置黑色填充的瓦片。然后他对瓦片进行编组和复制，他采用 Gaussian Blur（高斯模糊）来处理黑色瓦片，使黑色瓦片变成瓦片的阴暗部分。接着他选择两组瓦片，并选择自由变换工具。这次他单击上部的拐角处，并配合使用 Option-Shift（Mac）/Ctrl-Alt-Shift（Win）键，平行地拖动变换视角。

根据动画图像或框架的需要变换人物角色基本的、可再使用的部分

3

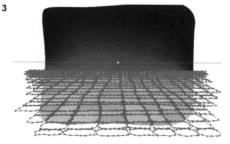

运用自由变换工具将地板变形为单点透视效果

使用扭曲滤镜制作植物群

应用扭曲滤镜制作花朵

概述：绘制粗糙的圆形；调整圆形副本的大小并旋转副本制作玫瑰图形；使用放射状渐变填充；对作品的副本应用 Distort（扭曲）滤镜；用活色彩重新着色

GRACE

美术师 Laurie Grace 使用两条绘制的圆形路径和一系列 Distort（扭曲）滤镜在她的插图中创作了这些精美的花朵，并对这些花朵使用了不同的放射状渐变填充（关于滤镜的例子，请参阅"活效果与图形样式"一章）。

1

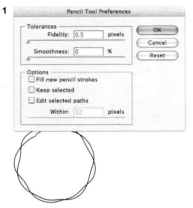

设置 Pencil Tool（铅笔工具）的预设，绘制两条粗略的圆形路径

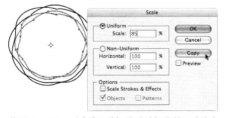

使用 Scale Tool（缩放工具）的对话框绘制一对缩小的圆形，并嵌套在第一对圆形中

（左图）使用 Rotate Tool（旋转工具）旋转上一次绘制的一对圆形；（右图）着色前花束的完整构成——花朵的中心由一些小的圆形构成

1 绘制环形路径，改变大小并旋转路径副本以制作玫瑰花。 在绘制玫瑰时，Grace 绘制了两条粗略的环形路径，然后复制这两条路径并调整副本的大小。在 Illustrator 的新建文档中，双击 Pencil Tool（铅笔工具）打开 Pencil Tool Preferences（铅笔工具首选项）对话框。在 Tolerances（容差）区域将 Fidelity（保真度）设置为 0.5 像素，Smoothness（平滑度）设置为 0。在 Options（选项）区域取消 3 个复选框的勾选。使用 Color（颜色）选项板将 Fill（填充）设置为 None，Stroke（描边）设置为黑色。绘制一条粗略的环形路径，在接近环形的末端时，按住 Option/Alt 键自动关闭路径。再在第一个环形的内部绘制另一条粗略的环形路径，也可以重叠。

使用 Selection Tool（选择工具）和 Lasso Tool（套索工具）选中绘制的两条路径。要创作第一对环形的副本，并使副本嵌套在原始图形内，可双击 Scale Tool，设置低于 100 的百分率（Grace 使用的是 85%），并单击 Copy（复制）按钮。选中刚制作的环形路径，然后使用 Rotate Tool（旋转工具）单击并拖动旋转图像。继续调整大小 / 复制和旋转选中的路径，直到要创建的花朵几乎被环形填满。

　　要调整最终玫瑰的花瓣，可以继续旋转一些环形路径。对于玫瑰的中心，使用 Pencil Tool（铅笔工具）绘制一些小的嵌套环形。使用 Lasso Tool（套索工具）或 Selection Tool（选择工具）选中构造玫瑰的所有路径，执行 Object>Group 命令。

2 使用径向渐变为花朵着色。 为了使最终的玫瑰图案具备真实的花瓣颜色效果，Grace 创建了一个径向渐变颜色色板，并将它应用到玫瑰的创作中。打开 Swatches（色板）选项板（Window>Swatches），单击 Show Gradient Swatches（显示渐变色板）选项，接着单击 Black，White Radial（由白至黑径向）色板。要改变渐变的颜色，打开 Color（颜色）选项板和 Gradient（渐变）选 项 板（Window>Color 和 Window>Gradient）。 单击 Gradient（渐变）选项板最左边的渐变滑块（渐变的起始点），在 Color（颜色）选项板中调整颜色滑块改变颜色，在此将 M 设置为 100%；单击最右边的渐变滑块（渐变的终点）并调整颜色滑块，在此将 M 设置为 34%，并将 K 设置为 0%。要提高填充对象洋红的含量，可将渐变滑块向右移动（Grace 选择 45% 的位置）。最后，按住 Option/Alt 键并单击 Swatches（色板）选项板上的 New Swatch（新建色板）按钮，创建新的渐变色板，给色板命名（在此命名为 Pink Flower Gradient）后单击 OK 按钮。选中玫瑰图像，将 Fill（填充）设置为 Pink Flower Gradient，Stroke（描边）设置为 None。要了解关于渐变的更多知识，请参阅"混合、渐变与网格"一章。

选择一个径向渐变色板

调整渐变滑块起始点的颜色

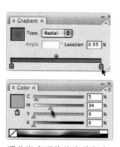

调整渐变滑块终点的颜色

重新设置渐变滑块的起始点

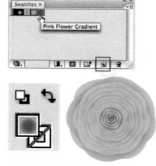

创建一个新的渐变色板（上图）；将 Fill（填充）设置为 "Pink Flower Gradient" 色板，将 Stroke（描边）设置为 None（下图）

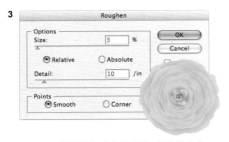

Roughen（粗糙化）滤镜的设置；最终的玫瑰

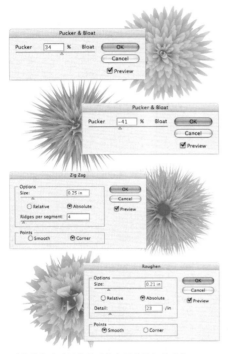

对最终的玫瑰图像的副本应用其他扭曲滤镜

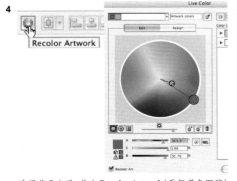

选择花朵之后，单击 Recolor Artwork（重新着色图稿）按钮，然后使用 Live Color 对话框编辑颜色

3 应用 Roughen（粗糙化）滤镜。 为了使玫瑰的花瓣具备真实的粗糙边缘效果，Grace 对图像应用了 Roughen（粗糙化）滤镜。使用 Selection Tool 选中玫瑰，执行 Filter>Distort>Roughen 命令，在 Roughen（粗糙化）对话框中勾选 Preview（预览）复选框，在 Options（选项）区域将 Size（大小）设置为 3%，Detail（细节）设置为 5/ 英尺，Points（点）设置为 Smooth（平滑），单击 OK 按钮应用设置。

　　Grace 还使用最终的玫瑰创作了图像中其他一些花朵，她对玫瑰的副本应用了其他 Distort（扭曲）滤镜选择整个玫瑰，按住 Option/Alt 键将玫瑰移动到新的位置生成玫瑰的副本。选中副本，执行 Filter>Distort>Pucker & Bloat（收缩和膨胀）命令，启用 Preview（预览）模式，将 Bloat 设置为 33%，单击 OK 按钮应用设置。在玫瑰的另外一个副本上，对其应用 Pucker& Bloat（皱褶与膨胀），设置皱褶为 -40。选中第 3 个副本，执行 Filter>Distort>ZigZag（波纹效果）命令，将 Size（大小）设置为 0.25 英寸，选择 Absolute（绝对）单选按钮，将 Ridges per segment（每段的隆起数）设置为 5，Points（点）设置为 Corner（尖锐）。对于第 4 个副本，执行 Filter>Distort>Roughen 命令，将 Size 设置为 0.21 英寸，选择 Absolute 单选按钮，将 Detail（细节）设置为 0.23/ 英寸，Points（点）选择 Smooth（平滑）。

4 用活色彩改变花朵的颜色。 想要改变花朵的颜色，选择对象并单击属性栏上的 Recolor Artwork（重新着色图稿）按钮。接着，在 Live Color 对话框中选择 Edit（编辑）按钮并确认 Recolor Art（重新着色图稿）复选框是被勾选的。在色轮里的每一个圈标记着花朵里的颜色。要编辑色彩，可以移动色轮里的圈，改变 Brightness 或 HSB 滑块，或试验另一种色彩调整选项。满意时单击 OK 按钮。新创建的色彩会应用在所选择的对象上，并将自动存储在 Swatches（色板）选项板中。

画廊：Laurie Grace

使用上一节中创作的花朵，Laurie Grace 对一些花的颜色
和尺寸作了一些调整。她还利用 Filter>Distort>Roughen
命令创作一些其他品种的花，还使用 Pen Tool（钢
笔工具）绘制了花的茎杆，并使用渐变网格添
加颜色。双击 Rotate Tool（旋转工具），在
弹出的对话框中设置角度为 30°并单击
Copy（复制）按钮。然后按⌘-D/Alt-D
键继续旋转 360°，从而创建出更
多的花朵。为了给花朵加些装饰
性的设计，使用 Pen Tool（钢
笔工具）和 Pencil Tool（铅笔
工具）绘制了一些茎和叶
子，然后对一些茎和叶
子使用 Filter>Distort>
ZigZag 命令。她
通过创建一些
渐变网格对象
来添加颜色。
（关于混合的
更多信息，请
参阅＂混合、
渐变与网格＂
一章。）

GRACE

等比例系统

等比例投射的工具与规则

概述：创作对象正面、顶部和侧面的详细视图；使用等比例规则变形对象；使用 Selection Tool（选择工具）进行装配并且对齐点；创建除盒子之外的其他对象。

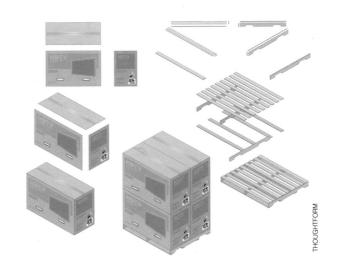

1

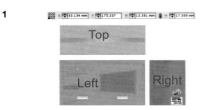

顶部、左面和右面有一个以上组成部分的地方先分别组合起来，并且将侧面的放在左侧、正面的放在右侧

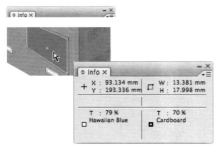

使用 Control（控制）或 Info（信息）选项板来调整尺寸

椭圆形被箱子所约束

在等比例视图中构建一个椭圆形的对象，首先创建一个和箱子侧面等大的长方形。缩放、倾斜、旋转，然后将长方形组合到对象的其他部位。现在在长方形中绘制一个椭圆形，让其与四角皆有接触，然后删除长方形。

技术插图和图表经常使用等比例系统描述。Adobe Illustrator 有数个方法可以帮助您在等比例系统里组合和变换对象。在这一章节中，Kurt Hess 将使用三步法 ISO 规则来创建图表并对其进行变形。

1 创作对象正面、侧面和顶部详细的透视图，并进行缩放。 在绘制一幅技术插图前，要选择绘制的比例，并相应调整 Preferences 中 General 的设置，把它设置成一个样式，使其能够代表以真实物体来衡量的大单位。例如，纸上的 4 毫米可能代表物体真实大小的 1 英寸。如果您在 General Preference（常规首选项）中把"键盘增量"设置为 1mm，那么可以使用箭头键移动一条线或者一个对象，找到与 0.25 英寸相对应物体的自然尺寸。使用属性栏或者信息选项板 [执行 Window（窗口）>Info（信息）命令]，在已经画好的物体上选中的点之间找出宽度和高度，接着直接输入尺寸大小。激活 View（视图）> Snap to Point（对齐点）命令，它能够帮助您连接边缘。而执行 View（视图）> Smart Guide（智能参考线）命令，能够帮您对角度和交叉点进行定位。绘制从正面、平面和 2D 视角都能看见的对象的各个组成部分，接着对每个面的元素进行选择和编组，准备把它们变换为一个成比例的投影图。

2 使用等比例规则变换对象，然后组合各个元素。 使用等比例视图来组合对象，可以使用 Toolbox（工具箱）中的变换工具（缩放、倾斜、旋转），执行 Object（对象）>Transform（变换）命令，或是 Transform （变换）选项板。要组合箱子，首先选中 3 个视图，然后双击比例缩放工具，在水平方向保持不变，垂直方向变为原来的 86.6%。然后选择左侧面，并将它倾斜 -30°。如果想对齐顶部与左侧面（如图 A），倾斜它和右侧面至 30°。现在旋转右侧面 30°，顶部与左侧面 -30°。如果想对齐顶部与右侧面（如图 B），则改为倾斜顶部与左侧面 -30°，右侧面仍为 30°。下一步旋转顶部与右侧面 30°。左侧面仍然旋转 -30°。右侧的示意图显示了角度与方向。

　　要将顶部、正面和侧面组合起来，使用 Selection Tool 选取右面视图与左面视图相接触的节点，拖动节点直到捕获正确位置（当箭头变成空心时）。下一步，选择顶部并将其拖动到适当的位置。最后，选择并组合整个对象。

3 绘制箱子基本形之外的元素。 要创建这个木制的货板，先创建顶部和结束部位的板条。右侧面将对齐 30° 角的线（请看右侧的图），虽然这无法永远展现对象在现实世界中的"正面"。像之前一样缩放。如果想对齐顶部与左侧面（如图 A），倾斜它和右侧面至 30°，左侧面 -30°。现在旋转右侧面 30°，顶部与左侧面 -30°。如果想对齐顶部与右侧面（如图 B），则改为倾斜顶部与左侧面 -30°，右侧面 30°。下一步旋转顶部与右侧面 30°。左侧面旋转 -30°。复制并拖住每一个元素到相反的位置。把它们视为箱子的顶部和右侧面来组合。选择最后一块来创建中间的板条，然后双击 Blend tool（混合工具）来选择指定步骤（for Spacing）并键入板条的数目（请见"混合、渐变与网格"章节）。

2

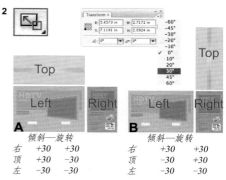

A 倾斜—旋转

右	+30	+30
顶	+30	-30
左	-30	-30

B 倾斜—旋转

右	+30	+30
顶	-30	+30
左	-30	-30

使用 Scale tool（比例缩放工具）和 Transform panel（变形选项板），将顶部与左侧面（A）对齐或是右侧面（B）对齐

倾斜、旋转，然后调整角度组合两侧，使用 Selection tool（选择工具）拖住一个节点直到箭头变为空心，而边缘合在一起（执行 View>Snap to Point 命令）

3

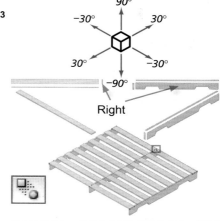

组合这些零件，控制会在 30° 显示的部分，复制这个零件，放到合适位置并使用 Blend tool（混合工具）选择 Specified Steps（指定步骤）来完成制作

自动等比例操作

Thought Form 的 Rick Henkel 创作的 Wow！Actions 可以使等比例系统的规则自动化（参见 Wow！CD）。

复杂图案

设计复杂的重复图案

高级技巧

概述：设计一个粗略的构图；定义图案的边界并置于所有图层之后；使用方框制作修剪标记；使用修剪标记复制和排列图案元素；定义和使用图案。

上图，将图案元素放置到基本设计图中；下图，在图案元素后面添加矩形图案

基于矩形图案上的选区创建裁剪标记

WEIMER

Illustrator 中有许多精彩的图案可以使用和修改，Illustrator 帮助中也对制作图案的基础进行了详细解释，但如果想制作一个更复杂的图案该怎么办？

　　使用修剪标记的一个简单技巧，可以使尝试的过程变得简单。在作者和顾问 Sandee Cohen 的帮助下，Alan James Weimer 使用下述的技巧设计了一个复杂的图案方块，可以无缝连接复杂的重复图案。

1 设计基本的图案，绘制矩形框，为对齐图案拼贴创建修剪标志。设计一个图案，该图案可以调整其内部元素的排列。提示：图案拼贴中不能包含链接的图像，要在图案中包含链接图像，必须选取该图像并在属性栏上单击 Embed（嵌入）按钮。

　　使用 Rectangle Tool（矩形工具）绘制一个矩形框，围住想要重复的图像部分。这个矩形框定义了图案拼贴的边界，在 Layers（图层）选项板中将其移至最底层或者执行 Object（对象）>Arrange（排列）>Send to Back（置于底层）命令。该矩形框将控制图案如何重复，因此必须是没有描边、没有填充、没有旋转也没有倾斜的对象。确认该矩形框被选中，执行 Filter（滤镜）> Create（创建）> Crop Marks（裁剪标记）命令，最后取消这些标记的组合（在下一步中要使用裁剪标记排列超出图案拼贴的元素）。

2 扩展重复元素。 如果图案中的某个元素超出了图案拼贴的边界，则必须复制这个元素并将它的副本放在拼贴中与它相对的一边。例如，如果一朵花超出了拼贴的下边界，必须将花朵的副本放在拼贴的顶部，这样图案重复时，才能保证整朵花都能看见。要做到这一点，首先选择超出拼贴上边界或下边界的元素，接着按住 Shift 键选择最近的水平裁剪标记（把光标放在裁剪标记的一个端点上）。然后按住 Shift-Option/Shift-Alt 键（Option/Alt 键复制选中的对象，Shift 键控制对象水平或垂直移动），向上拖动元素和裁剪标记直到光标捕获上一个水平裁剪标记的终点。激活 Smart Guides（智能参考线）（从视图菜单里），当您拖动对象的时候，它能帮助您进行准确的水平和垂直定位。（对于超出拼贴左边界或右边界的元素，选择元素和垂直裁剪标记时按住 Shift-Option/Shift-Alt 键并拖动到合适位置。）

3 测试与优化创建的图案。 要测试图案，首先选中图案元素（包括边界框），执行 Edit（编辑）>Define Pattern（定义图案）命令为图案命名，或者将图案拖动到 Swatches（色板）选项板中（双击色板可更改其名称）。创建一个新的矩形，在 Swatches（色板）选项板中选择图案进行填充，Illustrator 将使用重复的图案填充整个矩形。如果重新设计了图案拼贴，希望更新图案色板，首先选择图案拼贴，然后按住 Option/Alt 键并将其拖动到原来的图案色板上。

2

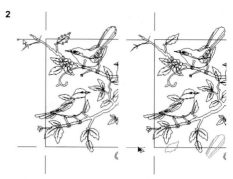

左图，选中花朵和水平的裁剪标记，右图，将花朵的副本和裁剪标记拖动到图案拼贴的顶部

完成的图案拼贴，尚未将它变为 Swatches（色板）选项板中的一个图案色板

3

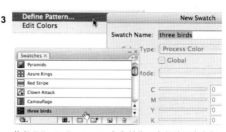

执行 Edit> Define Pattern 命令制作一个新的图案色板

使用图案对象，提高重复速度

使用图案填充对象后，可使用 Layers（图层）选项板将视图设为 Outline（轮廓）模式提高重复绘制图案的速度。（关于如何操作的详细内容，请参阅"图层与外观"一章）。

颜色参考

从颜色参考选项板中得到灵感

高级技巧

概述：配置 Color Guide panel（颜色参考选项板）能生成 Color Group（颜色组）；将新的颜色组保存到颜色参考选项板里；从 Live Color（活色彩）里面应用、修改、保存色彩群组。

1

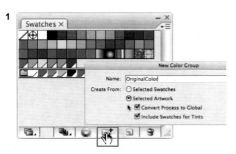

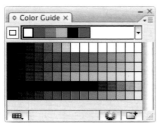

在颜色参考选项板里保存作为颜色组的艺术对象，能自动把选定的不同颜色组放置到颜色参考选项板中

在这张名为"马戏团的一天"的海报（专门为孩子们的募捐活动创作）里，插画家 Hugh Whyte 使用了一种特殊的色彩调色板。使用 Illustrator Color Guide panel（颜色参考选项板），根据基本色彩生成并保存新调色板的颜色组是很简单的。活色彩可以使用户运用新的颜色组对存在的图像进行着色，继续试验色彩是如何运用的。

1 配置 Color Guide panel（颜色参考选项板），根据基本色彩生成新的色彩版本。 您的第一步努力是在 Wow！CD 中使用马戏团图像，或者找一个色彩不多的调色板，为了能够轻松处理，避免在艺术作品里使用太多的 Swatches（色板）。既然要同时使用 Swatches 和 Color Guide 选项板，从浮动选项板组合中把它们拖出来更方便观看。选择艺术对象，在色板选项板里单击 New Color Group（新建颜色组）按钮，把艺术对象中的色彩作为群组保存在颜色参考选项板里。当新建颜色组对话框打开的时候，保留默认设定，把新颜色组重新命名为"原色"。取消选择艺术对象。单击颜色组色板旁边的小文件夹图标选择全部颜色组，那么新的颜色组就添加到颜色参考选项板里了。

2 在颜色参考选项板里创建颜色组，把它们保存在 Swatches （色板）选项板里。 下一步将在颜色参考选项板里创建各种各样的颜色组。注意不要把艺术对象的色彩移至颜色参考选项板的中部。在颜色参考选项板的右边是较浅的色调，左边则是较深的色调。从右边选中第三行顶部色彩，按住 Shift 键选中垂直的一列（按住⌘/Ctrl 键单击选中非连续的色彩）。单击"将颜色保存到色板选项板"按钮。为了改变色彩之间的关系，单击颜色参考选项板里的弹出菜单，选择 Show Warm/Cool （显示冷色 / 暖色）命令。然后从右边选中第三竖行较浅的色调，保存到色板选项板里。单击文件夹图标选择群组，从色板选项板弹出菜单里选择 Color Group Options （色板选项）命令，在对话框弹出后，将其重新命名为"Cooler Original"。选中该群组，添加到颜色参考选项板，作为 Harmony Rules （协调规则）里的新的基本群组。（在该基本群组的基础上，用户可以创建颜色组。不过，用户可以单击任何色板按钮，接着在颜色彩参考选项板上单击把基本色彩设置为当前色彩按钮，改变现有的颜色组；改变基本色彩将会影响所有的协调规则）。

　　在现有色彩的右边单击 Color Guide （颜色参考）箭头，创建另一个颜色组。选择一个 Harmony Rules（协调规则），比如"Left Complement"（见右图）。保存该群组并重命名为"Left Complement from Cooler"。注意，如果用户创建的新颜色组的色板颜色比艺术作品色彩少的话，会减少艺术作品的色彩变化。一个协调规则只有 5 个色板，不过选项板中包括基于这 5 个色板的变量。在色板选项板里，用户可以从颜色参考或色板选项板里拖动色板，并把它放置到保存的颜色组中。也可以在色板选项板里从一个颜色组中拖动出色彩。

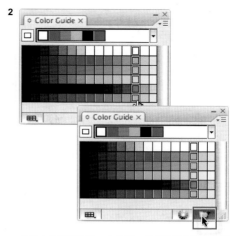

从基本色彩里选择一个色调，把新的颜色组保存到色板选项板里

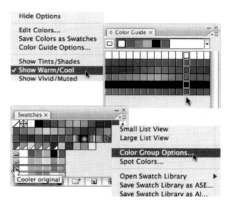

在颜色参考选项板菜单中改变色板视图，选择、保存、重命名一个新的颜色组

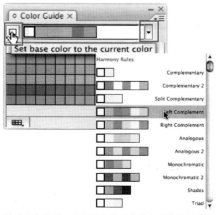

设置基本色彩，从协调规则下拉列表中选择新的协调规则

3

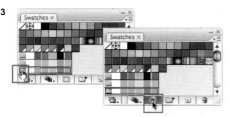

单击文件夹图标选中一个颜色组，这样就没有真正地选取或应用任何一种颜色，然后通过单击 Edit（编辑）按钮或 Apply Color Group 按钮进入活色彩

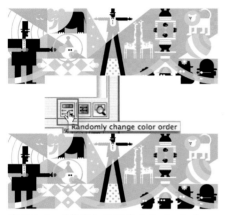

使用 Assign（指定）界面中的 Randomly change color order（随机更改颜色顺序）按钮

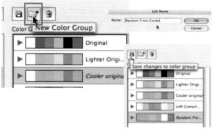

保存一个新的颜色组或者保存对现有的颜色组所做的更改

对柔和的颜色组随机更改饱和度和亮度

3. **应用颜色组并使用活色彩创建新的颜色组**。为了保护原始的作品，选择 File（文件）> Save As（存储为）命令，对您的文件重新命名保存。选中艺术作品，然后选择 Cooler Original 颜色组，通过单击其左边的文件夹图标来完成。如果您不小心单击了色板而不是颜色组文件夹图标，那么色彩就会应用到您的艺术作品里了，此时选择 Undo（还原）命令撤销操作。如果您单击了文件夹图标，那么在颜色组上就会出现一个边框，不过没有选中任何颜色。

单击 Edit 按钮或者 Apply Color Group 图标，进入活色彩。因为默认的黑色和白色受到保护，所以在您所选中的颜色组中，任何颜色都不能影响和改变它们。Cooler Original 色板用随机选取的群组色板来替代剩余的颜色。如果您想尝试一个新的样式，那么单击 Assign（指定）按钮，接着单击 Randomly change color order（随机更改颜色顺序）按钮——这个命令就会把任何一个色板从颜色组里指定到色彩条里了。您可以继续单击，直到找到自己喜欢的组合为止。不过您需要谨慎操作，因为在活色彩里没有"撤销"命令，所以没有办法返回到一个您喜欢的组合。因此，每一次只要发现自己喜欢的组合，您就单击 Save New Color Group 按钮，把这个组合作为一个新的颜色组保存。一定要注意不要单击 Save changes to color group 按钮，除非您想要覆盖自己选择的名称显示为斜体的颜色组。如果您不喜欢变化后的方案，那么就撤销保存的颜色组，重新开始生成不同的颜色版本。无论何时您发现了自己想要应用的样式，都可以单击 OK 按钮，把它保存为一个新名称的文件。如果您想不改变艺术作品而保存新的颜色组，那么就禁用 Recolor Art（重新着色图稿）复选框或者单击 Get colors from selected art（从所选图稿获取颜色）按钮。

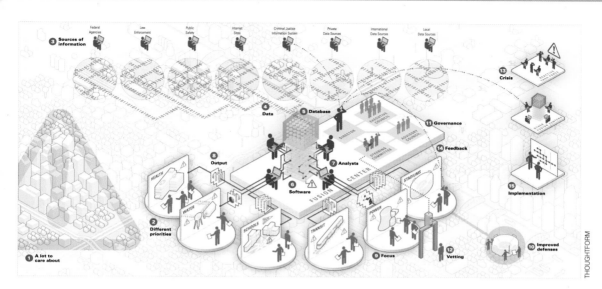

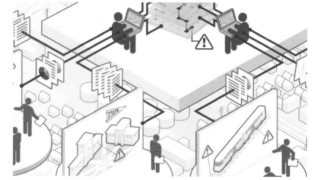

画廊：Rick Henkel/ ThoughtForm Design

当 Rick Henkel 制作这张有关信息分享系统的插图时，他选择了一个 Isometric（等比例）视图，在技术图里经常会用到这种视图。他首先在等比例视图里创建一个着色的正方形，而正方形有背景网格。然后他重叠不同形状的基本对象，用它们代表城市。接着他给系统连接的区域建立很多平台，使用线和点来形成连接。在制作思想形式设计时，Henkel 和其他插画家们存储了"对象库"，比如城市、平台、人物等。根据不同的设计要求，他们会重复使用这些对象，那么就能立即投入使用它们。他们根据对象的种类保存文档，让 Henkel 能专心绘制插图。该插图提供的是信息流程的一个无障碍的视图，与等比例非常相称。通过添加效果（比如透明度和光晕）不仅能使他做出一个称心如意的设计，而且给浏览者提供了重要的信息。

进阶绘图与着色

在前面的章节里学会了 Illustrator 绘画和着色的基本要素，本章将要带领您超越基础进入复合路径和复合形状 [其中包括 Pathfinder panel（路径查找器选项板）]、Live Trace（实时描摹）和 Live Paint（实时上色）。运用实时描绘，您能把一个光栅图像变成一系列复杂的、准确的矢量路径，而这些路径仍然是实时的并且是可编辑的。运用实时上色功能可以绘制更加直观的矢量图形区域，好像用手在纸上或者画布上绘画一样。

本章首先探讨 Illustrator 的特性——隔离模式（Isolation Mode），如果碰见它而不了解它是什么以及它是如何运转的话，那么您就会困惑或惊慌。不过隔离模式通常是很有用的，特别是在实时上色里。

画面中的蜗牛是在 Isolation Mode（隔离模式）里的一个群组。在这个窗口上方的灰色隔离模式条显示了群组的名称，这张图里的其他元素（绿色的背景、草以及地平线）都比较模糊，这表示它们被锁定，只有蜗牛群组可以被编辑

使用隔离模式

只要您处理某一类的一组对象，就进入 Illustrator 隔离模式来编辑这一组对象，无需担心无意中编辑到其他部分。隔离模式已经被改进了很多（现在更容易使用和理解），自从它问世以来它的技术实现在很大程度上得到了扩展。如果您对它不是很熟悉的话，很可能不经意间就进入了隔离模式。由于这个原因，了解它是怎样运转以及发现自己不经意间进入隔离模式而如何摆脱它是很重要的。

假设您的艺术对象已经被编组了。为了进入隔离模式，只要选择 Selection tool（选择工具）然后双击当前群组里的任何对象，就能看见一个命名为群组的灰色条显示在文档窗口的最上方，那么这就表明您已经进入了隔离模式。与此同时除了刚才隔离的群组之外，画板里的任何东西都变模糊了，这表明其他对象被锁定了。从这一刻起添加到画板里的东西会被自动认作隔离的群组。

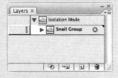

在隔离模式中，您所做的任何编辑，包括创建新的对象和删除对象，都会对群组有影响。

如果想退出隔离模式，有好几种方法：单击位于屏幕最上方灰色隔离模式条的任何地方；双击被隔离的艺术对象外面板上的任何位置；单击位于属性栏里的 Exit Isolated Group（退出隔离的组）按钮；或者单击鼠标右键或按住 Control 键单击（Mac），从快捷菜单里选择"退出隔离的组"命令。当灰色条消失的时候，就能在正常的群组模式里工作了。还要注意的是，禁用在 Preferences（首选项）>General（常规）对话框里的"Double-click to Isolate（双击以隔离）"复选框，这样就不会在不经意间进入隔离模式了。

即使没有刻意使用 Group（编组）命令创建一个群组，也可以进入隔离模式处理对象编组，比如混合、复合形状或实时绘图的对象。

除了编组之外，还能隔离任何子图层。在图层面板里选择子图层，然后从图层选项板菜单里选择 Enter Isolation Mode（进入隔离模式）命令（不过要注意顶层图层是不能被隔离的）。除了属性栏里没有 Exit Isolated Group（退出隔离的组）按钮之外，退出子图层隔离模式和退出群组隔离模式的方法相同。也能在隔离模式里编辑符号，想更多了解如何在隔离模式中处理符号，请参阅"画笔与符号"章节里的导言部分。

复合路径与复合形状

通常来说，组合两个或更多相关的简单形状比直接绘制出一个复杂的形状要容易得多。幸运的是 Illustrator 的工具能让您简单地组合自己想要的对象。

有两种方法可以组合对象：1）复合形状，它是实时的并且是可编辑的。2）路径查找器命令，该命令是"破坏性"的，而且持久不变，因此形状不能返回到它们最初可以编辑的状态（除了使用还原命令之外）。

从左至右依次是：两个椭圆（内椭圆无填充，但显示为黑色，这是由其下面的大椭圆的黑色填充造成的）；作为复合路径的一部分，内椭圆与外椭圆重叠的地方形成了一个洞，内椭圆的同一个复合路径，内椭圆被直接选取并移动到右边，这显示了洞只产生于对象重叠的地方

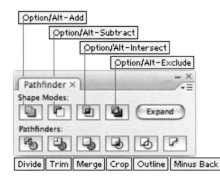

Gray Newman 的该艺术作品是个很好的例子，说明了单独的轮廓化的字母制作到复合路径中，就能像一个整体一样操作，然后将复合路径用作蒙版

"文本"章节的 Making a Typeface(制作字体)实例中，Caryl Gorska 示范了如何制作自己的字体，包括使用 Pathfinder Shape mode（路径查找器形状模式）来计算字体（从字体中心挖孔），然后扩展成混合的路径

是选择复合路径还是复合形状？

对这个问题的简单回答：对简单的对象进行简单的组合或挖孔时用复合路径；对于更复杂的对象，或要更完全地控制对象之间如何交互时，使用复合形状。

Pathfinder panel（路径查找器选项板）包含了两个用户可以应用的指令：Shape mode（形状模式），类似在 Compound Shape（混合形状），Pathfinder（路径查找器），非常具破坏性。这两个指令的功能请看下页的图示，更多路径查找器的功能请看本章有关 "Pathfinder panel（路径查找器选项板）" 的内容

复合路径

复合路径由一条或多条简单路径组成，这些路径组合成一个整体。通过初始对象的叠加可生成一个洞，这是复合路径的一个非常重要的应用。这些洞是从其他对象上剪切的空心区域（想像面包圈的中心，或者字母 O），可从这些空心区域中看见其下的对象。

要生成复合路径（例如字母 O），先绘制一个椭圆，再在其内部绘制一个较小的椭圆，形成 O 的中心。选中这两条路径，然后执行 Object>Compound Path>Make 命令，选中整个字母并应用填充色，可看出中间的区域是空心的。使用 Direct Selection Tool 可调整复合路径中的某条路径，使用 Group Selection Tool（编组选择工具）或 Selection Tool（选择工具）可将复合路径作为整体选取。

除了生成洞外，还可以使用复合路径将多个对象组成一个整体。将单个对象组合成整体作为蒙版处理其他对象，便是这方面的一项高级应用，使用单独的"轮廓化的"文字元素就是一个好例子，具体请参阅 Gary Newman 的 Careers 画廊。

孔以及复合路径的填充

对于简单的孔而言，使用 Object>Compound Path>Make 命令便可以获得所需要的结果。如果复合路径包含多个重叠图形，或者没有得到希望的孔的图形，请参阅 Wow！CD 上的 Fill Rules.pdf 文档，或尝试使用复合形状（将在下一节详述），用户可以完全控制它，而且某些结果只能通过使用复合形状获得。

复合形状

正如前面所提到的那样，组合两个或多个相对简单的形状生成复杂对象有时比直接绘制出复杂的结果对象更容易。一个复合形状是通过对多个形状执行

Pathfinder（路径查找器）选项板中的 Add（与形状区域相加）、Subtract（与形状区域相减）、Intersect（与形状区域相交）、Exclude（排除重叠形状区域）等命令后获得的形状的动态组合。请参阅本页中的例图，看它们是如何实现的。

可以使用两条或多条路径、其他的复合形状、文本、封套、混合、对象组或任何一个包含矢量效果的作品创建复合形状。要创建一个复合形状，执行 Window>Pathfinder 命令打开 Pathfinder（路径查找器）选项板，然后选中对象，从 Pathfinder（路径查找器）选项板菜单中选择 Make Compound Shape（建立复合形状）命令创建复合形状。要指定某一特定的 Shape Mode（形状模式），选中复合形状的某一组成部分，然后单击 Pathfinder（路径查找器）选项板上相应的 Shape Mode（形状模式）按钮即可。

注意：选中未组合对象并单击某 Shape Mode（形状模式）按钮将创建复合形状，并对选中对象应用相应的形状模式。

复合形状的优点及缺点

您可以通过使用复合形状来组合复杂的对象以编辑它们。您知道，自己可以运用复合形状来组合对象，有各种各样的方法，比如 Add（相加）、Subtract（相减）、Intersect（相交）和 Exclude（排除）。为了保持这些形状模式是活的，您还可以继续对作为一个单元的复合形状应用（或移除）形状模式或各种效果。在后面的章节里，当您运用活效果（例如封套、扭曲和阴影）的时候，要记住您可以把效果与复合对象相融合，同时还能够编辑对象——即使它们属于可以被编辑的类型。您还可以在 Photoshop 里运用复合形状。（请参阅"Illustrator 与其他程序"一章中的"形状转换"相关内容。）

Add to Shape Area（与形状区域相加）。对于本例和下面的例子，第一列显示初始的形状，第二列在 Preview（预览）模式下显示操作产生的结果，第三列显示选中的结果对象，以便读者能更清晰地查看操作产生的效果

Subtract from Shape Area（与形状区域相减）

Intersect Shape Area（与形状区域相交）

Exclude Shape Area（排除重叠形状区域）

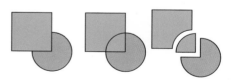

Divide Pathfinder（分割路径查找器）对于本例和下面的例子，第一列显示初始的形状，第二列在 Preview（预览）模式下显示操作产生的结果，第三列显示选中的结果对象，以便读者能更清晰地查看操作产生的效果

Trim Pathfinder（修边路径查找器）

Merge Pathfinder（合并路径查找器），注意只有当两个对象颜色相同时 Merge（合并）才能正常操作，否则其效果与 Trim（修边）相同

Crop Pathfinder（裁剪路径查找器）

Outline Pathfinder（轮廓路径查找器），注意执行 Outline（轮廓）操作之后，Illustrator 默认应用 0 笔触。此处手动应用了 2pt 的笔触

Minus Back Pathfinder（减去后方对象路径查找器）

结合使用 Live Trace 和 Live Paint（在本节的下一节讨论）时用户不必是火箭专家——这两个新的特性被设计用来协同工作。在创建彩色火箭时，Ian Giblin 首先使用了如左图所示的扫描图，然后使用 Live Trace 创建如中图所示的描摹版本，接着他将描摹版本转换为 Live Paint 组合，使用新增的 Live Paint Bucket 给火箭上色

记住，复合形状的强大功能是需要付出代价的，它需要 Illustrator 执行大量运算，因此过多的复合形状或者对复合形状执行过多的操作或应用过多的效果，都将使屏幕的图像重绘速度变慢。尽管复合路径的功能远没有复合形状强大而灵活，但它不会降低刷新速度，因此如果使用简单对象，最好使用复合路径代替复合形状。

路径查找器选项板

Pathfinders（路径查找器）选项板的上一行是 Live Shape 指令，下一行是永久性的 Pathfinder（路径查找器）指令，可以用 Pathfinder（路径查找器）指令 Divide（分割）、Trim（修边）、Merge（合并）、Crop（裁剪）、Outline（轮廓）和 Minus Back（减去后方对象）来永久性地组合或分离选中的对象，上一行的 Live Shape 模式也可被用于永久性的 Pathfinder（路径查找器）指令。实现该目的的一种方法是在首次单击 Shape（形状）图标的时候按住 Option/Alt 键应用 Shape Mode（形状模式）。如果已经应用了活形状，通过选取该对象并在 Pathfinder（路径查找器）选项板中单击 Expand（扩展）按钮，可以将该活形状转变成永久性的被应用的路径查找器效果。

Divide（分割）、Trim（修边）、Merge（合并）、Crop（裁剪）、Outline（轮廓）这些 Pathfinder（路径查找器）指令用于分离（而非组合）形状——可以将它们想像成一种高级形式的甜饼切割机。另外，在使用 Trim（修边）和 Merge（合并）命令前，要对对象进行填充。

与使用复合形状创建的对象不同的是，应用路径查找器效果后得到的结果对艺术对象的改变是永久性的，因此如果需要对改变后的路径作进一步的操作，Pathfinder（路径查找器）指令更可取。例如，如果对图片应用了 Divide Pathfinder（分割路径查找器），就可以将结果图片分离，或者继续对它们进行操作。相反，不能将采用 ExcludeShape Area（挖空形状区域）操作后得到的结果图片分离成两块，因为下面的路径其实并未发生改变。

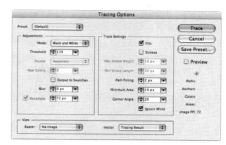

如果用户希望控制描摹的结果，Tracing Options（描摹选项）对话框是很重要的一课

使用实时描摹

是否曾希望将光栅图像（如照片或扫描图）变形为具有细节的、精确的矢量路径集？ Illustrator 新增的 Live Trace（实时描摹）实现了您的愿望。只用几分钟（有时只要几秒钟）实时描摹就能将初始图像转变成矢量图形，对该矢量图形可以编辑、改变大小或进行其他处理而不扭曲或损失图像质量。

Live Trace（实时描摹）使您能完全地控制描绘的细节，可为描绘的对象、填充和描边设置、拐角的锐度、模糊和重采样控制等指定颜色模式和颜色选项板的功能。Tracing Presets（描摹预设）可以存储一系列描图选项，以便在您下次想用它们时能快速、方便地获取相关的选项。

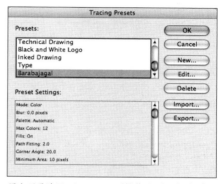

用户可通过 Tracing Presets（描摹预设）对话框中的选项管理描图预设

最大的优点是：用 Live Trace（实时描摹）创建的描图对象保持激活状态（这是为什么称之为 Live Trace 的原因），因此可以随时调整描图的参数和结果。如果您对自己的实时描摹对象很满意，可以将它作为矢量路径进行创作或者将它转变成实时上色对象并充分利用 Live Paint Bucket 的直觉涂染功能。

属性栏上的 Raster View（栅格视图）和 Vector View（矢量视图）按钮

Live Trace 基础

要用 Live Trace 描图，首先打开或置入源图文件，一旦选择了源图文件,只需在属性栏上单击 Live Trace（实时描摹）按钮或执行 Object> Live Trace>Make 命令，就可以用默认设置描画对象了。如果想在描图之前控制 Live Trace 的选项，在属性栏上单击 Tracing Presets

本章后面部分中 Kevan Atteberry 使用 Live Trace 创作的画廊作品

无论您在 Tracing Options（描摹选项）对话框式属性栏中为描图对象选择了什么样的栅格显示设置，源图像都不可见，除非在对话框底部的 Vector（矢量）下拉列表框中将描图结果的显示设置为 No Tracing Result（无描摹结果）或 Outlines（轮廓）。

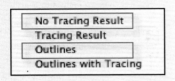

Adobe 发布了一份关于实时上色的技术"白皮书"，标题是 Creating Vector Content: Using Live Trace（使用 Live Trace 创建矢量内容），在 Wow！CD 中的 creating_vector_content.pdf 文件中可以找到它。

在属性栏上单击 Live Trace 按钮以使用默认设置描摹

属性栏上的 Tracing Presets and Options（描摹预设和选项）按钮，用户可以通过该按钮打开 Tracing Options（描摹选项）对话框或选择一种描摹预设

☐ Ignore White

CS3 的新功能，勾选描摹选项对话框中的 Ignore White（忽略白色）复选框，能帮助您自动从描摹对象里移除白色的背景

所有描图对象以默认的名称"Tracing"显示在 Layers（图层）选项板上——直到它们重命名、扩展或将它们转换为实时上色对象。

and Options（描摹预设和选项）按钮（Live Paint 右边的黑色小三角下拉按钮）并选择 Tracing Options（描摹选项）命令。也可通过执行 Object> Live Trace>Tracing Options 命令来打开 Tracing Options（描摹选项）对话框。在 Illustrator Help 中搜索 Live Trace 可获得 Tracing Options（描摹选项）对话框中各种选项的纲要，可以在实际执行之前启用 Preview（预览）复选框查看描图的外观，注意这将比较影响操作速度。

在进行描图之前，可以在 Tracing Options（描摹选项）对话框 或在属性栏上单击 Tracing Presets and Options（描摹预设和选项）按钮选择描图预设。如果您制作一个想在将来用于其他图形的 Live Trace，将当前设置保存为自定义描图预设，这将节省您不少时间。

要创建自定义的描图预设，在 Tracing Options（描摹选项）对话框中设置选项，然后单击 Save Preset（存储预设）按钮。Illustrator 会及时要求您给新的预设命名，然后单击 OK（确定）按钮，此后有栅格对象或 Live Trace 对象被选中时，就可以从属性栏上的 Preset（预设）下拉菜单中获取该预设（在 Tracing Options 的 Preset 下拉列表中也能获取到该预设）。要管理描摹预设，执行 Edit>Trace Presets 命令打开 Tracing Presets（描摹预设）对话框，然后在该对话框中编辑或删除现有的预设，创建新的预设或单击 Export（导出）按钮将预设存储为可与其他用户共享的文件。要从外部文件中加载预设，只需单击 Import（导入）按钮并指定保存预设的路径即可。

当按您想要的方式设定了描摹选项之后，单击 Trace（描摹）按钮，然后停下来看 Live Trace 功能如何生效。一旦 Live Trace 替您描摹了图像，您可以改变描图对象的显示方式，或者调整描图的结果。

改变 Live Trace 对象的显示

鉴于 Live Trace 从其定义来说是处于激活状态的，因此初始源图保持不变，这样 Live Trace 对象实际上有两部分：初始源图和实时描摹过程产生的描图。尽管默认情况下只有结果描图可见，但用户可以改变 Live Trace 对象的两部分如何显示。

首先选取实时描摹对象，然后就能通过执行 Object>Live Trace 命令或在属性栏上单击 Raster View（栅格视图）按钮设置是否以及以何种方式设置初始源图的显示，选取以下 4 个选项中的一个：No Image（无图像），完全隐藏源图；Original Image（原始图像），将原图显示在描图结果下面；Adjusted Image（调整图像），显示带有调整的图像，这些调整是在描图过程中应用的；Transparent Image（透明图像），显示原图的"幻影"。

当实时描摹对象依然处于选中状态时，还可以通过执行 Object>Live Trace 命令或在属性栏上单击 Vector View（矢量视图）按钮改变描图结果如何显示，选择以下 4 个选项中的一个：No Tracing Result（无描摹结果），完全隐藏描图的结果；Tracing Result（描摹结果），显示完整的描图结果；Outlines（轮廓），只显示描图结果的轮廓；Outline with Tracing（描摹轮廓），用可见的轮廓查看描图结果。

调整 Live Trace 的结果

当然，由于实时描摹对象是处于激活状态的，因此可以随时调整描图的结果。选取实时描摹对象，然后从属性栏中单击"描摹预设和选项"按钮，从弹出的菜单中选择新的预设，或者单击属性栏中的"描摹预设和选项"按钮，从弹出菜单中单击 Tracing Options（描摹选项）命令，或者执行 Object>Live Trace>Tracing Options 命令，打开 Tracing Options（描摹选项）对话框，还能继续按照意愿调整和改变任意选项。

Raster View（栅格视图）下拉菜单中的选项

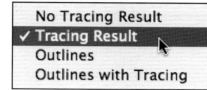

Vector View（矢量视图）下拉菜单中的选项

测试描图

保存较小的、有代表性的、从源图中剪切下来的图像文件，然后对它测试 Live Trace 的设置。完成测试后保存设置，并对大的图像文件应用该设置。
——*Kevan Atteberry*

快速转换

只需执行 Object（对象）>Live Trace（实时描摹）>Make and Convert to Live Paint（建立并转换为实时上色）命令或 Object（对象）>Live Trace（实时描摹）>Make and Expand（建立并扩展）命令，即可一步完成描图并将它转换为 Live Paint 或路径集。

释放描图对象

如果想释放描图对象同时保持置入的初始对象位置不变，只需选取描图对象并将它释放，然后执行 Object>Live Trace>Release 命令即可。

属性栏上的 Expand（扩展）和 Live Paint（实时上色）按钮

另外，请注意可从属性栏中调整用于描图结果（也就是 Threshold 和 Min.Area）的一些基本选项，而不需进入 Tracing Options（描摹选项）对话框进行设置。

在 Live Trace 中使用色板库

可以仅用希望在描图中用到的颜色创建特殊的色板库，然后在选项板菜单中选择其名称，在 Tracing Options（描摹选项）对话框中指定它，也可以指定任何一个已有的色板库。在任何一种情况下，需要确认在打开 Tracing Options（描摹选项）对话框之前打开了色板库，否则色板库的名称不会出现在选项板菜单中。

转换成 Live Paint 对象或路径集

Live Trace 被设计用来与 Live Paint 功能同时使用（参阅本节后面关于 Live Paint 的特殊章节）。对描图对象满意之后，可以很容易地将它转换为 Live Paint 对象，这样就能直接使用 Live Paint Bucket 对它上色了。

如果想像处理隔离的对象一样处理描图得到的艺术对象中的元素，也可将描图对象转换为路径。无论是转换成 Live Paint 还是隔离的路径，记住在执行本操作之后描图对象将不再处于激活状态、不能再被编辑，因此除非已对它满意了，否则不要转换描图。

要将描图转换为 Live Paint 对象，选取该对象后在属性栏上单击 Live Paint（实时上色）按钮或执行 Object>Live Trace>Convert to Live Paint 命令即可。

要将描图转换为路径集，在属性栏上单击 Expand（扩展）按钮或执行 Object>Live Trace>Expand 命令即可，这么做将会把对象转换成组合在一起的路径集。如果是那样的话，您的栅格和矢量视图的设置将决定在扩展描摹之后还能看见的对象。这样看来，如果您把矢量视图设置为 Outlines（轮廓），同时把栅格视图设置为 No Image（没有图像），那么在您选择把 Expand（扩展）作为视图之后，您就得到了一组没有描边和填充的路径，同时也没有可视的源图像。而另一方面，在扩展它们之后，如果您想保存源图像并把它作为路径向导，您可以设置栅格视图为原始的图像。那样的话，当您选择扩展作为视图时，您的源图像也将会随着新的路径一起被保存并群组。

排列 3 个正方形，在中间形成三角形空间

使用实时上色进行创作

运用 Illustrator 的 Live Paint（实时上色）功能，能立即把颜色、渐变和其他填充应用到您的艺术作品中的任何封闭的空间中，无需首先确认它是不是作为一个单独的矢量对象进行勾画。这样用眼睛观察的方式来绘制形状和空间，如同用手着色一个素描一样。

直观地进行着色

假设您绘制 3 个正方形，然后排列正方形，使它们之间的空间形成一个三角形，和右图图例一样。在正常的 Illustrator 规则下，您不能对这个三角形进行着色，因为它并不是作为一个单独的矢量对象而存在。这时实时上色就发挥作用了，实时上色有效地告诉您："如果你不喜欢这些规则，那么就改变它们吧！"指定您想要上色的对象，把它们作为 Live Paint Group（实时上色群组）。突然间您就能对任何封闭的区域上色，无论它是不是一个非连续的矢对象。

　　这里所讲的是如何对三角形的空间进行着色。首先用 Selection Tool（选择工具）选中 3 个正方形，然后选择 Live Pain Bucket Tool（实时上色工具）[位于工具箱中 Eyedropper（滴管工具）的正下方]，单击选中的正方形把它们变成实时上色组。也可以把选中的对象变成一个实时上色群组，选择 Object（对象）>Live Paint（实时上色）> Make（建立）命令或者通过按⌘ -Option-X/Ctrl-Alt-X 键）。您将会注意到正方形的周围有一个特殊的边界框，手柄是小星星的形状。

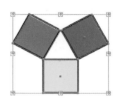

使用 Live Paint Bucket（实时上色工具）单击选定的群组，把它变为一个 Live Paint Group（实时上色组）。注意在光标旁边出现的有用的工具提示

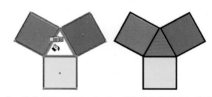

当您使用选择工具选中一个 Live Paint Group（实时上色组）时，您将会看到这个特殊的边界框

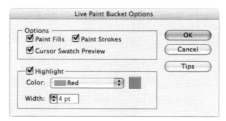

左：当您把 Live Paint Bucket（实时上色工具）放置到要着色的区域上时，围绕着色区域就会显示出高亮边缘。右：使用实时上色工具单击，就能为该区域填充颜色

双击工具箱里的 Live Paint Bucket（实时上色工具）图标，可以打开 Live Paint Bucket Options（实时上色工具选项）对话框

左：放置好实时上色工具后，为填充的对象着色。中：当把光标放置到要着色的描边上时，注意光标从油漆桶变成一个小画笔，同时描边高亮显示。右：为三角形的3条边着色

左：原始的蝴蝶轮廓。中：使用实时上色选中围绕在两个斑点周围的翅膀区域并为之着色。右：全部上色后的蝴蝶

光标色板预览

实时上色工具的"光标色板预览"特性能让您在色板选项板里快速进行循环预览色彩选择——可以在颜色组里和颜色组之间。当您从色板选项板里选择一个色彩对其上色时，任何时候都能够预览。中间的正方形是选好的色彩，它两边的正方形就是色板选项板里对应的色彩——使用左边和右边的箭头键移动先前的或下一个色板，上下箭头键用来移动颜色组之间和总的色板群组。通过双击实时上色工具并且禁用位于实时上色工具选项对话框里的光标色板预览复选框（如果选择默认就会开启），可以使色板预览不起作用。

这个边界框把实时上色组从其他普通的组中区别开来。

接着选择一个明亮的绿色作为填充色，然后把 Live Pain Bucket Tool（实时上色工具）移动到三角形区域的上面。三角形就突出显示，表明这个区域能进行上色了。单击三角形，用选好的色彩快速对它进行填充。

顺便说一下，您可以改变实时上色工具运转的方式，通过双击工具箱里它的图标，就能打开实时上色工具选项对话框。在这里可以设置选项，例如油漆桶是否对填充物、描边着色，或是都上色，当把油漆桶放置到可以着色的区域上面时，也可以设置色彩和突出显示。您还要记住可以使用钢笔工具或者其他工具来编辑实时上色组里的路径。

使用实时上色对描边进行着色

正如前面一节中提到的，您可以使用实时上色工具为描边或者填充着色。在您单击油漆桶之前，确认在实时上色工具选项对话框里的 Paint Strokes（描边上色）复选框被激活，并且实时上色工具将应用您所定义的描边属性。当您对描边进行着色时，要注意油漆桶的位置，确定是描边高亮显示，而不是填充。

此外，即使您不能在实时上色工具选项对话框里激活 Paint Strokes 复选框，您也可以随意地为描边上色，方法是在按住 Shift 键的同时单击油漆桶。

要记住的是，在 Stroke（描边）选项板或者属性栏里，描边属性是当前指定的，它将决定使用油漆桶上色的描边外观，因此您要确保在单击之前，把描边设置为您想要的样式。

实时上色的平面化世界

当您处理一个实时上色组时，其中一个因失败而放弃的规则是依次排序。在实时上色组里，每个对象被看作是处在同一个水平面上。

这里有一个实例，一个简单的蝴蝶形状，准备使用实时上色为其着色。注意实时上色工具被移动到左边的翅膀上，Illustrator 则突出显示了两个斑点周围的翅膀区域，只允许用户对翅膀的主要部分进行着色。在 Illustrator 正常的规则下，要确保这两个斑点是摆在翅膀形状的上面，那么在对翅膀着色的时候就不对斑点着色。不过在实时上色的平面化世界里，Illustrator 把这些斑点理解为单独的实体，只允许用户对它们周围的区域上色。

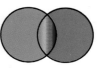

左：把油漆桶放置在圆圈的交叉处。右：单击交叉处区域，为其填充一个彩虹渐变

左：原始的圆圈。中：把红色圆圈移动到绿色圆圈的下面。右：改变两个圆圈的大小和形状。随意移动交叉处，它依然保持渐变填充效果

选择填充物（或者没有填充物）

您已经了解到实时上色如何应用色彩至封闭的空间，不过实时上色工具能对所有类型的填充物进行着色，而不仅仅使用固体的色彩。这就意味着您能选择一个渐变、一个图案或者甚至没有填充物然后对其上色。

　　创建两个重叠的固体填充的圆圈，把它们作为 Live Paint Group（实时上色组）。现在您能用一个渐变来填充两个圆圈的交叉处（从色板选项板里选择一个渐变色板，选择实时上色工具然后单击交叉处）。您可以选择 None（无）填充交叉处，交叉处就变成一个孔，这样就能看见对象或下面的填充物。给没有填充物上色的例子，请参照 Sandee Cohen 的"固定一个洞"技巧。

把"Live（实时）"放在实时上色里

实时上色里的"实时"的意思是当您调整对象的大小、变换或移动它们时，您的着色是可编辑的，能随着对象的改变而改变。当您移动或者调整两个重叠圆圈的大小时，即使交叉处的大小、形状和位置随着圆圈的改变而变，但是交叉处仍然保持填充色不变。

给实时上色组添加路径

在创建了一个实时上色组之后，您就能给它添加自己喜欢的路径。幸运的是很容易给实时上色组添加新的路径。

固定一个洞

用户可以用 Live Paint 对象删除对栅格对象进行 Live Trace 操作时产生的白色区域，对 Live Paint 对象（如面包圈的中心）进行直接选取也会形成"洞"，并将该"洞"用 None（无）填充！

——*Sandee Cohen*

左：为蝴蝶的躯干添加 6 条线段。中：为蝴蝶实时上色组添加新的路径。右：为线段之间的区域填充橙色，制作出蝴蝶的 3 个条纹

重新应用填充

不幸的是，如果移动路径以便闭合的被涂染的区域变得不再被涂染，Illustrator 不会记忆在本次编辑之前该区域曾被某一颜色填充，将路径移回其初始位置不会恢复此前的填充，用户需要重新应用填充颜色。

——*Mordy Golding*

左：着色之前的香蕉。右：圆圈处表明是间隙导致颜色溢出到香蕉的外面了

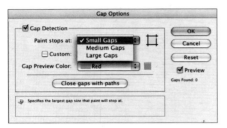

Gap Options（间隙选项）对话框

一旦间隙不再是一个问题，那么您就能很容易地把香蕉涂成黄色了

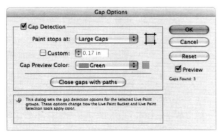

在 Gap Options（间隙选项）对话框中勾选 Gap Detection（间隙检测）和 Preview（预览）复选框，然后选择绿色作为高亮显示的颜色

假定一个例子：您想给蝴蝶躯干添加一些条纹。想要添加条纹，先使用 Pencil Tool（钢笔工具）或 Line Tool（直线段工具）绘制带描边的线段。接着选中沿着蝴蝶实时上色组的线段，单击位于属性栏里的 Merge Live Paint（合并实时上色）按钮 [或选择 Object（对象）>Live Paint（实时上色）>Merge（合并）命令]。那么这 6 条线段就被添加到实时上色组中，成为 3 个条纹，您就能很容易地给它们着色。

不过，把新的路径添加到一个实时上色组中，还有更简单的方法，那就是使用隔离模式，在本章的开篇部分已经讨论过。

使用 Selection Tool（选择工具），双击当前组里任何一个对象（或者在这个例子里是一个实时上色组）。您就能看见灰色条，当前名称为编组（在图层选项板上有显示），出现在窗口的最上方，这就告诉用户已经进入了隔离模式。一旦看见灰色条，编组就已经被隔离并且用户对画板添加的任何东西将会自动被认为是编组的一部分。

那么在蝴蝶的例子里，使用选择工具双击蝴蝶的一部分，就进入了隔离模式。现在可以绘制条纹，而这些条纹就自动成为实时上色蝴蝶组中的一部分。退出隔离模式，单击灰色条或者双击画板即可。

实时上色间隙选项

您也知道实时上色能应用色彩至任何封闭的区域。但是关键词是"封闭的"。着色的区域不是完全封闭时，那将会发生什么？如果围绕区域的路径之间有一个或多个小的空隙的话，对其着色会不会渗漏呢？Illustrator 便捷的 Gap Options（间隙选项）对话框能解决这些问题。

左图是作者兼培训人 Sandee Cohen 想出的一个例子。她用 Live Trace（实时描摹）绘制出一对香蕉的光栅图像。然后她把描摹转换成一个实时上色组并且把香蕉着色为黄色。不过您要看右边的图像，当她用实时上色工具单击香蕉底部的时候，色彩就四溢到香蕉的外面，这是因为香蕉的底部有一个小的间隙（见红圆圈圈出的位置）。为了解决这个问题，她选中香蕉，然后选择 Object（对象）>Live Paint（实时上色）>Gap Options（间隙选项）命令，打开间隙选项对话框。

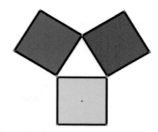

位于三角形拐角处的绿色小点显示的是间隙的位置

在对话框上方的 Paint stops at 下拉菜单里，Sandee 把设置从小间隙调整为大间隙。那么实时上色就忽略了香蕉底部相对小的间隙，她就能把香蕉着色为黄色，好像间隙不存在似的。如果她还想更加精确的话，在实时上色把间隙看作是一个缺口之前，她要指定准确的间隙大小。那么她需要启用 Custom（自定）复选框并且在数值框里输入一个数字。

打开间隙选项对话框时，如果您没有选择任何实时上色组，无论您选择什么设置，在您再一次改变设置之前，对于新创建的实时上色组来说都是默认值。

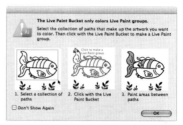

如果您单击实时上色工具但是没有选择任何路径的话，您就会看见上面这个显示信息的对话框

您也可以使用 Gap Options（间隙选项）对话框检查艺术对象里的间隙。我们再看一下 3 个正方形的例子。假定您想给三角形着色，当您把实时上色工具移动到它上方的时候，却不能突出显示三角形。这可能表明正方形不是很平整。在这种情况下，可以使用 Gap Detection（间隙检测）特性找出问题所在，见左图。选中正方形，打开间隙选项对话框，勾选预览复选框并且从 Gap Preview Color（间隙预览颜色）下拉菜单里选择 Green（绿色）作为高亮显示的色彩。右图就是处理好结果的预览，显示的是捣乱的间隙高亮显示为绿色。这次能够很容易地移动正方形把它们靠得更紧点，那么就消除了这些间隙。

单击对话框最下方的 Close gaps with paths（用路径封闭间隙）按钮，Illustrator 甚至还能自动为您封闭这些间隙。不过要注意的是，Illustrator 经常用平直的

分解 Live Paint 组合

对于由很多复杂路径构成的 Live Paint 组合，间隙检测将限制性能。将很大的 Live Paint 组合分解成几个小 Live Paint 组合，此时性能将被提高。

着色多个区域

可以使用 Live Paint Bucket Tool 用单色给多个区域一步上色，方法是在一个区域中单击并拖动鼠标移过其余的连续区域。

删除键也可以制造孔！

这里有另一个方法可以制造出甜甜圈的孔：使用 Live Paint Selection Tool（实时绘图工具）来选择和删除！

要使用实时上色工具和实时上色选择工具，这里有 3 种方法：

- 单击一个区域，填充它或者选取它。
- 双击一个区域，进行"flood fill（快速填充）"或者选取具有相同颜色的交叉的、临近的区域。
- 三击一个区域，填充或者选取当前具有相同填充的所有区域。

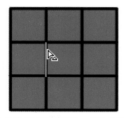

使用实时上色选择工具来选取一部分线段

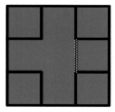

选取并删除中间正方形周围的 4 条线段

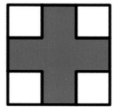

删除这 4 条线段之后，把四角上的正方形填充为白色，这样就突出了红色的十字架

路径来封闭选好的对象间隙。确认这些平直的路径是您想要的，并且要严格检查结果。

如何 Expand（扩展）或 Release（释放）实时上色组？

您给一个实时上色组完成了着色后，需要对组中的对象进行进一步处理——把其中的一些对象从实时上色的范围内取出来。这时候就需要应用扩展属性。

当您选中要编辑的实时上色组时，选择 Object>Live Paint>Expand 命令，被选中的对象就会被转换成普通的矢量路径。它们的外观和以前相同，但不再是实时的上色对象，而且它们将会根据实时上色所允许的"一般"规则而呈现可单独填充和描边的路径。

而另一方面，您可能希望把实时上色组里的对象还原成它们进入实时上色之前的状态。这没问题——只要选择 Object>Live Paint> 释放命令，您的对象就会被转换为一般的路径。

用直观的方式编辑路径

您已经看到实时上色怎样对空间进行着色，您还可以用相同的方式在 Illustrator 里编辑路径。您可以运用实时上色选择工具选取和改变特定的部分路径，不过这得根据它们的外观而定。

您可以通过双击实时上色选择工具为其设置选项，在进入下一步之前，您需要打开 Live Paint Selection Options 对话框，确认您可以像选择填充那样选择描边。下面把高亮显示的颜色变成绿色。

首先创建一个有 9 个正方形的网格，绘制一个带有黑色描边的红色大正方形，再用交叉的黑色描边线段覆盖这个大正方形，把整个网格转换成实时上色组。

现在，选择实时绘图选取工具并移动到分隔线上，您可以选择由线段交叉构成的小段线段。选取并删除这 4 个线段，在大正方形中心就形成了一个十字架形状。运用实时上色工具把位于四角的正方形填充为白色，然后就出现了一个白色背景上的红色十字架。

GRAHAM

画廊：Cheryl Graham

Cheryl Graham 的绘画风格注重的是强烈的反差效果，Live Trace（实时描摹）正是对这个风格的一种完美的补充。Graham 首先把图片添加到页面中 [执行 File（文件）＞Place（置入）命令]，接着单击属性栏中的 Live Trace（实时描摹）按钮。她使用这个选项默认的预设，因为她知道应用黑色和白色的设置模式就会产生自己想要的效果（见右上方中间的细节图）。然后 Graham 通过使用属性栏中的按钮重新描绘了图片，这一次她降低了 Threshold（阈值）。为了创建一个更大的白色区域，她把阈值降低到 90。为了能够显示出眼睛和头发周围更多的细节部分，她把路径拟合设置为 1px，最小区

域设置为 4px（见右上方下面的细节图）。她很满意这个结果，于是就单击 Trace（描摹）按钮。Graham 并没有保存这些设置，因为通常每一张图片要求不同的描摹选项组合并且需要不断地检验。Graham 单击属性栏中的 Expand（扩展）按钮，把实时描摹对象转换为可编辑的路径。她使用 Smooth Tool（平滑工具）来修饰路径。通过使用 Pen Tool（钢笔工具）和默认Art Brush Calligraphy 1 的不同变量，她画完了人物肖像的剩余细节部分。（请参阅＂画笔与符号＂章节中她的画廊，了解她的更多绘画技巧。）

切割与连接

使用路径查找器构造基本路径

概述：使用重叠的对象设计插图，使用 Pathfinder（路径查找器）选项板上的 Join（连接）和 Intersect（交集）对象，连接直线与圆，从对象中切割其他对象。

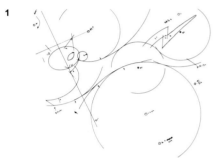

Fox 使用圆规绘制的油墨草图
注意：*Fox 反着创建了图像，最后使用 Reflect Tool（镜像工具）翻转了最终的图像（关于镜像的帮助信息，请参阅 "Illustrator 之禅" 一章）*

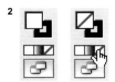

开始绘图之前，在工具箱中将 Fill（填充）设置为 None（无）

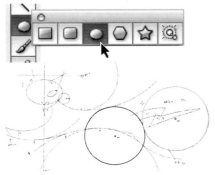

使用 Ellipse Tool（椭圆工具）从中心绘制受限的圆（按住 Option-Shift/Alt-Shift 键），以描画置入的模板

FOX / BLACKDOG (Art Director: Jeff Carino, Landor Associates)

"9 Lives" 猫符号在 Eveready 电池上出现已经有 50 多年了，为了重新设计这个经典符号，Mark Fox 首先手绘了一张草图。该草图获得同意后，他用 Rapidograph 笔和圆规绘制草图，并在 Illustrator 中使用永久性的 Pathfinder（路径查找器）命令重新构造了这张油墨图。Pathfinder（路径查找器）选项板中上一排的命令实际上都是形状模式的，能保持对象处于激活状态，因此能对对象进行调整；要永久性地使用这些形状模式以进行下一步的处理，需要选取对象后单击 Expand（扩展）按钮。或者，首次单击 Shape（形状）图标时按住 Option/Alt 键也能永久性地应用 Shapes Mode（形状模式）；Pathfinder 选项板中的下一排命令常常是永久性的，因此在使用永久性的 Pathfinder（路径查找器）命令时，尤其要注意存储以前对图像所做的处理。

1 绘制草图并将它作为模板图层置入。Fox 使用圆规构造流畅的曲线，创作了一幅精确的绘图。以他着墨的草图作为模板，Fox 在 Illustrator 中使用 Ellipse Tool（椭圆工具）重绘了圆形。可以使用传统工具创作草图然后扫描，或者直接在绘图程序（如 Painter 或 Photoshop）中绘制草图，将草图存储为 PSD 或 TIF 格式，并将它作为模板置入 Illustrator 新建文档。要实现这一点，执行 File>Place 命令，指定要作为模板的对象所在的存储路径，然后启用 Template（模板）选项并单击 Place 按钮。

2 使用连接和重叠的对象手描模板。 为了看清楚自己所做的工作，在开始绘图之前确认自己在 Preview（预览）模式下工作，并且将 Fill（填充）设置为 None，将 Stroke（描边）设置为黑色。用 Ellipse Tool（椭圆工具）和 Rectangle Tool（矩形工具）绘制图像的基本形状，Fox 除了使用一些圆形构造基本形状（如猫的臀部）之外，还使用一些圆形定义以后要被切割的区域（如猫下腹部的弧形）。要得到完美的圆形或正方形，在使用 Ellipse Tool（椭圆工具）和 Rectangle Tool（矩形工具）绘图时按住 Shift 键；默认情况下，椭圆与矩形是从拐角点开始绘制的，要从中心开始绘制这些对象，绘图时需要按住 Option/Alt 键；要从中心点生成一个圆，在绘图时需要按住 Shift-Option/Shift-Alt 键，释放鼠标后再释放这些键。由于 Fox 在着墨阶段使用毫米测量了每一部分，因此他利用数值创作圆形。Fox 按住 Option/Alt 键使用 Ellipse Tool（椭圆工具）单击模板上的每一个中心点，输入正确的宽度和高度数值，然后单击 OK 按钮。

3 组合不同圆形的部分构造曲线。 绘制好路径并放在合适的位置后，使用 Pathfinder（路径查找器）选项板组合不同圆形的部分以构造复杂的曲线。绘制好基本圆后，使用 Line Segment Tool（直线段工具）绘制一条直线，通过圆形中将要连接的点，然后执行 Object>Path>Divide Objects Below（分割下方对象）命令，选择分割后不需要的圆形部分并删除。要将邻近的单独曲线连接起来，单击 Pathfinder（路径查找器）选项板上的 Add to shape area（与形状区域相加）按钮；若要永久性地使用相加命令，请单击 Expand（扩展）按钮。

4 使用 Pathfinder 上的 Intersect（交集）命令构造对象。 如果想要保留的区域有对象重叠，请使用 Intersect（交集）命令。Fox 使用 Intersect shape areas（与形状区

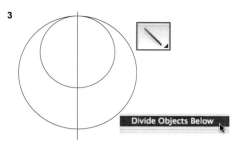

3

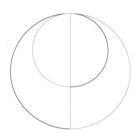

绘制线条以标记在何处连接对象，并执行 *Object>Path> Divide Objects Below* 命令

选取并删除对象中不想要的部分，这些部分不会出现在最终的曲线中

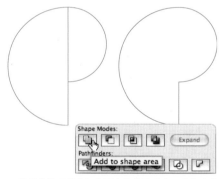

一旦只保留了那些打算用来连接的元素，选取这些元素并单击 *Pathfinder*（路径查找器）上的 *Add to shape area*（与形状区域相加）图标（此后可单击 *Expand* 按钮以永久性地应用相加）

4

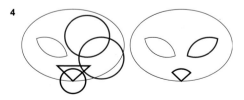

使用 *Pathfinder* 的 *Intersect shape areas*（与形状区域相交）命令构造眼睛和鼻子

5

从圆的一个锚点绘制一条线，并绘制一条略微离开圆的斜线

双击 Rotate Tool（旋转工具），指定 Angle（角度）为 90°，然后单击 Copy（复制按钮），创建斜线的垂直副本

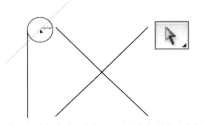

将垂直副本移到圆的中心，然后将它制作为参考线

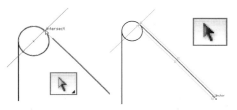

使用参考线将斜线移到与圆相切，然后将该线条加长

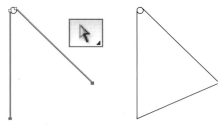

选取线条的两个末端锚点，然后使用连接来闭合，以连接线条

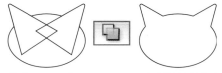

使用 Pathfinder 的 Add to Shape area 命令使圆与倾斜形状相接触，然后使完成的猫耳朵和猫头椭圆相接触

域相交）按钮创建了猫的眼睛和鼻子，为了制作眼睛的形状，他绘制了一个圆，然后按住 Option/Alt 键使用 Selection Tool（选择工具）拖动生成眼睛的副本，他将两个圆形叠置好以便生成想要的形状，然后选中两个圆形。Fox 按住 Option/Alt 键单击 Intersect shape areas（与形状区域相交）图标，这样就应用了 Intersect shape areas（与形状区域相交）和 Expand（扩展）。

5 让直线与圆相切。 Fox 连接斜线和小圆形组成猫的耳朵，要平滑地连接直线与圆，直线必须与圆"相切"（仅在一个锚点上与圆接触）。为了更精确地定位，打开 Smart Guides（智能参考线）。

首先使用 Ellipse Tool（椭圆工具）绘制一个小圆，要生成第一条切线，选择 Line Segment Tool（直线段工具），将光标置于小圆左侧的锚点上。当看到锚点时单击并向下拖动绘制一条垂直线。

要创建一条不从锚点开始的切线，需要一点技巧。首先，在离圆很近的地方以一定的角度绘制另一条直线（按住 Shift 键控制线条为水平、垂直或 45°角），为了帮助找到这条线的切点，需要生成这条线的垂直线。选中斜线，双击 Rotate Tool（旋转工具），键入角度为 90°，然后单击 Copy（复制）按钮。使用 Direct Selection Tool（直接选择工具）或 Group Selection Tool（编组选择工具）抓取这条垂直线的中部并向圆的中心拖动，当看到 center 字样时释放鼠标。在该线仍处于选中状态时，执行 View>Guides>Make Guides 命令将它变成一条参考线，然后选择斜线 [使用 Direct Selection Tool（直接选择工具）框选，或者用 Group Selection Tool（编组选择工具）单击它]，最后使用 Direct Selection Tool（直接选择工具）或 Group Selection Tool（编组选择工具）抓取斜线的顶部锚点并向垂直线与圆的交点处拖动，当看到 intersect 字样时释放鼠标。

要调整某一线段的长度，切换到 Selection Tool（选择工具），选中线条，拖动约束框在末端锚点处的中间手柄。Pathfinder（路径查找器）的 Add to Shape 忽略线条，因此要将线条与圆相连，首先要将线条连在一起形成二维形状。使用 Direct Selection Tool（直接选择工具）框选两个末端节点，执行 Object>Path>Join（按 ⌘-J/Ctrl-J 键）命令用直线连接两点。

最后，要将有角形状和椭圆结合起来，首先选中它们，按住 Option/Alt 键单击 Pathfinder 上的 Add to shape area 图标。Fox 还使用该命令连接耳朵和头部（他将一只耳朵旋转到合适位置，然后使用 Reflect Tool 创建副本作为另外一只耳朵。

6 使用其他对象切割路径的一部分。要创建猫的后腰形状，Fox 使用一个大的对象从另一个圆中切割一块区域。使用 Selection Tool 选中要切割的路径，执行 Object>Arrange>Bring to Front 或 Edit>Cut 命令后，执行 Edit>Paste in Front 命令将用作切割的对象移至最前。选中用作切割的对象和被切割的对象，单击 Pathfinder 上的 Subtract from shape area 图标。

6

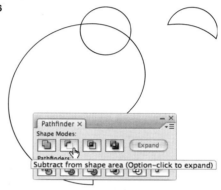

使用 *Subtract from shape area*（与形状区域相减）命令来从其他对象中剪切出一个对象

分割与着色

应用路径查找器的分割或减去命令

概述：使用重叠元素设计插图；使用 Divide（分割）产生单独的路径，删除不必要的路径；使用 Subtract 切割"孔洞"，生成复合路径；再次分割，并给分割后的对象分配颜色。

Illustrator 中的 Pathfinder（路径查找器）选项板提供了多种方式组合对象。为了给 Worldstudio Foundation 的 Make Time 制作迪斯科时钟，John Pirman 使用 Pathfinder（路径查找器）中的 Divide（分割）和 Subtract from shape area（与形状区域相减）选项永久性地改变对象，这样可以调整分割后图像内不同区域的颜色。

1

使用 Rectangle Tool（矩形工具）和 Ellipse Tool（椭圆工具）创建基本的元素

1 创作并放置路径，分割重叠路径。Pirman 创作了一个圆圈和许多矩形作为时钟正面设计的背景（其后作为分割体形形状的对象）。在新建的 Illustrator 文档中，使用 Ellipse Tool（椭圆工具）绘制一个具备填充、没有描边的圆形（按住 Shift 键将绘制正圆形）。然后使用 Rectangle Tool（矩形工具）绘制一些矩形，使用不同的灰度填充这些矩形，描边设置为 None。使用 Selection Tool（选择工具）移动矩形，排列好矩形和圆形的相对位置。下一步，执行 Select>All 命令，在 Pathfinder（路径查找器）选项板中单击 Divide（分割）按钮。所有重叠的路径将被分割成单独的、可编辑的对象。要删除圆形以外的多余路径，首先执行 Select（选择）>Deselect（取消选择）命令，然后删除不需要的路径。

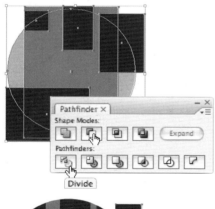

（顶部）选取所有路径，并单击 Pathfinder（路径查找器）选项板上的 Divide（分割）按钮；（底部），选取并删除不需要的路径

2 使用 Subtract 命令生成"孔洞"，并再次分割。Pirman

使用 Pen Tool（钢笔工具）和 Pencil Tool（铅笔工具）2
绘制了一系列人体侧面形象，并将它们和背景排列好。
对于包含封闭的"负空间"体形（例如手臂部分和
身体其他部分相接触），他使用 Pathfinder 的 Subtract
from shape area（与形状区域相减）按钮将这些区域作
为"空洞"减去，这样区域中的对象就可以显示。要
将封闭区域切割成永久性的空洞，首先确认封闭路径
位于体形路径的最上方，然后为所有对象设置实填
充，描边设置为 None。选中体形和闭合区域，按住
Option/Alt 键单击 Pathfinder（路径查找器）选项板上
的 Subtract from shape area（与形状区域相减）按钮（按
住 Option/Alt 键应用 Pathfinder 上一排的命令将使该命
令的效果具备永久性）。带有空洞的体形现在变成了
复合路径，使用 Selection Tool（选择工具）可以移动
整个体形，使用 Group Selection Tool（编组选择工具）
可以移动空洞或使用 Direct Selection Tool（直接选择
工具）编辑路径。

绘制包含闭合路径的人形，这些闭合路径定义了
"负空间"（左上图），选取所有创建了人形的对
象，按住 Option/Alt 键，在 Pathfinder 选项板上单击
Subtract form shape area 按钮（右上图）；此时人形成
为了复合路径

　　Pirman 给他的体形对象使用了蓝色、绿色和白色，
他将每个体形对象置于"分割圆形"背景上，使用背
景对象分割体形对象。要做到这一点，为体形选择不
同的填充颜色，并将它们置于分割背景前（叠放顺序
不重要）。下一步，选中所有路径（Select>All），单击
Pathfinder 选项板上的 Divide（分割）按钮，所有重叠
的路径将被分割成单独的路径，使用 Group Selection
Tool（编组选择工具）选中背景圆形外的路径并删除，
再选择体形的不同部分改变其填充色。Pirman 使用相
似的颜色，以便在视觉上使分割的体形有整体感。

填充的人形，将着色后的人形路径放置于分割的圆
背景上

　　体形对象分割后，Pirman 为体形分割后的不同部分
赋予不同的颜色，并继续调整背景色。要做到这一点，
可使用 Color 选项板为所有路径赋予颜色。使用 Group
Selection Tool（编组选择工具）单击圆形内单独的路径（按
住 Shift 键可选择多条路径），再赋予不同的填充色。

使用不同颜色风格化单独对象的过程

实时描摹标志

对栅格后的标志进行实时描摹

概述： 栅格矢量标志，从而创建比较规则的、简洁的路径；使用 Live Trace（实时描摹）获取规则的矢量路径，并重建标志。

1

第一版本的标志，经过很长时间才被后来的版本所替代

需要对不精确的路径简单化，以便于将来修改

在属性栏板上找到 Live Trace（实时描摹）功能，选择 One Color Logo（单色徽标）预设

单击属性栏中的 Expand（扩展）按钮，选择黑色路径重新着色

Illustrator 的实时描摹预置了 One Color Logo（单色徽标），对栅格后的图像重建矢量标志是相当成功的。尽管 Jolynne Roorda 真正拥有该标志的矢量版，但这个版本也经过了多次的修改。她想制作一个更简洁的版本，以最快的速度栅格现有版本的标志，并运用实时描摹，用更精确的路径来重新描绘标志。

1 栅格标志，同时运用实时描摹将其矢量化。 Roorda 打开含有标志和复制的艺术对象层的文档，怀着巨大的决心对其栅格获取平滑的曲线。接着她在属性栏的下拉菜单中选择 One Color Logo（单色徽标）预设。预设能精密地描绘艺术对象，但往往忽略了白色，因此背景就变成了透明色。Black and White Logo（黑白徽标预设）把白色作为描绘的一部分，默认预设使用较低的阈值来绘制平滑的曲线。如果 Roorda 对单色徽标的默认预设不满意的话，可以单击描摹选项对话框按钮，预览并调整背景直到对结果满意为止。

描绘完图标后，Roorda 单击属性栏上的扩展按钮，使之转变为基本路径。她知道，在许多情况下会用到标志，因此要确保人们在使用以前的软件时能毫不费力地打开或打印文档。接着她选中黑色填充的区域，用公司的绿松石色对其重新着色。

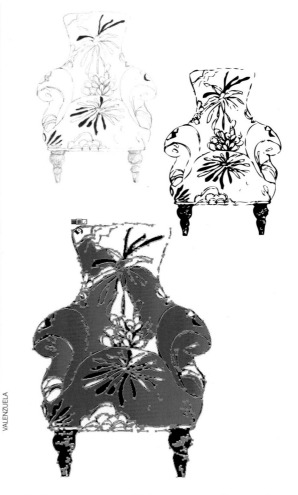

empress -3

bountiful **nurturing** sensuality

The seat of the Empress honors the the loving parent, the nurturing mentor, the artistic MUSE and is the civilizing force of the Arts on society.

This prolific, fertile energy imparts a lush SENSUALITY and intense creative fire to surroundings, projects and personal relationships.

VALENZUELA

画廊：Judy Valenzuela

上图是 Judy Valenzuela 制作的一叠塔罗牌里的一张。首先 Valenzuela 手绘了一张椅子，并扫描了草图。她想要外观自然，她知道 Live Trace（实时描摹）能保持这种外观，运用矢量修改对象。她选择 Inked Drawing（油墨绘图）作为预设，这种不精确的描摹会使草图更加流畅。为了填充被遗失的线，她调整 Threshold（阈值），把默认值从 180 变为 245，并检查是否忽略了白色。在把椅子转换为实时描摹对象之前，Valenzuela 单击 Expand（扩展）按钮。因为实时描摹在处理不精确的图像时，可能不会制作她想要的封闭的形状。Valenzuela 知道间隙会导致实时描摹过度填充卡片图像中的女皇椅，而扩展则可以闭合这些间隙。为了和主题自发的感觉保持一致，她增添了手抄的画笔描边，给她手绘的形状变小或者变形，然后拖曳阴影部分在空间里浮动对象。最后她增添了文本，完成了卡片的制作。

给草图着色

从草图到实时描摹再到实时上色

概述：导入一幅草图到 Illustrator；
应用实时描摹；转换为 Live Paint
Group；用实时上色工具着色。

机器人草图的首份粗糙草图

精化后的草图

Dave Joly 绘制了这个机器人图片，作为一个动画
工程的视觉练习。Joly 首先手绘了粗略的草图，在
Illustrator 中，Joly 发现新增的 Live Trace（实时描摹）
和 Live Paint（实时上色）功能好像他的草图与刊印的
Illustrator 图画的表达方式。Live Trace 和 Live Paint 在
处理用颜色填充草图的任务时经常一起使用。

1 绘制初始的机器人概念图。 Joly 用 Corel Painter 中的
自然媒体工具绘制了机器人草图，然后去除了游离的
细节，实化了线条以使图像易于描摹。完成后，将图
像保存为 Photoshop 文件。

尽管 Joly 选择了在 Painter 中创建并编辑初始图画，
用户也可以在纸上绘制概念图然后扫描到计算机中。如
果有必要，在将图像置入 Illustrator 之前，可以在 Adobe
Photoshop 之类的图像编辑软件中精简扫描的草图。

2 使用 Live Trace 描摹。在 Illustrator 中，可以执行 File> Open 命令打开 Photoshop 图像作为新文件，或者执行 File> Place 命令将该 Photoshop 图像添加到已有的 Illustrator 文件中。在画板上选中该图像，单击属性栏中的 Live Trace 按钮。

应用 Live Trace 并不仅仅只描图，还创建了实时描摹对象，该对象由初始图像和描图组成。不同于手绘的描图，用户可以随时改变描图选项以改变描图结果。在属性栏上，从 Presets（预设）下拉列表中选择描图预设，或单击 Options 按钮都可打开 Tracing Options（描摹选项）对话框，在该对话框中有更多可选择的 Live Trace 选项，默认的描摹预设创建高对比度的黑白线条作品，很适合用于实时上色，结果，Joly 无需为他的创作改变任何 Live Trace 选项。

3 用 Live Paint 填充区域。选中描图后，Joly 在属性栏上单击 Live Paint 按钮，将描图从 Live Trace 对象转变为 Live Paint Group，对象不再包含初始图像，能很容易地再次描图，但是它具备了 Live Paint 的属性：Joly 可以给 Live Paint Group 的任何一个自然闭合的区域应用填充和描边，而不需绘制路径来容纳每个填充。Joly 选取了 Live Paint Bucket Tool 并从属性栏上选择 Fill（填色），每当 Joly 将 Live Paint Bucket 放置在某个可以用 Live Paint 涂染的区域上时，会显示出一个红色的轮廓，表示这是一个 Live Paint 区域。如果想涂染该区域，只需单击该区域或拖动经过多个区域即可。

一开始，手绘的黑色线条之间的间隙使颜色溢出到周围的区域，Joly 执行 Edit>Undo 命令去除溢出的涂染，然后在属性栏上单击 Options（选项）按钮，打开 Gap Options（间隙选项）对话框，在对话框中用 Paint stops at 下拉列表或 Custom（自定）数值框指定间隙的大小以自动关闭。如果选中了 Preview（预览）复选框，画板上的红色点标记着 Gap Options（间隙

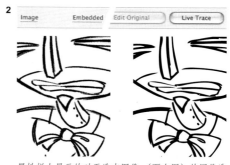

属性栏上显示的对于选中图像（下左图）的图像选项（上部）；单击了 Live Trace 按钮之后的图像（下右图）

选中的实时描摹对象的属性栏；高亮显示的 Options（选项）按钮 [用于打开 Tracing Options（描摹选项）对话框]

选中的 Live Paint Group 的属性栏；高亮显示的 Options（选项）按钮 [用于打开 Gap Options（间隙选项）对话框]

不应用间隙检测，使用 Live Paint Bucket Tool 单击机器人的脸部（左图）；应用间隙检测之后重复该操作（右图）

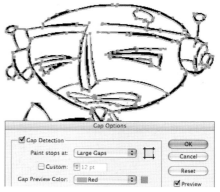

Gap Options（间隙选项）对话框，在画板上高亮显示了间隙，因为是在 Preview（预览）模式下

4

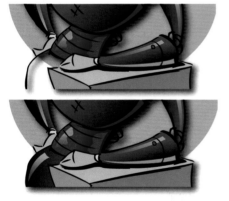

Joly 在实时描摹对象之前绘制的额外细节，为了清晰起见，此处移除了实时描摹对象的填充

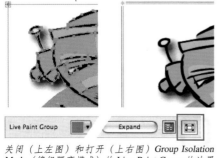

左下角非常大的间隙（顶部），Joly 绘制的用蓝色填充的路径（底部）

关闭（上左图）和打开（上右图）Group Isolation Mode（编组隔离模式）的 Live Paint Group 的边界线，该模式由属性栏上的 Group Isolation Mode 按钮（高亮显示）控制

选项）设置检测到的间隙。对于这幅作品，Joly 发现 Large Gaps（大间隙）的设置效果很好。

4 完成绘图。 Joly 使用 Live Paint Bucket 工具迅速给草图其余部分上色，需要时改变填充色板，单击或拖过他想填充的实时描摹区域。Joly 还绘制了额外的路径以添加新的细节、高光和阴影。

有些区域，如插图左下角的臀部的间隙太大了，不能被间隙检测设置自动检测到，为了解决这个问题，Joly 在这样的区域绘制了新的路径。

Joly 在实时描摹对象中单独绘制额外的路径，用传统的方法填充路径，即：用 Selection Tool（选择工具）选中每一条路径，然后单击色板。然而，进入 Group Isolation Mode（编组隔离模式）给已有的 Live Paint Group（实时描摹组）添加路径也是可行的，选中 Live Paint Group 之后，单击属性栏上的 Isolate Group（隔离选定的组按钮进入编组隔离模式（Live Paint Group 的边界线变成灰色）。当 Live Paint Group（实时描摹组）处于 Group Isolation Mode（编组隔离模式）时，绘制一条新路径即可将它添加进选中的 Live Paint Group（实时描摹组）中，然后可以用 Live Paint Bucket Tool 涂染新路径。再次单击 Group Isolation Mode 按钮即可退出编组隔离模式。

用 Live Paint Bucket 进行填充和描边操作

用户可以控制 Live Paint Bucket 是否涂染填充或描边。在工具箱中双击 Live Paint Bucket Tool 可打开 Live Paint Bucket Options 对话框，并启用或禁用 Paint Fills（填充上色）和 Paint Strokes（描边上色）复选框。如果只有一个复选框被启用，用油漆桶单击时按住 Shift 键可以反转操作。例如，在默认情况下，单击会填充上色，而按住 Shift 键单击则描边上色。如果两个复选框都启用了，根据油漆桶离边界有多远，单击 Live Paint Bucket Tool 将自动涂染描边或填充。

画廊：Lance Jackson

Lance Jackson 为 San Francisco Chronicle 特殊人士创建了这些高度轮廓化的 CEO 画像。Jackson 首先用铅笔在纸上手绘 CEO 的草图，然后将草图扫描，保存为 JPEG 文件，在 Illustrator 中对 JPEG 图片应用 Live Trace。他调整了 Live Trace 的设置（如 Threshold）以从每幅草图中描出他想要的、精确的色调范围。Jackson 扩展了 Live Trace 的结果以编辑路径并应用需要的额外填充。

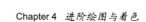

画廊：Kevan Atteberry

插画师 Kevan Atteberry 用传统的纸和铅笔绘制了一幅名为 Lurd pieces 的草图（左上角）。Atteberry 将人物创建成片段，这样就能灵活地将人物的一部分放在另一人物的下面、弯曲某个姿势的位置等。在过去他只能将扫描的线条放置在彩色对象（用形状混合创建）以上的图层中，但现在他首先对绘图应用了 Live Trace。因为要求每幅图像的设置稍有不同，Live Trace 预览设置的变化也需要时间，所以 Atteberry 想出了一种极具独创性的工作流程。扫描插图时，他还保存了图像中有代表性的小细节，然后执行了 Object>Live Trace>Tracing Options 命令，在 Tracing Options（描摹选项）对话框中启用了 Preview（预览），将 Mode（模式）设置为 Grayscale（灰度），并将 Max Colors（最大颜色）设置为 4，然后尝试不同的模糊设置，以最小化 Lurds 的无关标记，同时保留铅笔绘图的线条形状。接着，单击 Save Preset（存储预设）按钮保存这些设置，单击 Trace（描摹）

按钮。置入主要的绘图之后，再次进入 Tracing Options（描摹选项）对话框，从 Preset（预设）下拉列表中选择新设置，然后单击 Trace（描摹）按钮。执行 Object>Expand 命令，将描摹后的对象转变为单独的矢量对象，这些矢量对象用黑色、白色和两个灰度（见 Layers 选项板上方的细节）填充。要删除白色区域，他用 Direct Selection Tool（直接选择工具）单击某一白色区域，执行 Select>Same>Fill Color 命令，然后删除。因为他希望灰色能加深他想添加的颜色（而非仅仅只是将灰色放置在该颜色上面），Atteberry 执行 Select>Same>Fill Color 选取了两个灰度，在属性栏上将混合模式从 Normal 改成 Multiply 并将 Opacity（不透明度）减小到 58%（单击并按住 Opacity 右边的三角形按钮）。在创建下面的图层时，Atteberry 使用了 Pen Tool（钢笔工具）和 Pencil Tool（铅笔工具），并采用混合（参见"混合、渐变与网格"一章）来给各个部分上色。

ATTEBERRY

画廊：Kevan Atteberry

插画师 Kevan Atteberry 结合使用如右图所示的草图画作（作为辅助）和上一页中的画廊作品 Lurd pieces 组合而成了他的作品。然而，在组合各个部分之前，Atteberry 选取了扩展后的 Live Trace 线条作品的各个"部分"以及内部的实形状和形状化的混合（参见他在"混合、渐变与网格"一章中的课程）并进行了组合（按⌘-G/Ctrl-G 键），这使得 Atteberry 用 Selection Tool（选择工具）单击任一部分即可选中所有组成部分，然后就能很方便地移动组合部分。人物形象形成之后，他将人物形象放入应用形状化混合创建的场景中。

描图技巧

使用实时描摹进行自动的和手动的描图

高级技巧

概述：使用同一图像用 Live Trace（实时描摹）创建背景，用手动描图创建前景。

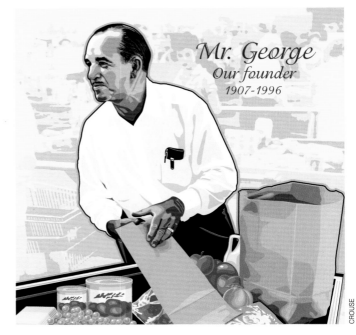

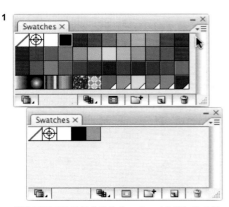

移除不需要的色板前后的 Swatches（色板）选项板

Crouse 将同一幅照片用作 Live Trace 背景和手绘的前景的起始点

Scott Crouse 给 Publix Markets 的创始人 George Jenkins 先生画了一幅肖像，作为 Publix 杂货店系列室外壁画的一部分。为了表现"Mr. George"温和、友善的性格，Crouse 在根据照片手绘肖像时运用了他制作插图的个人风格。背景图片不需要与众不同，因此 Crouse 用 Live Trace 功能根据同一幅照片创建了背景图片，这种处理方法节省了时间。通过减少色调级并去除多余的游离点，从而简化了图像，让手绘更容易实现。在处理这种预备任务时，很多时候 Live Trace（实时描摹）都可以取代 Photoshop。

1 准备文件。Crouse 从 Swatches 选项板菜单中选择了 Select All Unused（选择所有未使用的色板）命令，然后单击 Swatches（色板）选项板上的垃圾桶图标删除选中的色板。从文件中去除所有未使用的色板后能更容易地看到那些被实时描摹创建的色板。

Crouse 执行 File>Place 命令，选取 George 先生的原始照片并将它添加到页面中。

2 **复制图像图层。**为了分离背景和前景图像，可以在保持它们的排列时复制它们。拖动原始图层（而不仅仅只是原始图像）到 Layers（图层）选项板上的 Create New Layer（创建新图层）图标上，然后双击其名称并重命名。

为了防止对当前编辑图层之外的图层作出改动，单击锁定框锁定当前未使用的所有图层。在下一步中将编辑背景，因此这时锁定前景图层。

3 **描画背景。**Crouse 选取了照片并执行 Object>Live Trace>Tracing Options 命令，应用以下设置即可产生与 Crouse 的结果相似的效果：在 Mode（模式）下拉列表中选择 Grayscale（灰度）选项，在 Max Colors 数值框中键入 3（有些图像需要更高的级数），并勾选 Output to Swatches（输出到色板）复选框，保留其他选项的默认设置，单击 Trace（描摹）按钮应用设置。描图是处于激活状态的，因此可以随时执行 Object> Live Trace>Tracing Options 命令改变设置。

4 **调整背景图形的颜色。**为了让观众的视点保持在主图上，Crouse 给背景以浅色的、低对比度的外观。在第 3 步中选择 Output to Swatches（输出到色板）将颜色添加到 Swatches（色板）选项板上，作为全局色板应用于实时描摹对象，这样做是很有价值的，因为编辑全局色板将更新所有应用此全局色板的实例。要编辑任何由 Live Trace 创建的新的全局色板，双击即可开始编辑。在本例中，灰色调变成了彩色，整体都变亮了。

5 **手动描图简化前景副本。**在 Layers（图层）选项板中锁定背景图层而不锁定前景图层。选取前景图片并在属性栏上单击 Tracing Options（描摹选项）按钮，编辑用于选中图片的 Live Trace 设置。在此处，将 Max Colors 改为 7，Blur（模糊）改为 1px，Resample（重新取样）改为 150dpi，Path Fitting（路径拟合）改为 1px，Minimum

复制图像图层和锁定前景图层前（顶部）后（底部）的 Layer（图层）选项板

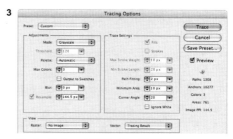

Tracing Options（描摹选项）对话框

编辑色板使用 Live Trace 输出前（左图）后（右图），角落处指示着全局色板

属性栏上的 Tracing Options（描摹选项）按钮，在 Preset（预设）下拉列表框的右边

原始图像（左图）的细节以及对其进行调整并使用 Live Trace 手绘的图像（右图）

6

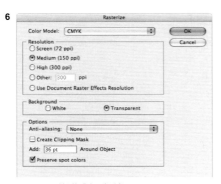

Rasterize（栅格化）对话框

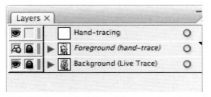

将前景描摹图层作为模板时的 *Layers（图层）*选项板，
添加了一个新的图层以容纳手描图

7

在变淡的模板上完成的描图（顶部）；隐藏模板以
显示真实的背景（底部）

Area（最小区域）改为 10px，优化的值依赖于图像的
分辨率，因此尝试不同的值直到得到希望的效果。

6 **栅格化手动绘制的模板。**Live Trace 对象包含许多矢量
对象，这些矢量对象会降低重绘的速度。将 Live Trace
对象转变为栅格对象能简化对象并能在手动描图过程
中提高屏幕重绘的速度。要将 Live Trace 对象栅格化，
只需选取该对象并执行 Object>Rasterize 命令即可。
Medium Resolution（中等分辨率）在比较好的显示速
度和高度的可操作性之间是个不错的折中。

　　在 Layers（图层）选项板中双击包含前景描图的
图层，勾选 Template（模板）复选框，然后单击 OK（确
定）按钮，这将锁定并淡化该图层，使之处于理想的
手动描图状态，单击 New Layer（创建新图层）按钮
创建图层来包含即将在手动描图过程中产生的路径。

7 **手动描画前景。**Crouse 用 Pen Tool（钢笔工具）手动
描画了模板图像，产生了前景肖像，手动描图的目的
是产生原始图像的身形轮廓，因此 Crouse 没有严格地
遵循模板，在需要的情况下他增加、编辑或去除了一
些路径。在他的线条作品中，Crouse 增强并提高了他
希望画作具备的状态和感觉，以及主题的表现力。

　　对手动描图满意之后，Crouse 用 Save As（存储为）
命令保存了工作文件的副本。保存原始版本之后，在
最终副本中删除了手动绘图模板图层，让手动绘制的
前景处于 Live Trace 背景之上。

在 Photoshop 中预处理描画的图像

Live Trace 创建的路径上对比度变化很大。在有些图片中，
用户想用 Live Trace 去描画的区域的对比度可能不足。为了
解决这个问题，在 Photoshop 中打开图片并应用 Curves（曲
线）调整图层，以增加或降低图像对比度，或者进行需要
的其他更改。在 Illustrator 外部编辑了一幅置入的图片之后，
用 Illustrator 中的 Links（链接）选项板更新图片的链接，此
时实时描摹对象也会更新。

CROUSE

画廊：Scott Crouse

Scott Crouse 采用很多与 Trace Techniques
（描摹技巧）相同的技巧在 Illustrator CS2 中
创作了这幅 Miami Dolphins 拉拉队队长图像。
Crouse 使用 Live Trace 描绘一个主要的前景元
素——彩带球，彩带球太复杂了，手动描绘它
们会浪费很多时间。Crouse 意识到使用 Live
Trace 来描绘彩带球将会快得多，另外由于彩
带球自然的随机性，Live Trace 的结果不会与
手动描绘的结果相差太多。Crouse 首先用 Pen
Tool（钢笔工具）手动描绘了拉拉队队长，但
没有手动描绘彩带球，然后他将彩带球与原始
图片中的其他部分分离，以便 Live Trace 能只
产生彩带球清晰的轮廓。为了实现这一点，他
在 Photoshop 中打开原始图片，描绘了彩带
球的轮廓，然后对彩带球之外的其他所有对

象应用单一的绿色填充。为了能更多地控制最
后的颜色，Crouse 还在 Photoshop 中应用了
Posterize 调整图层和 Median（中间值）滤镜，
他还使用 14-color Adaptive Palette（14 色自
适应选项板）将图像转变为 Indexed Color（索
引色）。Crouse 在 Illustrator 中打开编辑后的
Photoshop 文件，然后应用了 Live Trace。除
了下列选项之外，他都采用了 Live Trace 的默
认设置：他将 Mode（模式）设置为 Color（彩色），
颜色数设置为 14，勾选 Output to Swatches（输
出到色板）复选框，然后编辑了由 Live Trace
创建的色板以使这些色板变亮。最后，Crouse
删除了绿色区域并将描绘的彩带球放到他先前
手动描绘的其他图画上。

HANSEN

画廊：Scott Hansen

在这幅为 Game Developer 杂志（该杂志面向视频游戏领域人士）创作的封面作品中，Scott Hansen 使用 Live Trace 描绘了一个大学生的草图（见右上图）。Hansen 想根据一个大学生在面临视频游戏的选择上进行描绘：成为程序员、设计师或美术师。Hansen 将使用 Live Trace 得到的版本作为起始点，在初始描绘的对象内创建了其他的闭合部分，以定义他打算用不同颜色或色调填充的区域。Hansen 还"清

理"了那些包含多余的"模糊"和节点的描绘对象，使用 Delete Anchor Points Tool（删除锚点工具）和 Smooth Tool（平滑工具）来平滑粗糙的部分 [上图是在 Outline（轮廓）模式下最终清理之后的版本]。像处理他的大多数作品一样，Hansen 在 Photoshop 中创建了修整的细节（要了解将 Illustrator 对象用于Photoshop 的更多知识，请参阅"Illustrator 与其他程序"一章）。

画廊：Scott Hansen

电子音乐组合 Dusty Brown 在出发开始全国巡演前，美术师 Scott Hansen 受托创作了一幅巡演的宣传海报。为了在作品中少用图形图案元素，Hansen 希望创建矢量上色的描边。他渲染了逼真的描边，扫描后将它置入 Illustrator。选择描边后，使用 Live Trace 将渲染标记转变成黑色的矢量对象（顶部的黑色标记）。为了让标记更好地应用到对象上，Hansen 使用了 Free Transform Tool（自由变换工具），并将标记旋转、拉伸。然后，他使用 Direct Selection Tool（直接选择工具）删除了标记的一些具有细节的部分。当描边更好地匹配了他脑海中所想像的效果之后，他在 Pathfinder（路径查找器）选项板上单击 Merge（合并）图标形成最终的描边（底部标记）。将描边作为形状置入 Photoshop 中并用与背景相同的奶油色填充，另外复制了图案元素以上图层中的形状，这样这些形状就能隐藏下面图层中蓝色和红色图案的部分（关于形状和 Photoshop 的更多知识，请参阅"Illustrator 与其他程序"一章）。

5

 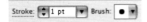

"B"画笔工具：属性栏上的一个画笔

属性栏上的画笔

画笔在属性栏上的位置如上图所示。单击画笔或其箭头即可进入弹出式 Brushes（画笔）选项板。在属性栏上可以改变描边的颜色和大小——初始的画笔是1pt。改变描边的大小可以增加或减少同一个画笔的尺寸。

——Jean-Claude Tremblay

给画笔命名

如果创建了较多的画笔，最好能在画笔的名称中反映该画笔的特征。这对书法画笔尤其有用——选项板中的不同的画笔以相同的图标结尾。使用 List View（列表视图）显示画笔的名称。

轻松地选用画笔库

要选用画笔库非常容易，新的画笔库菜单就在画笔选项板上。使用箭头键选择，可以快速切换画笔库。

画笔与符号

使用画笔和符号可以创建许多传统绘图工具的替代品，例如钢笔及画笔、彩色铅笔及炭笔、书法钢笔及笔刷，以及可以喷洒任何东西（从喷洒单个彩色点到喷洒复杂的艺术品）的喷雾器。用户可以利用钢笔、数位板这些工具，也可以利用鼠标或追踪球等工具。

另外，除了在本章中对画笔进行学习外，您还可以通过本书其他章节和画廊学到有关画笔的认识。

画笔

有4种基本类型的画笔：Calligraphic（书法画笔）、Art（艺术画笔）、Scatter（散点画笔）和 Pattern（图案画笔）。用户可以使用画笔做任何事情，从模拟传统的艺术工具到使用复杂的图案和纹理绘图。画笔工具除了可用于创建画笔描边外，还可以用于绘制的路径。

使用 Calligraphic Brushes 创建的描边看上去就像使用真实的书法钢笔或画笔或毡笔绘制的一样。可以为每支笔的 Size（尺寸）、Roundness（圆度）和 Angle（角度）设置一定的变化值，也可以将上述特征设置为 Fixed（固定）、Pressure（压力）或 Random（随机）。

Art Brushes（艺术画笔）由一个或多个艺术对象构成，这些对象沿着路径的长度均匀地拉伸。用户可以使用 Art Brushes（艺术画笔）来模仿油墨笔、炭笔、干笔刷和水彩等。

用 Art Brushes（艺术画笔）的艺术对象可以创建任何物体，如树叶、星星、草叶等。使用 Scatter Brushes（散点画笔）可以沿着一条路径复制并绘制艺术对象，例如田野里的花朵、风中的蜜蜂、天空中的星星等。对象的尺寸、间距、旋转和着色等都可以沿着路径变化。

Pattern Brushes（图案画笔）与 Illustrator 中的图案特征有关。用户可以使用图案画笔沿着路径绘制图案。要使用图案画笔，首先要定义组成图案的拼贴。例如，可以制作地图上的铁路符号、多种颜色的虚线、链条线或者青草等。共有 5 种类型的图案拼贴方式：Side（边线）、Outer corner（外角）、Inner corner（内角）、Start（起点）和 End（终点），可以由 3 种方式拼贴在一起，包括 Stretch to Fit（伸展以适合）、Add Space to Fit（添加间距以适合）和 Approximate Path（近似路径）。

创建画笔的艺术对象

仅用简单的线条和填充以及由这些对象生成的组合对象即可生成艺术画笔、散点画笔和图案画笔。渐变、网格对象、栅格对象和高级活效果（如 3D）不能用于创建这些画笔。

使用画笔

双击工具箱中的 Brush Tool（画笔工具）为所有画笔进行首选项设置。使用 Fidelity(保真度)和 Smoothness(平滑度）时，数值越小，绘制的曲线越准确；数值越大，绘制的曲线越光滑。勾选 Fill new brush strokes（填充新画笔描边）复选框，则绘制画笔路径时，除了以填充色填充路径外，还使用描边色填充路径的描边。如果 Keep Selected（保持选定）和 Edit Selected Paths（编辑所选路径）复选框同时被选中，最后绘制的路径保持选中状态，并且在靠近选中路径绘制一条新的路径时，将重新绘制选中的路径。如果取消这两个复选框中的任意一项，则最后绘制的路径是重新改动最后一次绘制的路径。不选中 Keep Selected（保持选定）复选框，那么在绘制路径时，路径不会保持选中状态；而如果取消 Edit Selected Paths（编辑所选路径）复选框，那么即使是紧挨着选中的路径绘制新的路径，也不会影响原来路径的形状。禁用任意一个选项就可以绘制

闭合一条用画笔绘制的路径

要使用 Brush Tool（画笔工具）闭合一条路径，在使用该工具绘制路径时，按住 Option/Alt 键，在要闭合路径时，释放鼠标即可自动闭合路径。

改变画笔描边的方向

要改变开放路径上画笔描边的方向，首先选取路径，然后用 Pen Tool（钢笔工具）在末端点上单击，即可建立朝向该端点的新方向。
——*David Nelson*

自动替换的画笔对象

要替换画笔的所有应用，按住 Option/Alt 键在 Brushes（画笔）选项板上将一个画笔拖动到另一个画笔上（最好先复制被替换的画笔）。
——*David Nelson*

缩放画笔

要缩放画笔路径中的艺术对象，在 Edit>Preferences>General 中或某个变换对话框（缩放、旋转等）中启用 Scale strokes & Effects（比例缩放描边和效果）复选框即可。

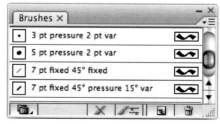

在画笔名称中包含画笔特征，使用 List View（列表视图）会更容易找到画笔

从画笔到图层

Scatter Brushes（散点画笔）艺术对象能很容易地被分成单独的图层以用于动画。关于将艺术对象分布到图层的细节，请参阅"Web 与动画"一章中的"释放到图层"一节。

数位绘图板

在 Illustrator 的前几个版本中，如果没有与电脑连接的数位板，在 Calligraphic Brush Options（书法画笔选项）和 Scatter Brush Options（散点画笔选项）对话框中就不会看到压力设置。现在即使没有数位板，您也能看到（或许还能选择）这些弹出式选项。然而，除非您的电脑连接了支持各种压力和倾斜的数位板，否则这些设置将不会影响画笔标记。

关于画笔的更多知识

- 粘贴一个包含画笔的路径，将把画笔加入到 Brushes（画笔）选项板中。
- 选中画笔路径，执行 Object>Expand Appearance（扩展外观）命令将把画笔转变成可编辑的艺术对象。
- 将一个画笔拖出 Brushes（画笔）选项板可编辑画笔的艺术对象。
- 要使用画笔路径、混合、渐变或渐变网格创建画笔，首先要将它们扩展（执行 Object>Expand 命令）。

多样的画笔描边，用来代替重新描绘最后画的路径。在绘制它们的时候，您可以禁用 Keep Selected（保持选定）复选框来撤销选择路径，不过禁用 Edit Selected Paths（编辑所选路径）复选框就会关闭画笔工具的调整功能，即使它靠近选择路径的边缘。如果您想保持激活状态，那么 Edit Selected Paths（编辑所选路径）滑块将决定您选择的位置距离路径多近才会重新绘制路径。数值越小，表示您需要距离选中的路径越近才能重绘它。

要编辑一个画笔，双击 Brushes（画笔）选项板中的画笔，更改 Brush Options（画笔选项），或者从 Brushes（画笔）选项板中拖出画笔进行编辑，再将新的艺术对象拖回 Brushes（画笔）选项板中。要替换一个画笔，按住 Option/Alt 键将新画笔拖到选项板的旧画笔位置，在出现的对话框中选择使用新建画笔取代旧画笔，将新建的画笔应用于文档中的所有实例，或者在选项板中创建新的画笔。

记住，如果要改变画笔的选项，在对话框中选择"Leave strokes"，然后先前用该画笔创建的描边不再与画笔相关。要在选项板上改变该画笔，必须在 Brushes（画笔）选项板菜单下单击 Options of Selected Object（所选对象的选项）命令或在 Appearance（外观）选项板上双击 Stroke（描边）进入 Stroke Options（描边选项）对话框。

有 4 种改变画笔颜色的方式：None（无）、Tints（淡色）、Tints and Shades（淡色和暗色）以及 Hue Shift（色相转换）。None 使用画笔定义时的颜色，即画笔在选项板中的颜色；Tints 使用的是当前的描边色，这样可以创建任意一种颜色的画笔，而不用考虑 Brushes（画笔）选项板中画笔的颜色。单击 Art Brush Options（艺术画笔选项）对话框中的 Tips（提示）按钮可以获取 4 种着色模式如何使用的详细解释及样例。

当使用压感笔和数位板时，Calligraphic Brush（书法画笔）可以根据笔在数位板上的压力大小改变描边的宽度。如果您的数位板支持 Tilt（倾斜），在 Calligraphic Brush Options（书法画笔选项）对话框中选择 Tilt（倾斜）并增加变化。如果要实现特殊的动态效果，用展平形状的画笔设置 Tilt（倾斜）为变化很大的角度，这时笔按住的角度将影响画笔描边，并在绘画时展现出戏剧般的厚度或形状的变化。Scatter Brush（散点画笔）的压力设置可以更改艺术画笔的尺寸、间距和点状。如果没有数位板，可以在书法画笔和散点画笔选项中进行随机设置。

符号

创建并存储到 Symbols（符号）选项板中的艺术对象构成了 Symbols（符号）。利用这个选项板，可以将符号的一个或多个副本 [称为 instances（实例）] 应用于艺术作品中。当您改变符号时，那些变化就会自动应用到和那个符号相关的所有副本中。

除了一些复杂的组合（例如图表组合）和嵌入（非链接）的艺术对象，符号几乎可由 Illustrator 中创建的任何对象来构造。

Illustrator CS3 新增了多样的控制器，用户在属性栏和符号选项板上都可以工作，使创建符号操作更加方便。

符号选项板

Symbols（符号）选项板和 Brushes（画笔）选项板以及 Swatches（色板）选项板一样，在选项板的左下角有一个方便的 Libraries Menu（库菜单）按钮，让您很轻松地选用其他符号库，或是在选项板里立即将新的符号存储为新的符号库。

Place Symbol Instance（置入符号实例）按钮，可将被选择的符号的 instance（副本）置入到页面中。

画笔路径上的清除工具

在画笔路径上应用新的 Eraser Tool 不一定能给您带来所期盼的结果。想知道更多详细的说明和工作区，请看在 Wow！ CD 里的 BSutherland-Eraser1-brushes 文件夹。

快速创建符号

可以快速地创建新的符号，只要选择一些艺术对象并按 F8 键。新的符号将会出现在 Symbols（符号）选项板中，而被选择的艺术对象则会自动被新创建的符号副本所取代。

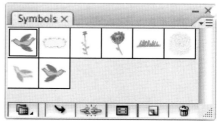

在符号选项板下方的按钮从左到右为：*Symbol Libraries Menu*（符号库菜单）、*Place Symbol*（置入符号实例）、*Break Link to Symbol*（断开符号链接）、*Symbol Options*（符号选项）、*New Symbol*（新建符号）和 *Delete Symbol*（删除符号）

选项交换

单击 Illustrator CS3 中的 New Symbol（新建符号）按钮，Symbol Options（符号选项）对话框将会自动打开。如果想要跳过这个对话框，需要在单击新建符号按钮时按住 Option/Alt 键。（在其他 Illustrator 版本中使用的是别的方法，请不要混淆了。）

位于属性栏中的 Instance Name（实例名称）文本框

属性栏上的 Edit Symbol（编辑符号）、Break Link（断开链接）和 Duplicate（复制）按钮

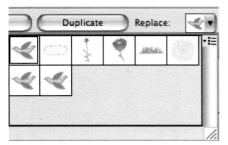

位于属性栏中的 Replace（替换）下拉列表框，单击其右边的下拉按钮就会显示出符号选项板的下拉面板

当您选中一个符号时，在属性栏里可以看到其他的控制选项，从左至右为：Opacity（不透明度）、Recolor Artwork（重新着色图稿）、Align（对齐）和 Transform（变换）

实例名称文本框左侧的图标指示的是，在符号选项对话框中符号是被指定为一个 Graphic（图形）还是一个 Movie Clip（影片剪辑）（见后面的提示）

符号与 Flash

符号展示了用 Illustrator 来制作 Flash 动画的优势。更多有关符号与 Flash 的内容，请看"Web 与动画"章节。

Break Link to Symbol（断开符号链接）按钮，使被选择的 instance（副本）独立。它将成为艺术对象的一个新的部分，而不再是符号的副本。可以接着拖曳这个艺术对象的部分回到符号选项板，来创建一个新的符号，或者按住 Option/Alt 键并拖曳新的对象到旧符号的上面，以此来取代旧的符号。

New Symbol（新建符号）和 Delete Symbol（删除符号）按钮位于选项板的右下角。（请看"选项交换"技巧，看新版 Illustrator 的新建符号功能有了什么改变。）

另一个便利的控制是在符号选项板菜单中的 Select All Instances command，使用它可以让您立即选择当前文件里所选择的符号的所有副本。

符号和属性栏

选择一个符号的副本后，将会看到属性栏提供了几个有用的控制器，包括一个可以为特定副本命名的区域。还有 Edit Symbol（编辑符号）按钮可以进入 Isolation Mode（编组隔离模式，将会在后面有更多讨论）。Break Link（断开链接）按钮切断在被选择的副本和原符号之间的链接，Duplicate（复制）按钮则在原符号的符号选项板上快速复制被选择的副本。

在属性栏中的 Replace control（替换控制器），为符号选项板提供了一种便利的下拉版本，可以选择另一个符号来取代被选择的这个。（这将可以省去打开符号选项板的操作，并帮助减少屏幕上的混乱。）

编辑符号（使用编组隔离模式）

现在编辑符号比以往简单得多。下面任何一种方法都可以编辑符号：双击符号选项板中的符号；双击在画板上的符号副本；单击属性栏中的 Edit Symbol（编辑符号）按钮以及选择选项板菜单中的编辑符号命令。

一旦用户开始以上任何一种动作，Illustrator 为了更方便编辑，会在 Isolation Mode 下开启这个符号。如果 Isolation Mode 对您来说是一个新的概念，请看"进阶绘图与着色"章节来了解它的基本定义与功能。请记住当完成编辑后，或不小心开启隔离模式时，有许多简单的方法可以离开：单击屏幕上方灰色编组隔离模式条的任何位置；双击隔离的符号外围画板的任何位置；单击属性栏上的 Exit Isolated Group mode（退出隔离的组）按钮；或是单击鼠标右键，选择 Exit Isolated Group 命令 / 按 Control 键单击鼠标（Mac）。

在离开编组隔离模式后，对符号所做的任何修改都会影响在选项板上的原符号和页面中的所有符号副本。

使用符号体系工具

Illustrator 中共有 8 个 Symbolism Tool（符号体系工具）。使用 Symbol Sprayer tool（符号喷枪工具）在文档中喷射选中的符号，喷射到文档中的一组符号叫做 Symbol instance set（符号实例集合），由一个约束框包围。使用 Shifter（移位器）、Stainer（着色器）或 Styler（样式器）等工具可修改符号实例集合中的符号。

要向已有的实例集合中添加符号，首先选中实例集合，然后在 Symbols（符号）选项板中选择添加的符号喷射。另外，如果使用默认的 Average（平均）模式，新建的符号范例可以继续使用同一个实例集合中邻近符号的一些属性（尺寸、旋转、透明度和样式）。关于对 User Defined Modes（用户自定义模式）和 Average（平均）的详细信息，请参阅 Illustrator 帮助。

要增加或修改符号实例时，确认选中符号实例集合和 Symbols（符号）选项板中相应的符号。否则符号体系工具就会失效。按住 Option/Alt 键，单击符号喷射工具的符号，就可以将符号从已存在的符号实例集合中删除。关于如何创作和修改符号的详细信息，请参阅本章后面的"符号基础"一节。

从符号到图层

符号对象能被容易地分散到单独的图层中以用于动画。选取并将符号艺术对象图层定为目标，然后从 Layers（图层）选项板菜单中选择 Release to Layers（Sequence）[释放到图层（顺序）] 命令。更多信息请参阅"Web 与动画"一章中的"释放到图层"一节。

喷射、缩放和染色的符号

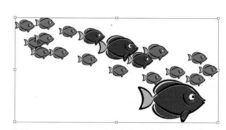

使用 User Defined mode（用户定义模式）添加的符号，新的符号的颜色和大小都相同

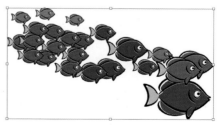

使用 Average（平均）模式添加符号，新的符号继承了附近符号的颜色和大小（附近的范围由画笔的半径定义）

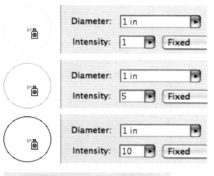

勾选 *Show Brush Size and Intensity*（显示画笔大小和强度）复选框后，画笔尺寸圆圈的灰色度指示着符号体系工具的强度

符号与散点画笔

应用符号或者画笔后，考虑到其可改变的类型，符号比画笔更灵活，可代表更多的艺术对象（例如，栅格图像或渐变填充的对象）。然而，使用散点画笔有一个优点：使用数位板绘图时散点画笔有更多的控制方式。

　　使用 Symbolism Tool（符号工具）可以改变符号集合中一个单独符号的许多属性（例如尺寸、旋转和间距）。而 Scatter Brushes（散点画笔）的属性修改被应用到整个集合——无法单独改变对象集合中某个对象的属性。可以用符号重新定义存储于 Symbols（符号）选项板中的原始艺术对象，并将该改变应用到 Artboard（画板）上所有使用该艺术对象的符号实例中。对散点画笔进行改动之后也能更新艺术对象（参见本章前面的提示"自动替换的画笔对象"）。可以用符号从符号体系实例集合中删除单个的符号实例；但如果要删除画笔对象，必须首先将艺术对象扩展才行。

　　符号不像其他类型的矢量艺术对象，它不受 Scale Strokes & Effects（比例缩放描边和效果）预设的影响——该复选框只对符号起作用。而散点画笔的艺术对象的缩放有其独特的方式，具体请参阅 Wow！CD 中的 Scaling & Scatter Brushes.ai 文件。

画廊：Cheryl Graham

Cheryl Graham 创作了这张鲜明的、具有绘画艺术的肖像。她使用自定义 Art Brush（艺术画笔），模拟一个用木炭棒制作的有污迹的描边。为了能用艺术画笔绘制出"骇人的一缕卷发"，Graham 使用 Ellipse tool（椭圆工具）绘制了很多大小不同的椭圆形。她选择椭圆形，应用 Pathfinder（路径查找器）>Add（添加）命令。接着她选择 Warp Tool，并且弄污椭圆形群组的边缘。她常常调整 Warp Tool 的大小，按住 Option /Alt 键同时把该工具拖到画板里来改变椭圆形的直径。她选中艺术对象，把它拖至 Brushes（画笔）选项板，制作一个 Art Brush（艺术笔刷），选择色调转换，启用快速改变色彩。她首先用 Dreadlock 画笔画出单缕头发。为了制作基本的脸的形状，她用 Pen tool（钢笔工具）和 Pencil tool（铅笔工具）绘制了补充的路径。她使用 Dreadlock 画笔进一步勾画脸的轮廓，而使用默认 Calligraphy 1 brushes（书法 1 笔画）能对它不断地进行修改。Graham 在绘制的时候，不断地增加或减少描边的宽度，戏剧化地改变画笔的形状和大小。有时候她把 Live Effect（活效果）应用到画笔里：执行 Effect>Distort & Transform>Tweak 命令，或者使用 Rotate（旋转）、Shear（倾斜）和 Scale Tool（比例缩放工具）。Graham 还把许多画笔和形状应用 Transparency（透明度）和 Blending（混合）模式，比如 Overlay、Multiply 和 Screen 模式等。

GRAHAM

她运用了所有的方法来制作这个动态的画像。（更多的内容请看"活效果与图形样式"和"透明度"章节。）

画笔和水彩

用自然的钢笔、油墨和水彩作画

概述：调整画笔工具设置；自定义 Calligraphic Brushes（书法画笔）；从已有的图像开始绘图；使用其他画笔进行绘图实践，制作路径描边并添加水彩。

1

默认的 Layer1 重命名为 ink，原始的照片作为模板图层被置入到 Illustrator 中（草图下面）

原始的照片（左图），在淡化的模板照片上用画笔绘制（中图），隐藏模板（右图）

保持压力

只有使用数位板设备绘制的描边才能利用感压特性。注意，应用一种画笔后再应用另一种画笔，可能会改变笔触的形状。

在 Illustrator 中很容易创作出具有自然感觉的美术和书法符号——或许比其他数字设备都容易创作。Sharon Steuer 用一块 Wacom 数位板和两支不同的画笔在法国巴黎创作了这幅 Place des Vosges 草图。她将一支画笔自定义为细的、深色的笔触，另一支则是内嵌的画笔，用于下面的灰色水彩。如果用感压的、像钢笔一样的压感笔和数位板来创建富于变化的、有反应的笔触，就可以像编辑路径一样来编辑这些笔触。也可以试试将不同的画笔应用于已有的路径。

1 如果要将已有的艺术对象作为参考，可将它作为模板层导入。 创建文件时可以打开一个空白的画板，不过如果要将已有的草图、扫描图或数码照片作为参考，可以将它作为非打印模板层使用。Steuer 采用了一幅 Place des Vosges 的扫描 TIFF 图作为模板图。要将一幅图片设置为模板层，执行 File（文件）>Place（置入）命令，然后选定文件，选择 Link（链接）和 Template（模板）复选框，然后单击 Place（置入）按钮即可。如果导入的图像尺寸过大，取消模板层的锁定，在 Transform（变换）选项板中输入一个合理的 Width（宽度）值，按⌘-Return/Ctrl-Enter 键按比例改变图片的大小。

按⌘-Shift-W（Mac）/Ctrl-Shift-W（Win）组合键

或者在 Layers（图层）选项板（模板层图标是一个小三角形 / 环形 / 正方形，而非眼睛图标）上单击可见栏能切换模板层的隐藏或显示模式。Illustrator 自动将图像变淡，使您能更容易地看到正在绘制的图像。

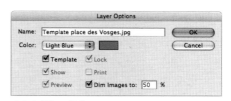

自定义模板图层选项

双击模板层，然后在 Layer Options（图层选项）对话框中设置选项即可自定义模板层。在导入图片作为模板层时，Illustrator 自动选择了 Template（模板）、Lock（锁定）和 Dim Images to（变暗图像至）复选框。如果选择了 Template（模板）复选框，就不能禁用 Lock（锁定）复选框，不过您仍然可以在 Layers（图层）选项板中取消锁定。

2 设置画笔工具预设，自定义一个书法画笔。 为了自由地绘图并绘制精确的细节，需要调整画笔工具的默认设置。在工具箱上双击画笔工具，打开 Paintbrush Tool Preferences（画笔工具首选项）对话框，拖动 Fidelity（保真度）和 Smoothness（平滑度）滑块到左端以便 Illustrator 精确地记录笔触。确认禁用了 Fill new brush strokes 复选框，其他的设置不必改动。

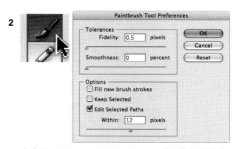

自定义 Paintbrush Tool Preferences（画笔工具首选项）

要创建一个自定义的画笔，在画笔选项板底部单击 New Brush（新建画笔）图标，选择 New Calligraphic Brush（新建书法画笔）单选按钮后单击 OK（确定）按钮。尝试各种设置，给画笔命名，单击 OK（确定）按钮。对于这幅作品，Steuer 选择了如下设置：Angle=90/Fixed；Roundness=10%/Fixed；Diameter=4pt/Pressure/Variation=4pt。如果没有数位板，将这 3 个 Brush 选项的设置都改为 Random（随机），因为 Pressure（压力）将没有效果。画笔使用当前的描边色（如果当前没有描边色，它将使用以前的描边色或填充色）。接下来绘制图形。如果不喜欢某一标志，可以：1）执行 Undo（还原）命令撤销该描边；2）使用 Direct Selection Tool（直接选择工具）编辑路径；3）选中路径，用画笔工具（要隐藏 / 显示选中的

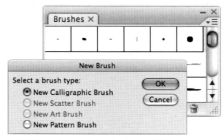

创建新的 Calligraphic Brush（书法画笔）

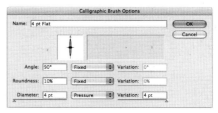

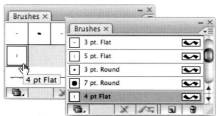

Angel（角度）、*Roundness*（圆度）和 *Diameter*（半径）可被设置为随 *Pressure*（压力）变化、*Random*（随机）变化或 *Fixed*（固定），*Brushes*（画笔）选项板中的新画笔带有 *Tool Tips*（工具提示）和 *List View*（列表视图）

3

左图，使用 Steuer 自定义的 4pt 扁平画笔绘制的描边；中图，应用 Adobe 默认的 3pt 的 Round brush（圆画笔）；1pt 的 Oval brush（椭圆画笔）

4

添加水彩之前的原始画作

一个新的图层（wash），用作更宽的水彩显示在已有的、模板占位符图层的暗色描边下面

更宽的暗色水彩下面的灰色水彩描边，以及用来绘制该描边的笔触

轮廓，可选择 View>Hide/Show Edges 命令）重绘该路径。要编辑画笔，取消所有选择（Select>Select All），在 Brushes（画笔）选项板上双击该画笔，并进行改动。Illustrator 将询问您是否对已经用该画笔绘制的描边应用新的画笔，如果要应用则单击 Apply to Strokes（应用于描边）按钮，否则单击 Leave Strokes（保留描边）按钮，该选项仅将新设置应用于此后创建的新笔触，而此前创作的笔触不受影响。为了保险起见，编辑之前最好先复制画笔——将该画笔拖动到 New Brush（新建画笔）图标上即可创建副本，然后对副本进行编辑。

3 **对艺术对象尝试不同的设置。** 保存您喜欢的任何版本的艺术对象，然后对特定的描边或整个图像应用不同的画笔。如果想尝试 Adobe 制作的更多画笔，执行 Window（窗口）>Brush Libraries（画笔库）命令。本作品将两种 Adobe 画笔作为自定义画笔应用于同一描边。

4 **添加水彩。** 通过在深色画笔笔触下应用灰色的水彩，Steuer 给本幅作品增添了深度感。为了简易地编辑水彩描边而不影响深色油墨描边，先创建新图层，然后将水彩描边绘制到油墨和模板层之间的图层中。当画笔还在水彩中时，为了避免改变其他图层，可以锁定除了正在编辑的图层之外的其他图层，按住 Option/Alt 键并单击 wash 图层的 Lock（锁定）图标即可实现这一点。

　　选择或创建一个适合于水彩的画笔，然后选择淡色的水彩颜色。Steuer 使用了 Illustrator 中 Artistic_Ink Brush 库里的 Dry Ink 2 画笔。在 Layers（图层）选项板中，单击 wash 图层将它设为当前绘制图层，然后绘图。

绘制透明的画笔描边

画笔在默认情况下是不透明的。也能用半透明的画笔笔触进行绘制，可以用半透明画笔笔触来吸收一些种类的油墨或水彩。在标志重叠的地方，水彩就变得更丰富、更深了。请参阅"透明度"一章中的"透明的颜色"一节。

画廊：Sharon Steuer

本草图是前一课钢笔和油墨绘图的扩展版。Steuer 想加上 Noah 骑着自行车经过喷泉的图片。Noah 坐在自行车上的照片是草图的绝佳参照，但是照片的方向不对。要翻转图片，执行 Object（对象）> Transform（变换）>Reflect（对称）命令然后选择 Vertical（垂直）单选按钮即可。然而，喷泉图片已有的描边占据了她想加入 Noah 的地方。Steuer 使用传统油墨无法实现的技巧解决了这个问题：她用 Pencil Tool（铅笔工具）在现有图上绘制了一条路径，然后用白色填充路径以恢复画纸的颜色。这样就产生了一块空白区域，她可以在这儿加上 Noah 的照片，因此看起来就好像 Noah 一开始就在那儿似的。Steuer 在一个单独的图层中绘制 Noah，以方便地编辑 Noah 的图片而不受其他图层的影响。

画廊：Lisa Jackmore

受到一本古董花园笔记本中褶皱书页的启发，Lisa Jackmore 在这幅插图中创作了褪色的、质地粗糙的外观，就好像铅笔笔迹在被擦除之后依然可见一样。Jackmore 首先创建了一个由初始和改变了默认 Art Brushes 组成的自定义艺术画笔。通过使用 Pencil Tool（采用不同的描边宽度）绘制涂抹标记，Jackmore 创作了纹理作为背景。对每个涂抹，她首先选择然后拖到 Brushes（画笔）选项板上创建一个新的 Art Brush（艺术画笔），并选择 Hue Shift（色相转换）着色方式，以便在用艺术画笔绘图时能改变笔触的颜色。Jackmore 采用不同宽度的 Chalk Scribble 和 Thick Pencil Art Brushes 在压力敏感的数位板上绘制藤蔓和鸟。双击画笔复制图标，在 Art Brush Options（艺术画笔选项）对话框中设置百分比以改变宽度。在用这些画笔绘制之前，禁用了 Paintbrush Tool Preferences 中的 Fill New Brush Strokes（填充新画笔描边）和 Keep Selected（保持选定）复选框，这使得她能绘制许多相邻的路径而不会重绘先前的线条。然后，通过用 Smooth Tool（平滑工具）追踪选中的画笔笔触，Jackmore 删除了画笔笔触内所有多余的点。

画廊：Lisa Jackmore

为了在本幅图像中创建笔触细节，Lisa Jackmore 修正了她命名为涂抹画笔（在上一页的绘图中曾使用过）的自定义艺术画笔。她选取了一些涂抹画笔，然后在属性栏上设置 Opacity（不透明度）降低不透明度。通过用 Pen Tool（钢笔工具）绘制路径，Jackmore 创建了用于构建框架的艺术画笔。她结合使用 Reflect Tool（镜像工具）和 Shear Tool（倾斜工具）改变路径，对路径上的节点使用 Direct Selection Tool（直接选择工具）并再次应用 Reflect Tool（镜像工具）和 Shear Tool（倾斜工具），以实现油墨笔一样的视觉效果。然后她选取了路径并将它拖到 Brushes（画笔）选项板上创建为艺术画笔。Jackmore 用 Thick Pencil Art Brush 绘制的多笔触构成的画笔创建了棕色椭圆上的纹理，然后她组合了笔触并将组合拖到画笔选项板上形成 Art Brush（艺术画笔）。她创作了一个剪切蒙版来包含椭圆（中等细节）内的大画笔笔触。为了减小画笔的尺寸，她在 Brushes（画笔）选项板上双击该画笔，降低画笔宽度。

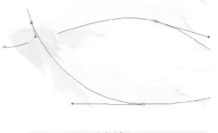

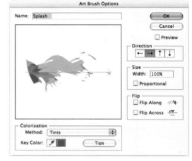

画廊：Michael Cronan

为了捕捉旧金山流行陆标的色彩、种族影响和精神，Michael Cronan 不仅要依赖多年收集的艺术画笔，还要制作自己的画笔。为了表现日本茶花园，Cronan 把精力主要放在绘制鲤鱼池塘上，用铅笔工具制作水草，用 Charcoal Brush（木炭画笔）（打开 Brush Library>Artistic）来绘制多种色调的灌木。他制作了包含透明度的自定义 Splash Brush（溅泼画笔），来表现鲤鱼划破池塘的表面。Dry Ink 和 Chalk brushes 给这张海报增添了强烈的纹理。为了制作图案的纹理，Cronan 还绘制了个别填充过的对象，并反复复制这些对象。通过使用 Pencil tool（铅笔工具）进行不精确的绘制并运用 Pathfinder（路径查找器）命令把对象分成抽象的图案，Cronan 为传统的矢量绘制增添了非正式和新鲜的因素，同时加强了艺术画笔的描边。

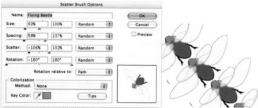

画廊：Michael Cronan

Michael Cronan 制作了一系列旧金山公园的海报，Marina Green 就是其中一张。Cronan 使用了艺术画笔，Scatter Brush（散点画笔）和 Pattern Brush（图案画笔）来创作这张海报。他使用了大量的画笔来模拟传统的媒体。多年以来 Adobe Illustrator 为此提供了很多程序，比如 Dry Ink（干墨）、Charcoal（木炭）和 Pencil（铅笔）。使用 Scroll Pen 5 画笔，他能绘制各种各样的元素——从龙的毛发到金门大桥，以及 Marina Green 茂盛的草地纹理。他更详细地把 Scroll Pen 5 重新命名为"Scroll Pen Variable Length"，以便能快速地在画笔选项板里找到它。他制作了散点画笔来处理在 Marina Green 上的背景星星，并修改了在处理飞翔的甲虫图像时使用的散点画笔，他曾经把甲虫图像制作成海报上的一个风筝。把波利尼西亚的设计作为图案画笔，Cronan 使用这个画笔制作了蜻蜓风筝的尾巴，另外他用铅笔工具描绘了风筝的尾巴。他还为一些元素绘制了矢量对象和基本的形状，并且使用实体或渐变填充来对它们着色。

图案画笔
使用图案画笔创作细节

概述：分别将图案的局部创建为图案画笔；将局部放置于 Swatches（色板）选项板中并给它们特别的名字；使用图案画笔选项对话框来创建画笔。

1

创建拉链的链条零件，使用 Blend tool（混合工具）来制作出高光，扩展物件使它能被 Pattern Brush（图案画笔）所接受，然后复制并摆放成拉链的链条

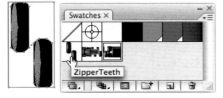

选择边界框（bounding box）和物件，移动物件到 Swatches（色板）选项板，并命名

MAXSON

当许多 Illustrator 画笔模仿传统艺术的笔画时，Greg Maxson 致力于创建一些画笔，让他在绘制常用的物件时减少繁琐的步骤。例如这个背包，Maxson 因为创建了两个拉链的画笔而节省了许多绘制时间，一个画笔是拉链基本的链条部分，另一个则包括拉链的锁头。因为知道将会有非常多的机会使用这两个画笔，Maxson 觉得花一点时间创建这个图案画笔是非常值得的。

1 分别创建拉链的局部。Maxson 首先创建拉链的链条部分。他画了一个简单的圆角长方形作为基础，复制这个物件，然后沿着棱角的位置画上一个椭圆形的小亮光当作高光，分别放在这两个对象的左侧。Maxson 选择这两个物件并双击 Blend tool（混合工具）来选择 Specified Steps（指定的步数），从而控制画笔的复杂性。他使用键盘的快捷键⌘-Option-B/Ctrl-Alt-B 来混合放在长方形上的高光。由于图案画笔不能从包括混合的对象创建，他选择 Object（对象）>Expand（扩展）命令将这个对象转换为路径的集合。（关于混合的更多内容，请看"混合、渐变与网格"章节）。Maxson 复制拉链链条的零件，并根据拉链的外观放置其副本。

然后他在链条后面绘制一个没有描边和填充的边界框（bounding box），来增加每一对链条周围的空间，使其与每一个链条零件之间的空间相等。他全选所有的对象，并选择 Edit（编辑）>Define Pattern（定义图案）命令，再将样本命名，使其在建立图案画笔的过程中容易辨认。画笔的样本是组合成图案画笔的"tiles（瓦片）"。

　　接着 Maxson 创建拉链的锁头。为了制造出锁头覆盖在拉链上面的假象，他将其叠放在已经制作好的拉链链条上。他接着确认锁头的方向是否正确（与拉链的路径垂直），并分别将它们放置在 Swatches（色板）选项板中。

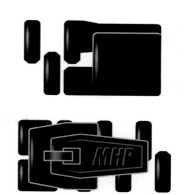

创建拉链的锁头部分，并调整位置

2 制作与使用图案画笔。 为拉链链条制作第一个图案画笔。Maxson 打开 Brushes（画笔）选项板中的弹出菜单，选择 New Brush（新建画笔）命令。接着他选择 New Pattern Brush（新建图案画笔）单选按钮，开启了 Pattern Brush Options（图案画笔选项）对话框。他给他的图案画笔命名，选择图表中第一个方框（边线拼贴），接着选择展示拉链链条的图案样本。当他选中的图案样本（拉链的链条）出现在左边的小方框中后，其他几个方框是空白的，他单击 OK 按钮将画笔置入到画笔选项板中。

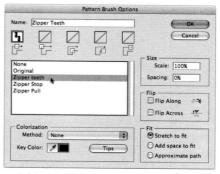

沿着路径的长度来创建新的图案画笔，只包含拉链链条的边线拼贴（Side Tile），完成链条的部分

　　创建拉链的锁头，他再次从 Brushes（画笔）选项板中选择 New Brush（新建画笔）命令，并选择同样的拉链图案为 Side Tile（边线拼贴）。跳过中间的方框，他选择拉链的 Pull（拉）部分为 Start Tile（起点拼贴），而拉链的 Stop（停止）部分则为 End Tile（终点拼贴）。他给新增的画笔命名，并单击 OK 按钮。

　　为了使用新的画笔，Maxson 为每一个拉链绘制了一条路径。因为有着独特的外形，长的、垂直的拉链使用有着锁头的画笔，而短的拉链则使用只有链条的画笔。

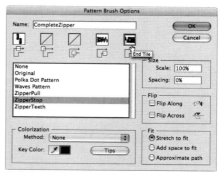

使用 Start 和 End tiles（起点和终点拼贴）创建图案画笔，完成拉链的锁头和锁尾

MIYAMOTO

画廊：Nobuko Miyamoto/Yukio Miyamoto

乍一看要制作这条复杂的缀满珠子的项链一定非常困难，不过如果使用图案画笔，项链几乎是自己绘成的。Nobuko Miyamoto 用混合和实体填充对象的混合物，设计了项链并且创作了珠子的元素。她特别小心地注意珠子的尾部，当一个珠子和另一个珠子串在一起的时候，要确保它们之间的连接是天衣无缝的。为了制作珠子的尾部，她选择 Chain Object（链条对象）并拖动副本（Shift-Option/Shift-Alt）至珠子的另一边。在选择好链条之后，她选择 Reflect tool，单击链条的上方和下方，垂直地反射链条。然后 Yukio Miyamoto 用珠子元素制作图案画笔。他选择珠子并给珠子分类。Yukio 在 Brushes（画笔）选项板的下方单击 New Brush（新建画笔）按钮，选择 New Pattern Brush（新建图案画笔）单选按钮，单击 OK 按钮。在 Pattern Brush Options（图案画笔选项）对话框里，他选择 None（无）选项，然后在 Fit（适合）选项区域中选择 Stretch to Fit。接着制作项链，Nobuko 用画笔工具绘制了一个路径，并在画笔选项板里选择珠子图案应用画笔。现在珠子成了图案画笔，那么就很容易能调整项链的长度或者路径了。

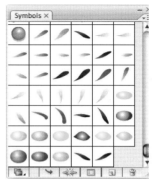

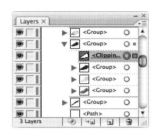

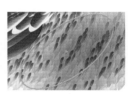

画廊：Risk Simonson

Risk Simonson 想 在 他 的 ″ 叽 叽 喳 喳 的 麻 雀 ″ 插 图 里 制 作 出 一 种 高 级 别 的 逼 真 效 果 。 他 向 Illustrator 里 的 符 号 求 助 ， 因 为 它 能 制 作 出 Simonson 所 需 要 的 成 千 上 万 种 羽 毛 和 种 子 。 他 给 单 个 的 羽 毛 绘 制 封 闭 的 路 径 ， 有 必 要 使 每 个 羽 毛 的 颜 色 和 位 置 不 一 样 ， 用 羽 毛 来 填 充 麻 雀 的 躯 体 。 他 用 渐 变 填 充 增 加 了 羽 毛 的 尺 寸 。 他 还 复 制 并 旋 转 了 一 些 羽 毛 ， 遵 循 真 实 羽 毛 的 生 长 方 式 。 然 后 他 在 Symbol （ 符 号 ） 选 项 板 上 通 过 按 Option/Alt 键 单 击 选 择 New Symbol （ 新 建 符 号 ） 按 钮 ， 添 加 已 选 择 的 对 象 ， 无 需 打 开

符 号 选 项 对 话 框 。 Simonson 绘 制 了 麻 雀 的 主 要 躯 体 ， 开 始 用 羽 毛 图 层 来 填 充 小 的 区 域 ， 使 用 简 短 的 描 边 进 行 Symbol Sprayer （ 符 号 溅 泼 ） 来 处 理 它 们 的 位 置 。 为 了 获 得 他 想 要 的 外 观 ， 他 常 常 逐 一 添 加 羽 毛 ， 而 不 使 用 符 号 设 置 。 他 还 应 用 Clipping Masks （ 剪 切 蒙 版 ） ， 更 进 一 步 为 羽 毛 符 号 区 域 塑 性 （ 更 多 内 容 请 看 ″ 高 级 技 巧 ″ 章 节 ） 。 为 了 制 作 眩 目 的 光 和 阴 暗 部 分 ， 他 使 用 Transparency （ 透 明 度 ） 选 项 板 减 少 不 透 明 度 并 增 加 透 明 蒙 版 （ 请 看 ″ 透 明 度 ″ 章 节 ） 。 他 使 用 相 同 的 方 法 来 处 理 种 子 。

符号基础

创建与应用符号

概述：创建背景元素；定义符号；使用符号体系工具置入并自定义符号。

概念草图

1

背景和符号对象

Kaoru Hollin 为 Adobe 公司创作了这张热带卡片，作为一种艺术样品展示新增的 Symbolisn Tool（符号体系工具）的强大功能和各种可能的效果。在勾画了一幅概念草图后，Hollin 定义了一个符号库，然后使用 Symbolism Tool（符号体系工具）置入并自定义符号，这与画笔类似。

1 创作背景对象。基于创建的草图，Hollin 使用 8 个渐变填充的图层对象创造了背景对象，为了创造明亮的颜色，Hollin 对每个对象应用了不同程度的透明度；对上层水体应用了 Effect（效果）> Stylize（风格化）> Inner Glow（内发光）命令，对下层水体应用了 Effect（效果）＞ Stylize（风格化）＞ Outer Glow（外发光）命令以创作水体的深度感。渐变、透明度和效果将在本书的后面章节详细讨论。

2 创建符号。 这幅作品创建了 20 个符号对象。将一个艺术对象转变成一个符号的最简单方法，便是将它拖动到 Symbols（符号）选项板上，或者按 F8 键。Illustrator 能够自动把艺术对象放置到色板里，并且把它转换成一个符号的实例副本。如果想要在画板上保留原始的艺术对象，将其拖动到符号选项板的同时按住 Shift 键即可。

3 应用符号。 为鱼创建了一个新图层后，Hollin 在 Symbols（符号）选项板中选中鱼符号并使用 Symbols Sprayer Tool（符号喷枪工具）单击创建出鱼群。双击符号工具打开符号工具选项对话框，可以调整 Density（密度）和 Intensity（强度）设置以及喷射的速度。不要担心喷射符号时是否能获得正确的符号数目或精确地排放位置，因为可以使用其他的符号工具很好地调整符号的这些属性。

4 改变符号尺寸。 为了创造一种深度感，Hollin 使用 Symbol Sizer Tool（符号缩放器工具）使一些鱼变小。默认情况下，符号缩放器工具将扩大画笔半径内的符号尺寸；要使符号变小，按住 Option/Alt 键的同时，使用 Symbols Sizer Tool（符号缩放器工具）单击符号。

要使符号工具的直径可见，双击任何一个符号体系工具并启用 Show Brush Size and Intensity（显示画笔大小和强度）复选框。对于画笔而言，使用] 键将使符号工具的直径变大，使用 [键将使符号工具的直径变小。

5 修改符号的透明度和颜色。 要修改符号的外观，使用 Symbol Screener Tool（符号滤色器工具）、Symbol Stainer Tool（符号着色器工具）和 Symbol Styler Tool（符

2

用于制作这幅作品的 20 个符号的艺术对象

3

使用符号喷枪工具喷射的初始效果

分离的符号工具栏，请参阅"Illlustrator 基础"一章中的相关部分

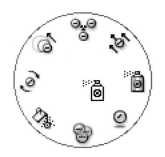
要获取其他符号工具，可按住 Control-Option 键单击 /Alt 键右击，然后拖动鼠标至想要使用的工具，直到工具图标改变为止。——Mordy Golding

4

Hollin 利用 Symbol Sizer Tool（符号缩放器工具）使一些鱼变小来增加深度

5

设置为随机的 *Symbol Stainer Tool*（符号着色器工具）

6

使用 *Symbol Spinner Tool*（符号旋转器工具）调整符号的旋转

7

使用较小画笔尺寸的 *Symbol Shifter Tool*（符号移位器工具）调整鱼的位置

8

使用符号缩放器、移位器和旋转器工具进一步调整后的鱼群

符号堆叠顺序

要改变符号的堆叠顺序，使用 Symbol Shifter Tool（符号移位器工具）即可。

- 按住 Shift 键并单击符号范例可将其置前。
- 按住 Option-Shift/Alt-Shift 键并单击符号范例将其置后。

号样式器工具）。Symbol Screener Tool（符号滤色器工具）可调整符号的透明度，Symbol Stainer Tool（符号着色器工具）可以改变符号的颜色使它与当前的填充色更相似，但不改变颜色的亮度；Symbol Styler Tool（符号样式器工具）对符号使用 Styler（样式）选项板中的不同样式（数量不定）。

Hollin 将 Symbol Stainer Tool（符号着色器工具）设置为 Random（随机）后，为鱼赋予多种颜色。而后又对芙蓉和海星使用了 Symbol Stainer Tool（符号着色器工具），对蝴蝶使用了 Symbol Screener Tool（符号滤色器工具）。

6 旋转符号。 为了对鱼的方向作一些粗略的调整，Hollin 使用了 Symbol Spinner Tool（符号旋转器工具），并将它设置为 User Defined（用户定义），使得对象的旋转基于鼠标移动的方向。关于 User Defined（用户定义）和 Average（平均）模式，请参阅本章导言中的"使用符号"和 Illustrator 帮助。

7 移动符号。 Hollin 使用画笔尺寸较小的 Symbol Shifter Tool（符号移位器工具）调整鱼的位置。

Symbol Shiter Tool（符号移位器工具）不是用来长距离移动符号的，要使符号移动的距离最大化，首先使画笔的尺寸尽可能大——至少和需要移动的符号一样大，然后拖动符号，就好像是使用扫帚推动符号一样。

8 删除符号。 Hollin 感觉鱼群中的鱼太多了，她按住 Option/Alt 键并用 Symbol Sprayer Tool（符号喷枪工具）删除不想要的鱼，然后选择了较窄的画笔尺寸，单击想要删除的鱼。

最后，为了使鱼群的形状与背景中的水体波动形状相符合，Hollin 使用了符号缩放器、符号移位器工具和符号旋转器工具进行下一步的调整。

画廊：Gary Powell

Gary Powell 用自定义的符号集创作了这幅插画。他首先应用模板层，并手动描画了两个松果和一段树枝，然后将三者结合成一个新的变形物，完成此变形物之后，将它们组合并拖动到 Symbols（符号）选项板上。仅仅只使用了 5 个符号，Powell 用 Symbol Sprayer Tool（符号喷枪工具）和 Symbol Spinner Tool（符号旋转器工具）随机地将树枝喷射到场景中并将它们旋转到合适的位置。最后，他在 Nature Symbol Library（自然界符号库）中找到云彩符号，喷射一些云彩，并用 Symbol Sizer Tool 给它们增加深度感。

符号库

创建符号和符号预设文件

概述：创建艺术对象；将它加入到 Symbols（符号）选项板；将文件保存为符号库以便能从 Illustrator 的符号选项板中获取。

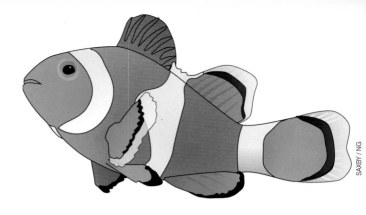

SAXBY / NG

1

原始图像（Richard Ng 为 iStock Photo 拍摄，www. istockphoto.com/richard_ng）

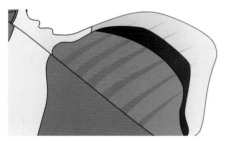

放大的脊鳍，显示的鳍是用 75% 不透明度的渐变填充的，鳍放射状线是用 12% 不透明度的黑色填充的

Live Trace 的烦恼

执行 Object（对象）>Live Trace（实时描摹）命令可以依据图片自动产生矢量对象，但是用户需要在 Tracing Options（描摹选项）对话框中改变设置，以避免复杂的艺术对象与多余的对象、节点和线条堆叠在一起。（关于 Live Trace 的更多细节请参阅"进阶绘图与着色"一章。）

为了增进科学家和环境学家在环境问题上的沟通，Maryland 大学的环境科学中心设计了一个符号库，用于制作报告、网页和多媒体等。这些符号超过了 1500 种，没有版税和使用费的限制。符号库文件的最新更新请到 http://ian.umces.edu 查询。

1 导入并描绘一幅图像，用渐变填充来渲染对象。 从网络上可以找到很多图片资源并将图片下载，它们能激发您的灵感去创作自己的符号。设计师 Tracey Saxby 将 iStockphoto（www.istockphoto.com/richard_ng）的一幅小丑鱼照片作为模板层，然后用 Pen Tool（钢笔工具）和 Pencil Tool（铅笔工具）描图。如果您想创建符号库 [即一个在 Illustrator 中可以获取的、额外的 Symbols（符号）选项板]，记住保持艺术对象的简单性，使用尽可能少的点、线和填充来创作表现力强的图像。通过保持艺术对象的简单，您的符号文件将变得更小，如果在 Flash 动画或其他数字文件中使用这些符号，就能更快地加载。

通过用线性和发射状的渐变填充来渲染对象，Saxby 完成了小丑鱼的绘制。您也可以尝试着对一些对象（如鱼鳍）降低不透明度并应用羽化操作（执行 Effect> Stylize>Feather 命令），以将透明度效果添加到艺术对象中，并将艺术对象融合到符号后面的背景中。

2 从艺术对象中创建 Illustrator 符号并组织符号选项板。
完成艺术对象之后，打开 Symbols（符号）选项板。
Saxby 选取了小丑鱼艺术对象，将它拖动到 Symbols（符号）选项板上，然后双击符号的缩略图打开 Symbol Options（符号选项）对话框，在对话框的 Name（名称）文本框中输入 Clownfish。

　　可以在 Symbols（符号）选项板上重新排列符号的顺序，这样在查找需要的符号时就容易多了。要重定位一个符号，只需将该符号拖到选项板上的新位置即可。另外还可重命名符号并让 Illustrator 按照字母次序排列符号。要做到这一点，在 Symbols（符号）选项板菜单中选择 Sort by Name（按名称排序）命令即可。（Illustrator 对符号名称中的首字母很敏感，当您选择 Sort by Name 命令时，在选项板上 Zebrafish 将排在angelfish 的前面）。

3 将符号文件保存为 Illustrator 符号库并从 Illustrator 中打开。 要快速找到您的符号库，只需将它存储为 Illustrator 预设即可。为了做到这一点，Saxby 选择 Symbols（符号）选项板菜单（该文件被默认保存在 Illustrator 的 Symbols 文件夹下）中的 Save Symbol Library（存储符号库）命令存储符号文件。将符号文件保存为符号库，可以使您通过 Window>Symbol Libraries 或 Symbols（符号）选项板菜单中的 Open Symbol Library（打开符号库）命令迅速获取符号文件。

从 Bridge CS3 里下载一个 Library（库）

在您浏览网页的时候，您知道自己可以使用 Bridge CS3 下载指定的库文档吗？如果您按住 Control 键（Mac）或者单击鼠标右键选中 Illustrator 固有的任意一个文档的缩略图，在内容菜单的下方附近您可以看见 Open as AI Library，您可以从这个文件中下载 Brushes（画笔）、Swatch（色板）、Symbol（符号）以及 Graphic（图形样式）。

——*Jean-Claude Tremblay*

艺术对象被拖入 Symbols（符号）选项板创建一个新符号之后

在 Symbols（符号）选项板中双击新的符号之后，打开 Symbol Options（符号选项）对话框

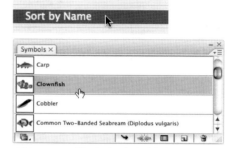

上图，Symbols（符号）选项板菜单中的 Sort by Name（按名称排序）命令；下图，使用选项板菜单中的 Sort by Name（按名称排序）命令以字母为序组织各个符号

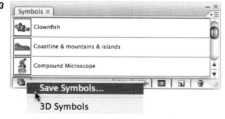

Symbols（符号）选项板中将当前符号保存到 Illustrator 文件夹用作符号预设的符号库菜单按钮

Symbols（符号）选项板的符号库菜单中用于从一个开放文件中选取一个符号预设的命令

自然画笔

用多个画笔描绘大自然

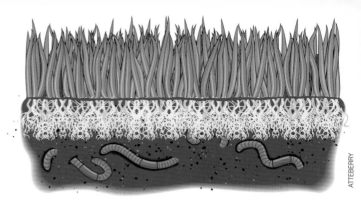

概述：绘制艺术对象并创建艺术画笔；用艺术画笔和画笔工具创作对象；从画笔化的对象创建图案画笔；创建并使用散点画笔。

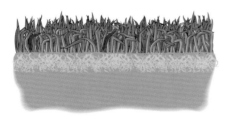

1

组成一片草地的 3 个对象

Kevan Atteberry 面对着这样一个任务：在有机肥料包装袋图形上对比健康的和不健康的青草和土壤，为此他仔细钻研了 Illustrator 的 Brushes（画笔）选项板以创建他自己的青草、土壤和虫画笔。Atteberry 用他自己创作的艺术画笔和散点画笔找到了一条简单的方式来创建插图中看似复杂的元素。

1 绘制画笔艺术对象，创建艺术画笔，并调整画笔化路径的副本。 创建复杂的、看起来自然的一块草地是个挑战，而 Atteberry 通过创建艺术画笔解决了这个难题。首先，用 3 个重叠的对象绘制了一片草地，然后选择对象并将它们拖到 Brushes（画笔）选项板上。在 New Brush（新建画笔）对话框中选择 New Art Brush（新建艺术画笔）单选按钮并单击 OK 按钮，打开 Art Brush Options（艺术画笔选项）对话框，在 Method（方法）下拉列表中选择 Tints and Shades（淡色和暗色）选项。如果您不确定 Method（方法）选项如何影响画笔，可以单击 Tips（提示）按钮显示信息对话框，该对话框对比了应用于彩色画笔笔触的不同 Methods（方法）。

创建画笔之后，Atteberry 用画笔工具绘制了几条路径，每条路径对每片草地都选择不同的绿色形状。为了在创作大量对象的过程中节省时间，可以考虑先复制路径，然后编辑它们以使它们看起来不一样。为了实现这一点，复制、粘贴路径，然后应用 Scale Tool（比例缩放工具）、Rotate Tool（旋转工具）和 Reflect Tool

Art Brush Options（艺术画笔选项）对话框中的 Colorization（着色）选项区域和 Tips（提示）按钮

完成后的艺术画笔

用画笔工具绘制的画笔化的路径

（镜像工具）来改变副本的尺寸和方向。重复该步骤直到创建了复杂的画笔化路径的集合，这些画笔化路径填满了用户分配给插图的空间。

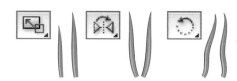

被缩放、镜像和旋转后的画笔路径

2 **从画笔化路径中创建图案画笔。** 从艺术对象中创建图案画笔能使艺术对象更灵活，这样做之后，一旦您的插图要求将对象沿波浪状路径排列或者伸展至填充一块区域，使用图案画笔会更加灵活。要创建一个图案画笔，首先选择符号集，然后将其拖动到 Brushes（画笔）选项板上。在 New Brush（新建画笔）对话框中选择 New Pattern Brush（新建图案画笔）单选按钮，在 Pattern Brush Options（图案画笔选项）对话框中根据需要调整 Colorization（着色）和 Fit（适合）设置（Atteberry 选择了 Stretch to Fit 单选按钮，这样在继续绘制插图时，青草就会自动伸展适应路径的长度）。

选中的用于制作图案画笔的描边化路径

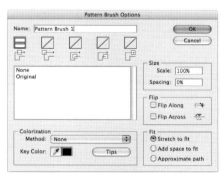

Pattern Brush Options（图案画笔选项）对话框

3 **创建艺术画笔，绘制描边，并使用单色或渐变填充路径。** 为了显示健康的生态系统，Atteberry 为虫绘制了艺术对象，并将它转变为另一支艺术画笔，然后用画笔工具和虫画笔绘制了几条路径。在虫后面绘制了用棕色填充的闭合路径来构成背景土壤。为了隐藏部分虫图像，在虫上面的图层中绘制了用棕色填充的路径。Atteberry 还创作了深棕色混合形状，看起来像是新月和圆柱，作为虫孔和管道。

用于制作艺术画笔的虫艺术对象

使用虫艺术画笔绘制的路径，然后使用填充的路径遮蔽一部分

4 **创建并使用散点画笔。** 为了给棕色土壤增添自然的复杂性，Atteberry 加入了随机粒子。他首先绘制了小的形状，用浅棕色和深棕色填充，然后选取了这些形状并将它们拖到 Brushes（画笔）选项板上，在 New Brush（新建画笔）对话框中选择 New Scatter Brush（新建散点画笔）单选按钮并在 Scatter Brush Options（散点画笔选项）对话框中调整设置。随后，在新画笔仍然处于选中的状态下，用画笔工具绘制了环形路径，画笔将土壤粒子沿路径分散放置。

上图，用于制作散点画笔的粒子形状；下图，用画笔绘制的路径

图层与外观

灵活地使用图层，可以极大地提高对复杂对象的组织效率，简化工作流程。可将图层想象成透明胶片，一张一张地堆叠在一起，也可以将不同的对象或对象组合分离开来。新建文档只有一个图层，但可以创造出任意多的图层和子图层，还可以重新排列图层的叠放顺序、锁定/隐藏/复制图层、从一个图层中将对象移动或复制到另一个图层。甚至可以打开一个图层查看、确认、选择包含在一个图层内独立的路径或组合。

在 Layers（图层）选项板中添加图层时，使用快捷键可以提高工作效率。单击 Create New Layer（创建新图层）图标可在当前的图层上添加一个新的图层；按住 Option/Alt 键并单击该图标可打开 Layer Options（图层选项）对话框。要在所有图层之上添加一个图层，按住⌘/Ctrl 键并单击 Create New Layer（创建新图层）图标即可。要使新建的图层位于当前图层之下并打开 Layer Options（图层选项）对话框，按住⌘-Option/Ctrl-Alt 键并单击 Create New Layer（创建新图层）图标即可。可以很容易地复制一个图层、子图层、对象组或者路径，只要将它拖到 Layers（图层）选项板上的 Create New Layer（创建新图层）图标上即可。要删除选中的图层，单击垃圾桶图标或者将图层拖到该图标上即可（请参阅左边的提示）。

子图层非常有用。注意，子图层所在的图层排列在它上面，如果删除含有子图层的图层，其所有的子图层也将被删除。

Layers（图层）选项板上的另一个图标是 target（定位目标，图层名称右边的圆），关于定位目标图标、从 Layers（图层）选项板中定位目标的对象以及所有这些定位目标的元素的含义，请参阅本章后面的"使用图层选项板选取和定位目标"一节。

Layers 选项板导航

- 单击眼睛图标隐藏图层，再次单击将显示图层。
- 单击眼睛图标右侧的一栏将锁定图层，再次单击将解除锁定。
- 按住 Option/Alt 键的同时单击图层的锁定或眼睛图标可在锁定/解除锁定或显示/隐藏所有其他图层之间切换。
- 将图层拖到 Create New Layer（创建新图层）或 Create New Sublayer（创建新子图层）图标上即可复制图层。
- 单击一个图层，然后按住 Shift 键单击其余的图层即可选中多个连续图层。要选择或取消选择多个图层中的某一图层，按住⌘/Ctrl 键并单击该图层即可。
- 双击一个图层将打开该图层的 Layer Options（图层选项）对话框。

图层选项对话框（双击一个图层的名称即可打开）

使用图层选项

可以在图层选项板中双击任何一个图层、子图层来进行设置。如果重新命名后，要通过图层的名称知道图层的内容，可用描述性词语命名图层。例如，可以重新命名一个图层组，以组织图层列表，但保留括号中的描述信息（如 floral<Group>）。

　　双击一个图层 / 子图层或者复选的图层 / 子图层的名称，即可看到以下将要讨论的各种图层选项：

- **图层名称**。在操作复杂对象时，给图层取个合适的名称，可以更好地组织自己的工作。

- **改变图层颜色**。图层的颜色将决定选取路径的颜色以及节点、约束框和智能参考线的颜色。调整图层的颜色可使选中的对象更突出。

- **模板图层**。Illustrator 中的 Template layers（模板层）是特殊的图层，无法打印或输出，但是当人们需要在已有艺术作品的基础上创建新作品时，模板就变得很有用。例如，可以将已有艺术作品放在一个没画过的模板图层中，然后在一个标准绘图图层中描绘它。有3 种方式可创建模板图层：在 Layers（图层）选项板菜单中选择 Template（模板）命令，双击一个图层名并勾选模板复选框，或者在将一幅图像置入 Illustrator时选中 Template（模板）复选框。默认情况下，模板图层被锁定，要取消模板图层的锁定状态以便调整或编辑对象，单击图层名称左侧的锁定图标即可。

　　Illustrator 对模板图层的数目并无限制，参阅本章导言后面 Steven Gordon 的地图画廊，以此为例来认识为什么可能会创建多个模板图层。

注意：不可将模板图层与 Illustrator CS 新增的 Templates（模板）特性混淆。Templates（模板）是一个特殊的、扩展名为 .ait 的文件格式，而模板图层仅仅是一种特殊的模板。

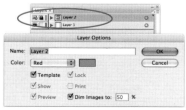

在 Layers（图层）选项板中，图层模板的名称是倾斜并且被锁定的，另外还有一个模板标志取代了眼睛标志。被置入在图层模板中的光栅图像是灰色的（可以在图层选项中更改）。

将对象重新排序

要改变对象的叠放顺序，可进行如下操作。

- 重新排序对象所在的图层。
- 剪切底部对象，选择最上面的对象，选择 Edit（编辑）>Paste in Front（贴在前面）命令同时设置 Paste Remembers Layers（粘贴时记住图层）为 off（关闭）。
- 拖动选取指示器（正方形）从一个图层到另一个图层。
- 按住 Shift 键选取多个图层，然后从 Layers 选项板菜单中选择 Reverse Order（反向顺序）命令。
- 执行 Object>Arrange>Bring to Front/Bring Forward/Send to Back/Send Backward 命令在一个图层内移动对象。
- 选中想要移动的对象；创建一个新的图层［单击 New Layer（创建新图层）图标］，或者高亮显示您想把这些对象移动到的那个图层，然后选择 Object（对象）> Arrange（排列）>Send to Current Layer（发送至当前图层）命令。
- 如果选取的对象是混合的，执行 Object（对象）>Blend（混合）> Reverse Front to Back（反向堆叠）命令。

斜体图层名称？

如果一个图层的名称是斜体，意味着它在 Illustrator 中不可打印。如果名称是斜体并且有 Template（模板）图标，它一定是不可打印图层（参阅前一页的"模板图层"部分）。

- **显示 / 隐藏图层**。这个选项的功能与单击 Layers（图层）选项板中的眼睛图标功能相同（请参阅本章导言开头的提示"Layers 选项板导航"）。默认情况下，隐藏的图层无法打印。

- **预览 / 轮廓模式**。如果对象在 Outline（轮廓）模式下更容易被编辑，或者要重绘对象很慢（比如复杂的图案、实时混合或渐变），您可能只想将这些图层（或对象）设置为轮廓模式。按住⌘/Ctrl 键并单击眼睛图标即可直接在 Outline（轮廓）和 Preview（预览）模式下切换。另外一种方式是：双击选中的图层，在 Layer Options 对话框中取消勾选 Preview（预览）复选框并将这些图层设置为 Outline（轮廓）模式。

- **锁定 / 解除锁定图层**。这个选项的功能与单击 Layers（图层）选项板中的锁定图标功能相同（请参阅本章开头的提示"Layers 选项板导航"）。

- **打印**。如果在 Illustrator 中设置打印时，选中该选项可覆盖默认设置（即打印可见的图层）。如果要使图层在任何情形下都无法打印，将该图层设为模板图层即可（请看左边的"斜体图层名称？"提示）。

- **Dim Images（变淡图像）**。只能变淡栅格图像（不包括矢量 Illustrator 图像），不透明度取值为 1% ～ 99%。

Layers 选项板菜单

本节将关注 Layers 选项板菜单的独特功能，在本导言的前面部分尚未讨论过。

虽然可以在其他图层中嵌套子图层、生成组合对象，但当图层列表变得很大时，将难以找到需要的对象。使用定位对象或定位图层在 Layers Panel Options（图层面板选项）对话框中选择 Show Layers Only（仅显示图层）复选框后，使用 Locate Layer（定位图层）命令就可以找到选中的对象。如果选取了两个或更多的图层，Merge Selected（合并所选图层）命令将把可视的对象放置到被合并的顶部图层中。可以用 Flatten Artwork（拼合图稿）命令将艺术对象中所有可视的项目统一起来（注意，这样做有可能丢失一些应用到相关图层的效果和蒙版）。如果要在另一个文件中创建拼合的版本，解除所有对图层或对象的锁定，执行 Select>All 和 Edit>Copy 命令，新建一个文件，然后粘贴（禁用 Paste Remembers Layers）。

　　Paste Remembers Layers（粘贴时记住图层）功能非常重要：选择该命令，对象将保留图层顺序；否则粘贴的对象将进入选中的图层。如果图层不存在，Paste Remembers Layers（粘贴时记住图层）功能将自动创建出图层。即使对象已经被复制，这个功能仍然可以打开或关闭，因此如果粘贴后希望这个功能可以打开或关闭，您可以选择 Undo（还原）命令，切换 Paste Remembers Layers（粘贴时记住图层）命令，然后再次粘贴。

　　Collect in New Layer（收集到新图层中）功能将所有选中的对象、对象组或图层移到一个新的图层中。Release to Layers（Build）[释放到图层（顺序）] 或者 Release to Layers（Sequence）[释放到图层（积累）] 命令可以将一组对象（例如混合、图层或者使用画笔绘制的艺术对象）中的每个对象制作成为新的图层（关于动画的这些选项的应用，请参阅"Web 与动画"一章）。

　　Reverse Order（反向顺序）命令可以反向选中图层的堆叠顺序。Hide All Layers/Others（隐藏所有图层 / 其他）、Outline All Layers/Others（轮廓化所有图层 / 其他）、Lock All Layers/Others（锁定所有图层 / 其他）将对没有选中的图层或对象执行操作。Send to Current Layer 命令将选中对象发送到当前高亮显示的图层。

　　Panel Options（面板选项）自定义了选项板的显示，这对使用包含许多图层的复杂文件的美术师非常有用。

New Layer...
New Sublayer...
Duplicate "Layer 1"
Delete "Layer 1"

Options for "Layer 1"...

Make Clipping Mask
Enter Isolation Mode
Exit Isolation Mode

Locate Object

Merge Selected
Flatten Artwork
Collect in New Layer

Release to Layers (Sequence)
Release to Layers (Build)
Reverse Order

Template
Hide Others
Outline Others
Lock Others

Paste Remembers Layers

Panel Options...

Layers（图层）选项板菜单

变大或者全部消失

图层选项板的缩略图是非常有用的，尤其是当您想要寻找对象和选择对象的时候。不过，有的时候您是很难发现它们的。如果您想靠近一点看它们的话，在选项板选项设置中把 Row Size（行大小）设置得大一点，一直设置到 100 像素！或者，如果您的图层太多，选项板上的图标也可能完全被消失。

选取并改变图层

如果要修改当前图层，不用在 Layers（图层）选项板上选取新图层，让 Illustrator 帮您修改就行了。当从未锁定图层中选取对象时，该图层自动成为激活状态的图层。创建的下一个对象将使用与最后一个选取的对象相同的着色样式，并放置在激活状态的图层中。

选择所有对象

首先解除锁定，显示 Layers（图层）选项板中所有的对象。打开所有眼睛图标并关闭所有锁定图标或者确认 Object（对象）菜单下的 Unlock All（全部解锁）和 Show All（显示全部）命令不可使用，然后执行 Select > All 命令（按⌘-A/Ctrl-A 键）。

勾选 Show Layers Only（仅显示图层）复选框将隐藏箭头，只能看到容器图层的缩略图。添加子图层将显示箭头，但在这种模式下无法选中组合或者单独的路径。Row Size（行大小）选项指定图层缩略图的尺寸，缩略图的尺寸可从 Small（没有缩略图）到 Large（大），或者使用 Other（其他）自定义尺寸，最大为 100 像素。Thumbnail（缩览图）选项可为 Layers（图层）、Top Level Only（仅限顶层图层）、Group（组）和 Object（对象）单独设置其缩略图的可视性。

控制对象的叠放顺序

图层对组织图像至关重要，控制图层内对象的叠放顺序也非常重要。单击图层名称左侧的下拉箭头，将显示图层与子图层的等级结构。下面将简要介绍能帮助您在图层和子图层内控制对象的叠放顺序的功能。

子图层和图层的等级结构

除了通常的图层外，子图层和组合都可以容纳对象或图像。当您单击"创建新子图层"图标时，一个新的子图层将加入到当前图层内。在子图层中添加的对象将位于容器图层中包含的对象下面。选中一个子图层，单击 Create New Layer（创建新图层）图标将在当前的子图层上添加一个新的子图层，添加的图层总位于当前图层的上方。单击 Create New Sublayer（创建新子图层）图标将创建新等级的子图层，嵌套在选中图层内。

把对象组合在一起将自动生成一个容器"图层"，名为 <Group>，双击 <Group> 图层将打开它的选项。组合图层与子图层非常相似。选中组合图层应用外观，将影响组合图层内的所有对象。在某些情况下，例如应用 Pathfinder Effect（路径查找器效果），对象必须被组合在一起，因此应用这种效果时，必须选中组合图层。但是组合图层不能像通常的图层一样被移动。

注意：当您想重新命名自己的群组时，您可能会感到困惑不解的是它并不能像一个正常的图层那样进行运作。相反，它会把 <Group> 作为新命名的一部分。

贴在前面、贴在后面（位于 Edit 菜单下）

执行 Paste in Front（贴在前面）或 Paste in Back（贴在后面）命令时，如果没有选中任何对象，Illustrator 将粘贴当前图层最前面或后面剪切的或复制的对象。然而如果选中了某对象，Illustrator 将剪切或复制的对象按堆叠次序精确地粘贴在选中对象的上面或下面。另一点也同样重要：这两项功能将剪切或复制的对象粘贴在完全相同的位置——相对于标尺的原点。这种特征从一个文档移到另一个文档仍然保留，这样当选择复制并使用 Edit>Paste in Front/Back 命令时便可完美地匹配并对齐对象。

锁定 / 全部解锁（位于 Object 菜单下）

在早期的 Illustrator 中，还不能进行打开图层选择其中个别项目的操作，因此 Lock/Unlock All（锁定 / 全部解锁）命令非常有用。虽然现在这种影响有所降低，但是当无法在图层内寻找路径时，此命令将起到巨大的作用。

当您试图选取一个对象却选中它上部的对象时，可锁定选中的对象后（按⌘-2/Ctrl-2 键或执行 Object>Lock 命令）再次单击。如有必要，重复此操作直到选中正确的对象为止。完成任务后执行 Object> Unlock All 命令解除所有锁定的对象。

隐藏 / 显示全部（位于 Object 菜单下）

另一种处理选错对象的方法是：选取这些对象后执行 Object>Hide>Selection 命令（按⌘-3/Ctrl-3 键）。要查看所有的隐藏对象，执行 Object>Show All 命令（按⌘-Option-3/Ctrl-Alt-3 键）。

锁定在何时才是真的锁定？

当选择锁定或隐藏某对象时，由于 Illustrator 的版本很老，该对象将保持锁定或隐藏状态，即使它是组合的一部分。随着定位目标和外观（关于这些术语的解释，请参阅本章后面的"使用图层选项板选取和定位目标"一节）的出现，最初您是怎样组合对象的将决定您是否对整个组合进行操作（而不论锁定或隐藏的是什么），或者您仅仅只是在对组合中当前可见或未锁定的元素进行操作：

- 要对组合中当前可见的 / 未锁定的对象进行操作，或者选择 Direct Selection Tool（直接选择工具）后框选该组合，或者单击 Layers（图层）选项板上定位目标图层右边区域的 <Group>，均可实现预期操作。

- 要对组合中的所有元素（包括隐藏或锁定的）进行操作，用 Selection Tool（选择工具）单击，或用 Group Selection Tool（编组选择工具）单击多次直到组合被选取（查看 Layers 选项板以确定），或者在 Layers（图层）选项板上单击定位图标以将 <Group> 定为目标。

属性栏选择

 在属性栏中寻找 Select Similar Objects（选择类似的对象）按钮 [和 Select Similar Options（选择类似的选项）菜单]。可以在这两种方便的方式中任选一种。用户将会注意到选择菜单中有一些很酷的选项（Select>Same 和 Select>Object 命令）。

有几种方法可以选取对象，也有几种方法可以将对象定为目标。两者的主要区别是选中的对象不一定是目标，但定为目标的对象一定是选中的对象。在下面这个例子中，"Layer 1"包含选中的对象，但不是当前的目标，红色椭圆标注的"<Path>"才是当前的目标。

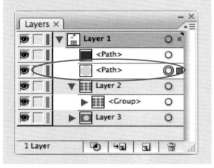

○ 表示图层或图层子项是当前目标

◎ 表示图层被选中且是当前目标

■ 表示容器图层被选中的选取指示器

■ 所有对象被选中的选取指示器

图层外观图标

如果对象不包含多个填充或描边、透明度、效果或画笔描边，则该对象具有基本外观，这可以通过Layers（图层）选项板上的开放环形指示出来。Layers（图层）选项板上渐变填充的图标指示的是更复杂的外观。

注意：位于可视图层上的隐藏对象也可以打印，如果工作流程包含 Hide（隐藏）命令，在存储最终文档时确认执行了 Object>Show All 命令。要注意的是，通常 Show All（显示全部）命令会取消隐藏所有的对象以及被隐藏的图层。

置于顶层／前移一层、置于底层／后移一层

这些指令作用于图层内的对象。执行 Object>Arrange>Bring Forward 命令将选中的对象移到它前面一个对象之上；Bring to Front 命令将选中对象移到图层内其他所有对象的前面。与此类似，Send to Back 命令将选中的对象移到图层内其他所有对象的后面；Sent Backward 命令将选中的对象移到它后一个对象之下。

注意：Bring Forward（前移一层）和 Send Backward（后移一层）对简单的组合对象最有效，但对复杂图像可能无效。

使用图层选项板选取和定位目标

在 Illustrator 中有多种方式可以选取对象。单击图层的目标图标或者按住 Option/Alt 键单击图层名称，将选取图层中所有未锁定的和可视的对象，包括子图层和组合。单击子图层的目标图标将选取子图层中所有对象，包括子图层中的子图层和组合。单击组合的目标图标，将选取组合中的所有对象。按住 Shift 键单击目标图标可以选取不同图层中的多个对象，包括子图层和组合。在对图层、子图层或组合调整外观时，最好使用目标图标选取所有对象。

如果在画板上选取了对象，单击小正方形选取图层或组合中的所有对象。大的正方形意味着图层或组合中所有的对象已经被选中。单击目标指示器右边的小区域也能选取图层、子图层或组合中的所有对象。

重要：要注意如果您把最上层的图层作为目标，对之

应用描边、填充或透明度，接着您把这一个图层复制／粘贴到一个新的文档中，那么所有应用到这个图层的外观属性将会在新的文档里面消失，甚至此时激活 Paste Remembers Layers 选项也不行。那么就使用 Jean-Claude Tremblay 的方法尝试一下：既然您没有保存最上层图层的属性，那么当您把图层粘贴到新的文档的时候，您就不会得到任何警告。您需要把最上层的图层嵌套在另外一个图层之中，把最上层的图层做成一个子图层，然后把这个图层复制／粘贴到新的文档，这样就保留了它的外观属性。

外观

外观是描边、填充、效果和透明度设置的集合。可以将一个外观应用于任意的路径、对象（包括文本）、组合、子图层或图层。一个选取中包含的特殊外观属性将在 Appearance（外观）选项板中被显示出来。外观中的属性按照它们被应用的顺序添加到 Appearance 选项板中。改变这些属性的顺序将改变外观。单个的对象以及其包含的组合和图层均能够拥有各自的外观。

要应用外观，首先制作一个选区，或单击 Layers（图层）选项板中的目标指示器，然后添加透明度、效果或多重填充（参见"添加填充和描边"部分）。当一个组合、子图层或图层被定为目标，描边和填充将只被应用到选取范围内的单个对象中，而效果或透明度设置将被应用到整个目标中（参见前一页的提示"选取与定位目标"）。将目标指示器（在 Layers 选项板上）从一个图层拖到另一个图层上即可移动外观，或者在移动指示器的同时按住 Option/Alt 键复制外观。若要重复利用一个外观，可以将它作为样式保存在 Graphic Styles（图形样式）选项板中（关于图形样式的更多知识，请参阅"活效果与图形样式"一章）。

新建图稿具有基本外观
清除外观
简化至基本外观

移动或复制外观

在 Layers（图层）选项板中，从一个对象、组合或图层中将 Appearance（外观）图标拖动到另一个对象、组合或图层中，即可移动外观。要复制外观，只需在拖动图标时按住 Option/Alt 键。

如果看不到外观

如果在改变外观时，屏幕上没有什么变化，需要确认：

• 是否已经选取对象。
• 是否是在预览模式下。

外观选项板指示器

Paint（着色）、Effects（效果）和 Transparency（透明度）等外观的指示器只有当图层或组合中包含的元素具有上述外观属性时才出现在 Appearance（外观）选项板中。关于文件中的效果在何处以及如何被应用，请参阅后面的提示"侦察文档"。

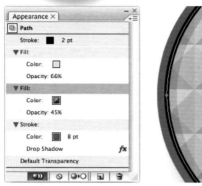

多重描边和填充的一个例子，包括 2pt 的黑色描边、66% 不透明度的单色填充、45% 不透明度的图案填充、8pt 的绿色描边和 Drop Shadow（阴影）效果（关于活效果的更多知识，请参阅"活效果与图形样式"一章）

新对象具有基本外观

Appearance 选项板中的 New Art Has Basic Appearance（新建图稿具有基本外观）选项默认被选中。因此，除非禁用此选项（或者在选项板菜单中禁用，或者单击 New Art Has Basic Appearance 图标按钮禁用），否则 Illustrator 将不会对新建对象应用效果、画笔描边、透明度、混合模式、多重描边或填充。

——Brenda Sutherland

将所有元素定为目标

当一个组合或图层被定为目标后，可以在 Appearance（外观）选项板中双击 Contents（内容）选项，以便将组合或图层内的所有单独元素定为目标。

——Pierre Louveaux

外观选项板

当一个项目被选中或定为目标时，Appearance（外观）选项板将显示出与当前选择相关联的所有属性。如果当前被定为目标的是一个对象，Appearance 选项板总是列出一个填充、一个描边和对象级别的透明度。当被定为目标的是一个组合或图层，将不显示描边或填充，除非描边或填充已被应用。Default Transparency（默认透明度）指的是：Opacity（不透明度）为 100%，混合模式为 Normal（正常），Isolate Blending 和 Knockout Group 复选框处于取消选中状态。

基本外观并不总是指白色填充和黑色描边。基本外观是这样被定义的：基本外观包括一种填充和一种描边（或者任意一个被设置为 None），Stroke（描边）图标位于 Fill（填色）图标上方；不包括画笔和效果，不透明度为 100%，混合模式为正常（默认设置）。

如果当前的选取不只具有基本属性，用户可以为下一个创建的对象选择具有的属性。选项板底部的第一个图标在禁用时为 New Art Maintains Appearance（新建图稿保持外观），在被选中时为 New Art Has Basic Appearance（新建图稿具有基本外观）。例如，如果上一个创建的对象有阴影效果，而不希望下一个对象继承该属性，可以单击该图标，则下一个对象只继承基本属性。

单击 Clear Appearance（清除外观）图标可以将外观属性减少至没有填充、没有描边和 100% 的不透明度。单击 Reduce to Basic Appearance（简化至基本外观）图标将把作品的外观还原至单一的描边、填充和默认的透明度。要删除一个属性，将其拖动到垃圾桶图标上，或选中属性后单击垃圾桶图标。

外观的优点

添加填充和描边

只有当用户开始对一个外观添加多重填充和描边时才

能完全理解 Appearance（外观）选项板是多么有用。

从选项板菜单中选择 Add New Fills（添加新填色）或 Add New Stroke（添加新描边）命令，可以向一个外观添加相应的属性。还可以向每个填充或描边添加效果和透明度属性，方法是先在选项板中单击希望被添加的填充或描边选项，然后再应用合适的属性。

Appearance（外观）选项板列出的条目有一个堆叠顺序，这一点与 Layers（图层）选项板比较相似。选项板最上方的条目在堆叠顺序上也是位于最上方。

有几种方法可以复制或删除一个填充、描边或效果，可以在选项板的列表中选中一个属性并将其拖动到选项板下方的相应图标上，也可以选中属性后直接单击合适的图标，还可以使用选项板菜单中的合适命令。

多重填充和多重描边

向一条路径添加多重描边可以创建多重的边线效果。选中一条路径、一个组合或图层，并从外观选项板菜单中选择 Add New Stroke（添加新描边）命令，一个新的描边将被添加到外观中。为了能够查看到在路径上附加的新描边，需要对新描边赋予与原始描边不同的属性，具体方法是将一个描边定为目标，然后调整描边的颜色、宽度、形状和透明度。

要创建多重填充，将一个对象、组合或图层定为目标，然后选择 Add New Fill（添加新填色）命令。与多重描边一样，要对它赋予与原始填充不一样的属性，可以通过应用效果或设置不同的透明度实现。

如果在查看多重描边的结果时遇到困难，可以加大最下方的笔触宽度（参见上一页的例子）。为了实现最终结果的多样化，对描边尝试应用虚线和不同的线段。对于填充，则可以使用不同透明度的图案进行装饰。请再次参阅本章最后一节以及"活效果与图形样式"一章，查看使用了多重填充或多重描边的作品。

数字化标志
学习使用模板图层

概述：扫描一张清晰的图像作品并将它作为模板置入 Illustrator 中；描绘模板，使用 Direct Selection Tool（直接选择工具）修改路径，使用铅笔工具修饰线段；更快更容易地使用基本对象。

1

一幅清晰的，高对比度的扫描草图

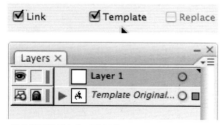

创建模板图层和绘画的图层

2

使用 Direct Selection Tool（直接选择工具）拖动方向手柄调整绘制的路径以适合草图

Jack Tom 首先输入扫描后的素描并且把它作为一个模板图层，接着使用 Illustrator 里的基本绘画工具为 Bertz 设计集团制作了这个标志。Illustrator 的 Pen Tool（钢笔工具）、Pencil Tool（铅笔工具）和基本的几何图形工具都能够处理您需要制作的任何对象，在任何时候您都能制作出一个完美的标志。

1 将一幅扫描的图像作为模板置入。要创建一个具有强烈对比效果的标志素描副本，需要扫描具有高清晰度的图像。如果您有一个图像编辑程序（例如 Photoshop），那么您可以在把文件置入到 Illustrator 之前，首先增加对比度，从而使素描线段更加清楚。首先把您的扫描图像作为一个 PSD 或者 TIFF 文件保存，然后选择 File（文件）> Open（打开）命令，选中并打开扫描图像。从图层选项板弹出菜单中选择 Template（模板）命令，接着为描绘创建一个空白的新图层；或者首先创建您的 Illustrator 文档，选择 File（文件）>Place（置入）命令，在打开的对话框里勾选 Template（模板）复选框。这样，一个模板图层就被放置到原始图层的下面了。模板图层会自动被设置为不会被打印的模糊图层。

2 手动描绘模板。将屏幕上的模板作为描绘的向导，使用 Pen Tool 在模板图层上描绘直线和光滑的曲线。起初您不用太担心描绘有点偏离中心，下面您可以调整路径使之更加接近素描效果。在您描绘时，要记住单击鼠标左键绘制拐角，单击并拖动描绘曲线，按住 Option/Alt 键拖出一个方向手柄，在路径上制作出一个特别弯曲的曲线。一旦您绘制好一条基本的路径，缩放它并且使用 Direct Selection Tool（直接选择工具）来调整锚点和方向手柄。如果有必要，使用 Convert Anchor Point Tool（转换锚点工具）在拐角和曲线之间进行转换。您可以通过切换至 Outline Mode（轮廓模式）使对象视图简单化，还可以通过按住 ⌘/Ctrl 键和单击可视性图标在轮廓模式和预览模式之间切换对象图层。使用 ⌘-Y/Ctrl-Y 键在轮廓模式和预览模式之间切换整个图像。

在绘制的时候，使用 *Option/Alt* 键和钢笔工具画一个扇形的路径（制作出一个特别弯曲的曲线）

通过按住 ⌘ -*D/Ctrl-D* 键单击图层的可视性图标，在轮廓模式和预览模式之间切换一个单独的图层

3

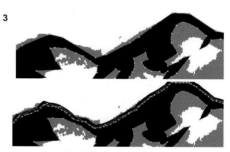

使用钢笔工具迅速绘制一个路径（上图），然后使用铅笔工具添加描边，来表现参差不齐的粗糙的元素

3 使用铅笔工具绘制不规则的线条。使用鼠标或者一个数位绘图板（例如 Wacom 绘图板），按照您的意愿用真实的铅笔效果画图。双击铅笔工具图标，进行自定义设置，通过设置高一点的 Fidelity（保真度）和 Smoothness（平滑度）数值来创建比较平滑的线段，或者是在使用 Pencil（铅笔）或 Smooth（平滑）工具编辑的时候缩放路径。您还可以选中任何路径并且靠近或者重叠那个路径重新绘图。使用低设置的铅笔工具把钢笔工具路径变换为参差不齐的线段。这种线段可以帮助您表现自然的元素，例如这个标志里面的山峰。

4

从几何图形对象中快速组建元素

4 使用基本对象来帮助创建标志。Illustrator 中包括很多已经制作好的对象，节省绘制长方形、椭圆形甚至是星星的时间（或是在这个标志中的太阳）。将这些图像放在图层的最上层，并在用钢笔工具或是铅笔工具绘制的图像上增加路径并填充对象，将草稿转换为清晰的绘图，接着就可以容易地为它上色和（或）调整以适应各种用途。

矢量标志能够很好地适应黑白或彩色印刷

组织图层
管理自定义的图层和子图层

概述：绘制线稿图并扫描该图；在 Illustrator 中为要创建的对象设置基本的命名图层；将艺术对象置入临时的子图层；描绘置入的艺术对象；删除临时子图层。

该插图的原始概念草图

该插图的最终作品

Illustrator: STAHL / Art Director: JENNIFER MOORE

在创建复杂的插图图像时，使用组织良好的图层和子图层非常重要。使用这些图层分离或者组合特定的元素，隐藏、锁定或选择图层内相关的对象，可节省大量的创作时间。当 American Express 委托艺术家 Nancy Stahl 为 Condé Nast Traveler 杂志的一篇文章设计插图时，她通过创建图层和使用子图层描绘图形、安排封面图案中的各种元素，从而节省了大量的时间。

1 **收集并组合原始资料。** 准备原始资料作为 Illustrator 中描绘的模板。为了准备这幅插图，Stahl 手动绘制了一些概念草图，然后将心仪的作品扫描到 Adobe Photoshop 中。在 Photoshop 中，她准备将该图用于手动描图。

2 设置 Illustrator 中的图层。 在将照片或图像置入 Illustrator 之前，想一想如何设置图层，并命名每一图层以帮助您分离和管理插图中的关键元素。在 Illustrator 中开始绘图之前，Stahl 为水、天空、栏杆、乘务员、托盘和船设置了单独的图层。按住 Option/Alt 键在 Layers（图层）选项板上单击 Create New Layer（创建新图层）图标即可迅速地给图层命名。双击 Layers（图层）选项板中已有的图层或子图层也可重新命名图层。

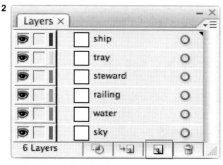

设置图层以分离关键元素

3 置入艺术对象作为绘制参照。 单击要描绘第一个对象的图层，然后单击 Layers（图层）选项板上的 Create New Sublayer（创建新子图层）图标，创建一个作为绘图参照的子图层（创建子图层时按住 Option/Alt 键可为子图层命名）。Stahl 创建了一个名为 JPEG Images 的子图层，执行 File>Place 命令选取扫描图像或艺术对象置入子图层。如果您愿意，可以在置入之前对它启用模板选项。子图层必须位于您打算手动描图的图层的下一个图层。锁定子图层然后用 Pencil Tool（铅笔工具）、Pen Tool（钢笔工具）或您选择的其他绘图工具绘制在其上面的图层上。

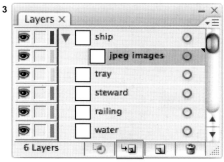

置入扫描图之前的子图层

　　在绘图时，Stahl 用 Layers 选项板将 JPEG Images 子图层自由移动到每个关键元素图层之下。要移动一个图层，在 Layers（图层）选项板上将它拖放到另一个位置即可。

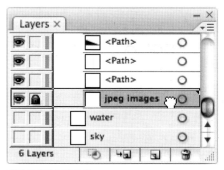

移动画作的参照图层

4 在图层中绘制对象。 现在可以在图层和子图层中描绘对象了。单击图层的名称，激活需要描绘的图层或子图层，确认图层或子图层没有锁定并且可视 [在 Visibility（可视性）一栏中有眼睛图标，在 Lock（锁定）一栏中是空的小方格]。开始工作前，关闭所有不重要的图层也有助于您的工作。通过 Layers（图层）选项板，您可以锁定、解除锁定、隐藏或显示图层，还能在 Preview（预览）和 Outline（轮廓）模式间切换，改

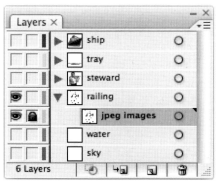

为手动描绘一个对象设置 Lock（锁定）和 Show（显示）选项

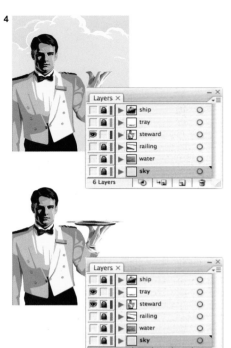

只查看对于每一个任务来说重要的图层

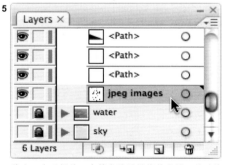

单击一个可视的、未锁定的图层将其激活，以对其置入新的作品

单击"删除所选图层"图标或拖动子图层到该图标上，或者从 Layers（图层）选项板菜单中选择 Delete（删除）命令

变激活的图层和添加新的图层或子图层（关于 Layers 选项板的更多有用的快捷键，请参阅本章首页的提示 "Layers 选项板导航"）。通过这样的方式，Stahl 很容易地在锁定图层之上的图层上描绘了参照和草图。

5 **在图层和子图层中添加新的置入对象。** 如果需要向已有的图层或子图层中置入对象，首先确认该图层可视并且未被锁定，然后单击该图层激活它。用 Place（置入）命令将新的扫描图或艺术对象置入选中的图层。当 Stahl 需要更多的绘图参照时，在 JPEG Images 子图层中置入了新的艺术对象。

6 **使用完图层或子图层后删除它们。** 含有置入对象的多余图层将占据相当多的磁盘空间，因此在使用完这些图层后，应将它们删除。当使用完一个绘图参照或模板图层后，首先保存插图，然后在 Layers（图层）选项板中单击要删除的图层或子图层（按住 Shift 键并单击可选中多个图层），并将选中的图层或子图层拖到 Layers（图层）选项板中的"删除所选图层"图标上，或在该图标上单击，或者在 Layers（图层）选项板菜单中选择 Delete（删除）命令，都可以删除选中的图层或子图层。删除这些临时图层之后，用 Save As（存储为）命令保存该插图的新版本，并起一个有意义的名字和版本号。Stahl 最终删除了所有作为模板图层的子图层，这样最终的封面插图中虽然有许多图层，但没有多余的模板子图层或置入的图片。

改变置入的艺术对象

选择想用来替换的图像，单击属性栏左侧显示的该图像名称，在弹出的下拉列表中选择 Relink（重新链接）选项即可改变置入的对象。

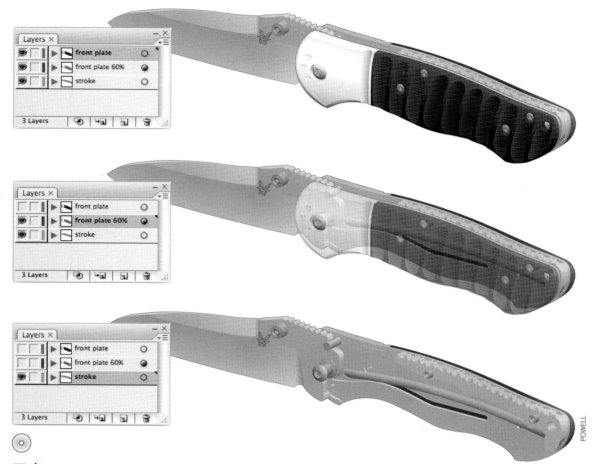

POWELL

画廊：Gary Powell

使用与"组织图层"一节同样的技巧，Gary
Powell 为 Benchmade Knife 公司的产品销售
人员的培训手册创作了这幅图像。他在 Links
（链接）选项板上将顶层图层拖到 Create New
Layer（创建新图层）图标上复制图层，然后
对副本应用 Opacity（不透明度）以制作透明
的手柄效果。完成后，切换图层的可视性以将
它们单独打印或输出。

在图层间移动和复制对象

要将选中的对象移到另一个图层，打开 Layers（图层）
选项板，选取对象所在图层右侧的彩色小方框，拖动它
到希望的图层即可。要移动对象的副本，在拖动时按住
Option/Alt 键即可。

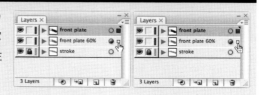

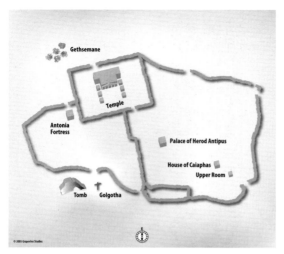

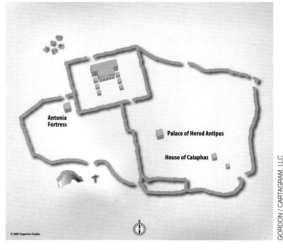

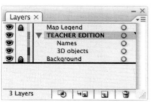

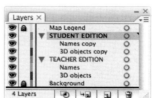

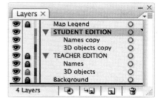

画廊：Steven Gordon／Cartagram，LLC

Steven Gordon 创建的这幅地图描绘了新约圣经时期的耶路撒冷，是为 Grapevine Studies 制作的圣经研讨会地图系列中的一幅。Gordon 需要将使用的地图设计成两个版本——一个是详细的教师版本，另一个则是学生版本（在学生版本中，学生能给选取的地图特征作标记）。为了简化他的作品，Gordon 将两个版本的地图结合在一个 Illustrator 文件中。首先，他为教师版本需要的所有路径和标记创建了一个图层，然后将 Teacher 图层拖到 Layers（图层）选项板上的 Create New Layer（创建新图层）图标上，以复制 Teacher 图层，将其副本用于创建 Student 图层。Gordon 将 Teacher 图层的副本重命名，然后依照学生版本的要求删除了副本中的标记。为了方便更改和选择，Gordon 将两个版本放在同一个文件中。Gordon 先添加了一座建筑，然后将形状复制、粘贴到 Teacher 图层，接着将 Layers（图层）选项板中的副本移到 Student 图层中。接下来，改变了建筑的位置，并选取了两个图层中的形状，同时移动它们。为了输出两个版本，首先双击 Student 图层，然后从 Layer Options（图层选项）对话框中勾选 Template（模板）复选框。输出文件后，重复该过程，将 Student 图层恢复到非模板状态（在输出时，Illustrator 忽略模板主图层内的非模板子图层）。

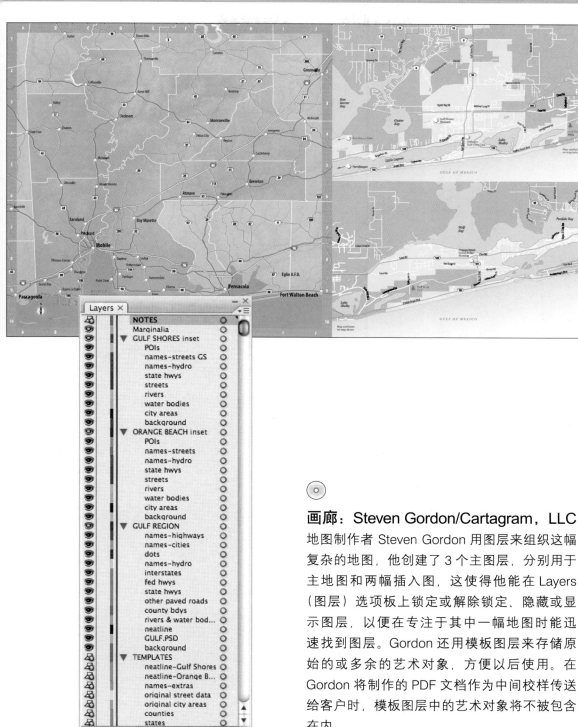

GORDON / CARTAGRAM, LLC

画廊：Steven Gordon/Cartagram，LLC

地图制作者 Steven Gordon 用图层来组织这幅复杂的地图，他创建了 3 个主图层，分别用于主地图和两幅插入图，这使得他能在 Layers（图层）选项板上锁定或解除锁定、隐藏或显示图层，以便在专注于其中一幅地图时能迅速找到图层。Gordon 还用模板图层来存储原始的或多余的艺术对象，方便以后使用。在 Gordon 将制作的 PDF 文档作为中间校样传送给客户时，模板图层中的艺术对象将不被包含在内。

嵌套图层

组织图层和子图层

概述：设计一个图层结构；创建图层和子图层；在 Layers（图层）选项板中重新安排图层和子图层，优化图层结构；隐藏和锁定图层；改变 Layers（图层）选项板的显示。

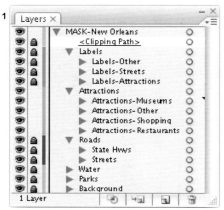

地图的完整图层结构，显示了图层和两层结构的子图层（Layers）选项板的弹出菜单中，选项板选项的缩览图不能使用

选择并往上拖 Attractions-Other 子图层，脱离 Attractions 子图层，然后，将 Attractions-Other 子图层放置在与 Attractions 同等级的位置上

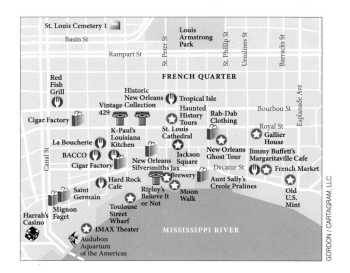

图层是组织艺术对象的一种非常重要的方法。使用 Illustrator，您可以将 Layers（图层）选项板组织成一个嵌套等级结构，使其更容易浏览和使用。在这张为了 Metairie Hampton Inn 所绘制的新奥尔良地图上，Steven Gordon 靠着图层和子图层来整理地图艺术对象。

1 设计图层结构，然后创建并移动图层和子图层。 Gordon 首先为地图设计了一个图层结构，含有相似信息的图层将被嵌套在几个"主体"图层中，这样他就可以非常容易地控制 Layers（图层）选项板，并对图层和子图层进行操作。在设计好对象的图层组织后，打开 Layers（图层）选项板，开始创建图层和子图层（每次新建一个文档时，Illustrator 将自动创建一个图层 Layer1——双击这个图层进行重命名是个好习惯）。在您创建图层时，对一个新图层或者子图层进行命名。按住 Option/Alt 键的同时在图层选项板的最下方单击 Create New Layer（创建新图层）图标或者 Create New Sublayer（创建新子图层）图标。（创建一个子图层时，它是嵌入在一个当前选中的图层内部）。

在接下来的工作中，您可以改变当前图层或者子图层的嵌套来优化图层的组织结构。要做到这一点，在 Layers（图层）选项板中拖动图层的名称，在两个图层的边界处释放。要将一个子图层转换成图层，拖动它的名称，在它的主体图层之上释放或者在主体图层最后一个子图层之下释放。不要忘记，在拖动图层时，该图层所包含的子图层、组合和路径将和它一起移动，从而影响图像中对象的等级结构。

顶部，一个"主体"图层和3个子图层被锁定。底部，主体图层被锁定后，3个子图层的编辑目标没有变淡，显示当主体图层解除锁定后，它们仍然保持锁定

隐藏和锁定图层。 在绘制的过程中，单击主体图层的相关图标可以隐藏或锁定对象的子图层。Grodon 将相关的对象，例如将不同种类的名称置于单独的子图层中，嵌套在 Names（名称）图层中，这样在隐藏或锁定 Names（名称）图层时将隐藏或锁定这些子图层。

　　如果单击主体图层的显示或编辑图标，Illustrator 将自动记住隐藏或锁定的主体图层之前的所有子图层的状态。单击 Names（名称）图层的显示图标，隐藏主体图层，然后再次单击 Names（名称）图标，在 Gordon 将主体图层隐藏前就已经隐藏的子图层仍然保持隐藏。要快速显示所有图层和子图层，选中该图层，在选项板菜单中选择 Show All Layers（显示所有图层）命令。要解除所有图层和子图层的锁定，选择 Unlock All Layers（解锁所有图层）命令。

使用 Layer Options（图层选项）对话框为图层改变颜色

改变 Layers 选项板的显示。 当图层选项板中的图层很多时，改变它的显示可以使选项板更容易浏览。在选项板菜单中选择 Panel Options（面板选项）命令，在打开的对话框中可以设置行和缩览图的大小，或选择没有图标。双击一个图层的名称，并且使用 Color（颜色）下拉列表框改变它的图层颜色。或者按照 Gordon 使用的方法做：按住 Shift 键单击选中相邻的相关图层（按住⌘/Ctrl 键单击鼠标左键可选中不相邻的图层），设置相同的图层颜色以方便您在 Layer（图层）选项板里辨别它们。

解除图层锁定的另一种方法

要快速解除图层中所有对象的锁定，确认图层本身没有锁定（没有锁状图标），然后从 Object（对象）菜单下选择 Unlock All（全部解锁）命令。

让 Illustrator 定位

Illustrator 可以自动扩展 Layers（图层）选项板到隐藏在嵌套图层中的子图层。单击一个对象，从 Layers（图层）选项板菜单中选择 Locate Object（定位对象）命令即可。

基本的外观

制作与应用外观

概述：为一个对象创建外观属性；制作一个具有 3 条描边的外观，将其保存为样式，然后绘制路径再应用该样式；将一个图层定为目标，并应用 Drop Shadow（投影）效果，在图层上创建符号，如果需要可以对图层外观进行编辑。

左图，使用蓝色作为填充色的海，右图，将 Inner Glow（内发光）效果添加到外观属性集之后的水

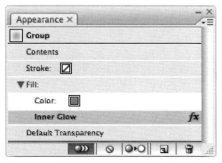

Appearance（外观）选项板通过被应用的 Inner Glow（内发光）效果显示属性的最后设定

用户在使用 Illustrator 的 Appearance（外观）选项板设计复杂的效果、开发可以重复使用的样式和简化设计流程时，将会发现复杂性和简单性并存。在这幅加利福尼亚海岸线的定位地图的绘制过程中，制图师 Steven Gordon 依靠 Appearance（外观）选项板轻松地制作外观，并将它们应用到对象、组合或图层中。

1 为单一的对象制作一个外观。 Gordon 开发了一套外观属性，并将这些属性应用到海岸线、装饰图案和象征太平洋的路径的蓝色填充上。要开始制作外观属性，先打开 Appearance（外观）选项板和其他一些需要用到的选项板。Gordon 最初使用 Pen Tool（钢笔工具）绘制了水的轮廓，并赋予路径一个深蓝色的填充。当海水接近海岸的时候，为了制作海水发光的效果，他应用了一个 Inner Glow（内发光）效果。于是他打开 Appearance（外观）选项板并且单击其中的 Fill（填色）属性。Gordon 执行 Effect> Stylize> Inner Glow 命令，在 Inner Glow（内发光）对话框中将 Mode（模式）设为 Normal（正常），将 Opacity（不透明度）设为 100%，将 Blur（模糊）设为 0.25 英寸，并选取 Edge（边缘）单选按钮，然后他单击对话框的色板，在打开的拾色器中选择白色作为发光的颜色。

2 为高速公路的路径创建一种样式。 在 Illustrator 的早期，要创建这个州际高速公路的"地图符号"，您会采用部分重叠一个路径副本的方式，创建多重描边的线段，现在您可以使用 Appearance（外观）选项板来精确制作一个多重描边的线段了。取消被选中的任何对象，重新设定外观选项板，单击选项板最下方的 Clear Appearance（清除外观）图标。下一步，单击 Stroke（描边）属性的同时选择 Duplicate Selected Item（复制所选项目）图标，就可以复制出一个副本。现在我们来制作 Gordon 的州际高速公路"地图符号"。选择最上方的描边属性，设定一个浅色，宽度为 0.5 像素。选择最下方的属性，接着设定一个深色，宽度为 3 像素。由于您还会再一次使用这个外观属性设置，打开 Graphic Styles（图形样式）选项板，选中新的高速公路对象，按住 Option/Alt 键的同时单击选项板最下方的 New Graphic Style（新建图形样式）图标，为这个样式命名并且单击 OK（确定）按钮。

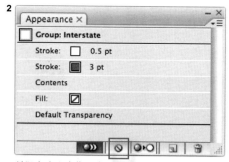

州际高速公路符号的 Appearance（外观）选项板，上面指示的是 Clear Appearance（清除外观）图标

3 为一个组合指定一个样式。 绘制使用上一步创建的新样式进行装饰的多条路径，然后将其全部选取并组合。当地图上的路径相互交叉时，为了能够使 3 层描边相互融合，在 Appearance 选项板中确认 Group（编组）是高亮显示，并应用新的州际样式。

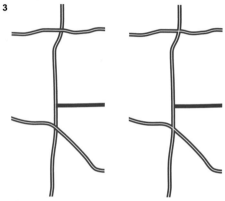

左图，对单独的路径应用样式得到的州际高速公路；右图，在应用样式前，将作为州际高速公路的路径组合起来

4 为整个图层指定外观属性。 将一个图层定为目标，使用外观属性可以对所绘制的对象或放置在该图层上的所有对象创建统一的外观。在 Layers 选项板中为地图符号创建一个图层，并单击图层的目标图标。接着执行 Effect>Stylize>Drop Shadow 命令，则该图层中无论是绘制还是粘贴得到的符号均被自动添加阴影。之后还可以调整阴影，方法是单击图层的目标图标，再在 Appearance 选项板中双击 Drop Shadow（阴影）属性，在弹出的 Drop Shadow（阴影）对话框中改变阴影的值。

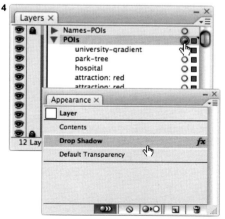

顶图，在 Layers（图层）选项板中将图层定为目标；底图，Appearance（外观）选项板显示 Drop Shadow（阴影）属性（双击该属性可以编辑 Drop Shadow 的值）

建立透视

使用图层和透视网格

MARIC

高级技巧

概述：扫描草图；创建工作图层，使用扫描图作为模板；在每个参考图层绘制一系列线条创建透视；将透视线条转变成参考线；使用透视辅助线构造图像。

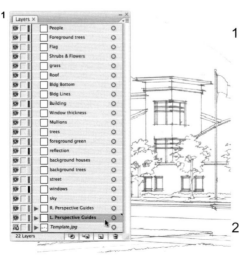

原始铅笔线稿的一部分，该图被置入模板图层为制作参考线准备了一个自定义的图层

渲染建筑物时，必须要做到既能够吸引人们的眼球又要忠实于透视规则。Pete Maric 在俄亥俄州的 Then-Design Architecture of Willoughby 工作，他要绘制一个写实的 Charles A. Mooney PreK-8 学校的图。Maric 谨慎地使用组合的透视栅格来创建一个清晰的场景，并小心地实行图层的管理，来整理这个复杂绘图中的各种元素。

1 **设置图层**。首先开始扫描一个示意图。把扫描后的图片保存为 JPG、TIF 或者 PSD 的格式，然后把它置入到 Illustrator 里，从 Layer（图层）选项板弹出菜单中选择 Template（模板）命令。分析图片并且决定制图中消失点的数量（沿着景物地平线上的点，看上去和平行线相交的地方即是）。为您的组合元素创建一个新图层 [单击位于图层选项板里的 Create New Layer 图标]，并且为制图中的每一个消失点创建附加图层。

2 **创建消失点的定位**。在 Layers（图层）选项板中选中需要制作透视参考线的第一个图层。把您的绘图作为参照物，找到应该和地平线平行的一个特征，例如屋顶轮廓线和地面或者一组窗户。既然地平线很高，那么这些特征可能就真正低于地平线，然而消失点将会一直延长地平线上。使用 Line Tool（直线段工具）沿着已经选中的特征从上到下绘制直线，直到这些线段互相交叉为止（见插图 A）。现在您已经找到了一个消失点——您可能需要把消失点扩展到图稿边界的外面。缩小或者滚动您的图稿视图，看清楚消失点所处的位置。现在，使用 Direct Selection Tool（直接选择工具）选中与消失点相反的一条直线的锚点（其中包含位于那个平面上的对象），把它悬挂到最高点（或者最低点）。如果需要的话，把线条拖延得更长一点（见插图 B）。

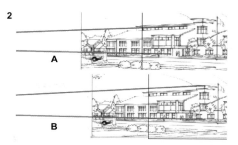

2

拖着透视线使它跟随图片中的元素，就像是窗户跟随消失的点，在这里超过艺术对象的边界（上图），接着调整锚点到最高点和最低点，必要的话将线拉长（下图）。

3 创建多重透视线。 为了能够通过相同的消失点创建中间的线段，选中已经创建的两条线段，然后双击 Blend Tool（混合工具），间距选择 Specified Steps（指定的步骤）选项，接着输入您需要线段的数字。然后选择 Object（对象）>Blend（混合）>Make（建立）命令，或者使用键盘上的快捷键 ⌘-Option-B/Ctrl-Alt-B 制作混合效果（请参阅"混合、渐变与网格"章节，了解混合工具的使用方法）。

至于每一个不同的消失点，您可以重复以上的过程。不过要记住，在它自身的图层上创建每一组透视线，这样您在进行操作的时候能够更加方便地使用它们。

4 制造并使用参考线。 因为 Illustrator 不能从混合对象中创建向导，所以通过 Selection tool（选择工具）选择它们，然后选择 Object（对象）>Expand（扩展）命令。接着，使用 View>Guides>Make Guides 命令将混合对象转换为参考线，或是使用快捷键 ⌘-5/Ctrl-5。现在开始在一个新图层中绘图。您也许想锁定其他包含消失点的参考线，这样在将物件拖到别的位置上时就不会不小心将物件粘到错误的参考线上。

3

通过 Specified Steps 指定的步数）使用 Blend tool（混合工具），来创建多条介于两条主线之间的线

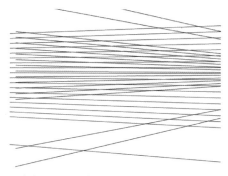

混合的透视线，在转变成参考线之前

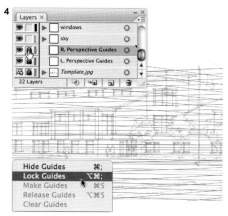

4

通过锁定图层关闭参考线的"捕获"功能（左侧），要锁定或解除锁定参考线，可执行 View>Guides 级联菜单中的命令

文本

随着 Illustrator CS 的发布，在 Illustrator 的庇护下，Adobe 的前两个版本就已经安装了强大的现代化的文字引擎。在 CS3 版本中，Adobe 在 Illustrator 的引擎罩下安装了全新的文本引擎。Illustrator 的引擎罩功能与 Photoshop 和 InDesign 更相似，使 Creative Suite 应用程序更紧凑，还能使 Illustrator 用户更好地利用复杂的新文本特征，这在以前的 Illustrator 中是不可能的。字符和段落样式、支持字符编码以及充分地利用精妙的 OpenType font 的性能等等，这些仅仅是 Illustrator 用户在过去的日子里喜欢使用的一部分先进的字体特性，多亏了这个新发明。

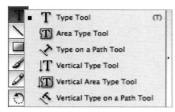

Type Tool（文字工具）、Area Type Tool（区域文字工具）、Path Type Tool（路径文字工具）、Vertical Type Tool（直排文字工具）、Vertical Area TypeTool（直排区域文字工具）、Vertical Path Type Tool（直排路径文字工具）。选择一种文字工具后，按住 Shift 键可使该工具在水平和垂直方向间转换

当然，这前进的一步也是有代价的。因为 Illustrator 现今的文本引擎处理文本的方式有很大不同，因此在 Illustrator CS 之前创建的文本被认为是传统文本，必须升级之后才能在 Illustrator CS3 中编辑（参见本章后面的提示"传统文本"）。同样，将文本存储为早期 Illustrator 版本也是个挑战。

尽管在制作多页文档（如目录和较长的杂志文章）时，用户倾向于使用 QuarkXPress 或 InDesign 等排版软件，在进行 Web 版式设计时用户更倾向于 Dreamweaver 或 Flash 等软件，但本章将给出足够多的理由让用户继续使用 Illustrator 进行单页文档的排版。

意外地选取了文字

如果在用选择工具选取对象时总是错误地选取了文字，执行 Edit Preferences＞Type 命令，勾选 Type Object Selection by Path Only（仅按路径选择文字对象）复选框。当该选项处于选中状态时，除非用户直接单击基线或文字路径，否则都不会选取文字对象（如果找不到路径，可以在 Layers 选项板上 <Type> 目标图标右边单击或用选择工具或套索工具框选至少一个完整的字母来选中文字对象。

印刷控制

文本的许多默认设置都在 Preferences（首选项）的文本区域中，但文本的测量单位是个例外，要在 Edit＞Preferences＞Units & Display Performance 中设定。

7 种文字选项板

Illustrator CS3 提供了多达 7 种的文字选项板，用于创建和操作文本，这些选项板都可以在 Window>Type 级联菜单下获得。嵌套在 Paragraph（段落）选项板和 Character（字符）选项板中的就是 OpenType 选项板，它为用户提供了一种方便地选择 OpenType 字体的途径。Glyphs 选项板可以使用户从大范围特殊字符中快速选择自己想要的字符。Character Styles（字符样式）和 Paragraph Styles（段落样式）选项板套在一起，可以使用户管理 Illustrator 的自动文本格式化功能。Tabs（制表符）选项板可以管理制表符并创建制表符前导字符。

当您第一次打开 Character（字符）选项板和 Paragraph（段落）选项板时，它们的外观显示为重叠状态，单击选项板标签上的双箭头，可以循环显示其中的选项。

3 种文本类型

在 Illustrator 中，通过使用 Type Tool（文字工具）可以得到 3 种文本：Point Type（点文本）、Area Type（区域文本）和 Path Type（路径文本）。Type Tool（文字工具）非常灵活，单击它即可创建点文本对象；单击并拖动则可创建区域文本对象；单击路径即可创建路径文本对象（稍后详述），或者单击任何一个已经存在的文本对象即可输入新文本或编辑文本。通过执行 File>Open 或 File>Place 命令和 Copy（复制）、Paste（粘贴）命令可以获取其他程序创建的文本。

使用文字工具在字母上拖动可以选取词语或完整的文本块，或将文本作为一个对象；使用选择工具单击或框选文本基线可以将完整的文本块作为一个对象选中（基线是指放置文本的直线）。

- **点文本**：使用 Type Tool（文字工具）和 Vertical Type Tool（直排文字工具）在页面上任意位置单击，就可以创建点文本。在单击处将出现一个不断闪烁着的表示当前文本插入点的光标，该光标也被称为 I 型光标，表示此时用户可以用键盘输入文字，按下 Enter 键可以换行。当完成一个文本对象的输入时，单击工具箱中的 Type Tool（文字工具）以同时把当前的文本作为一个对象选中（I 型光标将消失），并指向下一个文本对象的开始处。如果要编辑文本，用 Type Tool（文字工具）单击即可；要将文本选取为一个对象，用任一

选取文本或对象

输入完文本后，可以使用 Type Tool（文字工具）通过单击并拖动字母、单词或基线选中文本；双击选中其中一个单词；三击选中整个段落；按住 Shift 键再单击可扩大选取。如果表示文本插入点的 I 型光标被激活，执行 Select> All 命令将文本中的全部文字选中。如果"I"型光标没有被激活，执行 Select>All 命令则选中图像中所有未锁定的对象。

Underline
Strikethrough

使用 Illustrator 很容易为文本设置下划线或删除线

Character（字符）选项板显示了下划线和删除线按钮

迅速获得路径化文本

用 Type Tool（文字工具）选中或光标在对象上时，按住 Option/Alt 键以迅速获得路径化的文本，然后单击对象的边缘并沿着路径（而非在对象内部）键入文本。

——*Jean-Claude Tremblay*

在 Illustrator 中，文本对象都有一个 in port（入口，位于左上角）和 out port（出口，位于右下角），如果两个端口都是空的，则显示所有文本，对象也没有和其他任何文本对象链接（或关联），用户可以在端口中看到以下符号：

- 在出口中看到一个红色加号，表明文本对象含有溢出文本（超出空间范围）。
- 在入口中有一个箭头，说明对象与前面的文本对象相关联，文本排列到当前对象中。
- 在出口中有一个箭头，说明对象与后面的文本对象相关联，文本排列溢出对象。

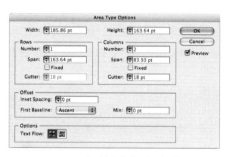

Area Type Options（区域文字选项）对话框

在默认情况下，使用 Illustrator CS3 的 Scale Tool（比例缩放工具）将会缩放文本的外框和内容。如果只缩放文本的外框，先直接单击选中它，然后使用比例缩放工具，或者手动缩放文本的边界框。

——*Jean-Claude Tremblay*

选择工具单击即可。

- **区域文本**：使用 Type Tool（文字工具）单击并拖动，创建一个矩形框，可在其中输入文本。一旦定义了矩形框，将出现 I 型光标，等待用户输入文本。当输入的文本到达矩形框的边缘时，文本将自动换行。

另一种创建区域文本的方法是绘制一条路径（可以使用任意工具）形成一个图形，在其中可以放置文本。单击并保持 Type Tool（文字工具）以获取其他工具，或者按住 Shift 键可在相似的工具间进行水平或垂直方向的转换（参阅本章后面的"切换文字工具"提示）。选择 Area Type Tool（区域文字工具）或 Vertical Area Type Tool（直排区域文字工具）在路径上单击，就可以在路径内部放置文本。使用 Direct Selection Tool 选中一个节点并将其移动到新的位置，能够扭曲路径形状，或者调整方向线也能够改变路径形状，路径之内的文本也将随着路径形状的变化而重新排列。

Illustrator 的 Area Type Options（区域文字选项）对话框（执行 Type>Area Type Options 命令）可以使用户对区域文本的许多重要属性进行精确控制。用户可以对选取的文本设定宽度和高度，可以设置行和列的精确值，文本根据用户输入的数值重新浮动；还可以选择缩放时这些数值是否保持不变，指定 Offset（位移）选项，包括插入的数量和文本首行基线的排列；Text Flow（文本排列）选项决定文本怎样排列于行和列之间。

可以为文本区域设置制表符，选中文本对象后，执行 Window（窗口）>Type（文字）>Tabs（制表符）命令，弹出的 Tabs（制表符）选项板会与文本框对齐。当用户移动或缩放文本时，会发现 Tabs 选项板不与文本框一起移动。没关系，如果用户无法使两者对齐，只要单击 Tabs（制表符）选项板上的 Magnet 按钮，选项板就会快速地与文本框对齐。

Tabs 选项板具备一项新特征，即：用户可以自己创建 Tab Leaders（制表符前导符）。Tab Leaders 是重复的字符格式，这样字符将介于制表符与其后的文本之间。选择 Tabs 选项板中一个停在标尺上的制表符，在 Leader（前导符）文本框中输入一个达 8 个字符的文本，然后按 Enter 键，用户会发现自定义的 Leader（前导符）类型会在制表符宽度内重复使用。

- **路径文本**：使用 Type Tool（文字工具）在路径上单击即可将文本沿路径边界排列（此时路径会变得没有描边或填充了）。

选取 Path Type（路径文本）对象后，会出现 3 个括弧：一个在路径文本的起始处，一个在路径文本的中间，还有一个在路径文本的结束处。在起始和结束处的括弧都代表独立的入口和出口，可以用来链接对象间的文本（参见提示"插图化端口"）；中间的括弧用来控制路径文本的位置，按住鼠标直到出现一个倒 T 形的图标，接着可以拖动中间的括弧重新给文本定位。拖动括弧穿过路径会使文本翻到路径的另一边，拖动括弧沿着路径的方向向前或向后，会使文本沿着这个方向移动。

与区域文本相似，当使用 Direct Selection Tool 改变路径形状时，路径上的文本将自动重新调整以适合新路径的形状。

Path Options（路径选项）对话框中的 Type（Type>Type on a Path>Type on a Path Options）可帮助用户设置大量的路径文本属性。用户可以在 5 种路径文本效果中选择；勾选 Flip（翻转）复选框会自动使文本翻转到路径的另一边；有一个菜单可使用户设置与文本相关路径对齐；Spacing（间距）控制使用户在文本围绕曲线移动时，可以调整文本的间距（所有路径文字效果可通过 Type>Type on a Path 级联菜单获得）。

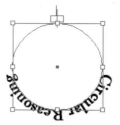

用户可能会注意到，当尝试着将路径文本设置到圆中并已将文本设为 Align Center（对齐中心）时，文本将集中在圆的底部

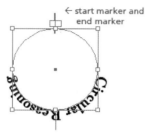

这是因为每个路径文本对象都有两个手柄（起始标记和结束标记），文本就分布在这两个标记之间。当用户先绘制圆然后对其应用路径文本时，两个手柄同时在圆的顶部出现，因为圆是闭合路径

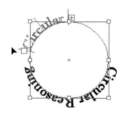

如果要将文本放置在圆的顶部，用户要做的仅仅是抓取起始标记手柄，然后将其拖动到 9 时所在的位置，抓取结束标记手柄将其放置于 3 时所在的位置，此时文本将在这两个手柄之间居中放置在圆的上部

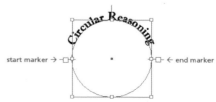

记住：在处理文本的居中对齐时，一定要注意观察这些起始标记手柄和结束标记手柄，并确认它们所在的位置

为了手动把路径上的文本移动到路径的另一边,可以选取文本并拖动中间的手柄(在文本中的细蓝线)穿过路径,如上图中的红色箭头所示。当文本靠近手柄时,将发现在光标旁边有 T 型图标出现

同样的文本,拖过路径然后释放鼠标,释放后,文本会出现在蓝色文本所指的上方路径中,用户可以拖动中间的手柄从一边到另一边,以调整文本的位置——只是不要再拖过路径,否则文本又跳回去了。用户也可以通过执行 Type>Type on a Path>Type on a Path Options 命令使文本自动跳过路径。选中 Flip(翻转)复选框,然后单击 OK 按钮

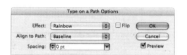

Type on a Path Options (路径文字选项) 对话框

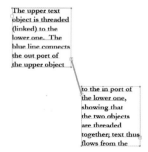

上部的文本对象和下部的文本对象相链接。蓝线连接了上部文本的输出端口与下部文本的输入端口,表明这两个对象相链接,文本可以从第一个对象转移到第 2 个对象中。下部文本输出端口中的红色加号表明有其他更多的溢出文本,可以转移到第 3 个链接对象中

使用链接文本

如果没有足够的空间显示文本对象,用户将看到右下方的小方框上有一个加号(这个方框叫做输出端口,详细信息请参阅本章前面的提示"插图化端口")。为了扩大对象以显示更多文本,可用选择工具选取边界框并拖动,重新定义尺寸(如果要按比例定义尺寸,可按住 Shift 键)。

想要添加新的、可以容纳溢出的文本对象,使用 Selection Tool(选择工具)选中第一个文本对象,然后单击输出端口的红色加号标志,光标会变成"载入文本"光标,它看起来像一个很小的文本块。接着,用户可以单击画板,创建一个和初始对象形状大小都相同的文本对象,或者拖动创建一个任意尺寸的文本对象。不管使用哪种方法,新的文本对象都会与初始文本链接,不适合于第一个对象的文本将转换至第二个对象中。

注意:确认在 Preferences(首选项)的 Type(文字)区域中 Type Object Selection by Path Only(仅按路径选择文字对象)复选框已被禁用,否则上述过程不会生效。

同理,单击第一个对象中的加号标志,然后单击接受溢出文本对象的路径,也可链接已经存在的文本。(注意光标,它将指示正确的结束位置)。同样也可以使用菜单命令来链接对象:用 Selection Tool 选取第一个对象,然后按 Shift 键并单击第二个对象。执行 Type>Threaded Text>Create 命令,对象就被链接了。

当然,对象之间的链接也可以很容易地取消。如果要取消两个对象之间的链接,首先选中对象,然后双击它的输入端口以解除它与前一个对象的链接,或者双击它的输出端口以解除它与后一个对象的链接。同样,可以选中对象,只单击其输入端口或输出端口,然后单击链接的另一个结束点,取消链接。

通过选中对象，执行 Type>Threaded Text> Release-Selection（释放所选文字）命令，也可以将其从一个链接的文本上释放。或者，如果要取消与一个对象的链接而使文本不动，首先选取对象，执行 Type>Threaded Text>Remove Threading（移去串接文字）命令。

使用环绕文本

现在 Illustrator 对文本环绕的处理与 Illustrator CS 之前的版本有点不同。文本环绕是一个对象属性，用来设置有文本环绕的对象（称作环绕对象）。首先，确认在 Layers（图层）选项板上将要被文本环绕的对象放置到用来环绕的文本上。然后选中环绕对象，执行 Object>Text Wrap>Make 命令，在弹出的 Text Wrap Options（文本环绕选项）对话框中，设置位移量并勾选 Invert Wrap（反向绕排）复选框。还可以在一组对象上环绕文本。为了在已经有文本环绕的一组对象上加一个新对象，把 Layers（图层）选项板中的对象图标拖至这组对象上即可。要取消对象的文字环绕，选中对象，执行 Object>Text Wrap>Release（释放）命令。要更改一个已有的环绕对象的选项，选中对象，执行 Object> Text Wrap>Text Wrap Options（文本绕排选项）。

字符和段落样式

Illustrator 的 Character（字符）选项板和 Paragraph（段落）选项板能格式化文本，只需一次改变一个属性即可。通过功能强大的 Character（字符）选项板和 Paragraph Styles（段落样式）选项板把文本的格式化提高到了一个新的水平，现在用户只需应用合适的样式，就可以应用多重属性。（在 Window>Type 级联菜单下共有 4 个和文本有关的选项板命令。）

可以从头开始或者基于已有的样式创建新的字符

快速变形文字工具

使用常规文字工具时，在以下情况下要特别注意光标的变化。

- 当把常规文字工具置于闭合路径上时，光标将变成 Area Type Tool（区域文字工具）图标。

- 当把文字工具置于开放路径上时，光标将变成 Path Type Tool（路径文字工具）图标。

路径文字与闭合路径

尽管 Type Tool（文字工具）光标看起来似乎指示着只能对开放路径应用路径文本，但实际上也可以对闭合路径（按住 Option/Alt 键）应用路径文本。

切换文字工具

要在垂直和水平模式之间切换文字工具，首先确认未选中任何对象，然后按住 Shift 键切换工具到相反模式。

隐藏文本链接

使用页面排版程序（如 InDesign 或 QuarkXPress）的用户将会熟悉 Illustrator 显示链接的方式——在链接对象之间绘制直线。如果这些直线影响工作，可以通过 View>Show/Hide Text Threads 命令来进行显示和隐藏的切换。

传统文本

Illustrator 新增的文本引擎（在 CS 版本中引入，在 CS2 版本中改进）可以实现许多新的文本特征，但同样意味着其处理文本的方式与以往版本有所不同，因此要想在 CS3 中编辑传统文本（以往版本中创建的文本），就必须先将其升级。

打开一个包含有传统文本的文件时，将弹出一个对话框，提醒用户其中包含了需要升级的文本。对话框将不时地提供升级文本的选择，要么单击 Update（更新）按钮更新，要么等到最后单击 OK（确定）按钮。没有升级的文本可以被查看、移动或打印，但是不能被编辑。当选中传统文本时，定界框中将出现"X"标记。当文本被升级时，用户可能会看到如下变化：

• 前导字符、轨迹和字距有变化。
• 区域文字中，词语溢出，行之间产生变形或链接对象变化。

执行 Type>Legacy Text>Update All Legacy Text 命令可以在任何时候升级所有传统文本；用 Type Tool（文字工具）单击特定的传统文本即可升级它。为了便于比较，可以把传统文本保存在升级文本下面的一个图层上。

和段落样式。要创建新的样式：使用当前文本的样式作为默认样式，并使用默认的名称（如果愿意可修改），然后在 Character Styles（字符样式）选项板或 Paragraph Styles（段落样式）选项板上单击 Create New Style（创建新样式）按钮。如果想在创建时即给新样式命名，选择 Character Styles（字符样式）选项板菜单中的 New Character Styles（新建字符样式）或 Paragraph Styles（段落样式）选项板菜单中的 New Paragraph Style（新建段落样式）命令。也可在按住 Option/Alt 键的同时单击 New Style（创建新样式）按钮，在出现的对话框中为新样式命名，并单击 OK 按钮，新样式将出现在 Character Styles（字符样式）选项板或 Paragraph Styles（段落样式）选项板中。

要在已有的样式上创建新样式，首先在 Character Styles（字符样式）选项板或 Paragraph Styles（段落样式）选项板中选择已有的样式，然后在选项板菜单中选择 Duplicate Character Style（复制字符样式）或 Duplicate Paragraph Style（复制段落样式）命令，新复制的样式将出现在选项板上。

要更改新的或已有样式的属性，在 Character Styles（字符样式）选项板或 Paragraph Styles（段落样式）选项板中选取样式的名称，并且从选项板菜单中选择 Character Style Options（字符样式选项）或 Paragraph Style Options（段落样式选项）命令。在打开的对话框中可以设置样式属性，包括字体、尺寸、颜色等基本特征和 OpenType 特征。

在文本中应用样式，只需选中想要格式化的文本，单击 Character Styles（字符样式）选项板或 Paragraph Styles（段落样式）选项板中的样式名称即可 [如果文本重叠（过渡格式化），以上操作将不起作用；此时需要再次单击消除重叠]。

应用 OpenType

Adobe 公司对 Illustrator 处理文本的方式进行改进的主要原因之一就是使用户充分利用 OpenType 字体的复杂特性（如果要强调某个节点，现在 Illustrator 捆绑了一套免费的 OpenType 字体，用户可以使用它们快速地创作）。OpenType 字体最大的优点之一是它们有各自独立的平台，因此很容易在 Mac 和 Windows 系统平台之间切换。

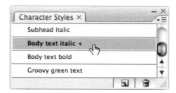

Character Styles（字符样式）选项板

Paragraph Styles（段落样式）选项板

当用户使用任何一种 OpenType 字体时，输入的同时 Illustrator 将自动设置标准连体（参见右边的例子）。通过 OpenType 选项板可以设置 OpenType 其他的特征选项。在默认情况下，OpenType 选项板嵌套在 Character（字符）选项板和 Paragraph（段落）选项板中，可以通过 Window>Type>OpenType 命令打开该选项板。在 OpenType 选项板包含的两个菜单中，用户可以控制样式、数字的位置。它还有一行按钮，通过按钮可以选择是否使用标准连体（针对字母对，如 fi、fl、ff）或自由连体（针对字母对，如 ct 和 st）、花体字（夸张修饰的字符）、烫印标题字符（用于标题的大写）、格式变形（常规字符的多种版本）、上标序数和分数。

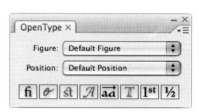

OpenType 选项板

输入时 OpenType 字体将自动设置标准连体（除非在 OpenType 选项板中关闭此特性）。在上面的例子中，第一行的文本是用标准的 Adobe 的 Minion 字体设置的，第二行的文本是用 Minion Pro 字体设置的，Minion Pro 是在安装 Illustrator 时自动装载的 OpenType 字体中的一种，Minion Pro 对 "ff" 和 "ffl"（见第二行）进行了连体，看起来更加精致复杂

若要了解关于 OpenType 选项板命令的更多信息，请参阅 Wow！ CD 中 InDesign 专家 Sandee Cohen 编写的帮助 PDF 向导（文件名是 "OpenType.pdf"）。该文档选自 Cohen 的《InDesign CS3 Visual QuickStart Guide》一书，为用户如何使用 OpenType 字体提供指导。

Glyphs 选项板

Illustrator 新增的 Glyphs 选项板可以帮助用户快速获得许多特殊字符，包括连体字、修饰字、花体字和分数等 OpenType 字体。执行 Window>Type>Glyphs 命令，将弹出 Glyphs 选项板，使用 Type Tool（文字工具）单击想要插入特殊字符的位置，然后双击 Glyphs 选项板

Glyphs 选项板

Lorem ipsum dolor sit amet, consectetuer adipiscing elit. Sed at nibh. Nam ultrices erat nec pede. Vivamus est ante, aliquet vel, fermentum et, nonummy eget, ante. Morbi metus nisl, placerat ut, accumsan id, aliquet vel, nulla. Aenean scelerisque dapibus nunc. Proin augue. Vestibulum dictum. Morbi eget urna. Phasellus id augue. Nulla congue imperdiet dolor. Lorem ipsum dolor sit amet, consectetuer adipiscing elit. Sed at nibh.

用单行设计方法完成的文本

Lorem ipsum dolor sit amet, consectetuer adipiscing elit. Sed at nibh. Nam ultrices erat nec pede. Vivamus est ante, aliquet vel, fermentum et, nonummy eget, ante. Morbi metus nisl, placerat ut, accumsan id, aliquet vel, nulla. Aenean scelerisque dapibus nunc. Proin augue. Vestibulum dictum. Morbi eget urna. Phasellus id augue. Nulla congue imperdiet dolor. Lorem ipsum dolor sit amet, consectetuer adipiscing elit. Sed at nibh.

用全行设计方法完成的相同文本，这种方法使文本减少破碎感，自动生成更多统一一行长的文本块

对象的行与列

要从非文本对象创建行和列，选取该对象并执行 Object>Path>Split into Grid 命令即可。

如果缺少字体……

即使缺少字体，用户依然能打开、编辑和保存文件，因为 Illustrator 能记住使用过的字体。然而，此时的文本将不能正确地转换，文件也不能正确地打印，除非安装或替换正确的字体。当选择 Document Setup（文档设置）文字区域中的 Highlight Substituted Fonts（替代的字体）复选框时，使用默认字体的文本对象将被重点标识出来。

中将要插入的字符将它插入到文本中。在 Glyphs 选项板中，您会发现很多特殊字符（如＊或🐾），如果需要分离的字体，也能在 Glyphs 选项板中找到。

全行设计

Illustrator 提供了两种设计方法来决定文本块中的换行位置：Single-line Composer（单行设计）和 Every-line Composer（全行设计）。

单行设计（在 CS 之前的版本中是惟一选项）是一次对一行文本应用连字符连接和合理性设置，但是这样做会生成不规则或难看的文本块。考虑到这一点，新增的全行设计可以自动决定整个文本行之间的连接。应用新增的全行设计功能可以尽量减少连字符，保持长度和间距的一致性，而不用手工操作。但是，如果要对文本进行微处理并手工控制每一行的换行，用户仍然需要借助单行设计。

要使用这两种设计方法，首先选中要设计的文本，在 Paragraph（段落）选项板菜单上选择 Adobe Every-line Composer 或 Adobe Single-line Composer 命令。

更多的文本功能（在 Type 或 Window 菜单下）

- **查找字体**：如果用户试图打开一个包含没有正确安装的字体的文件，Illustrator 将警告用户，列出所有缺少的字体，并询问用户是否继续打开该文件。如果需要正确地打印，则必须安装正确的字体；如果用户没有这些字体，则可以选择 Find Font（查找）命令进行定位，并使用希望的字体替换缺少的文字。

Find Font（查找）对话框最上方的列表框中列出了应用文档上的字体，一个星号代表一种缺少的字体，字体名称右侧的符号代表了字体的类型。用户可以使用系统或文档中已应用的字体替换选中的字体。要想只显示出用户想要用来进行替换的字体，在列表中取消那些不希望显示出来的字体类型。要替换一种已应用于文档中的字体，先在对话框上方的列表框中将它选中，再在对话框底部的列表框中选择一种用来替换的文字即可。用户可以先单击 Change 按钮，再单击 Find 按钮，单独将应用了选中字体的各处文本进行替换；也可以单击 Change All 按钮，将所有应用了选中字体的文本同时替换。

注意：当在对话框上方的列表框中选中一种字体时，文档中应用了该字体的文本将变成选中状态。

- **文本方向**：通过执行 Type（文字）>Type Orientation（文字方向）>Horizon-tal（水平）或 Vertical（垂直）命令，可将文本方向由垂直更改为水平，反之亦然。

- **转换大小写**：通过执行 Type（文字）>Change Case（更改大小写）级联菜单命令，可通过下列 4 个命令改变选中文本的大小写：Uppercase（大写）、Lowercase（小写）、Title Case（词首大写）和 Sentence Case（句首大写）。

- **适合标题**：是一种能够快捷地以指定距离展开标题字符间距的方式。首先，在一个区域内创建标题，而不是沿着路径创建，接下来设置希望文本具有的字号。选中标题后，执行 Type>Fit Headline 命令，这些文本将展开并填满事先指定好的区域。这项功能对水平和垂直文字工具均适用。

- **显示和隐藏字符**：显示软回车和硬回车、单词间距以及形状非常怪异、指示着文本流终止的字符。通过执行 Type（文字）> Show Hidden Characters（显示隐藏字符）命令可以在显示和隐藏字符间切换。

将文本转换为轮廓

可以使用 Appearance（外观）选项板将多种描边应用

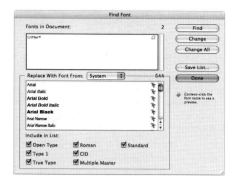

Find Font（查找字体）对话框

小心地选取文本！

使用过大量字体并不一定使用户成为文字专家，更不用说使用过钢笔就可以成为一位美术大师。尽量尝试，但要得到专业的印刷体效果，一定要咨询专家。Barbara Sudick 设计了这本书的文本。

不要将小字号的文本转换为轮廓

如果用户正在准备打印高分辨率的大幅画或正在使用较大字号的文本，那么可以将文本对象转换为轮廓。然而，由于字体改进技术的原因，小字号的文字对象转换为轮廓后在屏幕上看起来（或用 600dpi 的打印机输入的效果）将不如转换前清晰。

于可编辑的文本，甚至可以使用生动的、可编辑的文本可靠地制作蒙版，因此尽管将文本转换为轮廓并非是好的选择，但在有些时候将文本转换为轮廓的确是您最佳的选择。

将安装在系统中的字体应用于所建的文本或完成对文本元素的调整（例如调整字号、行距、特殊字距、字距微调等）之后，用户即可将文本转换为 Illustrator 对象。转换后得到的对象由标准的 Illustrator 贝塞尔曲线构成，将不能再作为文本进行编辑；这些贝塞尔曲线可能包含有复合路径以构成具有"镂空"效果的对象（例如，中心透明的 O、B 或 P 字母）。

对于 Illustrator 的所有路径，用户可以使用 Direct Selection Tool（直接选择工具）选择并编辑它们。为了将文本转换为轮廓，选择所有想转换为轮廓的文本块（选择了非文本对象也没关系），然后再执行 Type> Create Outlines 命令。如果要使用带颜色的字母填充漏空，首先选择复合路径，然后执行 Object> Compound Path（复合路径）>Release（释放）命令（关于复合路径的更多介绍，请参阅"进阶绘图与着色"一章）。

注意：对于小字号的文本，并不推荐将其转换为轮廓——参阅本章导言前面的提示"不要将小字号的文本转换为轮廓"。

为什么将文本转换为轮廓？

在以下几种情况下将文本转换为轮廓会比较有用。

- **进行图形转换或扭曲组成单词或字母的单个曲线或锚点**。对一个单词来说，可以实现从最微小的拉伸到极端的扭曲的各种转换，参见本章后面的画廊（Warp Effect 和 Envelopes 有时也用于同样的目的，请参阅"活效果与图形样式"一章）。

- **当把文本输出到其他程序中时可以保持字母和单词的**

距离。许多能够导入 Illustrator 创建的、可编辑文本的程序并不支持用户自定义的特殊字距和单词词距，因此在包含自定义单词和字母间距的情况下，在导出 Illustrator 文本前最好将文本转换为轮廓。

- **不必向客户或服务部门提供字体。**使用外语字体时，或将 Illustrator 制作的图形交给别人打印时，或在不允许嵌入所有字体时，将文本转换为轮廓显得特别有用。如果客户没有自己的字体许可证，而您自己的字体许可证可能不允许给客户，在这种情况下，请将文本转换为轮廓。

新的双效吸管

Eyedropper Tool（吸管工具）能将一个文本对象的外观属性（包括描边、填充、字符和段落属性）复制到另一个文本对象。

新增的双效吸管有两种模式：Sampling（取样）吸管模式和 Applying（应用）吸管模式。要使用 Eyedropper Tool（吸管工具）将文本格式从一个对象复制到另一个对象，首先从工具箱中选择 Eyedropper Tool（吸管工具），将它放在未选取的文本对象上，您会看到这时吸管处于采样模式（它的角度朝向左下方）。当它在文本对象上正确定位之后，在吸管光标旁边就会出现一个小 T 字。单击文本对象，拾取它的属性。

在将吸管放在未选中的文本对象（您将对它应用刚才采样的属性）上，并按住 Option/Alt 键，这时您会看到吸管转变到应用模式：角度朝向右下方，看起来是充满的。如同采样模式的吸管一样，应用模式的吸管在文本上正确定位之后也会看到小 T 字。单击文本即可应用刚才在第一个对象上采样的属性。

另一种替代方法是，首先选取想改变外观属性的文本对象，然后将吸管移到未选中的文本对象（将复

采样模式的吸管，它提取属性，角度朝向下方。当吸管正确放置时，就会出现吸管旁边的小 T 字样，例如，离文本足够近以通过单击采样属性

当用采样吸管单击文本时，吸管中出现了"油墨"以显示其已经采样了文本的属性

应用模式的吸管，当用户按住 Option/Alt 键时出现，其功能与 Illustrator 前期版本中的 Paint Bucket 相似——它对对象应用属性。注意应用模式的吸管角度朝右下方，并填满油墨。如同在采样模式的吸管一样，当吸管被正确放置时将出现小 T 字样，然后按住 Option/Alt 键单击文本即将先前采样的属性应用到了文本上

描边文本的外观

向文本添加描边的属性而不将字符扭曲的方法如下：用 Selection Tool（选择工具）而非 Type Tool（文字工具）选取文本，然后用 Appearance（外观）选项板菜单的"Add New Stroke（添加新描边）"命令为文本添加新的描边，并将新描边放置在 Characters（字符）条目之下，再调整新的颜色和宽度即可。

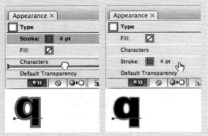

创建新的文本对象

重新选择 TypeTool（文字工具）即可结束一个文本对象；再单击 Type Tool（文字工具）将开始创建一个新的文本对象。或者按下⌘/Ctrl 键（同时将光标定位于选择工具）取消对当前文本的选择，然后在文本块的外部单击。

将多个文本块合并为一个文本块

要将分开的区域文本或点文本对象连接起来，首先可以使用任意选择工具将所有这些文本选中并复制，绘制一个新的区域文本框再进行粘贴，文本将以在页面上出现的原始堆叠顺序为文本排列方向粘贴到新文本框中（在选取文本时选取了图表元素也不要紧，因为这些元素不会被粘贴）。

——Sandee Cohen

制它的属性）上。正确定位后，会出现小 T 字样，单击即采样了未选中文本对象的属性并将它们应用到了先前选取的对象上。

在文本中使用外观选项板

处理文本时，用户使用的是字符或文本对象，或者两者都有。理解两者的区别将有助于在样式化文本时获取并编辑想处理的文本内容。为了理解两者的区别，在工作时请注意观察 Appearance（外观）选项板。

字符

当使用 Type Tool（文字工具）单击输入文本时，您将直接使用字符。在 Appearance（外观）选项板中，用户将发现字符线下面有一个空白描边和一个黑色填充，可以在字符的填充和描边上应用一种颜色或图案。要编辑字符的填充或描边，用 Type Tool 从文本中拖动或双击 Appearance 选项板中的 Character（字符）选项。

　　在处理字符时，有些操作是不能实现的（尽管可以使用文本对象）：在 Appearance（外观）选项板中不能将描边移至填充下方或将填充置于描边上方；不能向字符的填充或描边应用效果；同样也不能向字符应用渐变填充，不能向字符直接添加多重填充或描边；也不能改变不透明度或混合模式。

文本"对象"

所有文本都包含在 Point Type（点文本）、Area Type（区域文本）或 PathType（路径文本）对象中。当使用 Selection Tool（选择工具）选取并移动文本到页面时，使用的就是文本对象。

　　可以将文本对象看作是一个由字符组成的集合。有些操作不能直接使用字符完成，但通过组合对象就可以做到。

例如，用户可以增加一个新的填充，注意 Appearance（外观）选项板上的变化——将出现另一个 Fill（填充）和 Stroke（描边），而且位置在选项板中的 Character（字符）之上。用来处理字符的填充和描边依然存在，双击选项板上的 Character（字符）就会重现，但是这样做，用户会回到字符编辑状态；用选择工具重新选择文本对象，将返回编辑文本对象而不是它的字符。

当向文本对象添加新的填充或描边时，文本对象的颜色或效果将与字符颜色相叠加。排列在选项板顶部的填充和描边将在排列在选项板底部的填充和描边上面着色，了解到所有应用到文本的填充和描边都将被着色，便可以预测文本对象和字符改变后的视觉效果。所以如果增加一个新的填充并应用白色，文本将变成白色（白色填充将叠加在字符的黑色填充之上）。

为了试验以上操作是如何发生的，首先创建两个大号（例如 72pt）字体的文本对象，然后用文字工具选中其中一个对象，编辑字符。在 Appearance（外观）选项板中将默认的黑色填充改为红色。

为了对文本对象进行编辑，用 Selection Tool（选择工具）选取另一个文本对象。添加一个新的填充 [在 Appearance（外观）选项板上选择 Add New Fill（添加新填色）命令]；在默认情况下，该文本对象以黑色填充，这将盖住为字符应用的红色填充。当文本对象依然处于选中状态时，单击 Swatches（色板）选项板菜单中的 Open Swatch Library> Other Library 命令，在打开的菜单中单击 Patterns（图案）>Decorative（装饰）>Decorative_Modern.ai（装饰_现代）命令，在 Decorative_Modern 选项板上单击其中的色块。当文本对象以图案填充时，图案的黑色对象覆盖了红色的字符，而其空白区域则让红色显现出来。

了解文本对象与其字符之间的不同是十分重要的，

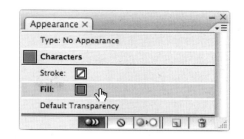

Appearance（外观）选项板显示在 Character（字符）级，将红色填充应用于文本

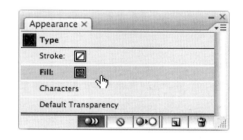

Appearance（外观）选项板显示中国螺旋图案（源自 Decorative_Ornaments 图案库）在文本对象级填充文字

参阅"透明度"一章中 Gordon 的"漂浮的文本"课程，了解怎样为区域文本对象创建透明的背景

如果使用 Vertical Area Type Tool（直排区域文字工具），文本将自动从区域右边界向左边排列。对于使用 Roman 字体和印刷标准的用户来说，这个工具没什么用处，因为 Roman 字体自动从左往右排列（参见本章前面的提示"支持多国文字"）。

Typography

Typography

Typography

顶部，原始的点文本对象；中部，使用 Preserve Text Editability（保留文本可编辑性）输出的相同文本对象；底部，使用 Preserve Text Appearance（保留文本外观）输出的文本对象

这将有助于用户理解为什么在很好的文本上会发生一些糟糕的事情（例如：黑色环绕着红色的螺旋线），因此可以帮助用户很好地处理文本。学习后面的课程和画廊将有助于更好地理解字符与其文本对象之间的区别。

保存和导出 Illustrator 文字

Illustrator 新增的文本引擎将印刷控制和灵活性都提高到了一个新的水平，使印刷更具可控性和灵活性。以前版本文件中的文本对象或 EPS 文件将被分解成点、路径文本对象的组合或转换成轮廓。惟一的选择就是执行 File（文件）>Document Setup（文档设置）命令，并在打开对话框的"导出"下拉列表框中选择 Preserve Text Editability（保留文本可编辑性）或 Preserve Text Appearance（保留文本外观）选项。

如左边的插图所示，选择 Preserve Text Editability（保留文本可编辑性）选项将单词"Typography"拆分成 8 个点文本对象。相反，选择 Preserve Text Appearance（保留文本外观）将把所有文本变形为轮廓。不论是哪一种情况，在老版的 Illustrator 中用户的文本都将被严格限制。

在做一个重要项目或紧急事务之前，最好先把 Illustrator CS3 文本调入其他程序中测试，虽然可能不用在其他程序中编辑文本，但是请确保正确输出并且看起来和在 Illustrator CS3 中一样。

在 Illustrator 和 InDesign 中，用 Selection Tool（选择工具）在文本对象上双击可立即切换到 Type Tool（文字工具）进行编辑。虽然很多用户喜欢这个功能，但也有一些用户觉得它很烦。如果无意中切换了太多次，请调整系统的双击速度。

当在一条紧密曲线上的文本被挤压或是分开时，选择 Type（文字）>Type on a Path（路径文字）>Type on a Path Options（路径文字选项）命令，并从 Align to Path（对齐路径）下拉菜单中选择 Center（中央）选项。在 Character（字符）选项板上设定 Baseline Shift 为 0，并移动路径直到文本位于您想要的页面位置上。——*Steven Gordon*

GORDON / CARTAGRAM, LLC

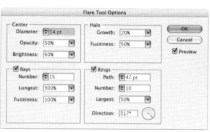

画廊：Steven Gordon/Cartagram，LLC

为创作本标签设计图，Steven Gordon 在不透明蒙版中用 Flare Tool（光晕工具）模仿了一道从云隙射下来的阳光。他先绘制了一个矩形并用三色渐变填充，然后选用 Type Tool（文字工具）并输入 Zion（他保留了文本对象的黑色，当后来用作蒙版时，作品继续保持不透明）。接着 Gordon 选择了 Selection Tool（选择工具）并制作了文本对象的副本。打开 Transparency（透明度）选项板并从选项板菜单中选择 Make Opacity Mask（建立不透明蒙版）命令。为了选择不透明蒙版并开始处理蒙版，可单击蒙版缩略图（右边的缩略图）并单击 Invert Mask（同时 Clip 选项也继续使用）。然后，执行 Edit＞Paste in Front 命令把文本对象粘贴至蒙版。为了得到阳光效果，Gordon 从工具箱中选择 Flare Tool（光晕工具），将光标置于字母 o 和 n 之间并拖动闪光点向外围扩充。为使闪光外观有规则，双击 Flare Tool 图标，在 Flare Tool Options（光晕工具选项）对话框中调整了 Diameter（直径）、Opacity（不透明度）、Direction（方向）和其他选项。为了回到非蒙版工作模式，Gordon 在 Transparency（透明度）选项板中单击艺术对象缩略图（左边的缩略图）。最后，对选中的文本对象应用深褐色，完成标签的创作。

曲线文字

在弯曲的路径上输入文字

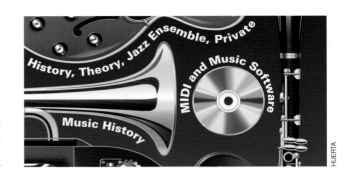

概述：创建艺术对象；复制对象路径，然后剪切路径到可工作的长度；给路径添加文本并偏移文本；将文本转换成轮廓并编辑字符路径。

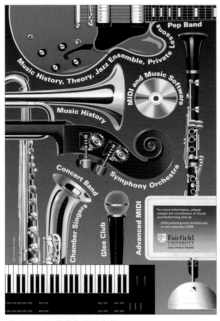

为 Fairfield 大学完成的海报

1

吉他路径的 Outline（轮廓）视图

在这幅旨在促进高校和高中学生学习 Fairfield 大学的音乐课程的海报中，设计师 Gerard Huerta 利用乐器曲线和文本串捕捉了音乐学习的多样性。为了使一些乐器的紧密曲线更具组织性地对齐文本字符，Huerta 将文本转换成了轮廓，然后编辑了字符路径的形状。

1 创作草图并扫描形状，然后在 Illustrator 中重绘。 Huerta 首先用铅笔描绘了乐器形状的草图，然后扫描该图并将扫描图作为模板图层置入 Illustrator。Huerta 用 Pen Tool（钢笔工具）绘制形状，用渐变和渐变网格处理颜色，创建了乐器然后排列它们，为接下来要创建的文本留出空间。

2 为文本创建路径，然后在路径上创建文本。 可以用 Pen Tool（钢笔工具）或 Pencil Tool（铅笔工具）绘制与对象平行的路径，以设置文本，或者像 Huerta 一样使用对象的副本。首先，复制想让文本平行的路径并贴在前面（执行 Edit> Paste in Front 命令）以让副本直接与原图重叠。用 Scissors Tool（剪刀工具）剪切路径，使路径变为开放而非闭合的。然后用 Type Tool（文字工具）在线条上单击并在路径上输入想要的文字。沿着路径拖动以定位文本——如果文本在错误的路径端终止，将 I 型光标拖动到路径的另一端即可。确认 Character（字符）选项板是打开的，并且文本依然处于选中状态。在 Character（字符）选项板上，在

Baseline Shift （基线偏移）文本框中输入一个负值或从下拉列表中选取一个负值。通过增加或减少 Baseline Shift（基线偏移）的值可从路径中调整文本的偏移量；用 Direct Selection Tool（直接选择工具）或 Pencil Tool （铅笔工具）在选中路径上绘制均可重绘路径的形状。

3 将文本转换成轮廓，然后编辑字符路径。 小提琴和吉他的曲线很尖锐，因此在将字符沿着路径曲线定位时，一些字符看起来角度过大，甚至是直角。为了修正这一点，Huerta 改变了单个字符的形状，以使它们的描边与路径曲线的形状更自然地相符。

要改变字符形状，首先将文本转换成轮廓（在此之前要制作文本的副本，以防您在此后要编辑文本或其路径。），要将文本转换成轮廓，首先选择路径文本对象 [不要用 Type Tool（文字工具）选取文本]，然后执行 Type>Create Outlines 命令。用 parallel strokes（如 m、n、h 和 u）查找字符，用 Direct Selection Tool（直接选择工具）移动点并调整控制手柄以重绘字符的形状。用 Pencil Tool（铅笔工具）在选中路径上或其附近绘制以重绘路径的形状。Huerta 用 Direct Selection Tool（直接选择工具）和 Pencil Tool（铅笔工具）给原始字符形状的直角边界添加了曲线。他还改变了一些字符描边的角度，使得这些字符看起来好像随着路径的曲线弯曲了一样。

2

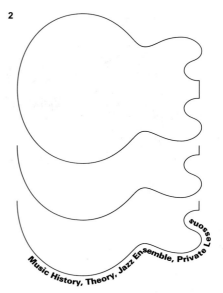

吉他原始的外部路径的 Outline（轮廓）视图（上部），从吉他路径中剪切的路径（中部），将文本添加到路径，然后用负值的 Baseline Shift 偏移文本（下部）

3

左图，Univers 字体的 T 字符，右图，Huerta 通过弯曲字母的顶部路径编辑字符的轮廓路径之后的 T 字符

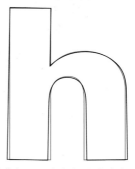

原始的字符字母 h，此处以品红轮廓线显示，原始字母 h 之上是 h 的黑色轮廓，该黑色轮廓是 Huerta 通过使垂直描边的底部成角来编辑实现的

调整字符间距

如果在 Character（字符）选项板中将 Kerning（字距）设为 Auto（自动），Illustrator CS2 将导致字符堆叠并在紧密路径文本对象的曲线上排列于稀疏。要修正这一点，用 Type Tool （文字工具）在两个字符之间单击并调整 Kerning（字距）值，即可手动调整字母对的间距。

封面设计

Illustrator 作为卓越排版工具的体现

概述：设置文档尺寸；设置参考线和裁剪标记；置入图像文件，将区域文本分栏，制作点文本用于图形印刷；调整文本以符合视觉效果。

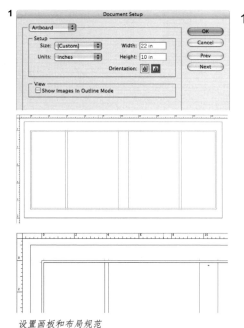

设置画板和布局规范

页面排版软件，例如 InDesign 和 QuarkXPress 等对于多页和复杂文档的排版来说是必不可少的。然而，Rob Day 和 Virginia Evans 却经常使用 Illustrator 进行单页面的排版，例如图书的封面。

1 设置页面。执行 File（文件）>Document Setup（文档设置）命令为设计工作设置画板，指定垂直或水平的页面方向，并输入画板尺寸，一定要确认画板应足够大，能够容纳裁剪或注册标志 [此时 Size（尺寸）参数将自动切换到 Custom]。执行 View（视图）>Show Rulers（显示标尺）命令并将标尺的原点重新置为零点，即页面开始处。执行 View>Outline/Preview 命令可在轮廓视图和预览视图模式间切换。尽管用户可以通过执行 Edit>Preferences>Guides & Grid 命令为不同尺寸的分栏生成统一的网格，但 Day 和 Evans 还是创建了两套矩形，一套用来进行修剪，一套用来制作出血版。用 Rectangle Tool（矩形工具）单击画板并为修剪区域指定宽度和高度，接着按住 Option/Alt 键单击修剪框的中心并拖动绘制一个宽和高都比修剪区大 0.25" 的矩形出血版。Day 和 Evans 为前面、后面、扉页和书脊都制作了裁剪框和出血版。要为整个页面制作裁剪标记，选中要定义为修剪框的矩形后执行 Filter>Create（创建）> Crop Marks（裁剪标记）命令。

2 **自定义参考线。** 选中修剪框和出血版（不是裁剪标记）后执行 View>Guides>Make Guides（建立参考线）命令将其制作为参考线。

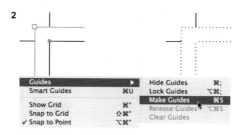

将裁剪框和出血版转换为参考线

3 **置入和精化元素。** 执行 File>Place 命令选择一幅栅格图像导入版面中，创建矩形或其他对象作为文本分栏的标志。用 Area Type Tool（区域文字工具）单击这些对象的路径，一旦表示文本输入的光标出现，就可以直接输入文本或通过粘贴输入文本。在这个版面中，区域文本被分栏后作为扉页。另一种方式是通过点文本实现，首先使用 Type Tool（文字工具）单击创建点文本，点文本放置在直线上，常用来作为名称或大字标题，或作为其他单独的文本元素，要在视觉上追踪文本，按住 Option/Alt 键选取文本对象并按←或→键。关于旋转或缩放对象（这些操作也可以应用到文本对象上）的更多帮助信息，请参阅"Illustrator 之禅"一章和 Wow！ CD 中的 Zen Lessons（在 Chapter Exercises 文件夹下的 Ch02-Zen 文件夹里）。

对所有元素进行布局

A TIRELESS PERFORMER, CONDUCTOR, AND
ambassador for opera, Plácido Domingo is
one of today's greatest and most popular ten-
ors. His remarkably diverse and challenging
repertoire includes opera, operettas, musicals,
Spanish and Mexican folk songs, and popular

仔细观察文本区域对象

创建"裁剪标记"和"修剪区域"

只要执行了 Filter>Create>Crop Marks（裁剪标记）命令，就可以创建一系列可见的裁剪标记，它们指示了当前所选区域的边界。执行 Object（对象）>Crop Area（裁剪区域）> Make（建立）命令创建一套不能选择的裁剪标记，它们在 Illustrator 中是可见的，但置入到如 Photoshop（参见"Illustrator 与其他程序"一章中的"软件接力"课程）等其他应用程序中将是不可见的。用户可以指定一个选中的矩形，如果没有任何对象被选中，修剪区域将刚好同画板一样大。要取消这个修剪区域，执行 Object>Crop Area>Release 命令，或者鉴于每个文件最多只能有一个修剪区域，重新选取并执行 Object>Crop Area>Make 命令。

PLÁCIDO
DOMINGO

点文本对象的特写

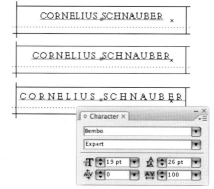

使用方向键跟踪点文本的行

文字蒙版

使用文字形状遮住图像

概述：在置入的光栅图像上创建文本；全选并将文字制作为置入图像的剪切蒙版。

这个"Africa"文本素材（使用 HooskerDoo 字体）是约翰内斯堡的南非艺术家 Ellen Papciak-Rose 创造的。为了无营利组织的低预算案子工作，Papciak-Rose 通常扫描地方性的字体和工艺来辅助工作。

1

使用 HooskerDoo 字体（该字体包含斑点）创建的文本，置入扫描的织物图并用 Layers（图层）选项板将其移到文本下面

1 创建文本并置入图像。 选择一个字体并使其具有足够的宽度，以至于能将下方的图像从字母上显示出来（HooskerDoo 字体包含了斑点），并用 Type Tool 创建文本。执行 File>Place 命令，选择一幅图像，启用 Link（链接），禁用 Template（模板），然后单击 OK 按钮。在剪切蒙版中，最上层的选中对象成为了蒙版。要将文本用作蒙版，在 Layers（图层）选项板中扩展图层并将 <Linked File> 移动到文本下面即可。

2

选取文本及其下面的图像之后，执行 Object>Clipping Mask>Make 命令

2 创建剪切蒙版。 选取文本和要被蒙版的图像，然后执行 Object（对象）>Clipping Mask（剪切蒙版）>Make（建立）命令，组合蒙版和被蒙住的对象。

当剪切蒙版和文本处于激活状态时，很容易改变字体、链接的作品、文本尺寸和文本内容

3 对图像和文本作改动。 选取一个对象或蒙版并调整其位置。用 Direct Selection Tool（直接选择工具）单击（或沿着基线）即可选取文本；在文本外（即图像所在的地方）单击可选中图像。如果用 Direct Selection Tool（直接选择工具）不能选取文本或图像，在 Layers（图层）选项板上找到它，然后在目标图标右侧的空间单击即可。一旦用 Direct Selection Tool（直接选择工具）或光标选取了对象，在文本处于选中状态时即可在属性栏或 Character（字符）选项板上修改它的属性（比如大小或字体）。要改变背景图片，选取它并在属性栏上单击它的名称进入 Relink（重新链接）选项，然后指定替换文件的保存路径。要改变文本，用 Type Tool（文字工具）选取它然后输入新文本。

Transforming Conflict, TRANSFORMiNG LIVES

The emergence of Partners in Conflict Transformation (PICOT)

SIERRA LEONE

Case study: A conflict transformation approach to peace and development work *By:* Richard Smith

PAPCIAK-ROSE(Photographer: Richard Smith)

画廊：Ellen Papciak-Rose

Ellen Papciak-Rose 采用与前一页类似的技巧为 Richard Smith（他同时也是摄影师）所著的 64 页书创建了封面。她将从一幅女裙图片中剪切的副本用于单词 SIERRA LEONE（塞拉利昂）的构造。Papciak-Rose 选择了浅蓝色和莱姆绿，与塞拉利昂旗帜的颜色相匹配。

创建字体

用网格创建字体

概述：创建网格并绘制字母外形；组合并用路径查找器剪切形状；用形状制作其他字母；用透明度将字母和其他艺术对象结合在一起。

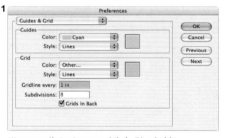

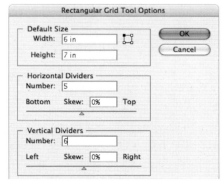

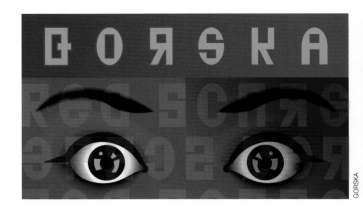

GORSKA

受到修饰 avant garde Russian Constructivists 影片海报的 Cyrillic 字体的启发，Caryl Gorska 在创作海报的过程中，以她自己的东欧传统风格创作、设计了这一字体。在润色文本之后，Gorska 制作了海报艺术对象并给她的字体添加了单词集。

1 定义创建字母表的工作网格。Gorska 首先创建了字母字符，她直接在屏幕上绘制字母而非在纸上手动绘制，因为 Illustrator 精确的测量、绘图以及编辑工具 [Pen Tool（钢笔工具）、Pencil Tool（铅笔工具）和 Pathfinder（路径查找器）] 有助于展示字符的几何特性。

创建字母字符时，您会发现使用 Illustrator 的另一个好处：网格。为什么选择使用网格呢？使用网格有助于减少保存作品的时间，还能通过在各种字母形式间分散视觉一致性而改进字体字符。要创建网格，首先决定字母形式的参考线形状是正方形还是矩形，如果是正方形，在 Preferences 对话框中采用 Guides & Grid 制表符，设置您想要的子网格的大小和数目以创建与画板同样宽度的网格。

如果大多数字母的形状是矩形，则选择工具箱中的 Rectangular Grid Tool（矩形网格工具）。在该工具处于选中状态时，单击画板即打开 Rectangular Grid Tool Options（矩形网格工具选项）对话框，在 Default Size

Illustrator 的 Preferences（首选项）对话框

使用 Rectangular Grid Tool Options（矩形网格工具选项）对话框创建网格

（默认大小）区域中指定全局的网格尺寸，并在 Vertical Dividers（垂直分隔线）区域中指定网格单元的比例。

2 绘制、复制并粘贴对象，以创建字母形式。Gorska 充分利用 Illustrator 中的工具来绘制并编辑字母字符：用 Pen Tool（钢笔工具）和 Pencil Tool（铅笔工具）绘制形状，用 Pathfinders（路径查找器）来组合形状并从形状中剪切字母孔洞，用 Direct Selection Tool（直接选择工具）优化曲线的控制点以改变字母比例。Gorska 首先创建了基本字符（如 o、e、b 和 r），这些基本字符在视觉上定义了其他字母字符的大致外观。一旦完成了这些基本字符的创建，将它们排成对或组成单词，然后观察它们放在一起时的外观。创建其他相似结构的字母时，尽管使用这些字符，可以循环使用衬线、标点符号和字母表上的计数器来提高创作速度，并使字体看起来更一致。

　　通过给字体加上扭曲，Gorska 基于椭圆形状用同一栅格设计了另一套字母格式，补充创建了第一套字体的椭圆形状，这样在她将字母排成单词以获得更生动的外观时，就能自由地混合形状了。

3 绘制背景艺术对象，构成单词，并改变文本的不透明度。为了完成海报的创作，Gorska 用混合和渐变填充了她绘制的面部及几何背景形状，然后从已完成的字母字符中组合了单词"red scare"，并将单词放在艺术对象的合适位置上。Gorska 组合了字符并在属性栏上将不透明度改成 20%，以在视觉上将它们与背景中的艺术对象相混合。Gorska 将自己的名字放在海报上面的渐变中，给每个黄色的字符都添加红色的描边，并且这种红色与字母后面的渐变的红色相同，这将字母的外观与海报背景的颜色合成一体。

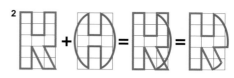

使用一个字母的一部分（显示为红色）来构造另一个字母（显示为绿色）

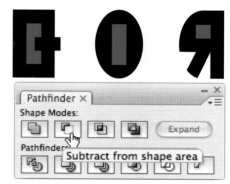

使用 Pathfinder（路径查找器）选项板的 Subtract from shape area（与形状区域相减）形状模式，然后单击 Expand（扩展）按钮来挤压出一个空洞，以形成字母孔洞，在上图中显示为红色形状

对字母应用属性栏上的 20% 的不透明度之后的效果

红色描边的字母与渐变放在一起的效果

扩展作品

使用在古旧书籍中发现的无版权的字体或从免版税渠道（如 Dover Publications，www.doverpublications.com）获得的字体能很容易地重建字体。绘制基本的形状之后复制、粘贴以完成字体其余部分的制作。

画笔化文本

将画笔应用于字母轮廓

概述：创建图层文本对象和模糊文本对象；绘制路径并应用画笔；修改路径和画笔；改变路径的透明度。

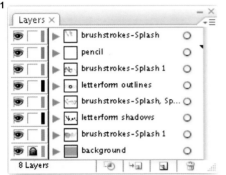

已完成的绘图，其图层选项板显示艺术对象被分别放在不同图层，制造出海报视觉上的层级关系

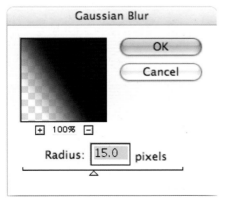

Effect（效果）>Blur（模糊）>Gaussian Blur（高斯模糊）对话框中的 Radius（半径）设定，可以在绘图时为较小的工作区域设定准确的数字

为合作者设计一个简单、醒目的海报，可以制造出有力的传播效果，旧金山的艺术家 Michael Cronan 使用 Illustrator 的 Pencil（钢笔）和 Brush（笔画）工具运用黑体字混合出艺术感，使简单的字也能吸引人的眼球并有煽动性。

1 把文本转换为轮廓并添加一个自定义的模糊阴影。
Cronan 首先用 Didot Regular 字体在海报上输入 "Now（现在）"。因为 Illustrator 限制字体的大小，最大字体为 1296 磅，所以您可能需要使用一个稍小的字体，而且稍后您可以扩大插图。（在扩大插图的时候，如果字体比 1296 磅大的话，那么您需要把字体转换为轮廓，选择 Type>Create Outlines 命令。）稍后您可以在字体和模糊阴影的字体之间为艺术作品创建图层。首先，复制字体图层（拖动字体图层，把它放置到图层选项板的 Create New Layer 图标上）。接着，在刚刚创建的副本图层上选中字体对象，从 Effect（效果）菜单中选择 Blur（模糊）> Gaussian Blur（高斯模糊）命令，然后在不消除字体的情况下，设置一个模糊半径。

2 用画笔绘制路径并为路径着色，应用透明度至路径。
绘制字体并不是一件简单的事情。把刚才创建的字体作为一个视觉参考，首先使用钢笔或者铅笔工具简单地绘制线段。配合使用铅笔工具和数位绘图板（例如 Wacom 绘图板），这样您就更容易同步画图。对于比较平滑的路径，使用缩放工具缩小路径，然后用铅笔工具画图。Cronan 把沿着字体形状的路径与圆圈、花体（字母 O）和草体（字母 W）混合在一起。

　　绘制好路径之后，您需要准备好应用画笔了。单击 Brush Libraries（画笔库菜单）按钮（位于画笔选项板的左下方），然后选择 Artistic_Paintbrush（艺术效果_画笔）命令。接着单击一个路径，从艺术效果_画笔选项板中选择 Splash Brush（飞溅画笔）。既然已经选中了路径，您可以使用铅笔工具修饰一下画笔路径的形状，并且在选中的路径的上面或附近接着画，这样能够平滑路径或者重新修整路径。在应用 Smooth Tool（平滑工具）或者 Pencil Tool（铅笔工具）之前，您要使用缩放工具放大或缩小重新修整的路径，使它具有更加平滑或者更加有角度的轮廓。

　　因为 Illustrator 画笔使用的是一个路径的描边颜色，所以您可以在应用画笔之前或者之后对路径进行着色。为了调整画笔路径的密度，您可以改变路径笔划的粗细。为了改变插图里用画笔绘制的所有路径的外观，双击画笔选项板里的画笔，然后改变 Art Brush Options（艺术画笔选项）的设置。使用上色的方法来控制描边颜色是如何应用到画笔的，接着调整画笔的 Width（宽度），把画笔描边变粗或者变细。

3 使用铅笔工具手绘并且设置透明度。 Cronan 通过选择铅笔工具并且绘制路径来模拟手写的字体，最终完成了这个海报的插图。确认使用描边选项板中的 Cap 和 Join 设置来改变路径的外观。（可以替换铅笔工具，考虑使用画笔选项板中的一个小尺寸的书法画笔。）为了使手绘的白色描边路径与下面的艺术作品混合，Cronan 打开了 Transparency（透明度）选项板，并且将一些路径的 Opacity（不透明度）降低到 65%，而对于其他的路径，则把不透明度降低到 31%。

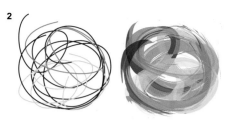

左图，使用 Pencil tool（铅笔工具）绘制的彩色路径；右图，将 Splash brush 应用到这些路径上

左图是原始路径；右图是同样的路径，使用 Pencil tool（铅笔工具）平滑并缩小

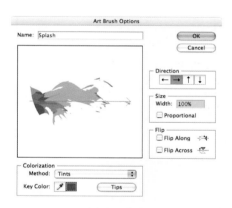

Art Brush Options（艺术画笔选项）对话框显示 Splash brush（溅泼画笔）

Transparency（透明度）选项板

压碎的文字

应用扭曲和封套变形文字

概述：使用 Appearance（外观）选项板创建和填充一个标题；使用变形效果弯曲文本；使用封套扭曲给压碎的文本以动态和曲线透视的效果。

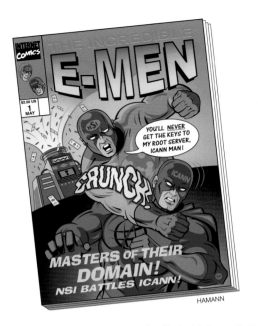

HAMANN

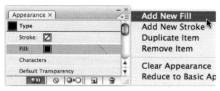

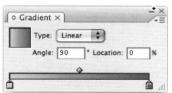

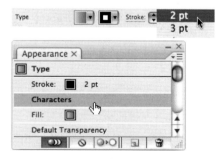

使用 Appearance（外观）选项板菜单中的 Add New Fill（添加新填色）命令对文本添加渐变填充

Warps & Envelopes（扭曲和封套）是将大字标题的文本转换为所希望的任意形状的超级工具，使用 Warps & Envelopes（扭曲和封套）进行变形，不再需要将文本转换为轮廓和使用手动方法费力地移动每一个节点。绘制一个图形后，要使文本与图形的形状一致，使用封套可以很方便地实现。无论怎么"压碎"文字，使用扭曲和封套处理过的文本依然保持着可编辑的属性。

1 创建 E-Men 标题并着色。 为了创建 E-Men 的封面标题，Brad Hamann 采用了 72pt 的 Arial Black 字体，并用 2pt 的黑色填充。由于不能通过单击渐变来填充文本字符，他不得不首先用选取工具选择文本，然后在 Appearance（外观）选项板菜单中选择 Add New Fill（添加新填色）命令。

2 使用变形效果弯曲 E-Men。 变形共有 15 种转换样式的标准形状。Hamann 对字母 E-Men 应用 Effect（效果）> Warp（变形）>Arc Lower（下弧形）命令，拖动 Bend（弯曲）滑块将字母的下部弯曲至 23%，并勾选 Preview（预览）复选框进行预览，然后单击 OK 按钮。

Effect>Warp 命令应用于许多实例，但渐变填充并没有随着字母发生弯曲。在使用 Undo（还原）命令后，Hamann 执行 Object>Envelope Distort>Envelope Options 命令，勾选 Distort Linear Gradients（扭曲线性渐变）复选框，并执行 Object>Envelope Distort>Make with Warp 命令，同时将 Arc Lower 选项设为 23%。

3 使用路径"压碎"文本。 为了创建"CRUNCH！"变形文字，Hamann 再次使用了 Appearance(外观)选项板，这次他使用较为精细的渐变填充单词"CRUNCH！"并将描边色设置为较为鲜艳的红色。接着绘制一个矩形，再执行两次 Object>Path>Add Anchor Point（添加锚点)命令为矩形添加锚点，然后通过移动矩形的锚点，形成一个具有动态效果的锯齿状路径。将路径放置在文本上，同时选中文本和路径，执行 Object>Envelope Distort>Makewith Top Object（用顶层对象建立）命令。

4 使用 Envelope Distort>Make with Warp 命令，用 Warp（变形）创建曲线透视效果。 对"压碎"的文本执行 Object>Envelope Distort>Make with Warp 命令可以创建曲线透视效果，因为不能够将一个封套文本再次进行封套，所以首先需要选中"压碎"的文本并执行 Object> Envelope Distort>Expand（扩展）命令，选中扩展后的文本，执行 Object>Envelope Distort>Make with Warp 命令，在 Warp Options（变形选项）对话框的 Style（样式）下拉列表框中选择 Arc（弧形）选项，并调整滑块直到获得希望的曲线透视外观。

5 调整并给文本添加描边。 为了完成"CRUNCH！"文本的制作，执行 Object>Envelope Distort>Edit Contents（编辑内容）命令调整文本。在 Appearance（外观）选项板上，他依次给环绕文本的封套添加了一个黄色的渐变填充、一个 5pt 的黑色描边和一个 10pt 的红色描边以得到想要的最终效果。

执行 Effect>Warp>Arc Lower 命令后，渐变填充保持在水平方向

执行 Object>Warp>Make with Warp 命令 [此时 Envelope Options 对话框中的 Distort Linear Gradient（扭曲线性渐变）选项应处于激活状态] 后，也能使渐变变形

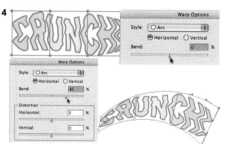

执行 Object>Envelope Distort>Make with Top 命令前后的文本和路径

释放的文本，Warp（变形）滑块设为 0，展示原始的封套形状，最终的 Warp 选项设置，应用最终设置后的封套

最终的描边和完成的文本

复古文本

在不透明蒙版上应用涂抹

高级技巧

概述：创建一个文本对象；复制对象后对文本使用 Roughen Effect（粗糙化效果）；创建一个不透明蒙版并粘贴文本对象；在不透明蒙版上应用 Scribble Effect（涂抹效果）；回到 Outline（轮廓）模式。

1

顶部，原始的文字对象，用黑色填充字母字符；底部，用自定义渐变填充的文字对象

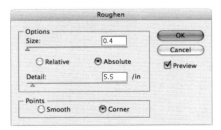

Roughen（粗糙化）对话框

每一个文字都是不同的

用户对某一文字对象的设置用于另一文字对象时，看起来的效果是不同的。请尝试！

如果想重新创建手工粉刷或复古的外观，但不想偏离已经在项目中使用的字体，那么可以考虑使用 Illustrator 的 Effect（效果）菜单和 Opacity Mask（不透明蒙版）。在 Ari Weinstein 为纽约宾厄姆顿的 Bundy 博物馆的非洲艺术展览创建本海报标题时，采用了 Opacity Mask（不透明蒙版）和 Scribble Effect（涂抹效果）在字母的边界上形成缺口，把当代文字转变成复古效果。

1 创建文本，添加新的填充并且应用粗糙化效果。 Weinstein 首先输入 Marigold 字体的 African Art 作为海报标题。在进一步处理文本之前，单击 Selection Tool（选择工具）并执行 Edit>Copy 命令（为了得到在下一步骤中制作的不透明蒙版，用户需要制作文本对象的一个副本）。

现在 Weinstein 准备开始设计文本样式了。首先，他确认文本对象依然处于选中状态，然后在 Appearance（外观）选项板菜单中选择了 Add New Fill（添加新填色）命令。Weinstein 在选项板中单击新的 Fill 属性并对它应用渐变，该渐变是用从海报中其他艺术对象上采样的棕色创建的（关于创建与编辑渐变的更多信息，请参阅"混合、渐变与网格"一章）。

应用 Roughen Effect（粗糙化效果）将把对象的圆滑边界变成锯齿状或起伏不平的边界。为粗糙化文本对象，确认 Fill 属性未被选中 [单击 Appearance（外观）选项板中的空白区域可取消对它的选择]，这样

Roughen Effect（粗糙化效果）将被应用于整个对象，然后执行 Effect>Distort & Transform>Roughen 命令，在 Roughen 对话框中调整 Size（大小）、Detail（细节）和 Point（点）控制选项（Weinstein 给文本选择的 Size 为 0.5、Detail 为 6.5、Points 为 Smooth）。

2 粘贴文本对象，创建不透明蒙版，粘贴该对象并应用涂抹效果。 使文本看起来开裂或刮擦过，可以实现文本的复古化。要做到这一点，首先选取文本对象，然后在 Transparency（透明度）选项板菜单中选择 Make OpacityMask（建立不透明蒙版）命令。接着单击不透明蒙版缩略图，并确认选中了 Clip（剪切）和 Invert Mask（反相蒙版）复选框。最后，粘贴在第一步中复制的文本 [选择 Paste in Front（贴在前面）命令而非 Paste（粘贴）命令，以用副本覆盖原始的对象]。

对不透明蒙版所作的改动将应用原始文本对象的透明度——蒙版中的黑色将在原始文本中戳出许多洞。选中刚才粘贴的副本，执行 Effect>Stylize>Scribble 命令，在 ScribbleOptions 对话框的 Settings 下拉列表框中选取一个设置，或者使用对话框控件自定义效果。Weinstein 先进行了 Sharp 设置并改变其数值，在对话框的 Preview（预览）模式启用时，将 Path Overlap（路径重叠）滑块移至 0.04，以细化边界上的一些裂口。同样，他还改变了默认的 Angle（角度）值，从 30°调整为 15°，使字体字符中的裂口能以更好的角度排列。

3 编辑文本。 一旦完成了 Scribble Effect（涂抹效果），单击 Transparency（透明度）选项板中的艺术对象缩略图（最左边的缩略图），如果要编辑文本，例如要改变文本内容或修正字距，需要在原始文本对象和不透明蒙版的副本上处理。对于一些对文本的编辑（如缩放或旋转）来说，仅需针对文本对象进行处理，因为不透明蒙版将随着文本对象的改变而改变。

在 Transparency（透明度）选项板中选择 Opacity Mask（不透明蒙版）

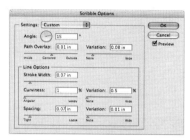

在 Scribble（涂抹选项）对话框中自定义选项

在 Transparency（透明度）选项板中选择艺术对象模式（非不透明蒙版模式）

添加填充

为了使以后应用于不透明蒙版的效果消除作品上的不透明空洞，确认把字符填充为黑色 [在 Appearance（外观）选项板上双击 Character（字符）条目并且检查 Fill（填充）属性]。如果使用 Selection Tool（选择工具）选中文本对象并通过在 Appearance（外观）选项板中添加一个新填充来给对象（而非字符）着色，文本对象的副本将不会对不透明蒙版产生不利影响。

位移填充

使用位移填充图案

高级技巧

概述：使用 Scribble（涂抹）效果创建图案；将图案应用于字母字符；向文本对象添加一种新的填充；应用反位移效果充满新填充，使用 Roughen（粗糙化）命令处理文本边界。

顶部，黑色矩形，底部，应用 Scribble（涂抹）填充之后的黑色矩形

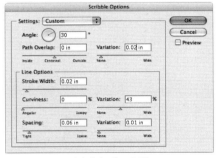

Scribble Options（涂抹选项）对话框

顶部，Scribble Effects（涂抹效果）扩展到路径上，底部，Thick Pencil Brush（厚铅笔画笔）应用于涂抹图案路径

将图案填充到文本是对熟悉的字体进行新鲜设计的一种简单方法，尽管有时只是把图案填充到每个字母字符的一部分。找到一种从字母描边中心线应用图案的方式是个挑战，而 Sandee Cohen 和 AKA VectorBabe 通过创建这个标志解决了问题。

1 创建并扩展一个图案，应用画笔，将图案存储为色板。 要使字体看起来很古老，关键在于粗糙化文本的边界。Illustrator 的涂抹效果可以用不规则的图案替代字母字符的实填充，是个非常好的工具。Cohen 首先绘制了一个矩形并用黑色填充，然后选中矩形，执行 Effect>Stylize> Scribble 命令，在 Scribble Options（涂抹选项）对话框中，Cohen 调整默认值设置直到产生自由的绘画效果为止。

将涂抹的对象转换成路径并应用画笔，可对其进行进一步的自定义。要做到这一点，请确认选中了涂抹矩形，然后执行 Object（对象）>Expand Appearance（扩展外观）命令，将矩形中的 Scribble Effect（涂抹效果）转换为一条路径。Cohen 在扩展的涂抹路径上应用了 Thick Pencil 画笔（从 Brush Libraries>Artistic_ChalkCharcoalPencil 中获取）。

为了使涂抹对象应用于即将创建的文本，将该对象拖进 Swatches（色板）选项板，将它转换为图案色板。

2 创建文本并用涂抹图案填充。 图案设计完成后，就可以准备创建文本了。首先，打开 Appearance（外观）

选项板，看看在接下来的步骤中是编辑字符还是它们的文本对象。从工具箱中选择 Type Tool（文字工具），单击画板并输入文本（Cohen 使用的是 72 pt Caslon）。使用 Type Tool（文字工具）拖动文本，选中字符，此时文本填充为黑色。然后在 Appearance（外观）选项板中选择 Fill（填充）属性，并从 Swatches（色板）选项板中选择涂抹图案。

3 **增加一个新填充，应用位移效果和粗糙化效果。** Cohen需要找到一种覆盖字母中心线的涂抹图案的方式。她使用位移填充创建了一个覆盖字母下面一部分的填充，要实现这一点，她首先用 Selection Tool（选择工具）选取文本对象，接着从 Appearance（外观）选项板菜单中选择 Add New Fill（添加新填色）命令创建一个新填充。默认情况下，新填充为黑色并完全覆盖了填充字母的图案。选中新填充，执行 Effect>Path>Offset Path 命令，在弹出的 Offset Path（位移路径）对话框中的 Offset（位移）文本框中输入一个负值。确认打开预览框，可以观察到设置 Offset（位移）选项后引起的视觉效果（Cohen 在 Offset 文本框中输入的是 -1pt）。

对文本的边界应用 Roughen Effect（粗糙化效果），得到老化的字体效果。用 Selection Tool（选择工具）选取文本对象并执行 Effect>Distort & Transform>Roughen 命令。由于 Cohen 使用的是细字符笔触和衬线文本，因此她在 Size（大小）文本框中键入了一个较小值（0.4pt），并且选择了 Absolute（绝对）单选按钮，使整个边界不至于被过度扭曲。

容易作改动的图案

图案模板是全局的，如果要编辑或创建一个样式，只需简单地按住 Option/Alt 键并拖动作品置于 Swatches（色板）选项板中，此时填充于文本的图案将自动更新为新图案。

左图，使用默认的黑色填充的文本；右图，用渐变替换了黑色填充

对新的填充应用 Offset Path（位移路径）效果（此处显示的是灰色填充而非黑色填充），以及 Offset Path（位移路径）对话框

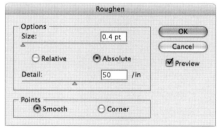

对新的路径应用 Roughen Effect（粗糙化效果）（此处显示的是灰色），以及 Roughen（粗糙化）对话框

放大两个字母

减去文本

对文本上的形状应用 Live Subtract

高级技巧

概述：创建几个交叉的形状组合；创建文本对象和形状；用 Pathfinder（路径查找器）选项板从文本中减去形状。

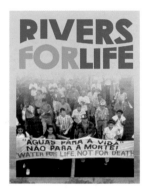

1

左图，根据同一组合制作的 3 组波浪形状，右图，3 组波浪形状在标志中结合而成的最终形状

从中心旋转

双击 Rotate Tool（旋转工具），Illustrator 就会自动将中心定在被选中艺术对象的中心，这意味着副本精确地覆盖了画板上的原始对象。

Design Action 的 Innosanto Nagara 为一次旨在保护世界河流的会议设计了一个标志，该标志可能会出现在很多地方，比如海报、报告封面和 T 恤，并在很多背景上都能凸显出来，包括实黑色正方形和照片。Illustrator 的 Pathfinder（路径查找器）效果减去了 Nagara 的波浪形状，在将会保持不可见状态的标志文本与不同背景之间形成了一道缺口。

1 创建波浪形状，旋转并复制，然后镜像并复制。 Nagara 将标志设计成两部分：会议主题文字 Rivers For Life 分成两行，交叉的彩色波浪将会议主题分开。要重建 Nagara 的设计，首先绘制一系列蓝色的波浪，用 Selection Tool（选择工具）选中刚刚绘制的蓝色波浪并双击 Rotate Tool（旋转工具），在 Rotate（旋转）对话框的 Angle（角度）文本框中输入 180，然后单击 Copy（复制）按钮，在副本仍处于选中状态时将其填充色由蓝色改为绿色，而不是直接绘制一系列的绿色波浪。

当绿色波浪仍处于选中状态时，创建第 3 个波浪形状将蓝色和绿色波浪交叉。这次使用 Reflect Tool（镜像工具）。在 Reflect（镜像）对话框中，将镜像轴设为 Horizontal（水平）并单击 Copy（复制）按钮，然后将波浪形状的填充改为蓝色，这样就完成了蓝色－绿色－蓝色系列的交叉波浪形状。

2 创建两个文本对象，绘制减去的形状，然后应用路径查找器效果。 Nagara 决定采用流动的波浪形状插入标志字母的上部和下部以显示波浪的动作。为了确保波浪形状能在不同的背景上显示，需要用形状剪贴进字母，而不仅仅只是粘贴文本前面的形状以在视觉上挡住它。

在输入两行文字作为独立的两个文本对象后，Nagara 用 Pen Tool（钢笔工具）绘制了新的波浪形状并复制，这样在第二行文本中他还能用到该形状。将波浪形状在文本上移动，直到波浪以他想要的方式挡住了字母。

然后他选取了文本对象和波浪形状，在 Pathfinder 选项板上的 Shape Modes（形状模式）区域中单击 Subtract from shape area（与形状区域相减）图标。

为了保持 FOR 和 LIFE 文字有单独的颜色，Nagara 选取了第一个单词并应用 Paste in Front（贴在前面）命令以覆盖第二行字母前面的波浪形状。选取单词和波浪后，单击 Subtract from shape area（与形状区域相减）图标从对象中减去形状。然后他对第二个单词重复此过程。

3 选取减去的形状并修正减去的形状。 当将 Pathfinder（路径查找器）的某一形状模式应用于艺术对象时，结果是一条复合路径，在复合路径顶部的对象（在 Nagara 的例子中，顶部对象是从文本对象中减去的波浪形状）是"活"的、可编辑的。用 Direct Selection Tool（直接选择工具）或 Pencil Tool（铅笔工具）重绘均可选取并修正减去的形状。当一行字母的不均匀轮廓和孔洞要求您扭转减去的形状时，这一点显得尤其有用。如果您不只一次看到同一个对象，正如 Nagara 一样，可以扭转每个对象以使它们看起来有点不同，给完成的艺术对象更大的自发性感觉。

2

文字以及将从文字中减去的波浪形状

放置在顶部文字对象上的波浪以及随之产生的文字中的剪切

顶部，粘贴在单词 FOR 上的波浪，然后应用 Pathfinder 选项板中的 Subtract from shape area（与形状区域相减），底部，对单词 LIFE 重复使用这些步骤

Pathfinder（路径查找器）选项板以及 Subtract from shape area（与形状区域相减）图标 [除非单击 Expand（扩展）按钮，否则减去的功能都是"活"的]

3

使用 Direct Selection Tool（直接选择工具）选择减去的形状以调整其节点

避免描边

创作复合形状时，记住选取减去的形状和应用描边将不会改变其下面对象的形状。添加描边或增加其宽度将影响底部对象——当该对象是文本时，描边将改变字母字符的外观。

JACKSON

画廊：Lance Jackson/San Francisco Chronicle

在为横贯国土的 Green Tortoise 巴士的海报创作出色的文本"LONG STRANGE TRiP"时，插画师 Lance Jackson 结合使用了很多效果。Jackson 首先用 Akzident ExtraBold 字体创建了三个文本块（分别用于三个单词）并选择了明亮的红色填充。鉴于文本尺寸的变化、字距以及效果等原因，结合使用这么多效果之后实现了独特的效果。可以保持文本是"活"的或者将它转换成轮廓（按⌘-Shift-O/Ctrl-Shift-O 键）。如果将文本转换成了轮廓，必须先选取文本，然后执行 Object>Com-pound Path>Make 命令，这样就可以像操作一个整体一样对它进行操作（关于复合路径的更多知识，请参阅"进阶绘图与着色"一章）。要模仿

Jackson 用活效果实现的效果，让文本保持激活状态并每次选取一个单词，然后执行 Effect>Distort & Transform>ZigZag 命令（对各个单词分别应用此操作，以便在应用 ZigZag 时设置不同的值）。然后制作文本的绿色活效果偏移量版本，这样在想改变文本时，偏移量也会随之改变。选取 3 个单词并组合（按⌘-G/Ctrl-G 键）。在 Appearance 选项板菜单中选择 Add New Fill（添加新填色）命令并选择深绿色，然后将绿色填充拖到 Appearance（外观）选项板中 Contents（内容）的下面。接下来执行 Effect（效果）>Distort & Transform（扭曲和变换）>Transform（变换）命令并在 Move（移动）区域设置 Horizontal（水平）和 Vertical（垂直）值，以偏移绿色版本，然后在 Appearance（外观）选项板上选择 Group（组合）并开始尝试。试着应用 Effect>Distort & Transform>Twist 命令，在此处可以添加额外的 Live Effects（活效果）、移除 Twist 并重新应用效果。看看与 Effect>Warp>Twist 有何不同 [关于多重填充和 Live Effects（活效果）的更多知识，请参阅"活效果与图形样式"一章]。在虚幻边界效果方面，Jackson 采用的技巧与他在"混合、渐变与网格"一章中画廊作品采用的技巧类似。

8

"W"混合工具   *"G"渐变工具*   *"U"网格工具*

混合、渐变与网格

要创建立体的填充和颜色，学会如何使用混合、渐变和网格是非常重要的。在 Adobe Illustrator 的历史上，最先出现的是混合，接着是渐变，然后是渐变网格。每一种都可能会很简单或相当复杂，因此我们在课程和画廊中将它们交织在一起。

混合

可以将混合想象为对象的外形或颜色以"变异"的方式进入到另一对象中，可以在多个对象间进行混合，甚至可以在渐变或复合路径（如字母）间进行混合。混合是"活"的，这意味着通过编辑关键对象，例如改变它们的形状、颜色、尺寸、位置等，都将导致位于中间的对象自动进行调整。用户还可以沿着一条自定义的路径分布混合对象（在本章后面将介绍有关细节）。

注意： 当在屏幕上显示复杂的混合时需要占用很多内存（RAM），尤其是渐变到渐变的混合。

　　创建混合最简单的方法是同时选中希望进行混合的对象，再执行 Object>Blend>Make 命令。混合步长的数目，即在每个对象中间的对象的数目将由 Blend Tool（混合工具）的默认设置或 Blend Option（混合选项）的上次设置所决定。选中混合对象后，双击 Blend Tool 图标（或执行 Object> Blend>Blend Options 命令），在打开的 Blend Options 对话框中可以对混合设置进行调整。最近版本的 Illustrator 都大大改进了这个特征，而且现在对于混合有更多可以预测的方法，因此或许您会使用它来完成大多数的混合操作。

　　在单独路径之间创建混合的另一种方法是用 Blend Tool（混合工具）定位描点。在以前，Blend Tool（混合工具）用于在混合对象之间实现平滑过渡，但现在该功能已被修正，或许最好是用它来产生特殊的变异或旋转效果。要使用描点定位技巧，先单击其中一个对象的一个锚点，然后单击另一个对象的一个锚点，继续单击想使用混合的其他对象的锚点，也可以单击某一对象路径上的任意位置以实现随机的混合效果。

当混合刚出现时，它处于选中状态并群组在一起。如果立即执行 Undo（还原）操作，该混合将被删除，而原图像保持选中状态，因此还可以再次进行混合。若要在混合前或混合后调整关键对象，首先直接选取关键对象，然后用编辑工具 [包括 Pencil Tool（铅笔工具）、Smooth Tool（平滑工具）和 Erase Tool（橡皮擦工具）] 进行编辑。

混合选项

在混合时若要指定 Blend Options（混合选项），可使用 Blend Tool（参见前一部分关于描点定位的指导）在单击第二个点时按住 Option/Alt 键，将弹出 Blend Options（混合选项）对话框，可在混合前改动任一设置。要调整已完成的混合的选项，选中它然后双击 Blend Tool（混合工具），或者执行 Object>Blend>Blend Options 命令。如果没有选中任何混合对象，打开 Blend Options（混合选项）后的设置将成为后面制作混合的默认设置，这些选项在每次重新启动 Illustrator 时都将重设。

Specified Steps（指定的步数） 在每一对关键对象间指定步长的数目。较小的步长将导致清晰地分布对象，而较大的步长将得到一种近似于油漆喷雾的感觉。

Specified Distance（指定的距离） 在混合的对象间放置指定的距离。

Smooth Color（平滑颜色） 允许 Illustrator 在一个混合中自动计算两个关键对象间理想的步长数目，从而获得一种最为平滑的颜色过渡效果。

混合或不混合

除了对象间或关键对象组间的混合之外，也可在符号（关于符号的更多知识请参阅"画笔与符号"一章）与 Live Paint 对象或与 Point Type（点文本）对象间进行混合。一些对象如网格、栅格图像和不是点文本的文本对象都不能进行混合。在混合包含画笔、效果和其他复杂外观的对象时，Illustrator 混合效果选项将帮助用户创建有趣的动画（关于怎样导出动画的更多知识，请参阅"Web 与动画"一章）。

——*Teri Petit*

高效的混合

一种高效率的混合方式就是选择一条手绘的路径（没有填充或描边）以及想混合的任何对象。一旦创建了混合（通过执行 Object>Blend>Make 命令），该路径就成了混合后对象的轴。

——*Jean-Claude Tremblay*

在混合中插入对象

直接选取一个关键对象，按住 Option/Alt 键并拖动，将插入一个新的可以直接选中并编辑的关键对象（混合也将重新发生流动）。也可以在 Layers（图层）选项板中把新对象拖入到混合中。

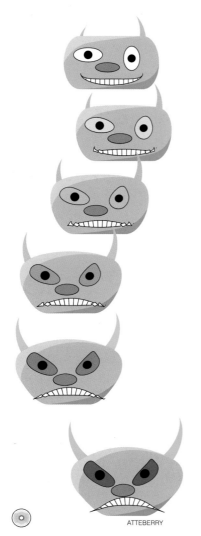

使用 Align to Path orientation（对齐路径方向）、Specified Steps（指定的步数）和编辑成 S 形的"轴"混合的对象组（关于混合的更多知识，请参阅 Wow！CD 中的 KevanAtteberry-blends.ai 文件）

反向堆叠

要用两个关键对象来转换混合的前后顺序，先直接选取其中一个关键对象，然后执行 Object>Arrange 命令；或者，对于任何混合，若要转换前后顺序，执行 Object>Blend>Reverse Front to Back（反向堆叠）命令。

- **Orientation（取向）** 决定在路径发生弯曲时，混合对象是否旋转。Align to Path（对齐路径）选项允许对象沿着路径发生旋转，Align to Page（对齐页面）选项阻止对象在沿着垂直的路径分布时发生旋转（对象沿着曲线混合时保持"垂直"）。

沿着路径混合

有两种方法可以沿着弯曲的路径制作混合。第一种方法是直接选中混合的"轴"（轴是由混合自动创建的路径），接着使用 Add/Delete Anchor Point Tool（添加/删除锚点工具）或以下工具：Direct Selection Tool（直接选择工具）、Lasso Tool（套索工具）、Convert Anchor Point Tool（转换锚点工具）、Pencil Tool（铅笔工具）、Smooth Tool（平滑工具）。编辑混合的轴时，Illustrator 自动重绘混合对象以对齐处于编辑之中的轴。

第 2 种方式是使用自定义的路径替换轴：先选中自定义的路径和混合，然后执行 Object>Blend>Replace Spine（替换混合轴）命令，该命令将使混合发生移动以适合新的轴。

用户还可以在多个组合对象间混合。创建第一套对象并组合它们（按⌘-G/Ctrl-G 键），然后复制、粘贴副本对象集，选取两套混合对象然后混合，在混合选项中选择 Specified Steps（指定的步数）。一旦对象被混合了，就可以对对象进行旋转和缩放等操作，并使用 Direct Selection Tool 编辑对象或轴（参见 Wow！CD 中的 KevanAtteberry-blends.ai 文件）。

反转、释放和扩展混合

一旦完成创建混合并将混合选中，您就可以：

- **反转**轴上对象的前后顺序，方法是执行 Object>Blend（混合）>Reverse Spine（反向混合轴）命令。

- **释放**一个混合（执行 Object>Blend>Release 命令）将

删除关键对象间的混合对象，而保留混合的轴（注意：执行"释放"操作后将丢失组合信息！）。

扩展一个混合将产生一组单独的、可编辑的对象，方法是执行 Object>Blend>Expand 命令。

渐变

渐变就是颜色过渡。在工具箱中双击 Gradient Tool（渐变工具）图标或执行 Window>Gradient 命令均能够打开 Gradient（渐变）选项板。渐变可以是放射状（从中心开始循环）或线性的。

　　要对一个对象应用渐变，先选中对象，然后在 Swatches（色板）选项板中单击一个渐变色板即可。单击 Swatches（色板）选项板底部的渐变图标，可以在 Swatches（色板）选项板中只显示渐变色板。

　　在 Gradient（渐变）选项板中单击渐变预览区，可以开始调整或创建一个新的渐变，也只有在单击渐变预览区后才能看到颜色站和中点。通过沿着渐变预览区的下边缘添加或调整颜色站（颜色站的指针代表了颜色）可以制作用户自己的渐变；而拖动渐变预览区上方滑块可以调整颜色站间的中点。

　　用户可以使用 Gradient Tool（渐变工具）对一个选中的渐变调整长度、方向和中心位置。另外，将一个渐变应用于多个选中的对象并使用 Gradient Tool（渐变工具）单击和拖动可以使渐变统一。**提示**：渐变选项板的特殊性之一在于，即使它已合并入其他选项板，用户仍能把它拉长和拓宽，从而使用户获得更好的渐变工具条视图。

　　将描边转换为填充对象（执行 Object>Path>Outline Stroke 命令）后，即可创建在描边内部使用渐变填充的错觉。用户使用这种方法可以为渐变创建一个"陷阱"。

渐变有多长？

在图像窗口的任意处用 Gradient Tool（渐变工具）单击并拖动即可将渐变拉到想要的长度，而不必停留在对象内部。

将渐变重设为默认值

选中改变了渐变角度（或高光）的对象后，绘制的新对象将具有相同的设置。为了将渐变的角度"清零"，执行 Deselect All 命令，将填充色设为无，并按下 / 键。或者，可以用 Gradient（渐变）选项板在 Radical 类型和 Linear 类型之间切换，然后重设自定义的渐变角度而不需移除颜色站或将颜色站重放在别处。

为渐变添加颜色

- 从 Color（颜色）选项板或 Swatches（色板）选项板中拖出一个色板到 Gradient（渐变）选项板的渐变滑块上，直到出现了一条表示添加新颜色站的垂直直线。
- 如果当前的填充色是单色，可从工具箱底部 Fill（填色）图标上直接抓取颜色。
- 按住 Option/Alt 键，拖动颜色站即可创建其副本。
- 按住 Option/Alt 键将一个颜色站拖动到另一个颜色站上，可以交换这两个颜色站。
- 单击渐变条下边缘可添加新的颜色站。

采用本章开始介绍的网格创建的美妙作品——请别错过"高级技巧"一章中其余的网格艺术对象。上图是 *Ann Paidrick* 制作的插图中的一个细节

添加行和列

要在网格中添加行和列，用 Mesh Tool（网格工具）在网格对象上单击即可。要添加一行，在网格的某一列上单击即可；要添加一列，在网格的某一行上单击即可。

给网格着色

添加新的网格点时，Swatches（色板）选项板上当前选中的颜色将被应用于该网格点。如果想让新的网格点保持为当前应用到网格对象的颜色，在添加新的网格点时按住 Shift 键即可。

移动行和列

移动一个网格点时，在该点交汇的网格的行和列将随之移动。要独立地移动网格的行或列而不产生其他影响，在拖动线条时按住 Shift 键即可。如果上下拖动，只有行移动；如果左右拖动，只有列移动。

渐变网格

如果在本书中您看到令人惊诧且十分逼真的相片般的现实效果图像，那是因为它是用渐变网格创建的。网格对象就是一种沿不同的方向多种颜色都能一起流动，同时在特殊的网格点间有平滑过渡的对象。可以将网格应用到使用单色或渐变填充的对象上（但是不能用复合路径创建网格对象）。一旦转换后，对象将永久成为网格对象，重新创建原始对象会比较困难，最好是使用原对象的副本进行转换操作。

对使用单色填充的对象执行 Object>Create Gradient Mesh 命令（这样可以指定网格结构的细节）或使用网格工具单击对象，都可以将对象转换为渐变网格。要转换渐变填充的对象，执行 Object>Expand 命令并选择 Gradient Mesh（渐变网格）单选按钮，即可将其转换为渐变网格。

使用 Mesh Tool（网格工具）给网格添加网格线和网格点，选择单个的网格点或网格点的组合，利用 Direct Selection Tool（直接选择工具）或 Mesh Tool（网格工具）即可将它们在网格内部移动、着色或删除。有关渐变网格操作的更多细节（包括打印网格对象的警告提示），请参阅本章后面的画廊和课程以及"高级技巧"一章。**提示**：尽量避免对复杂路径应用网格，可以尝试着对简单路径的轮廓应用网格，再使用复杂路径为网格制作蒙版。

回到（网格）形状

当用户把一个路径转换为网格后，该路径不再是路径，而是一个网格对象。为了从网格提取可编辑的路径，首先选择网格对象，执行 Object>Path>Offset Path 命令，再输入 0，单击 OK 按钮。如果在新的路径中存在许多点，试着执行 Object> Path>Simplify（简化）命令（有关 Simplify 的更多知识请参阅"绘图与着色"一章的导言）。

——*Pierre Louveaux*

画廊：Tim Webb

Tim Webb 只使用了 Illustrator 中的少许功能就创建了 Victory Climb 和 Road Lessons 两幅插图，这两幅插图活泼的木刻外观效果是由粗线条作品叠加在渐变填充之上实现的。Webb 最初使用 Pen Tool（钢笔工具）开始绘制插图，接着从一个选项板库中导入一些色彩至 Swatches（色板）选项板中，创建了一个色板。为了创建渐变，他在工具箱中双击 Gradient Tool（渐变工具）图标，打开 Gradient（渐变）选项板，然后从 Swatches（色板）选项板中拖动色板到 Gradient（渐变）选项板的渐变条上（关于创建渐变的更多细节请参阅本章导言）。

创建渐变并将其保存在 Swatches（色板）选项板中后，Webb 绘制了一些封闭路径，并使用线性和放射状渐变填充它们。为了增加插图的信息量，Webb 使用 Gradient Tool（渐变工具）改变了渐变的方向和长度。插图的木刻外观效果是通过对位于曲线路径上的两个矩形进行混合而创建的。Webb 还创建了自定义的艺术画笔来制作小岩石和雨点。

最简单的网格

使用渐变网格填充形状

概述：绘制路径；选取路径并用颜色填充；选取形状并用 Mesh Tool（网格工具）单击；为网格高光点选择颜色；复制、粘贴并缩放、旋转副本完成插图。

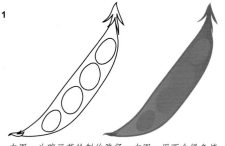

左图，为碗豆荚绘制的路径；右图，用两个绿色填充的路径

左图，Preview（预览）视图下的渐变网格；右图，Outline（轮廓）视图下的选中网格

3 个碗豆荚（左边是原始的碗豆荚，右边是两个分别应用了缩放和旋转的副本）

MIYAMOTO

美术师 Nobuko Miyamoto 与 Yukio Miyamoto 合著了《Adobe Illustrator CS》投放于日本市场，相比于用 Gradient Tool（渐变工具）创建发射状的渐变，她发现创建渐变网格更容易，而且渐变网格创建了更美观并且可编辑的渐变。

1 绘制并着色碗豆荚。Miyamoto 首先绘制了碗豆藤和有 4 颗碗豆的碗豆荚，用绿色渐变填充碗豆荚，然后用中等绿色填充碗豆形状。选择与周围颜色形成对比的颜色，然后用该颜色来填充渐变网格的形状——这保证了网格看起来不至于褪色而被周围的艺术对象掩盖。

2 用渐变网格给豆着色。要为每颗豆创建渐变网格，Miyamoto 选择了 Mesh Tool（网格工具），选取淡绿色作为高光颜色，然后在未选取的对象上单击。当用 Mesh Tool（网格工具）单击时，Illustrator 将在形状内部单击的地方自动创建高光。当网格依然处于选中状态时，从 Color（颜色）选项板或 Swatches（色板）选项板上选取另外一种颜色即可改变高光的颜色。如果想移动高光点，用 Mesh Tool（网格工具）单击它然后移动即可。

3 复制、粘贴、缩放并旋转。Miyamoto 复制并粘贴了两次碗豆荚，然后在排放 3 个碗豆荚和碗豆藤之前缩放并旋转每一个副本，这样就完成了本插图。

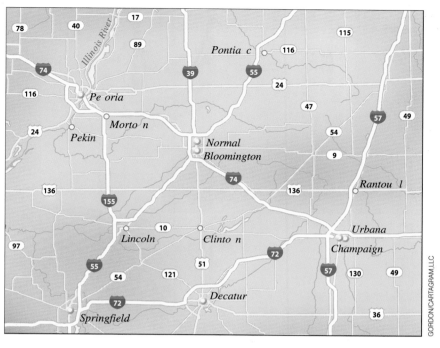

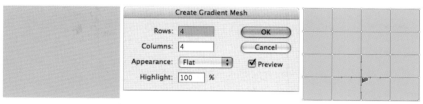

⊙

画廊：Steven Gordon/Cartagram，LLC

对于制图师来说，大面积的单色可能是需要的，但也是生活中一个令人厌烦的现实。然而，有了 Illustrator 中的 Mesh Tool（网格工具）之后，他们再也用不着总是抱怨这一点了。在这张地图中，Gordon 将单一的绿色背景转变成看起来自然的背景幕。要创建背景，Gordon 先绘制了一个矩形并用单一的绿色填充，在矩形依然处于被选中状态时，执行 Object>Create Gradient Mesh（创建渐变网格）命令。打开 Create Gradient Mesh（创建渐变网格）对话框，

在 Rows（行数）和 Columns（列数）文本框中都输入 4，并将 Appearance（外观）选项保留默认的 Flat（平淡色）设置，这样就创建了一个网格，其可编辑的点分布在边界或矩形内部。接下来，Gordon 选择了 Mesh Tool（网格工具）并单击网格草图上的一些点。对单击的矩形内部的点，在 Color（颜色）选项板上将该点的绿色改为浅黄绿色；对单击的矩形边界上的点，将颜色改为深蓝绿色。

统一渐变

使用渐变工具改变渐变填充的方向

概述：使用渐变填充对象；使用 Gradient Tool（渐变工具）调整填充的长度和角度；在多个对象间统一填充。

1

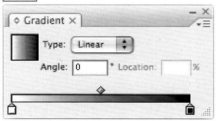

Gradient Tool（渐变工具）（上图），Gradient（渐变）选项板（下图）

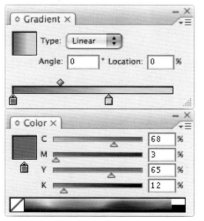

为鱼鳍自定义的 Gradient（渐变）选项板，当用户选取一个渐变滑块时，滑块的颜色将出现在 Color(颜色）选项板上，用户可对之进行编辑

使用 Gradient（渐变）选项板对鱼鳍应用渐变

picturedance.com

Gradient Tool（渐变工具）提供了多种方式编辑渐变填充，还能在多个路径间伸展并统一渐变。在这幅 Sunset 杂志插图中，Dave Joly 使用 Gradient（渐变）选项板应用初始渐变，然后用 Gradient Tool（渐变工具）自定义渐变并在多个路径间统一它们，正如在乌云和鱼鳞中看到的那样。

1 应用并编辑渐变。Gradient Tool（渐变工具）能编辑渐变，但是不能创建渐变。Joly 先选取了鱼鳍，然后打开 Gradient（渐变）选项板，在其左上角单击了初始渐变的图标，从而将初始渐变应用到了鱼鳍上，然后 Joly 逐一单击各个渐变滑块，在 Color（颜色）选项板上混合颜色或在按住 Option/Alt 键的同时在 Swatches（色板）选项板上单击颜色色板，从而编辑渐变的颜色，将最右边的 Gradient（渐变）滑块拖到左边以扩展末尾渐变的颜色。单击渐变条下方可以添加滑块，拖动滑块条上方的滑块也可调整渐变滑块之间的变化比率。

2 用渐变工具编辑渐变。 要设置新的渐变长度和角度，选择路径并使用 Gradient Tool（渐变工具）即可在选中路径内部或外部的任何位置调整渐变。要将线性渐变的角度限制在 45° 的增量，在拖动时要按住 Shift 键。要编辑放射状的渐变，可用 Gradient Tool（渐变工具）单击以重定位中心，或如果想同时改变中心及放射状渐变的半径，单击并拖动即可。

3 用渐变工具统一渐变。 Joly 首先选取了两块乌云，然后对它们应用了相同的渐变，然后将 Gradient Tool（渐变工具）从左边乌云的左边界拖到右边乌云的右边界，统一渐变的长度和角度跨越两块乌云，就像它们本来就是一个对象一样。

　　在拖动时，Info（信息）选项板显示了光标的位置以及渐变的距离、大小和角度。Gradient（渐变）选项板显示最终的渐变角度，直到取消该路径的选中状态。

4 编辑统一渐变。 要编辑鱼鳞使其具有统一渐变的长度和角度，Joly 选择了所有的鱼鳞，然后用 Gradient Tool（渐变工具）在它们上面拖过，直到实现了想要的效果。

　　虽然也可以用 Gradient（渐变）选项板编辑统一渐变，但是 Gradient Tool（渐变工具）提供了其他的灵活度，因为可以用它将渐变的起点或终点拖动到构成渐变的路径以外的位置。

更容易地选取统一渐变

要选取统一渐变中的所有路径可能有些困难，为了简化编辑，先将路径结合成组合，即复合路径或复合形状。这样，单击组合或复合形状中的任何地方即选取了整个统一渐变，也可执行 Select>Save Selection 命令保存选取对象并为其命名。

用 Gradient Tool（渐变工具）拖过选中的鱼鳍以改变渐变的角度

将 Gradient Tool（渐变工具）拖过两片云彩（顶图），以使统一渐变自左边的云彩开始，到右边的云彩结束（底图）

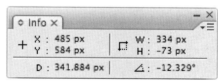

当用户拖动 Gradient Tool（渐变工具）时，Info（信息）选项板提供了大量反馈

编辑穿过了所有选中的鱼鳞的统一渐变的角度，从水平的角度（左图）到垂直的角度（右图）

发光的金属

用渐变模拟金属光泽

概述：用渐变创建金属的外观；通过偏移路径和添加斜面来制作深度感；用混合创建自定义形状的渐变。

1

将硬币的路径分开以显示它们的填充

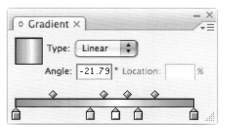

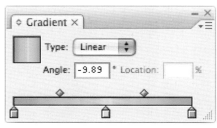

硬币边缘的 Gradient（渐变）选项板（顶图）以及硬币中心的 Gradient（渐变）选项板（底图）

流行的商用会计软件 Intuit QuickBooks 的标志以印刷品和在线形式用在很多地方。一开始它是用 Illustrator 和 Photoshop 设计的，但是原始文件太大了，Gary Ferster 将标志重建为一个小文件，很快他就重建了新版本的标志，并且全部在 Illustrator 中完成，与原始文件相比少占用了 93% 的磁盘空间。Ferster 用渐变或混合来形成金属的光泽，至于是用渐变还是用混合，则取决于对插图的各个部分来说哪种技巧最合适。

1 给硬币添加高光。Ferster 将硬币制作为一系列同心圆，每个圆的填充都各不相同。外边的金色带是一个大圆，用自定义线性渐变填充，中心是另一个圆，用相似的渐变填充，最外边的黑色轮廓线是一个用黑色填充的圆，位置在外边的金色圆的后面，比外边的金色圆略大。

在默认情况下，渐变有起点和终点颜色滑块。为了创建金属光泽，Ferster 自定义了渐变，在渐变选项板中添加滑块，然后对中间的滑块应用浅一点的颜色，外边的圆采用了 5 个滑块。

2 创建美元标记。通过堆叠填充后的路径，Ferster 为美元标记制作了深度感，正如他为硬币的圆所做的那样。

首先，他选中了较小的路径（美元标记的凸出表面），然后执行 Object>Path>Offset Path 命令，输入正值以创建较大的副本（Ferster 输入的值是 5pt），然后单击 OK 按钮，新的位移路径变成了美元标记的基础。当新的外边路径处于选中状态时，他再次选择了 Offset Path（偏移路径）命令，但这次他输入 2pt 的值以创建美元标记的外边界线。

3 创建发光斜面。 通过切掉内部和外部路径的副本，Ferster 创建了斜面，他绘制线条来将路径的拐角切成两半，选取线条和美元标记的路径，然后在 Pathfinder（路径查找器）选项板上单击 Divide（分割）按钮，该按钮将所有区域转换成分离的闭合路径。Ferster 用 Direct Selection Tool（直接选择工具）删除线条，但是保留了所有闭合的斜面路径，对斜面路径未使用描边或线性渐变。Ferster 用 Gradient（渐变）选项板精化了渐变的角度和颜色，因为相比于 Gradient Tool（渐变工具），他更喜欢 Gradient（渐变）选项板的精确度。

　　Ferster 给时钟中心应用了径向渐变填充，给时钟指针应用了线性渐变填充。通过对编辑用作透视的矩形应用线性渐变填充，Ferster 创建了条图表，该矩形的透视效果是通过用 Direct Selection Tool（直接选择工具）拖动节点和片段实现的，条的两边用线性渐变填充。Ferster 对条顶部应用了线性渐变，这些渐变使用了 3 个渐变滑块。

4 给人物添加阴影和高光混合。 Ferster 想给人的形象添加像是由艺术画笔创建的阴影和高光，对于线性或放射状的渐变来说，阴影的形状太具有组织感了，因此 Ferster 创建了自定义形状的混合。对每个混合，他绘制基本路径，并用人身体部分的颜色填充；他还绘制了较小的路径，用高光或阴影颜色填充，然后选取这两条路径并执行 Object>Blend>Make 命令以混合填充。

2

使用 Offset Path（偏移路径）创建更大的副本

3

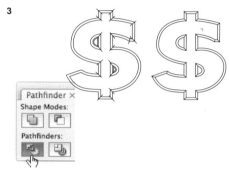

在路径交集处绘制的线条（左图），然后使用 Divide（分割）按钮沿着路径切片来为斜面创建闭合路径（右图）

完成的美元设计及其渐变填充的组成部（从左至右）：原始路径、偏移路径、填充后的斜面（分开）

4

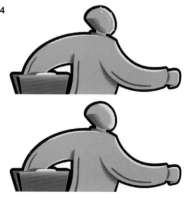

对路径应用混合以形成头部高光前（顶图）后（底图）

自定义径向渐变

扭曲径向渐变填充与重新给径向渐变着色

概述：交换渐变颜色；用径向渐变填充椭圆环形对象；扭曲环形以挤压渐变；放大实填充对象并用径向渐变填充；在垂直方向上将实填充对象缩放回原来的尺寸以挤压填充；选取渐变并对其重新着色。

用径向渐变填充椭圆，在椭圆内部即产生环形渐变。Illustrator 专家 Daniel Pelavin 通过一个缩放技巧（先将对象放大，然后缩小到原尺寸）非常聪明地在一个椭圆框架里面应用了放射状（径向）渐变。

为了表明 PC 杂志奖励卓越技术的主题，美术师 Pelavin 设计了文本，然后用一系列线性渐变填充对象创建了金属表面的反光效果。Pelavin 给线性渐变设置了自定义的角度，然后用 Gradient Tool（渐变工具）调整一些填充的长度和位置。为了在树叶（重复的树叶构成花冠）半边上创建数量大的幻觉，Pelavin 在拉长的椭圆形树叶形状内部创作了环形径向填充。为了创建奖章的金色版本，Pelavin 用他的金色方案更新了渐变。

1

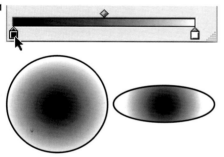

将一个颜色站拖到另一个颜色站上交换颜色时需按住 *Option/Alt* 键，然后用径向渐变填充圆和椭圆

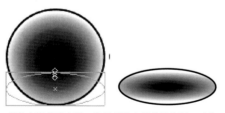

用径向渐变填充圆，然后用约束框挤压该圆，以挤压径向填充

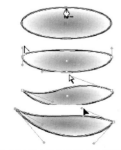

使用路径编辑工具修整填充的椭圆

1 挤压环形和渐变。 这一方法对于那些不需要在原始椭圆形上进行太多编辑的对象来说是最好的，该方法能更快地实现挤压的结果，但随后需要更多的编辑工作。

首先扭曲环形以最大地满足需要。选择椭圆工具，或者用该工具在页面上单击并指定相同数值的 Height（高度）及 Width（宽度），或者在按住 Shift 键的同时拖动，都可以创建一个环形。然后打开 Gradient（渐变）选项板，在黑色到白色的放射状渐变上单击，要反转渐变（或者用另一渐变交换渐变颜色），在按住

Option/Alt 键的同时将渐变颜色站拖放到另一个颜色站上即可。接下来创建一个长椭圆，注意渐变与轮廓怎样不匹配。用 Selection Tool（选择工具）单击环形，抓取约束框的一个手柄然后挤压并拉伸文本，这时径向渐变发生扭曲，与轮廓匹配了。

现在为了让椭圆匹配叶子的形状（例如），必须用路径编辑工具来自定义路径。如果必要，还要添加和删除节点、将锚点从曲线转换为弯角、用 Direct Selection Tool（直接选择工具）改变节点和方向手柄的长度和角度。

2 垂直缩放对象以挤压放射状填充。Pelavin 首先绘制对象，然后使径向渐变适合于形状。他用 Pen Tool（钢笔工具）绘制叶子的外部形状，对其进行实填充（增添了描边，因而很容易看到渐变）。然后，双击 Scale Tool（比例缩放工具），指定 400% 的 Vertical Scale（垂直缩放）、100% 的水平缩放，接下来从 Swatches（色板）选项板中选取径向渐变，再次双击 Scale Tool（比例缩放工具）进行反缩放操作，指定 25% 的 Vertical Scale（垂直缩放）、100% 的水平缩放。

当叶子外部具有放射状轮廓时，Pelavin 用线性渐变填充了叶子内部，复制叶子，然后将结合在一起的叶子的轮廓描边化，并将它放置在填充对象的后面，即完成了树叶串的制作。

3 创建其他颜色方案。Pelavin 用金色的阴影对银色奖章的副本进行处理，重新制作了所有渐变。他首先创建了 3 种自定义颜色：浅金色、中等的金色和深金色。对于每一个渐变的变量，他选取应用该渐变进行填充的对象，然后执行 Select>Same>Fill Color 命令，当该填充仍处于选中状态时，在 Gradient（渐变）选项板上将新的金色色板拖动到渐变站或渐变自身上以添加一个新的颜色站。

2

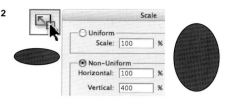

双击 Scale Tool（比例缩放工具），将单色填充的对象沿着垂直方向放大到 400%

用放射状渐变填充缩放后的椭圆，然后沿着垂直方向缩小到 25%

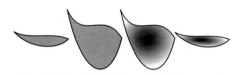

Pelavin 的叶子对象沿着垂直方向放大到 400%，用放射状渐变填充，然后沿着垂直方向缩小到 25%

从左至右依次是：真实的、挤压后的渐变填充（显示轮廓），线性填充（显示轮廓），两者结合，添加修整轮廓后（在填充的对象后面）

3

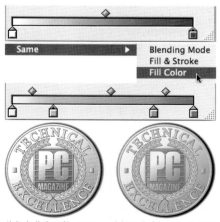

从银色奖章开始，*Pelavin* 选择了每个渐变，执行了 *Select>Same>Fill Color* 命令，然后自定义该渐变使用他的新全局色

ROSTOMIAN

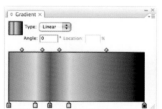

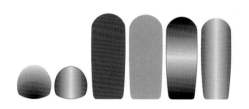

画廊：Zosia Rostomian/ The Sharper Image®

为了制作这个插图，Zosia Rostomian 把堆砌的渐变和实填充的对象很复杂地组合在一起。她堆砌了许多对象，其中一些用来制作电话，见右图的细节（左图为底部最多的对象）。为了给已选择的对象应用渐变，她双击 Gradient tool（渐变工具），打开 Gradient（渐变）选项板（见左图的细节），然后她选择 Linear（线性）或 Radial（径向）类型。为了更好地浏览渐变，她扩大了选项板的高度和宽度。Rostomian 单击渐变条的下方增加更多的选择点，并且移动和调整它们。

为了改变颜色站之间的中点，她把钻石形状的

选择点移动到顶部。仍然选中渐变填充的对象，她打开色板选项板并且单击 New Swatch（新建色板）图标，命名为渐变，然后单击 OK 按钮。在继续绘图之前，她取消全部选定，执行 Select（选择）>Deselect（取消选择）命令，或按⌘-Option-A/Ctrl-Alt-A 键，并且把填充变成 None（无），那么她下一个绘制的对象就不会和上一个对象具有相同的填充属性了。她重复刚才的步骤处理每个对象，因为每个对象都要求不同的渐变。她调整一些对象渐变填充的长度和角度，通过运用渐变工具单击并拖动交叉来完成。

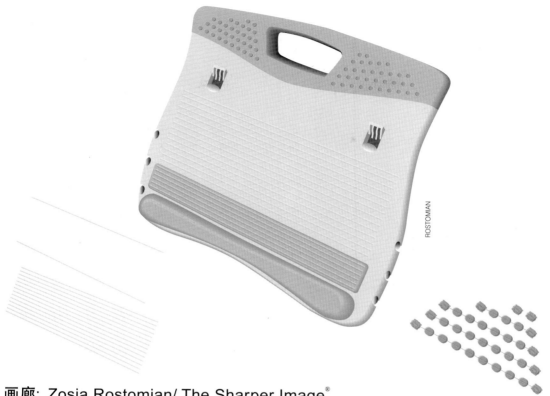

ROSTOMIAN

画廊: Zosia Rostomian/ The Sharper Image®

本图是 Sharper Image 公司笔记本电脑桌的产品插图，Zosia Rostomian 运用了混合编组对象这一完美的技巧创作了该图。她把产品的照片置入到素描下面的一个图层，把它作为模板使用。为了制作脊背区域，她使用两个 1pt 浅灰色和深灰色的描边绘制了最初的脊线（见上图）。她对两个描边进行编组（⌘-G/Ctrl-G），选中它们并按住 Option/Alt 键单击拖动制作一个副本。她直接选中第一组的描边，选择 Blend tool（混合工具），按住 Option/Alt 键打开 Blend Options（混合选项）对话框。她把间距设置为指定的步数，输入 12 并单击 OK 按钮，然后单击第 2 组描边来制作混合和完整

的脊线。为了绘制有点的图案，她首先制作一个有图层圆圈的点，然后将它们组合起来。第一行是用两个单独的点对象做成的。她复制并且把其他点粘贴到两列里（上图，用蓝色突出）。为了制作一行点，她直接选中一个点，然后选择混合工具。她单击另一个点，按住 Option/Alt 键输入填充一行需要的指定步数，单击 OK 按钮，然后单击另外一个点。既然她直接在模板上作业，那么她就知道一行需要多少点以及能输入 Specified Steps（指定步数）的数量。每行的点分别被混合，因为它们有不同数量的指定步数。

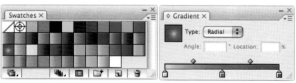

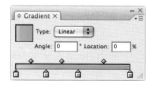

画廊：Christiane Beauregard

在这幅插画中，Christiane Beauregard 用线性和径向渐变创建了精巧的颜色过渡。Beauregard 用 Pen Tool（钢笔工具）绘制了所有形状，在她创作时，创建了渐变用于填充形状。她在 Gradient（渐变）选项板上单击渐变预览，选取了渐变的类型（线性或径向），然后添加了自定义颜色（上面给出了 Beauregard 使用的渐变中的两种）。然后她用 Gradient Tool（渐变工具）调整了形状内部渐变的长度和方向。

画廊：Christiane Beauregard

Christiane Beauregard 用与在 Fall 插画（见前一页）中使用的相同着色技巧创建了贝壳（细节见右边），在该作品中分离的形状用相同的径向渐变填充。在形状处于选中状态时，用 Gradient Tool（渐变工具）单击并从区域的起点拖动到终点，改变渐变的角度，以给每一个

形状独特的高光。通过改变渐变填充形状的不透明度，给深海创建了发光度，在属性栏上单击 Opacity（不透明度）按钮，降低了形状的不透明度。为了增强海的深度感，她制作并堆叠了一些形状。

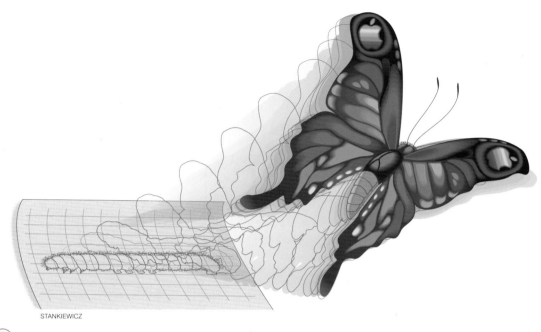

STANKIEWICZ

画廊：Steven Stankiewicz

Steven Stankiewicz 在他的插画作品中使用了一种他称为"混合到混合"的技术，将一个多彩的混合平滑地过渡到另外一个混合。为了创建蝴蝶翅膀，Stankiewicz 首先使用 Pen Tool（钢笔工具）绘制翅膀的形状和翅膀上的斑点，然后分别为每一个对象上色。为了制作翅膀的混合，复制翅膀对象并粘贴在前面，再使用 Scale Tool（比例缩放工具）对其进行缩小。在同时选中原始翅膀和翅膀副本后，使用 Blend Tool（混合工具）单击原始翅膀上的一个节点，按住 Alt 键并单击翅膀副本（缩小的翅膀）上的一个对应的节点，Stankiewicz 在打开的 Blend Options（混合选项）对话框的下拉列表中选择 Smooth Color（平滑颜色）选项，接着使用相同的步长为每一个翅膀斑点创建混合。Stankiewicz 决定平滑每一个颜色斑

点混合和它后方的翅膀混合间的颜色过渡。为了实现上述目标，使用 Direct Selection Tool（直接选择工具）选中一个翅膀斑点混合中的最外侧的对象，接着按住 Shift 键选中位于斑点混合下方的翅膀混合中最里面的对象。同时选中两个对象后，Stankiewicz 使用 Blend Tool（混合工具）分别单击两个对象上的点，这些点在两个对象上的位置大致相同。这样做的结果是创建了一个新的混合，这个混合在翅膀斑点混合和它下方的翅膀混合之间实现了平滑过渡。

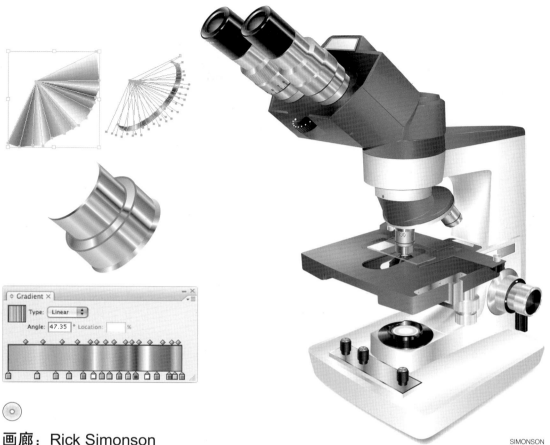

SIMONSON

画廊：Rick Simonson

这张显微镜的插图显示了 Rick Simonson 非凡的照相现实主义（photorealism）技艺。他使用混合和渐变来模拟金属的反射。为了制作一些能反射复合色彩的金属部件，他开始用 Line tool（直线段工具）绘制。等绘制出一条线之后，他用直接选择工具选中一端，而不选中另一端。他拖动选中的一端，添加 Option/Alt 键复制这个扇子形状的线条——没有选中的锚点保持在原处。他不断在不同的距离处添加新的线条，给它们着色，直到有足够的线条与反射中所有的色彩变化相适合为止。然后他选中所有的线条，选择 Blend tool（混合工具）并在间距下拉列表中选择 Smooth Color（平滑颜色）选项。使用快捷键⌘-Option-B/Ctrl-Alt-B，他从线条里制作出一个混合的对象。接着他绘制了显微镜的部分对象，把它放置到新混合对象的最上方。选中两个对象，他选择 Object（对象）>Clipping Mask（剪切蒙版）>Make（建立）命令（按⌘-7/Ctrl-7 键）。至于其他复杂的反射，他制作了带有复合色彩的渐变，使着色的对象与在混合模式中制作的对象相匹配。

修整混合

控制形状混合的过渡

概述：准备基本对象；创建基本对象的调整后的副本，以创建简单的混合；进一步调整混合中的顶层对象以创建特殊的混合效果；添加完成细节。

1

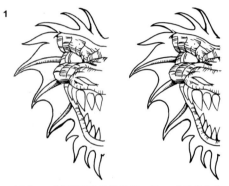

Atteberry 的原始画以及使用 Live Trace 之后制作的版本

绘制基本对象之后，镜像那些不通过中心线的基本对象的副本

插画师 Kevan Atteberry 受托创建用于在篮球上印刷的标志，一家主题乐园制造商为此嘉奖了他。在数字化最初的线条绘图后，Atteberry 用形状－形状混合给图像着色，相对于不太精确的渐变和更费力的渐变网格来说，他更喜欢用形状来进行混合。在继续学习"高级技巧"一章中蒙版形状混合的更复杂技巧之前，创建形状混合是一项需要掌握的技能。

1 **创建基本对象并设置选项。** 由于 Atteberry 的龙头图形是对称的，因此他用油墨在纸上绘制了脸的半边，在 600dpi 下扫描了黑白图，然后在 Illustrator 中打开。执行 Object>Live Trace 命令之后，执行了 Object>Expand 命令，然后选取并删除了白色的对象（关于 Live Trace 的更多知识，请参阅"进阶绘图与着色"一章），然后从标尺上拉出了一条垂直参考线到脸的中间。他用 Reflect Tool（镜像工具）单击参考线，然后按住 Option-Shift/Alt-Shift 键并单击参考线上另外一点以将副本镜像到参考线的另一边。完成线条的绘制后，锁定包含线条的图层，创建了其下面的图层以用 Pen

Tool（钢笔工具）和 Pencil Tool（铅笔工具）创建基本的、单色的对象。对于那些不通过中心线的对象，Atteberry 创建了一个版本然后将一个副本镜像到另一边。双击 Blend Tool（混合工具），在 Blend Options 对话框中设置 Smooth Color（平滑颜色）选项，准备混合。

2 **制作简单的、平滑的混合。** Atteberry 对他的每一个混合，都先选取基本对象并复制，然后执行 Edit>Paste in Front（贴在前面）命令（按⌘-F/Ctrl-F 键），调整顶部对象并将两者混合，调整通常包括将对象的顶层副本缩小、移动对象的位置或调整自身的轮廓。在所示例子（龙的右脸颊）中，Atteberry 用 Pencil Tool（铅笔工具）重绘了顶部对象的路径，选取两个对象后执行了 Object>Blends>Make 命令。尽管顶层对象包含了过多的节点，混合后依然比较平滑。

3 **修整混合产生特效。** 有时想要得到的并非是平滑的混合效果。通过改变混合中的顶层对象，Atteberry 实现了许多不同的效果。有时他想创建不规则的形状（正如龙的眉毛），有时则想创建羽化或修整效果。Atteberry 使用了 Direct Selection Tool（直接选择工具）、Pencil Tool（铅笔工具）、Free Transform Tool（自由变换工具）和其他变形工具来充分调整顶层形状。尽管很多情况下只是扭曲了对象并沿着定位点移动，但有时也的确添加了新的点[使用 Add Anchor Point Tool（添加锚点工具）或用 Pencil Tool（铅笔工具）重绘]。应用混合之后，由于其是可编辑的，Atteberry 使用所有能使用的工具继续调整顶层对象的位置和形状，直到实现了他想要的效果。

4 **添加完成细节。** 在将混合添加到图像之后，Atteberry 用实填充、渐变填充和描边化的小重点添加了修整细节。在这幅图中，Atteberry 甚至用渐变填充了线条，凶恶的牙齿在线条之上的一个图层上。

2

调整底部对象的副本以创建平滑的混合过渡

3

调整混合中的顶部对象以实现特殊的混合效果

4

将复制和调整的版本放置在合适位置之后的龙头图像；创建所有混合之后的图像

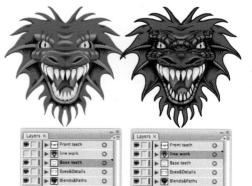

使用混合、添加细节之后最终的龙头图像；在上面的图层上（前牙在顶部图层）添加了线条（黑色）之后的龙头图像

连绵的网格

将渐变转换为网格，再进行编辑

概述：绘制图形并使用线性渐变填充；将使用渐变填充的对象扩展为渐变网格；使用不同的工具编辑网格节点和颜色。

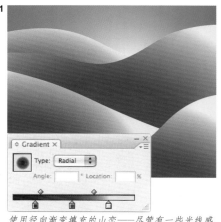

使用径向渐变填充的山峦——尽管有一些光线感，但是不能让渐变符合山峦的轮廓

使用线性渐变填充的山峦，在转换为渐变网格后，它比径向渐变更容易编辑

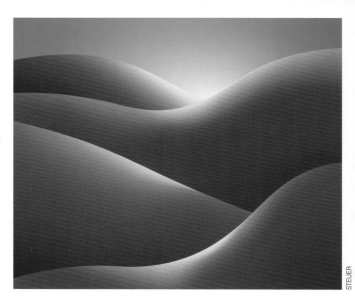

对于很多图像来说，渐变在表现从明亮到阴影的逐渐变化方面很有用（想了解创建和应用渐变填充的更多知识，请参阅本章的"统一渐变"部分）。对这些连绵的山峦，美术师 Sharon Steuer 将线性渐变扩展为渐变网格对象，以便能够更好地控制颜色过渡的曲线和轮廓。

1 **绘制图形，然后使用线性渐变填充。** 在绘制插图的开始阶段，可以使用任意的绘图工具创建封闭的图形对象，创建完毕后，使用 Selection Tool（选择工具）分别选中每一个对象，并使用一种渐变进行填充。对于每个使用线性渐变填充的对象，可以使用 Gradient Tool（渐变工具）调整渐变过渡的角度和长度，直到和希望的光线最为接近为止。Steuer 使用 Pen Tool（钢笔工具）创建了 4 个山形状的图形，使用相同的渐变进行填充，再使用 Gradient Tool（渐变工具）对它们分别进行调整。

注意：虽然在一些对象中，径向渐变在转换前的效果看起来更好，但将线性渐变转换为渐变网格将更容易进行编辑。

2 **将线性渐变扩展为渐变网格。** 为了给山峦创建更为自然的光线效果，Steuer 将线性渐变转换为网格对象以便色彩过渡能够沿着山的轮廓。要达到这个目的，先选中所有希望进行转换的对象，再执行 Object>Expand 命令打开 Expand（扩展）对话框，在对话框中确认 Fill（填充）复选框被选中，并选中 Gradient Mesh（单选按钮，然后单击 OK 按钮。Illustrator 将把每个线性渐变转换成为一个网格矩形，网格矩形所旋转过的角度和线性渐变的角度是相匹配的，并且原始对象都作为蒙版遮住每个网格矩形。

3 **编辑网格。**用户可以使用几个工具编辑渐变网格对象。Mesh Tool（网格工具）集成了 Direct Selection Tool（直接选择工具）的功能和添加网格线的功能。使用 Mesh Tool 精确地单击网格锚点可以选中该锚点，还可以移动锚点或其方向手柄，或者在网格内单击锚点之外的地方添加新的网格节点和网格线。另外，还可以使用 Add Anchor Point Tool（添加锚点工具）添加新的节点而不添加网格线。按下 Delete（删除）键可以删除选中的节点，如果该节点是网格点，则网格线也将被删除。

在网格内使用 Mesh Tool（网格工具）或 Lasso Tool（套索工具）选中多个节点，然后使用 Direct Selection Tool（直接选择工具）可以同时移动选中的多个节点。要改变渐变网格线的形状，可以使用 Mesh Tool 移动单个的节点、调整方向手柄。使用这种方法，渐变的色彩和色调过渡都可以和对象的轮廓相匹配。要改变网格中某区域的颜色，先同时选中与该区域相关的多个节点，再选择一种新颜色即可。

如果按住 Option/Alt 键用 Eyedropper Tool（吸管工具）在网格点之间的区域单击，将使用当前的填充色给最近的 4 个网格点上色。

通过使用这些工具和编辑技巧，Steuer 能够创建有色彩和光线变化的山峦，这些光线变化反映了自然光照射在有机形体上的细微之处。

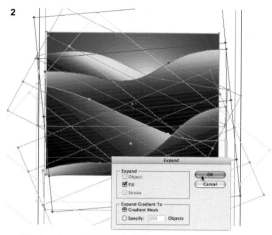

2

将渐变扩展进渐变网格对象之后

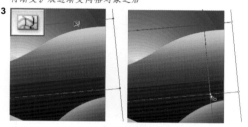

3

使用 Mesh Tool（网格工具）添加网格线，然后使用 Direct Selection Tool（直接选择工具）移动网格点

使用 Add Anchor Point Tool（添加锚点工具），使用 Lasso Tool（套索工具）选取节点；使用 Direct Selection Tool（直接选择工具）移动选中的一个或多个节点

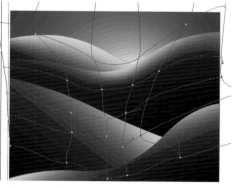

完成网格调整之后最终的山峦

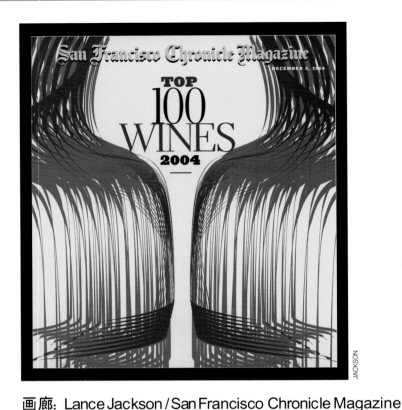

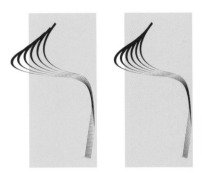

画廊: Lance Jackson / San Francisco Chronicle Magazine

在这幅 San Francisco Chronicle Magazine 封面图中，插画师 Lance Jackson 艺术性地应用了混合画笔描边，然后，他用数位板绘制了高脚葡萄酒杯简单、优雅、动感的侧影，接着用很多工具调整了侧影的副本。选取初始的和经过调整的描边后，执行 Object>Blend>Make 命令（尽管可以混合活的画笔描边，但 Jackson 更喜欢先执行 Object>Expand 命令扩展它们）。当混合仍处于选中状态时，双击 Blend Tool（混合工具）打开 Blend Options（混合选项）对话框，在对话框中调整 Specified Steps（指定的步数）的值，接下来 Jackson 通过执行 Object>Blend>Expand 命令扩展了混合（扩展之后的混合自动组合），然后调整了每一个混合对象的位置和形状，并为组合重新着色。通过复制这些扩展后的组合，Jackson 创建了新的侧影，并调整其颜色和描边。Jackson 创建了窗户的一边，并用 Reflect Tool（镜像工具）沿着 Vertical（垂直）轴镜像而创建了另一个侧影。

画廊：Caryl Gorska

Caryl Gorska 用应用了透明度的渐变填充给这幅铅笔草图着色，该草图是基于 Fernand Léger 创作的 Les Usines 制作的。Gorska 将黑白的铅笔草图放入底下的图层，然后执行 Filter>Colors>Adjust Colors 给整个草图填上土黄色（如上图所示）。在草图上面的图层上，Gorska 用 Pen Tool（钢笔工具）绘制了几何形状。她用线性和径向渐变填充形状，这些渐变分别使用了 Gorska 在 Swatches 选项板上指定的 5 种颜色。在 Gradients（渐变）选项板依然打开时，Gorska 将 Swatches（色板）选项板中的颜色拖到渐变条上并调整滑块位置。

Gorska 用 Gradient Tool（渐变工具）将单独的渐变应用到形状上，然后在 Transparency（透明度）选项板上将不透明度调整为 30%～70%，她希望通过 Transparency（透明度）选项板让纹理从渐变中显露出来。为了进一步将一些区域的颜色深化，她应用了 Multiply 模式的混合。左上方的图像细节显示出画作中渐变的多样性，而不显示铅笔草图下面的纹理。关于 Transparency Mode（透明度模式）和 Blending Mode（混合模式）的更多知识，请参阅"透明度"一章。

透明混合

绘制半透明的朦胧效果

高级技巧

概述：创建模仿水彩的混合；应用渐变模式使水中的对象能被部分变暗。

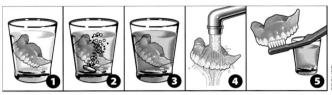

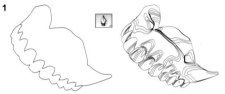

假牙的主要轮廓以及使用 *Pen Tool*（钢笔工具）绘制的色调轮廓线

使用 *Blend*（混合）命令应用混合前（左图）后（右图）的两条假牙路径

使用 *Blend*（混合）命令应用混合前（左图）后（右图）的所有假牙路径

Blend Tool（混合工具）能完美地控制颜色和形状的过渡。Scott Crouse 分 5 步绘制了假牙清洁药片系列（上面的大玻璃杯是第 3 步的一个细节，最终的版本包括说明）。Crouse 用 Blend Tool（混合工具）给假牙的复杂表面建模，并用它来表明清洁药片是如何随着时间给水着色的。

1 **绘制假牙**。Crouse 根据导入的图片用绘图工具手绘了假牙。为了建立复杂的阴影效果，Crouse 精确地绘制了路径对，来标记特定灰色调开始和结束地点的关键轮廓，每一个路径对都将成为某个混合的开始和结束路径。对每个路径对，他先用填充绘制大路径，该填充与齿龈或牙齿的整体颜色相匹配，然后在该路径前面绘制一条较小的路径，该路径的形状或填充的颜色是表面上的高光或阴影。

2 **创建假牙混合**。Crouse 给他先前绘制的每一对路径应用混合。要混合两条路径，首先选中它们，然后执行 Object> Blend>Make 命令。完成后的混合在路径之间创建了平滑的过渡。

3 创建通过水的光线效果。 像玻璃一样，水也从周围对象中提取并扭曲周围的光线、颜色和阴影，Crouse 发现混合在这儿也很有用。像处理假牙一样，Crouse 先为混合绘制路径对，然后再次用深浅不同的颜色给路径添加阴影。Crouse 用 8% ～ 20% 的黑色填充每个路径对中的大路径，用白色填充小路径，然后混合每对路径。

构成玻璃杯（左图）的路径，以及填充后的同样路径（右图）

4 淹没假牙。 Crouse 将假牙放入玻璃杯中，然后选取了水的混合并执行 Object>Arrange>Bring to Front 命令，将水的混合放在假牙的前面。当水的混合依然处于选中状态时，Crouse 在属性栏上单击 Opacity（不透明度）按钮，将混合模式从 Normal 改成 Multiply，将 Multiply 应用到混合可以部分深化假牙的颜色，因此它们看起来就像是被淹没在水中一样。

添加的用于和混合一起创建光和水效果的路径（在左图中被选取）以及对每一对路径应用混合之后（右图）

5 显示水的颜色的改变。 Crouse 制作插图的第二步和第三步必须显示当清洁药片溶解的时候清洁药片的溶液是怎样变成绿色的，该插图系列未全色打印，因此必须用灰度图来描绘这个概念。为了复制玻璃杯和假牙，Crouse 选取了它们，在按住 Option/Alt 键的同时拖动它们，创建了一份副本。为了给水上色，他用 Direct Selection Tool（直接选择工具）选取了用灰色填充的每个水的混合的路径，然后用 Color（颜色）选项板将它们的灰色填充加深到 40% 的黑色。当对混合中用到的路径的属性进行改动时，整个混合都更新了。

对于第 2 步和第 3 步，Crouse 还添加了填充的路径来加深假牙和混合后水的颜色，在第 2 步中还使用了 Ellipse Tool（椭圆工具）绘制清洁药片和气泡。

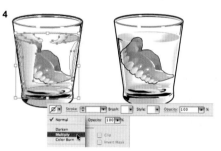

选中的混合（左图），然后应用 Multiply 混合模式，再应用透明度（右图）

步骤 1、2、3（顶部）以及随之产生的改变（底部），变暗的选中路径（左下图），添加的更大的路径，以用于变暗背景（中下图以及右下图）

当混合比渐变更好时

创建渐变很快也很容易，但是它们只有线性和径向两种形式；混合的一大优势就在于它们遵循用户所绘制的路径的形状进行复杂的建模。

建造网格

使用渐变网格制作瓶子

高级技巧

概述：创建基本的矩形；添加网格线；用 Scale Tool（比例缩放工具）同时移动多个节点；用 Direct Selection Tool（直接选择工具）编辑路径；给网格着色；添加完成细节。

1

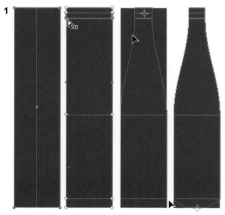

制作一个基本矩形，在形状要发生变化的地方添加网格点，使用 *Scale Tool*（比例缩放工具）将网格点内移

2

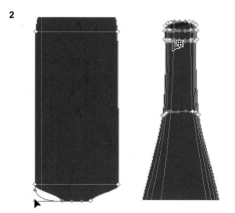

对圆曲线应用 *Direct Selection Tool*（直接选择工具），用 *Mesh Tool*（网格工具）单击添加新的网格线

在用 Mesh Tool（网格工具）创建对象方面，Yukio Miyamoto 是专家之一。这些设计精美的瓶子是为他和他妻子 Nabuko Miyamoto 共同编写、发行的书《Adobe Illustrator CS》和 CD 创作的。该书已在日本出版，是关于 Illustrator 技巧的非常好的纲要。

1 从矩形创建网格。Miyamoto 先创建了彩色矩形，然后在此基础上创建复杂的网格对象，再用 Mesh Tool（网格工具）在矩形上单击以创建基本的横向网格线，然后通过这些网格线调整对象的内部形状。

　　为了细化瓶颈，Miyamoto 用 Direct Selection Tool（直接选择工具）选取了瓶子顶部的锚点，当这些点处于选中状态时，选择 Scale Tool，在默认情况下 Scale Tool 位于对象中心，因此抓取了一个被选中的点后在按住 Shift 键的同时将该点拖到瓶子中心，这样就对称地细化了瓶颈。选取瓶子底部的两个点，并将它们向内拖动（关于放射状地调整矩形网格对象的更多细节，请参阅"高级技巧"一章中的"塑造网格"）。

2 修整网格对象。要继续将矩形变形为圆角瓶子，接下来就要将边界上的角点调整为曲线。用 Convert Anchor Point Tool（转换锚点工具）和 Direct Selection Tool（直接选择工具）选取锚点、平滑锚点并调整圆角曲线的角点。Miyamoto 平滑了瓶子底部的曲线，在此操作中按住了 Shift 键以限制路径曲线。

　　创建了新的形状之后，Miyamoto 用 Mesh Tool（网格工具）在瓶子内部单击产生垂直的网格线，使其与瓶子底部的新曲线对齐。

3 调整网格线以创建扭曲、阴影和高光。 光线在瓶子上反射和折射。在瓶子的内外形状都制作完成之后，Miyamoto 用 Direct Selection Tool（直接选择工具）调整了瓶子内部的网格线以模仿光线效果。选取节点和节点组之后，Miyamoto 使用 Direct Selection Tool 调整它们的位置，单击锚点激活方向手柄，这样就能调整曲线的长度和角度了。

　　制作完网格线之后，就可以选取单个或成组的节点了，或单击节点之间的区域并用 Color（颜色）选项板滑块调整颜色，也可以在 Swatches（色板）选项板上单击颜色色板或用 Eyedropper Tool（吸管工具）单击想要的颜色，也可从另一个对象中提取颜色。Miyamoto 运用照相学知识作为参照来帮助他决定在何处放置浅色和深色。

4 创建修整细节。 尽管 Mesh Tool（网格工具）是非常灵活和强大的绘图工具，但有时也需要在网格对象上面的图层中创建细节。为了使选取和分离各个对象的视图更容易分辨，请在网格对象上为细节对象创建新的图层。对于蓝色瓶子（网格的上一图层），Miyamoto 使用 Pen Tool（钢笔工具）创建，并用单色或自定义渐变填充的对象制作了一些色彩和光线的变化，他给啤酒瓶创建了文字形状，给小牛奶瓶添加了额外的边缘颜色，给绿色的葡萄酒瓶添加了更多的反光和凸起的内底。

3

给玻璃瓶上色

在轮廓模式、隐藏模式和 Preview（预览）模式下完成的蓝色玻璃瓶，上一图层有细节信息

4

Outline（轮廓）模式下最终的玻璃瓶和网格图层，在 Preview（预览）模式下修整细节（大多是用渐变填充的对象）

透明度

透明度的复杂应用使得它在 Illustrator 中无处不在——用户应用不透明百分比、混合模式、Transparency（透明度）或属性栏中的不透明蒙版时，都用到了透明度，不仅如此，无论何时用户应用一些种类的效果（如阴影、羽化和发光）或包含了上述特征的样式，也会用到透明度。尽管对艺术对象应用透明度效果相当容易，但理解透明度如何工作也是很重要的，因为这将在后期导出或打印作品时给您带来便利。

如果 Appearance（外观）或 Targeting（定为目标）的概念对于用户来说是全新的，先学习"图层与外观"一章中的"外观"章节是很重要的。尽管本章不介绍高级技巧，但这里假设用户已经掌握了填充、描边、特别是图层的有关基础知识。如果用户不能跟上本章所介绍的内容，请先参阅"绘图与着色"及"图层与外观"两章。

透明度的使用：

- 填充——应用不透明度、混合模式或利用了透明度的效果，例如 Inner Glow（内发光）效果。
- 描边——和填充一样，应用不透明度、混合模式或利用了透明度的效果，例如 Outer Glow（外发光）效果。
- 画笔描边——散点画笔、艺术画笔和图案画笔均能够由包含透明度的对象制作得到。另外，对任意一种画笔描边（包括书法画笔描边）应用不透明度、混合模式或应用了透明度的效果，均能使画笔描边变得透明。
- 文本——对选中的文本字符和整个文本对象或两者之一应用透明度。
- 图表——对整个图表或组成图表的元素应用透明度。
- 组合对象——将组合对象选中定为目标，并应用不透明度、混合模式或应用了透明度的效果，如 Feather（羽化）效果。选中一个组合对象后，就自动地将它定为目标了。
- 图层——将图层定为目标，并应用不透明度、混合模式或应用了透明度的效果。

——Sandee Cohen and
Pierre Louveaux

透明度基础

尽管画板看起来是白色的，但 Illustrator 将它作为透明的来处理。要在视觉上将透明的区域和不透明的区域区分开来，执行 View>Show Transparency Grid（显示透明度网格）命令即可。要设置透明网格的尺寸和颜色，执行 File>Document Setup 命令，在打开对话框的最上方下拉列表框中选择 Transparency（透明度）选项即可。如果作品将要被打印在彩纸上，可以在打开的对话框中勾选 Simulate Colored Paper（模拟彩纸）复选框（单击 Grid Size 旁边的色板可以打开拾色器为"纸"选取颜色）。透明网格和纸的颜色都是不可打印属性，它们都只能在屏幕上预览。

"透明度"这个术语指的是除了 Normal 之外的混合模式以及除了 100% 之外的不透明度设置。Opacity Mask（不透明蒙版）或效果 [如 Feather（羽化）或 Drop Shadow（阴影）] 也使用到这些设置。因此，当用户应用 Opacity Mask 或效果时，也在使用 Illustrator 的透明度特性。

在如何应用透明度时应该小心，正确地定位目标并应用透明度是非常重要的，尤其是在打印或导出的时候。为了简化操作，Illustrator 提供了很多有用的工具，用户能使用这些工具来提高对打印以及导出含有透明度文档的控制。

不透明度与混合模式

要应用透明度，通过 Selection Tool（选择工具）或单击 Layers（图层）选项板上的目标指示器选取对象或组合，然后调整 Opacity（不透明度）滑块或在 Transparency（透明度）选项板或属性栏上选择一种混合模式即可（选中对象或组合时，它们就被自动定为目标；如果想在图层上应用透明度效果，请先将图层定为目标）。当不透明度为 100% 时，对象或组合完全不透明；当不透明度为 0% 时，图层能被完全看见或不可见。

混合模式控制着对象、组合或图层的颜色相互之间如何影响，它们对于颜色模式来说是特定的，在 RGB 和 CMYK 模式下会得到不同的结果。而在 Photoshop 中，当它们在透明的画板上时，混合模式没有任何影响。要看到混合模式的效果，用户需要在透明的对象或组合之下添加一个具有填充色或白色填充的元素。

不透明蒙版

Opacity Mask（不透明蒙版）允许将一个对象中黑的

透明度是可累加的

透明度的最终效果是由对象、组合、子图层和容器图层决定的。

注意：对于这种多层次的所有效果，没有任何方法可以将这些效果清除，只能将每个层次定为目标，并单击 Appearance（外观）选项板中的 Clear Appearance（清除外观）图标（也可参阅"图层与外观"一章中的"外观"一节）。

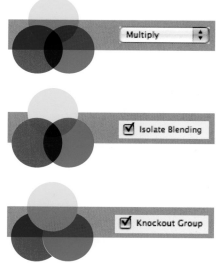

顶部的圆形组合展示的是对各个圆应用 Multiply 混合模式，中间的图展示的是启用 Isolate Blending（隔离混合）复选框以将混合模式限制于组合中的对象，底部展示的是启用 Knockout Group 复选框以将对象保持在组合中，以避免将它们的混合模式应用于其他的对象

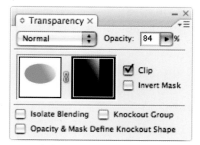

显示所有选项的 Transparency（透明度）选项板 [从 Transparency（透明度）选项板菜单中选择 Show Options（显示选项）命令]

存储造成拼合

因为在 Illustrator 9 之前没有透明度，所以在之前的版本中存储将造成对象永久被拼合。

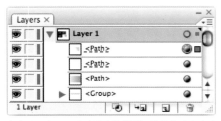

包含 Opacity Mask（不透明蒙版）效果的对象会在图层选项板中显示虚线。

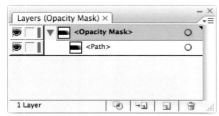

在图层选项板中，如果用户单击透明度选项板中的不透明蒙版缩览图，Opacity Mask（不透明蒙版）会显示出 < (less than)，and > (greater than) 的符号

为什么我现在不能画？

您可能在蒙版编辑（隔离）模式而并不知道：

- 您绘制一个对象，取消选择，它似乎消失了；
- 您将对象填满色彩，可是色彩并没有显示；

当在蒙版编辑模式下时，文件的名称和图层选项板将会显示 <Opacity Mask>（不透明蒙版）。要离开蒙版编辑模式，单击 Transparency（透明度）选项板中的艺术对象即可。

和亮的区域作为对其他对象的蒙版。在蒙版为黑色的地方，用户可以看到蒙版下方的对象；在蒙版为白色的地方，下方的对象将被隐藏；而蒙版为灰色的地方，将有一个透明范围（这与 Photoshop 的图层蒙版相同）。

创建一个 Opacity Mask 的最简单方法是：首先创建希望被蒙住的艺术对象，接着将要用来作为蒙版的对象、组合或光栅图像放在它的上面。选中艺术对象和作为蒙版的元素，从 Transparency（透明度）选项板菜单中选择 Make Opacity Mask（建立不透明蒙版）命令，Illustrator 会自动将上方的对象制作为不透明蒙版。

要创建一个空蒙版，首先将一个单独的对象、组合或图层定为目标。因为在默认情况下新建 Opacity Mask（不透明蒙版）的方式是剪切（结合一个黑色的背景），所以用户需要在 Transparency（透明度）选项板菜单中取消 New Opacity Masks Are Clipping（新建不透明蒙版为剪切蒙版）命令，否则在开始制作空蒙版时，被定为目标的艺术对象将彻底消失。接着从 Transparency（透明度）选项板菜单中选择 Show Thumbnails（显示缩览图）命令，并单击缩览图的右侧区域，这样就创建了一个新的空蒙版（例如，用户创建了一个使用渐变填充的对象，之后可以通过渐变的黑色区域看到艺术对象）。在不透明蒙版缩览图被选中的状态下，单击相应的缩览图可以将工作在轮廓或不透明蒙版间切换（艺术对象缩览图在左侧，不透明蒙版的缩览图在右侧）。

下面的提示可以帮助用户使用不透明蒙版。第一，创建蒙版时，不透明蒙版被转换成了灰度，处在场景之下（尽管不透明蒙版的缩览图依然显示为彩色）。介于白色和黑色之间的灰度值决定了被蒙版对象的不透明度或透明度情况如何——蒙版的浅色区域将更不透明，深色区域将更透明。另外，如果选择了 Invert Mask（反相蒙版），颜色的亮暗数值将颠倒——蒙版的深色区域更不透明，而浅色区域更透明。要辨认哪些元素被不透明蒙版蒙住了，请查看 Layers（图层）选项板上的点状下划线。

Transparency（透明度）选项板中的链接图标指示了不透明蒙版的位置与它蒙住的对象、组合或图层的位置联系在一起。取消链接后可以移动艺术对象而不移动蒙版，蒙版内容可以被选中和编辑，就像其他任何对象一样。可以对蒙版内部的任何一个单独对象应用混合模式或改变不透明度的百分比。

按住 Option/Alt 键并单击 Transparency（透明度）选项板上的不透明蒙版缩览图，可以隐藏当前文档的所有内容而只显示构成蒙版的元素，这些元素将以灰度值显示。按住 Shift 键并单击不透明蒙版缩览图，将使蒙版不可用。

挖空控制

在 Transparency（透明度）选项板菜单中选择 Show Options（显示选项）命令以显示复选框，这些复选框控制着透明度如何被应用于组合或多个对象中。您还可以单击属性栏里的 Opacity（不透明度）文字，以显示这些设置。

为了保持组合中单独的对象或图层在相互重叠的地方不受单个对象（应用了不透明度设置）的影响，可以先将组合或图层定为目标，然后选取 Knockout Group（挖空组）复选框，这对于包含有一个或多个透明对象的混合特别有用。出于这个原因，对于所有新创建的组合，Illustrator 自动地选取 Knockout Group（挖空组）复选框。

启用 Isolate Blending 复选框，以便组合内对象的透明度设置只相互影响而不影响组合最下方的对象。

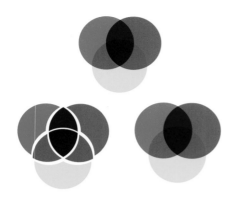

顶部（活的透明度）：对各个圆应用了 Multiply 混合模式；左下（拼合的透明度，透视图）：将 3 个圆拼合得到了 7 个单独的区域；右下（拼合的透明度，非透视图）：最终打印的圆与原始的圆看起来是一模一样的

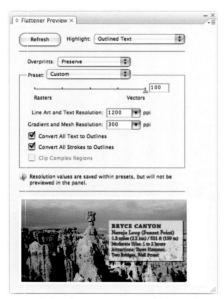

显示所有选项的 Flattener Preview（拼合器预览）选项板 [在选项板菜单中选择 Show Options（显示选项）命令]，包括选项板中部的 Flattening Preset（拼合预设）设置。单击选项板项部的 Refresh（刷新）按钮，当前文件将在屏幕底部的预览区域中出现。"使用拼合器预览选项板"部分解释了怎样使用预览来高亮显示作品中将影响拼合的那些区域

拼合的技巧

PostScript 打印设备以及像 EPS 这样的文件格式只能使用"拼合"的方式制作透明的艺术作品。在打印输出时，Illustrator 将临时应用拼合处理，如果使用不支持透明度的格式进行保存，拼合处理将被永久地应用。拼合将在把透明的重叠区域转换为看起来相同的不透明片段时发生。一些对象将会被分离成多个单独的对象，而另一些则可能被栅格化。

使用拼合器预览选项板

Flattener Preview（拼合器预览）选项板能让用户突出显示在拼合时会受影响的艺术对象区域，因此用户能观察到各种设置的效果并对它们进行相应的调整。

首先，从选项板菜单中选取预览模式，QuickPreview（快速预览）模式能让用户最快地预览，但是不含 Highlight（突出显示）下拉列表中的 All Rasterized Regions（所有栅格化区域）选项；Detailed Preview（详细预览）模式下 All Rasterized Regions（所有栅格化区域）选项有效。 从 Overprint（叠印）列表中选取以下选项中的一个：Preserve（保留），该选项记忆叠印；Simulate（模拟），该选项模拟打印的外观，直到分离；Discard（放弃），该选项可以防止在 Overprint Fill（叠印填充）或在 Attributes（属性）选项板中设置好的 Overprint Stroke（叠印描边）设置混合出现。

现在用户可以从拼合器预览选项板的 Preset（预设）下拉列表框中选取拼合设置了（或创建新的预设值），这与在"使用拼合器预设"部分讲述的一样。选取之后，单击选项板上端的 Refresh（刷新）按钮，该按钮可以根据用户选取的设置在选项板的预览区对展示进行更新。对于这一点，用户可以使用选项板的 Highlight（突出显示）列表来高亮显示在拼合过程中会受影响的区域。用户可以从不同的区域来选取——从 All Affected Objects

（所有受影响的对象）到具体的如 Outlined Strokes（轮廓化描边）或 Outlined Text（轮廓化文本）选项。用户将会看到有疑问的区域在预览区会以红色的旗帜表示出来。关于各种 Highlight 选项和其他应用 Flattener Preview 选项板的知识，请参阅 Illustrator 帮助。

　　Flatten Transparency（拼合透明度）对话框（执行 Object>Flatten Transparency 命令）与"打印"对话框的高级选项也能让用户选择透明度和拼合设置。同时，Transparency Flattener Presets（透明度拼合器预设）对话框（执行 Edit>Transparency Flattener Presets 命令）使用户能更快地进入预设（在下面的"运用拼合器预设来工作"部分将详细讨论），还可以编辑已有的预设和创建新的预设。

用户可调整的拼合选项：

名称（Name）能保存名称设置作为预设。

Raster/ Vector Balance（栅格／矢量平衡）控制艺术对象的栅格化程度（在本章随后的"设置栅格／矢量平衡"部分有更详细的讨论）。

- **Line Art and Text Resolution**（线稿图与文本分辨率）在拼合过程中为将栅格化的矢量对象设置分辨率。

- **Gradient and Mesh Resolution**（渐变与网格分辨率）在拼合过程中控制将要被栅格化的渐变和网格对象的分辨率。

- **Convert All Text to Outlines**（将所有文本转换为轮廓）通过把所有文本都转换为轮廓并丢弃字的轮廓信息，从而在拼合过程中保持文本宽度的一致性。

- **Clip Complex Regions**（剪切复杂区域）通过确认矢量艺术对象和栅格化艺术对象之间的边界落在对象路径上从而减少拼缝。

Print（打印）对话框中的 Advanced（高级）选项区 [执行 File>Print 命令，然后在预览框上面的列表框中选择 Advanced（高级）选项]

Flatten Transparency（拼合透明度）对话框（Object> Flatten Transparency）

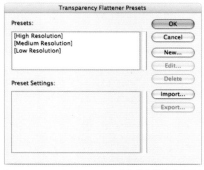

Transparency Flattener Presets（透明度拼合器预设）对话框（Edit>Transparency Flattener Presets）

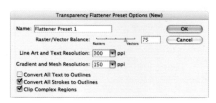

当用户单击 Transparency Flattener Presets（透明度拼合器预设）对话框中的 New 按钮时，将弹出 Transparency Flattener Preset Options（New）对话框

在 Print（打印）对话框的 Advanced（高级）区域单击 Custom（自定）按钮，以显示 CustomTransparency Flattener Options（自定透明度拼合器选项）对话框，用户可从中创建新的自定义预设

叠印预览

执行 View>Overprint Preview 命令，可以查看到叠印物在打印时的效果。另外，叠印预览还提供了最好的点颜色模拟，虽然在叠印预览模式下比正常的预览模式速度慢一些。

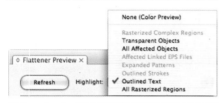

Flattener Preview(拼合器预览)选项板中Highlight(突出显示)下拉列表

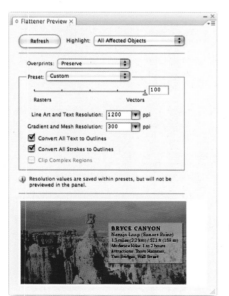

在 Highlight（突出显示）下拉列表中选择 All Affected Objects 选项，然后就会显示如上图所示的 Flattener Preview 选项板，在预览区域中，艺术对象以红色高亮显示

- **保留 Alpha 透明度** 保存拼合对象的透明度，这些拼合对象在用户输出为 SWF 或 SVG 时非常有用。

- **保留叠印和专色** 保留未使用透明度的对象的 Spot Color（专色）和 Overprint（叠印）。

　　要在 Flattener Preview（拼合器预览）选项板中进行设置，打开选项板并在选项板菜单中选择 Show Options（显示选项）命令，在 Flatten Transparency（拼合透明度）对话框中，用户可以选取存在的预设作为初始值，然后在对话框中设置需要的值。在 Print（打印）对话框中的 Advanced（高级）选项区，从 Presets（预设）下拉列表框中选取任何已存在的设置，然后单击 Custom（自定）按钮来改变设置。

使用拼合器预设

一旦用户调整了上述的任何值，就能保存结果并把结果作为预设，因此用户在下次应用同样的拼合设置时不必再去设置（或稍作改动）。

　　Illustrator 有 3 个默认预设值：High Resolution[高分辨率，用于最终的压力输出和高质量试印（如颜色分离）]、Medium Resolution[中分辨率，用于桌面试印和在 PostScript 彩色打印机上打印想要的文献] 和 Low Resolution[低分辨率，用于在黑白桌面打印机上的快速试印]。用户不能编辑这些默认预设值，但是可以把这些预设值作为初始值，再作改变，然后把自定义预设值作为预设保存起来。

　　用户可以使用下面 4 种方法来保存自定义拼合预设：

- **使用 Flattener Preview 选项板**：从拼合器预览选项板的 Preset（预设）下拉列表中选择已存在的预设值，在选项板中改变其设置，然后从选项板菜单中选择 Save Transparency Flattener Preset（存储透明度拼合器预设）命令，给新设置命名然后单击 OK 按钮（如果选取的已存在的预设值不是默认值，用户也可以通过选择

Redefine Preset 命令来改变预设值）。

- 使用 Object>Flatten Transparency 对话框：在 Flatten Transparency（拼合透明度）对话框的 Presets（预设）下拉列表中选择已存在的预设值，在对话框中对值进行调整，然后单击 Save Preset 按钮，即保存了新的设置。

- 使用 Edit>Transparency Flattener Presets 对话框：在 Transparency Flattener Presets 对话框中单击 New 按钮来创建并命名一个新预设，单击 Edit 按钮对已存在的预设（非默认值）进行修改。

- 使用 Print（打印）对话框中的 Advanced（高级）区域：在 Overprint（叠印）与 Transparency Flattener（拼合透明度）对话框的 Preset 下拉列表中单击 Custom（自定义）选项创建一个自定义预设。单击 Print（打印）对话框底部的 Save Preset 按钮来命名并保存新的预设。该选项不会保存单独的透明度拼合器预设。

　　为了在打印或导出作品时应用拼合预设，在 Print（打印）对话框的 Advanced（高级）区域中选择已存在的预设（或创建新的自定义预设值）。

设置栅格 / 矢量平衡

在本章前面提及的拼合设置，它决定了作品被栅格化的程度，同时也决定了作品保留为矢量的程度。如果用户不熟悉这些术语，可以这样理解：栅格图像是由像素组成的图像，而矢量图像则包含了一些不连续的对象。目前，多数应用程序都能够同时面向栅格和矢量，但 Photoshop 主要侧重于对栅格图像的处理，而 Illustrator 侧重于对矢量图像的处理。

　　在默认设置下，Illustrator 的 Raster/Vecto Balance（栅格 / 矢量平衡）设置为 100，这意味着尽最大的可能将作品保留为矢量形式。在最高设置下，文件保留了大多数的矢量对象，可能导致较长的打印时间。当把滑

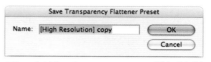

Object（对象）>Flatten Transparency（拼合透明度）> Save Preset（存储预设）

更多的预览方法

必须记住 Flattener Preview 选项板不是专色、叠印和混合模式的精确视图，请应用 Overprint Preview 模式来预览在输出时这些特征是如何出现的。

拼合器预览工具

为了在拼合器预览选项板中放大预览，使用默认的 Zoom Tool（缩放工具）单击预览的任何一个地方即可。为了缩小预览，在单击时按住 Option/Alt 键即可。为了从 Zoom Tool 转换为 Hand Tool（抓手工具）以使用户能移动预览，只要在按住空格键的同时在预览画面上任意拖动即可。

活效果的分辨率

Flattener Preview（拼合器预览）选项板不能帮助用户固定能影响文件输入的参数。例如，如果用户给活效果以具体的分辨率，为了增加它的分辨率用户需要用想要的分辨率来重新应用效果（关于应用活效果的更多知识，请参阅"活效果与图形样式"一章）。

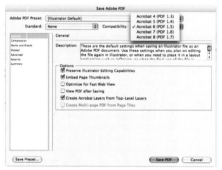

Illustrator 的 Save Adobe PDF 对话框，展示了不同的 PDF 版本，用户可以用这些不同版本存储文件 [执行 File>Save/Save As 命令，然后从 Format（保存类型）下拉列表中选择 Adobe PDF 文件，并单击 Save（保存）按钮]

块向左拖动使数值接近 0 时，则 Illustrator 将尽可能把矢量形式（如 Illustrator 的文件）转换为栅格图像（如 Photoshop 的文件）。当数值设置为 0 时，Illustrator 将所有作品转换为栅格图像。通常情况下，可以使用全部矢量设置 100 获得最好的结果，但如果导致打印时间过长，则可尝试使用全部栅格设置。在某些情况下，当透明效果过于复杂时，后者也许是最佳选择。

因为对象经常被拼合为具有白色背景，所以在对艺术对象进行拼合后可能会发现颜色偏移。要预览到对艺术对象进行拼合后的效果，在 Document Setup（文档设置）对话框中勾选 Simulate Paper（模拟彩纸）复选框，或者选择 Overprint Preview 视图模式，也可以使用拼合器预览选项板来突出显示受到影响的区域。

使用外观和图层选项板

尽管可以用 Flattener Preview（拼合器预览）选项板来跟踪透明度，但实际上如果不借助于 Appearance（外观）选项板和 Layers（图层）选项板，就不可能真正精确地弄明白应用于单独的对象或组合的透明度是哪种程度、哪种形式的，这是因为用户可以将透明度应用于单独的描边和填充、对象、组合及图层。例如，用户可以将混合模式应用于某一对象，然后将该对象与其他对象混合，此后还可以对该组合应用不透明度设置。

要推知被应用的透明度的程度和形式，首先需要探测该透明度的位置，在 Appearance 选项板可见时，用 Direct Selection Tool 或 Group Selection Tool 单击组合中的某对象，Appearance 选项板将指示出透明度是否被应用于该对象、填充或描边，选项板上该组合或图层的透明度图标的外观将表明曾被应用了累加的透明度，一旦确定了应用透明度的位置，就可以用 Layers 选项板定位激活目标，然后从 Appearance 选项板中找到应用的透明度或效果的形式。

FISHAUF

画廊：Louis Fishauf/Reactor Art+Design

Louis Fishauf 使 用 Illustrator 中 的 Gaussian Blur（高斯模糊）效果、Transparency（透明度）选项板和一些自定义艺术画笔制作了这幅从淘气可爱的圣诞老人身上反射出的假日光辉。Fishauf 使用紫色放射状渐变绘制了一个大圆，并用这个大圆作为这幅图的底色，同时对底色应用 25 pixel 半径的高斯模糊。他选取 Star Tool（星形工具）绘制一个图形，然后从 Effect（效果）菜单中选取 Blur>Gaussian（高斯模糊）命令，并把不透明度设为 25%。为获得一种在圣诞老人身后旋转条纹渐渐消失的错觉，同时给整幅图像增加一丝深度，Fishauf 使用了一种由短小尖头的 0.36pt 白色画笔制作的艺术画笔，然后在 Lighten 模式下把不透明度设为 34%，从而把线条与图像完美地结合起来。至于 St. Nick，Fishauf 制作了球状的躯体、腿、手臂、头和帽子，这些对象都是渐变填充的对象。然后，Fishauf 把这些对象复制并粘贴到原始对象集的后面，而且把每个对象的白色填充和白色描边都设为 5pt~7.26pt 之间的值。基于同样为 68% 的不透明度，对这些对象又应用了高斯模糊，这样礼物盒、电脑和圣诞树每个对象都有了各自独立的光芒。Fishauf 甚至通过把阴影加到圣诞老人的脸部来获得更好的视觉效果。圣诞老人的名字是在白色描边中制作的，在名字后面，Fishauf 用 50% 的不透明度粘贴了一个白色填充图形，同时对图形进行两次复制，在复制时，为了获取精致的模型化效果，将渐变填充设置为 Lighten 模式。

透明的颜色

自定义透明的画笔和图层

STEUER

概述：创建自定义的书法画笔；设置 Paintbrush Tool（画笔工具）的预置；给单独的描边和图层指定透明度；使用选择方便地选取画笔样式；使用图层组织不同类型的描边。

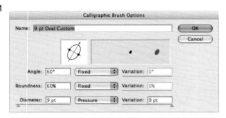

使用 Brush Options（画笔选项）对话框给每个新的书法画笔自定义设置

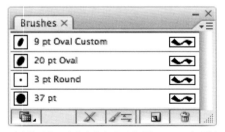

列表显示的 4 个自定义书法画笔 [从 Brushes（画笔）选项板菜单]

调整 Opacity（不透明度）滑块以给下一个画笔预设默认的不透明度；要快速方便地访问 Opacity（不透明度）设置，请使用属性栏上的 Opacity（不透明度）滑块

Illustrator 提供了多种方式来创建透明的"水彩一般的"标记。在制作完标记后，单独的标记能很容易地改动，这与传统的媒体或 Adobe Photoshop 或 Corel Painter 之类的工具都不同。美术师 Sharon Steuer 在水彩画 Cyclamen in winter 中使用了一些自定义的书法画笔、透明度设置来调整堆叠的标记和图层的外观，以控制标记能否创建在前面或后面的标记之上。

1 创建自定义书法画笔，设置不透明度。 首先自定义一些画笔，以更好地控制标记的尺寸。如果有数位板，可以自定义画笔，让画笔对压力作出反应。创建第一个画笔时，新建一个文档，打开 Brushes（画笔）选项板并单击选项板底部的 New Brush 图标，选择 New Calligraphic Brush（新建书法画笔）单选按钮，单击 OK 按钮。在出现的 Calligraphic Brush Options（书法画笔选项）对话框中尝试不同的设置，然后单击 OK 按钮并创建描边来测试画笔。在 Steuer 创建第一个自定义画笔时，她在 Diameter（直径）设置中选取了 Pressure（9pt，并将 Variatioin 设置为 9pt 的 Random），将 Angle（角度）设置为 60°，Roundness（圆度）设为 60%，Angle（角度）和 Roundness（圆度）都固定，然后单击 OK 按钮。如果要得到更大的笔画变化，试着选择 Pressure（压力）或 Random（随机）选项（除非安装了压力敏感的数位板，否则压力设置不会起作用）。要创建其他画笔，在 Brushes（画笔）选项板上将自定义画笔拖到 New Brush（新建画笔）图标上，然后双击想要的画笔调整设置。

　　要为下一个画笔描边设置默认值并用透明的颜色绘画，首先选取书法画笔和描边颜色，然后在属性栏上设置 Opacity（不透明度）。单击并按住 Opacity（不透明度）右边的三角形以显示 Opacity（不透明度）滑块，用户可以调整该滑块。另一种方法是，在属性栏上单击 Opacity（不透明度）选项，将显示 Transparency 选项板，或者在漂浮的 Transparency 选项板上调整不透明度和其他的透明度设置。

2 **设置画笔工具首选项。** 除了创建原始的自定义画笔之外，用户还需要设置 Paintbrush Tool Preferences，以便自由地绘制重叠的画笔描边。双击 Paintbrush Tool（画笔工具），然后禁用 Fill new brush strokes（填充新画笔描边）复选框和 Keep Selected（保持选定）复选框。在禁用 Keep Selected 复选框的状态下，首先用选择工具选中描边，然后在 Paintbrush Tool Preferences（画笔工具首选项）对话框的 Within（范围）区域指定的范围之内修改标记也是可以重绘笔画的。为了创建精确的标记，Steuer 将 Fidelity（保真度）设置为 0.5 像素，将 Smoothness（平滑度）设置为 0%。如果用户希望 Illustrator 平滑自己的标记，请尝试使用更高的值。

3 **绘图并用最近选中的对象决定下一个画笔的样式。** 为了使本步骤起作用，必须关闭 New Art Has Basic Appe-arance（新建图稿具有基本外观）特性，在 Appearance 选项板上切换该选项的打开和关闭。使用 Illustrator 的很大优点就在于用户最近一个选中的对象决定了用户

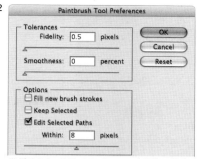

2

设置 Paintbrush Tool Preferences（画笔工具首选项），以避免填充新的画笔描边或重绘已经制作的标记

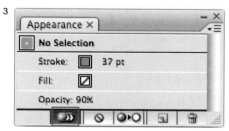

3

为了确保完成每一描边后所有设置都保留，请关闭 New Art Has Basic Appearance（新建图稿具有基本外观）特性

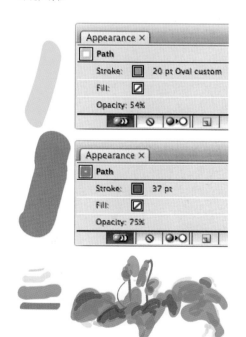

Steuer 持续选取前一个绘制的描边，以便让 Illustrator 记住选取的外观属性，用于下一个描边。这样工作能快速改变绘制的画笔和颜色

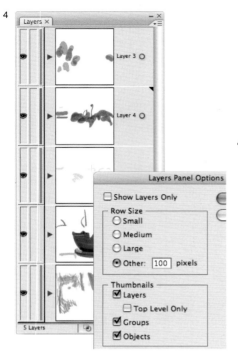

通过改变 Layers（图层）选项板上缩览图的大小 [在 Layers（图层）选项板菜单下]，Steuer 能更简单地识别每一个描边以及它们在哪个图层上

Steuer 选取了包含一束花的图层，然后尝试着应用不同的混合模式和不透明度设置，直到对外观满意为止

绘制的下一个对象。要了解这一点是如何奏效的，选择一个画笔开始绘图，注意选择的画笔、描边颜色和不透明度在完成每一描边之后依然有效。选取与您想创建的下一个描边相似的特定描边后，可以尽可能地节省自定义下一个画笔描边的时间。

4 用图层组织不同类型的描边。 要组织艺术对象，请将相似的画笔描边放在它们各自的图层中。当您做好准备创建更多的描边时，请为描边创建一个新的图层。如果希望新描边集在前面某个描边的下面，将新描边所在图层拉到前面那个描边所在图层的下面即可。通过这样组织图层，您能使用图层缩览图容易地鉴别不同的描边并管理新描边的放置位置。您可以使用图层来高效地隐藏、锁定、删除和选择相似描边的组合。

鉴于 Illustrator 会记忆最后一个选中对象所在的图层，因此您的画笔描边始终能方便地管理单独的图层，例如，如果您选择了花瓣，然后在对象外面单击取消选中（或者按⌘-Shift-A/Ctrl-Shift-A 键），创建的下一个描边将被放在同一图层的最上方，如果希望新描边放在另一个图层中，首先选中想要的图层，然后再开始绘图。

5 给选中图层指定不透明度和混合模式。 将不同类型的画笔描边组织进单独的图层之后，您可以对整个图层全局地调整不透明度和混合模式，例如，Steuer 在一个图层上创建了一束花之后，她希望花看起来更这丽一些，于是她单击了该图层的定位目标的"圆"然后将混合模式改为 Color Burn，并将不透明度将至 55%，通过这种方式她给整个图层改变了混合模式和不透明度。

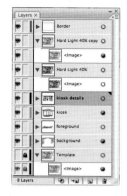

STEUER

画廊：Sharon Steuer（制片：Frank Jacoby）

美术师 Sharon Steuer 通过结合书法画笔作品和短片"Le Kiosk"的开放式静景，给制片人 Frank Jacoby 的该短片创建了开放式的测试序列。Steuer 在 RGB 模式下创作，置入了一幅作为模板的 TIF 静态图片（用 Apple 的 FinalCut 视频编辑程序捕获的）到 Illustrator。Steuer 从另一文件中复制了包含自定义"压力敏感"书法画笔的画笔标记，然后将这些标记粘贴到模板图层的上一图层中，自动将画笔放到 Brushes（画笔）选项板中。Steuer 混合了一种赭棕色，将它保存为色板，命名为"Kiosk"。她通过属性栏将混合模式设置为 Multiple，将不透明度降至 80%，然后绘制亭子的轮廓。在 Kiosk 轮廓下面的新图层中，Steuer 绘制了背景和前景元素。Steuer 在一个图层中选中了所有标记（通过单击图层定位目标图标的右边区域），然

后按住 Option/Alt 键并单击 New Swatch（新建色板）图标给该图层的画笔标记创建了新的颜色，在打开的 Swatch Options（色板选项）对话框中，Steuer 启用了 Preview（预览）模式，这样她在混合新的颜色时就能看到结果了。启用 Global（全局色）后，她能非常容易地改变颜色，从而自动更新颜色（以及使用该颜色的标记）。为了创建从绘图到开放式视频的过渡，Steuer 复制了模板图层（将它拖到 Create New Layer 图标上即可），双击它然后禁用 Template（模板）复选框，并将它移动到绘画图层以上。经过尝试，Steuer 将图层的 Hard Light 设置为 40%，然后复制图层并保存文件。执行 File>Export 命令，将 5 个阶段的结果（从线条图到完整的图像）保存为 TIF 格式，然后将它们都导入 Final Cut 程序中。

基本的高光

使用透明的混合制作高光

概述：创建基本对象和一个浅颜色的高光图形；使用混合制作高光；调整高光以符合要求。

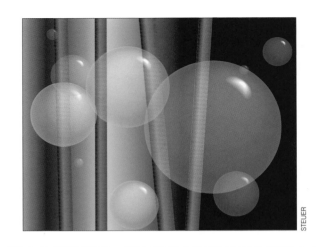

以基本的高光形状显示的原始对象 [被锁定在 Layers（图层）选项板中]

混合前的高光对象 [外部的对象在 Transparency（透明度）选项板中设置了 0% 的不透明度]，应用了22 步混合后，混合以真实大小显示

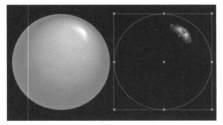

在正确位置的最终混合以及在"定位"圆中显示的混合，将混合放在"定位"圆中是为了便于在其他气泡中缩放

现在使用透明度、高光就像在适当的高光图形中创建一个混合一样容易。要获得创建平滑轮廓的混合的帮助信息，请参阅"混合、渐变与网格"一章。

1 创建基本对象并决定基本高光的形状和颜色。 美术师 Sharon Steuer 使用透明的径向渐变创建了 Bubbles（气泡）图形。Steuer 使用 Direct Selection Tool（直接选择工具）对一个椭圆进行变形，最终将它创建为一个基本的高光图形。在创建完主要的对象后，在最上方制作一个浅颜色的高光图形，然后使用 Layers（图层）选项板锁定除了高光对象之外的所有对象。

2 创建高光。 选中高光图形并复制，执行 Edit>Pastein Back 命令将它粘贴在后面，再执行 Object>Lock 命令将它锁定。将前面的对象选中并缩小。执行 Object>Unlock 命令进行解锁，然后在 Transparency（透明度）选项板中把此时处于选中状态的外部对象的不透明度设置为 0%。同时选中内部和外部的两个对象，使用 Blend Tool（混合工具）单击外部对象的一个节点，再按住 Option/Alt 键单击内部对象上相应的节点，在打开的 Blend Options（混合选项）对话框中指定混合步长的数目（Steuer 选择 22）。Steuer 复制得到多个混合对象的副本，并对这些副本（结合一个定位的"圆"）进行缩放，得到每一个气泡。

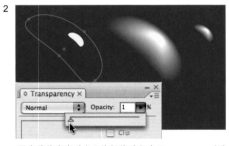

CASSELL / 1185 DESIGN

画廊：Peter Cassell /1185 Design

Peter Cassell 的欧洲都市风景图是受托为 Adobe Illustrator 绘制的包装插图，插图中的薄雾是将渐变网格用作不透明蒙版创建得到的。Cassell 在绘制了水中倒影的大致形状后，在水上方的一个图层中绘制了一个矩形，并使用白色填充该矩形。Cassell 将矩形复制并粘贴到前面，使用黑色填充，再执行 Object（对象）>Create Gradient Mesh（创建渐变网格）命令将矩形转换为一个 18×15 的网格，并使用 Direct Selection Tool（直接选择工具）选中网格点对网格进行编辑，接着使用灰度值在 30%～50% 之间的灰色对这些点上色。为

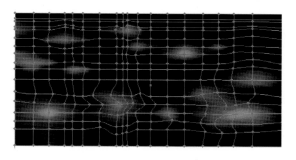

了制作薄雾，先选中并移动网格点，再选中白色填充的矩形和它上方的渐变网格，选择 Transparency（透明度）选项板菜单中的 Make Opacity Mask（建立不透明蒙版）命令制作不透明度蒙版，用渐变网格蒙住白色矩形。

不透明蒙版 101

使用透明度蒙版来混合对象

概述： 创建一个简单的蒙版并把它应用到一个对象；通过对一个精确的不透明蒙版添加控制来改进透明度；选择不透明蒙版选项。

1

绘制将要成为火柴周围光晕的对象，并且渐变填充的对象将是对象的不透明蒙版

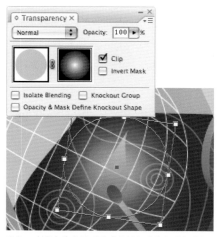

添加一个渐变填充的不透明蒙版之后的半透明对象

Christiane Beauregard 的插图经常通过缠绕和重叠不同的对象来表达思想和元素之间的关系。她经常使用透明度以一种直接的、可视的方式来表达这些关系，并且依赖比不透明设置更精确的不透明蒙版来控制透明的程度。在这幅"全球变暖"插图中，她使用不透明蒙版把她的对象浸入到周围的环境中。

1 制作和应用一个不透明蒙版。 Beauregard 通过展示她的主人公拿着一根火柴，把火柴放到地球上来表达全球变暖的一个方面。为了制作光晕，她首先绘制了一个圆圈并填充了桔黄色。接着她在最上方绘制一个圆圈，把第一个圆圈完全转换，这样透明度就会在光晕的边缘显示出来。她给这个圆圈填充了从白色到黑色的径向渐变。她选中两个圆圈，打开透明度选项板的菜单并且选择建立不透明蒙版，自动把最上方的对象

（渐变填充的圆圈）放置到右边极小的方格上来制作蒙版。蒙版是白色的时候，光晕是完全可见的，蒙版是灰色时，光晕是透明的，蒙版是黑色时，就看不见光晕。您可以把着色的艺术对象当作蒙版的对象，不过蒙版只运用色调的色度值。

2 **把透明度和一个精确构建的不透明蒙版结合一起。** 处理几个对象时，为了有局部化的使色调显出层次的透明度，Beauregard 使用了透明度（混合下面的对象）和不透明蒙版。通过给鱼尾巴尖绘制一个填充白色的独立的对象，她制作了鱼尾巴淡入水里的效果。为了使蒙版能精确地和路径成为一条线，她复制了鱼尾的路径，使用"贴在前面"命令（按⌘-F/Ctrl-F 键）命令来制作蒙版的对象。这一次她用白色到黑色的线性渐变来填充蒙版，使用渐变工具调整它，直到鱼尾尖变黑为止。同时选中两个对象，她选择制作不透明蒙版，把渐变填充的路径放置到透明度选项板的蒙版上。她可以进一步调整蒙版的对象的不透明度，使用在透明度选项板上的不透明游标，或者通过按 Shift 键单击蒙版屏面来切换蒙版。

3 **剪切和不剪切蒙版。** 因为 Beauregard 的蒙版通常与屏蔽的对象的轮廓相合或者比对象大，剪切也不会修剪掉任何被屏蔽的对象，所以一般她不需要改变 New Opacity Masks Are Clipping（新建不透明蒙版为剪切蒙版）的默认设置。如果蒙版与屏蔽对象的大小相等或者更大，而且处于相同的位置，剪切蒙版只能影响到透明度。如果蒙版比被屏蔽的对象小，启用该选项就能剪切对象。任何时候她都能用 Clip（剪切）复选框来改变一个蒙版的修剪方式。如果一个对象无意中被剪切了或者透明度需要颠倒，她可以选择反相蒙版。

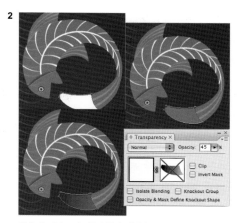

最初的对象，复制并粘贴到蒙版里，禁用蒙版（右上图），启用蒙版（下图），对象的不透明度降低

制作不透明度蒙版，从透明度选项板菜单里选择默认设置

使用对象制作蒙版

不透明蒙版可以从由一个对象或由多个对象构成的任何艺术对象中制作。这些对象可以是被扭曲的、筛选的、带描边的或者是与任何普通对象一样的。它们甚至还可以有自己的不透明蒙版。不过只有屏蔽对象的发光度值能决定蒙版对象的透明度。

漂浮的文本

使用透明度和效果处理文本对象

概述：创建一个区域文本对象，并在其中输入文字；在 Appearance（外观）选项板中增加新的填充属性，把填充转换为图形；改变透明度同时增加效果。

1

顶图，选择 Selection Tool（选择工具）
底图，选择 Type Tool（文字工具）

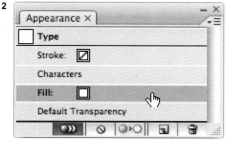

使用 Selection Tool（选择工具）单击之后的文本对象（在本视图中隐藏了背景照片）

2

GORDON / CARTAGRAM, LLC

在执行 Convert to Shape（转换为形状）命令的同时，您可以使用透明度与效果创建一个区域文本对象，并且透明度与效果可以省去对两个对象（文本对象和下面的用透明度与效果创作的矩形对象）的制作和操作。为了创作布赖斯峡谷国家公园的视觉向导，Steven Gordon 创建了透明的区域文本对象，而且这个对象的边缘是实的阴影，这样就能给每个在公园游览的人以醒目的信息。

1 制作区域文本对象。 首先，选择 Type Tool（文字工具），拖动该工具创建一个区域文本框，然后在文本框中输入文字。单击工具箱中的 Selection Tool（选择工具），这样选中的是文本对象而不是单个字符，可以为下一步编辑作好准备。

2 创作一个新填充同时把它转换为图形。 打开 Appearance（外观）选项板，从选项板菜单中选择 Add New Fill（添加新填色）命令，拖动选项板中 Characters（字符）下的新填充属性，当把填充属性移到选项板中时，它自动不被选中，因此用户必须重新单击来选中它。接着，对填充属性应用浅色 [Gordon 从 Swatches（色板）选项板中选取白色]，然后执行 Effect（效果）>Convert to Shape（转换为形状）> Rectangle（矩形）命令，在 Shape Options（形状选项）对话框中通过修改 Relative（相对）区域 [Extra Width（额外宽度）与 Extra Height（额外高度）] 来控制文本对象周围矩形的大小。为使区域文本对象周围的图形更紧地包围住区域文本，Gordon 把 Extra Width（额外宽度）和 Extra Height（额外高度）都设为 0 英寸。

3 调整透明度，增加阴影效果。 Gordon 结合透明度和阴影来设计每一条路径的信息板，所以在背景照片上的文字是漂浮的，但又是清晰的。为了调整上一步已转换的图形的透明度，首先确认在 Appearance（外观）选项板中文本对象的 Fill（填充）或 Rectangle（矩形）属性是否被选中（如果两个属性都没被选中，那么用户将要设置的透明度变化会影响文本中的字符）。打开 Transparency（透明度）选项板，同时调整透明度滑块或输入一个值（Gordon 把透明度的值设为 65%）。

　　Gordon 选择制作一个实边缘的阴影来代替一个柔和的小阴影，为了创作该阴影，确认在 Appearance（外观）选项板中的 Fill（填充）属性是否仍被选中。执行 Effect>Stylize>Drop Shadow 命令，在 Drop Shadow 对话框中设置 Color（颜色）为黑色、Blur（模糊）为 0，接着调整 X 位移量和 Y 位移量以使阴影能够满足定位。

4 编辑区域文本对象。 继续创作时，可以为最初拖动 Type Tool（文字工具）创建的文本对象重新设置大小 [这与前面编辑 Shape Options（形状选项）对话框中的值以改变文本对象周围的透明矩形的大小不同]。为了重新设置文本对象的大小，单击 Direct Selection Tool（直接选择工具），然后单击想拖出或拖进的文本对象的边缘。由于透明的阴影是通过 Convert to Shape 命令形成的，因此它是"活"的，在重新设置文本对象的尺寸时它也会自动重新设置大小。

　　同样，如果用户通过输入或删除文字来编辑文本，文本对象也会重新设置尺寸大小，这样也能使透明的阴影图形自动设置尺寸。

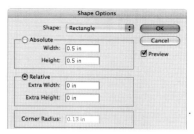

编辑了 Relative（相对）选项区的 Shape Options（形状选项）对话框

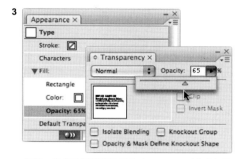

左图，选中了透明度属性的 Appearance（外观）选项板；右图，Transparency（透明度）选项板

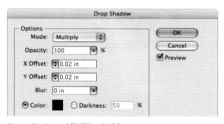

Drop Shadow（投影）对话框

4

当 Direct Selection Tool（直接选择工具）靠近区域文本边缘时的光标

获取边缘

要单击带阴影的文本对象的边缘可能并非易事。为了很容易地找到边缘，执行 View>Outline 命令即可，此时可选的边缘将以黑色线条显示。

玻璃和铬黄

使用透明度制作高光和阴影

高级技巧

概述：对白色应用透明度以模仿玻璃的高光，结合 Multiply 混合模式和渐变以增强全局的亮度。

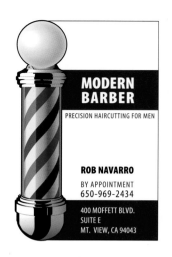

1

Kelley 的手描图，不带反射高光或阴影，显示于 Outline（轮廓）模式（左图）和 Preview（预览）模式（右图）

2

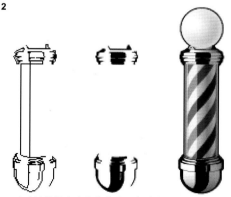

玻璃圆柱的高光和铬黄的反光形状显示于 Outline（轮廓）模式（左图）、Preview（预览）模式（中间）以及在完工的理发招牌上的位置（右图）

Illustrator 中的透明度和混合模式能大大增强玻璃和铬黄的反射效果。Andrea Kelley 为 Jodie Stowe 设计的名片创作了这幅理发招牌插图。为了增强理发招牌的现实感，Kelley 使用 Illustrator 的透明度特性来重新生成长而净的高光（当玻璃和铬黄反射周围的光线和对象时，将出现这些高光）。完成后的名片在理发招牌边界上消失，将它与其他的名片区分开。用户可以采用 Kelley 的这一技巧创建有说服力的玻璃和铬黄高光。

1 置入模板图像，描摹杆。 有人给了 Kelley 一张原始理发招牌作品的 JPEG 图片，这幅图片中蓝色和红色条带包围在照片周围，这在获得合适的、交替的蓝色和红色条带上是一个有用的参照。Kelley 将这幅 JPEG 图像作为模板，然后用 Pen Tool（钢笔工具）和其他绘图工具手动描画构成理发图片的那些对象。为了绘制招牌上方的那个圆形的白球，Kelley 按住 Shift 键使用 Ellipse Tool（椭圆工具）进行绘制，这时，她还没有描画铬黄和玻璃的反射效果。

2 描摹反射。 接下来，Kelley 制作了反射效果——玻璃圆柱中的高光和理发招牌底部铬黄的深色反光。Kelley 发现高光在玻璃和铬黄中的垂直方向上是连续的，因此她将高光和反射路径定位并排列，并用白色填充玻璃高光，用黑色填充深色的铬黄反光。

为了给冷色的铬黄反光建模，Kelley 应用了径向渐变，该渐变的颜色是从白色到浅灰色（Kelley 采用的是 12.8%C，12.8%Y，16%M，18%K），还添加了淡淡的内发光效果。Kelley 应用了线性渐变以给铬黄基座添加光亮，该渐变的颜色是从上面的浅灰色到中等灰色（16%C，16%Y，20%M，16%K）。

3 对高光形状应用透明度。 为了显示玻璃高光下的对象，Kelley 选取了高光，然后用 Transparency（透明度）选项板对对象应用 50% 的不透明度。

4 统一光亮。 Kelley 结合了 Multiple 的混合模式和渐变，以沿着照片的整个右侧创建柔和的垂直阴影，增强全局的光亮。Kelley 首先为理发招牌的整个边缘创建单独的路径，复制了该招牌，当路径仍被选中时，在 Pathfinder（路径查找器）选项板上单击 Add to shape area（与形状区域相加）按钮以使形状像一个单独的对象一样，然后给新对象应用了浅色的线性渐变。

Kelley 希望重现各种各样的招牌和反射路径是如何受到阴影的不同程度的影响的，为了控制这一点，首先执行 Object>Arrange>Send to Back 命令将渐变放置到其他路径之后，然后对招牌和反射路径应用 Multiple 混合模式以使它们的填充和描边被阴影深色化，通过改变不同路径的不透明度，创建了想要的效果。为了强调全局的理发招牌轮廓，Kelley 对边缘路径的副本应用了 7.5pt 的黑色描边，然后将副本路径重新放到其他绘图的后面。

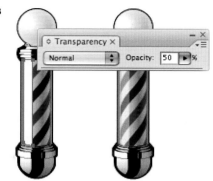

选取的玻璃圆柱的高光（左图），以及使用 Transparency（透明度）选项板应用了 50% 不透明度之后，取消了选取的同一高光（右图）

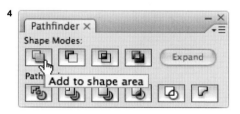

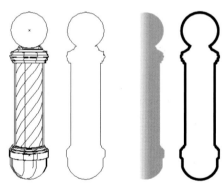

Kelley 通过用 Pathfinder（路径查找器）选项板单个化招牌的路径（左图）而统一了光照，并用线性渐变（左数第 3 个图）填充新的路径（左数第 2 个图），用宽描边加强了轮廓的一份副本（右图）

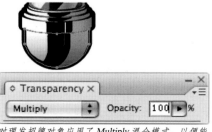

对理发招牌对象应用了 Multiply 混合模式，以便能看到统一后的背景渐变

透明的风筝

用不透明度效果显示隐藏的细节

高级技巧

概述：对渐变填充应用透明度替代传统的一部分被切掉的外观；对不同的效果调整不透明程度。

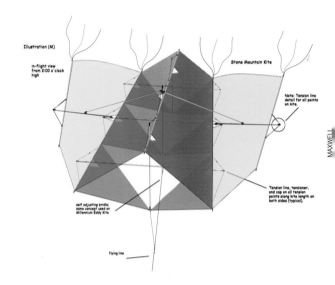

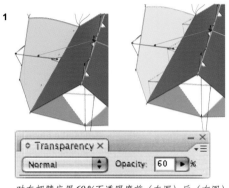

对左翅膀应用 60% 不透明度前（左图）后（右图）以显示其下面的构架

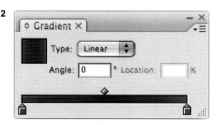

顶部帆的 Gradient（渐变）选项板

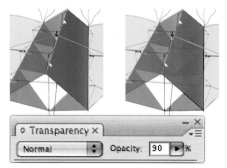

对顶部的帆应用 90% 的不透明度前（左图）后（右图）的效果

Eden Maxwell 受托为 Encyclopedia Britannica 的工程制作富于创意的 Stone Mountain 风筝插图。在 1986 年，这个风筝在天上停留了超过 25 小时，创下了一项纪录。Maxwell 用 Illustrator 的透明度特性来显示风筝下面的结构并模仿风筝结构轻薄、半透明的质地。

1 **给米黄色翅膀应用透明填充。** Maxwell 给翅膀应用了米黄色（0% C，25% M，41% Y，0% K），他希望能看到翅膀后面的构架，因此先选中左边翅膀的路径，然后将 Opacity（不透明度）设置为 60%，并将右边翅膀的 Opacity（不透明度）设置为 65%。

2 **对顶部的帆和龙骨应用透明填充。** Maxwell 用从蓝色（91% C，1% M，10% Y，39% K）到桔黄色（0%C，71% M，73% Y，19% K）的渐变填充风筝顶部的帆。为了显示底下的结构并模仿半透明效果，Maxwell 给左上的帆应用了 60% 的不透明度，给右上的帆应用了 90% 的不透明度。用户可以在属性栏中指定不透明度的值，更多的不透明度选项请从 Transparency（透明度）选项板中获取。

   最后，Maxwell 给风筝下面的三角形龙骨应用了 65% 的不透明度。

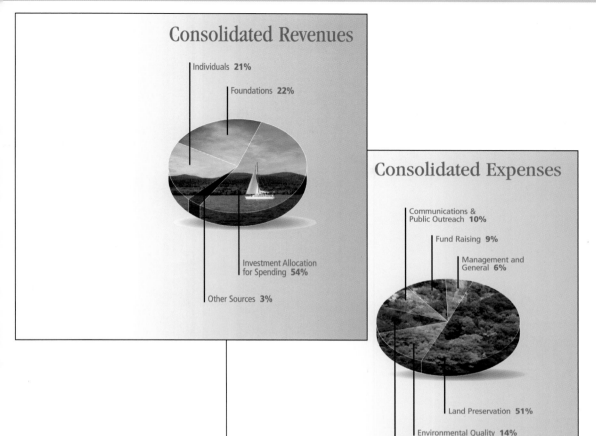

画廊：Adam Z Lein

Adam Z Lein 在为环境组织 Scenic Hudson 的年度报告绘制的饼图表中，采用了纽约的 Hudson Valley 的一些照片。Lein 使用 Microsoft Excel 的图表向导将数据转换为具有倾斜透视效果的图表，然后用 Acrobat PDF maker 创建图标的 PDF 版本。当他在 Illustrator 中打开图表时，该图表将所有的形状保留为矢量对象，然后 Lein 将一幅照片置入饼图表艺术对象下面的图层，使用属性栏将混合模式从 Normal 改为 Soft Light。通过对饼的各个部分应用渐变和灰色的形状，控制了下面图像的不同色调和形状。为了使图像适合于饼图表的内部，Lein 依照饼图表的形状创建了剪切蒙版（关于剪切蒙版的更多信息，请参阅"高级技巧"一章）。然后，Lein 将图表置入页面排版程序，在该程序中给图表添加文本和数据点。

给扫描图着色

给灰度图像添加颜色

高级技巧

概述：准备一幅灰度图像；将该图像置入 Illustrator；给该图像上色；修剪艺术对象得到想要的形状；添加邮票图案。

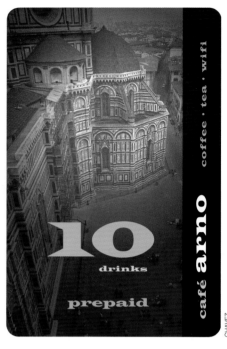

1

原始的扫描图像

2

布局图（左图）以及将图像置入布局图中使其处于设计图的顶部（右图）

Conrad Chavez 给一张预付咖啡卡片创建了这幅概念作品，该卡片能使用不同的背景图片。为了保证设计的灵活性，Chavez 导入了该图像的灰度级版本，然后在 Illustrator 中上色，这样他就能随时改变图像的颜色了。

1 **扫描并准备图像。**Chavez 首先扫描了图片，保存为灰度图像，将图像保存为 Illustrator 能置入的格式，比如 TIFF 或 Photoshop 文件，如果原始图像是彩色的，则必须首先在 Photoshop 之类的程序中将图像转换成灰度图像。Illustrator 不能给彩色图像上色。

2 **导入图像。**执行 File>Place 命令导入图像，在 Place（置入）对话框中取消 Template（模板）和 Replace（替换）复选框，然后将图像放入布局图中。

也可以用 Adobe Bridge 浏览图像文件夹，然后将想要的图片从 Bridge 拖入到 Illustrator 文件窗口中，导入该图片。

3 给图像上色。Chavez 选取了图像，在工具箱中单击了 Fill（填色）图标，然后在 Swatches（色板）选项板上单击单色色板给图像上色。在设计中 Chavez 已经给其他元素应用了深棕色色板，统一了作品。

如果应用颜色后并未改变图像，确认 Fill（填色）图标是激活的并且图像被保存为真正的灰度图像，而非 RGB 或 CMYK 图像。

4 显现修剪。为了预览经过修剪后的作品，Chavez 以修剪尺寸绘制了一个圆角矩形。当该矩形在背景图像和深色垂直矩形之上时，Chavez 选取了 3 个对象，然后执行 Object> Clipping Mask>Make 命令创建剪切组合。

5 添加邮票图案。Charez 创建了邮票图案以更好地区分前景和背景。他绘制了一个与画板一般大小的矩形，然后用 Gradient（渐变）选项板应用径向渐变，他将渐变默认的黑色滑块改成应用于图像的同一个深色色板。在属性栏上单击 Opacity（不透明度）选项，然后在弹出选项板中选择 Multiple 混合模式，以混合渐变及其下面的图像。

邮票图案应该在除了扫描图之外所有其他对象的后面，为了实现这一点，Chavez 在 Layers（图层）选项板中不仅拖动邮票图案到叠放顺序的更后边，还将邮票图案拖动到剪切组合中，以便在临时的剪切组合内也能看到邮票图案。

6 编辑邮票图案。Chavez 决定编辑邮票图案以精化作品。他首先在 Layers（图层）选项板中选取了邮票图案，然后使用 Grodient Tool（渐变工具）在建筑上单击以将渐变中心重放在此处。拖动 Gradient（渐变）选项板上的滑块以放宽渐变的浅色中心和深色边界。最后，为了恢复用于打印的出血版，Chavez 选取了剪切组合并执行 Object>Clipping Mask>Release 命令，然后删除临时剪切路径。

选取图像（左图），然后单击 Swatches（色板）选项板（右图）的深棕色色板，给图像上色

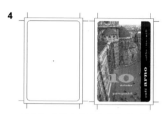

圆角矩形指示着最终的修剪（左图）以及将艺术对象剪切到它之中（右图）

对新的矩形应用径向渐变（左图）；对矩形应用 Multiply 混合模式（中图）；将邮票图案的路径拖到剪切组合中（右图）

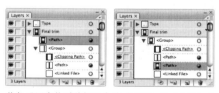

将邮票图案拖到剪切组合前（左图）后（右图）的 Layers（图层）选项板

编辑渐变前（左上）后（右上）：使用渐变工具（左下）将径向渐变移到中间，编辑 Gradient（渐变）选项板滑块的位置（右下），删除蒙版后准备预印（右上）

混合元素
使用透明度来混合与统一

高级技巧

概述：在 Photoshop 里准备图像，在 Illustrator 里合并图像；使用 Multiply 和 Opacity（不透明度）来混合；制作透明背景。

1

使用照片或手绘纹理，在 Photoshop 里准备图像，在 Illustrator 合并图像。上面两个图像显示了 Photoshop 的透明栅格，而火焰则完全不透明

2

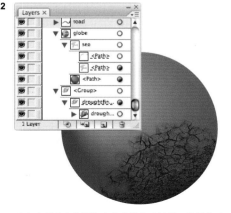

在灰度照片上放置渐变填充的地球图层，设置地球的混合模式为 Multiply 以增加纹理效果

JENNINGS

英国气候关注部门要求 David Jennings 制作一张关于环境问题的插图。他想用纹理效果来突出影响地球气候的消极因素。他用 Photoshop 制作了一些纹理效果，但是由于大部分细节都需要矢量化，于是他用 Illustrator 把所有的对象、光栅、矢量混合为一个连贯的整体。

1 准备图像并置入 Illustrator 中。Jennings 先在纸上用蜡笔手绘出烟雾、乌云、树木和火焰，然后他把它们扫描到 Photoshop 里，调整好色彩，待一切就绪后把它们置入到 Illustrator 里。同时为了表现旱灾，他调整有裂缝的地球灰度图像，在 Illustrator 里把它和地球混合。当这些文档准备妥当并保存为 PSD 图像格式后，他转换到 Illustrator 里组建插图。

2 使用 Multiply 和减弱不透明度来混合纹理，增加阴暗部分。Jennings 画了一个圆形代表行星，并在里面填充了棕色的径向渐变。他在行星的下面创建了一个图层，选择 File>Place 命令，做出地球的纹理。变换图像比例、旋转图像之后，他在 Transparency（透明度）选项板里选择从 Normal 到 Multiply 来改变地球的混合模式，这就使得纹理比渐变色彩稍暗，而棕色的渐变代替了照片较浅的色彩。

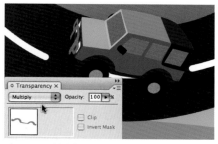

在 *Multiply* 模式中对一个对象增加阴暗部分

Jennings 主要使用 Pen Tool（钢笔工具），开始绘制人造的以及固体的自然元素——汽车、行星、工厂、房屋、人类和北极熊。为了制造阴暗部分，他在艺术对象的上方增添了颜色较深的对象；为了改变下方对象的显示效果，他在透明度选项板里把混合模式转换为 Multiply，或者改变不透明度。如需要把阴暗部分变得比他已经选好的色彩更深，他就用 Multiply 混合模式来加深颜色。如果色彩还是有点暗的话，他就降低不透明度。要制造阴暗部分，他不仅要使用 Multiply 来加深阴暗部分形状下面的色彩，而且选择 Gaussian Blur（高斯模糊）作为 Live Effect（活效果），以此来增加透明度，使阴暗部分的边缘变得柔和。

调整不透明度使之适应阴暗部分和深度

把透明背景作为 Photoshop 的图像。 现在 Jennings 需要对他在 Photoshop 中已准备好的图像增加一些有纹理的自然元素。他知道 Multiply 模式在导入 Raster（光栅）图像时，常常会覆盖白色的背景，因此他先对乌云、树木和烟雾等图像进行放置、按比例调整以及变形，然后选择 Multiply 混合模式，使它们和下面的对象达到天衣无缝的融合。至于火焰，Jennings 需要把火焰图像内部透明化，把火焰放置在树木图层上面则不透明。如果使用 Multiply 混合模式，那么火焰的色彩比树木更浅，看起来就完全透明了。在这个例子里，Jennings 用 Photoshop 为火焰绘制了一个透明蒙版，用 Illustrator 对导入进行识别和保存。（想要更多了解 Photoshop 和 Illustrator，请看"Illustrator 与其他程序"章节。）

使用 *Multiply* 混合模式，并运用 *Effect*（效果）>*Blur*（模糊）>*Gaussian Blur*（高斯模糊）来产生透明的阴影

3

在 *Multiply* 模式中树木和树干会覆盖白色的背景，而较浅颜色的火焰需要用 *Photoshop* 来绘制透明的蒙版

不透明拼贴

使用透明度来组合对象

高级技巧

概述：应用一个不透明蒙版；对混合模式进行实验；表现渐变网格的阴暗部分效果。

1

心形路径、小垫布图像和纸币图像

2

把渐变作为不透明蒙版来处理纸币图像前后，使用透明度选项板选择蒙版结果

Sharon Steuer 运用了文字、矢量图像和应用效果并导入位图制作了这张情人节卡片。Steuer 为 Creativepro. com 网站关于情人节的一篇特写文章制作了该卡片。她先手绘了心形、纸币的图像和带有花边的小垫布。Illustrator 使得 Steuer 不断实验的过程变得简单，例如复制对象或者图层、变换不同的外形、隐藏或显示不同对象或图层的组合。

1 设定主要的元素。Steuer 选择 File>Place 命令导入扫描的纸币图像，然后把扫描的小垫布放置在蓝色的背景中，选择 Object>Arrange> Send to Back 命令，把小垫布放置在纸币图像后面。接着她使用钢笔工具绘制一个心形，并设置了一个红色的轮廓线描边。

2 运用不透明度使图像模糊。Steuer 用不透明蒙版使纸币图像退色。在不透明蒙版里，黑色区域是透明的，白色区域是不透明的，灰色区域是半透明的。为了创建蒙版，她绘制了一个长方形，并用黑白间的渐变填充。她把长方形放置在纸币图像的上面,选中两个对象,再从透明度选项板菜单里选择 Mask Opacity Mask（建立不透明蒙版）命令。

3 变化心形轮廓。 为了增加纹理和视觉兴趣，Steuer 顽皮地变化了心形轮廓。首先她选择 Edit（编辑）>Copy（复制）命令，然后选择 Edit（编辑）>Paste in Front 贴在前面命令，复制心形轮廓。为了扩大心形轮廓，她选择 Effect>Stylize>Scribble 命令。她还应用了字体粗细和红色阴暗部分，用 Ellipse Tool（椭圆工具）绘制一个圆形来呼应小桌巾的形状。她用处理心形轮廓的技巧来同样处理圆形，让它适合某种风格，不同的是她这次用的是蓝灰色，而不是红色。

红心和蓝圆为不同的元素，运用 *Scribble* 效果先处理心形然后处理圆形

4 试验混合模式。 把主要元素放在适当的位置，Steuer 对设计元素一体化进行了实验。她试图用不同的不透明度数值和混合模式来改变对象和图层中色彩与色调的关系。

在透明度选项板中的混合模式下拉菜单和透明度值

当不透明度全面运用到透明度整体时，混合模式改变重叠区域里色调和色彩的关系。例如，Overlay 模式增强重叠区域浅色和深色的对比度，Color 模式把对象的色度和饱和度应用到重叠区域。Steuer 通过运用透明度选项板，改变她已经选好的图层或对象的混合模式以及不透明度。如果混合模式能制造出她想要的强烈效果，那么她就调整图层或对象的不透明度。

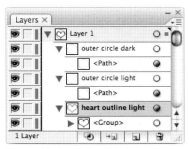

阴影圆形指的是有外观变化的对象或图层，比如混合模式、不透明度和效果

当您使用外观属性时，在 Layers（图层）选项板中，对象或图层的目标圆形就会产生阴暗部分。您很容易区别哪些是由不透明度和混合模式改变的对象和图层。在图层选项板里单击对象目标指示器，然后在 Appearance（外观）选项板里查看对象的外观设置。

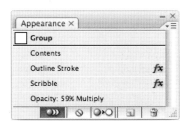

在 *Appearance*（外观）选项板中显示选中的心形轮廓的效果和透明设置

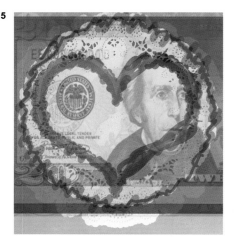

5

调整混合模式和不透明度，然后组合图像

6

带有自定义渐变填充的心形，扩展渐变填充，使之转变为蒙版的渐变网格并增加网格点

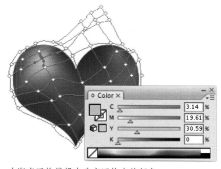

在渐变网格编辑中改变网格点的颜色

7

文字的细节和下方图层的手绘阴影

5 制作变化的对象或图层。Steuer 认为插图需要有深度和影响力。她复制心形轮廓，改变 Scribble 效果设定（在选中心形轮廓的时候，双击外观选项板中的 Scribble 效果）和混合模式。在完整的样本里，一个心形轮廓应用 Multiply 混合模式，选择 59% 的不透明度，其他心形轮廓使用 Color Burn 混合模式，选择 100% 的不透明度，而两者的 Scribble 背景不同。Steuer 对纸币和小桌巾也进行了相同的处理。

6 运用渐变网格产生阴暗部分。为了获得她想要的表面模型，Steuer 制作了渐变网格，表现对心形副本的阴暗部分。使用渐变选项板，Steuer 创建了一个自定义的线性渐变。她使用这个作为复制心形外轮廓的填充物，并使用 Gradient Tool（渐变工具）调整渐变颜色的端点和角度。然后她选择 Object（对象）>Expand（扩展）命令，把渐变填充转变为渐变网格。心形轮廓就变成了 Clipping Mask（剪切蒙版），里面有长方形的渐变网格。它能旋转扩展过的网格长方形，因为最初的渐变填充是有角度的。Steuer 用 Mesh Tool（网格工具）增加网格点来改变网格结构的形状，用 Color（颜色）选项板调整网格点的色彩，用 Direct Selection Tool（直接选择工具）移动网格点和编辑方向线。

7 用文字工具最后进行加工。Steuer 运用 Type Tool（文字工具）在心形下面添加了一行文字。她增加了手写的潦草式的阴暗部分和图标，尝试对阴暗部分变换不同的混合模式和不透明设置，之后才决定应用 Saturation 混合模式，选择 25% 的不透明度。

快速学会使用剪切蒙版并掌握内容

在 Illustrator CS3 中选择剪切蒙版，在属性栏左边将弹出两个新的按钮：Edit Clipping Path（编辑剪切路径）和 Edit Contents（编辑内容）。单击这两个按钮，直接获取剪切蒙版的路径或内容。

HESS (Parker photo by Milton H. Greene, ©2007 Joshua Greene, www.archiveimages.com)

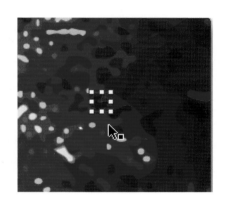

画廊：Kurt Hess

作为提高自己技术的一次练习，Kurt Hess 基于一张 1952 年的照片创作了 Suzy Parker 的肖像图。Hess 找到了拥有图像原稿版权的物主，物主很慷慨地同意了把照片作为本书中的插图出版，由 Milton H. Greene（©2007 Joshua Greene, www.archiveimages.com）当担保人。他在 Photoshop 里使用 Watercolor（水彩）滤镜，然后在 Illustrator 中逐一给所有的图层添加强烈的对比，制作了令人赞叹的肖像。Hess 开始制作供描绘用的一个全局色调色板，用钢笔和铅笔工具把照片的区域描绘到单独的图层上。通过重叠个别表示色调值的对象，他制作了图像的深度错觉。他在透明度选项板上使用 Multiply、Overlay 或 Screen 混合模式来调整它们的背景，同时微调不透明度。Hess 常常根据需要使用这种方法返回每个对象并且重新调整它们的设置，直到找到他想要的阴暗部分为止。他还进一步使用全局色调色板精炼色彩，生动地再现"Suzy"。

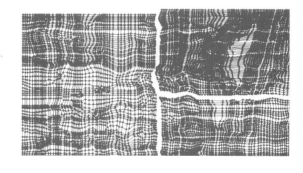

画廊：Peter Cassell / 1185 Design

Peter Cassell 使用了 Illustrator 里锋刃派绘画的（hard-edge）矢量工具制作了蓬松的积云插图，一般的艺术对象则很少应用该工具。积云图里包含了为 Adobe Illustrator 方框而制作的填充例证（参照本章后面 Cassell 的都市风景画廊）。他首先把一个摄影的图像置入到 Illustrator 的一个模版图层上。接着他制作了一个渐变网格，把行和列的最大数字设为 50。为了给云彩上色，他先选择 View（视图）>Outline（轮廓）命令（这样他能在网格下面的图层里看到云彩的图像），接着他选择 Direct Selection Tool（直接选择工具），单击一个网格点，选择滴管工具，然后单击云彩图像对它的色彩取样。他重复这个过程，直到全部着色完剩下的网格并且使它们和云彩图像相配。为了重新塑形部分栅格使之沿着云彩的轮廓，他使用 Mesh Tool（网格工具）

单击网格点并拖动它们。如果他需要更多的细节，就通过使用网格工具单击一个网格线段或网格内部的空白处来添加行和列至网格。如果复合物变得难以操纵，他就选择网格重叠的部分并且把每个部分复制粘贴到一个独立的文件里。一旦完成了一部分，他就把它复制粘贴到最终的复合文件里。他很小心地不去调整重叠部分的网格点，这样他就能保持没有接缝的外观。

10

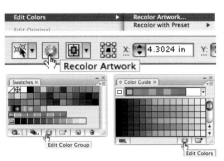

打开活色彩的方法有：执行 *Edit*（编辑）*>Edit Colors*（编辑颜色）*>Recolor Artwork*（重新着色图稿）命令（上图）；或是在属性栏里重新着色艺术对象；或是在 *Swatches*（色板）选项板里找 *Edit Color Group* 按钮；或是在 *Color Guild*（颜色彩参考）选项板里找 *Edit Colors* 按钮

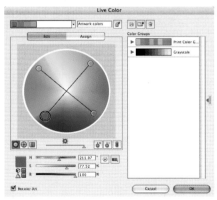

只能在这个对话框里找到"*Live Color*"的名称（编辑模式见上图）

活色彩色板和画笔

如果用户运用活色彩编辑已经造型好了对象，活色彩会用新色板或画笔给您的对象造型。这些新的造型就会自动被添加并保存到色板或画笔选项板里。（请看"绘图与着色"章节的实例"扭曲滤镜 Flora"。）

活色彩

色调（Tint）或色彩（Color）是相关的。当个别色调与其他色调放在一起时，您就能觉察出个别色调与其他色调有所不同了。Illustrator 里新的活色彩功能能让您体会全新的色彩之间的关系，这是其他的应用软件所不具备的。您可以快速体验新色彩组合，迅速找到精确的色彩，在科学化的色彩理论的基础上融合不同的色调，预先设定色彩 Harmony Rules（协调法则）。活色彩为您提供了很多工具，可以混合、调整色彩，创建色彩群组。（请看"绘图与着色"章节，其中详细介绍了颜色、色板、颜色参考选项板以及活色彩的特征）。

活色彩不仅仅是一个单一的选项板或特征，相反它包含了各种各样的界面和工具，相互配合使用以探索色彩奥秘。事实上，您很难找到有明确标记的活色彩窗口菜单中没有它的名称，在属性栏或色彩选项板里也找不到。虽然有很多办法打开它，但只有一个对话框标有它的名字。

活色彩的使用过程是很震撼人的，这是一个不可否认的事实。通过本章的介绍以及作者的经验之谈，希望能帮您更多地了解一些活色彩的特点和功能。

设定活色彩工作区

被 Adobe 公司命名的活色彩，由不同成分构成了它的特征，其中包含 Color（颜色彩）选项板、Color Guide（颜色彩参考）选项板、Swatches（色板）选项板、kuler 选项板（稍后对该选项板会有更多讲述）和 Live Color 对话框。它们构成了一个整体。

为了最有效地运用活色彩，如果想同时可见颜色、颜色参考、色板还有 kuler 选项板，要把所有需要重新着色的艺术对象准备好。看见所有的色彩选项板后，用户可以制作、保存色彩群组，在选项板之间拖动并放置色彩，观察每个选项板是如何变换的。想了解如何整理选项板，使工作空间用户化，请参考"Illustrator基础"一章中的"工作空间"一节。要了解如何使活色彩先前配置的工作空间最优化，请参考"Illustrator基础"一章中的"交换空间"提示。

混合、存贮以及探索

本质上，可以把颜色选项板当作您的色彩混合工具。可以想象，色板作为一种色彩填充盒，存贮并组织用户混合的色调。颜色彩参考选项板可以被看作是色彩实验室——一个用来学习、寻找灵感的地方。kuler 选项板就是分享色彩观念的环境（稍后对该选项板会有更多讲述）。

重新着色图稿

活色彩可以有条不紊地或完全随意地用来重新着色艺术对象。用户可以从不同的地方找到 Recolor Artwork（重新着色图稿）功能（在 Live Color 对话框），这取决于您选择什么，您想做什么。只要您选择的对象至少包含两种不同的色彩，那么在属性栏里单击 Recolor Artwork 按钮，弹出 Live Color 对话框，就能开始处理您所选择的对象色彩（选择边缘将自动被隐藏）。如果通过另外一种路径进入 Live Color 对话框（比如从颜色彩参考选项板中选择 Recolor Artwork 按钮），那么您的艺术对象可能被分配了新的色彩。如果这不是您想要的那种，单击"Get colors from selected art"按钮，重新装载颜色，在艺术对象里再次显示。

突出 Live Color 对话框

在 Live Color 对话框的左上方是 Active Colors（现用颜色）下拉列表框。单击右边的箭头，下拉菜单显示

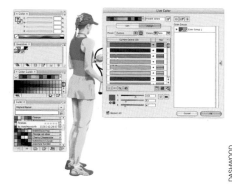

想要有效地使用活色彩，用户必须了解所有和色彩有关的选项板以及正在重新着色的艺术对象。当用户进入活色彩时，选择边缘将自动被隐藏

有效的活色彩

活色彩有效性之一是在用户的 Illustrator 艺术对象中完全改变任意一种有色彩的对象的颜色。在 Live Color 对话框里，很容易对封套、网格、符号、画笔、图案、光栅效果（不包括 RGB/CMYK 光栅图像）、重复填充和描边对象的色彩进行重新着色。

——*Jean-Claude Tremblay*

重新着色图稿按钮

有很多途径可以进入活色彩，但是能最快打开 Live Color 对话框的方法是从属性栏进入。如果用户选择的对象（一个或多个）至少包含两种不同的色彩，在属性栏里单击 Recolor Artwork 按钮即可。

在 Live Color 对话框最左上方显现 Active Colors（现用颜色），Active Colors 可以是用户选择艺术对象中的色彩，也可以是从协调规则或色彩群组里选择的色彩。用户可以重命名、创建新色彩群组。图中红色圈出的是 Get colors from selected art（从所选图稿获取颜色）按钮

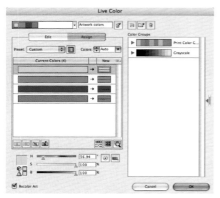

图为 Assign（指定）模式中显现的 Live Color 对话框，每个色彩条代表用户选择的对象里的颜色

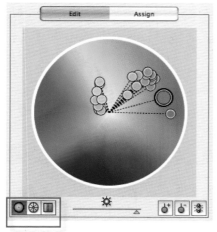

Live Color 对话框里的 Color Wheel（色轮）可以作为平滑的面、分割的部分或颜色条被查看（使用红色圆圈出的按钮）。每个圆圈或标记表示用户选择的艺术对象中的一个色彩。大的标记是用户正在活色彩中使用的当前基本色

Adobe 的"Harmony Rules（协调规则）"。色彩协调指的是色调融合，看起来比较协调。活色彩使用精确的色彩组合对艺术对象重新着色。当您选择一个协调规则时，改变 Active Colors 至新的未标识的 Color Group（颜色组）。在文本框里输入新名称，单击 New Color Group（新建颜色组）按钮保存该组。在 Live Color 对话框增添新颜色组至色彩组。单击保存的颜色组，在 Active Colors（现用颜色）下拉列表框里会装载这些色彩。

颜色组列出了没有使用活色彩、在画板里保存过的色彩群组，同时列出了使用活色彩创建的色彩群组。记住，在 Live Color 对话框里删除、创建新色彩群组将会在色板里删除、创建新色彩群组。因此不要轻易单击垃圾桶图标，除非您想从文档里彻底删除色彩群组。如果只是在活色彩部分中保存创建的色彩群组，而不想对艺术对象进行其他的变化，关闭 Recolor Art 复选框，单击 OK 按钮。如果单击 Cancel 按钮的话，就取消了创建或删除新色彩群组的尝试。

在 Active Colors（现用颜色）下面有两个主要按钮——Edit（编辑）和 Assign（指定）。当进入活色彩后，指定按钮处于非活动状态，表明您没有选择任何艺术对象（或许在颜色彩参考选项板里单击了编辑色彩按钮）。如果还不能使用指定按钮，单击取消按钮，选择艺术对象，然后重新进入活色彩。

Assign（指定）按钮显示一排水平的色彩条，每个长条代表在艺术品里选择的一个色彩。在每个长条的右边有一个右指的箭头，显示稍小的色板，色彩和稍大的色彩条的颜色相同。这个小色板位于列对齐标题"New"的下面，在这里能加载或混合一个替代的色彩。单击右指的箭头，把它变形为直线，不改变色彩。

当 Edit（编辑）按钮处于激活状态时，可以看到色轮有线条（在默认浏览里）。小圆圈连接线条就被称为标记。每个标记表示当前选择对象里的一个色彩。为了调整色彩，用户可以在色轮上移动标记，单独（解除锁定）或一致地（锁定）移动标记，不过这得取决于锁定图标是否被启用。除了默认的平滑色轮之外，您可以单击图标显示部分色轮或者是颜色条（参照本章节使用颜色条预览的实例"黑夜到白天"）。

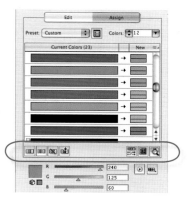

在 Assign（指定）模式里，红色圈中的按钮能融合、分离、排除增添新色彩。用户可以任意改变色彩顺序、饱和度、明暗度并找到艺术对象中的精确色彩

除了在色轮上拖动标记之外，用户可以使用色轮正下方的滑块和控制按钮，调整不同的颜色特性（色调、饱和度以及明暗度）。用基本色彩模式（RGB、CMYK等）调整艺术对象的个别色彩，或立即全局调整所有的色彩。当用户用滑块调整个别色彩时，注意所选择的色彩标记在色轮中的移动和您移动滑块是一样的。（请看本章节编辑和指定模式功能的实例。）

限制和减少色彩

活色彩最显著的优点是：在对艺术对象重新着色时，它能限制和减少色彩。用户可以在色彩库里限制色彩的使用，比如一本 Pantone 色彩书，可以运用协调规则或选择重新着色预先设定，甚至把自定义的色彩群组作为限制色彩组使用。

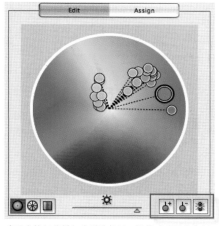

右下方按钮能增加或删除标记、链接或不链接标记

打开协调规则菜单，从 23 条色彩规则里选择一个规则，活色彩开始工作，能使色调和用户的基本色彩和谐共存，例如与传统的色彩理论相融洽。（想更多地体验 Adobe 的色彩法则，参阅"绘图与着色"章节中的"Color Guide（颜色参考）"一节和实例。）

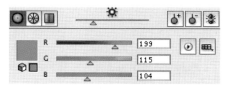

在 Edit（编辑）模式里，色轮的正下方就是色彩调整工具。用它们调整色调、饱和度、明暗度

在指定模式里，单击 Color Reduction Options（减低颜色深度选项）按钮（在预设下拉按钮的右边），弹出重新着色选项对话框，选择限制到库，那么您就能挑选一个精确的色板库来限制您的色彩选择。在编辑或指定模式里，您可以单击栅格状的小图标，位于滑

色彩模式菜单按钮（左边的按钮）详细说明了色彩调整游标模式；色板库按钮（右边的按钮）限制色彩群组至精确的色板库

Color Reduction Options 按钮位于活色彩指定按钮的下面

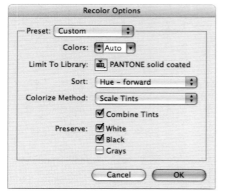

单击 Color Reduction Options 按钮弹出的对话框

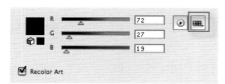

在编辑或指定模式里，单击栅格状的小图标，弹出色板库菜单和"将颜色组限制为某一色板库中的颜色"

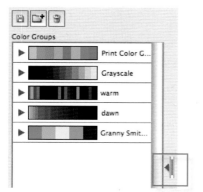

单击箭头键（用红色圈出），在对话框里隐藏或显示色彩群组储存区域。在这里，用户色板里的所有色彩群组将会显示。单击储存区域正上方的按钮，能创建、改变或删除色彩群组

块的右边，名称为"Limit the color group to colors in a swatch Library（将颜色组限制为某一色板库中的颜色）"。当选择限制至色板库时，色轮很明显就不同了。在指定模式下，新色彩将毫无例外地与选择的色板库中的色调结合，替代所有的原色彩。

有时候，设计者和插画家被要求制作只包含一种、两种或三种色彩的艺术对象。活色彩预设包含的就是这些。用户可以使用一个或两个色调绘制艺术对象。活色彩在减少色彩这一功能上可以说是非常节省时间的。在指定模式下，选择 Preset（预设）>1 Color Job（颜色作业）（或 2 颜色作业等），然后选择颜色库（如果想出版的话，大部分和 Pantone 类似），里面有您想替代的色彩。活色彩用替代色彩的色泽和色度，改变艺术对象色彩的顺序。（请看本章节如何使用预设的例子"重新着黑色"。）

也许您希望使用非常精确的色组，比如组色彩或精确的设计色调。在这种情况下，您首先要在色板选项板里创建并保存颜色组，然后打开活色彩，颜色组将在储存区域，那么您就能对艺术对象重新着色了。

kuler 选项板

在使用 kuler 选项板时，您需要有网络连接，同时要具备开放的心态。（事实上，在启动 Illustrator 之前，您的网络连接必须是启动的，kuler 选项板才能和服务器通信。）kuler 是一个以互联网为主的应用程序，由 Adobe 设计，用来对色彩进行探索，从中获得灵感，对之实验，分享成果。RSS feeds deliver 把最流行、最高传输率和最新色彩等主题传送到 kuler 选项板里。（Adobe Flash 里有）。没有 Illustrator，您也能使用 kuler。登录 http://kuler.adobe.com 网站，下载 kuler 网络应用程序。

使用 kuler，用户能创建新的色彩群组，和他人分享色彩群组，还能搜索、浏览其他用户的色彩群组。从 kuler 选项板里直接下载色彩，这些色彩将会被添加到您的色板里，那么您就可以对色彩自由地发挥想象了。想更多了解 kuler，请看"绘图与着色"章节的"变换色板"一节，节选自 Mordy Golding 所著的"Real World Adobe Illustrator CS3"一书，该书由 Peachpit 出版社出版。

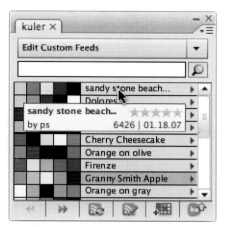

Kuler 选项板的色彩主题是由不同的用户创建的。(但是其局限性在于每个主题只有 5 个色板)

活色彩，不是神奇色彩

活色彩大多都是用来进行自动化操作和增强色彩的。前面讲到的重新着色方法，并不是无所不能的。很明显，使用协调规则并不能自动处理着过色的艺术对象。不过协调规则能帮助用户快速找到和基色相协调的色彩（适用传统色彩理论）。底线是：活色彩帮助用户快速、简单地探索色彩，或许用户能从中得到一些灵感。

掌握活色彩最好的方法是学习运用（而不是为了阅读而阅读）本章以下的内容。了解活色彩是如何为您的 Illustrator 流程增色的。此外，尽管它是一个新推出的特征，但它提供了很多惊人的资源供您享用，比如它对活色彩特点和工具进行了全面的讲述、解释说明和实际应用。想寻找更多有关活色彩的内容，请登录 http://www.adobe.com/designcenter/video_workshop 网站，或者查阅 Mordy Golding 所著的《Real World Adobe Illustrator CS3》一书。

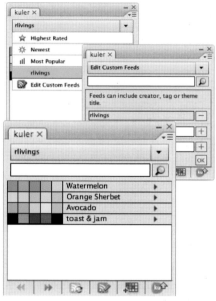

选择 Highest Rated、Newest 或 Most Popular 的 kuler RSS feeds，来找到喜欢的色彩，或者创建自定义 Feeds

kuler 选项板下方的按钮

为艺术品重新上色

使用活色彩创造色彩配置

概述：使用 Color Guide（颜色参考）选项板创建颜色组；在活色彩里增添色板组；启动对话框，同时处理不同的色彩，在活色彩里将会有意外的发现。

1

最初的美术作品名为 "Ahava"，意思是 "爱"

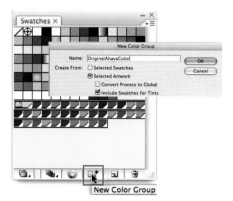

想要保存最初艺术对象的色彩，创建一个新的颜色组

当用户需要改变艺术对象的色彩时，在 Illustrator 里找到最新的色彩特征。颜色参考选项板会帮您创造新的色彩配置，同时创建色彩群组。而活色彩能帮您自发地进行全面处理。Ari Weinstein 证实了这一说法，他决定改变最初的美术印刷体字的颜色，想选择一些既能体现问候卡片的温馨，又能和新的背景相协调的色彩。

1 使用颜色参考选项板，在色板选项板里创建新的色彩群组。 首先，Weinstein 改变最初的文档大小，删除作为背景的水彩，用一个米色填充的图层代替它。他选中所有的字母，把它们放置在新的图层上，这样做就不会影响背景了。选中所有的字母后，Weinstein 打开色板选项板，单击 New Color Group（新建颜色组）按钮，给最初的艺术对象色板命名并保存。他取消选定艺术对象，选择红色色板，之前他曾用红色色板处理过英文字母，打开 Color Guide（颜色参考）选项板。通过这种方法，红色被设置为该选项板的基本颜色。单击 Harmony Rules（协调规则）下拉按钮，Weinstein

查看色彩设置，这些色彩设置是以他刚才选择的色板颜色为基础的，作为协调规则应用。他决定选择自己喜欢的 Analogous 2 选项，单击 Save color group to Swatches panel 按钮，就自动给颜色组命名为"色彩群组 1"。Weinstein 再选中艺术对象，选择"色彩群组 1"，在色板上单击"Edit or Apply Color Groups 按钮。在活色彩里，编辑按钮对色彩群组存贮列表中所有的色彩群组都适用。不过选中的群组位于列表的上方，而艺术对象最上方的群组能被预览。（相反的，如果用户从属性栏的重新着色图稿按钮里进入活色彩的话，那么就不能自动预览艺术对象的色彩群组。在选择一个色彩群组之前，您可能喜欢用这种方法。）

2 编辑色彩，随机测量保持色彩实时编辑。单击 Assign（指定）按钮，Weinstein 注意到在色彩群组 1 中，艺术对象的颜色和色彩数量结合在一起。他在 New（新建）列里一次单击一个色彩条，根据需要调整 HSB 滑块。他主要选择增加饱和度，使艺术对象的色彩更明亮更温暖。使用滑块调整一个色彩有点困难，于是他双击滑块旁边的 Color Picker（拾色器）色板，打开拾色器。拾色器为 Weinstein 提供了更大更多的空间，他能更精细地改变色彩。最后他在色彩任务里插入了随机性，在当前色彩列里从一行至另一行拖动小的色彩条 [两者择一，或单击 Randomly change color older（随机更改颜色顺序）按钮]。更新艺术对象，在拖动的时候显示出颜色的变化。如果满意的话，单击 OK 按钮，退出对话框，应用色彩编辑。

在完成对艺术对象较大的改动后，Weinstein 又对色彩进行了一些的小变动，这次使用的方法很古老：精心选择各个部分，在颜色选项板里手动调整色彩。

2

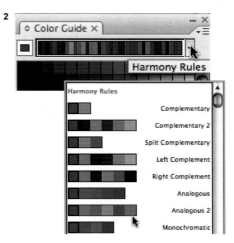

打开协调规则下拉列表，在选中色彩的基础上选择一个色彩规则

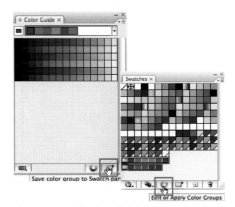

在 Color Guide 选项板里创建颜色组，保存至色板，然后在活色彩里选择使用一个组或多个组

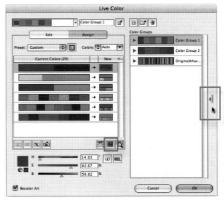

为了减少色彩或对色彩进行分类，从 Color Groups 选项板中配置一个存贮的颜色组

流行的色彩

使用活色彩运用专色

概述：运用 Live Paint 应用颜色；使用活色彩制作专色；在活色彩里融合颜色。

1

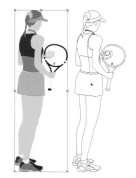

按住 Option/Alt 键拖动创建图像的副本

单击属性栏上的 Recolor Artwork（重新着色图稿）按钮，进入 Live Color 对话框

2

在活色彩里使用弹出式菜单，获取 color books（色标簿）

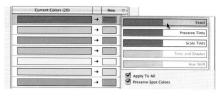

从新的颜色彩弹出式菜单中选择 Exact（精确）选项，避免得到专色的色调

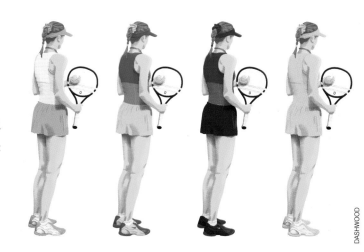

DASHWOOD

Andrew Dashwood 为一个互动系列的教学素材制作了周期性的衣服颜色变化的实例，在制作过程中他使用了活色彩，预览、分配多种色彩变化。

1 为活色彩作准备。Dashwood 首先绘制了网球选手的外部轮廓，使用 Pen Tool（钢笔工具）制作封闭的路径。为将来重新着色准备好路径，先单击路径选择色彩，设计一个基本的颜色组，或使用油漆桶把人物转换为实时填充对象，并用色彩填充。首先为图画中不变的部分选择颜色，在这个例子中，头发，皮肤和网球拍是不变的部分。然后为每件衣服和鞋子选择任意一个颜色。您会发现，如果刚开始时使用多种多样的颜色，比预期的最终的图像颜色要多的话，那么对色彩组合做试验就容易得多了。在 Live Color 对话框里不能分割色彩，但是很容易就能把色彩融合在一起。

复制艺术对象，那么您就能把不同色彩变化应用到每个版本了。选中艺术对象，按住 Option-Shift/Alt-Shift 键拖到旁边，然后松开鼠标，创建艺术对象的副本。使用 ⌘-D/Ctrl-D 快捷键创建另一副本。选中图像，单击属性栏中的"重新着色图稿"按钮，进入 Live Color 对话框。

2 运用活色彩和专色。 一旦您进入 Live Color 对话框，确认 Assign（指定）按钮处于激活状态，这样才能改变图像的颜色。既然大多数客户希望您选择调色板上的颜色，单击对话框底部的色板库下拉菜单按钮，您就可以下载色标簿或本地库，接着选择想使用的颜色范围。点、过程和 Global Swatches（全局色色板）都很好用。当您返回画板，选择它们的时候，其名称在颜色选项板中都有显示。避免制作专色的色泽，单击下拉菜单旁边的您正在处理的颜色，选择 Exact（精确）选项条。

可以使用活色彩来保护您不想改变的颜色（例如皮肤色调、头发和网球拍的颜色）。为了不让颜色发生变化，单击当前色彩图标右边的箭头，当箭头变成直线时，即可阻止当前颜色变为新的颜色。如果想改变颜色，单击 Edit（编辑）按钮。如果选择自定义 color book，则色轮会被划分，仅仅显示这些颜色。确认链接协调颜色按钮在色轮里被解除锁定，那么在一个颜色上移动色彩值将不会影响到其他的颜色。一旦找到适合图像的色调范围，单击 Link Color Harmony（链接协调颜色）按钮启用链接项。一旦链接被启用，您就能在色轮上拖动链接的色彩，对不同的色彩组合进行试验了。

3 减少颜色。 想要把两个或更多的当前色彩融合到单一的新色彩里，在对话框的上方单击 Assign 按钮，选择一个当前色彩，把它拖到另一个当前色彩里。在当前色彩里的颜色条被划分为两个部分，右边有箭头的颜色条显示的是改变后的效果。一旦用户创建了自己喜欢的颜色组，单击 OK 按钮，退出 Live Color 对话框，就可以开始应用了。

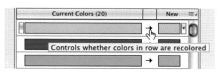

单击 Current Color（当前颜色）和 New Color（新建颜色）之间的箭头，使最初的颜色不被改变

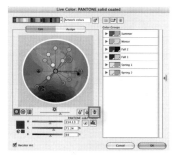

色轮被限制为 color book；用红色圈出的是 Link Harmony Color（链接协调颜色）按钮

3

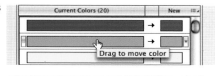

指定同一新色彩至两个或更多的当前色彩，拖动它们到其他的颜色条里

为黑色重新上色

使用活色彩来取代黑色

概述：使用活色彩中的 Recolor Options（重新着色选项）对话框；限制色彩选择至色板库；选择合适的设定，确保合适的色彩变化；保护一定的色彩不被改变。

1

最初的图稿

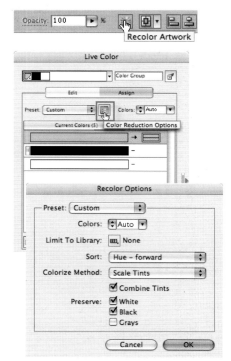

重新着色选项的默认设定，还有它们如何影响在活色彩主要对话框里的色彩指定

Illustrator 的活色彩对话框为我们提供了许多令人兴奋的方法，让我们对色彩变化做试验。如果不知道如何操作它的话，那么有些时候您并不能得到自己想要的结果。Laurent Pinable 制作了这张海报兼广告传单，送给 Jean-Claude Tremblay 印刷。最后客户要求 Tremblay 把黑色变为 Pantone 专色金属银色。因为 Tremblay 对活色彩的详情了如指掌，他仅仅对黑色的对象进行编辑，而无需手动选择它们,同时保证不改变金色和白色。

1 打开活色彩，在重新着色选项对话框里改变默认的设置。Tremblay 先选中全图，这样一来他就能快速地捕捉任一色彩的色泽和色度。他单击属性栏里的 Recolor Artwork（重新着色图稿）按钮，进入活色彩。因为有默认设定，在活色彩里黑色和白色是受保护的色彩（意思是新色彩不会被指定给它们），所以在对话框的新建列里，没有黑色的颜色条。Tremblay 单击 Color Reduction Options（减低颜色深度选项）按钮，弹出重新着色选项对话框。这个对话框能帮助设置与文档类型相符合的色彩。在 Tremblay 使用重新着色选项对话框的同时，主要的 Live Color 对话框便在重新着色选项对话框里更新了图像的当前设定。

　　如果不按照顺序改变重新着色选项设定的话，活色彩就不能适当地进行更新了。因此，Tremblay 开始从上至下调整其设定。因为印刷只能有两个专色，他首先选择预设：2 color job（颜色作业）。打开 Limit To Library 对话框，在里面选择 Color Book>Pantone 金属涂层。在 Live Color 对话框里，色板被更新了，黑色仍然在金色下面。如果只改变其中一个保护色的话（黑色、白色或灰色），您必须把这个颜色移动至当前颜色列的上方。Tremblay 单击 Color Reduction Options 按钮，选择 Sort（排序）为亮度 - 由暗到亮，禁用保留黑色。把黑色放置到 Live Color 对话框上面就完成更新了。

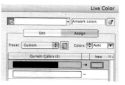

如果设定不按顺序制作或不设定的话，活色彩对话框就不能进行合适的更新

Tremblay 知道如果艺术对象里还有黑的色调，那么将会被金属银色代替。他只想用一个颜色代替艺术对象里的黑色，于是选择 Exact（精确）：着色原理和校验的结合色调。要不是他已经保存了一个色彩，并把它和其他色彩（例如 CMYK 黑色至 CYMK 紫色）互换的话，他就用色彩原理保存比例色调的默认设置并校验结合色调了。（想全面了解的话，在 Adobe Illustrator 帮助中搜索 Colorize Method。）Tremblay 单击 OK 按钮，关闭重新着色选项对话框。当设定被改变时，重新着色选项的一些设定已被记忆，而其他的则返回到默认设置。当活色彩被启动，设定符合当前任务，您应该打开重新着色选项对话框，这会是个好主意。

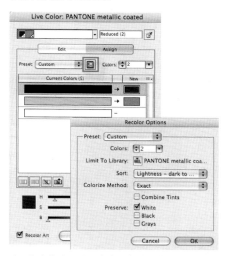

为 2 颜色作业设置正确的设定（通过 Color Reduction Options 按钮设置），来改变一个保护色（黑色），如果活色彩进行更新，表明新的指定和色板库颜色正在替代最初颜色

2 保护一个色彩不被改变并指定一个新色彩。 返回激活指定按钮，Tremblay 单击和金色条连着的箭头，使金色不受到任何改变。接着双击在黑色箭头右边新建列里的颜色条，从 Color Picker（拾色器）中选择 877C。单击色板也会显示同样的拾色器对话框。

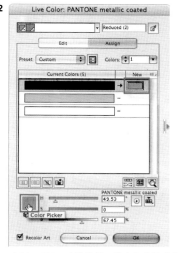

在 Live Color 对话框里，所有的重新着色选项设定处于适当的位置，金色被保护不会被改变，互换金属银色和黑色

黑夜进入白天

为复杂的合成重新上色

高级技巧

概述：对色彩编辑进行简单化选择；在活色彩里为了容易处理而转换视角；在活色彩里，在色调中设定分离值，以控制色彩变化。

最初的夜间棕榈树图像

如果全部选中色彩，在编辑时就很难分离颜色了，但是在活色彩里只选择几个图层能使浏览和编辑简单化，隐藏选择边缘

复杂的图像常常包含很多的颜色，其中包括渐变的颜色和渐变网格的颜色。运用活色彩，您可以立即编辑所有的颜色。但是为了使活色彩在处理数量较多的色彩时更加实用，Sharon Steuer 在 Bite-size chucks 里找到了选择和浏览色彩的方法。在活色彩里有无数种方法进行编辑，但是她主要关注的是限制选择。然后她在活色彩里用不同的方法浏览选择，分离她想改变的颜色。

1 在活色彩里使用目标选择，简化复杂性。Steuer 决定在一天之内完成对棕榈树的制作。她不想在图像里一个一个地重新加工许多渐变和渐变网格对象，于是她决定使用活色彩，这样她就能很快地改变混合的颜色。首先她选中整个图像，但是这样做会导致选中很多颜色，而想要找到个别的颜色就显得有点不切实际。于是她决定隐藏包含了主要对象的前景图层（棕榈树和草），而处理背景图层里的天空、沙滩和海水。她点击属性栏上的 Recolor Artwork（重新着色图稿）按钮，进入活色彩。

2 有效地使用 Color Bars（颜色条）和 Color Wheel（色轮）视图进行定位和编辑色彩。在 Live Color 对话框中，

Steuer 单击 Edit（编辑）按钮。默认平滑色轮视图显示太多的标记，很难区分她想要的值，于是她单击 Display color bars（显示颜色条）按钮，转换到 Linear（线性）视窗。现在就比较容易选择蓝颜色的值了。为了把夜晚的阴影变成太阳的一束光线，Steuer 单击颜色最深的值。为了容易突出颜色，她单击颜色条，她还得决定运用哪种色彩模式。如果单击位于滑块右边的箭头，她可以选择任意一种色彩模式，然后选择色调来处理 Spot colors（专色），或选择 Global Adjust（全局调整）忽略色调选择，整体改变所有色彩。既然只是改变饱和度和亮度滑块，制造一束蓝灰色的光线，她决定使用默认的 HSB 模式。

等她做好这束光线的颜色之后，Steuer 想改变所有蓝色的色调，其中也包括光束里面的蓝色。想要在不改变总体亮度和饱和度的前提下改变色调，她于是单击 Display smooth color wheel（显示平滑的色轮）按钮，启用 Link harmony colors（链接协调颜色）按钮。图标显示的是完好的链接，因此只要 Steuer 在色轮里移动任何图标，就会移动在链接中的其他图标，那么就能保存单独的色调之间的关系。她滑动标记链至湖蓝色。既然月亮几乎是完全无色的，它就不会明显地受到影响。她禁用链接，允许个别色调稍后改变。

使用 Assign（指定）按钮的放大镜，给特定的色彩定位。 Steuer 发现这些蓝色仍然很暗，于是想加强它们的亮度。不过她觉得无论在色轮或是颜色条上都很难确切地区分这些颜色。她返回指定按钮界面，单击 magnifier 按钮（标签是"单击上面的颜色以在图稿中查找它们"），单击颜色条上的放大镜能分离图像的色彩，那么图像其他的地方就变暗淡了，或者说是"Screened Back"。

在活色彩里，Steuer 滚动颜色列表，找到最暗的

选择 Display color bars（显示颜色条）按钮，就很容易找到、选择并编辑渐变值

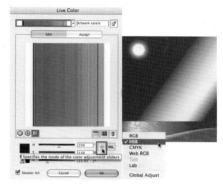

为色彩调整滑块选择一个色彩模式

在色轮上链接色彩，滑动链接标记来调整色调

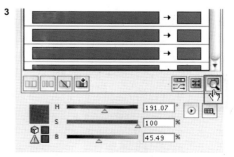

准备好去分离一个色彩，单击放大镜按钮（"单击上面的颜色以在图稿中查找它们"按钮）

找到填充天空和海水的暗蓝色，使用指定按钮界面里的放大镜按钮，就能把它从图像中其他颜色里分离开来

提高天空和海水的亮度，恢复所有图层的可视性，星星图层除外

4

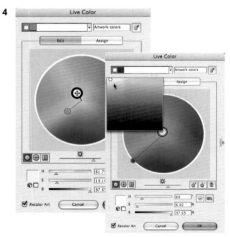

单击拖动色轮上的标记，就能很容易地改变色调、饱和度和明暗度。不过在标识上按 Control 键单击/右击能限制改变色彩，弹出色彩选择器，只能改变饱和度和亮度

蓝色来提高它们的亮度。单击任一暗蓝色就能让她找到图像里使用的那种颜色。当图像只显示最初的暗蓝色天空和海水时，她知道这次选对了颜色。既然已经找到了要加强亮度的主要区域，Steuer 切换到编辑按钮界面，再次使用饱和度和亮度滑块，加强变亮白天的天空和海水的颜色，并确保启用重新着色图稿选项（那么她编辑的就适用于图像了），然后单击 OK（确定）按钮，退出 Live Color 对话框。

4 使用活色彩控制编辑色彩，对新制作的太阳进行有限的改变。Steuer 恢复了所有图层的可视性，含有星星的图层除外。她看了新制作的太阳，觉得在明亮的晴天里太阳光的光晕颜色太冷。于是她只选择月亮图层（不包括月亮网格），再次进入活色彩。因为只有少数的颜色，所以很容易在色轮里选择黄色标记。手动滑动标记（单击拖动标记）能改变色调本身，即便是很细微的移动也不例外。Steuer 决定通过按 Control 键单击/右击选择黄色标记，这样做就能弹出有限的色彩选择器，比拖动滑块进行选择要准确多了，同时要保存色调。色板里的色彩显示让 Steuer 能很容易地选出稍微饱和的、颜色不是很暗的黄色。现在带有柔和温暖的光晕的月亮看起来就像是太阳了，这样就完成了从黑夜进入白天的转换。

修饰键改变编辑的界面

在色彩标记或颜色条上按 Control 键单击（Mac）/右击鼠标（Win）就会弹出限制色调的色彩选择器，保护色调不被改变。双击就会弹出拾色器，那么就能全方面地改变色彩。

SUTHERLAND

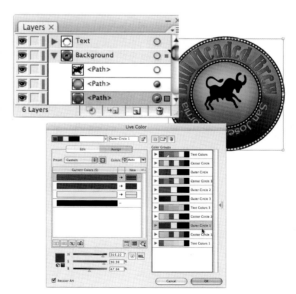

画廊：Brenda Sutherland

Brenda Sutherland 制作了一个新颖的微型啤酒厂的标志。随着活色彩的问世，她知道运用活色彩能制作出不同种类的啤酒标志的色彩变化。由于最初的色彩是非常复杂的，她把标志分成 3 个部分——文本部分、标志中心和外围圆圈。圆圈内部包含两个渐变填充和多重描边，而只有运用活色彩才能轻松地处理它们。她选中文本图层并且把它当作艺术对象色彩保存到色板选项板里。她同样使用这种方法处理中心和外围的圆圈。Sutherland 把标志的副本放到它们自身的图层上面，只选中一个图层上的外围圆圈，打开活色彩。在活色彩里选择编辑按钮并且移动平滑色轮上的标记，直到找到她喜欢的方案为止。她把色彩保存为新颜色组，然后单击 OK 按钮，应用到配色方案再返回主要

图像。Sutherland 同样采用了以上过程来处理标志里的其他两个区域，而且又创建了两个配色方案。

减少色彩

使用活色彩转为单色

高级技巧

概述：把颜色组放置到色板选项板里；在 Grayscale Conversion（灰度转换）中减少色彩；使用灰度值和全局调整滑块制作修饰的色彩。

为什么在活色彩里制作灰度呢？

因为有自动灰度转换，比如 Edit（编辑）>Edit Colors（编辑颜色）>Cover to Grayscale（转换为灰度）命令，它就限制您对如何转换图像做出很多决定。然而使用灰度色彩群组和活色彩，您就能用灰度值来控制替换颜色，以便获取最佳对比度。

在 Default Swatches library（默认色板库）里找到 Grayscale color group（灰度色彩群组）

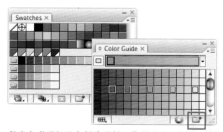

保存色彩群组至色板选项板，使用 Color Guide（颜色参考）选项板生成单色调色板

PAPCIAK-ROSE

设计家和艺术家常常需要减少最初的图稿里使用的色彩的数量，以便在另一个场地对图稿进行特写。由 Patricia Farrow 编写的这本书的封面名为"哈博罗内：完整的城市向导"，南非插画家 Ellen Papciak-Rose 全范围地使用了明亮的色彩。通过使用活色彩强大的功能来组合和替代色彩，您可以控制减少色彩使用的数量，对色彩作出精细的或夸张的改变。运用活色彩，您能实验或改变特定的色彩，比如转换色彩到灰度、保护强调色，甚至对新转换的灰度图像制作着色的版本。

1 **为一单色组把色彩群组放置到色板选项板里**。在转换图像色彩之前，您要确保文档里有颜色组，那么才能运用到图像。在这种情况下，您的文档应该包含一个灰度颜色组，至少有以一个色调为基础的单色组。在新文档里，色板包含一个灰度颜色组。如果图像没有和灰度颜色组保存在一起的话，那么单击色板库按钮，从菜单里选择默认 CMYK（或 RGB）命令。至于单色颜色组，选择一个色板或使用颜色选项板制作一个色彩，它就成为颜色参考里的基色了。选择一系列的色调和阴暗部分，并单击 Save color group to Swatches panel 按钮。一般来说 4 个或 5 个色板（其数量和协调规则包含的相同，其中包括一个群组）对灰度转换就足够了。一旦制作完喜欢的颜色组，选择您的图稿，单击位于属性栏上的重新着色图稿按钮，把它们保存到色板选项板里。

在活色彩里减少单色组的色彩。当活色彩打开时，在指定按钮界面上滚动列，找到您想要保护的不改变的颜色，例如哈博罗内图像里的红色、黑色和白色。如果在它们的颜色条之间有一个箭头的话，单击它切换至保护状态。为了完成满意的灰度转换，在色彩群组存贮区域单击灰度色彩群组，然后开始在当前色彩列里拖动颜色条从一行至另一行，组合并改变这些被指定到每个色彩里的灰色值。为了达到较好的对比度，在组合色彩的时候，要观察图像的色彩更新。如果您现在想对灰度着色的话，确保灰色数量不超过色彩群组里色板的数量，接下来再做第三步。不然的话，如果您想保留灰度转换，那么就停在这，启用重新着色图稿，单击 OK 按钮应用这个改变。

使用灰度转换来生成色调。当灰度色彩转换仍然在活色彩里活动时，现在可以使用已经制作好的单色色彩群组对您的图像进行着色了。单击一个色彩群组，在图像里预览。如果想对选中的色彩组作一些调整的话，单击编辑按钮，使用色彩调整 [例如 Global Adjust（全局调整），这里用的就是] 或拖动链接的色彩标记。如果发现了自己想要的一组，单击 New Color Group（新建颜色组）图标，把它添加到列表里。一旦您喜欢这种结果，就可以启用重新着色图稿，单击 OK 按钮，应用这个改变。

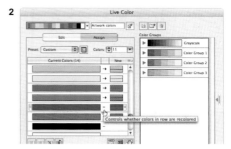

在活色彩里受保护的色彩不会被改变

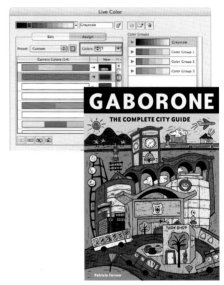

拖动组合好的已经指定相同的值或色调的颜色条，减少灰度颜色

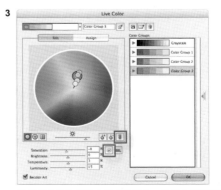

选择单色颜色组给灰度转换着色，使用色彩调整滑块或拖动色轮上的标记，在编辑界面上修改颜色

实时的工作流程

从摄影转移到绘图

高级技巧

概述：在 Live Trace（实时描摹）里使用默认设定处理一个照片；复制描摹并调整每个对象的实时描摹设定；改变全局色板的值；使用 Live Paint 来调整轮廓；用活色彩编辑色调。

1

从属性栏启动有默认设定的实时描摹

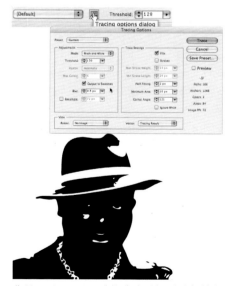

使用 Tracing Options（描摹选项）对话框增加 Thresholds 数值，图像变成一个轮廓

为了制作"Chris Daddy"这张图，Brenda Sutherland 通过使用实时描摹和实时上色想到一个能最大限度控制整个过程的办法。通过复制和调整描绘对象，让她能塑造黑暗来改变亮度，制作自定义高反差色调（Posterization）效果，而不是依赖照片里的值来制作色调。在活色彩里她编辑色调来完成从照片到图像的转变。

1 开始实时描摹画像。Sutherland 首先把 Chris Daddy 的画像隔离到透明的背景上。在属性栏上，她单击 Live Trace（实时描摹）按钮，开始用默认的黑色和白色设定描绘画像。然后她选中描绘过的对象，单击描摹选项对话框按钮，她打开预览，并增加 Threshold（阈值）设定直至图像变为一个轮廓。为了避免路径变得过于复杂，她稍微增加了一些模糊的数量，而在很大数量上增加了 Corner Angle（拐角角度）。为了制作 Global swatches（全局色板），她检查输出至色板，单击 Trace

（描摹)按钮应用新的设定。接着 Sutherland 在 Layers(图层)选项板里拖动子图层至 Create New Layer（创建新图层）图标，复制 3 遍描摹，她重新命名了每个要使用的子图层。

用 4 个描摹的图层制造高反差色调效果。 为了在调整的时候能看见 Threshold 的变化，Sutherland 锁定了描摹，关闭了在"描摹 3"和"描摹 4"上的可视性图标。她选择第一次复制的"描摹 2"，再单击描摹选项对话框按钮。她启用了 Preview（预览）和 Ignore White（忽略白色）复选框。因为在调整实时描摹设定的时候不会生成新色板，而 Illustrator 就把"描摹 2"看作是描绘的副本而不是把它当作新的描摹，她暂时禁用 Output to Swatches（输出至色板）复选框，然后立即再次启用它，迫使实时描摹创建与这个描绘相关的新的全局色板（Illustrator 在色板里会自动对色板输出命名为"描摹 2"，而实时描摹把"描摹 2"当作是独立的对象）。然后为了能看到她准备对"描摹 2"所做的 Threshold 调整，她改变 Vector（矢量）设定为 Outlines（轮廓），这次 Threshold 量比第一次要小得多。她要想看见新的色调值被应用到描摹里，就得依赖轮廓显示单独的色调。以后当她调整 Threshold 设定的时候，就能看见单独的色调，这些色调就是她以前编辑的全局色板的值。Sutherland 单击描述应用新背景，然后她处理后两个描摹对象，重复这些步骤，每次都相应减少 Threshold 数量。

使用 Global Swatches（全局色板）对描摹着色并且调整轮廓。 现在全局色板被指定给每一个描摹，Sutherland 双击被添加到色板里的第一个黑色全局色板（命名为"描述"或"描摹 1"），然后把黑色改成浅灰色。接着，她在选项板里改变第 2 个和第 3 个黑色色板，把它们变成一系列的深灰色，先把最后的黑色（"描摹

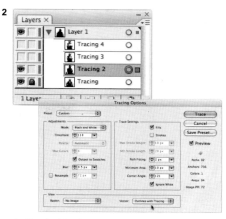

复制最初的描摹，给每个描摹对象调整 Threshold 设定，创建新色板，设置可视性

4 个描摹被设置为不同的 Threshold 数值，对每个对象进行矢量设置至轮廓和一个黑色色板输出

改变 4 个黑色色板中的 3 个色板的色调

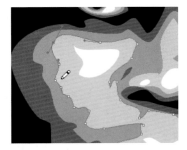

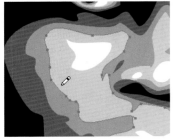

用铅笔工具在实时上色对象上选择路径并使路径平滑

选择 Monochromatic Harmony Rulers（单色协调规则）

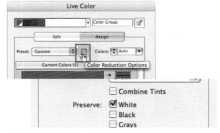

禁用保留：黑色。为了允许黑色被其他灰色阴暗部分着色

4"）放到一边。现在她看见画像里 4 种色彩的阴暗部分，并进一步调整描摹对象的 Threshold 值，获得更好的平衡。

4 创建 Live Paint（实时上色）对象，控制 Live Trace（实时描摹）轮廓。Sutherland 希望在不用担心填充的对象之间产生间隔的前提下调整一些轮廓，因为如果她扩大实时描摹对象然后改变一些路径，那么自然就会出现间隔区。实时上色在调整填充的时候，也调整了路径。她选中所有的描摹对象，在属性栏上单击实时上色按钮。起初她并没有融合新的实时上色对象，因为对象越简单实时上色的性能就越好。她用 Direct Selection Tool（直接选择工具）选择路径，可是效果并不理想，于是她用 Pencil Tool（铅笔工具）重新描绘，使一些区域变平滑。做完之后，她从属性栏里选择 Merge Live Paint，这样就把许多对象减少为一个简单的实时上色对象，不过仍然要保持对象处于激活状态，以便她以后比较容易编辑路径。

5 使用活色彩编辑全局色板。选择活色彩对象的同时，Sutherland 单击属性栏里的重新着色图稿按钮，当对话框打开时，她单击色板旁边的协调规则下拉按钮，从下拉菜单里选择单色选项。[Monochromatic Harmony Rulers（单色协调规则）在编辑按钮界面里会自动锁定协调链接，当您把所有的标记拖动至相同的色调设定时，标记就会变成一条直线，限制您进行改变。] 指定色彩与她给画像设定的色调并不搭配，不过她能轻松应付。她单击 Color Reduction Options 按钮，打开 Recolor Options（重新着色选项）对话框，禁用保留为黑色，为了允许黑色被着色。她单击 OK 按钮，返回至指定按钮界面。色调值仍然没有被指定，浅色值被指定为最初的黑色值。为了纠正这一点，她从一行到另一行地拖动新建列里的颜色条，直到最深值处于最上一行，这一行下面的颜色依次从深到浅进行排列。

她使用 HSB 滑块把亮度水平改为她想要的值，确保每个色彩的色调和饱和度一致。当她切换至编辑按钮界面时，这些初步调整使得她更容易看见值与值之间的关系。

当她大致纠正了亮度变化之后，她单击编辑按钮，小心地在平滑色轮上拖动色彩标记，直到发现自己喜欢的单色颜色组。她还能通过拖动标记到接近轮盘中心或远离轮盘中心的区域，或者双击标记打开 Color Picker（拾色器）来改变饱和度。她使用亮度滑块改变整体的亮度，或使用 B 滑块改变单个标记。如果发现自己喜欢的协调色，她就把它作为一个 Color Group（颜色组）保存到色彩群组存贮里（想要更多了解，请看"从黑夜进入白天"活色彩的编辑特点。）经过实验之后，Sutherland 为 Chris Daddy 选择蓝色的协调色，然后确认重新着色图稿复选框被勾选，单击 OK（确定）按钮，应用色彩。

为了制作背景，Sutherland 在另外一个图层里重复刚才的整个过程：再次使用实时描摹，转换到实时上色状态，使用活色彩，从照片到图像返回城市场景，协调色彩并样式化画像。

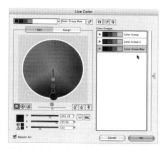

在 New（新建）列里上下拖动颜色条，重新排列设定值

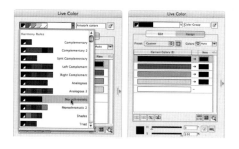

选择单色颜色组，创建和保存几个色彩群组

在启用实时上色前，什么时候用到 Expand(扩展)按钮？

当您对同一个对象制作好几个描摹之后，转换它们至实时上色，有些时候一个色彩会在图像里泛滥开来，因为对象散开到边缘了。在属性栏上还原并单击 Expand（扩展）按钮，就能把描摹变成路径，这样实时上色可以逐一辨认并填充它们。

太多黑色？

如上所述，在这种情况下，出现太多黑色是由保存引起的。当您打开活色彩，试图选择一个协调规则的时候，黑色已经被禁用了。为了固定黑色，打开 Recolor Options（重新着色选项）对话框，开启 Preserve（保留）：黑色复选框，关闭对话框选择协调规则。如果想把黑色变为编辑色彩，那么再次打开重新着色选项对话框，禁用黑色复选框。

11

为什么使用滤镜？

既然效果是实时的，那么为什么要使用滤镜呢？滤镜有两个优点：速度与可编辑性。与活效果相比，Illustrator能更快地渲染滤镜，并且在您编辑这些点之前，您不需要扩展滤镜。

变换效果

Illustrator 中的变换效果很实用，任意的变换都能够作为一个效果应用（执行 Effect>Distort & Transform 命令）。需要清楚的是：无论对一个对象如何进行旋转、倾斜或缩放，用户都能够对它进行撤销或调整。

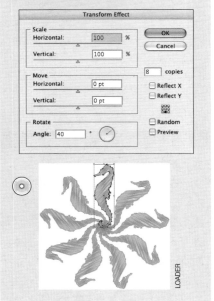

活效果与图形样式

Illustrator 以拥有强大阵容的活效果而自夸——从扭曲到封套再到 3D、高斯模糊和涂抹效果。更多涵盖活效果的章节有：实时描摹和实时上色的"进阶绘图与着色"一章、3D 的"活 3D 效果"一章。本章将帮助您掌握 Illustrator 所有其他的效果、制作并处理图形样式。

效果和滤镜

当您看见 Filter（滤镜）菜单和 Effect（效果）菜单的时候，您可能会想象它们之间到底有什么区别。这是一个好问题。基本来说，滤镜永久地改变您的艺术作品而效果则是实时的。它们都能改变作品的外观，您在任何时候都能容易地编辑和移动它。当效果被应用到一个对象、群组或者图层时，它在 Appearance 选项板上显示的是一个属性。

效果菜单被分成两个部分。位于上面部分的效果（名称为 Illustrator 效果）主要和矢量图像一起使用。而位于下面部分的效果（名称为 Photoshop 效果）主要和光栅图像一起使用。尽管这些效果不让您在它们的对话框里保存或者输出您喜欢的预设，但是您可以把任何一组效果属性作为一个 Graphic Style（图形样式）来保存。为了把效果属性作为一个图形样式保存，拖动外观选项板上的极小的图标至图形样式选项板上（想更多了解图形样式，请参阅本章导言部分的最后一节，以及其后的课程和画廊）。

栅格效果

在 New Document（新建文档）对话框中，当您从 New Document Profile（新建文档配置文件）下拉列表框里选中一个配置文件时，Illustrator 会根据所选择的配置文件自动为栅格效果选择一个默认的分辨率。例如，如果您选择了一个 Print Profile（打印配置文件），Illustrator 就会设置一个文档栅格效果，设置为每英寸 300 像素，并且把网站配置文件设置为每英寸 72 像素。一旦创建好一个文档，您就可以通过选择 Effect（效果）> Document Raster Effects Setting（文档栅格效果设置）命令，预览或者改变文档栅格效果的分辨率。

最初在 Photoshop 中创作的栅格效果（然后再添加进 Illustrator 的 Effect 菜单底部，如高斯模糊）与特意为 Illustrator 制作的栅格效果（如 Feather、Glow 和 Drop Shadow）有着很大的区别。Photoshop 效果以像素来指定选项，而 Illustrator 效果则以长度单位来指定它们之间的距离，因此如果设置高斯模糊为 3pixels，那么它在 72ppi 分辨率的图像会比 288ppi 分辨率的图像看起来更加模糊。另一方面，如果设置微量模糊为 3pt，那么它就会自动调整以适合分辨率，在高分辨率下它将包含更多的点。由于这个原因，如果应用 Photoshop 效果并修改了 Document Raster Effects Resolution（文档栅格效果分辨率），那么用户可能需要调整具体的效果选项。任何修改了包含图层效果的 Photoshop 文档的分辨率的用户对此应该都很熟悉。

输出专家 Jean-Claude 建议您在给文件设置想要的高分辨率并校样之前不要将文件输出。应用了栅格效果的 Illustrator 文件可能需要调整，您不应认为没见过您作品的人知道该作品是什么样子，或者知道如何调整文档。

涂抹效果

Scribble（Effect>Stylize>Scribble）效果可以迅速创建各种各样的涂抹效果——从松散的涂抹到紧致的网格线阴影效果。使用涂抹效果时，根据在 Appearance 选项板中定为目标的对象，效果能应用于填充或描边。

应用效果

一旦将一个效果应用到一个对象上，在 Appearance 选项板中双击这个效果就可以改变效果的参数。如果在 Effect 菜单中重新选择这个效果，将把效果的第二次操作应用到对象上，而不是改变已应用的效果（在 3D 的情况下，对单一对象避免应用两次 3D 效果。理解在不同的 3D 对话框中能作什么改动将帮助用户避免上述情况；参见下一章的提示"3D——三个对话框"）。

光晕——是工具，还是效果？

在本章的一些课程和画廊中都出现了 Flare Tool（光晕工具），这是因为尽管 Flare Tool（光晕工具）不是效果，但是它操作时的行为很像效果——用户能使用 Flare Tool Options（光晕工具选项）对话框（双击 Flare Tool 可以打开该对话框）来选取和重新编辑 Flare Tool（光晕工具）。

让专色和效果保留在一起！

即使对对象应用了诸如 Drop Shadow（投影）、Gaussian Blur（高斯模糊）和 Feather（羽化）之类的活效果，用户依然可以使用专色，并将专色保留为专色。要好好地利用这一点，请确认启用了 Effect>Document Raster Effects Settings 的 Preserve spot colors when possible（尽可能保留专色）复选框。

——*Jean-Claude Tremblay*

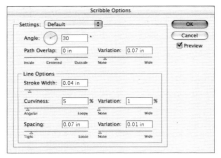

Scribble Options（涂抹选项）对话框

涂抹效果可被应用于描边、填充或者一个对象的描边和填充

关于涂抹的更多介绍，请参阅"文本"一章中 Ari Weinstein 的"复古文本"和 Sandee Cohen 的"位移填充"

应用涂抹来绘制双向阴影线

为了用涂抹绘制阴影效果，不必复制图形，而是在对象应用 Scribble Fill（涂抹填充）的同时保持对象的被选中状态，从 Appearance（外观）选项板菜单中选取 Add New Fill（添加新填色）命令，然后执行 Effect>Stylize> Scribble 命令，并给角度的预设值增加 90°。
　　——*Mike Schwabauer*

Scribble Options（涂抹选项）对话框分成 3 部分。Settings（设置）下拉列表框中包括一个确定的 Scribble（涂抹）预设值，使用角度滑块可以控制 Scribble（涂抹）线条的整体方向，0°时涂抹线条是横向的，90°时涂抹线条是纵向的。应用 Path Overlap（路径重叠）滑块可以控制涂抹保持在路径界线里面多少或向路径界线外面延伸多少。在 Scribble Options（涂抹选项）对话框的 Line Options（线条选项）区域，使用 Stroke Width（描边宽度）选项来指定用户想要的涂抹线条的宽度，使用 Curviness（曲度）滑块可以设置每个涂抹描边尖端的弯曲程度，使用 Spacing（间距）滑块可以指定描边想要的松紧程度，使用 Variation（变化）滑块可以进一步调节每个属性如何应用：对于一个十分规则的机器作品视图，应把滑块设为 None，同时为了得到更像手绘的、自然和谐的表象，应把滑块向 Wide（宽）方向移动。

通过结合其他的效果，或对涂抹使用画笔描边，几乎可以创作出无数不同的表象，然后可以将这些表象用来作为转换文本时使用的填充或蒙版，或者将这些表象保存为图形样式并应用于其他艺术作品。

变形和封套

Illustrator 的变形和封套工具功能十分强大，这些工具提供的功能远比一般的简单变形工具强大得多。变形和封套初看起来很相似，但它们之间有一个重要的区别。变形被作为 Live Effects（活效果）使用——这意味着它们可以被应用到对象、组合和图层，它们能在 Warp 对话框中通过选取 Predefined 选项来创建，并能够被保存到图形样式中。另一方面，封套也是活的，但不是活效果，而是包含着作品的实际对象。用户可以编辑或自定义封套形状，Illustrator 将调整封套的内容使之与封套形状一致。

变形

实际上，应用一个变形非常简单，先将一个对象、组合或图层定为目标，然后再执行 Effect>Warp> Arc 命令即可。在 Warp 对话框的下拉菜单中有 15 种不同的变形效果，但无论选择哪种效果都没有什么差别，这是因为选择任意一个效果后都将打开 Warp Options 对话框，在其中可以任意选择这 15 种不同的变形效果。虽然不能直接对这些效果进行调整，但我们可以通过改变 Bend（弯曲）、Horizontal（水平）和 Vertical（垂直）扭曲的值来间接控制弯曲效果的外观。

应用一个变形效果后，用户可以打开 Appearance 选项板，双击其中列出的变形效果，对它进行编辑。与其他效果类似，可以只将变形应用到填充上或只用到描边上，如果用户编辑作品，则变形也将相应地更新。由于变形是效果，因此可将它们包含在一个样式中保存，然后就可以对其他作品应用这个样式。

封套

虽然变形效果在扭曲作品方面已经足够完善，但有时用户还需要对它有更多的控制。在 Illustrator 中引入封套就是为了解决这个问题。

有 3 种应用封套的方法。最简单的方法是：首先创建一个希望用作封套的图形，并确保它位于堆叠顺序的最上面，然后将作品和作为封套的图形同时选中，再执行 Object>Envelope Distort>Make with Top Object 命令，Illustrator 将创建一种特殊的对象——封套，用户创建的对象成了封套的容器。可以使用任何变形或编辑工具编辑封套的路径，同时封套内部的艺术对象将随之发生变化。要编辑封套的内容，需要执行 Object>Envelope Distort>Edit Contents 命令，这时在 Layers 选项板中 <Envelope> 的左侧出现了一个封闭的三角形，该三角形显示了封套的内容。

添加约束矩形

由于变形自对象的约束矩形开始，因此在组合或图层内部使用变形时，绘制一个不带描边或填充的大正方形／矩形，作为定义的约束矩形通常都会有用，这样可以使得将变形添加到组合或图层时不至于看到过多的重新变形。对于封套也是如此。

——*Jean-Claude Tremblay*

编辑封套

记住，用户可以对任意封套的内容进行编辑，方法是先选中封套形状，然后执行 Object>Envelope Distort>Edit Contents 命令（参阅本章后面 Sandee Cohen 的"变形与封套"课程，在其中可以找到一些关于如何结合网格和封套来创建现实阴影效果的例子）。

——*Mordy Golding*

---

4 个 Stylize 命令

Stylize（风格化）命令在 Filter（滤镜）和 Effect（效果）菜单中各出现两次。对对象应用 Filter>Stylize 命令能够改变对象的路径，而 Effect>Stylize 命令能够产生"活"的效果，在改变对象外观的同时保持路径不变和可编辑性。

在属性栏中的 3 个封套按钮: Edit Envelope (编辑封套)、Edit Contents (编辑内容)、Envelope Options (封套选项)

完成对封套内容的编辑后, 执行 Object>Envelope Distort>Edit Contents 命令可返回封套编辑模式。

还有两种其他类型的封套, 均通过使用网格提供了更多的扭曲控制, 其中一个称为 Make with Warp (用变形建立), 可以在 Object>Envelope Distort 菜单中获取, 使用该技巧时首先显示 Warp Options (变形选项) 对话框, 在对话框中选择变形后使用 Direct Selection Tool 编辑单个的网格点, 这样不仅扭曲了封套图形的外部边缘, 还改变了封套内部对象的扭曲方式, 还可以使用 Mesh Tool (网格工具) 根据需要添加更多的网格点, 以提供更多的控制。

创建封套的第 3 种方法是首先创建矩形网格。选取对象, 然后执行 Object>Envelope Distort>Make with Mesh (用网格建立) 命令, 选择了希望的网格点数目之后, Illustrator 将创建一个封套网格, 然后可以使用 Direct Selection Tool (直接选择工具) 编辑网格点, 还可以使用 Mesh Tool (网格工具) 添加网格点。

封套扭曲选项

如果作品包含图案填充或线性渐变, 用户可以使用封套对它们进行扭曲, 方法是执行 Object>Envelope Distort>Envelope Options (封套选项) 命令, 在打开的 Envelope Options (封套选项) 对话框中选择合适的选项。

——Mordy Golding

聪明的人使用智能参考线

虽然智能参考线有时候会带来一些麻烦, 但在对变形和封套进行操作时它们将变得很有用, 因为对应用了外观的对象进行编辑可能会比较困难。打开智能参考线后, Illustrator 将以高亮的形式把光标下方的对象显示出来, 这就使得用户能很容易地辨认实际对象的位置 (而不是外观)。按快捷键⌘-U/Ctrl-U 可以打开或关闭智能参考线。

——Mordy Golding

Photoshop 效果不能缩放

请记住, Photoshop 的效果不能随着对象而缩放——即使在 Preferences (首选项) 对话框中的 Scale Strokes & Effects (缩放描边和效果) 复选框是被选中的。

路径查找器效果

Effect (效果) 菜单中的 Pathfinder (路径查找器) 级联菜单下所列的命令是 "进阶绘图与着色" 一章中介绍的 Pathfinder 的效果版本。要应用一个路径查找器效果, 需要将对象组合并确认组合被定为目标, 或将对象所在的图层定为目标, 然后执行 Effect>Pathfinder 命令选取一个效果。如果用户没有执行上述步骤, 则在对非组合对象应用效果之前不会看到可见的结果。

路径查找器效果与复合形状

运用活的路径查找器效果, 用户可以创建一个容器 (组合或图层), 然后对容器应用效果 (相加、相减、交集等)。但是在复合形状中, 每一个成分都独立地指定了位于它下方的其他成分是否对它进行相加、相减或交集。

用户在处理超过一两个形状模式时，会发现使用复合形状可以使工作变得更容易。与路径查找器效果相比，复合形状的表现更为可靠。

Illustrator 中的图形样式

如果您计划将一个外观应用多次，可以把它作为图形样式保存在 Graphic Styles（图形样式）选项板中，无论它是简单的描边或填充，还是两者的混合效果。图形样式是一种或多种外观属性的简单结合，而这样的外观属性能被应用于对象。

为了将外观属性集保存为图形样式，在 Appearance（外观）选项板中（选中一个对象或没有对象选中）选中想要的外观属性，然后在 Graphic Styles（图形样式）选项板底部单击 New Graphic Style（新建图形样式）图标，或在 Appearance（外观）选项板中把外观缩览图拖到 Graphic Styles（图形样式）选项板中。

要应用一个图形样式，方法很简单，只需选中一个对象，或者将一个组合或图层定为目标，然后再在 Graphic Styles（图形样式）选项板中单击缩览图即可。还可以使用 Eyedropper Tool（吸管工具）以取样的方式将一个对象的样式应用到另一个对象上。还有一种方法，可以将样式直接从 Graphic Styles（图形样式）选项板中拖到一个对象上。

如果要将一个图形样式与对象分离开，单击选项板底部的 Break Link to Graphic Style（断开图形样式链接）图标或从 Graphic Style（图形样式）选项板中选取项目即可。在替换一个图形样式时，如果不希望所有应用了被替换或更新的图形样式对象应用当前的图形样式，将需要用到上述操作。在 Graphic Styles 选项板上选取两个或两个以上的样式，再单击选项板菜单中的 Merge Graphic Styles（合并图形样式）命令，将把选中的外观属性合并成一个新的样式。

路径查找器组合警告

即使对象已被组合，在应用路径查找器效果时还是有可能会遇到下面的警告对话框：

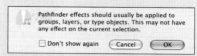

如果直接选取了一些对象，而遗漏了一些节点，只把这些选中的对象定为目标，就会弹出如上图所示的警告对话框。

轻易地载入图样形式

载入 Illustrator 所安装的 Graphic Styles（图样形式），或自定义存储形式，最简单的方法就是使用方便的 Graphic Styles Libraries Menu（图形形式库菜单）按钮，该按钮位于 Graphic Styles（图样形式）选项板的左下角。

替换图形样式

要用新的属性集替换保存在 Graphic Styles（图形样式）选项板中的外观，可以使用如下方法：按住 Option/Alt 键，将 Appearance（外观）选项板中的缩览图（或画板中的对象）拖动到 Graphic Styles（图形样式）选项板中，并放置于呈高亮显示的图形样式上。要替换当前选中的图形样式，进行适当调整后，执行 Appearance（外观）选项板菜单中的 Redefine Graphic Style（重新定义图形样式）命令，应用的样式将进行更新。

刮刻板作品

结合描边、填充、效果和样式

概述：对简单对象应用多重描边；位移描边；对描边和填充应用效果；创建并应用图形样式。

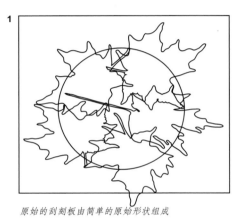

原始的刮刻板由简单的原始形状组成

如果要位移一个填充的画笔，在 *Appearance* 选项板中选中该描边，然后应用 *Effect>Distort & Transform* 菜单下的 *Free Distort* 或 *Transform* 命令

POWELL

作家和顾问 Sandee Cohen 发现了一种在 Illustrator 中模拟刮刻板作品的方法。美术师结合多类艺术画笔、多重描边和填充、效果创建了 Cohen 的技巧的变种，并保存为图形样式。一系列效果被保存为图形样式之后，用户就能很容易地将图形样式应用于多个对象，以创建或快速修正设计主题。

1 应用艺术画笔和填充。 为了创建一个具备自然外观的描边，Powell 给简单的原始对象应用了多类艺术画笔，他使用了 Waves（波浪）、Weave（编织）、DryBrush（干画笔）和 Fire Ash 画笔（参见 Wow！CD），然后用单色填充每个对象。单击一个简单对象后，在 Brushes（画笔）选项板或 Brush Library（画笔库）中单击希望选择的艺术画笔。

2 位移描边。 为了得到一个松散的、类似于草图的表象，Powell 将一些描边相对于它们的填充进行了位移。为了实现这一点，首先在 Appearance（外观）选项板中选取描边，然后执行 Effect>Distort & Transform>Free Distort 命令或 Transform 命令，再在打开的对话框中使用手动的或输入数值的方法调整描边的位置，以使描边和填充不再精确对齐，这使得描边具有不同的形状，并且不会永久性地改变路径 [双击 Appearance（外观）选项板上的 Transform 属性，调整 Stroke 属性的位移，可以进一步进行变形]。

3 给一条路径添加多条描边和填充。 为了给方形背景添加草图一般的表象，Powell 对每一条路径都应用了额外的描边。首先，他在 Appearance 选项板上选择了 Stroke 属性，然后单击选项板底部的 Duplicate Selected Item 图标复制描边。在新的 Stroke 副本仍处于选中状态时，改变使用的艺术画笔，并双击 Appearance 选项板上描边的 Distort & Transform 效果，在打开的对话框中改变效果的设置，从而移动描边副本的位置。Powell 重复上述步骤，直到制作了足够多的描边。

为了在叶子上创建刮刻板的表象，Powell 给每一片叶子都应用了额外的填充和描边。首先，Powell 在 Appearance 选项板上选择了 Fill 属性，然后复制 Fill 的副本，当该副本仍处于选中状态时，Powell 改变了颜色并执行 Effect>Stylize>Scribble 命令（如果您喜欢，可以对路径应用非常多的填充和描边，然后拖动并改变它们的叠放顺序）。

4 使用图形样式工作。 为了对未来插图的样式自动进行处理，Powell 结合使用 Appearance 选项板和 Graphic Styles 选项板创建了一个图形样式库。无论何时，在创建了一套描边和填充之后，都可以单击 Graphic Styles（图形样式）选项板中的 New Graphic Style 图标新建图形样式。

Powell 积累了整整一选项板的图形样式色板，他通过对选中的路径应用各种图形样式改变了艺术对象的效果。采用图形样式能使美术师或设计师在图形样式库中创建各种各样的主题，然后有选择地将它们应用于插图或设计元素。

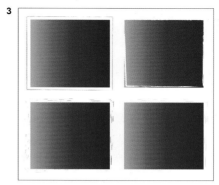

Powell 结合使用单独的画笔以给背景创建多个描边

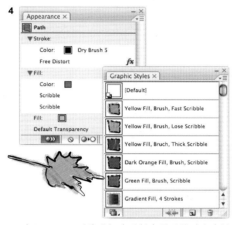

对 Appearance（外观）选项板中显示的对象应用多个描边、填充和效果，单击 New Graphic Styles（新建图形样式）图标，将外观属性存储在 Graphic Styles（图形样式）选项板中

对对象使用不同的图形样式可以使艺术对象具备多种不同的表象，并给系列工程创建连贯的表象

变形和封套

使用变形和封套效果

概述：组合将要进行变形的对象；将变形效果保存为图形样式；使用形状化路径应用封套；使用网格添加阴影效果。

COHEN

1

确保组成美国国旗的各个元素组合在一起

注意：Appearance（外观）选项板显示了当前在 Layers（图层）选项板中被定为目标的（不只是被选中的或呈高亮的）对象信息

Flag Warp（旗帜变形）被应用到一个没有完全组合的旗帜上，美国国旗上的条纹被组合在一起，但星和联盟标志（蓝色区域）是单独的对象

2

勾选 Preview（预览）复选框，尝试 Warp Options（变形选项）的设置

顾问 Sandee Cohen 使用 Illustrator 的变形和封套效果将矩形形状的美国国旗的副本塑造成一个舞动着的国旗和一个蝴蝶结。

　　在这两种方法中，理解和使用变形较为容易些。只需从 Warp（变形）菜单中选择 15 种预设形状中的一种，再在打开的 Warp Options（变形选项）对话框中拖动滑块调整图形的形状即可。

　　封套可以让用户使用任意路径、预设的变形或网格对象，以几乎能够想象得到的任意方式制作和塑造作品。通过调整封套的锚点，还可以进一步控制作品的形状。注意尽管变形和封套均使原始作品不发生改变，但只有变形能保存为图形样式。

1 组合将要进行变形的对象。Cohen 从一个剪贴画收藏集中选择了一幅标准的美国国旗。首先选取了美国国旗，在 Appearance（外观）选项板中查看属性描述，以确认整个美国国旗作品已被组合在一起。如果作品没有组合在一起，则在应用效果时，不会把作品作为一个整体，而是将效果应用于单独的路径上。

2 制作美国国旗的一个副本，应用变形效果。接下来，Cohen 选中美国国旗，按住 Option/Alt 键并向下方拖动，复制得到国旗的副本。在该副本仍处于选中状态时，执行 Effect>Warp>Flag 命令，在打开的 Warp Options（变形选项）对话框中勾选 Preview（预览）复选框，以便能够预览到当前设置作用到作品上的效果。Cohen 拖动滑块将 Horizontal Bend（水平扭曲）设为 -42%，然后单击 OK 按钮，实现舞动着的美国国旗效果的第一步。接着 Cohen 对国旗应用了第二个弯曲效果以完成舞动着的美国国旗。在国旗仍为选中状态时，Cohen 执行 Effect>Warp>Arc 命令，在 Preview（预览）被启用的状态下将 Horizontal Bend（水平扭曲）滑块设为 40%。

注意：无论在 Effect>Warp 级联菜单中选择哪个变形效果，在随后打开的 Warp Options（变形选项）对话框中均可以访问整个变形形状库。只需在"变形选项"对话框的 Style（样式）下拉列表中选择，即可获取任意变形形状。

要删除变形效果，先在 Layers（图层）选项板中将艺术对象定为目标，然后在 Appearance（外观）选项板上选中想删除的变形效果并单击或拖动到垃圾桶图标上即可。

3 将变形效果保存为图形样式。一旦您对完成的特殊的变形效果很满意，可以将这些效果保存为图形样式以应用到别的艺术对象中。首先在 Layers（图层）选项板上将应用过变换或其他效果的艺术对象定为目标，然后按住 Option/Alt 键，在 Graphic Styles（图形样式）选项板中单击底部的 New Graphic Style（新建图形样式）图标，以创建新的图形样式并为其命名。如果保存为图形样式的外观没有填充或描边，则新建图形样式的缩览图将为空白。如果这种情况发生了，则选择 Graphic Styles（图形样式）选项板菜单中的 Small List View（小列表视图）命令或 Large List View（大列表视图）命令，以名称为序查看图形样式。要应用一个图形样式，只需将对象、组合或图层定为目标，然后在 Graphic Styles（图形样式）选项板中单击合适的图形样式即可。

第二次应用变形效果，因为变形是活效果，原始的美国国旗将保持不变（此处淡蓝色的部分是原始美国国旗的轮廓，因为此时艺术对象处于选中状态）

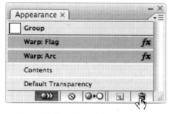

要将变形效果从艺术对象中删除，在 Appearance（外观）选项板中将效果选中，使其呈高亮显示，然后单击垃圾桶图标将其删除

3

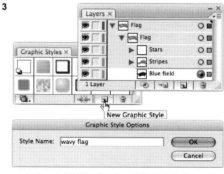

要创建一个新的图形样式，将艺术对象定为目标，然后按住 Option/Alt 键单击 New Graphic Style（新建图形样式）按钮，在打开的对话框中为新的图形样式命名

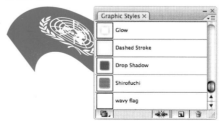

对一个组合对象应用 Warp Effect（变形效果）的图形样式

4

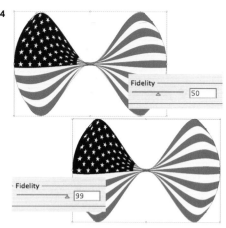

若将 *Envelope Options*（封套选项）对话框中的 *Fidelity*（保真度）设置得过低，上图右下角中的红色将溢出蝴蝶结形状，若把 *Fidelity*（保真度）设为 99%，艺术对象将和封套形状紧密地贴在一起

5

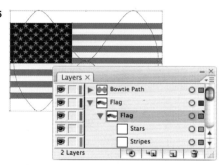

制作封套之前，将蝴蝶结的路径置于美国国旗对象之上，并将其选中

应用封套之后得到的艺术对象

6

执行 *Edit>Paste in Front* 命令创建一个直接叠放在原始对象上的副本

4 使用封套选项使封套逼真度最大化。 用户可以使用更多的方式来对封套进行变形操作，但是有时，艺术对象也许不能和封套紧密地保持一致。为了将这个问题的影响减小到最低程度，执行 Object>Envelope Distort>Envelope Options 命令，将 Fidelity（保真度）设置为 99%。注意：将 Fidelity（保真度）设置为 100% 将沿着被变形的路径创建许多的中间点，这些点多数是不需要的。

　　Cohen 使用一个封套给美国国旗赋予了蝴蝶结的形状，并使用网格添加了一些阴影。

5 使用形状路径作为封套。 Cohen 向一个圆添加了一些节点，然后将圆的路径扭曲变为蝴蝶结的形状。Cohen 将这个自定义的路径放置在美国国旗上，同时选中国旗和路径，单击 Object>Envelope Distort>Makewith Top Object 命令，对国旗进行扭曲。

6 使用网格添加阴影效果。 接下来，Cohen 使用一个放置在蝴蝶结上的网格为蝴蝶结添加阴影效果。首先复制蝴蝶结形状的美国国旗（执行 Edit>Copy 命令），然后执行 Edit>Paste in Front（贴在前面）命令将副本粘贴到原始对象的前面，这样可以使副本精确地重叠在原始对象之上。在该副本处于选中状态时，执行 Object>Envelope Distort>Reset with Mesh 命令，在打开的对话框中将 Maintain Envelope Shape 和 Preview 复选框同时选中，根据需要增加 Rows（行数）和 Columns（列数），直到对网格形状满意为止。Cohen 将 Rows（行数）和 Columns（列数）均设为 6，然后单击 OK 按钮。在网格对象仍处于选中状态时，Cohen 执行 Object>Envelope Distort>Release 命令将网格从国旗中释放。删除国旗，保持封套网格对象，从封套中释放出来的网格对象使用 20% 的黑色填充。使用 Lasso Tool(套索工具)或 Direct Selection Tool(直接选择工具)

选中网格点，并将它们的填充色改为阴影颜色。Cohen 选中一些内部的网格点，并将它们的填充色设为白色，直到对网格的阴影满意为止。

为了看到网格之下的蝴蝶结形状的美国国旗上的阴影效果，Cohen 先选中网格对象，然后在 Transparency（透明度）选项板中将混合模式设为 Multiply（叠加），这将把混合模式只应用于所选中的对象上，而不是整个图层。

最后，Cohen 结合与上述封套和网格技巧相同的方法，使用一些条纹的副本和一个拉长了的圆角矩形路径创建了蝴蝶结的中心。

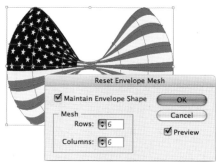

使用作为封套对象的蝴蝶结形状的美国国旗创建一个网格对象

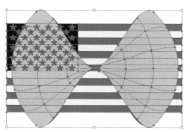

执行 *Object>Envelope Distort>Release* 命令，从艺术对象中释放网格

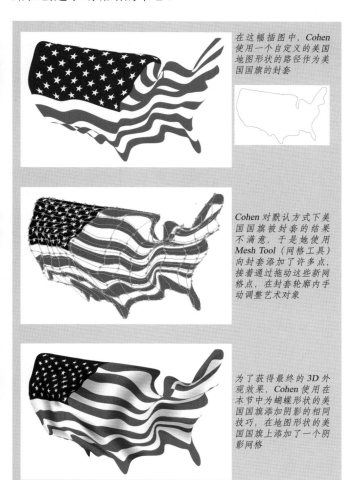

在这幅插图中，*Cohen* 使用一个自定义的美国地图形状的路径作为美国国旗的封套

Cohen 对默认方式下美国国旗被封套的结果不满意，于是她使用 *Mesh Tool*（网格工具）向封套添加了许多点，接着通过拖动这些新网格点，在封套轮廓内手动调整艺术对象

为了获得最终的 3D 外观效果，*Cohen* 使用在本节中为蝴蝶形状的美国国旗添加阴影的相同技巧，在地图形状的美国国旗上添加了一个阴影网格

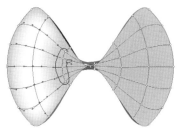

使用 *Lasso Tool*（套索工具）选取多个网格点

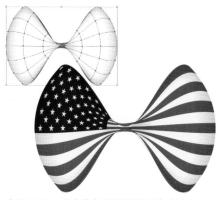

应用 *Multiply* 混合模式前后的阴影网格对象

涂抹基础

对艺术作品应用涂抹效果

概述：应用默认的 Scribble（涂抹）效果设置；选取预设的涂抹样式；对 Scribble（涂抹）设置作自定义调整。

隐藏边缘来查看效果

应用涂抹效果可以产生一组复杂边框，这将使下面的艺术作品很难辨认。要养成在查看效果之前隐藏边缘的好习惯，按⌘-H/Ctrl-H 键可在边缘的可见与不可见状态之间切换。

开始时 Judy Stead 绘制的常青树很简单，但是借着 Illustrator 的涂抹效果，这幅常青树最终成为了引人注目的圣诞贺卡。在这里，您可以学习怎样对艺术对象应用 Scribble（涂抹）效果、怎样使用预设涂抹样式以及如何对效果进行自定义的调整，以给艺术对象添加激情与活力。

1 创建基本艺术对象和变化版本。 首先 Stead 使用画笔工具给树创建了简单的填充形状，接着使用 5pt 的圆形书法画笔创作了星星，同时对路径应用了红色描边和黄色填充。而这些装饰品则是使用同样的画笔、描边再加上紫红色的填充来绘制的。Stead 多次复制并粘贴这些装饰形状来点缀这棵树，使用 12pt 的椭圆书法画笔绘制了单个水平描边，以此创作了树的基本形状，接着对艺术对象复制 3 次并把它们组合起来，得到的

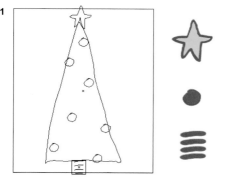

以 Outline（轮廓）模式展示 Stead 使用画笔工具绘制的第一棵树

艺术对象与白色矩形形成强烈的对比。

　　Stead 决定这幅卡片将包括最开始树图形的 3 个变种,因此她就对其进行复制并粘贴到一定位置,同时还给每个变量一个不同的颜色设计。从第一个变量开始,选中红色背景矩形,然后隐藏选中的边界(按⌘-H 键)以使结果能被看得更清楚,然后执行 Effects>Stylize>Scribble 命令,弹出 Scribble Options(涂抹选项)对话框后,勾选 Preview(预览)复选框,并采用默认设置,单击 OK 按钮,这些设置将会对单一红色矩形应用松散的、连续的描边外观。

使用涂抹预设。对于第 2 个变化版本,首先选中浅绿色的树,选择以 Sketch 命名的涂抹样式设置,接着 Stead 决定不改动草图的预置并单击 OK 按钮,然后她选中紫红色的背景,先应用以 Sharp 命名的涂抹样式预设选项,然后使用滑块将 Spacing(间距)值从 3pt 改为 5pt,从而拉开效果描边的密度。Scribble Options(涂抹选项)对话框中还包括控制描边的宽度、通常曲度、变化程度或效果均匀度的滑块。

进一步进行涂抹设置。对于最后一个变化版本,Stead 首先选中绿色背景,从 Scribble Options(涂抹选项)对话框中的 Settings(设置)下拉列表中选择 Swash(泼溅)选项,接着用圆形角度滑块把描边的预设角度从 0°改为 -30°,然后选中树上所有的装饰品,使用 Scribble Options(涂抹选项)中的 Dense(紧密)设置来应用最终的涂抹效果。如果有必要,Stead 可以单击每个对象在其 Appearance(外观)选项板中的效果实例,以此返回设置并作调整。最后,Stead 选中单一红色的树并把它向后移动(执行 Object>Arrange>Send Backward 命令),这样绿色 Swash(泼溅)涂抹效果就能重叠在树上,表现出有趣的纹理。

2

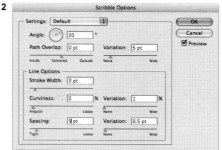

改变颜色设计后,Stead 选中红色矩形背景,隐藏边界,应用自定义涂抹(Effects 菜单下)

对于浅绿色的圣诞树,Stead 从 Scribble Options(涂抹选项)设置中选择了 Sketch(素描)预设

Stead 对背景应用了 Scribble Options(涂抹选项)中的 Sharp(锐利)设置,将间距设置从 3pt 改为 5pt 以获得更松散的外观

3

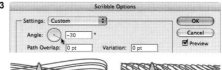

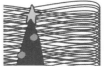

在 Scribble Options(涂抹选项)对话框中,Stead 将 Swash(泼溅)应用到最终作品的绿色背景中,改变 Angle 滑块,这将把 Settings 改为 Custom

画廊：Mike Schwabauer

Mike Schwabauer 为一次义演创作了这个横幅，他全面使用活效果、透明度和外观选项板。首先他绘制了一个长方形并且在里面填充了渐变。至于主要文本，他选择一种粗体字体（Bold Font）Impact，因为该字体适合他计划应用的字体效果。他把描边设置为白色 1.5pt，填充色为红色或绿色。他在独立的图层上打开每个色彩的文本，在 Character（字符）选项板上手动处理使铅字上下突出并且调整标题。为了增加描边的尺度，他在 Appearance（外观）选项板上把它设定为目标，在 Effect（效果）>Stylize（风格化）菜单里增加一个小的 Drop Shadow 效果。然后他选定 Fill（填充），把 Transparency Blending Mode（透明度混合模式）设置为 Multiply，稍微减少不透明度。Schwabauer 从下拉

菜单里选择 New Fill（新填充）命令，把它拖动到最初填充的下面。他把白色设定为颜色，在透明度选项板里设置混合模式为 Screen，选择 Opacity（不透明度）为 50%。他选择 Effect（效果）> Stylize（风格化）> Scribble（涂抹）命令来画图并且根据自己的喜好调整设定。为了使涂抹变得柔和，他运用了少量的 Gaussian Blur（高斯模糊）：执行 Effect（效果）>Blur（模糊）> Gaussian Blur（高斯模糊）命令。Schwabauer 从外观选项板的菜单中选择 Duplicate 命令。在副本上他双击 Scribble 旁边的 fx 图标来打开对话框，并且调整角度设定绘制出交叉阴影线。至于底部的铅字，他使用了 Helvetica Black 字体。为了让字体显示出细纹外观，他给文字添加了落下式阴影。

画廊：Yukio Miyamoto

日本插画家 Yukio Miyamoto 以制作带有渐变网格的照片级真实感的插图而闻名，他还编写了好几本有关 Illustrator 的书。最近他出版了一本书，书名是"Illustrator Appearance Book"（附带 DVD），目前只能在日本买到。在 Illustrator 里有很多特性，不过他只使用实时效果和多重填充来绘制该图。在 Wow！CD 里他给我们举出了很多例子。他把这些保存为 Graphic Styles（图形样式），只要单击一下鼠标就能应用字体。在外观选项板里可以修改它们，并且字体是活动的（参照改变外观属性的例子以及"金色"按钮文本）。Miyamoto 计划出版这本书的英文版本。您可以登录 http://

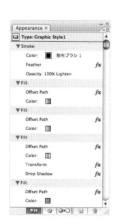

venus.oracchi.com/Illustrator/appearance/appearance.html 网页，查看他的图形样式。

BENFANTI

画廊：Russell Benfanti

如果您仔细观察，就会发现 Russell Benfanti
这幅葱郁的插图实际上是由非常简单的形状构
成的，他称他应用颜色的方式是"限制下的练
习"，有意地将选项板减少为每幅图像只用几
种颜色。Benfanti 使用这些简单的形状，充分
注意细节，通过给前景和背景中的对象应用不
同程度的高斯模糊 [执行 Effect（效果）>Blur
（模糊）>Gaussian Blur（高斯模糊）命令]
（右边的版本显示的是去除了高斯模糊之后
的图片），创建了原野的空间深度，他还结合
使用了蒙版制作的复杂渐变（参见 Benfanti
在"高级技巧"一章中的蒙版细节课程）。另
外他还向客户提供了图像的栅格版本（执行

File>Export 命令以 Photoshop 文件导出），以
最小化打印出错的可能性。

画廊：Ted Alspach

最初 Ted Alspach 尝试用 Effect（效果）和 Flare Tool（光晕工具）创建有趣的桌面背景，但最后得到了一幅引人注目的图像，而后他将该图像制成了墙壁挂图。将多重描边和填充应用于一个纹理化的矩形，这样就创建了该效果，在 RGB 模式下，Alspach 用多颜色渐变（参见左边中间的图）填充了矩形，然后应用了 Effect（效果）>Pixelate（像素化）>Color Halftone（彩色半调）命令，并给 Max.Radius（最大半径）键入 8（参见中间中部的图），接着 Alspach 应用了 Effect>Pixelate>Crystallize 命令，然后将单元格大小滑块设为 40（参见中间右边那个图），然后在 Appearance（外观）选项板菜单中选择 Duplicate Item（复制项目）命令，给该矩形制作了两份副本。通过在 Appearance（外观）选项板上选取 Fill（填充）外观属性，调整了副本矩形，用 Gradient Tool（渐变工具）应用了不同颜色和角度的渐变。Alspach 双击效果（Crystallize 和 Color Halftone）并改变了 Max. Radius 和 Screen Angles 的值，还调整了不透明度（从 20% 到 80%），并应用了 Soft Light、Multiply 和 Color Burn 混合模式。为了制作光晕，Alspach 选择了 Flare Tool（光晕工具），单击并拖动定位了晕圈，并再次单击拖动圆环设定了圆环的距离和方向，同时用方向键调整圆环的数目（参见左边下部的图）。Alspach 制作了矩形的另一个副本并应用蓝色渐变填充，将它作为最高层的填充，并蒙住光晕以适合于图像。

ALSPACH

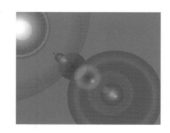

MACADANGDANG

   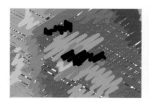

画廊：Todd Macadangdang

Todd Macadangdang 使用 Scribble 效果把照片转变成艺术感极强的、像使用交叉线制作出阴影的素描。首先，Todd 调整了颜色，并在 Photoshop 中用调整图层来多色调分印照片，然后将图像置入 Illustrator，根据多色调分印区域绘制了填充形状。从最小最前面的区域开始，Todd 使用 Eyedropper Tool（吸管工具）单击这些区域来设置填充颜色（同时保持描边为 None），然后使用 Pencil Tool（铅笔工具）来跟踪这些区域。重复此步骤，并对最大

最后面的区域也使用同样的方法来处理，此时当他要把形状保持在正确的可见的叠放顺序中时，执行了 Object>Arrange>Send Backward 命令。接着 Todd 对每一个跟踪区域应用 Scribble（涂抹）效果，为了使图像更具深度感，他对最前面的区域制作了更粗、更松散的 Scribble（涂抹）描边（把 Settings 设为 Childlike、Loose 或 Snarl），而对较大的最后面的区域（以交叉线作阴影的区域）则应用较小密度的描边（把角度设置为旋转 90°）。

GORDON / CARTAGRAM, LLC

画廊：Steven Gordon / Cartagram，LLC

您在混合 Illustrator 的画笔和活效果时，可以将根据字体得到的字母变形为看起来像是用传统的钢笔和画笔手写的艺术对象。在创建这幅地图标题之初，Steven Gordon 键入了"Yakima"，然后选用了 72pt 的书法字体 Zapfino。在 Character（字符）选项板中，Gordon 调整了 kerning（字距）以使一些字母字符之间的空间更为紧密。在文本仍处于选中状态、Appearance（外观）选项板打开时，Gordon 在选项板菜单中选择了 Add New Fill（添加新填色）命令，并给该新填色填充深品红色，然后在选项板底部的 Duplicate Selected Item（复制所选项目）图标上单击创建该填充的一个副本，然后给该副本填充浅蓝色。最后，Gordon 在 Brushes（画笔）选项板上单击一个画笔，选择了 Dry Ink（干油墨）画笔，并为该画笔选择了深蓝色。由于画笔描边对于他想要的字母效果来说过大，Gordon 在 Appearance（外观）选项板上双击该画笔的名称，将其宽度改为默认值的 60%，然后单击将该画笔应用于已有的对象。为了进一步自定义标题，Gordon 在 Appearance（外观）选项板中选取了浅蓝色填充，偏移了该填充，并用 Effect>Distort and Transform 菜单下的 Transform（变换）和 Roughen（粗糙化）命令扭曲填充的边缘，通过将 Transparency（透明度）选项板上的 Opacity（不透明度）滑块移到 35%，降低了不透明度。为了完成创作，Gordon 选取了底部的填充并应用了 Effect>Distort and Transform 菜单下的 Roughen（粗糙化）命令，以紧密地腐蚀填充的边缘。

12

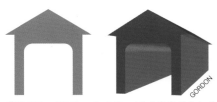

使用 *Effect>3D>Extrude & Bevel*（凸出和斜角）对话框挤压一个对象——如左图所示的 2D 对象被挤压创建了如右图所示的 3D 对象

2D 或非 2D……

虽然 Illustrator 的 3D 效果在表现对象的完全三维效果方面确实厉害，但是必须记住 Illustrator 的 3D 对象只有在 3D 效果对话框中创作时才是真正的三维。一旦对象被扭曲并单击 OK 按钮关闭对话框，对象的三维特点就会"冻结"——几乎就像 Illustrator 给对象拍的快照一样——直到下次用户在 3D 对话框中再进行编辑时才解冻。在本页，它就是一个只能在二维方式下有效的 3D 对象的印象深刻的 2D 展示，但是由于效果是活的，因此可以在任何时间用 3D 再次处理对象，要做到这一点，只需先选取对象，然后双击在 Appearance（外观）选项板中列出的 3D 效果即可。

活 3D 效果

3D 效果除了是 3D 之外，跟其他的活效果非常相似。如果"活效果"对于用户来说是个新概念，请参阅前面"活效果与图形样式"一章的导言部分。

Illustrator 能让您将所有的二维（2D）形状（包括文本）转换为看起来像 3D 的形状。在 Illustrator 的 3D 效果对话框中，您可以改变 3D 形状的透视、旋转，并添加光亮和表面属性。另外，由于 3D 也属于活效果，因此您在使用 3D 效果时能在任何时候编辑源对象并立刻观察到 3D 形状随之而来的变化。您还可以在 3D 空间旋转 2D 形状并改变其透视。3D 效果的另外一个令人兴奋的特性就是它能以符号的形式将艺术对象映像到任何 3D 形状的表面。

一开始，将 Illustrator 的横向标尺想象为 X 轴、纵向标尺想象为 Y 轴，现在想象还有一个第三维伸展到后面的空间，并与平面的屏幕垂直，这就是 Z 轴。有两种方法来使用 3D 效果创建 3D 形状，一种方法是沿着 Z 轴将一个 2D 的对象挤压到后面的空间，另一种方法是沿着 Y 轴旋转 2D 对象，旋转角度最高为 360°。

对一个对象应用 3D 效果后，该效果就会在 Appearance（外观）选项板上显示出来。像其他外观属性一样，您也可以编辑 3D 效果、在选项板叠放顺序中改变该效果的位置，以及复制或删除该效果。您还可以将 3D 效果存储为可重复使用的图形样式，以便在以后可以对许多对象应用此效果（关于图形样式的更多知识，请参阅"活效果与图形样式"一章）。当然，一旦应用了该样式，可以在 Appearance（外观）选项板中双击任一样式，通过改变参数以调整该样式（可参阅"图层与外观"一章中关于外观的简介）。

凸出对象

为了凸出一个 2D 对象，首先创建一个打开或封闭的路径，这些路径包括一个描边、一个填充或二者都有。如果形状包含一个填充，则最后先使用单色填充（参阅后面的提示"建议使用单色的 3D 颜色"）。在路径仍处于选中状态时，从 Effect>3D 级联菜单下选择 Extrude & Bevel（凸出和斜角）命令。3D Extrude & Bevel Options（3D 凸出和斜角选项）对话框的上半部分包含旋转和透视选项，这些将在后面详细讨论，现在主要介绍对话框的下半部分。拖动弹出式滑块，在 Extrude Depth（凸出厚度）文本框中键入点值，以此选择 2D 对象需要被挤压的厚度。为对象添加一个帽子，这能给对象一个实的外观，当把帽子选项关闭后，将会产生中空的效果（参见右图）。

也有为被凸出的对象添加斜角边缘的选项。Illustrator 提供了 10 种不同的斜角样式供用户选择，还有一个文本框，在该文本框中，用户可以输入倾斜的高度值。还可以在斜角间加入初始对象（不在斜角范围内），或从初始形状减去一部分（在斜角范围内），这些选项能产生与其他对象不一样的形状（参见右边第二对图形）。

注意：在对一些对象（如星形）应用斜角时，单击 Preview 时可能出现 Bevel self-intersection may have occurred 信息，这并不意味着一定出错了。

记住，因为是在使用活效果进行创作，所以任何对 2D 源形状的改变都会立即更新 3D 对象，选中 3D 形状后，矢量路径的原始形状将被高亮显示，同时也能像其他路径一样容易地编辑矢量路径的原始形状。为了获得特殊的 3D 效果，可以在 Appearance（外观）选项板中双击 3D 效果来编辑设置，相应的对话框将重新打开，您可以在对话框中调整以前输入的任何设置。

自定义斜角

所有 3D Bevels Shapes（3D 斜角形状）都放在一个名叫 Bevels.ai（在 Adobe Illustrator CS3>Plug-ins>Bevels.ai 文件夹下）的文件中，在文件内每个斜角的路径都被存储为符号，因此如果要添加一个自定义斜角，只需绘制一条路径，将它拖到 Symbols（符号）选项板中并命名，然后重新保存该文件即可。

——*Jean-Claude Tremblay*

从左至右依次是：打开帽子-实心、关闭帽子-空心、*Bevel Extent Out*（斜角外扩）、*Bevel Extend In*（斜角内缩）

3D—三个对话框

有 3 个 3D 效果选项，其中有一些特征是重叠的，因此在为对象应用 3D 效果前，首先决定用哪个 3D 效果能最好地实现目标，如果只需旋转或改变对象的透视，可以使用 Rotate（旋转）。如果想为对象映像一个符号，使用 Revolve（绕转）命令或 Extrude & Bevel（凸出和斜角）命令均可，从这些对话框中用户也可以旋转对象。

——*Brenda Sutherland*

HAMANN

使用 *Effect>3D>Revolve* 命令转动一个对象——如左图所示的 2D 图形被转动，创建了如右图所示的 3D 对象

在 3D 空间中，执行 Effect>3D>Rotate 命令 [或 Revolve（绕转）以及 Extrude & Bevel（凸出和斜角）对话框的上半部分] 旋转对象，在 3D 中旋转左图所示的星形可得到右边所示的星形

HAMANN

在 3D 空间中旋转对象的另一个例子

传递 3D 效果

尽管本书通常建议用户禁用 New Art Has Basic Appearance（新建图稿具有基本外观）设置，但用户在使用 3D 效果创作时可能会希望启用该选项，否则，对某一对象应用 3D 效果后绘制的任一新路径将具备同样的外观集，除非首先从选项板中清除外观集或在工具箱中单击默认的填充和描边图标。另一方面，如果用户希望下一个对象具备与上一个对象相同的 3D 效果，继续禁用 New Art Has Basic Appearance（新建图稿具有基本外观）选项即可。

绕转对象

通过绕 Y（垂直）轴旋转对象可以从 2D 路径（开放或闭合）中创建一个 3D 对象，和填充对象一样，实心描边也有效。旋转路径后，执行 Effect>3D>Revolve 命令，在 3D Revolve Options（3D 绕转选项）对话框中，用户可以在 Angle（角度）文本框中键入 1 ~ 360 的值来设置想要将对象旋转的角度，或通过滑块来设置角度。一个被旋转了 360°的对象看起来是实心的，而一个旋转角度低于 360°的对象会呈现出被从中间劈开的样子。您还可以选择从对象的边缘偏移旋转。而旋转结果是，对象旋转为 3D 形状，看上去好像是从中心被雕刻出来的。最后，像挤压后的形状一样，因为您选择的 3D 选项是活效果，因此对原始源对象所作的任何改动都会立即改变旋转的 3D 形状的视觉效果。

在 3D 空间中旋转对象

执行 Effect>3D>Rotate 命令即可进入 3D Rotate Options（3D 旋转选项）对话框，该对话框可用于旋转 2D 和 3D 的形状，在 Extrude & Bevel（凸出和斜角）和 3D Revolve Options（3D 绕转选项）对话框的上半部分也有 Rotate（旋转）区域。3D Rotate Options（3D 旋转选项）对话框包括一个代表平面的立方体，而通过这个平面可以旋转形状。可以从 Position（位置）下拉列表中选取预设的旋转角度，或在 X、Y 和 Z 轴文本框中输入 -180 ~ 180 之间的值。

如果想手动旋转对象，单击立方体的一个表面的边缘同时拖动即可，每一个平面的边缘都以相对应的颜色高亮显示，这样您就可以知道是通过对象 3 个平面的哪个平面进行旋转的，红颜色代表对象的 Z 轴，绿颜色代表对象的 Y 轴，蓝色的边缘代表对象的 Z 轴，对象的旋转限制在某一特殊轴的平面里。记住，必须拖动立方体的边缘才能束缚旋转，在拖动时注意相应的文本框里的数值改变了。如果想相对 3 个轴旋转对象，直接单击立方体的一个表面并拖动，或单击立方体后的黑色区域并拖动，3 个文本框的值都会发生变化。如果您只是想旋转对象，在圆内、立方体外单击并拖动即可。

改变对象的透视

在透视文本框中键入一个 0 ～ 160 之间的值或拖动滑块可以改变对象的可视透视，小一点的值模拟远景照相机的镜头，而大一点的值则模拟广角照相机的镜头。

对 3D 对象应用表面底纹

Illustrator 提供了很多选项来对 3D 对象加底纹，这些选项包括从阴暗与没有底纹的平面表面到有光泽并高亮显示、看起来像塑料的表面，此外由于用户还可选择如何给对象加上灯光效果，因而可能的变量范围是无限的。

　　表面底纹选项是 3D Extrude & Bevel（3D 凸出和斜角）和 3D Revolve Option（3D 绕转选项）对话框的一部分。选择 Wireframe（线框）选项作为底纹选项将会产生透明的对象，并且该对象的轮廓与描述对象几何特征的轮廓重叠，下一个选项是 No Shading（无底纹），该选项产生难以辨别的表面平面效果的形状，选择 Diffused Shading（扩散底纹）选项，产生的视觉效果是有柔和的光线投射到对象表面；而选择 Plastic Shading（塑料效果底纹）选项将会使对象看起来似乎是用闪闪发光的、反光的塑料制成的。

　　如果选择了 Diffused Shading（扩散底纹）或 Plastic Shading（塑料效果底纹）选项之一，那么您可以通过调整照亮对象的光源的方向和强度来进一步完善对象的视觉效果。单击 More Options（更多选项）按钮，对话框将扩展，您可以改变 Light Intensity（光源强度）、Ambient Light Level（环境光）、Highlight

建议使用单色的 3D 颜色

对 3D 对象使用单色填充能得到最好的效果，渐变和图案填充则不会产生可靠的结果。

为了实现最平滑的 3D 效果

在创建将要挤压、旋转或在 3D 中旋转的侧面对象时，用户必须用尽可能少的锚点绘制该对象，由于每个锚点都将产生一个额外的表面，因此锚点越多，得到的对象看起来越怪异。此外，在用户后来将艺术对象映像到表面的时候，多余的表面可能会产生潜在的问题。

——Jean-Claude Tremblay

制作 3D 也许比较慢……

根据处理器速度和内存大小，3D 效果可能会比较慢。

混合步骤不够……

单击 More Options（更多选项）按钮，用户就可以调整 Surface and Shading Color（表面和底纹颜色）选项了，Blend Steps（混合步骤）的默认设置是 25，该值对于创建从浅色到底纹区域的平滑颜色过渡来说是不够的。由于最高设置值虽然平滑但是会降低速度，因此用户可以尝试着寻找对每幅图像来说最好的分辨率—速度设置。

Mordy Golding 为了让标签作品（左上）弯曲后能紧贴着瓶子（右上）而使用了 *Map Art*（贴图）特性——为了制作这个瓶子，他结合自定义的 *Surface Shading*（表面底纹）使用了 *3D Revolve*（3D 旋转）效果（关于本作品的更多信息，请参阅后面的 *Mordy Golding* 画廊）

映像——不要迷失方向！

下面的提示可以帮助用户避免混淆是在向哪个表面映像符号：

- 记住，先单击方向键查看旋转对话框的各个表面，然后再在该对话框中选中一个表面。
- 单击不同的表面时，有时通过对象上的红色高光比通过映像对话框中的拼合更容易识别表面。
- 红色的高光有时也会欺骗用户。如果符号不映像于选中的表面，那么可能是它被映像于该表面的内部了。
- 描边会给对象增添更多的表面。
- 描边可能会模糊被映像到侧面的艺术对象。

——*Brenda Sutherland*

Intensity（高光强度）、Highlight Size（高光大小）以及 Blend Steps（混合步骤）的值。Blend Steps（混合步骤）的默认值相当低（该默认值是 25，可选的最高值是 256），关于 Blend Steps（混合步骤）的建议，请参见提示"混合步骤不够……"。最后，用户还可以选择自定义的 Shading Color（底纹颜色）来照亮底纹的表面。

将艺术对象映像到一个对象上

3D 效果的一个最激动人心的方面就是可以将艺术对象映像到 2D 或 3D 形状的表面（如左图中 Mordy Golding 的酒瓶上的标签），关键是先将打算用来映像到表面的艺术对象定义为符号，选取打算映像的艺术对象拖到 Symbols （符号）选项板中。对于一些图像，用户可能想定义一些符号，例如，在 Mordy Golding 的酒瓶中，标签是一个符号，瓶塞上的字样是另一个独立的符号。

将艺术对象制成符号后，用户可以通过 Extrude & Bevel、Revolve 或 Rotate 选项对话框将符号映像到 3D 对象，在上面的任一 3D 对话框中，用户只需单击 Map Art（贴图）按钮，然后选择一个可选的符号，单击方向键可以指定想让艺术对象映像到的是对象的哪个表面，选中的表面将出现在窗口中，可以拖动约束框的手柄缩放艺术对象或单击 Scale to Fit（缩放以适合）按钮扩展艺术对象至覆盖整个表面。单击不同的表面时，请注意在文件窗口中选中的表面将以红色轮廓高亮显示，用户当前可见的表面在 Map Art（贴图）对话框中以浅灰色显示，而当前被隐藏的表面则显示为深色（关于用自定义符号映射盒子的 3D 表面的例子，请参阅本章后面的"快速创作盒子作品"课程）。

注意：为了看到被映像到对象侧面的艺术对象，请认该对象的描边是 None（无）！

画廊：Joseph Shoulak

Tupperware 塑料用品塔（如左图）伴随着关于 Tupperware 容器（参见本章后面他的课程）历史的旧金山记录故事。Shoulak 使用 Illustrator 中的 3D 特性创建了每一个容器。在创作圆形容器时，Shoulak 先绘制了容器侧面的 2D 路径，然后执行 Effect>3D>Revolve 命令将路径旋转 360°（见上图）。Shoulak 对 2D 路径执行 Effect>3D>Extrude & Bevel 命令创建了方形容器。如果容器的表面很复杂或有多种颜色，Shoulak 通过组合多个成分构成该容器，当他在画板上布置塔时，他绘制了阴影并通过属性栏调整不透明度。

快速而简单的 3D

基本的 3D 技巧

概述：绘制或修改 2D 艺术对象来为 3D 作准备；应用 3D 效果；扩展艺术对象并编辑对象以完成视觉效果。

Steven Gordon 受雇为 Digital Wisdom, Inc 设计了一组当代映像符号，它们将作为映像符号艺术对象和 Illustrator 符号的剪贴画集出售（www.map-symbol.com）。为了使该剪贴画集明显不同于其他映像符号集和字体，Gordon 探究了 Illustrator 新增的 3D 效果，发现使用 3D 效果能很容易地将普通图像转换为非同寻常的图像。

1

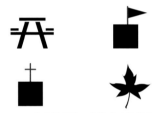

Gordon 修改得到的一些标准映像符号，用于映像符号集

左图，原始的帐篷艺术对象；中间，选中的白色三角形；右边，从黑色三角形中减去白色三角形并把填充色改为绿色后的帐篷

1 绘制艺术对象，想象 3D 外观，使用编辑工具为 3D 作准备。 首先，Gordon 创建了一些标准的映像符号剪贴画。对于野营符号，他移除了底部水平对象，并对剩下的三角形应用浅绿色的填充，以此方法调整了帐篷艺术对象。在想象对象在 3D 中是什么样子时，Gordon 意识到白色和绿色的三角形都可以描绘成 3D 对象，而他需要这个白色三角形在将成为帐篷的绿色三角形上形成一个洞。他选中白色和绿色的三角形，单击 Pathfinder 选项板中的 Subtract from Shape Area 图标，在绿色三角形中打了一个洞。

在为 3D 效果准备艺术对象时，关于通过结合或剪切对象（如 Gordon 制作的帐篷）制作复合形状以及制作复合路径（对单独的艺术对象应用 3D 效果时，复合路径可能会产生不同的结果）的技巧，请参阅"进阶绘图与着色"一章。此外，改变拐点、连接和斜接边界的描边属性以圆化下一步将创建的 3D 图形中的路径交点。

3D 中的单轴转动

在 3D Extrude & Bevel Options（3D 凸出和斜角选项）对话框中，用户可以单击立方体的边来绕 X、Y 或 Z 轴旋转艺术对象。如果只想通过一个轴来移动艺术对象，那么单击立方体的白色边缘然后拖动即可。

应用 3D 效果，调整位置控制来凸出与旋转对象，并创建一种样式。 艺术对象创作完成后，当该艺术对象仍处于选中状态时，执行 Effect（效果）菜单中的 3D> Extrude & Bevel 命令，在 3D Extrude & Bevel Options（3D 凸出和斜角选项）对话框中勾选 Preview（预览）复选框，用对话框中的默认值来查看作品的效果。

在对话框中的 Position（位置）下拉列表框中设置三维立方体，并拖动立方体移动到希望的方位，即改变了艺术对象的旋转。也可以通过在 X、Y 和 Z 轴文本框中设置合适的值来调整艺术对象的方位。

为了改变凸出的厚度值，可以使用对话框中 Extrude & Bevel（凸出与斜角）区域中的 Extrude Depth（凸出厚度）滑块。为了给帐篷设置比默认值（50pt）更小的厚度，Gordon 拖动滑块把厚度设置为 40pt。为了模拟景深，拖动 Perspective（透视）滑块在无 / 等比例（0°）到非常陡峭（160°）之间变化调整透视程度。在 Gordon 的艺术作品中采用了 135°。对艺术对象满意之后，单击 OK 按钮即可制作出对象。

Gordon 将为帐篷制作的 3D 外观转换为一个可重复使用的样式，关于创作与修改图形样式的介绍请参阅"活效果与图形样式"一章。用户可以为其他艺术对象使用一种样式，这可以作为为不同艺术对象提供同样的 3D 外观的方法，或作为为对象创作新的 3D 外观的起点。

对艺术对象应用 3D 效果之后再对其进行编辑。 对帐篷应用 3D 效果之后，Gordon 决定改变艺术对象的颜色和形状。为了在 3D 艺术对象中编辑形状或改变颜色，必须首先执行 Object>Expand Appearance 命令来扩展外观（注意：这样做将去除艺术对象的"活"可编辑性；应该对艺术对象的副本而非原件进行编辑，这样做更安全）。扩展之后，对艺术对象解组（执行 Object>Ungroup 命令），然后选取并编辑路径。

2

为了在 *3D Extrude & Bevel Options*（*3D 凸出和斜角选项*）对话框中对 *Position*（位置）作一些调整而使艺术对象处于预览模式下

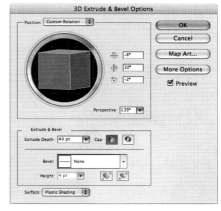

3D Extrude & Bevel Options（*3D 凸出和斜角选项*）对话框中帐篷符号的最终设置

3

左图，扩展 3D 艺术对象后的帐篷艺术对象（执行 *Object> Expand Appearance* 命令）；右图，使用不同颜色填充之后的形状

为了创作帐篷内的地面而选中并修改其中的一个形状

3D 效果
凸出、绕转和旋转路径

概述：用自定义模板图层创建基本路径；Extrude（凸出）、Revolve（绕转）并 Rotate（旋转）路径；将艺术对象映像到形状。

1

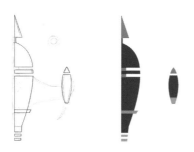

置入作为模板的原始铅笔绘图，以及在上面绘制的矢量形状

2

以同样的设置被选中、作为组合选取并转动的原始路径组合

沿着船身轮廓绘制的机翼形状，把机翼挖空，同时略微旋转

为了完成这幅插图，Brad Hamann 创建了基本路径集并对其应用了一系列的活 3D 效果，然后增加照明并将艺术对象映像到成分中。

1 提前计划。因为将会旋转形状，所以只需绘制对称太空船的一边即可。Hamann 把用铅笔绘制的图扫描后导入 Photoshop，并把图像置入指定的模板图层中，然后在该图像上为船身绘制了封闭的形状，并使用 Pathfinder（路径查找器）将船身分成几部分，这样就能为每一部分着色了，他对路径进行单色填充，不使用描边。在旋转时，没有描边的填充路径会以填充颜色作为表面颜色，有描边的形状在选择时会以描边颜色而非填充颜色作为表面颜色。

2 对一组形状应用 3D 旋转效果，并凸出机翼。Hamann 同时旋转组成船身的一组形状，因为这组形状共享一条左边的垂直旋转线，他使用同样的设置并以一个组合来旋转组成太空船机翼尾的 3 个形状。形状旋转完成后，Hamann 使用 Bring to Front（移到最前）命令把每个形状移入组合中的合适位置。他删除了内部的两个绿色圆，因为不论怎样，在 3D 模型中这两个圆都是不可见的。

对于机翼，Hamann 绘制了符合 3D 船身轮廓的右翼的扁平形状，然后执行 Effect>3D>Extrude & Bevel 命令，为在视觉上与船身连在一起的机翼选择凸出厚度和旋转角度。

3 映像艺术对象。 Hamann 决定将先前保存为符号的星形映像到机翼上，以使太空船看起来有生气。先选取机翼，然后在 Appearance（外观）选项板上双击效果设置，回到 3D 效果设置对话框，然后单击 Map Art（贴图）按钮进入 Map Art（贴图）对话框，该对话框展示了作为映像的机翼上 6 个表面中第一个平面的轮廓。Hamann 从"符号"下拉列表中选取星形图案，接着在对话框中使用手柄来缩放图案，然后单击 OK 按钮。这时，他还将机翼的颜色由绿色改为红色。最后，Hamann 选中机翼和太空船尾部，镜像并复制机翼到太空船的另一边，并对新机翼的 Y 轴的旋转角进行细微调整以适合它的新位置。

4 准备起飞。 为了完成火箭飞船，Hamann 给环形路径应用了 5.5pt 的土黄色描边，并在该路径上创作了一个舷窗，然后凸出路径并应用一个圆角的斜面。为了完成舷窗，他还应用了蓝色渐变填充和高斯模糊。

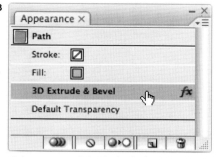

双击 Appearance（外观）选项板中的选项即可回到 3D 效果设置对话框

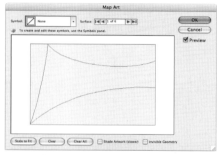

Map Art（贴图）对话框展示的第一个机翼表面，可被用来映像

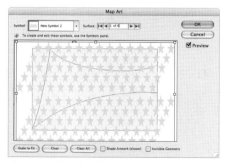

从 Symbol（符号）下拉列表中选取星形图案后，图案被缩放并置入机翼轮廓中

Hamann 应用一圆角斜面于环形路径上，并挖空路径以创建舷窗

3D 标志对象
将简单路径旋转成 3D 对象

概述：绘制一个横断面；对横断面应用 3D Revolve（3D 绕转）特性创建 3D 对象。

1

研钵的横断面，为了清晰起见，本处以黑色描边显示；真正的路径具有非常淡的黑色填充，无描边

2

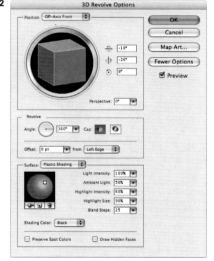

3D Revolve Options（3D 绕转选项）对话框，设置用于最终的研钵

研钵的旋转角度设置为 0°（左图），默认角度（右图）

当 Reggie Gilbert 给一家植物精华公司重新设计这个标志时，他决定将研钵和捣研用的杆绘制为 3D 对象。Gilbert 用基本的 2D 形状工具和渐变填充很容易地绘制了杆，但是对更为复杂的研钵，他应用了 3D Revolve（3D 绕转）特性。

1 绘制研钵的横断面。 Gilbert 为研钵的横断面绘制了一条路径，然后对其应用白色填充，不需要再对其进行更多的绘制，因为在下一步中通过在 3D 中旋转该路径形成了整个研钵。由于 3D 是一种活效果，因此用户可在稍后编辑路径，在那时 3D 形状将随之更新，因而用户不必坚持于一次就完美地绘制横断面路径。

2 应用 3D 绕转效果。 当横断面处于选中状态时，Gilbert 执行了 Effect>3D>Revolve 命令，在 3D Revolve Options（3D 绕转选项）对话框的 Revolve（绕转）区域中设置 Angle（角度）为 360°，将横断面旋转了整整一圈；Offset（偏移）选项表明在默认情况下旋转中心是路径的左边界；Surface（表面）选项用 Gilbert 应用于原始路径的填充色为研钵添加底纹（单击 More Options 按钮将弹出 Surface 选项区域）。用户可以通过单击 3D Revolve Options 对话框中的立方体或在立方体旁边的旋转角度文本框中键入数值来旋转 3D 对象。Gilbert 采用了默认的旋转角度值和 Surface（表面）设置。

画廊：Mike Schwabauer / Hallmark Cards

为了激励公司员工献血，Mike Schwabauer 制作了这幅图像，该图像是以 E-mail 形式传过去的低分辨率图形，再以标记形式打印出来。对于背景上的旗帜，Schwabauer 首先绘制了矩形旗帜艺术对象，使用 Free Transform Tool（自由变换工具）旋转并缩放旗帜，然后执行 Object>Envelope Distort>Make with Warp 命令，打开 Warp Options（变形选项）对话框，从 Style（样式）下拉列表框中选择了 Flag（旗形）选项，接着修改 Flag（旗形）样式的默认值，当得到想要的视觉效果后，单击 OK 按钮。为了使旗帜的颜色变淡，Schwabauer 绘制了一个足够大的矩形来遮住旗帜并把矩形用黑白渐变填充，选取矩形和旗帜后，Schwabauer 打开 Transparency（透明度）选项板，从选项板菜单中选择了 Make Opacity Mask（建立不透明蒙版）命令。对于血滴，Schwabauer 绘制了血滴的一半形状，然后执行 Effect>3D>Revolve 命令，并在 3D Revolve Options（3D 绕转选项）对话框中自定义设置，

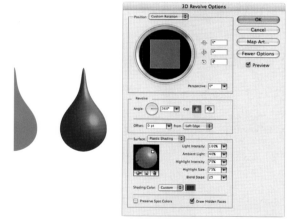

单击 OK 按钮后，为了使血滴更像液体滴下来的效果，他在 Transparency（透明度）选项板中把对象的透明度设为 93%，接着选中血滴对象，执行 Effect>Stylize>Drop Shadow 命令，完成了血滴的制作。在 Drop Shadow（投影）对话框中，把 Mode（模式）设为 Multiple，Opacity（不透明度）设为 50%，Blur（模糊）设为 0.12 英寸，位移量 X 设为 −0.5，Y 设为 0.2。

3D 组合

从多个路径创建 3D 对象

概述：绘制圆角 2D 路径；对 2D 路径应用 3D Extrude & Bevel（3D 凸出和斜角）效果创建 3D 对象；改编该 3D 对象得到更复杂的 3D 对象。

SHOULAK

Joseph Shoulak 创作了这幅塑料容器插图，该插图是为一个关于 Tupperware 的旧金山记录片故事创作的大型插图的一部分。Shoulak 用 Illustrator 中的 3D 特性凸出并旋转了路径，然后叠放并排列这些路径，用这种方法巧妙地绘制了复杂的塑料外形。

1

工具箱中的 Rectangle Tool（矩形工具）和 Rounded Rectangle Tool（圆角矩形工具），以及 Rounded Corners（圆角）对话框，该对话框用于给尚不具备圆角的矩形添加圆角

这 4 条路径将构成整个容器

1 绘制 2D 路径。 容器看起来像是一个带有不倾斜边缘的盒子，不倾斜边缘一直延伸到白色底座和蓝色盖子交汇的地方。以下属性让 Shoulak 绘制了 4 条路径用于挤压：白色的容器身、白色边缘、蓝色边缘和蓝色容器身。当后来在 3D 中挤压这些路径时，需要的 4 个形状就会显现出来了。

从上面看，容器由圆角矩形构成，要精确地创建这些矩形，需要使用 Rectangle Tool（矩形工具），蓝色顶的矩形是 136pt×170pt，然后执行 Effect> Stylize> Round Corners 命令并键入 12pt 的 Radius（半径）值，或者可以使用另外一种方法：使用 Round Rectangle Tool（圆角矩形工具），在释放鼠标之前通过按 ↑ 键和 ↓ 键来调整拐角半径。

Illustrator 中的 3D 效果提取应用于路径的填充和描边的颜色，Shoulak 用容器身和盖子的蓝色和白色填充了矩形，将描边设置为 None，因为描边颜色会给对象的侧面上色。

将 2D 路径凸出成 3D。Shoulak 选取了蓝色的容器盖，然后执行 Effect>3D>Extrude & Bevel 命令，将 Extrude Depth 输入为 40pt。Shoulak 还选取了 Classic（经典）斜角样式并输入 4pt 的 Height（高度）值，然后将此倾斜应用于容器盖，他还调整了 3D 旋转角度（X 轴：77，Y 轴：35，Z 轴：-10）。

对另外 3 条路径，Shoulak 使用了同样的旋转角度，但是稍微改变了挤压和倾斜设置。对于蓝色细边缘路径，他键入了 10pt 的 Extrude Depth（凸出厚度），未使用斜角；对于白色细边缘，他输入了 5pt 的 Extrude Depth（凸出厚度），未使用倾斜；对于白色的容器底座，使用了 45pt 的 Extrude Depth（凸出厚度）和 4pt 的 Classic Bevel（经典斜角）。

启用 Preview（预览）复选框能交互地查看所进行的改动，但要记住预览 3D 效果可能会费时。由于 3D 效果是活的，用户用效果旋转对象后在 Appearance（外观）选项板中双击效果名称即可编辑该 3D 效果。如果难以选择 3D 对象，可以用 Layers（图层）选项板来选取该对象，或者在 Outline（轮廓）模式下工作（在轮廓视图下，3D 对象不显示 3D 效果）。

组装对象。为了完成插图，Shoulak 将 4 个 3D 对象重定位到它们最终的位置上。使用属性栏将所有 4 个对象横向集中起来，然后将每个路径移上或移下直到彼此完美地适合。

当移动对象时，有几种方法可以让对象沿着垂直轴移动，可以按住 Shift 键拖动对象，也可以在启用 View>Smart Guides 时垂直地拖动对象，或者在属性栏或 Transform（变换）选项板中只为 Y 输入数值。

尽管您可以使用 3D 凸出和斜角对话框来旋转单独的 3D 对象，但不能在 3D 空间中依照别的 3D 对象来重新定位。画板上的 3D 对象的行为与 2D 对象一样——只能在画板的 2D 空间中定位 3D 对象。

2

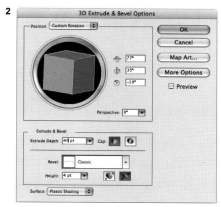

3D Extrude & Bevel Options（3D 凸出和斜角选项）对话框，设置用于较大的蓝色盖子

应用凸出设置之后的 4 条路径

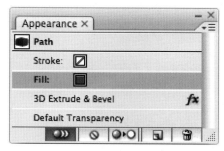

显示应用了的 3D 效果的 Appearance（外观）选项板

3

![属性栏按钮]

高亮显示 " 垂直居中对齐 " 按钮的属性栏；选中多个对象后出现 Align（对齐）按钮

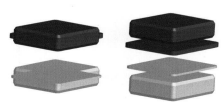

应用水平居中的 4 条凸出之后的路径（左图）以及沿垂直方向将它们重定位（右图）

快速制作盒子作品

将 2D 作品转换为 3D 包装

概述：首先绘制 2D 包装图；根据包装侧面创建符号；使用 3D Extrude & Bevel（3D 凸出和斜角）效果在透视图中旋转盒子；将侧面作品映像到各个表面。

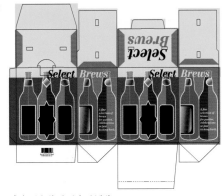

准备预印的平面盒子图稿

从主体图稿中分离出来的客户需要的 3 个侧面

Gary Moss 给分类啤酒瓶设计了便于携带的盒子，客户要求将完成的盒子图案用在目录中。Moss 应用了 3D Extrude & Bevel（3D 凸出和斜角）效果来模仿最终的三维盒子并迅速将盒子的侧面映像到表面。

1 **绘制扁平的盒子**。Moss 在 Illustrator 中绘制了草图，然后使用瓶子生产商提供的 Illustrator 文件对他的草图应用了精确的维度以满足打印要求，包括必须的侧面、折叠图、出血版和死剪切。

2 **分离侧面**。Moss 创建了扁平图的一份副本，然后使用 Selection Tool（选择工具）和 Direct Selection Tool（直接选择工具）删除除了 3 个侧面之外的其他所有部分，这 3 个侧面在模拟的盒子中将是可见的。对于 3D 盒子，他不需要延伸到超过了侧面实际边缘的出血版，因此 Moss 剪裁了出血版，并重新设置出血版的路径以符合实际的盒子边缘。

根据侧面创建符号。Moss 计划使用 3D Extrude & Bevel（3D 凸出和斜角）特性将作品映像到盒子的侧面，该特性要求先将每个侧面制作成 Illustrator 中的符号。如果不需要用到其他的符号，可以删除不需要的符号以简化选项板：在 Symbols（符号）选项板菜单中选择 Select All Unused（选择所有未使用的符号）命令，然后单击 Delete Symbol（删除符号）按钮。要创建一个符号，选取对象的一个侧面后在 Symbols 选项板上单击 New Symbol 图标。对每个侧面重复此过程。

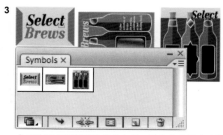

在删除所有不需要的符号之后，从装瓶子的盒子的各个侧面绘制符号

创建 3D 外形。Moss 创建了一个矩形，其大小与盒子前面一样大，当该矩形仍处于选中状态时，执行 Effect>3D> Extrude & Bevel 命令，将 Extrude Depth（凸出厚度）设为 120pt（侧面宽度），调整旋转角度（X 轴：-20，Y 轴：30，Z 轴：-10），然后将 Perspective（透视）设为 19°以稍微增加线性的透视感。

映像作品。为了将作品应用于盒子的每个表面，Moss 使用了 3D Extrude & Bevel 对话框中的 Map Art（贴图）特性，单击 Map Art（贴图）按钮，单击箭头选择下一个或上一个表面（当前表面在画板上以红色高亮显示），然后选取想要的符号，单击 Scale to Fit（缩放以适合）按钮调整作品使其符合表面，或使用手柄来手动定位、旋转作品或改变作品的大小。

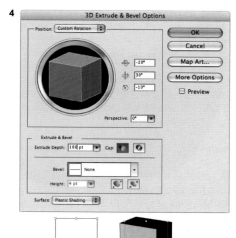

3D Extrude & Bevel Options（3D 凸出和斜角选项）对话框（顶图），应用 3D 凸出前（左下图）后（右下图）的 2D 正面

如果不能预览被映像的作品，有可能是该作品被映像到不可见的表面内部了。在 Map Art（贴图）对话框查看未映像的表面时，浅灰色的表面面对着用户，而深灰色的表面朝着其他方向。

完成插图。尽管 3D 凸出和斜角对话框提供了亮度控制，但 Moss 希望在 Photoshop 中添加更具创意的亮度和阴影。在 Photoshop 中执行 File>Open 命令即可打开 Illustrator 文件。

Map Art（贴图）对话框（顶图）以及各个侧面被映像时画板上的作品（底图）

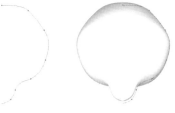

WAI

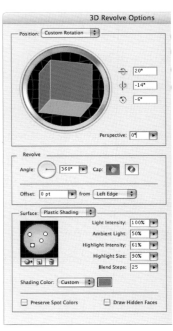

画廊：Trina Wai

Trina Wai 充分利用 Illustrator 的 3D Revolve（绕转）和 3D Extrude & Bevel（凸出和斜角）效果创作了这幅嬉戏的熊猫图。首先她绘制了一系列十分简单的平面形状，最后将这些平面形状转换为系统的视图。一开始，Wai 为熊猫头部的一边绘制了一条开放的路径，然后执行 Effect＞3D＞Revolve 命令，沿着路径的左边缘把路径旋转了 360°。为了获得熊猫皮毛柔软、闪闪发光的反射效果，Wai 指定表面样式为塑料效果底纹，并使用 New Light 按钮来增加额外的光源。竹柄也是通过旋转一条简单的路径得到的，然后她对一组平面叶子形状进行旋转和组合，接着使用 3D Extrude & Bevel（3D 凸出和斜角）命令来凸出主体部分，每一个形状（从腿到身体）都有各自的凸出厚度，腿与身体的凸出厚度为 150pt，耳朵则为 37.5pt，鼻子为 30pt，眼睛周围区域的凸出厚度为 7pt。每一个形状还有不同的圆角倾斜，以及单一

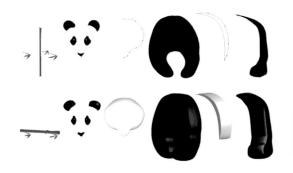

光源亮点的塑料效果底纹。在一个黑色大圈和较小灰圈之间的熊猫的眼睛则是使用混合来制作的。

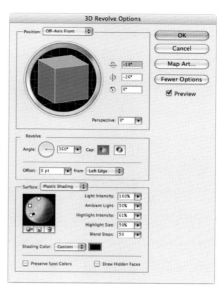

画廊：Mordy Golding

为了替 Adobe systems, Inc. 展示 Illustrator 的 3D 效果，Mordy Golding 制作了酒的标签，然后把标签拖到 Symbols 选项板中（这样下次就能再使用该符号来制作 3D 图形）。Golding 绘制了瓶子形状的一半，然后选择 Effect> 3D> Revolve 命令，在 3D Revolve Options（3D 绕转选项）对话框中勾选 Preview（预览）复选框，接着单击 Map Art（贴图）按钮，在 Map Art（贴图）对话框的 Symbol（符号）下拉列表中选取了最初创作的酒的标签符号。接着返回 3D Revolve Options（3D 绕转选项）对话框，Golding 调整预览立方体，并修改旋转角度直到对瓶子的视觉效果感到满意为止，然后使用对话框下方 Surface（表面）区域中的 NewLight 图标来增加亮度，以完成图像的效果，这样就能在瓶子上制作像瀑布般落下的高光。Golding 使用了与制作瓶子一样的技巧制作软木塞。然后他选中瓶子，并把它移到软木塞的上方，同时在 Transparency（透明度）选项板中将它的 Opacity（不透明度）改为 94%。

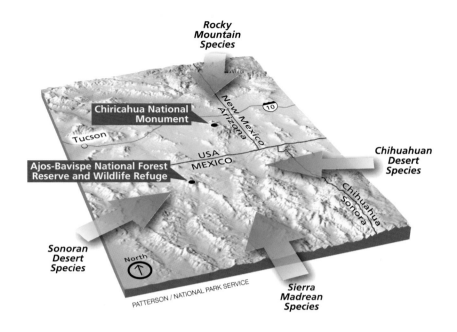

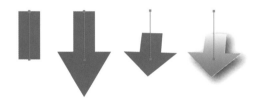

画廊：Tom Patterson / National Park Service

制图师 Tom Patterson 使用 Illustrator 的 3D 效果绘制了一幅展示穿越 Sonoran 沙漠的人类移动图。Patterson 使用 Pen Tool（钢笔工具）并选择 20pt 的描边绘制了一条笔直的路径，为了把路径转换为箭头，执行了 Effect>Stylize>Add Arrowheads 命令，在 Add Arrowheads（添加箭头）对话框中选中一个箭头图案（11），并指定 25% 的缩放。接着执行 Effect>3D>Rotate 命令，在 3D Rotate Options（3D 旋转选项）对话框中启用 Preview（预览）并在 Position（位置）控制板中拖动三维立方体来调整箭头的方向。调整完箭头方位后，单击 OK 按钮。为了填充箭头，Patterson 先执行 Object>Group 命令把箭头从对象转变成组合，然后从 Appearance（外观）选项板菜单中选择 Add New Fill（添加新填色）命令并对新填充应用自定义渐变。重复以上步骤创作了其他 3 个箭头。完成箭头的制作后，Patterson 选中包括箭头的图层并在 Transparency（透明度）选项板中将不透明度改为 80%。他还给图层添加了阴影（执行 Effect>Stylize>Drop Shadow 命令）。

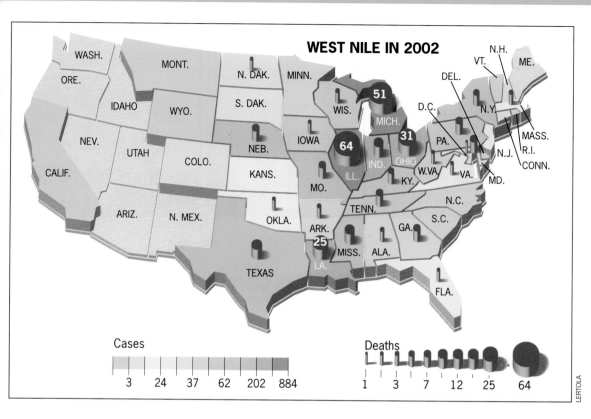

LERTOLA

画廊：Joe Lertola / TIME

TIME 杂志的 Joe Lertola 利用 3D 效果（执行 Effect> 3D>Extrude & Bevel 命令）把平面地图转变成一幅令人注目的以 3D 为主旋律的地图。完成地图的绘制后，Lertola 分别组合了灰色和彩色区域。为了给每个组合以不同的高度，Lertola 对每个组合分别应用 3D 效果，而且在 3D Extrude & Bevel Options（3D 凸出和斜角选项）对话框中为每个组合指定不同的凸出厚度（灰色区域是 6pt，颜色区域是 24pt）。为了改变每个组合中高光和阴影的位置，Lertola 第二次添加亮度 [单击 Surface（表面）区域中的 New Light 图标]，最终完成了这幅地图效果的制作。

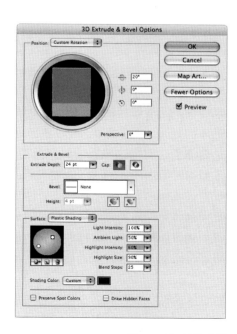

画廊：Ted Alspach

Ted Alspach 每两个星期都要给他的连环漫画"Board2Pieces"创作一个新版本（加上一个大型格式的双月刊连环漫画）。考虑到连环漫画的整体理念，他认为需要快速连贯地创作人物、人物位置和人物表情。Alspach 主要把时间投入到书面内容上而不是重复绘制图像，对于实时可编辑效果和带面部表情的全部符号选项板，他选择使用 3D 对象一帧一帧地来控制人物的外观。在前期的处理过程当中，他确定了每个人物的挤压量（extrusion amount），使用 3D 特性旋转人物，就不需要重新绘制基本的人物形状了。接着他制作了各种各样的面部表情，使他的人物能互相回应。通过制作一些也能使用这些表情的人物，Alspach 就节省了更多的时间。为了能运用 3D 的性能绘制符号的形态图，他把这些表情保存为符号。（更多了解如何制作符号，请看"画笔与符号"章节）。现在，Alspach 不用费力地绘制每个帧了，他选择自己想要的人物，根据自己的需要把它放置到帧里。然后他双击位于外观选项板里的效果图标，对人物的位置进行修改，同时使用符

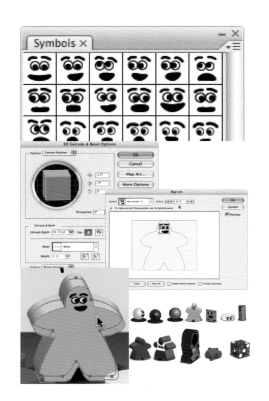

号库，重新绘制人物面部表情的形态图。这样他就有更多的时间来进行写作了。

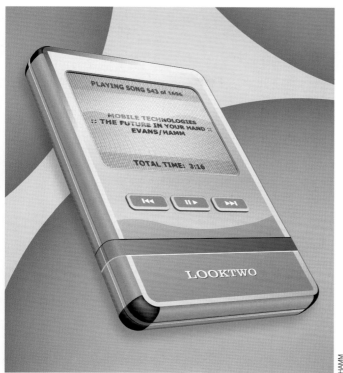

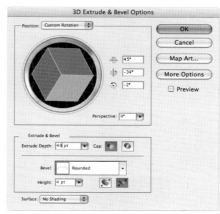

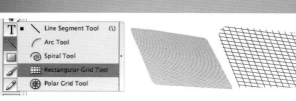

画廊：Michael Hamm

Michael Hamm 使用 3D 特性和自定义参考线来创作这幅个人数字助理（PDA）的概念图。他先绘制了一个圆角矩形，然后执行 Effect>3D>Extrude & Bevel 命令指定 3D 值，Hamm 在 3D Extrude & Bevel Options（3D 凸出和斜角选项）对话框的 Surface（表面）下拉列表框中选择 No Shading（无底纹）选项，因为他想手动为 PDA 添加底纹。当透视图看起来比较好（见右上图）时，他扩展了该对象的一个副本（执行 Object>Expand Appearance 命令），并应用网格和混合为每一个侧面添加底纹。在创建额外的 3D 对象（如按钮）时，

Hamm 从原始的未扩展 3D 对象（他将此对象保留在隐藏图层中）中复制了 3D 旋转值和外观，以便让它们与对象的透视相匹配。Hamm 用手绘的透视参考线（见右下图）图层排列对象，他使用 Rectangular Grid Tool（矩形网格工具）绘制 LCD 的像素网格，然后使用 Free Transform tool（自由变换工具）对其应用透视。（网格细节请参看下面中间的图）应用 Free Transform Tool（自由变换工具）。为了将网格与屏幕结合，Hamm 对网格应用了 50% 的不透明度和 Color Dodge 混合模式。

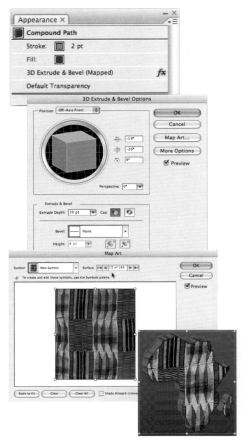

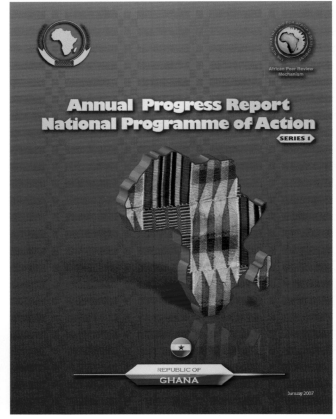

JOGIE

画廊：Mohammed Jogie

Mohammed Jogie 为非洲同行审议机构（African Peer Review Mechanism）创作了该书的封面插图，它是 NEPAD（非洲发展新伙伴计划）的一个组织，负责加纳的年度进展报告。首先 Jogie 购买和拍摄了一些对象，并根据他买的编织品来创作非洲地图的图案。编织品是肯特布（Kente cloth），全部是由加纳织工手工编制的。他是从约翰内斯堡的非洲工艺品市场里买来的。他先把编织品图案保存为符号，下一步绘制艺术品的形态图做成 3D 对象。接下来 Jogie 制作了扁平的 2D 对象，表现非洲和马达加斯加。他使用红色填充和一个 2pt 描边，为挤压的边缘着色并处理细节部分。他选择非洲对象并且选择 Effect（效果）>3D>Extrude and Bevel（挤压和斜角）命令。他设置了挤压量，同时设置 Cap（端点）制作了一个实体的边缘，旋转对象直至获得他想要的位置，使用 Preview（预览）来鉴定效果。然后 Jogie 单击 Map Art（贴图）按钮，选中他想显示的编织品的表面。在绘制完编织品的图案之后，他单击 OK 按钮退出绘图对话框，再次单击 OK 按钮退出并应用 3D 效果。他使用其他的深度错觉，比如不透明蒙版里的渐变和投影，来补充 3D 结构的地图，并且使用 3D 地图的副本制作反射效果。

SHARIF

画廊：Robert Sharif

Robert Sharif 应用 Illustrator 中的 3D Extrude
& Bevel（3D 凸出和斜角）效果在一幅极漂
亮的古典电子吉他的写实版图像中转换并结
合了一组扁平形状。Robert 为每个要凸出的
形状选择 Off-Axis-Front 来定位，这些形状
包括红色的吉他身、木质的颈 / 主轴箱以及
一组组合在一起的包括指板、弦与点状定位
装置的形状。由于每一个形状的挤压都共享
同一位置，因此被凸出的部分也是成直线的。
Robert 为每一部分变换凸出厚度值，从较深
的对吉他身的凸出（25pt）到较浅的对白色
面盘的凸出（0.65pt）。Robert 也为吉他的不
同部分应用了不同的倾斜度，这些部分包括
吉他身和颈部的圆角斜面以及旋钮的古典斜
角。3 个白色的弦板和其他四方边缘部分都是
在 Bevel（斜角）设为 None 时被挤压的。为
了在吉他身上制作柔和的高光，Robert 使用了
塑料效果底纹来形成样式，还应用 3D Extrude
& Bevel（3D 凸出和斜角）效果为调音柱制

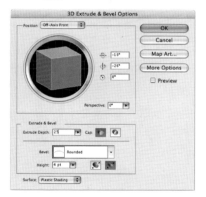

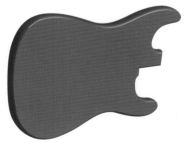

作了螺旋状的头部，而调音柱的轴则是用 3D
Revolve（3D 绕转）创建的，调音柱手柄和吉
他的其他部分是应用渐变填充形状制作的。

13

高级技巧

有组织的整体要大大超过部分的总和。在 Illustrator 里结合工具和技巧就能制作出 Wow! 的结果。在本章中，让我们一起来看看这个最佳的协合作用吧！

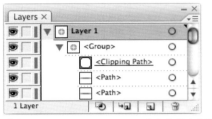

从 *Object*（对象）菜单中选择 *Clipping Mask*（剪切蒙版）>*Make*（建立）命令，或者在 *Layers*（图层）选项板上使用 *Make/Release Clipping Mask* 按钮

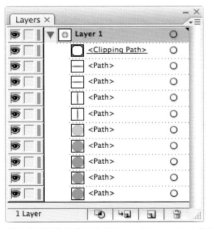

执行 *Object>Clipping Mask>Make* 命令将所有被蒙住的对象放入一个组合中，剪切路径在该组合中的顶部

请您记住本章的内容比较大胆而且标新立异，除非您觉得自己对前面几章的内容比较满意。如果您在本章中很难跟上功课的话，那么请重新复习以下内容：图层和堆栈顺序（请参阅"图层与外观"章节）、混合和渐变（请参阅"混合、渐变与网格"章节）以及复合形状和路径查找器（请参阅"进阶绘图与着色"章节）。

尽管本章的内容包括各种各样的技巧，但在导言部分集中论述了如何创建和处理 Clipping Masks（剪切蒙版）。蒙版控制着对象或者图像的哪一部分是可见的，哪一部分是隐藏的。Illustrator 特征包括两种蒙版：Clipping Masks（剪切蒙版）和 Opacity Masks（不透明蒙版）。其中不透明蒙版是通过使用透明度选项板制作出来的，请参阅"透明度"章节，了解创建和处理不透明蒙版的细节内容。

剪切蒙版

所有包含蒙版的对象都是按照两种方法之一的方式组织在一起的，这取决于您如何选择制作蒙版。一个方法是把所有选中的对象收集到一个群组里。而另一种方法是您可以保留自己的图层结构，使用主"Container（容器）"图层（参照左边的"图层选项板"插图）。无论您使用哪一种剪切蒙版，群组的最顶层对象都是剪切路径，这就会剪切（隐藏）群组里其他对象扩展到剪切蒙版边界之外的部分。如果您不顾指定到最顶层对象的属性而创建蒙版的话，那么蒙版就会变成没有填充、没有描边的剪切路径。

单击选项板底部的 *Make/Release Clipping Mask* 按钮将呈高亮显示的组合或图层中的第一个项目转变为剪切路径，而不会创建新的组合

在蒙住之前（左图），圆被置于叠放顺序的最顶层，因此当创建剪切蒙版（右图）时，它就会成为剪切路径

在 Layers（图层）选项板中，一个激活状态的剪切蒙版有两个指示器。首先，<Clipping Path> 将被添加下划线，即使对它重命名，下划线依然会存在；此外，如果有激活状态的剪切蒙版，在 Layers 选项板中被剪切的项目中间用户看到的是点划线，而非标准的实线。

要从对象创建剪切蒙版，您必须首先创建对象，确认该对象在将被剪切的对象之上，然后用如下两个方法之一创建剪切蒙版：使用 Layers（图层）选项板上的 Make/Release Clipping Mask（建立 / 释放剪切蒙版）按钮，或者执行 Object>Clipping Mask>Make 命令，每一种方法都有自己独有的特点和不足。Object（对象）菜单命令在建立蒙版时将所有对象收集进一个新的组合，允许用户在一个图层内拥有多个被蒙版的对象，还允许用户在图层结构内自由移动被蒙版的对象，而不破坏蒙版。然而，如果用户的图层结构是仔细计划过的，当所有对象被组合时，该图层以前的结构将丢失。相反，在建立蒙版时，使用 Layers（图层）选项板能保持图层结构，但是如果不先创建子图层或组合，用户是不能将单个的被蒙版对象放在一个图层内的，这样就不能将被蒙版的对象作为一个整体来移动。

当您创建一个剪切蒙版后，就可以使用 Lasso Tool、Direct Selection Tool 或者路径编辑工具编辑包含蒙版的对象以及蒙版内部的对象了。您还可以使用属性栏里的 Edit Clipping Path（编辑剪切路径）或者 Edit Contents（编辑内容）按钮，或者选择 Object（对象）>Clipping Mask（剪切蒙版）>Edit Mask（编辑蒙版）命令（或 Object>Clipping Mask> Edit Contents 命令）。下一步，您可以添加一个描边和填充，在它被制作成一个蒙版之后。此外，就如下一页的提示中所讲的那样，您甚至可以按照编组或容器的堆栈顺序移动它，并且仍然能保持它的蒙版效果。

剪切蒙版按钮失效

在应用剪切蒙版之前，用户必须在 Layers（图层）选项板中选取用来容纳想被蒙版的对象的"容器"（图层、子图层或组合）。此外，为了使该按钮被启用，呈高亮显示的"容器"内的最上方的项目必须是能够被转换为剪切路径的对象，这样的项目可能是一条路径、一个文本对象、一个复合形状或一个只包含上述项目的组合或子图层。

当一个蒙版对象被选中时，在属性栏里就会显示出新的 Edit Clipping Path（编辑剪切路径）（左边）和 Edit Contents（编辑内容）（右边）按钮

复合路径蒙版或复合形状蒙版

在创建作为蒙版的对象时，使用 Compound Paths（复合路径）命令合并简单的对象，使用 Compound Shapes（复合形状）命令对交叠对象间的"洞"进行更多的控制，或对更为复杂的对象进行合并。

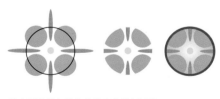

用户可以增加描边并填充蒙版(右图)

排列的故障已经解决

当排列或是分配的内容包含蒙版时，Illustrator 现在将蒙版的形状视为排列或分配的基础。之前的 Illustrator 版本使用下方对象的形状而不是蒙版的形状，因此造成了许多问题。

当选择了被放置的图像，在属性栏中会出现 Mask（蒙版）按钮

关于创建活文本的更多知识，请参阅"文本"一章

蒙版技巧 #1：Layers 选项板中的选项

要在一个"容器"（指的是任意的组合、子图层或图层）中蒙住作品中不需要的区域，需要先创建一个对象作为蒙版，并确保它在"容器"中位于最上方，接着使包含有要作为蒙版的对象的"容器"高亮显示，再单击 Layers（图层）选项板底部的 Make/Release Clipping Mask（建立/释放剪切蒙版）按钮。结果是：高亮显示的容器里面最顶层的对象变成了剪切路径，并且所有在那个容器里面的元素都被扩展到剪切路径的外面，这些元素都被隐藏了。

创建完成一个剪切蒙版后，您可以在图层或子图层内将对象上下移动以改变叠放顺序。然而，如果将被蒙住的项目移动到包含有剪切蒙版的"容器"之外，它们就不能被蒙住了。要释放一个剪切蒙版而不改变对象或图层的叠放顺序，在 Layers 选项板中选中它，再执行 Object>Clipping Mask>Release 命令即可。

蒙版技巧 #2：Object 菜单中的命令

使用 Object（对象）菜单命令也可为对象创建蒙版，当用户想将剪切蒙版限制在需要能方便地复制或改变存储地址的特定对象或对象组合中时，可以使用本方法。

和前面一样，先创建要作为剪切蒙版的对象或复合对象，并将它们置于最上方，然后选中所有希望被蒙住的对象（最上方的对象将成为蒙版），此时执行 Object> Clipping Mask>Make 命令制作蒙版。使用这种方法时，所有对象包括新的剪切路径，都将被移到原来包含最上方对象的图层中，并被包含在一个新的名为 <Group> 的组合中，蒙版效果只对该组合内的对象有效，用户可以用 Selection Tool（选择工具）很容易地选取整个剪切组合。如果用户在 Layers（图层）选项板上扩展 <Group>（通过单击扩展三角形），即可将对象移进或移出剪切组合，还可以在组合内将对象移上或移下以改变叠放顺序。

蒙版按钮

如果您使用 File（文件）>Place（置入）命令来置入一个图像，那么当置入的图像被选中的时候，通过单击属性栏里的 Mask（蒙版）按钮，您可以立即为该图像创建一个剪切路径。然而，蒙版并不能即刻显示出来，因为剪切路径的尺寸与图像的边界框的尺寸是一样的。确认 Edit Clipping Path（编辑剪切路径）按钮被激活，接着调整剪切路径来确定修剪图像的蒙版的形状。

使用文本、复合路径或复合形状作为蒙版

用户可以使用可编辑的文本作为蒙版，以获得文本被任意的图像或组合填充的外观。选中文本和希望用来填充文本的图像或对象，确认文本处于最高层，然后执行 Object>Clipping Mask>Make 命令。

要使用单独的文本字符作为一个剪切蒙版，首先需要将字符制作为复合形状或复合路径。用户可以将轮廓化的或活的（即没有轮廓化的）文本制作为复合形状，但只能将轮廓化后的文本（不再是可编辑的文本）制作为复合路径。一旦制作了一个由单独的文本元素构成的复合对象之后，就能够将它用作蒙版。

打开包含蒙版的传统文档

在 Illustrator 9 之前，如果您选取了不同图层中的对象并执行 Make Mask（制作蒙版）命令，那么就会创建一个"图层蒙版"，该图层蒙版将隐藏被选取对象之间的所有对象，同时最高层的对象成为蒙版。如果在现在的 Illustrator 版本中打开一个这样的文件，您会发现所有的图层都包含在一个名叫"主图层"的新图层中。如果您希望蒙住图层，必须手动创建自己的"主图层"，把所有希望蒙住的图层都放进该"主图层"中（参阅右边的提示"收集到新图层中"）。

判断是否为蒙版

- 如果是一个蒙版，Layers（图层）选项板中的 <Clipping Path> 条目将总带下划线（即使被重命名），并且图标的背景颜色将会是灰色的。
- 如果 Object>Clipping Mask>Release 命令被激活，意味着蒙版正在影响当前的选择。
- 图层选项板中的虚线下划线指示着一个不透明蒙版的存在。
- 只要文档内的蒙版在链接的 EPS 或 PDF 文档之内，执行 Select>Object>Clipping Masks 命令就能帮助用户找到文档中的蒙版。

蒙版出错信息

如果用户在尝试着创建剪切蒙版时得到了如下信息"Selection cannot contain objects within different groups unless the entire group is selected"，这表明选中的要准备蒙版的对象是一个组合对象的子集。要使用这些对象创建蒙版，先将所有选中的对象剪切或复制，然后执行 Paste in Front（贴在前面）命令（或按⌘ - F/Ctrl-F 键），此时用户即可执行 Object>Clipping Mask>Make 命令制作蒙版。

收集到新图层中

将被选择的图层收集到一个"主图层"中，按住 Shift 键单击来选择邻近的图层，或是按住⌘/Ctrl 键单击来选择非邻近的图层，并在图层菜单中选择 Collect in New Layer（收集到新图层中）命令。

蒙版细节

使用蒙版来轮廓化或隐藏元素

高级技巧

概述：创建基本元素；制作基本蒙版；蒙住应用了 Live Effects（活效果）的复合路径对象；制作复合路径以使其像蒙版一样操作；创建整个剪切蒙版。

要成为真正的 Illustrator 专家，必须掌握大量的蒙版技巧。Russell Benfanti 的内容丰富、技艺高超的插图中应用了很多蒙版。本课程着重讲解 Illustrator 中蒙版的 4 种应用。

1

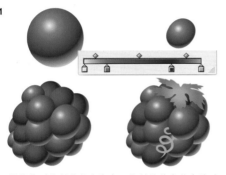

给葡萄形状制作径向渐变，绘制并结合基本的对象

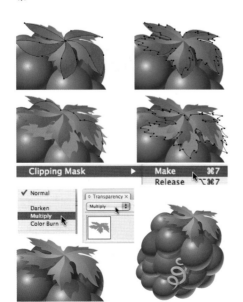

蒙住以制作双色调的叶子；蒙住并将文件设置为 *Multiply* 模式以制作阴影；带有阴影和蒙版效果的最终葡萄

1 轮廓化蒙版以获得细节和阴影。 首先用任何工具（包括混合和渐变网格）创建基本对象，Benfanti 采用了 Gradient Tool（渐变工具）自定义的径向渐变填充的椭圆，这样在底部边缘上将显示为反射光。

Benfanti 在葡萄的上一图层中绘制了双色调的叶子。首先，他绘制了轮廓的形状，用径向渐变填充，然后复制，再快速地绘制了泪滴状的、超出叶子形状范围的楔形，用深绿色渐变填充。在叶子形状仍在画板上时，执行 Paste in Front（贴在前面）命令（或者按⌘-F/Ctrl-F 键），接下来他选取了所有的叶子对象，然后执行 Object>Clipping Mask>Make 命令。

为了创建叶子的阴影，Benfanti 执行 Paste in Back 命令（或按⌘-B/Ctrl-B 键）将叶子的另一份副本粘贴在下面，然后将该"阴影"的位置改变到右下方，并用单一蓝色填充。为了使该对象与葡萄（未超出该对象之上）的轮廓相配合，Benfanti 创建了一个轮廓化的、与葡萄的轮廓相匹配的对象。选中葡萄后，复制并使用 Paste in Front 命令，在 Pathfinder 选项板上按住 Option/Alt 键并单击 Add to shape area（与形状区域相加）图标，将葡萄和轮廓化轮廓对象永久统一起来。

蒙版对象必须位于被它们蒙住的对象之上，因此使用 Layers（图层）选项板将葡萄外形对象移到"阴影"之上。当葡萄外形对象在蓝色叶子之上时，Benfanti 选取了两者并创建了一个新的剪切蒙版（按⌘-7/Ctrl-7 键）。为了使阴影看起来更具现实感，Benfanti 在属性栏上的 Opacity（不透明度）下拉面板中只选取了蓝色叶子对象，然后将其混合模式从 Normal 改为 Multiply（可以在应用蒙版之前改变混合模式）。Benfanti 还为单独的葡萄和卷曲的茎制作了阴影。

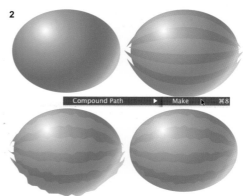

原始的椭圆；制作弧形并将它们结合进复合路径；应用粗糙化效果；用原始椭圆的副本蒙住

2 蒙版粗糙化的复合路径。 为了制作西瓜的条纹，Benfanti 用与应用在椭圆上的渐变相同的渐变在椭圆上绘制了弧形，然后执行 Object>Compound Path>Make 命令统一颜色，再用 Gradient（渐变）选项板和 Color（颜色）选项板使弧形渐变的颜色更暖、更明亮。为了使被选取的弧形呈波浪状，Benfanti 执行 Effect>Distort & Transform>Roughen 命令，启用 Preview（预览）并选择 Size（大小）为 2%、Relative（相对）、Detail（细节）为 5.53/ 英寸和 Corner 选项，用西瓜椭圆的副本作为蒙版，因此弧形还保留在外形中。

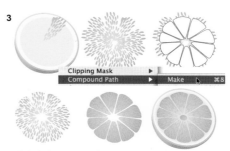

制作基本的桔子元素；制作块楔形体到复合路径；使用复合路径作为蒙版；修整细节

3 使用复合路径来蒙版。 将选中的多个对象转换为一个复合路径之后，即可使这些对象表现得像一个蒙版一样。对于 Benfanti 的桔子块，他首先绘制了整体的形状和内部纹理，然后绘制了块楔形体，全部选中后执行 Object>Compound Path>Make 命令。在复合路径上选中桔子的纹理后，按⌘-7/Ctrl-7 键来给桔子分块，在添加最后的细节之前，选取复合路径蒙住对象，然后应用深黄色渐变。

4 用图层蒙版剪切图像。 Benfanti 将所有图层都放在一个闭合的图层中，鉴于该闭合图层比较松散，他在里面绘制了一个矩形来定义剪切区域。最后，他单击主图层，再单击 Make Clipping Mask 图标创建剪切蒙版。

修剪边缘之前的最终插图以及原始的 Layers（图层）选项板，创建新图层后，将两个原始的图层拖入新图层，单击创建图层蒙版图标，最终的选项板显示了剪切蒙版

蒙版之上的蒙版

使用多个蒙版制作反光

高级技巧

概述：创建弧形混合；放宽混合；给混合褪色；应用复合路径剪切蒙版；添加自定义渐变；创建最终的反光和褪色细节。

1

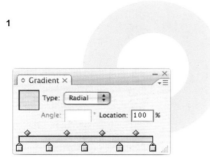

创建复合路径，用自定义径向渐变填充复合路径的副本

2

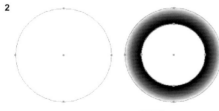

用白色圆上的黑色到白色混合给圆盘褪色，将混合置入白色圆之上的 *Opacity Mask*（不透明蒙版），然后将该蒙版置入背景圆盘并应用 *Soft Light*（柔光）混合模式和 *30%*的不透明度

Linotype 委托 Frank Jonen 给 Linotype Library GmbH 字体集（位于德国 Bad Homburg，网址是 www.linotype.com）创作了新的图标组。Jonen 使用了许多蒙版技巧来实现彩虹的反光和标志的闪光（如上面中间的图），这些反光和闪光代表着 Linotype 的"标准"字体行（黄金标志在上图左边，铂金标志在上图右边）。

1 创建圆盘渐变。 在拖动 Ellipse Tool（椭圆工具）时按住 Shift 键，创建一个圆定义圆盘的外部形状，接着按住 Option-Shift/Alt-Shift 键，自上一个圆的中心开始绘制第 2 个圆定义中间的孔区域，然后选择两个圆并执行 Object>Compound Path>Make 命令从第 2 个圆中剪切第一个孔，像个面包圈一样。创建好圆盘后，Jonen 用自定义的、颜色柔和的径向渐变填充了该复合路径。保持该复合路径处于选中状态，Jonen 调整颜色，直到得到想要的颜色过渡。

2 给圆盘褪色。 为了使圆盘上的色调各异，Jonen 用不透明蒙版创建了"褪色器"。他先打开智能参考线，按住 Option-Shift/Alt-Shift 键从当前圆的中心拖动 Ellipse Tool（椭圆工具）创建了一个新的圆，该圆比外边的圆盘略小，用白色填充（没有描边）。复制此白色圆，然后将副本粘贴到顶部，再交换描边和填充（按 Shift-X 键），这样该圆的描边是白色的，并且没有填充。然后 Jonen 从同一中心创建了一个小一些的黑色描边的圆（与 CD 孔的大小不一样）。选取两个带描边的圆之后（如果选取有问题，请扩展 Layers 选项板查看 <Path> 对象，并按住 Shift 键单击目标图标的右侧，以选取两个带描边的 <Path> 对象），执行 Object>Blend>Make 命令。接着将白色填充的圆解组到下面，将它沿着新的混合选取。在 Transparency（透明度）选项板菜单中选择 Make Opacity Mask（建立不透明蒙版）命令，然后将混合模式设置为 Soft Light，将 Opacity（不透明度）降至 30%，并确认启用了 Clip（剪切）选项。

3 创建弧形混合。 也许混合是创建带颜色的弧形的最好方式。如果您要重建 Jonen 的混合，需要在 5 条不同的带颜色线条之间进行混合。在上面的新图层中从圆盘外部边缘之外的圆心处开始绘制第一条线，并赋予 1pt 的蓝紫色描边（请确认不透明度是 100%，混合模式是 Normal）。隐藏圆盘图层，用 Direct Selection Tool 选取该线条的顶部锚点，拖住该点摆动 15°左右并按住 Option/Alt 键直到释放鼠标，给该线条上青色，然后重复上述过程（改变距离）创建第 3 条（绿色）、第 4 条（黄色）和第 5 条（红色）线。在混合这 5 条线之前，选取外边的两条（蓝紫色和红色）并复制（在下一步中会将这些线条用在剪贴板上），接着双击 Blend Tool（混合工具），将间距设为 Smooth Color（平滑颜色），最后，选取所有线条并执行 Object>Blends>Make 命令。

4 放宽末端颜色。 为了让彩虹沿着边缘褪色，Jonen 创建了外部颜色加宽后的版本。为了实现这一点，选择 Paste in Front（贴在前面）命令将线条的副本与混合完美地粘贴在一起。在 Layers（图层）选项板中，在混合上创建一个新的图层，拖动线条的选择指示器将它们拖进新的图层中，隐藏混合图层，只显示复制后的线条。用 Pen Tool（钢笔工具）将蓝紫色线条扩展为三角楔形：自顶部锚点开始继续绘制线条，然后单击创建垂直的部分，该垂直部分扩展至比下面的混合还要宽，然后在工具箱中单击 Swap Fill and Stroke（互

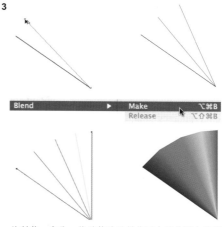

绘制第一条线，然后转动以制作副本并给副本重新上色，制作 Smooth Color（平滑颜色）混合

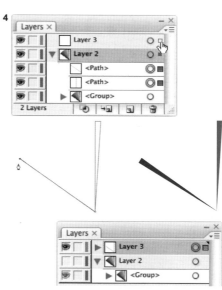

复制并粘贴到外部描边之前，加宽副本

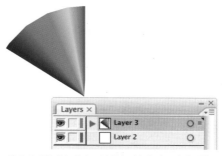

显示下面的彩虹混合，用混合对象组合更宽的形状

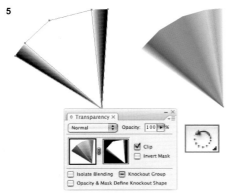

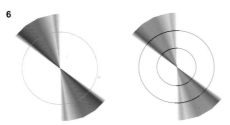

创建一个黑色到白色的更大的对象，将其用作彩虹的 *Opacity Mask*（不透明蒙版），使用 *Rotate Tool*（旋转工具）制作副本

6

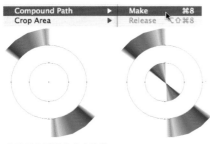

使用 *Ellipse Tool*（椭圆工具）绘制两个以彩虹中心为圆心的圆

选取两个圆制作复合路径

选取复合路径和彩虹，并执行 *Object>Clipping Mask > Make* 命令

换填色和描边）图标（或按下 Shift-X 键），以使新的三角形对象填充了该蓝色，而非应用了该蓝色的描边。对红色线条重复此操作。显示彩虹图层，并执行 Select All（⌘-A/Ctrl-A）和 Group（⌘-G/Ctrl-G）命令。

5 **用不透明蒙版褪色彩虹并复制。** 要使彩虹沿着边缘褪色，Jonen 使用 3 个对象来创建不透明蒙版。Jonen 在上面的一个新图层中沿着彩虹的边缘创建了一个小的、黑色到白色的渐变，然后按住 Option/Alt 键移动上面的锚点（如他在第 3 步中所做的一样），在彩虹外面绘制了一条比彩虹略长的黑色线条，然后将描边的副本改为白色。选取并混合了这些描边，然后在彩虹的另一端创建了该混合的镜像版本（您可以重建该混合，也可以使用 Reflect Tool 镜像得到副本）。最后，Jonen 用 Pen Tool（钢笔工具）绘制了一个白色填充的"容器"，盖住了彩虹的剩余部分，与混合的白色部分堆叠在一起。将黑色到白色的对象组合之后，Jonen 选取了彩虹和黑色到白色组合，在 Transparency（透明度）选项板菜单中选择 Make Opacity Mask（建立不透明蒙版）命令。要创建彩虹的副本，按住 Option/Alt 键，用 Rotate Tool（旋转工具）在彩虹的混合点单击，输入 180°，然后单击 Copy（复制）按钮即可。

6 **用复合路径的副本蒙住彩虹。** 接下来，用背景圆盘的副本蒙住彩虹。复制圆盘的一种方法是扩展包含了背景圆盘对象的图层，然后定位 <Compound Path>，如果视图图标被隐藏，那么启用此图标，并单击选项板右边选取该图标。此时单击 Create New Layer（创建新图层）图标，按住 Option/Alt 键并拖动 <Compound Path> 的选取指示器到新的图层。如果希望将这些圆制成蒙版，圆有填充也没关系，因为创建蒙版时将去除所有样式。为了将该复合路径作为蒙版使用，沿着彩虹选取此复合路径，然后执行 Object>Clipping

Mask>Make 命令（如果不能分离对象，请使用 Layers 选项板来锁定或隐藏妨碍的对象）。

7 **使用更多的蒙版褪色彩虹。** Jonen 将两个彩虹对象的混合模式都改为 Overlay，然后单独选取每一个彩虹组合，将顶层组合的不透明度改为 60%，将底层彩虹组合的不透明度改为 50%。

8 **创建明亮的"反光"。** 为了创建明亮的"反光"，Jonen 创建了一个不透明蒙版应用于白色的圆盘。他自圆心开始绘制了一条黑线、一条中间是白色的线和一条外部是黑色的线，然后选取这 3 条线，执行 Object>Blend>Make 命令。制作该混合的副本（按住 Option/Alt 键单击圆心，输入 180°，然后单击 Copy 按钮），并绕着圆旋转此副本，组合这些混合以形成一个"蝴蝶"群组。接着 Jonen 在 Layers 选项板上复制了面包圈形状的复合路径，然后选择蝴蝶混合，按⌘-B/Ctrl-B 键将复合路径的副本直接粘贴到了蝴蝶对象的后面。Jonen 用白色来填充该复合路径，未对其使用描边，然后选取了该复合路径和蝴蝶对象，执行 Make Opacity Mask 命令，此时 Clip（剪切）处于启用状态。

9 **制作闪光。** 最后，Jonen 在圆盘的一半上制作了新月形状的闪光。您也可以使用如下方法制作：绘制两个圆，一个比圆盘的外部略大，一个比孔略小，然后用 Pen Tool（钢笔工具）绘制两个弧形定义新月的末端，选取所有对象再单击 Divide（分割）路径查找器图标。取消选择后，使用 Direct Selection Tool（直接选择工具）删除多余的对象。选取新月，对其应用白色的填充（没有描边），复制并按⌘-F/Ctrl-F 键粘贴在前面，对上面的新月应用径向渐变填充（从灰色到黑色），然后选择两个对象，执行 Make Opacity Mask（建立不透明蒙版）命令并将不透明度改为 50%。

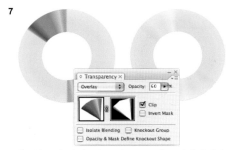

将彩虹混合移到顶部之后，Jonen 将混合模式改为 Overlay 并减小了不透明度（顶部的彩虹为 60%，底部的彩虹为 50%）

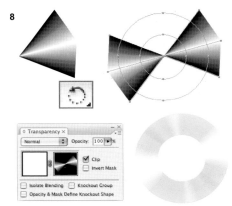

创建黑色到白色的混合，复制它以形成"蝴蝶"的形状，然后将其作为复合路径圆盘对象（用白色填充）副本的 Opacity Mask（不透明蒙版）

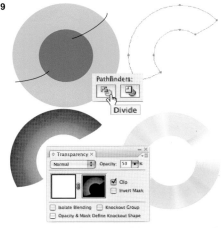

对定义了剪切线条的一对圆使用 Divide（分割）命令以创建新月形，用白色填充一个新月形状，用径向渐变填充副本，制作成 Opacity Mask（不透明蒙版），将不透明度减至 50%

星光

使用渐变和描边绘制星星

高级技巧

概述：在圆上面绘制星形，并用 Direct Selection Tool（直接选择工具）调整形状；对星形和圆形应用径向渐变以添加发光效果。

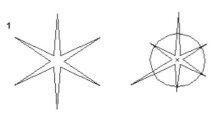

原始的星形，修改之后放置于圆中的星形

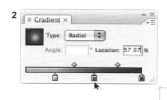

选中星形时，*Gradient*（渐变）选项板上显示 *Color*（颜色）选项板中选中滑块的颜色

天空背景上的渐变填充的形状

照明是创建具备现实感的夜空的关键。Kenneth Batelman 的这一技巧将帮助您简单、直接地创建任意大小的发光灯。

1 **绘制一个大星形**。Batelman 使用 Ellipse Tool（椭圆工具）创建了一个圆，然后在圆上用 Star Tool（星形工具）绘制了星形。为了使星形看起来更有趣，Batelman 用 Direct Selection Tool（直接选择工具）重定位了星形的一些点。

2 **应用径向渐变**。为了使星形发光，Batelman 给星形应用了径向渐变，边缘的渐变滑块与天空的颜色（他使用了 100% C、80% M、60% Y 和 20% K）相配，滑块中心是星光最亮的地方（他使用了 30% C、5% M、0% Y 和 0% K）。Batelman 在原始的两个渐变滑块之间添加了第 3 个渐变滑块（他使用了 80% C、50% Y、30% M 和 0%K）。对圆应用同样的径向渐变给星形添加了一种晕圈的效果（关于创建和保存渐变的更多知识，请参阅"混合、渐变与网格"一章）。为了使星形和发光保持在一起，他选取了星形和圆并执行 Object>Group 命令（按⌘-G/Ctrl-G 键）。

Batelman 通过堆叠一些特殊的虚线描边创建了小星星，关于此技巧的更多细节请参阅下一页的画廊。

BATELMAN

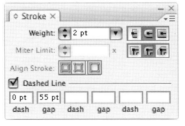

画廊：Kenneth Batelman

Batelman 使用 Pencil Tool（铅笔工具）绘制虚线路径制作了小星星，然后将小星星放在天幕上。他在 Stroke（描边）选项板中设置 Dash（虚线）为 0，一次就创建了沿着路径的点，设置 Gap（间隙）设为 20pt ~ 90pt 之间的值，给端点和连接都选择了圆角选项以使点为环形而

非方形，然后他设置了介于 0.85pt ~ 2.5pt 之间的 Weight（粗细）值。通过堆叠粗细和虚线点间隔不同的多条路径，Batelman 的"虚线"看起来就成了大小和间距不同的光线点。左下图所示的 Stroke（描边）选项板设置针对的是那些选中的小星星（右下图）的路径。

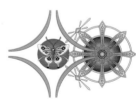

画廊：Alan James Weimer

Alan James Weimer 使用在"绘图与着色"一章的"复杂图案"课程中介绍的步骤构造了这个图案方块。每当 Weimer 用渐变和混合填充方块的元素后，他就按住 Option/Alt 键并拖动方块到右边形成第一行。为了创建重复的图案，Weimer 按住 Option/Alt 键，沿对角线方向拖动方块第一行的副本到参考线网格上，以创建第一行上面的一行和其下面的一行。为了将图案剪贴进正方形，在同一图层上绘制了一个正方形作为方块的设计图，然后单击 Layers（图层）选项板底部的 Make/ Release Clipping Mask（建立 / 释放剪切蒙版）图标。在蒙版的上一图层中，他添加了一个由使用了混合和描边的矩形组成的边界作为侧边，并应用了混合和描边的同心圆创建了角上的图案，然后给图案的中心添加了用渐变填充的圆。对于背景，Weimer 在径向渐变图层下应用了单色填充（径向渐变所在的图层在蝴蝶图层之下）。

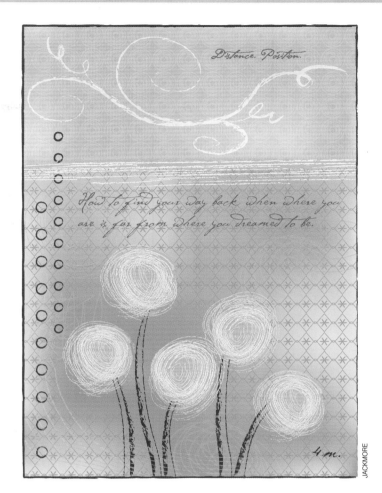

画廊：Lisa Jackmore

Lisa Jackmore 结合了图案图层、画笔和渐变网格制作了这张图的纹理。她对每个渐变网格的背景都填充了一个用实色填充的长方形，并使用网格工具添加了网格点。Jackmore 把大部分网格点放置到长方形的边缘。为了取得已褪色的外观，她给它们填充了浅颜色。她在网格的上方为图层制作了两个图案。至于圆圈图案，她用椭圆工具绘制了几个同心圆，对它们进行分类并应用铅笔艺术画笔。她选择 Twirl Tool，同时按住 Shift-Option/Shift-Alt 键，单击并拖动到画板，按大小排列适合圆圈旋转的直径。然后她使用旋转工具单击圆圈，直到获得她想要的量为止。她给对象进行分类并且拖动它们到色板选项板里。为了制作钻石图案，她结合使用了 RectangleTool（矩形工具）、Ellipse Tool（椭圆工具）和 Rotate Tool（旋转工具）。接着她给对象进行分类，并且拖动它们到色板选项板里。她使用同样的基本色彩给图案以及渐变网

格背景着色，于是图案就消失在黑色区域里了。然后她对背景进行更多的艺术处理，用自己制作的自定义画笔绘制了许多花（想更详细地了解她是如何制作这些画笔的话，请参考"画笔和符号"章节里她的画廊）。Jackmore 还使用了 Artistic_ChalkCharcoalPencil library（艺术效果_粉笔炭笔铅笔库）里的好几种默认的画笔。最后她制作了剪切蒙版，覆盖扩散到长方形以外的画笔的痕迹。

画廊：Jean Aubé 💿

Jean Aubé 创作的这张海报名为 "Nuit De Terreur"。首先他使用钢笔工具描绘从朋友那儿拿来的照片的轮廓。他增加了渐变填充并且对它们应用 Effect（效果）>Stylize（风格化）>Outer Glow（外发光）效果。至于全面的光源处理，他制作了带有径向渐变的背景，把它放置在人物双手之间的中心。然后他绘制一个圆圈代表月亮。他制作了一个很小的蓝圆圈代表星星并且把它保存为符号。使用 Symbol Sprayer 工具，他把星星喷洒到两个图层上，制造图像深度。为了删除多余的部分，他扩展了符号。他把海报上面的字 "Nuit De Terreur" 设置为 Block 字体，然后把字体转换为轮廓。他选择 Object（对象）>Envelope Distort（封套扭曲）>Make with Mesh （用网格建立）命令来扭曲文字。他分别设置其他的 Block 字体。在星星后面的图层和字体上，他绘制了很多的椭圆形来制作幽灵般的漩涡，然后在椭圆形上使用 Pathfinder（路径查找器）操作，直到把它们分解成很多条线。他选中并且删除多余的线，用单个线性渐变来排列、分类和填充它们。他把椭圆形设置为 Overlay 模式，并且对它们应用 Outer Glow（外发光效果），那么椭圆形看起来就如同幽灵一般了。

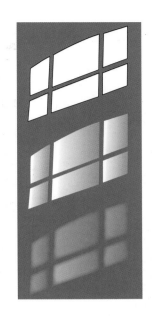

画廊：Reggie Gilbert

为了创作这幅像照片一样具有真实感的消防站图片，插图师 Reggie Gilbert 像能工巧匠一样堆砌了砖块。首先，Gilbert 创建了 5 个不同的矩形，并使用 Gradient（渐变）选项板为每个矩形自定义了一个渐变，然后以某一角度创建了一个单色填充的砖块，复制该砖块，将副本沿着角度移动一段距离。然后 Gilbert 选取了这两个砖块，双击混合工具，设置 Blend Options（混合选项），指定 Steps for Spacing（间距步骤）为 8，然后执行 Object>Blend>Make 命令创建混合，再执行 Object>Expand 命令将混合分解成 10 个单独的对象，接着用 Direct Selection Tool（直接选择工具）选择单个的砖块，将它们稍微移开原先的排列方式，使砖块的排列线条看起来更有组织性，然后再次选取各个有角度的砖块，并使用 Eyedropper Tool（吸管工具）单击已制作好的渐变之一，用该渐变填充选取的砖块，处理完这一列转换之后，他组合砖块（按⌘-G/Ctrl-G 键），开始处理具有混合线条的砖块，自定义了一个新的线条。在创建每个砖块列时，Gilbert 有意使用了一点随机性，这样就避免了砖块在外观上有重复的图案。为了创建窗户（如上图中蓝色区域之外的区域），他绘制了对象并组合，然后用自定义的、与玻璃后面的对象色调相似的浅色到略深颜色的渐变填充组合。在 Layers（图层）选项板中，Gilbert 将 <Group> 定为目标，在属性栏上将 Opacity（不透明度）降低，并应用了 Effect（效果）>Stylize（风格化）>Feather（羽化）效果（对上图所示的窗户应用了 40% 的不透明度和 9pt 的羽化）。

画廊：Chris Nielsen

Chris Nielsen 使用 Pen Tool（钢笔工具）在 Pathfinder（路径查找器）选项板的 Divide（分割）模式下创建了一系列复杂度递增的形状，以实现照片一般的真实感。Nielsen 首先将一幅原始照片置入底部图层，作为形状和颜色值的指南。他先用 Pen Tool（钢笔工具）绘制了大的形状（比如上图所示的管道），然后依次绘制了所有深红色形状和那些颜色较浅的形状，定义了对象。在用一些值（比如深红色和浅红色）绘制了管道线之后，Nielsen 选取了所有的路径，从 Pathfinder（路径查找器）选项板中选择了 Divide（分割）模式，然后绘制更多的形状来进一步定义区域，并重复使用 Pathfinder（路径查找器）中的 Divide（分割）来将区域分解成更小的形状 [这里的管道细节展示了步骤 1、2、7 和 11（最后一步）]。然后，Nielsen 用从下面的照片中使用 Eyedropper Tool（吸管工具）取样的颜色填充了形状。如果仔细观察，您能看到红色管道正下方的圆形红色形状中有 Nielsen（正在拍照）的影像。

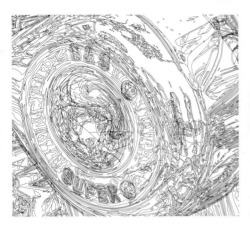

"Super Stock"   Copyright © 2005 Chris Nielsen

A. NIELSEN

NIELSEN

画廊：Chris Nielsen

这是 Chris Nielsen 创作的又一张绝妙的图像。他也是使用在上一页里描述的绘画技巧。Nielsen 喜欢先绘制照片的一个区域，其中包含大的对象，比如油箱和大管子。他首先处理包含最初照片的模板图层。首先他使用 Pen Tool（钢笔工具）绘制大对象的轮廓，然后为每个区域绘制路径，这样颜色值就能在对象里改变，接着选择路径并且执行 Effect（效果）＞

Pathfinder（路径查找器）＞Divide（分割）命令。他继续使用这种方法处理，直到有足够的形状来给对象定范围。绘制摩托车对他来说是一个巨大的挑战，因为在一个完整颜色里只能做一些轻微的变化。Niselsen 从色板选项板里给每个对象填充一个自定义色彩。在 Niselsen 的所有摩托车插图里都有明显的反射效果——见左图放大的细节处理。

BRAD NEAL/THOMAS · BRADLEY ILLUSTRATION&DESIGN

画廊：Brad Neal

Brad Neal 将细节和 Illustrator 中大量的绘图与着色工具结合起来考虑，给福特 Taurus 汽车创建了这幅具有照片一般真实感的图像。Neal 首先绘制了一幅轮廓图并用单色填充，然后堆叠了一系列的自定义组合以复制汽车表面的微小模型。Neal 通过堆叠 4 条虚线描边路径来模拟汽车前面的铁格子，然后使用 Shear Tool（倾斜工具）绘制、组合并定位汽车旁侧的赛车标志，在封套扭曲工具的帮助下，Taurus、Valvoline 和 Goodyear 标志能很好地适合于车身轮廓。为了使汽车前面的右轮达到写实的逼真效果，Neal 创建了带外部边缘的自定义混合，该外部边缘平滑地混合到下面的形状的颜色中。Neal 还小心地控制混合给汽车制作了阴影，该混合含有用单色填充的内部路径，当到达外部边界时，该单色与白色混合。

CATER （©INMOTION 2003）

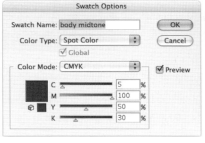

画廊：David Cater

David Cater 为印制在 T 恤、海报和笔记本卡片上的图片制作了这幅 Mini Cooper 的图像。Cater 知道不同的用户喜欢不同的颜色，因此他首先给汽车的中部和阴影色调绘制了两个专色色板，然后用这两种专色（也可用于全局色）来制作一些渐变，这些渐变是他打算用来填充他创建汽车时用到的大约 1500 个形状的。因为

在用从这两种专色创建的渐变给车身上色时比较小心，所以他双击任何一个色板再用 CMYK 滑块重定义颜色即可很容易地改变汽车的颜色。尽管 Cater 本可以使用更多的渐变（他只对沿着汽车前面和侧面的车罩应用了一些渐变），但他却发现使用简单的渐变填充的形状更迅速、更容易。

塑造网格

修整并形成网格对象

高级技巧

概述：为烟雾创建轮廓；制作一个简单的矩形网格；使用 Rotate Tool（旋转工具）和 Direct Selection Tool（直接选择工具）弯曲网格；将网格和烟雾的轮廓对齐；添加列以形成3D效果；给网格上色；使用 Screen混合模式使烟雾透明。

1

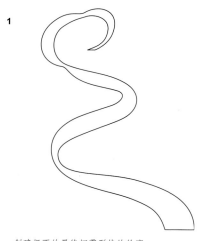

创建想要的最终烟雾形状的轮廓

在图层中锁定的烟雾轮廓，最初创建的网格放置在它上方

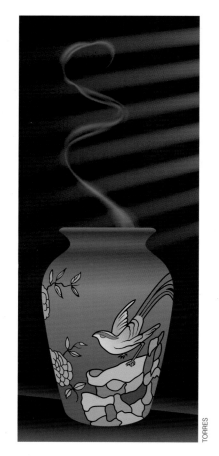

TORRES

Ivan Torres 在他的艺术作品"Meshsmith"中将一个网格制作成好像是一块粘土以形成烟雾。本课程的一个亮点就是 Torres 使用 Rotate Tool（旋转工具）对网格的一部分进行了弯曲（而非用该工具对整个对象进行弯曲）。

1 建立艺术对象。 首先用 Pen Tool（钢笔工具）或 Pencil Tool （铅笔工具）创建烟雾的轮廓，将此轮廓锁定在图层上，然后在烟雾的底部置入一个矩形，执行 Object>Create Gradient Mesh 命令将该矩形转换为1列3行的网格。保持原始网格是一个简单的网格，如果以后需要，添加行会更容易。

2 制作粗糙的弯曲。 用 Rotate Tool（旋转工具）制作第一个大的弯曲。首先直接选取除网格底部两个节点之外的其他对象，接着用 Rotate Tool（旋转工具）单击烟雾轮廓内部的第一个曲线作为中心，然后抓取网格矩形顶部并拖动到中心附近，形成第一个曲线（参见右图）。

在烟雾的每一个弯曲处或收缩处，为了制作下一个弯曲，需要为网格加上一行。如果在网格中接近烟雾的弯曲处或收缩处已经存在一行，则应将它直接选中并移动到弯曲处或收缩处之上。要为网格添加一行，使用 Mesh Tool（网格工具）在网格轮廓和弯曲处或收缩处的边缘单击即可，在弯曲处或收缩处放置或添加了一行之后，将网格沿着烟雾轮廓进行下一次弯曲而所选择的点中将不包括这些新增的点。重复上述步骤直到将网格弯曲到烟雾轮廓的上方。

3 对齐并拉直网格的行。当把网格和烟雾轮廓大体对齐后，放大放置了一个网格行的每个弯曲处或收缩处，以将网格拉直并和弯曲的边缘垂直。要使最终的烟雾看起来正确而平滑地上升，将网格进行拉直是很必要的。

4 将网格曲线与烟雾对齐。选择 Direct Selection Tool（直接选择工具），自网格底部开始单击网格曲线的一部分，通过调整节点的方向手柄使网格曲线与烟雾轮廓对齐。为了正确地调整网格的边缘与烟雾轮廓一致，可能需要在网格曲线的上一部分和下一部分之间来回地操作。

5 添加列以形成 3D 效果。网格最终的 3D 形状将由高亮和阴影颜色在网格上的放置地点决定。如果能对实际的烟雾绘制等间距的列，并进行拍照，则在照片上，烟雾轮廓边缘附近的列看起来将比较紧密，而中部的列则比较疏散。要创建这样的 3D 效果，先用 Mesh Tool（网格工具）单击烟雾轮廓底部边缘的中心添加第一列，接着在烟雾轮廓的外部边缘附近再添加两列，然后在中间与两边最近的列之间置入两列——不是正好位于中间，而是较靠近外部边缘。

2

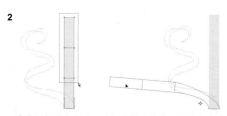

选中网格的上部分，在烟雾轮廓的第一条曲线内单击以设置旋转中心（右下方的蓝色十字准线），然后单击矩形网格的上部，向左下方拖动

在烟雾轮廓上，在每一个重要的弯曲处对网格进行旋转，在收缩处放置网格行并使用 Direct Selection Tool（直接选择工具）进行调整

3

将行和烟雾轮廓的收缩处对齐，并将这些行拉直且与弯曲的边缘垂直

4

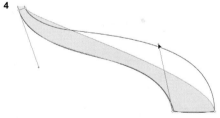

从底部开始，通过调整 Bézier（贝塞尔）手柄将网格的曲线和烟雾的轮廓对齐

5

使用 Mesh Tool（网格工具）向烟雾网格添加列，并使边缘处的列比较紧密以创建一种圆形的 3D 外观效果

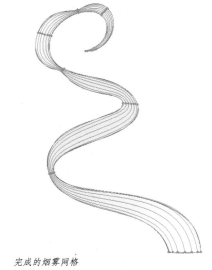

完成的烟雾网格

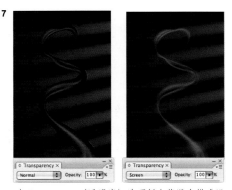

6

在一个网格点上创建高光

7

在 Transparency（透明度）选项板上将混合模式设置为 Screen 前后的烟雾效果

由于前面第 3 步和第 4 步的仔细工作，新增的行和列是平滑的，并与烟雾轮廓的收缩处及弯曲处平行。

6 给网格上色。 Torres 给烟雾选择了深蓝色（如果您希望使用另一种不同的颜色，必须调整下面步骤中的颜色选择）。为了在创作时看清网格点的位置，执行 View 菜单下的 Smart Guide（智能参考线）命令，或按下 ⌘ -U/Ctrl-U 键以启用智能参考线。为了在创作时减小选中线条的颜色对网格颜色的干扰，可以使用一种深暗的蓝色作为选中线条的颜色 [从 Layer Options（图层选项）对话框的 Color（颜色）下拉列表中选择 Dark Blue（深蓝色）]。此外，学会使用单一的快捷键在 Mesh Tool（网格工具）、Eyedropper Tool（吸管工具）和 Direct Selection Tool（直接选择工具）间快速切换。

首先对整个网格添加一种中等深度的蓝色，此时的 Color（颜色）选项板为 CMYK 模式，然后从 Color（颜色）选项板菜单中选择 HSB 模式，接着使用 Brightness 滑块对最初的颜色创建较亮的高光和较暗的阴影色调。在应用高光和阴影区域的中心处（可能是一个点、网格线或网格线条之间的位置），用 Direct Selection Tool（直接选择工具）选择一种颜色或色板，或用 Eyedropper Tool（吸管工具）提取颜色。如果用 Mesh Tool（网格工具）添加了一个节点，该点将保持选中状态，因此您可以很容易地使用 HSB 滑块调整填充颜色。对于最终的高光和阴影相互重叠绕着的区域，可以使用 Direct Selection Tool（直接选择工具）或 Lasso Tool（套索工具）选中这些区域，然后用 HSB 滑块进行调整。

7 使烟雾透明。 选中烟雾，在 Transparency（透明度）选项板上尝试 Screen 混合模式和 Opacity（不透明度）设置的不同结合情况，直到获得满意的效果。

MIYAMOTO

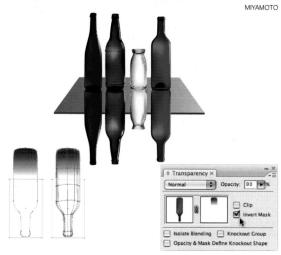

画廊：Yukio Miyamoto

"混合、渐变与网格"一章中的"建造网格：使用渐变网格制作瓶子"课程展示了 Yukio Miyamoto 是如何创作这些令人惊讶的瓶子的。为了在该版本中制作反光，Miyamoto 使用 Reflect Tool（镜像工具）将瓶子的一个副本沿着瓶底镜像，然后从标尺中拉出一条水平的参考线以与桌顶的末端对齐。对于每一个反光，Miyamoto 将网格定为目标，然后在 Transparency（透明度）选项板上将不透明度降至 80%。为了使反光褪色，他执行 Path>Offset Path 命令并键入 0 作为 Offset（位移）值。他用白色到灰色的渐变填充了轮廓，然后用 Gradient Tool（渐变工具）从参考线的白色一端移到瓶子底部的灰色一端。为了确认

反光在桌子边缘处突然停止，他用包含了瓶子颈部并到参考线处终止的白色矩形组合了每一个渐变瓶子，然后选取每一对灰色的网格瓶子对象，执行 Transparency（透明度）选项板菜单中的 Make Opacity Mask（建立不透明蒙版）命令，并勾选了 Invert Mask（反相蒙版）复选框。

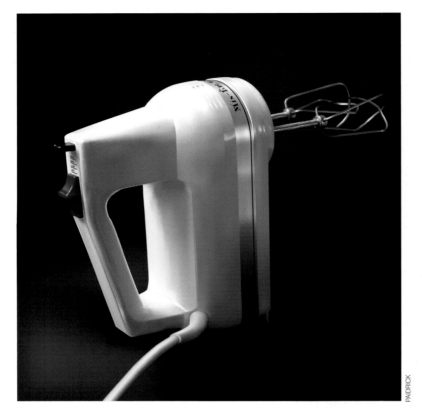

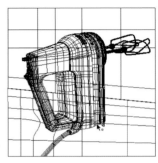

PAIDRICK

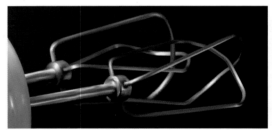

画廊：Ann Paidrick

Ann Paidrick 把最初的照片作为模板，用渐变网格对象非常精确地重新制作了这个搅拌器。她每次都集中处理一个部分（例如搅拌器、把手和软绳），根据对象相对的大小和形状，使用 Pen Tool（钢笔工具）来绘制长方形路径。她从照片里选择一个基本颜色样本来填充长方形，然后把对象变为一个网格：执行 Object（对象）> Create Gradient Mesh（创建渐变网格）命令。在创建渐变网格对话框里，她指定一行、一列以及扁平的外观。她用网格工具增加了更多的行和列并且调整点，组成她想要的轮廓。

她继续从照片里对色彩取样，然后给网格点着色。为了更进一步地勾画网格的轮廓，她使用 Add Anchor Point Tool（增加锚点工具）增加个别的点，然后用 Direct Selection Tool（直接选择工具）调整这些点。要了解塑造网格的更多内容，请看"混合、渐变与网格"章节中的"建造网格"课程。

PAIDRICK

画廊：Ann Paidrick

除了上一页插图中用到的技巧之外，Ann Paidrick 还使用了符号来增强这幅冰茶玻璃杯图像的真实感外观（选项板细节参见右图）。为了制作冰茶顶部的水泡，Paidrick 创建了各种大小和颜色的混合圆以制作符号集（关于符号的更多知识，请参阅"画笔与符号"一章。）为了完成对象中的细节层次，Paidrick 创建了

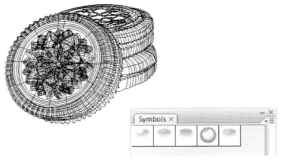

大量的复杂渐变网格。上图的饼干细节展示了一些渐变网格形状（在轮廓模式下查看）。

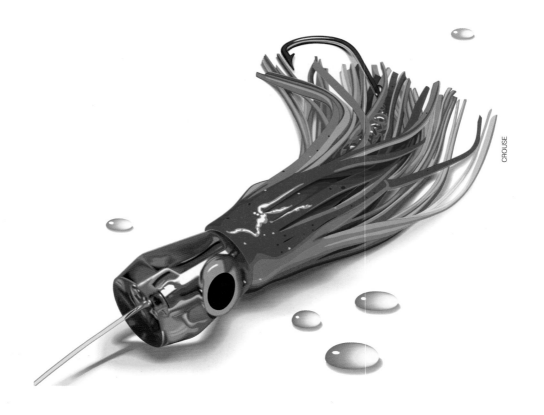

CROUSE

画廊：Scott Crouse

Scott Crouse 要求绘制的矢量图有足够的灵活性，并要求将被用于多种媒体（各种尺寸的标志和旗帜）的图片具有真实感，他结合混合和单色填充的路径创建了这幅鱼饵图片。Crouse 使用混合形状创建了真实感极强的头部、水滴和阴影，将明亮的、单色填充的形状堆叠起来构成了尾部。Crouse 使用混合对象旁边的填充形状的强烈对比来强调这幅栩栩如生的插图中的精巧细节。

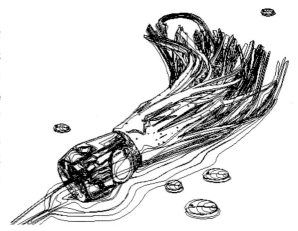

CROUSE

画廊：Scott Crouse

Scott Crouse 一丝不苟地绘制形状并着色（参见上面的选项板），然后使用这些形状所在的图层创建了这幅具有照片一般真实感的场景。Crouse 首先使用 Pen Tool（钢笔工具）绘制路径定义了一个区域，然后用相似的值（参见右下图的细节）给形状着色。在精选的区域（如蓝色车身）中，他创建了渐变。Crouse 的工作尺寸比要求的最终输出尺寸大，因此缩小图像后，人们能看到平滑的颜色过渡，而不是单独的形状。他用这样的技巧创建了一幅像照片一样真实的图像（参见左边 Layers 选项板上方的图片）。

画廊：Marc LaMantia

Marc LaMantia 扫描了自己的一张照片，用于创建这幅地铁出口的插图，在该图中他采用了下一页介绍的技巧。在本作品中，LaMantia 描绘了纽约城普通的一天中某一时刻的美丽。整幅插图都使用了透明度效果（参见"透明度"一章），许多阴影区域（比如楼梯之间的阴影）实际上都是用黑色图层的上一图层中的粉红色、红色和洋红色的形状制作的，很少有颜色是以 100% 的不透明度使用的。大量透明的图层（都在 Normal 模式下）的叠放给海报样式带来了强烈的深度感和趣味性。在 Outline（轮廓）模式（参见右下图）下查看该图时，细节的层次感显而易见。

画廊：Chris Nielsen

Chris Nielsen 用他那双艺术家的眼睛辨认出照片里微妙的色彩转换，并使用填充路径的图层把它们转化为一个惹人注目的图像。Nielsen 首先把最初的照片放置到底部图层中，并对它进行描摹。他一次处理一个很小的部分，例如狗的眼睛（详见右边下面的图）。他用 Pen Tool（钢笔工具）制作路径（没有填充，用黑色描边），并且描绘他在照片里看到的最初的色彩区域。首先他选择最暗值（深蓝色或黑色），然后在另一个图层上依次使用更浅的值绘制对象（浅蓝色、浅红色、灰色等等）。他继续创建路径图层直到覆盖所有的区域。他用这种办法从头到尾地在图像上移动，直到完成这幅狗的图像。当绘制完所有的路径时，他开始给它们填充颜色。Nielsen 选择 Eyedropper Tool（滴管工具），按住⌘/Ctrl 键切换到 Direct Selection Tool（直接选择工具），选中一个对象开始给它着色。然后他切换到滴管工具，松开⌘/Ctrl 键从照片里取样一个颜色。他在直接选择工具和滴管工具之间来回切换，直到填充完所有的路径。大多数时候，他都喜欢从照片里取样得到的颜色。如果不喜欢的话，他就使用颜色选项板里的滑块调整颜色。一旦给所有的路径填充完颜色，他就隐藏模板图层。如果他发现绘图里有白色的间隔，那么就表明路径没有交汇或重

叠。为了填充这些间隔，他制作了一个大的对象来遮盖区域，用深色填充并且把它放置到最下面的图层中。

14

Web 与动画

本章将着重介绍如何使用 Illustrator 准备艺术作品以用于屏幕显示。尽管本章中的任何一点在很大程度上都基于 Illustrator，但一些技巧也涉及到与其他应用程序一起使用。在本章中艺术家是通过使用许多与 Illustrator 一致的程序创作动画和网页图形的，这些程序包括 Adobe Flash、Dreamweaver、Premiere Pro 和 After Effects。

Adobe 添加了一些特性到 Illustrator 专用的 Flash 中，使它能同时使用 Adobe 的这些特性（当然，Adobe 现在拥有 Flash）。他们也改装了 Flash，使其能更加流畅地与 Illustrator 一起工作。现在用户能够更加容易地进行复制和粘贴、拖动和释放等操作，特别是从 Illustrator 转换到 Flash 里，以及导入一个 Illustrator 本机文档（.al 格式）。而且，当您从 Illustrator 中导入的时候，Flash 明显提高了保存对象的逼真度。如果您在 Flash 里使用符号、文本、混合、蒙版、透明度等等，那么可以期望得到更好的效果。

Web 设计师将发现 Illustrator 支持多种文件格式，并且创建 Web 图形的工作流程是流线型的。而且为网页制作的内容经常会被指定用于可移动设备，例如手机和 PDA。在文件菜单里选择存储为 Web 和设备所用格式命令，这样就能快速地为网页优化图形，并且现在还可以为可移动设备优化图形。您可以在多重视图的对话框里从视觉上比较不同设置的参数、文件压缩选项以及其他更多的内容。另外 Pixel Preview（像素预览）使用户能在 Illustrator 中查看到精确的消除锯齿效果。

CMYK 和 RGB 颜色模式

如果需要将作品同时用于打印和 Web，最好的方法是先工作在 CMYK 颜色模式下（使用较窄的色域），然后通过导出为 RGB 格式并调整颜色使之与初始的 CMYK 颜色较为接近，以创建最终的 Web 输出。

在 Flash 中使用 .ai

在 Adobe Flash 中使用 .ai 格式的文档（取代从 Illustrator 中输出的 .swf 文档）将会有很多好处，包括保留原始路径的位置、准确的路径形状、路径中锚点的数量、符号组、符号名称以及更多。

——*Andrew Dashwood*

从 *Color*（颜色）选项板菜单中选择颜色模式，还可以通过按住 *Shift* 键并单击光谱条对这些颜色模式进行转换。选择一种不同的颜色模式混合颜色并不会改变文件当前的颜色模式

如果需要用到 Photoshop……

关于使用 Illustrator 和 Photoshop 进行创作的更多细节，别忘了参阅"Illustrator 与其他程序"一章。

在 Illustrator 的 RGB 颜色模式下工作

如果您正在处理对象以用于网页、可移动设备或者视频，那么您应该会用到 RGB。因为 RGB 所显示的正是最后的可视媒体效果。即使一些网页格式（例如 JPG）能够嵌入一个色彩配置文件，然而 SWF 和其他格式却不能包含这个信息。如果您处理时使用 sRGB 色彩配置文件，那么您将会得到更多一致的结果（选择 Edit>Color Settings 命令，然后选择 North America Web/Internet 选项）。

处理 RGB 文档配置文件

为了在 RGB 模式里创建艺术作品，选择 File（文件）>New（新建）命令，然后从 New Document Profiles（新建文档配置文件）下拉列表框里选择 Web（网站）、Mobile and Devices（移动设备）、Video（视频）或 Basic RGB（基本 RGB）选项。所有这些配置文件的运转都大同小异。使用配置文件创建了一个文档后，您就能改变设置使之与其他配置文件相符合。因此您不需要复制粘贴您的图像至不同文档配置文件，为其他媒体而使其最优化。

Web 文档配置：它们和 CMYK 以及基本 RGB 文档配置文件一样，其大小是由剪切区域决定而不是由画板的大小决定。创建完 Web 文档配置文件之后，如果您想改变它的大小，选择 Crop Area Tool（裁剪区域工具），然后在属性栏里改变宽度和高度。

移动设备文档配置：它们的大小不仅是由剪切区域决定的（与 Web 配置文件相同），而且与透明度网格关联（执行 View>Show Transparency Grid 命令）。

Video 文档配置：它们的大小也是由剪切区域决定的，启动透明度网格，也包含 Center Mark（中心标记）、Cross Hairs（十字线）、Video Safe Areas（视频安全区域）、Screen Edge（屏幕边缘），还有 Crop Area Ruler（裁剪区域标尺）（双击裁剪区域工具，然后进入裁剪区域选

将 CMYK 转换为 RGB

如果用户有已经制作好的 CMYK 艺术作品，并需要将颜色模式转换为 RGB 用于屏幕显示，首先为文件保存一个副本，再执行 File>Document Color Mode>RGB Colors 命令。记住，尽量不要将艺术作品在不同的颜色模式间来回转换，因为这样会导致艺术作品颜色模糊或变淡（更多细节请参阅后面的部分）。

栅格对象用于屏幕显示

将矢量对象转换为基于像素的图像的过程称为"栅格化"。在一定程度上，除了 SWF 和 SVG 外，为 Web 或多媒体应用创建艺术对象的任何人都需要将矢量对象栅格化。在 Illustrator 中有两种方法来栅格化作品。如果用户希望永久地将一个对象栅格化，选取该对象并执行 Object（对象）>Rasterize（栅格化）命令。然而，如果使用 Effect（效果）菜单中的 Rasterize 命令，那么可以保持作品的可编辑性。如果采用这种方式，用户作品的外观是栅格化的，但是底下的矢量结构被保持了，因此依然能够被编辑。每个 Rasterize（栅格化）对话框都提供了选项，这些选项使得控制如何栅格化作品变得容易。

将作品保存为 GIF 还是 JPEG？

在决定是将图像保存为 GIF 还是 JPEG 格式时，请在 File>Save for Web & Devices 对话框中尝试不同的优化设置，查看存储为哪种格式看起来的效果最好、文件最小。一般来说，如果作品有较大的单色填充区域或由矢量图形（比如使用 Illustrator 创建的对象）组成，请将作品保存为 GIF 格式。另一方面，如果作品包含有颜色范围或灰度级范围很宽的"栅格"图像（例如照片），或者包含有渐变或渐变网格，请将作品保存为 JPEG 格式。

批处理优化

将 File>Save for Web & Devices 命令和 Actions（动作）选项板结合，可以对共享一个自定义选项板的多个 GIF 文件进行优化操作的批处理。新建一个文件，然后将需要共享选项板的多个 Illustrator 文件都复制到该文件中，使用 Save for Web 命令找到颜色和选项板尺寸的最优组合，然后在按钮弹出菜单中单击 Save Color Table（存储颜色表）命令，之后将该文件关闭，并打开这些单独的 Illustrator 文件中的一个，开始录制一个新的 Action（动作），然后执行 Save for Web 命令，载入颜色表，并保存这个文件。之后用户就可以运行这个自定义的动作以自动处理剩下的 GIF 文件。

——*Cynthia Baron*

项对话框，禁用或启用它们）。裁剪区域标尺显示在工作区域的外面，具有文档标尺的独立功能，从左上 X 和 Y 轴线开始。裁剪区域标尺在变形的像素文档预设里显示像素的比率，比如 NTSC DV 宽屏。

- **基本 RGB 文档配置**：与 Illustrator 和当前 CMYK 文档配置文件的功能相同，但是，由画板而不是裁剪区域决定文档边界。

对 RGB 和 CMYK 颜色模式的一些看法

- **如果要将艺术对象用于打印以及屏幕显示，则可在 CMYK 颜色模式下创建艺术对象，再将其导出为 RGB 颜色模式**。既然 CMYK 色彩空间所具有的色域比 RGB 更小，并且它能够为打印制作出可预测的色彩输出，那么您可以在 CMYK 里创建艺术作品，然后再把艺术作品输出到 RGB 并在显示器上显示出来，这种做法是有意义的。RGB 具有更宽的色域，因此当您把艺术作品转换至 RGB 时，RGB 不会修剪压缩 CMYK 文档的色彩。

- **不要将同一艺术对象重复地在 RGB 和 CMYK 颜色模式间转换**。将 RGB 转换为 CMYK 时，将把一个颜色范围（色域）强制压缩为较小的一个颜色范围，这个过程涉及到了减去或压缩一定的颜色，将使得图片看起来比较模糊或变淡。

Web 色板库

Illustrator 包含一个 Web 安全色选项板，组成它的 216 种颜色在创建 Web 艺术对象时十分可靠，不过人们认为它不再像以前那么重要了。显示器已经发展到了这样一个程度：现在大多数用户都能显示千万种颜色。当然，如果您想小心一点并确认即使是使用很旧的设备的人也能看到您指定的颜色，也可以使用 Web 安全色。

指定 URL 和切片

Illustrator 的 Attribute（属性）选项板允许用户对选中对象或矩形选区创建一个图像映射区域，并指定一个 URL，用于在 Web 浏览器中浏览、链接到其他网页或 Email 地址。当您从带有圆角边界的所选对象中创建图像映射的时候，如果您运用多边形图像映射图链接，它们可能会沿着图像的轮廓创建，如果应用 Rectangular（矩形）选项，它们可以是平直边界链接，与图形最外面的边界平行。

当切片在色板上被改变的时候，从选区中创建的切片将会自动改变自身的大小和位置。当您把自己的文档作为 HTML 格式和图像输出的时候，Illustrator 将会创建一个整个页面的单一图像——图像的格式是您已经选择好的（GIF、JPG、PNG 等），并且 Illustrator 还会把 HTML 编码写入包含有热点和 URLs 的页面中。

注意：图像映射（Image maps）可以作为 SWF 输出，它能够在安装有 Flash 外挂程序（Plug-in）的 Flash 播放器或者网页浏览器中起作用。不过，如果您把 SWF 或者 AI 文件导入到 Adobe Flash 的专业版本中，那么交互性就会丢失而且您需要重新创建它。

为了给一个选区定义一个 URL，先打开 Attribute（属性）选项板，从 Image Map（图像映射）下拉列表框中选择图像映射的类型，然后在 URL 文本框中输入指定的 URL。如果需要检验输入的 URL 是否正确，只需单击 Attribute（属性）选项板中的 Browser（浏览器）按钮，这将自动启动计算机中默认的浏览器，并自动打开该链接。执行 Save for Web 命令，并选择 HTML and Images（*.html）类型即可将该文件导出。

切片有固定的大小并且具有长方形的标记，位于您的艺术作品的上面。它们不能像图像一样自动改变自身的大小。通过运用 Slice Select Tool（切片选择工具）可以手动改变它们的大小。当您使用按钮的时候，创

保存为 Web 所用格式命令

Save for Web（存储为 Web 和设备所用格式）命令为优化 Web 图形提供了很多选项。

- **Tools（工具箱）**：一个有限的工具集，能够让用户进行放大、查看全部、选取切片和在艺术对象中采用颜色等操作。

- **Views（视图）**：为用户提供了多种可用的视图，以对最终的图像质量和压缩设置进行权衡和折中。

- **Settings（设置）**：从 Preset（预设）下拉列表中可以容易地选择各种预设的压缩设置。如果用户对于 Web 图形比较陌生，可以使用这些预设中的一种。当选择不同的预设时，在 Settings（设置）选项区中特定文件类型对应的选项也将更新。在“预设”右侧的弹出菜单中执行 Save Settings（存储设置）命令即可保存用户当前的设置。

- **Color Table（颜色表）**：对于 GIF 和 PNG-8 文件格式，颜色表将更新图像中的颜色数目。单击选项板底部的相应图标即可锁定颜色或转换到某一 Web 安全色。

- **Image Size（图像大小）**：要改变最终被优化过的文件的大小而非原始艺术作品的大小，单击 Image Size（图像大小）标签并输入新值即可。

- **Browser（浏览器）按钮**：要在一个浏览器中预览到被优化过的图像，单击对话框底部的浏览器按钮即可。

- Color Table (颜色表): 8 位图像最大的颜色数目是 256。Perceptual (可感知) 选项比人眼的区分更敏感; Selective (可选择) 选项更为强调颜色的完整性, 是默认选项。
- Colors (颜色): 在颜色表中最多有 256 种颜色, 然而, 图像可能不需要这么多的颜色数目。优化时, 在颜色表中通过调整颜色的数目, 选择一个较小的数目可以压缩文件。颜色数目越少, 文件也越小。
- Dither (仿色): 在一个受限制的颜色选项板中混合颜色。选择 Diffusion (扩散) 选项对仿色进行扩散是最佳的。通过调整 Dither (仿色) 滑块改变抖动的量以减少单色填充区域的条带效应。对于清除边缘的矢量图形, 请关闭该选项。
- Transparency (透明度): 请为非矩形的、希望放置于多彩背景上的艺术对象勾选该复选框。要降低边缘被人工处理过的痕迹, 请在 Matte (杂边) 下拉列表框中选择一种颜色, 对透明的边缘进行混合。
- Interlacing (交错): 允许下载者在图像被下载时看到低分辨率的版本, 这个图像版本的清晰度将持续增强, 直到达到全部的分辨率。非交错扫描的图像每次绘制一行。

建页面切片是十分有用的。您可以勾画出比按钮还大一点的点击区域, 它能够激活更容易使用的网址导航器。当您把自己的文档作为 HTML 和图像输出的时候, 您的整个页面就会没有接缝地被分成一系列的图像和 HTML 编码, 现在还包含 URLs。

如果您想要创建一个切片, 而且确定它的位置能够保持不变: 当您要更新最初从切片合成而来的艺术作品时, 选择 Object (对象) >Slice (切片) >Create from Selection (从所选对象创建) 命令, 或者使用 Illustrator 的切片工具绘制一个切片。当您选择 File>Export>Photoshop (.PSD) 时, 被应用了属性的切片就会作为以图层为基础的切片被导出。如果您在 Photoshop 里编辑被导出的图层, 那么和图层相对应的切片将会重新改变自身的形状, 其做法与在 Illustrator 里相同。这种 PSD 导出选项仅适用于依附于不包含任何编组或者子图层的元素的切片。

释放到图层

Illustrator 能将多个对象或混合对象之中的每一个都分配到其自身的图层上, 例如, 将多个对象放置在多个单独的图层中, 以便较容易地开发动画。(参阅本章后面的 "走进一个 Flash: 为 Flash 动画制作艺术对象" 部分。)

在 Layers (图层) 选项板中单击一个图层、组合或者混合使其呈高亮显示。接着, 从 Layers (图层) 选项板菜单中选择 Release to Layers (Sequence) 命令, 则在当前的图层或组合中创建的每一个新图层都包含着一个对象。当您想在另外一个程序中单独操作每一个元素或希望动画是一个序列时, 请启用该选项。

要实现附加的效果, 请执行 Release to Layers (Build) 命令, 这样创建的每一个新图层中将包含一个以上对象。虽然两种方法最终都获得相同数目的图层，但不同方法得到的图层看起来将有很大差别。如果想创建这种包含了前一个元素的"累积动画"，请启用该选项。

导出的文件格式

存储为 Web 和设备所用格式

您可能认为自己需要从 Illustrator 里导出文件以便在其他程序中使用它们。那么请注意，如果您打算把 Illustrator 图像转换到 Adobe Flash 里，那么您将会获得最满意的结果——不是导出文件，相反是在 Illustrator 里保存 .ai 格式的文件，然后把它导入到 Flash 里。Illustrator 的一个重要特性就是能将优化过的文件从 Save for Web & Devices 对话框中导出。在网络上，GIF 和 JPEG 是两种被普遍使用的图像格式。GIF 文件支持透明度，而 JPEG 文件不支持。

JPEG 提供了不同层级的压缩，非常适合色调连续的图像（比如照片或渐变）。尽管 JPEG 是一种"有损"格式，但折中的效果依然能产生高质量的图像，这也就使得 JPEG 对于 Web 设计师来说特别有用。

PNG-24 是一种无损格式，有 8 字节的透明度（透明度有 256 个级别），而且它和连续色调以及实色彩图像都非常匹配。它可能和非常老的没有安装插件的浏览器不兼容。通常，如果您的目标读者需要这些图像是 216 色，那么他们就不能够浏览 PNG 文件。

要保存作品的一个版本以用于网络，可以执行 File> Save for Web&Devices 命令，在打开的对话框中调整不同的优化设置。如果在文件中定义了切片，则可以使用 Slice Select Tool（切片选择工具）单击并选中希望优化的切片，然后在 Optimized file Format 下拉列表框中选择一种文件格式。

选择性地导出艺术对象

当您导出在 Illustrator 旧版本里创建的艺术作品、基本的 RGB 配置文件或者任意 CMYK 配置文件的时候，Illustrator 包含了文件中的所有对象，即使有的对象在画板之外。如果启用了 Image Size（图像大小）标签下的 Clip to Artboard（剪切到画板）复选框，将只导出在画板之内的那些对象。如果想只导出艺术作品的一部分，先在想导出的作品周围绘制一个矩形，然后执行 Object（对象）>Crop Area（裁剪区域）>Make（建立）命令，再打开 Save for Web 对话框或使用裁剪工具定义裁剪的区域即可。
——*Jean-Claude Tremblay*

将标尺转换为像素单位

在标尺（执行 View>Show Rulers 命令）上按住 Control 键单击（Mac）或单击鼠标右键（Win），在弹出的菜单中选择 Pixels（像素）命令，即可以像素为单位显示标尺。

透明度和 Web 颜色

即使正工作在 RGB 模式并使用了 Web 安全色，但如果文件中使用了 Illustrator 的透明度，在对作品进行栅格化或拼合时，都将得到溢色警告。为了避免过多的抖动，建议将使用了透明度的文件保存为 JPEG 格式而非 GIF 格式。

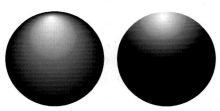

将非中心的径向渐变色彩输出成 SWF
左图：使用 Preserve Appearance（保留外观）来输出 SWF
右图：使用 Preserve Editability（保留可编辑）输出 SWF

如果想比较两个或更多设置的压缩效果，单击 2-Up 或 4-Up 等其他视图。每个预览选项板的下方将列出最终的文件格式、大小、下载时间和文件的压缩设置。

最后，如果希望将艺术作品导出，单击 Save（存储）按钮并指定文件的保存方式。如果艺术作品包含切片，可选择同时导出图像和 HTML 文件；如果打开 Save for Web & Devices 对话框只是为了对切片定义优化设置，可以单击 Done（完成）按钮返回绘图界面，Illustrator 将记住刚才所应用的设置。

导出为 Adobe Flash（SWF）

虽然在 Illustrator 里将文件保存为 .ai 格式并且在 Adobe Flash 里打开可以得到最满意的结果，但如果您正在使用 Macromedia Flash 的旧版本或者是在 Illustrator 里直接制作最终的动画文件，那么导出 SWF 文件是非常有用的。如果有 Adobe Flash 的话，那么您还可以在 Illustrator 和 Flash 之间进行复制和粘贴等操作。要注意的是，作为 SWF 导出可能会把您的艺术作品分成许多单一的对象，即便您已经制作了这些对象的 Flash Movie Clips（Flash 影片片段）。

以下是一些在 Flash 中最大化 Illustrator 文件的质量和有效性的策略：

- **使用 Illustrator 中的符号替代重复的对象。** 使用 Illustrator 可以将栅格艺术对象以及矢量艺术对象转换为能多次放置的符号，而无需使用原始对象的多个副本。每次放置一个符号的一个实例时，就和存储在选项板中的符号建立了一个链接，而非复制艺术对象，这就减小了 Illustrator 文件的大小，也减小了从 Illustrator 导出的 SWF 文件的大小。

- **选择导出图层至 SWF 帧，把每个 Illustrator 图层变成一个单独的 Flash 帧。** 这种方法把 Illustrator 图层导出作为动画单独的元素。

工作区域内部包含的路径将全体被导出，当您创建一个 SWF 文件的时候，为了尽可能缩小文件的大小，您可以选中艺术作品，把它们拖到不需要的区域，使用 Erase Tool（橡皮擦工具）的同时按住 Option/Alt 键，在矩形选区里删除路径，这样就能永久移除多余的路径了。

当导出 SWF 文件时，在 Preserve Appearance（保留外观）和 Preserve Editability（保留可编辑性）之间进行转换，检查最优化视图，确认对象没有发生任何改变。

当虚线描边导出到 SWF 的时候，它将被栅格化。选中虚线描边，并且选择 Object（对象）>Expand（扩展）命令，那么在您的 SWF 文件里描边就保存为了矢量状态。

视频的 PNG-24 输出

处理非正方形的（变形的）像素录像设计，需要位图文件而不是矢量文件的时候，PNG-24 就非常有用。当您存储为 Web 和设备所用格式来最优化保存图像分辨率时，选择 PNG-24 格式。不幸的是，为变形图像选择 PSD 将会导致图像扭曲，当您把它放置到一个视频编辑应用程序的时候，或导致改变它的质量——如果您不得不调整它的大小。

从 NTSC DV 宽屏文档配置文件中创建的文档里输出一个位图，您可以使用 File>Save For Web & Devices 命令，然后选择 PNG-24 作为格式。在 Image Size（图像大小）标签下，通过 Constrain Proportions（约束比例）复选框把文件大小从宽 864 像素、高 480 像素改成宽 720 像素、高 480 像素（变形的像素尺寸和裁剪区域标尺显示在工作区域外面）。当您在 Photoshop 里打开 PNG 文件时，选择 Image>Pixel Aspect Ratio> D1/DV NTSC Widescreen（1.2）命令，这时图像就显示正确的比例了。

Go,Go, 动起来！

如果使用能够识别 Illustrator 各种内容的 Adobe GoLive 6.0 或更高版本，即可更进一步处理动态图形。只需简单地将文件保存为 SVG 格式并将它导入 GoLive 作为 Illustrator 中的 Smart Object（智能对象）即可。在 GoLive 中可以改变此前在 Illustrator 中定义的变量。

CSS 图层

Illustrator 允许用户导出 CSS〔Cascading Style Sheets（层叠样式表）〕图层。新式的浏览器利用了 DHTML，它允许用户堆叠艺术对象图层。在利用 Save for Web 对话框进行导出操作时，可以将最上方的图层转化为 CSS 图层，并且用户可以从此处的 Layers（图层）标签中指定导出哪些图层。

SVG 浏览器外挂程序

Illustrator 装载有标准的（并且是默认安装）SVG 3.0 浏览器外挂程序。如果您想创作 SVG 图形，要确保任何想浏览 SVG 图形的人登录 www.adobe.com/svg 网页就能够下载免费的 SVG 3.0 浏览器。Adobe 公司将从 2008 年 1 月 1 日起不再支持 SVG 3.0 浏览器，因此在这一天之后，为了避免产生不安全隐患，您可能需要使用其他的浏览器外挂程序了。

花园切片

在 Illustrator 中设计一个 Web 页面

概述：为网页设计创建文档；使用层构造艺术对象；创建向导为艺术对象定位；保存一个页面图像；切片艺术对象，保存到 HTML 文档或切片图像文档里。

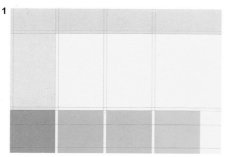

Gordon 首先创建了一个 700×500 像素的文档，然后创建长方形，用彩色填充代表主页的区域，他用图像和文本填充之后的页面

如何使用修剪画板？

默认网页文档配置文件的修剪区域非常大，一般为 14400×14400 像素。使用修剪画板达到预期结果，要限制切片范围，运用 File（文件）> Document Setup（文档设置）命令来缩小画板，使之与修剪区域相匹配。注意修剪画板配合文档使用，能创建当前文件的基本 RGB，制作的方法和旧版本文档相同，旧版本文档用页面大小而不是修剪区域来定义切片。

——*Jean-Claude Tremblay*

如果您觉得用 Illustrator 设计、绘制图像很惬意的话，为什么不用它设计 Web 页面呢？ Steven Gordon 运用 Illustrator 设计并预览 Web 页面，在他的 Web 软件中，他创建多个文件，创建切片并使艺术作品最优化。

1 选择文档设置。开始设计页面，首先要创建一个新文档（执行 File>New 命令）。弹出新建文档对话框，在新建文档配置文件下拉列表里选择 Web 选项，然后在 Size（大小）下拉列表框中选择默认大小或键入自定义大小。因为要把艺术作品导出到位图格式，比如 GIF、JPEG 等，启用 View（视图）>Pixel Preview（像素预览）。通过像素预览能看见混淆现象，此时艺术作品好像被栅格化了。如需要的话，可以进行任意调整。

2 使用图层构造页面并添加艺术对象。运用图层选项板为您的网站设计版面布局，安排页面内容（想更多了解图层，请看"图层和外观"章节）。Gordon 为网站准备了 5 个页面，然后分别给每个页面制作了一个主图层，对每个图层具体页面的字体、艺术对象、图像又制作了子图层。

只要您给文档创建了层构造，那么就要创建一个网格，执行 Preferences（首选项）>Guides ＆Grid（参考线和网格）命令来帮您排列、限制艺术对象。或者创建一系列参考线,选择 View（视图）>Show Rulers（显示标尺）命令（⌘-R/Ctrl-R）,从标尺里把参考线拖动至页面,用属性栏或变换选项板对它们准确定位 [确认禁用 View（视图）> Guide（参考线）>Lock Guides（锁定参考线)命令]。现在您准备好了,开始制作网页内容。

3 **保存图像并切片**。完成网页制作后,保存每个页面的图像,作为网页软件的模板。这很简单,隐藏网页中所有的图层,主图层和其子图层除外,然后选择 File（文档）> Export（导出）命令,再选择与您的网页软件相兼容的文档格式。另一个选项是导出作为图像切片的文本、艺术对象和图像,然后您就能在网页软件里使用它们完成页面制作。使用艺术对象选区、参考线或切片工具,可以修剪不临近的对象:Illustrator 增加了空白切片来填充对象之间的间隔。首先,选中一个对象（如果切片是针对蒙版图像,单击剪切蒙版,不要单击图像本身）,然后选择 Object（对象）>Slice（切片）>Create（建立）命令。重复这些步骤,直到创建了所有想要的切片。如果想移除切片,选中并删除它,或在图层选项板里拖动切片名称至选项板的垃圾桶图标。

　　当完成对艺术对象的切片时,可以把它作为文本或图像保存。选择 File（文档）> Save for Web and Devices 命令,弹出对话框,单击 Slice Select Tool（切片选择工具）,再选择其中一个切片,为要保存使用的切片选择设置。比如花的图像,Gordon 选择 JPEG 作为文档格式,启用 Optimized（最优化）使文档更小。单击保存之后,他给 HTML 文档（会自动生成每个切片图像文档的主文件名）输入文档名,确认 HTML 和图像在保存类型下拉菜单里被选中。Gordon 在网页软件中打开 HTML 文档,继续制作页面。

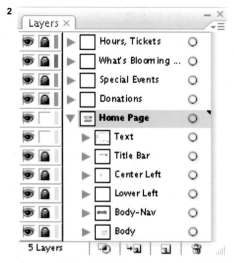

为页面设计准备图层结构,在主页中显示各种各样的页面以及主图层和子图层元素

选择 Object（对象）>Slices（切片）> Create（建立）命令,制作编号的切片

216 种还是上万种色彩?

调色板里有 216 种色彩,给 Web 设计安全色彩,在 8 位显示器中呈现文本和图像。但是现在有多少人只知道 8 位色彩呢? 人数不多。大部分电脑都配置了 24 或 32 位的视频卡,不需要给 Web 设计安全色。因此用户不仅仅在 216 种色彩里选择,还可以从上万种色彩里选择。

图层化帧

将图层化的艺术对象转换为关键帧

概述：绘制艺术对象用于打印；使用艺术对象设计动画序列；为动画的关键帧创建图层，并将文本和作品放置在合适的位置；将图层导出为 Shockwave Flash（动画帧）。

为 Red Grape 的餐馆菜单制作的原始艺术对象

在序列的开始或结束时通过定位对象和文本来设计动画序列

Lehner and Whyte 的 Hugh Whyte 在使用 Illustrator 给加利福尼亚的 Red Grape 餐馆设计好商标标志、菜单和壁画后，他又面临了一项新的任务，那就是还得把作品转换为该餐馆网站（www.theredgrape.com）上的 Flash 动画。再造作品的关键是在 Illustrator 和 Adobe Flash 之间制作生产性的工作流程，而 Illustrator 和 Adobe Flash 能允许制作者在每个设计者都很了解的软件中进行设计。

1 为关键帧绘制艺术对象并设计对象和文本。Whyte 绘制的人和食物最初都是为打印菜单设计的，他返回此艺术对象将其准备为 Flash 动画以用于网络。

在 Illustrator 里开始的话，您可以使用已经创建好的艺术作品。确定每个对象在动画序列中的开始和结束位置，同时也要注意对象在序列中移动时会在什么位置改变方向。

2 在图层上布置艺术对象。为了便于双方的合作，Whyte 和 Murphy 设计了一个工作流程，这个工作流程是 Whyte 在 Illustrator 中创建的，Murphy 将在 Flash 中将它用作关键帧。您也可以这么做（即自己在 Flash 中制作最终的动画），并尽情享受使用 Illustrator 制作动画框架的乐趣。

首先选择 File（文件）>New（新建）命令，在弹出的对话框中选择 Web（网站）选项，把它作为新文件的配置文件。复制并且粘贴一个矢量对象或者矢量标志，把它放置到您的新文件里。接下来把它转换成一个符号（选中所有的路径，然后单击 Symbols 选项板右下方的 New Symbol 按钮，接着在 Symbol Options 对话框里选择 Movie Clip 单选按钮）。现在您在符号选项板里有了一个新符号并且在画板上的路径将会被转换为新符号的一个实例。Flash 能够把 Illustrator 的动画图层转换为关键帧。如果您使用旋转符号、缩放符号或者从一个图层到另一个图层的透明度变化符号，那么 Flash 可以自动创建所有位于关键帧之间的帧。

如果您只是偶尔把一个符号制作成动画，您可以在 Illustrator 的单独图层里排列您的内容，然后在把它导入到 Flash 之前释放符号至图层。要确认您在 Illustrator 里创建的关键帧的数量是最小值，因为 Flash 的 Motion Tween 能够创建均匀分布的、更容易控制的中间帧，并且这些中间帧能够更容易与声画同步。

为了制作一个符号从场景的外围进入，穿过中心舞台，接着退出舞台的动画，首先您需要把符号的第一个实例定位在页面帧的外面。现在您按住 Option/Alt 键拖动符号的第一个矢量到画板上，它稍后就变成了第二个关键帧。旋转、缩放或者改变符号的透明度，然后重复这些步骤，直到符号消失在画板上为止。为了能够把艺术作品转换为 Flash 能够辨认出来的主要帧，在画板上为每一个符号创建一个空白的新图层，然后分别选中每一个符号，把位于图层选项板里的选择指示器拖到下一个图层。重复这个步骤，直到所有的符号都位于自身的图层上为止。然后把它们保存为一个本地 AI 文件，直接导入到 Adobe Flash 的场景中，选择 Convert Layers to Keyframes（转换图层至关键帧）操作。

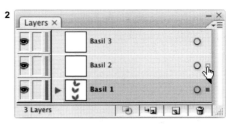

在画板中选择符号，然后拖着高亮显示的指示器将符号移动到另外的图层中

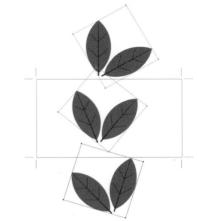

最终动画片段中的符号副本被安排在 3 个图层，在 Flash 中它们将成为不同的帧

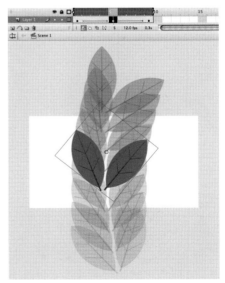

Illustrator 的符号在 Flash 的场景里，在时间轴上运行过洋葱皮效果之后，显示出不同的树叶形态

走进一个 Flash

为 Flash 动画制作艺术对象

概述：描画作为动画角色的艺术对象；为动画中的移动部分创建画笔和混合对象；将艺术对象导出为 AI 文件和一个 SWF 动画；在 Illustrator 中预览动画；在 Flash 中导入和编辑。

1

使用自定义的书法画笔勾画的图像（关于画笔的帮助信息，请参阅"画笔与符号"一章）

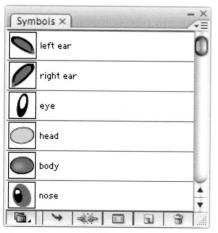

以 *Large List View*（大列表视图）显示的 *Symbols*（符号）选项板

西雅图的美术师和漫画家 Kevan Atteberry 在为 Flash 中的动画准备艺术对象时，知道如何最大限度地应用 Illustrator。除了将 Illustrator 文件制作成一个充满了在后面 Flash 中将要用来制作动画角色的眼睛、耳朵、手臂和腿的素描板之外，Atteberry 还使用 Layers（图层）选项板来预览部分动画。当他在 Flash 中制作最终的动画时，还从 Illustrator 中导出了一个 Flash 动画作为一个草案进行查看。

1 勾画角色，绘制身体的各部分。 Atteberry 首先制作了一个自定义的书法画笔，用该画笔勾画了一系列的面部表情和动作姿态，琢磨着一只狐猴的形象特征直到他对这些特征满意了，然后准备构建这只狐猴的身体部分。绘制完成角色的各个部分后，可以将艺术对象保存为 Illustrator 对象或转换为符号实例。在 Illustrator 中将艺术对象转换为符号实例所需要的步骤少于将艺术对象移到 Flash 中制作符号所需的步骤。另外，如果计划从 Illustrator 中导出一个 Flash 电影，将角色的各部分转换为符号实例将得到一个较小的、能被快速下载的 Flash 文件。

　　要制作符号实例，选中为每一部分身体所绘制的艺术对象，将其拖到 Symbols（符号）选项板中。在释放鼠标左键的时候，Illustrator 将在 Symbols（符号）选项板中把该艺术对象添加为一个符号，并使用刚制作好的符号的一个实例替代选中的艺术对象。

为对象制作画笔、创建混合，扩展混合并创建符号。

无论要将哪一部分制作为动画，都需要先创建一连串按顺序排列的部分，例如，一条腿从伸直状态移动到弯曲状态。Atteberry 为狐猴要移动的部分创建了多个艺术画笔，以便于使用画笔以动作的顺序绘制每一部分（这样就节省了按照顺序为每一部分创建单独对象所要做的工作）。首先为身体部分绘制一个版本，当获得满意的外观时，将它拖动并放置到 Brushes 选项板中，在打开的 New Brush（新建画笔）对话框中，选择 New Art Brushes（新建艺术画笔）单选按钮。

　　接下来，为动作顺序中的两个极端创建艺术对象。先绘制伸直的部分，再移过一小段距离绘制弯曲的部分。然后选取这两条路径，应用刚刚创建的艺术画笔，此时即可依照动作顺序制作其他部分，确认两条路径仍处于选中状态，执行 Object>Blend>Make 命令，再执行 Object>Blend>Blend Options 命令，在打开的 Blend Options（混合选项）对话框中将 Spacing（间距）设为 Specified Steps（指定的步数），并输入合适的步骤数目。可以考虑使用一个较小的混合步骤（Atteberry 使用 3 或 4），如果在 Flash 动画中将这些步骤应用作为帧，则可以使 SWF 文件有较少的帧和较小的文件大小。最后，执行 Object>Blend> Expand 命令扩展混合并对它进行解组，以使您有单独的对象可以用于构造动作序列中的动作。

2

Atteberry 为移动部分创建的两个画笔

伸直时和弯曲时的狐猴腿，它们代表了一个动作序列中的两个极端，Atteberry 使用它们制作混合

步骤数为 3、在伸直时和弯曲时的狐猴腿之间制作的一个混合

从 Illustrator 到 Flash

如果您正在使用 Adobe Flash，那么保存您的 Illustrator 文件并且把它导入到 Flash 里。如果您正在使用 Macromedia Flash 的一个旧版本，那么您使用 File（文件）>Save for Web & Devices（存储为 Web 和设备所用格式）命令，或者选择 File（文件）> Export（导出）命令并选择 SWF 格式保存，很可能会得到比较好的结果。有重要的一点需要注意：因为路径在 Flash 和 Illustrator 里看起来没有什么区别，您需要在 SWF 输出选项对话框里设置 Curve Quality（曲线品质），把它变成 10。否则，路径和贝塞尔曲线将会被简化并被轻微更改。

将 Illustrator 的 Layers（图层）选项板作为一个粗糙的胶片放映机来预览一个动作序列

粘贴到 Flash

用户可以复制 Illustrator 中的艺术对象并粘贴到 Flash 中。但要小心，因为在 Flash 中执行粘贴后，一些具有复杂样式和位图效果的 Illustrator 艺术对象看起来将不正确。

3 **预览并导出一个 SWF 动画。**要将文件准备为动画，首先添加图层，使图层的数目与显示动作序列所需的帧数一样多。像处理每一个动画帧一样处理每一个图层，在每一个图层上按照动作序列为一个特定的动作或步骤组装艺术对象。在各个图层之间移动，并在每个图层上创建角色的表演，直到角色具备了希望预览到的姿势或动作。当处理完所有图层后，执行 File>Save for Web 命令，在 Format 下拉列表框中选择 SWF 格式，并在其下面的下拉列表框中选择 AI Layers to SWF Frames 选项。

可以使用另外一种动画技巧来预览动作——在 Illustrator 自身内部进行预览。Atteberry 构造了部分动画的一个草案以对对象的外观和动作序列进行预览。要实现这个目的，可以先沿着上述的步骤在连续的图层上构造状态位置的预览。在使用艺术对象填满所有的图层之后，从 Layers（图层）选项板菜单中选择 Panel Options 命令。要显示大的缩览图，勾选 Show Layers Only（仅显示图层）复选框，再选择 Other（其他）选项并在其后的文本框中键入 100 像素。要预览动画，只需将光标放置在 Layers 选项板的滚动箭头上，按住左键使图层缩览图滚动，就像在放映机中播放一样。

4 **保存文件并导入到 Flash 中。**为了在 Flash 里制作具有交互性或音频的复合动画，您可以使用您的艺术作品，不是导出一个 Save for Web & Devices（存储为 Web 和设备所用格式）的 SWF 文件，而是保存一个本地 AI 文件。当您使用 Flash 的时候，直接导入您的 AI 文件至场景并且选择 Convert Layers to：Frames（转换图层至：帧），那么您的整个动画就会在时间轴里被准确排序了。为了使动画能够更加流畅地回放，您可以增加帧频率，接着自动添加缩放和旋转对象的中间帧或者使用扩展画笔的 Shape Hinting 来调整它们的运动。

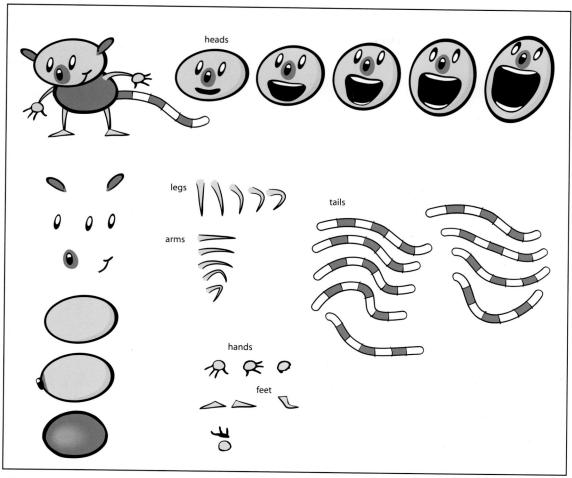

ATTEBERRY

画廊：Kevan Atteberry

为了辅助构造前一课中描述的动画 Millard and the Pear，美术师 Kevan Atteberry 开发了一个包含可反复循环使用的身体部分的文件——一个卡通 Morgue。他从该文件中复制了这些身体部分，并将它们粘贴到他创建的动画文件中。为了减小动画文件的大小，Atteberry 将作为身体部分的艺术对象拖动到 Symbols（符号）选项板中，将其转换为符号实例。当他需要编辑一个文件中的符号时，在 Symbols（符号）选项板或画板中双击该符号，进入符号编辑隔离模式。他编辑符号直到得到希望的效果，然后在画板上双击退出隔离模式。被编辑的符号将在选项板中自动更新，该符号的实例也是一样！

动画片段

准备用于创建动画的文件

Illustrator 结合 After Effects

概述：制作基本元素；用 Knife Tool（美工刀工具）切割元素；对 <Path> 元素排序并将它们分离成图层；导出文件以创建真正的动画。

1

在使用 Pen Tool（钢笔工具）绘制 huge 字母之后，Lush 使用 Type Tool（文字工具）创建了 records 和 TM 文本，然后将文本转换为轮廓，这样就可以使用 Direct Selection Tool（直接选择工具）修改文本的形状了 [上下两图分别显示在 Outline（轮廓）模式和 Preview（预览）模式下的最终对象]

2

Lush 剪切对象之后的作品，上下两图分别是在 Outline（轮廓）和 Preview（预览）模式下显示的（移开了预览的各个部分，以便能看到剪切）

Terry Lush 用 Illustrator 为 hugerecords.com 网站创建了这幅"最新发布的唱片"的动画效果。

1 创建基本元素。可以使用任何工具创建基本元素。在 Lush 的动画中，他用 Pen Tool（钢笔工具）绘制了 Bauhaus 字体的"huge"字样的轮廓，然后用 Type Tool（文字工具）创建了"records"和"TM"文本，并将文本转换为轮廓（执行 Type>Create Outlines 命令，或使用快捷键⌘-Shift-O/Ctrl-Shift-O），以便可以使用 Direct Selection Tool（直接选择工具）略微修改字母的路径。在创作中，Lush 保存了他的文件。

2 切割线条。为了看到应该在何处切割元素，可以绘制线条作为参考线（按⌘-5/Ctrl-5 键）。Lush 使用 Knife Tool 将字母切割成片段。为了得到笔直的切割线，在用 Knife Tool 单击并拖动时按住 Option/Alt 键（加上 Shift 键将产生笔直的线条）。左边的对象先显示为 Outline（轮廓）模式，然后显示为 Preview（预览）模式。

给动画排序，并将元素分配到图层中。 为了解决动画中各个片段的排序问题，Lush 扩展了包含单独的 \<Path\> 元素的图层。首先，Lush 隐藏了所有路径，然后尝试着每次只显示一条路径，直到他决定了希望的让路径显示的次序，然后对 \<Path\> 元素重新排序以匹配查看的序列。

在一个图层中按照正确的顺序重新布置路径之后，需要将各个 \<Path\> 分配到各自的图层中。要做到这一点，先单击图层的名称，然后在 Layers（图层）选项板菜单中选择 Release to Layers（Build）[释放到图层（累积）] 命令，此时选取子图层（单击第一个子图层，按住 Shift 键单击最后一个子图层）然后将它们拖到密集的图层之上，这样它们就不再是子图层了。

制作动画，创建演绎效果。 Lush 将图层化的 Illustrator 文件导出到 After Effects（可从 WWW.adobe.com/pro-ducts/aftereffects/ 上下载试用版）中。在 After Effects 中，Lush 选取了所有图层并将图层的长度修剪到 7 个帧。然后执行 Animation> Keyframe Assistant>Sequence Layers 命令，将序列的参数设置为如下方式：每个图层包含 7 个帧，并有两帧与下一图层进行匀滑转换。Keyframe Assistant 自动将图层按顺序序列化，并通过为每个转换都使用正确的不透明度，从而产生关键帧以实现匀滑转换。保存文件后，Lush 将 After Effects 电影导出为 QuickTime 格式，然后将动画在他的 3D 程序 Cinema 4D 中打开，将动画映像为具备 3D 效果的、像 Times Square 一般的广告牌。为了创建演绎效果（比如右边所示的旋转 30°），Lush 再次在 Illustrator 中处理了文件的一个副本。他选取所有元素（而非组合），双击 Rotate Tool（旋转工具），键入 30°的角度，单击 OK 按钮，接着保存这一版本并导出到 After Effects 中，再在 After Effects 中使用上述步骤创建动画的一个演绎效果。

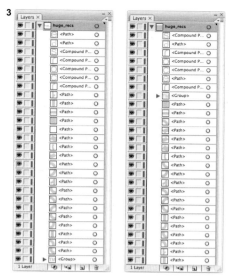

3

在剪切对象之后，重新排列想要得到的动画片段

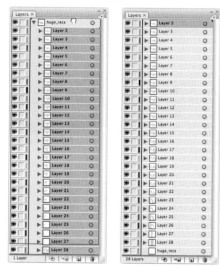

选中"容器"图层后，选择 Release to Layers（Build）[释放到图层（累积）] 命令，然后将子图层移出"容器"图层

4

在 Illustrator 中选中所有对象，将整个对象组合旋转 30°以得到动画的一个不同的效果

Flash 动画

创建 Flash 角色动画

Illustrator 结合 Flash

概述：准备工作空间；绘制动画画面；使文档大小最优化；导入Flash；在 Flash 中制作动画。

最终界面——来自 *Dashwood* 的网站

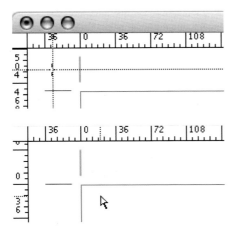

拖动标尺的交叉点，改变画板的起始点

Andrew Dashwood 制作了 8 个赛璐璐（cel）动画角色，作为较大的可交互页面的背景元素。他运用技巧，以最小的编程保证动画能循环播放。

1 **布置场景。** Illustrator 的画板就是 Flash 的场景，在您绘制动画前，花费大量的时间精心设计动画是很值得的。确认构思好最终的动画，提前合理地布置好一切。Flash 能识别 Illustrator 文档的大小，而相应地改变场景的尺寸。Flash 能把已经用 Illustartor 绘制过的路径输入到确切的位置。首先，Dashwood 在 RGB 网页文档预设中新建一个文档，把所有的默认预设调整为 4:3 显示器，然后他调整文档尺寸，以便在 16:10 宽屏显示器上也能浏览网页。Dashwood 选择 File（文件）>New（新建）命令，从 New Document Profile（新建文档配置文件）下拉列表里选择 Web 选项，然后把宽度调整到 739 像素，高度调整到 496 像素。

在默认情况下，Illustrator 标尺和参考线位于画板的左下角，而 Flash 的标尺和参考线位于左上方。为了避免混淆，把 Illustrator 水平标尺 X 移动到左上方：执行 View（视图）>Show Rules（显示标尺）命令，拖动水平标尺 X 和垂直标尺 Y 的交叉点，把它移动到画板左上方的位置。

构建基本的动画对象。为了给动画创建帧，Dashwood 在画板上绘制了两个长方形，形状和电视屏幕一样。然后他选择两个封闭的路径，用 Live Paint Bucket（实时上色工具）给外面轮廓形状填充一种色彩。接着他使用 Live Paint Selection Tool（实时上色选择工具）突出填充长方形内部的区域，然后选择删除，这样就能通过屏幕透视画板。待帧做完后，打开图层选项板，双击制作的图层标题，当弹出 Layer Options（图层选项）对话框时，改变标题名称，把默认标题"Layer 1"改为"Foreground"。在图层选项板中再创建一个新的图层，按⌘-Option/Ctrl-Alt 键单击新图层图标，弹出图层选项对话框，重命名为"Cel 1"，单击 OK 按钮，那么新图层将被自动放置到先前图层的下面。然后单击名称旁边的 Lock Toggle 图标，锁定背景图层。使用任意一个基本工具，绘制第一个动画 Cel，把它填充到电视屏幕上。如果接着做之后的动画 Cel，这一图层路径的锚点将被移动，因此尽可能使路径简单化，锚点数量越少越好。

逐步完善动画。在制作动画的过程中，首先绘制人物的第二版模型。在 Layers（图层）选项板里选择"Cel 1"，拖动并把它放置到 New Layer（创建新图层）按钮上进行复制。双击制作好的图层，把"Cel 1 副本"重命名为"Cel 2"。在图层选项板中把"Cel 2"图层放置到"Cel 1"图层的下面，单击名称旁边的 Lock Toggle 按钮锁定该图层。把"Cel 1"作为动画"Cel 2"的向导，按⌘/Ctrl 键单击"Cel 1"名称旁边的眼睛图标，那么这图层就以轮廓模式显示，而其他的一切都保留在预览模式里。使用 Direct Selection Tool（直接选择工具）或 Reshape Tool 移动"Cel 2"图层的路径和锚点，在两个 Cel 之间制作图像的动作。重复这些步骤来制作动画中其他的帧。

2

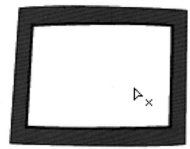

用 Live Paint Selection Tool（实时上色选择工具）选中屏幕内部区域，进行删除，画板下面的部分就显示出来了

3

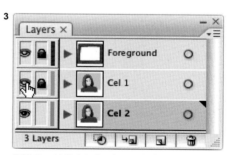

按⌘/Ctrl 键单击眼睛图标，图层在 Outline（轮廓）模式和 Preview（预览）模式之间切换

在第二图层上移动锚点和贝塞尔手柄制作动作

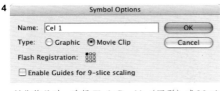

4

制作符号时，选择 Flash Graphic（图形）或 Movie Clip（影片剪辑）

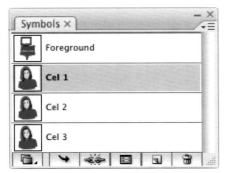

Symbols（符号）选项板包含了 Movie Clip（影片剪辑）

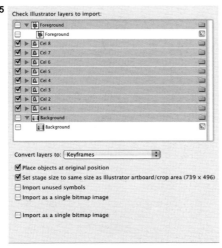

5

Import to Stage 对话框允许用户选择输入哪一个符号

在 Properties（特性）选项板里改变影片的帧频率

4 准备文档，导入 Flash 中。 为了让最终动画的文档变小，节省下载时间，可以用符号选项板给每个动画 Cel 创建 Flash Movie Clip（Flash 影片剪辑）。符号实例可以不断地在 Flash 里使用，不会明显增加文档的大小。为给动画每个图层创建影片片段，选择"Cel 1"图层所有的路径，在符号选项板中单击 New Symbol（新建符号）按钮，或按 F8 键，命名为"Cel 1"。接着，勾选影片剪辑复选框，以下的 Cel 也按这种方式重复操作。当全部完成之后，以 native.AI 文档的格式保存文件，这样能直接输入到 Adobe Flash 库里。

注意：使用 Illustrator 对符号命名的时候要谨慎小心。比如"帧"之类的名称在 ActionScript 里是保留字，把它输入到 Flash 里会有冲突。想更多了解保留字，请参阅 Flash 帮助文档或浏览 www.abobe.com。

5 把 AI 文档导入到 Flash 中。 在接下来的学习中，要求要把 Adobe Flash 软件安装到您的系统里。如果您没有这个软件，可以从 www.adobe.com 网站下载能使用 30 天的试用版本。启动 Flash，选择 File> New 命令。在 General Tab 里选择创建新 Flash 文档，ActionScript 2.0 或 ActionScript 3.0 皆可。Flash 中默认的场景是宽 550 像素，高 400 像素，每分钟（fps）播放 12 帧。在 Properties 选项板中能看见所有的这些细节。将您在 Illustrator 中绘制的动画导入 Flash 里，执行 File>Import>Import to Stage 命令即可。导入对话框窗口卷动选项板里面包含了制作的所有图层和符号。确认所有的 Cel 符号的单选按钮被选中，除了前景和背景。从 Convert Layers To（转换图层到）下拉菜单里选择 Keyframe（关键帧），检查 Place Objects（放置对象）至 Original Position（原始位置），同时设置场景大小，使其大小和 Illustrator 画板相同。单击 OK 按钮返回场景，注意原始 Illustrator 文档大小和"Cel 1"符号无论在场景中还是在 Illustrator 里位置都不变。确认把所有其他的 "Cel" 符号按照时间的顺序放置在时间轴里，在库里包含有文件清单。想要在分开的窗口中快速测验影片，执行 Control（控制）>Test Movie（测试影片）命令，或在键盘上按⌘-Return/Ctrl-Enter 键。如果动画播放得太快，在 Properties （特性）选项板里减少帧频率。

6 循环和导出动画。 制作一个动画循环，选择帧（在时间轴里，单击第一个动画 Cel 1 帧，按住 Shift 键，再单击最终帧）。复制帧时，可以按 Option/Alt 键拖动帧到右边的空白帧。如果复制的帧仍然在突出的位置，选择 Modify（修改）>Timeline（时间轴）>Reserve Frames（翻转帧）命令。重新检测影片，您就会看见动画能无限期地来回循环。组织动画时，在时间轴中双击 "Layer 1"，给它命名为 "Cels"。导入在 Illustrator 中绘制的前景和背景，执行 File（文件）>Import（导入）> Import to Stage（导入到舞台）命令，确定 AI 文档的位置，启用它们的符号名称，不过要关闭其他"Cels"。在隐藏下拉菜单里选择 Layers（图层），启用 Original Position（原始位置），单击 OK 按钮再次返回场景。在时间轴上方的 "Cels" 图层里，新符号会显示在标签图层。您需要对这些图层重新排序，拖动背景名称到图层底部的叠加顺序按钮，把前景置于最上方。

制作完动画后，如果您想在网上发布动画，还得要学会导出。执行 File>Publish Settings 命令，在Format（格式）标签下确认勾选 Flash 和 HTML 复选框。如果您的目标观众最近没有更新 Flash 播放器，那么切换到 Flash 标签下，在旧版本列表中选择 Flash Player 8或 Flash Player 7 选项。在屏幕的下方单击 Publish（发布）按钮，那么导出就完成了。

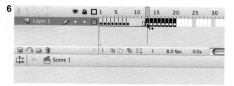
在时间轴里按 Option/Alt 键拖动来复制帧

双击名称，对图层重新命名

把 Illustrator 图层作为命名的 Flash 图层

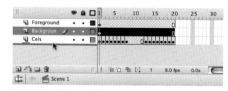
拖动名称对图层重新排序

显示最终动画的 Flash 界面

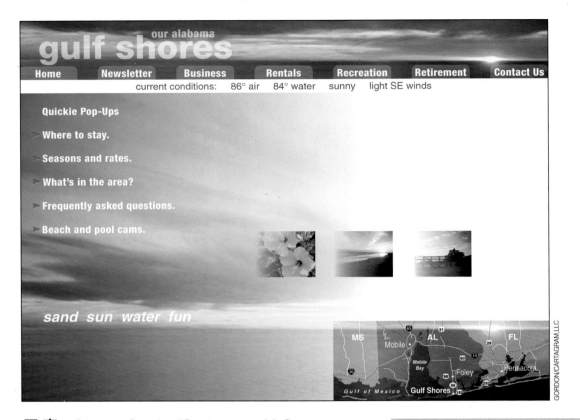

GORDON/CARTAGRAM, LLC

画廊：Steven Gordon/Cartagram, LLC

为了在一个关于旅游的 Web 页面上创建图像映射，Steven Gordon 在 Illustrator 中置入了一幅 TIFF 图像作为背景图像。接着他绘制了一个圆角的按钮形状，使用白色填充，并在 Transparency（透明度）选项板中将 Opacity（不透明度）设为 25%。然后，Gordon 制作了这个按钮的 6 个副本，并在背景图像上将它们放置为一行。为了使这些按钮相互之间的距离相等，在将最左侧和最右侧的按钮放置好后，选中所有按钮，单击 Align（对齐）选项板中的 Horizontal Distribute Space（水平分布间距）图标。为了将这些按钮映射到 URL，执行 Window>Attributes 命令打开 Attributes（属性）选项板，他选中一个按钮形状，并从选项

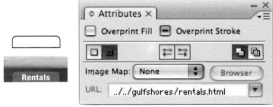

板的 Image Map（图像映射）下拉列表框中选择 Rectangle（矩形）选项，接着在 URL 文本框中输入这个按钮的 URL 链接。然后他执行 File>Save for Web 命令，在 Save for Web 对话框中选择 JPEG 作为导出的文件格式，单击 Save（存储）按钮，在 Format（保存类型）下拉列表框中选择 HTML and Images（HTML 和图像）选项，在 Name（文件名）文本框中输入文件名，然后单击 Save（保存）按钮。

VAN DOOREN

画廊：Corné van Dooren

这张图像是荷兰多媒体设计师 Corné van Dooren 为当地的一个客户制作的。他在 Illustrator 里绘制了圣诞卡的基本元素，然后把帧导入到 Flash 里，在 Flash 中给它们添加了交互式。Van Dooren 开始拍摄一张盒子的静态照片，盒子上方装饰的是丝带系的蝴蝶结。他用 Pen Tool（钢笔工具）手绘照片，对盒子的每个侧面和蝴蝶结制作单独的元素。他通过组合使用 Free Transform Tool（自由变换工具）、Direct Selection Tool（直接选择工具）和 Convert Anchor Point Tool（转换锚点工具），

通过增加的移动路径来制作蝴蝶结自动松开以及盒子自动打开的错觉。他绘制完每个帧后，就保存文档，用一个新的版本数字注明。那么无需启动 Flash（循环打开文档用 ⌘ - ～ /Ctrl-Tab 键），他就能预览动画（Windows 用户也专有拼贴文档的特性，使用 Window>Tile 命令）。为了加快对艺术对象制作的时间，他把一系列的图像导入到 Flash 里，并且在这里给帧着色，在帧之间使用 Shape Tween（变形动画）制造盒子的阴暗部分。如果不这样做的话，他还得在 Illustrator 里手绘这些阴暗部分。

15

Illustrator 与其他程序

本章展示了 Illustrator 和其他程序联合使用的一些方法。显然，使用 Illustrator 能够创建的作品范围几乎是没有限制的，但把其他程序与 Illustrator 结合使用将能增加您的创作机会，并且很多时候在创建最终作品的过程中能够节省您宝贵的时间。

接下来首先讨论如何将艺术对象导入到 Illustrator 中，然后简略介绍一下 Illustrator 如何与其他程序协同工作，接着分析 Illustrator 如何才能与许多特定的程序（包括 Photoshop、InDesign、Acrobat 和 3D 程序）协同工作。

如果您是 FreeHand 用户……

请查找 Wow！ CD 中的 "Moving from FreeHand to Illustrator（从 FreeHand 到 Illustrator）"文件，这是从 Mordy Golding 的著作《Real World Adobe Illustrator CS3》一书中节选过来的一个 PDF 文档。

获取矢量数据

如果用户工作的环境不允许用户将文件保存为 Illustrator 支持的导入格式（比如 PSD、EPS 或 PDF），但是能用 PostScript 打印，那么用户就能通过以下方式获得矢量数据：在打印中指定文档，然后即可在 Illustrator 中打开 PostScript 文件。

置入图像的分辨率

在将栅格图像置入 Illustrator 之前，正确地设置栅格图像的 ppi（Pixels per inch，像素/英寸）分辨率能极大地节省打印时间，保证打印质量。图像的 ppi 应该是最终图像被打印时所使用的网屏的 1.5～2 倍。例如，如果插图将被使用 150dpi（dots per inch，点/英寸）的网屏打印，则该栅格图像比较有代表性的分辨率应为 300ppi。在开始项目之前，应获得打印机的分辨率规格和推荐的分辨率等信息。

在 Illustrator 中置入艺术对象

Illustrator 能够置入几十种不同类型的文件格式，您需要作出的主要选择是链接还是嵌入置入的文件。当链接一个文件时，并没有将该艺术对象实际地包含在该 Illustrator 文件中，而是包含着该艺术对象的一个副本，它担当着占位符的角色，同时实际的艺术对象是独立于这个 Illustrator 文件之外的，这能有助于降低文件的大小，但要注意只有一些特定的格式才支持链接（参见左边的提示）。另一方面，当嵌入一个艺术对象时，会真正地将这个艺术对象包含在 Illustrator 文件中。Links（链接）选项板跟踪着文件中用到的所有栅格图像，不管它们是在 Illustrator 中创建的、打开的或用 Place 命令置入的。

通常只在以下情况才选择嵌入艺术对象

图像文件很小，并且之后不会再编辑它，因此可直接覆盖原文档。

不仅仅只是需要一个像占位符一样的图像进行预览。

您的打印机/服务局要求内含的链接。

在以下情况下应该选择链接（优于嵌入）艺术对象

插图中使用了同一幅图像的几个副本。

图像文件较大。

希望使用图像的原始应用程序编辑置入的图像。

可以修改被链接的文件，然后只将被链接的文件再次寄给用户服务的部门或客户。只要修改后的文件具有与以前的文件一样的文件名，Illustrator 文件就会自动更新，而无需进一步编辑。

Illustrator 与其他程序

要在 Illustrator 和其他程序之间移动艺术对象，最重要的考虑是决定艺术对象的哪些对象保留为矢量对象、哪些对象作为栅格对象。接下来要考虑的是，用户是希望在桌面上的两个打开的程序之间移动艺术对象，还是希望通过文件格式来移动艺术对象。最后要考虑的是，用户是希望移动文件中的一些对象还是要移动整个文件。实现上述事项的技巧各有不同，取决于使用的程序，在下面相应的程序部分将有比较详细的描述。

　　用户在 Illustrator 和另一个打开的程序之间拖动或粘贴对象时，用户的对象可以作为矢量对象或栅格对象拖动或粘贴，这是依赖于应用程序的。通常，支持 PostScript 的拖动和放置操作的任意应用程序都能够通过拖动和放置的方式接受 Illustrator 对象。要实现这一点，在复制和粘贴之前，确认选取了 Preferences 对话框中 File Handling & Clipboard Panel 部分的 AICB（Adobe Illustrator Clipboard）复选框，然后用户即可在 AI 和其他应用程序之间复制对象了。

　　当用户使用粘贴和复制或拖动和放置的方式将 Illustrator 中的作品置入基于栅格的程序（Photoshop 除外）中时，作品很可能会以用户在该应用程序中指定的物理尺寸或 ppi 比率自动栅格化。（关于 Illustrator 与 Photoshop 协同工作的特殊联系，请参阅下面的

需要 Photoshop 的图层？

在 Illustrator 中，如果用户通过链接使用 File（文件）>Place（置入）命令，PSD 格式的文档将不包含图层。如果 Link 选项没有打开，用户将看到 Photoshop Import Options 对话框，让用户把 Photoshop 的图层转换为对象，并且保留原图层。使用 File（文件）>Open（打开）命令就会出现这个对话框。

——*Cristen Gillespie*

图像是否被链接了？

如果对链接的图像应用拼合透明度，Illustrator 将自动嵌入该图像，除了增加文件大小外，用户再也不能更新这个链接了。

能够链接哪些格式？

任何 BMP、EPS、GIF、JPEG、PICT、PCX、PDF、PNG、Photoshop、Pixar、Targa 或 TIFF 文件均能以链接的方式置入 Illustrator 中（优于嵌入的方式）。

何时不推荐使用 EPS

如果用户的应用程序能置入或打开本地 AI、本地 PSD、PDF1.4 或后期格式，最好使用这些格式而非 EPS 格式，因为这些格式能保留透明度、图层和其他特征。

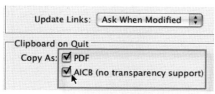

Illustrator 的 *File Handling and Clipboard Preferences*（文件处理与剪贴板）首选项对话框，若要复制和粘贴矢量集，请如上设置剪贴板

关于 MS Office

如果用户不知道应该选择何种格式将 Illustrator 艺术对象置入到 Microsoft 应用程序中，请应用专用的 Save for Microsoft Office（存储为 Microsoft Office 所用格式）命令。

——*Jean-Claude Tremblay*

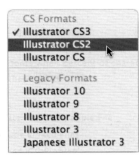

选中 *Adobe Illustrator 文档之后，Version（版本）下拉列表框能使用户将文件存储为 Illustrator CS 和传统格式*

我的链接文档在哪？

当用户使用 Save As（存储为）> Format（保存类型）：Adobe Illustrator 文档（.ai）时，Create PDF Compatible File（创建 PDF 兼容文件）的复选框默认为勾选，任何链接的文档将包含在 PDF 档案中——即使 Include Linked Files（包含链接文件）复选框没有勾选。如果在 Acrobat 中打开 AI 文件，将可以看到链接的图像——即使原本的链接图像已被删除。然而，如果当 Illustrator 文档被存储的时候，Include Linked Files 复选框没有被勾选，链接的图像将不会存储在 Illustrator 文档中。当用户再次打开这个文件而原链接图像已经被删除时，它将会要求用户寻找它们。

"Illustrator 与 Adobe Photoshop"部分。）

您能将 Illustrator 艺术对象保存或导出为许多格式。在 File（文件）菜单下可以选择 Save（存储）、Save for Web & Devices（存储为 Web 和设备所用格式）、Save for Microsoft Office 以及 Save As Template（保存为模板）命令；在 Save As 对话框中，用户可以选择矢量格式和 PDF。如果要保存为传统 Illustrator 的 .ai 格式，用户可以先在 Save As 对话框的 Format 下拉列表框中选择 Adobe Illustrator Document，在随后弹出的 Illustrator Options 对话框的 Version（版本）下拉列表框中，用户可以选择 Illustrator CS 或更早版本的格式。

从 Export（导出）命令中，您可以获取其他格式，包括栅格和 Flash。您应该知道自己其他的应用程序支持何种文件格式，还应该知道希望从 Illustrator 移到其他应用程序的信息类型（矢量、栅格、图层、路径），以决定选择何种格式。

Illustrator 与 Adobe Photoshop

通过文件在 Illustrator 和 Photoshop 之间移动艺术对象是非常直接的方法，因为 Photoshop 能打开或置入 Illustrator 文件，而且 Illustrator 能打开或导出 Photoshop PSD 文件。

幸运的是，由于 Photoshop CS2 新引入的 Smart Objects（智能对象）功能，栅格化再也不是以前的单行道了，该功能极大地改进了将 Illustrator 作品移入 Photoshop 的过程。

Photoshop 中的 Smart Objects（智能对象）能被缩放、旋转或弯曲而不丢失数据信息，当您编辑智能对象的实例时，Photoshop 将自动升级所有的相关智能对象。

但是对于 Illustrator 用户来说，最好的消息还是：您仅需使用画板（复制、粘贴或拖动、放置）或使用 File> Place 命令置入一个 Illustrator 文件，即可从 Illustrator

对象中创建 Photoshop 智能对象。随后您可以选择在 Photoshop 中将置入的 Illustrator 数据作为栅格编辑或在 Illustrator 中作为矢量编辑。在 Photoshop 的 Layers 选项板中双击一个 Illustrator 智能对象时，Photoshop 将自动运行 Illustrator 并打开该艺术对象的一个工作副本，然后您即可在 Illustrator 中编辑该艺术对象并保存该文件，此时 Photoshop 将重新把它栅格化。既然有了调整图层和新的 Smart Filters（智能滤镜），您可以在 Photoshop 里修改一个带有活栅格效果的 Illus-trator 智能对象，或者如果您不再需要可以编辑的对象，那么可以用其他的栅格技术栅格化一个智能对象。

　　控制 Illustrator 图层以何种方式转换为 Photoshop 图层的规则十分复杂，您可以在本章后续的课程中找到关于在 Illustrator 和 Photoshop 之间如何移动 Illustra-tor 对象的一些例子。

Illustrator 与 Adobe InDesign

当您使用复制和粘贴的方式将艺术对象从 Illustrator 中移到 InDesign 中时，在操作之前应该先决定是否需要将透明对象保持透明，特别是当它在 InDesign 里被放置到其他元素之上时；或者决定是否需要在 InDesign 里编辑对象，然后再设置相应的参数。在 Illustrator 里，作为一个规则，您的 File Handling（文件处理）和 Clipboard（剪贴板）参数可以激活 PDF 和 AICB。不过在 InDesign 里，您若选择激活 Prefer PDF，则需要粘贴创建的一个不可编辑的文件，这个文件能够保存 Illustrator 文件的 PDF 部分的透明度。禁用 Prefer PDF 就会粘贴一个可编辑的、合并的矢量对象，那么对象就会被分成很多部分，这就如同您使用 Divide Pathfinder（分割路径查找器）命令一样——不过您还可以选中并且修改它们。然而，如果您在 InDesign 里把它放置到其他元素的上方，那么透明对象并不能显示出透明度。

当您从 Illustrator 里粘贴文本到 InDesign 的时候，如果您希望文本是可以编辑的，那么您需要在 InDesign 里设置 Preference（首选项），将粘贴的文本作为纯文本粘贴。在 ID CS2 里选择 Preferences（首选项）>Type（文字）命令设置。在 ID CS3 里选择 Preferences（首选项）> Clipboard Handling（剪切板处理）命令设置。如果您想把文本作为一个对象粘贴，或者用一个图案色板作为填充，那么选择 All Information（所有信息）单选按钮，而不是选择 Text Only（纯文本）单选按钮。您还可以应用效果并且转换对象，不过文本会被栅格化并且不能够再更改。

When Pasting Text and Tables from Other Applications — Paste:
○ All Information (Index Markers, Swatches, Styles, etc.)
● Text Only

在 InDesign 中将文本粘贴为可编辑的文字

Illustrator 给那些使用 Acrobat 工作的用户提供了特殊的便利。如果执行 Save As（存储为）命令，然后选择 Acrobat PDF，这时就会包含可编辑的 Illustrator 艺术对象，然后用户可使用 Acrobat 添加注释和交互元素，此后还可以在 Illustrator 中重新打开 PDF 并进行改动。在 Illustrator 中，用户不会看到在 Acrobat 中添加的内容，然而，当用户将文件重新保存为 PDF 后，再在 Acrobat 中打开该 PDF 文件，就会发现先前在 Acrobat 中添加的内容依然在原处。

——*Sandee Cohen*

Illustrator、PDF 与 Adobe Acrobat

Acrobat 的可移植文档格式（PDF）独立于平台和应用程序——这就意味着该格式允许在不同的操作系统之间以及不同的应用程序之间很容易地传送文件。有多种方式来指定如何在 Illustrator 中创建 PDF 文档。在默认方式下，Adobe Illustrator Document CS3 格式包含了一个与 PDF 兼容的文件选项，该选项能让其他人在 Acrobat 中直接打开 AI 文件。如果用户不确定该默认选项是否处于激活状态，执行 Save As（存储为）命令，选择 Adobe Illustrator Document 格式，然后单击 Save（保存）按钮，在随之弹出的对话框中确认已启用了 Create PDF Compatible File 复选框，然后保存文件。

要完全地控制那些以前只能从 Acrobat Distiller 获取的 PDF 选项，请从 Save As（存储为）对话框中选择 Adobe PDF 选项，然后单击 Save（保存）按钮。在 Save Adobe PDF 对话框中可以设置很多特性。Illustrator PDF 文件也保留 Illustrator 的可编辑性和本地透明度支持，还能符合很多标准，如 PDF/X1a。

使用其他程序创建的 PDF 文件能在 Illustrator 中编辑，但一次只能打开或保存一个页面，并且在 Illustrator 中打开 PDF 文件时，在 PDF 中看起来是在一个流程或文本框中的所有文本将可能被打散到多个文本行中。

Illustrator 与 3D 程序

除了 Illustrator 的 3D 效果（参见"活 3D 效果"一章）之外，您还能将 Illustrator 中的路径导入到 3D 程序中用作轮廓和挤压路径。导入一条路径之后，即可将其变形为 3D 对象。您可以将很多 3D 程序（例如 Strata's 3D StudioPro 和 SketchUp！）与 Illustrator 结合使用。

画廊：Chris Spollen（Photoshop）

Chris Spollen 常常通过在 Illustrator 和 Photoshop 之间切换来创建抽象拼贴画一般的插画。他的创作工作常常从铅笔素描的缩略图（参见右下图）开始，将其扫描并作为模板置入到 Illustrator（参见"图层与外观"一章中的"数字化标志"），然后在 Illustrator 中创建了基本的形状和元素。虽然他在 Illustrator 中完成了一些插画的组合，但这幅"Hot Rod Rocket"最终是在 Photoshop 中完成的，并且它的许多对象都是 Illustrator/Photoshop hybrids（比如带角度的白色云朵，一开始只是很简单的 Illustrator 形状）。为了在 Photoshop 中控制图层，Spollen 采用拖动和放置的方法每次选取一个或多个 Illustrator 对象放置到 Photoshop 的一个图层中，然后在 Photoshop 中使用 Paintbrush Tool（画笔工具）和 Airbrush Tool（喷枪工具）编辑这些形状。看起来像 3D 的火箭最初来源于一幅扫描的玩具图"rocket gun"，而月亮也是从扫描图得来的。这幅作品在 Society of Illustrator 的展览上获得了荣誉奖。

SPOLLEN

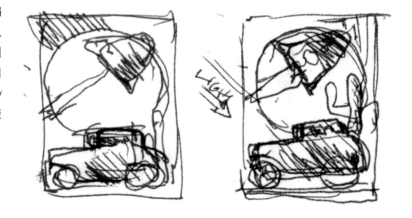

软件接力

同时使用 Illustrator 和 Photoshop 进行工作

MAGIERA

Illustrator 结合 Photoshop

概述：在 Illustrator 中创建路径；制作一个用于对齐的矩形；组织图层以为 Photoshop 制作蒙版；导出为一个 PSD 文件；复制 Illustrator 中的路径并粘贴到 Photoshop 中，用于制作蒙版。

1

在 Illustrator 中构造这幅图像的两个步骤：左图，绘制的形状；右图，填充后的形状

为了给 2002 年盐湖城冬季奥运会制作吉祥物，犹他州的美术师 Rob Magiera 在 Illustrator 中绘制了一些形状，然后将艺术对象导出为 Photoshop（PSD）文件以便能够在 Photoshop 中制作高光和阴影。在 Photoshop 中工作时，Magiera 有时会复制一个 Illustrator 对象，并粘贴到 Photoshop 中。请参阅本章的"形状转变：为 Photoshop 中的形状导出路径"一节来学习另一种在 Illustrator 和 Photoshop 之间转移艺术对象的方法。

虽然 Magiera 能在 Photoshop 中完成他的插图，但他的客户需要原始的 Illustrator 作品用于其他用途。

1 在 Illustrator 中置入一幅草图，绘制形状并制作一个用于对齐的矩形。 Magiera 首先扫描了铅笔草图，并将它们保存为 TIFF 格式，然后创建新的 Illustrator 文件，该文件的尺寸比他想要制作的图要大，然后通过执行 Object>Crop Area>Make 命令创建该文档的尺寸裁剪区域（这将有助于将 Photoshop 图像重新置入 Illustrator

---

为什么要创建裁剪区域？

创建裁剪区域将自动为从 Illustrator 中导出的 PSD 文件设置画板尺寸。同时，通过制作与画板同样尺寸的裁剪区域，能够很容易地对齐在 Photoshop 中修改过的图像，执行 File> Place 命令，选择一个图像文件，单击 OK 按钮，然后拖动图像的一个角直到与画板的一个角重叠即可。

中）。接着，Magiera 将扫描的图层置入 Illustrator 中的一个模板图层上，并使用钢笔和铅笔工具绘制了吉祥物的形状，然后使用颜色填充形状，未使用描边。

为了在把这些栅格形状移到 Photoshop 中后能更容易地修改，应确保主要的艺术对象元素被放置在单独的图层上。在导出为 PSD 时，Illustrator 尽可能地保留最多的图层结构而不牺牲外观。对于那些叠放在其他对象上的对象（例如熊的手臂或狗的腿），Magiera 创建了一些新图层，并将这些重叠着的对象移到单独的新图层上，以便于在 Photoshop 中开始用喷枪时，能够很容易地将它们蒙住。

Magiera 知道需要把在 Illustrator 中绘制的一些路径移到 Photoshop 中以帮助制作蒙版，于是采用了一种方法使这些路径与其他粘贴的路径和将要从 Illustrator 中导出的栅格对象保持相对不变的位置。要达到上述目的，可以在 Illustrator 中制作一个用于对齐的矩形，在每次复制和粘贴时，该矩形都能使艺术对象的副本相对于该矩形（以及 Photoshop 的画布）保持在同一位置。要制作这个矩形，首先在 Layers 选项板中新建一个图层，然后将它拖动到所有艺术对象图层之下，接着绘制一个与画板同样尺寸的、没有填充和描边的矩形，并在画板上使矩形居中，当矩形与画板的尺寸和位置完全相符时，则该矩形被粘贴到 Photoshop 中的副本将自动与画布对齐。

此时，可以准备将 Illustrator 中的艺术对象导出。执行 File>Export 命令，在 Export（导出）对话框中的 Format 下拉列表框中选择 Photoshop（PSD）格式。

2 在 Photoshop 中使用 Illustrator 路径进行创作。 Magiera 在 Photoshop 中打开从 Illustrator 中导出的 PSD 文件，在使用喷枪制作高光和阴影时，使用了不同的蒙版技巧。要在一个形状内制作蒙版，Magiera 通常为包含该形状的图层激活 Lock Transparent Pixels（锁定透明像

使用 Illustrator 的 Layers（图层）选项板组织由每个形状组成的单独的图层（选中的对象如上图所示），这些形状在 Photoshop 中将被蒙住

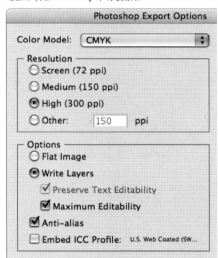

执行 Illustrator 的 Export（导出）命令后打开的 Photoshop Export Options（Photoshop 导出选项）对话框

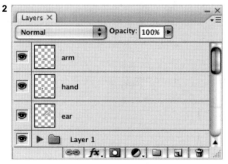

Photoshop 中的 Layers（图层）选项板，显示了从 Illustrator 中导出的 PSD 文件的图层结构

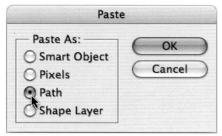

Photoshop 的 Paste（粘贴）对话框，用于粘贴路径

顶部，小兔子图形，其整只脚的工作路径处于选中状态；底部，Photoshop 中显示了被选中的工作路径的选项板

素）按钮；如果采用快速蒙版工作模式，将能够通过在 Illustrator 中复制对象并在 Photoshop 中粘贴的方式创建新的蒙版，要完成该操作，在 Illustrator 中选中一个对象和用于对齐的矩形，然后执行 Edit> Copy 命令，再切换到 Photoshop 中，执行 Edit>Paste 命令，在打开的 Paste（粘贴）对话框中选择 Paste as Pixels（粘贴为像素）。注意，此时在 Photoshop 画布上被粘贴的艺术对象的位置与它在 Illustrator 中相对于定位矩形的位置是一样的。结合每一个被粘贴得到的路径，可以制作出一个选区，并添加到正在工作的快速蒙版中或从中减去。

当 Magiera 在 Photoshop 中创作时，他偶尔会修改一个栅格形状，然后更新最初用来制作这个形状的 Illustrator 路径。首先他复制这个 Illustrator 路径和用于对齐的矩形，然后在 Photoshop 中执行 Edit> Paste 命令，在打开的对话框中选择 Paste as Path（粘贴为路径）后，就可以使用 Photoshop 的绘图工具修改这个形状的路径。完成修改后，按住 Shift 键并逐一单击调整过的路径和用于对齐的矩形路径，将它们都选中，然后执行 Edit>Copy 命令。返回到 Illustrator 中，选中原始的用于对齐的矩形，执行 Edit>Paste 命令，粘贴用于对齐的矩形和调整过的路径，拖动粘贴得到的用于对齐的矩形的一角，直到它和已经存在的矩形的一角相重叠。此时可以删除用于替换的修改过的路径。

当 Magiera 在 Photoshop 中使用喷枪完成处理后，依旧使用 PSD 格式保存该文件。

3 将 Photoshop 文件转移到 Illustrator 中。 为了修改在 Photoshop 中制作的栅格形状，Magiera 选择了在 Illustrator 中编辑原始的路径，在 Illustrator 中执行 File>Place 命令，将该 Photoshop 图像置入到 Illustrator 文件中，并使它与矩形重叠，然后使用钢笔和铅笔工具编辑这些路径。

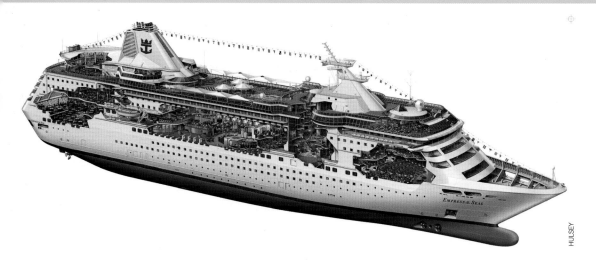

HULSEY

画廊：Kevin Hulsey
（Photoshop）

在 Illustrator 中 Kevin Hulsey 使用 Pen Tool（钢笔工具）来完成复杂技巧的绘画。他分别在不同的图层上创建所需的透视网格（请在"图层与外观"章节查看"建立透视"课程）。他接着绘制各个元素的线条，然后再使用 Illustrator 的图层来整理这些元素。Hulsey 的绘图尺寸十分大（通常为 45 英尺，300 分辨率），如果不是用 Illustrator 9 来存储的话，他无法将 Illustrator 图层存储到 Photoshop。接着他从 AI 9 输出灰阶 PSD 文件（350PPi 的分辨率并保留图层）。然后他用 Photoshop 打开有图层的文件并转换为 CMYK 模式，将 Black Generation（黑色生成器）调到最大，使得线条只保留黑色调。Hulsey 在混合模式下拉列表框中设定每一条线对象的图层为 Multiply，并在线对象图层之下创建新的图层来保留他的绘图。他使用 Magic Wand Tool（魔棒工具）来圈选他要绘制的区域，接着，保留被选择的区域的同

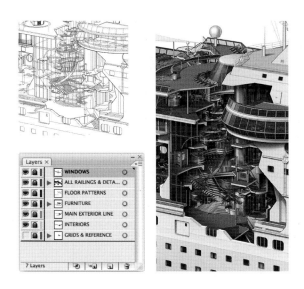

时，他使用非常细、低不透明度的画笔在新的图层中描绘被选择的区域。他逐渐、细致地绘制色彩，就像使用传统的笔刷一样。要了解更多 Hulsey 在 Photoshop 中使用数码画笔的技术，请浏览他的网站：http://www.khulsey.com/photoshop_tutorial_basic.html。

形状转变

为 Photoshop 中的形状导出路径

Illustrator 结合 Photoshop
高级技巧

概述：在 Illustrator 中绘制路径；将路径转换为复合形状；以 PSD 格式导出；在 Photoshop 中应用效果。

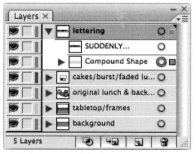

原始的 Illustrator 艺术对象，Layers（图层）选项板中显示的是在框架、黄色爆炸形状和黄色背景（文字之后）被转换为复合形状之前的图层结构

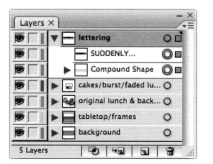

Layers（图层）选项板中显示的是对象转换为复合形状之后的图层结构

美术师 Brad Hamann 首先在 Illustrator 中准备了这幅彩色插图，然后将它导出为 PSD 文件并在 Photoshop 中打开，然后在 Photoshop 中对插图应用了 Illustrator 无法实现的活效果。将可编辑的路径转移到 Photoshop 中的关键是把希望保留为路径的对象转换为复合形状。然后，再将文档作为一个图层化的 PSD 文件导出并在 Photoshop 中打开，您会发现复合形状将变为可编辑的形状图层，而其余的对象则被栅格化了。

1 绘制艺术对象并将其分层放置。 Hamann 使用 Pen Tool（钢笔工具）绘制插图中的对象，然后依靠 Blend Tool（混合工具）、Reflect Tool（镜像工具）和 Rotate Tool（旋转工具）创建重复的元素（例如牛奶盒上的倾斜线条）。对于他绘制的多个对象中的两个对象（黄色的爆炸形状和标题下方的黄色背景），Hamann 决定在 Illustrator 中对每个对象使用一种简单的填充色，并使用 Photoshop 的图层样式和发光效果对这两个对象进行"涂染"。此外，为了在 Photoshop 中使外部的框架看起来整洁，他不得不将其作为一个单独的矢量对象导出。要完成所有这些，Hamann 将这些对象转换为复合形状以便在他创建一个 PSD 文件时能被导出为 Photoshop 形状图层。

确定了要作为路径移动到 Photoshop 中的所有对象之后，选中所有对象，从 Pathfinder（路径查找器）选项板菜单中选择 Make Compound Shape（建立复合形状）命令，将它们制作为复合形状。（如果需要将复合形状转换为常规的对象，从 Pathfinder 选项板菜单中选择 Release Compound Shape 命令。）Hamann 的复合形状框架由两部分组成：处于减去模式的爆炸形状对象的一个副本以及一个矩形的框架。

如果一个复合形状在从 Illustrator 中导出时要保持其可编辑的路径，应该确定它不在一个组合或子图层中；反之，应该使用 Layers 选项板把形状从所有的组合或子图层中拖出来。

导出为一个 Photoshop（PSD）文件。执行 File> Export 命令导出 Illustrator 文件，在打开的 Export 对话框中选择 Photoshop（PSD）格式。在 Photoshop Options 对话框中选择一种与打印或显示媒介的要求相匹配的分辨率设置，并且确认在 Options（选项）选项区中的所有可用项均被选中，然后单击 OK 按钮导出文件。

注意：关于在 Illustrator 和 Photoshop 之间移动艺术对象的更多方法，请参阅本章导言。

在 Photoshop 中对形状图层应用效果。当 Hamann 在 Photoshop 中打开这个导出的 PSD 文件时，每一个 Illustrator 的复合形状在 Photoshop 中都作为一个形状图层出现在 Layers 选项板中。要向形状图层添加一个效果，Hamann 在 Layers（图层）选项板中双击这个形状图层，对黄色矩形和爆炸形状的形状图层应用了 Bevel and Emboss（斜面和浮雕）效果，甚至使用 Photoshop 的 Direct Selection Tool（直接选择工具）编辑了这些形状的路径。最后，Hamann 对一些形状图层的副本添加了效果（例如描边），并向背景的一个副本应用了 Add Noise（添加杂色）和 Gaussian（高斯模糊）滤镜。

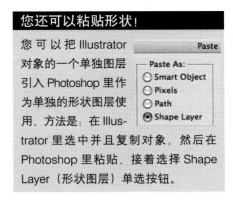

您还可以粘贴形状！

您可以把 Illustrator 对象的一个单独图层引入 Photoshop 里作为单独的形状图层使用，方法是：在 Illustrator 里选中并且复制对象，然后在 Photoshop 里粘贴，接着选择 Shape Layer（形状图层）单选按钮。

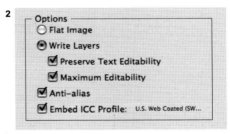

执行 File>Export>Photoshop 命令后出现的对话框的 Options（选项）区域

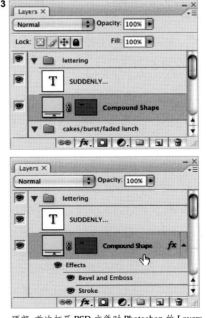

顶部，首次打开 PSD 文件时 Photoshop 的 Layers（图层）选项板；底部，向一些形状图层应用了图层效果后的 Layers（图层）选项板

YIP

画廊：Filip Yip
（Photoshop）

首先，Filip Yip 在不同的图层上绘制了插图对象，组织好这些对象（因此后来把对象导入到 Photoshop 中时，每个对象都处于自身的图层上），接着设计好全局颜色，然后给形状上色，再添加混合。然后，Yip 把插图对象导入 Photoshop 中以增加其透明度、羽化效果和光线效果。这个艺术对象（如右上图）是以 PSD 文件格式导出的，在 Photoshop 中，Yip 能很容易地使用这些 Illustrator 对象，因为这些对象是在不同的图层上的。Yip 使用 Airbrush Tool（喷枪工具）来增强混合，调整透明度，并应用 Add Noise（添加杂色）滤镜。模糊效果（例如高斯模糊）被应用于图像的高光细节。为了进一步柔和混合，Yip 还应用了 Dissolve（溶解）模式下的渐隐画笔工具（执行 Edit>Fade Brush Tool>Fade>Dissolve 操作）。

JACKSON

画廊：Lance Jackson
（Photoshop）

Lance Jackson 在为一次周年音乐会创建插图时应用了 Distort & Transform（扭曲和变换）效果。Jackson 首先使用 Type Tool（文字工具）在一段文字中输入了一系列乐队名称，然后绘制路径以轮廓化带有特殊特征（如脸颊、嘴唇和鼻子）的头部形状。接着，Jackson 将路径文字工具应用于定义了脸部的路径，然后使用原始段落中的文本组合填充脸部的其他区域。Jackson 选取了文本，执行 Object>Expand 命令，并给文本上色。他选取了一组文本，并执行 Effect（效果）>Distort & Transform（扭曲和变换）>Pucker & Bloat（收缩和膨胀）命令提取文本。他重复此过程以产生头部形状。Jackson 将文件置入 Photoshop 以给背景添加更多的文本和颜色块。在 Photoshop 中，他用 Magic Wand Tool（魔棒工具）选取了一组文本，对文本图层调整不透明度以创建深度感。Jackson 执行 Edit>Transform 命令以倾斜、缩放或旋转文本，进一步变形文本。最后，Jackson 在 Illustrator 中打开了该 Photoshop 文件，并用更多扭曲的文本填满头部形状。

画廊：Ron Chan（Photoshop）

Ron Chan，《How to Wow with Illustrator》的插画家和共同作者，使用 Illustrator 的绘制工具和 Pathfinder 命令：Effect（效果）> Pathfinder（路径查找器），在一张扫描的图上创建他最初的构图。Illustrator 是他喜爱的工具，因为这让他可以很简单地创造色彩和改变合成后的色彩（中等细节）。在最终合成之后（最后细节），他选择 File（文件）>Export（导出）命令并选择 PSD 格式。在 Photoshop Export Options（Photoshop 导出选项）对话框中，他选择 Color Model 为 CMYK，取消勾选 Write Layers 复选框，并设定一个高分辨率。他在 Photoshop 的 CMYK 模式下组合他的图像。为了让这张图中某些对象看起来更生动，棱角不那么尖锐（现在栅格化成图层），Chan 应用了 Glass（玻璃）滤镜：执行 Filter>Distort Glass 命令。玻璃滤镜只能用在 RGB 模式的图像上，然而 Chen 希望图层上的图像保持为 CMYK 模式，为了要有效地将滤镜使用在个别图层上，他使用复杂的操作流程，包括拖住每一个他想要加上滤镜的图层来回地到一个相同大小的 RGB 文件中，加上滤镜后将这些图层拖回到 CMYK 图层文件中。

GREIMAN

MARCELLA HAZAN

WATER IS THE ONLY DRINK FOR A WISE MAN
- HENRY DAVID THOREAU

AN ITALIAN MEAL IS A STORY

TOLD FROM NATURE, TAKING ITS

RHYTHMS, ITS HUMORS, ITS

BOUNTY AND TURNING THEM INTO

- MARCELLA HAZAN

EPISODES FOR THE SENSES

LAO-TZU

RULING A BIG COUNTRY IS LIKE COOKING A SMALL FISH
(TOO MUCH HANDLING WILL SPOIL IT)
- LAO-TZU

画廊：April Greiman
（Photoshop）

April Greiman Made in Piece 的 April Greiman 在为 Amgen 的 Cafe & Fitness Center 创建这幅大型壁画时，充分利用 Illustrator 的功能制作了独立于分辨率的图形。首先，Greiman 利用了源照片和原始图像。在 Photoshop 中，她结合了图像，调整色调、饱和度和不透明度，并通过色阶和曲线来进行调整。在这幅图像中还应用了大量的滤镜，如 Gaussian Blur（高斯模糊）、Motion Blur（动感模糊）、Ripple（波纹）和 Noise（杂色）。Greiman 知道当图像被扩大后，像素化效果会增强图像，这正是她所期望的。当 Greiman 对 Photoshop 图像满意之后，就将其保存为 PSD 文件。PSD 文件导入 Illustrator 中时，文本也被导入了。文本是通过变化的不透明度在不同的图层上创建的。Illustrator 图像的尺寸是 21 英寸 ×5 英寸，而最终的壁画尺寸达到 36 英尺 ×11.3 英尺。当放大到最终壁画的尺寸后，Photoshop 图像中的像素点被大大扭曲了。把想要的像素化效果与能进行任何放大的碎文本结合起来，最终的图像是从 Illustrator 中输出的，并直接在乙烯基塑料上打印。

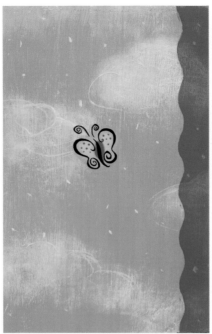

STEAD

画廊：Judy Stead
（Photoshop）

Judy Stead 结合 Photoshop、Illus-trator 和传统的绘图技巧设计了这本 Scholastic Book Fairs 杂志的封面插图（如上面前后两幅插图所示）。在整个创作的过程中，Stead 交替使用了 3 种方法。首先，她使用丙烯画笔、彩色蜡笔和白色铅笔在石膏画板上绘制了蓝色的云彩（如右图所示），该图像是通过扫描导入 Photoshop 中的，颜色从水蓝色调整为橙色（执行 Image＞Adjustments＞Hue/Saturation 命令）。Stead 使用默认的书法画笔和 Wacom 数位绘图板在 Illustrator 中绘制了蝴蝶，Wacom 数位绘图板能创建出宽度可变的

线条（请参见"画笔与符号"一章）。然后她把文件作为 PSD 文件导出到 Photoshop，再通过改变旋转、定位方向和尺寸大小制作了蝴蝶的几个副本。Stead 在 Illustrator 中绘制了波浪状的书脊。在 Photoshop 中，云彩、书脊和蝴蝶被结合成图层化的 Photoshop 文件。Stead 把云彩图层的混合模式设置为 Multiply，因此通过单个元素就能观察到云彩纹理。接着她为蝴蝶添加喷枪喷过的细节，然后使用 Hue/Saturation（色相／饱和度）命令调整元素的颜色，直到对整体的视觉效果满意为止。

STEAD

画廊：Judy Stead
（Photoshop）

Judy Stead 在创作这幅插图时，首先在 Photo-shop 中制作了传统上采用涂刷获得的背景。使用这个涂刷的背景（参见上边的右图），Stead 通过使用 Image（图像）菜单可以创建多个不同颜色的版本。Stead 将背景扫描进 Photoshop，然后执行 Image>Adjustments>Hue/Saturation 命令。为了增强某一特定的颜色，她执行 Image>Adjustments>Selective Color 命令。在应用了如 Multiply 和 Hue 的混合模式的图层副本上，Stead 还作了进一步的调整。背景图像被保存为 TIFF 格式。Stead 执行 File>Place 命令将背景图像置入 Illustrator 中，然后用从 Artistic_ChalkCharcoalPencil（艺术效果 - 粉笔炭笔铅笔）画笔库中导入的炭笔画笔绘制。在 Transparency（透明度）选项板上，Stead 应用了各种混合模式来增强特定的区域。在绘制某一形状（例如一片叶子）之后，Stead 打开 Transparency（透明度）选项板并将 Blending Mode（混合模式）选定为 Overlay（叠加）。文字＂think＂上的彩色圆的混合模式从上至下依次是 Overlay、Hue 和 Multiply。Stead 还对彩色圆应用了高斯模糊（Effect>Blur>Gaussian Blur）或画笔（应用于描边）之一。

POUNDS

画廊：David Pounds
（Photoshop）

David Pounds 的具有丰富细节的艺术作品开始
于照片参考，集合它们成为一个独立的成分，
并注意调整其中的灯光。他使用 Photoshop
来 提 取 细 节， 然 后 使 用 Convert Photoshop
layers to objects（转换 Photoshop 图层为对象）
在 Illustrator 中打开图像。接着 Pounds 分别在
不同的图层上绘制图像的细节。他发现一些很
复杂的物件，比如护目镜，如果把它分成很多
部分将会比较简单，因此他把每一部分分别放
在不同的图层中。为了达到高水准的写实效果，
他创建了一些混合物来制造柔和的阴影和高
光。在他使用渐变效果模拟金属质感时，这些
混合物增加了深度和亮光。在飞机的螺旋桨上，
他把一个简单的螺旋桨复制并变形数次，调整

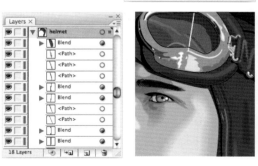

透明度来制造出动态模糊的效果。最后，他在
一张照片的云层上使用 Live Trace（实时描摹），
增加对比度使它与整张画面相融合。

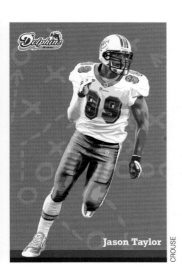

Jason Taylor

CROUSE

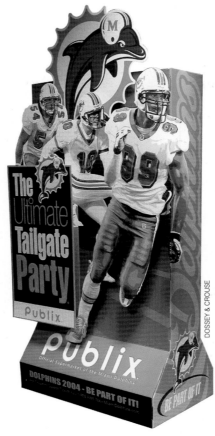

DOSSEY & CROUSE

A. J. Feeley

画廊：Scott Crouse 和 Warren Dossey（Photoshop）

Scott Crouse 绘制的这幅插图用于在 Publix 超级市场中为国际足球联盟中的迈阿密海豚队作宣传。美术师 Warren Dossey 使用了 Crouse 的一些画作用于在 Illustrator 中创建七英尺高的零售站牌（参见中间的图）。Crouse 对源图像应用了一种他自创的操作以简化源图像，从而便于手动描图之后，在 Illustrator 中对图像手动描摹。在 Photoshop 中，根据图像，他应用了多色调，将图层设置为大约 3 级，这样他就降低了颜色数目。Crouse 还使用了 Noise（杂色）效果：对图像的背景图层应用 Median（中间值）滤镜（大多以 2 像素为半径），以将游离的颜色点偏移到单色区域中，这样能更清晰地定义颜色边缘。然后，Crouse 将图像转换为索引颜色，Local Adaptive 选项板使用了10～20 种颜色，这同样也是要根据图像进行选择的。Crouse 将处理后的图像作为模板置入 Illustrator 中，并使用钢笔工具沿着清晰的颜色边缘（细节请参见右下图）手动描摹了图像，这些清晰的颜色边缘是在预处理过程中产生的。（关于这个方法的其他用法，请参阅"进阶绘图与着色"一章中的"描图技巧"一节。）

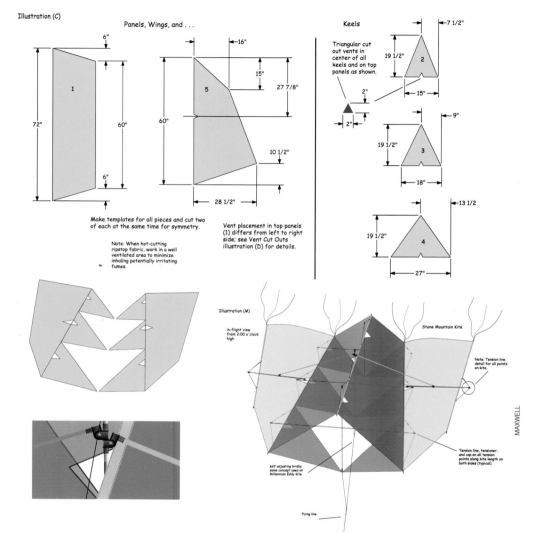

Illustration (C)

Panels, Wings, and . . .

Make templates for all pieces and cut two of each at the same time for symmetry.

Note: When hot-cutting ripstop fabric, work in a well ventilated area to minimize inhaling potentially irritating fumes.

Keels

Triangular cut out vents in center of all keels and on top panels as shown.

Vent placement in top panels (1) differs from left to right side; see Vent Cut Outs illustration (D) for details.

Illustration (M)

in-flight view from 2:00 o'clock high

Stone Mountain Kite

Note: Tension line detail for all points on kite.

self adjusting bridle; same concept used on Millennium Eddy Kite

Tension line, tensioner, and cap on all tension points along kite length on both sides (typical).

flying line

MAXWELL

画廊：Eden Maxwell
（Hot Door CADTools）

在创作这幅 Stone Mountain 风筝插图（参见右下图）时，Eden Maxwell 首先使用了他先前用 Wacom 绘图板和 Hot Door CADTools（是 Illustrator 的一种第三方插件）绘制的、用于缩放的画作。为了给风筝绘制"在空中飞"的透视效果，Maxwell 通过肉眼观察并手动调整了 CADTools 画作，直到它们在视图中的位置与他想象的效果相同为止。例如，使用 Rotate Tool（旋转工具）和 Direct Selection Tool（直接选择工具）编辑翅膀、倾斜角度，以实现想要的透视效果（参见左中图）。插图的主要部分位置合适后，Maxwell 在沿着顶部帆一直到缝合处的位置上绘制了小一些的部分，如眼圈、连接器、末端拐点和张力线（参见左下图）。为了模仿在飞行时翅膀下面的空气，Maxwell 在最终插图中风筝的尾部创建了微小的曲线。

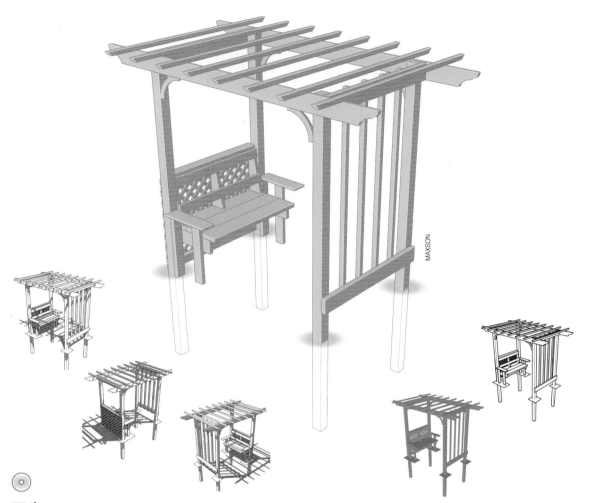

MAXSON

画廊：Greg Maxson
（SketchUp）

为了绘制这幅凉亭的透视图，Greg Maxson 导入了他在 SketchUp 3D 建模应用程序（可从 sketchup.com 查看范例）中创建的文件，并在 Illustrator 中结合这些文件来进行创作。首先，客户向 Maxson 提供了 2D 的图画。在 SketchUp 中，Maxson 利用图画来创建凉亭的 3D 模型。在 Maxson 提供的一系列视角（参见左下图）中，客户同意了最终的视图（参见上图）。Maxson 从 3D 模型中导出了两个 2D

EPS 文件：一个是填充的，一个是轮廓化的（参见右下图）。他用轮廓化的版本来代表背景部分。Maxson 将两个版本都置入 Illustrator 中，对齐它们，然后应用了工程的最终描边和填充规范。为了快速完成编辑，他使用了 Select> Same 级联菜单下的命令（比如执行 Select>Same>Fill Color 命令）以选取那些具有某种相同属性的对象，然后一次性改变所有选中对象的属性。

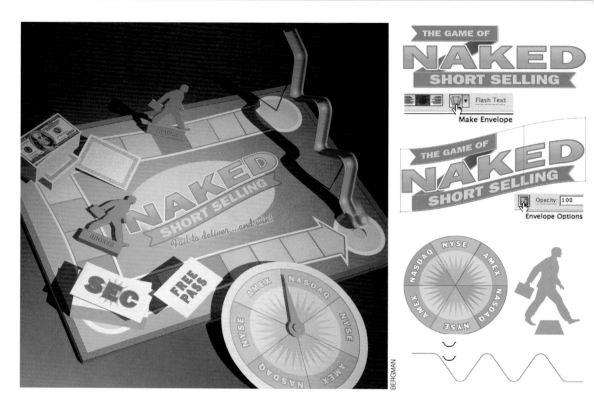

画廊：Eliot Bergman

（Photoshop 和 Maya）

Bergman 为 Bloomberg Markets 杂志绘制了这幅栩栩如生的三维游戏板图像，他使用 Illustrator 绘制所有基本的元素——卡、游戏的零件、路线和大部分的立体物以及地图。Bergman 感谢 Illustrator 可以让他正确而快速地选用色彩和创建排版样式。在这个例子中，他首先使用 Franklin Gothic Heavy 来放置标志。Bergman 接着从 Appearance（外观）选项板的 Options（选项）菜单中选择 New Fill（新填充），并在文字"Naked"上填充渐变色彩。他还从菜单中选择 New Stroke（新描边）命令在字体后面增加白色和蓝色的描边。Bergman 接着在属性栏上单击 Make Envelope（制作封套）按钮并选择 Style（样式）为 Rise（上升）。他设定 25% 水平弯曲（如果想要以后改变设置，请使用属性栏上的 Make Envelope 按钮）。接着他将矢量对象导入 Autodesk Maya，一个可以将对象伸展、从各种角度观察、可以加上灯光效果的三维软件。在渲染过三维的图像后，Bergman 在 Photoshop 中进行进一步的调整，比如给弹球增加动态模糊、给游戏板的蓝色边缘增加材质等。这样做的结果就是得到一个让读者觉得可以触摸得到的写实游戏板。

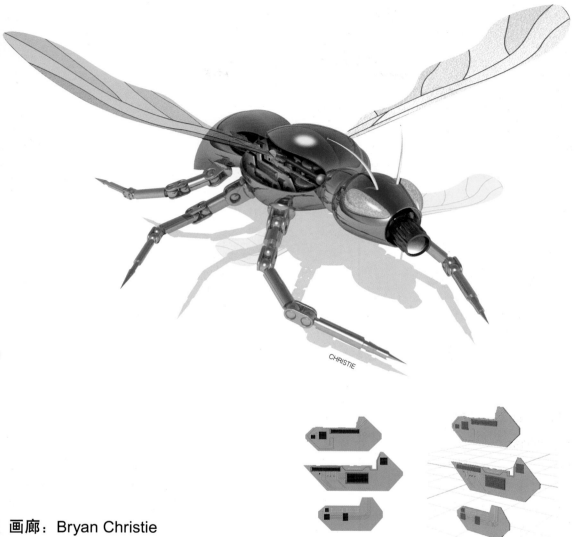

画廊：Bryan Christie
（Photoshop, MetaTools Infini-D）

Bryan Christie 使用 Illustrator 装配了这只机器虫，然后在 Photoshop 和 Infini-D（一个 3D 建模软件）中进行了整合。对于这些 3D 形状，例如腿关节和电路板，最初是在 Illustrator 中绘制了没有细节和填充的轮廓，然后将它们导入到 Infini-D 并挤压为 3D 形状。为了处理电路板的颜色和细节，Christie 在 Illustrator 中绘制了电路并上色，然后将这幅作品导出为

PICT 图像，并在 Infini-D 中将它变形到一些 3D 形状之上。Christie 在 Infini-D 中将一个最初在 Illustrator 中绘制的灰度图像变形到翅膀形状上，用此方法创建了翅膀的透明度。为了完成这只机器虫的制作，Christie 在 Infini-D 中结束作品的着色处理后，在 Photoshop 中将它打开以对细节进行润色（例如色彩校正和合成单独的着色元素），并最终将整幅图像转换为 CMYK 模式。

画廊：Bert Monroy ◎
（Photoshop）

身为作家兼数码画家的 Bert Monroy 是一位以创作城市风景而闻名的大师。他常常依赖 Illustrator 工具构筑人造的、重复的元素来填充城市的环境。恰当的例子就是"Damon 火车站的垃圾桶"。Monroy 利用了 Blend Tool（混合工具）给对象变形，他才能快速地构建这个看上去错综复杂的对象。他绘制了一个长方形代表前视图中心板。然后他绘制了垃圾桶边缘弯曲的板，选中两个对象，双击 Blend Tool（混合工具），选择指定的步数，这样就完成了半个垃圾桶。为了确保给对象准确变形，他选择混合工具［而不是 Blend（混合）>Make（建立）命令］，挑选一个对象的锚点，在另一个对象上面单击同样相关的锚点。这样就准确地告诉了 Illustrator 对象之间的关系，它就知道如何制作居中的物体。接着他扩展混合：执行 Object（对象）> Expand（扩展）或者 Object（对象）>Blend（混合）>Expand（扩展）命令来制作个别对象，这样他就能单独地对它们进行处理。他选中所有的板（中心板除外），选择 Reflect Tool（镜像工具）。他在中心板

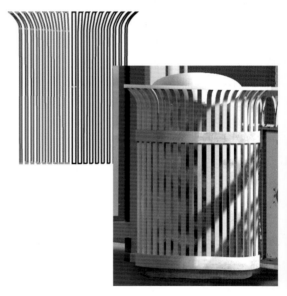

的中间设置锚点，选择 Vertical（垂直）作为轴，执行 Copy（复制）操作来制作另一半垃圾桶。在 Illustrator 里他完成了对垃圾桶其余部分的绘制，然后导出它到 Photoshop 中。在 Photoshop 里他给图像添加了颜色、纹理、阴影和高光部分，这样他就全部完成了对垃圾桶的绘制，而它的确是一个令人惊讶的现实主义图像。

画廊：Marcel Morin
（ArcScene 和 Photoshop）

Marcel Morin 喜欢用 ArcScene，一个 ArcGIS 的插件（plug-in），可以用来查看和导入 3D GIS 数据为图像。他还使用 Photoshop 合成了图像。不过他使用 Illustrator 里的矢量对象控制手柄构建图像设计，这是依赖于独立变换元素才创作出来的高质量作品。为了创作这个两面防水的地图，他在 ArcScene 里生成了山脉的基本图像，在这个图像上面他制作了冰河的图像，然后把它置入到 Illustrator 里。在 Illustrator 里他描摹冰河，目的是制作剪切蒙版，方便以后放到 Photoshop 里使用。返回 ArcScene，他把冰河转换为灰度版本并且导出一个 3D 线框模型的图像。在 Photoshop 里，Morin 给图像分层并复制基本图像，这样做目的是选中代表远距离的、中间地带以及前景的区域。他删除自己不需要的部分图像。他通过对远距离的山脉应用 Gaussian Blur（高斯模糊）来制造深度错觉，同时又使用少量的高斯模糊应用到中间地带，最后他锐化了前景。他用剪切蒙版增加了灰度图层来显示山脉上的冰河，并且在 Multiply 混合模式里增加了线框模型，只让它显示前景。最后，他修剪了组合的图像并把它置入到 Illustrator 的一个文档里，该文档能装下整个地图。在这里他增添了矢量设计元素，结合使用山顶系列地图以及有尺寸的标志与这个特别的设计相匹配。他设置了文本，这样就为打印准备好完整的地图了。

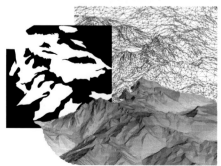

Windows组合键一览 （源自"Illustrator之禅"一章）

创建对象	按住键直到释放鼠标键后。
⇧ Shift	控制对象垂直、水平或按比例变化。
Alt	对象将从中心开始绘制。
Alt click	使用变形工具，打开相应的变形对话框。
	转变成抓手工具。
Ctrl	将光标转变成放大工具，单击或框选将放大区域。
Ctrl Alt	将光标转变成缩小工具，单击将缩小区域。
Caps lock	将光标转变成十字交叉线。

选取对象	观察鼠标，以便判断是否按住了正确的键。
Ctrl	当前工具变成上次选择的"选择工具"。
Ctrl Alt	当前工具变成Group Selection Tool（编组选取工具）选中整个对象，再次单击选中下一个层次的组合，要移动选中对象，释放Option键，抓取对象并拖动。
Ctrl Tab	在Direct Selection Tool（直接选择工具）和标准Selection Tool（选择工具）之间切换。
⇧ Shift click	在对象、路径或节点的选中状态与非选中状态之间切换。
⇧ Shift click ▷	使用Direct Selection Tool（直接选择工具），单击或框选对象、路径或节点，在选中状态与非选中状态之间切换。**注意**：单击填充对象内部将选中整个对象。
⇧ Shift click ▶ ▷₊	使用Selection Tool（选择工具）或Group Selection Tool（编组选择工具）单击或框选对象，在选中状态与非选中状态之间切换（Group Selection Tool选择组内对象）。

变换对象	按住键直到释放鼠标键后。
⇧ Shift	控制按比例、垂直、水平变形。
Alt	保留原始对象，变换对象副本。
Ctrl Z	Undo（还原），按Shift-Ctrl-Z键来Redo（重做）。
	使用移动或变换对话框移动或变换对象，可利用这幅图表决定是否需要输入正值或负值，以及需要输入多大的角度值（图表来自Kurt Hess/Agnew Moyer Smith）。

Mac组合键一览 （源自"Illustrator之禅"一章）

创建对象	按住键直到释放鼠标键后。
⇧ Shift	控制对象垂直、水平或按比例变化。
Option	对象将从中心开始绘制。
Option · click	使用变形工具，打开相应的变形对话框。
	转变成抓手工具。
⌘ ·	将光标转变成放大工具，单击或框选将放大区域。
Option · ⌘	将光标转变成缩小工具，单击将缩小区域。
Caps lock	将光标转变成十字交叉线。

选取对象	观察鼠标，以便判断是否按住了正确的键。
⌘	当前工具变成上次选择的选择工具。
Option · ⌘	当前工具变成Group Selection Tool（编组选择工具）选中整个对象，再次单击选中下一个层次的组合，要移动选中对象，释放Option键，抓取对象并拖动。
⌘ · Tab	在Direct Selection Tool（直接选择工具）和标准Selection Tool（选择工具）之间切换。
⇧ Shift · click	在对象、路径或节点的选中状态与非选中状态之间切换。
⇧ Shift · click · ▹	使用Direct Selection Tool单击或框选对象、路径或节点，在选中状态与非选中状态之间切换。**注意**：单击填充对象内部将选中整个对象。
⇧ Shift · click · ▸ ▸+	使用Selection Tool（选择工具）或Group Selection Tool（编组选择工具）单击或框选对象，在选中状态与非选中状态之间切换（Group Selection Tool选择组内对象）。

变换对象	按住键直到释放鼠标键后。
⇧ Shift	控制按比例、垂直、水平变形。
Option	保留原始对象，变换对象副本。
⌘ · Z	Undo（还原），按Shift-⌘-Z键来Redo（重做）。

使用移动或变换对话框移动或变换对象，可利用这幅图表决定需要输入正值或负值，以及需要输入多大的角度值（图表来自Kurt Hess/Agnew Moyer Smith）。

Windows Wow! 术语表

Ctrl Alt	键盘上的Ctrl（Control）键。 键盘上的Alt键，它可以修改许多工具。
← ↑ → ↓	键盘上的方向键：左、上、右、下。
切换（Toggle）	切换菜单选项，相当于开关，选择一次打开选项，再次选择关闭选项。
框选（Marquee）	使用任意选择工具在对象上单击并拖动一个区域将选中对象。
融合曲线（Hinged curve）	一条贝塞尔曲线，与一条直线或另一条曲线交于一点。
▷ Direct Selection Tool ▷+ Group Selection Tool ▶ Selection Tool	选取节点和路径。 首次单击选中整个对象，再次单击选中"下一个层次的组合对象"（选中包含对象的最大组合——如果对象没有被组合，将只选中这个对象）。 **注意**：关于选择工具的帮助信息，请参阅"Illustrator基础"一章。
选取对象 ▷+ ▶	使用Group Selection Tool（编组选择工具）单击或框选，选中整个对象。 使用Selection Tool（选择工具）单击或框选，选中组合的对象。
取消选取对象 ▷ ▷+ ▶	要取消选取一个对象，按住Shift键使用Group Selection Tool（编组选择工具）单击或框选。要取消选取所有对象，使用任意选择工具，单击所有对象的外围（但要在文档内）或者按Shift-Ctrl-A键。
选取路径 ▷	使用Direct Selection Tool（直接选择工具）单击一条路径即可选中该路径。 **注意**：如果对象被选中，首先取消选中对象，再使用Direct Selection Tool（直接选择工具）单击。
选取锚点 ▷	使用Direct Selection Tool（直接选择工具）单击路径显示锚点，再使用该工具框选所需的锚点，或者按住Shift键使用Direct Selection Tool（直接选择工具）单击所需的锚点。 **注意**：按住Shift键单击选中的锚点，将取消选中该锚点。
抓取对象或锚点 ▷	选中对象或锚点后，使用Direct Selection Tool（直接选择工具）单击并按住鼠标键拖动选中的对象或锚点。 **注意**：如果错误单击（而非单击后按住鼠标键），执行Undo（还原）操作，再次尝试。
删除对象 ▷+ ▶	使用Direct Selection Tool（直接选择工具）选中对象，按Delete（或Back-Space）键删除对象。要删除组合对象，使用Selection Tool（选择工具）选取，然后删除。
删除路径 ▷	使用Direct Selection Tool（直接选择工具）选中路径，按Delete（或Back-Space）键删除路径。如果删除锚点，与锚点相连的路径都将被删除。 **注意**：删除对象的一部分后，其余的部分将处于选中状态；因此连续删除两次，将删除整个对象！
复制或剪切路径 ▷	使用Direct Selection Tool（直接选择工具）单击路径，然后复制（Copy，或Ctrl-C）或者剪切（Cut，或Ctrl-X）。 **注意**：关于复制路径的更多方法，请参阅"Windows组合键一览"。
复制或剪切对象 ▷+ ▶	使用Group Selection Tool（编组选择工具）单击对象，然后复制（Copy，或Ctrl-C）或者剪切（Cut，或Ctrl-X）。对于组合对象，使用Selection Tool（选择工具）单击其中一个对象，然后复制或剪切。

Mac Wow! 术语表

⌘ Option/Opt		命令键（这个键上可能有⌘或标记）。 Option键可以修改许多工具。
← ↑ → ↓		键盘上的方向键：左、上、右、下。
Toggle（切换）		切换菜单选项，相当于开关，选择一次打开选项，再次选择关闭选项。
Marquee（框选）		使用任意选择工具在对象上单击并拖动，将选中对象。
Hinged curve（融合曲线）		一条贝塞尔曲线与一条直线或另一条曲线相交于一点。
Direct Selection Tool Group Selection Tool Selection Tool		选取节点和路径。 首次单击选中整个对象，再次单击选中"下一个层次的组合对象"（选中包含对象的最大组合——如果对象没有被组合，将只选中这个对象）。 **注意**：关于选择工具的帮助信息，请参阅"Illustrator基础"一章。
选取对象		使用Group Selection Tool（编组选择工具）单击或框选，选中整个对象。 使用Selection Tool（选择工具）单击或框选，选中组合的对象。
取消选取对象		要取消选取一个对象，按住Shift键使用Group Selection Tool（编组选择工具）单击或框选。 要取消选取所有对象，使用任意选择工具，单击所有对象的外围（但要在文档内）或者按Shift-⌘-A键。
选取路径		使用Direct Selection Tool（直接选择工具）单击一条路径即可选中该路径。 **注意**：如果对象被选中，首先取消选中对象，再使用Direct Selection Tool（直接选择工具）单击。
选取锚点		使用Direct Selection Tool单击路径显示锚点，再使用该工具框选所需的锚点，或者按住Shift键使用Direct Selection Tool（直接选择工具）单击所需的锚点。 **注意**：按住Shift键单击选中的锚点将取消选中该锚点。
抓取对象或锚点		选中对象或锚点后，使用Direct Selection Tool（直接选择工具）单击并按住鼠标键拖动选中的对象或锚点。 **注意**：如果错误单击（而非单击后按住鼠标键），请执行Undo（还原）操作，再次尝试。
删除对象		使用Direct Selection Tool（直接选择工具）选中对象，按Delete（或Back-Space）键删除对象。要删除组合对象，使用Selection Tool（选择工具）选取，然后删除。
删除路径		使用Direct Selection Tool（直接选择工具）选中路径，按Delete（或Back-Space）键删除路径。如果删除锚点，与锚点相连的路径都将被删除。 **注意**：删除对象的一部分后，其余的部分将处于选中状态；因此连续删除两次，将删除整个对象！
复制或剪切路径		使用Direct Selection Tool（直接选择工具）单击路径，然后复制（Copy，或⌘-C）或者剪切（Cut，或⌘-X）。 **注意**：关于复制路径的更多方法，请参阅"Macintosh组合键一览"。
复制或剪切对象		使用Group Selection Tool单击对象，然后复制（Copy，或⌘-C）或者剪切（Cut，或⌘-X）。对于组合对象，使用Selection Tool（选择工具）单击其中一个对象，然后复制或剪切。